SOPHIA CRONBERG

DIE LILIENINSEL

Roman

FISCHER Taschenbuch

Erschienen bei FISCHER Taschenbuch
Frankfurt am Main, August 2014

© S. Fischer Verlag GmbH, Frankfurt am Main 2014
Satz: Pinkuin Satz und Datentechnik, Berlin
Druck und Bindung: CPI books GmbH, Leck
Printed in Germany
ISBN 978-3-596-19639-5

Die Lilieninsel

»Der König sah sich nach der Stadt Ys um, aber vergeblich suchte er die einstige Königin der Meere. Nach der großen Flut war, wo es noch vor wenigen Augenblicken einen Hafen, Paläste, so viele Reichtümer und Tausende von Menschen gegeben hatte, nur noch eine tiefe Bucht, in der sich die Sterne spiegelten.

Wenn das Meer still ist, sieht man bis heute auf dem Grunde dieser Bucht die Spuren der großen Stadt, und die Dünen ringsumher sind voller Ruinen, die ihren Reichtum beweisen.«

Aus »Die versunkene Stadt Ys«,
bretonisches Märchen

Prolog

Guernsey 1923

Eben noch hatte das Lied der Brandung fröhlich und kraftvoll geklungen, nun mischte sich vom Himmel her ein dunkles Grollen in die Musik des Meeres. Wenn die Gischt gegen die Klippen spritzte, glich es einem bösartigen Zischen. Nicht länger klangen die Schreie der Möwen wie ein Juchzen, als frohlockten sie über die letzten warmen Sonnenstrahlen des Jahres, sondern klagend und warnend zugleich. Auch der Himmel stand nicht mehr in einem kräftigen, herbstlichen Blau, das Reinheit, Weite und Freiheit verhieß, sondern war so schmutzig grau wie die unruhige See.

Die junge Frau beschleunigte ihren Schritt. Aus dem Spaziergang entlang des schmalen Küstenpfades war längst eine Flucht geworden. Jemand beobachtete sie, sie fühlte es ganz deutlich.

Noch war er hinter einem Gebüsch verborgen, doch je fahler das Licht wurde und je näher der Sturm kam, desto größer wurde sein Mut. Bald würde er sein Versteck verlassen und hinter einem der hohen Bäume hervortreten, bald würde er ihr nachschleichen, und wenn sie beginnen würde zu rennen, würde er es ihr gleichtun.

Der Wind blähte ihre Kleider, riss ihr Haar in sämtliche Himmelsrichtungen, kündete mit klagendem Pfeifen von Unheil.

Beeil dich … lauf, so schnell du kannst … bring dich in Sicherheit!

Doch wo sollte sie Zuflucht finden? Und vor allem: Bei wem?

Es gab doch niemanden auf der Welt, der sich schützend vor sie stellen würde …

Die Möwen flogen flacher; einige von ihnen ließen sich auf den Wellen nieder und harrten schaukelnd des kommenden Unwetters.

Wie schön es wäre, dachte die junge Frau plötzlich, einfach die Flügel auszubreiten, wegzufliegen, alles hinter sich zu lassen – das Elend, die Not … und vor allem das Rascheln im Gebüsch.

Aber sie konnte nicht fliegen, stolperte stattdessen über eine dornige Ranke, fiel zu Boden und spürte, wie sich spitze Steine und raue Wurzeln in ihre Handfläche gruben. Kurz übertönte ihr Schnaufen jeden anderen Laut, doch als sie den Atem anhielt, vernahm sie es wieder: dieses schleifende Geräusch, als würde jemand seinen Fuß hinter sich herziehen.

Wer immer dieses Wesen war, es kam näher … immer näher.

Sie sprang auf. Wald, Meer, Klippen – nichts bot Zuflucht –, aber jetzt sah sie inmitten von Grau, dunklem Grün und Braun etwas Rötliches aufblitzen. Ein Dach.

Sie wusste, das Haus stand leer, niemand würde herbeieilen, wenn sie um Hilfe rief, aber sie konnte darin Unterschlupf finden, die Tür ebenso verschließen wie die Fensterläden, konnte den aufziehenden Sturm und Regen nach draußen verbannen … und auch den geheimnisvollen Verfolger.

Ihre Stiefel scheuerten schmerzhaft an ihrer Ferse, als sie wieder zu rennen begann, der Druck auf der Brust – nicht nur von der ungewohnten Anstrengung, sondern von Beklommenheit, ja Panik rührend – nahm zu, und trotz des kühlen Windes brach ihr der Schweiß aus. Aber sie stolperte kein weiteres Mal, lief schneller, schüttelte ihren Verfolger ab – glaubte es zumindest, denn da waren keine Schritte mehr zu hören – und erreichte endlich das Haus.

Zum Glück stand die Tür weit offen. Sie fiel beinahe über die Schwelle, als sie hineinstürzte, sank, kaum dass sie im Inneren war, auf die dunklen Eichendielen, gönnte sich jedoch nur eine kurze

Pause, ehe sie wieder aufsprang. Als sie sich umdrehte, hätte sie schwören können, dass da schon jemand stand und sie nicht mehr rechtzeitig die Tür zuschlagen könnte. Doch nichts. Nur der Wind hatte sie die letzten Schritte über begleitet, zerrte an den Blumen im Vorgarten, riss ihre Blätter ebenso ab wie die schon welken Blüten und ließ sie nackt zurück.

Die junge Frau packte entschlossen die Klinke, zog die Tür zu und schob den Riegel vor. Der Wind schien ärgerlich aufzuheulen, als er durchs Gebälk fuhr, weil ihr die Flucht gelungen war, doch er konnte ihr nichts mehr anhaben.

Ihr Atem beruhigte sich, das Haar hing ihr zerzaust ins Gesicht. Sie machte sich nicht die Mühe, es zurückzustreichen, sondern eilte von Zimmer zu Zimmer, um sämtliche Fensterläden zu schließen.

Als sie fertig war, war nicht nur der Sturm nach draußen verbannt, sondern auch das letzte Abendlicht. Sie nahm nur die Konturen der Einrichtung war, dunklen, gedrungenen Gestalten gleich, unheimlich, aber nicht bedrohlich. Sie stöhnte, begann verspätet zu zittern.

Ich hätte ihr nicht trauen dürfen, dachte sie. Ich hätte wissen müssen, dass sie sich nicht an ihr Versprechen hält. Gewiss steckt *sie* dahinter. Sie hat jemanden auf mich gehetzt.

Nun, hier war sie fürs Erste sicher. Das dachte sie jedenfalls fünf Atemzüge lang. Dann vernahm sie ein Knarren. Es kam nicht vom Dachstuhl, sondern von der Treppe, wurde nicht vom röhrenden Wind verursacht, sondern von einem Gewicht, das sich langsam verlagerte – dem Gewicht von Schritten, die langsam die Treppe herunterkamen.

Noch hielt sie ihm den Rücken zugewandt, aber sie wusste: Wenn sie sich jetzt umdrehte, würde sie ihn sehen, ihren Verfolger. Oder nein: Er hatte sie ja gar nicht verfolgt, er hatte einfach hier gewartet.

Die unsichtbaren Augen, die sie auf sich ruhen wähnte, hatten sie nicht von den Büschen her belauert, sondern vom Haus aus, und das bedeutete, dass sie ihm direkt in die Arme gelaufen war.

Sie sah sich nach einer Waffe um und griff nach dem erstbesten Gegenstand, der ihr in die Hände kam, ohne recht zu wissen, was es überhaupt war. Beinahe entglitt er ihren feuchten Händen, doch sie umklammerte dieses Ding energisch. Weiß traten ihre Fingerknöchel hervor.

Jetzt war sie dafür gerüstet, sich umzudrehen. Doch als sie es tat, erkannte sie, dass ihr diese Waffe nichts nutzen würde.

Sie blickte ihrem Mörder direkt ins Gesicht.

I

Als sie in die kleine Straße Richtung Cottage abbog, bereute Marie zum ersten Mal, dass sie so überstürzt nach Guernsey aufgebrochen war. Die Straße war schmal und wurde an beiden Seiten von riesigen Hecken begrenzt, die sämtliches Licht verschluckten. Was sollte sie nur tun, wenn ihr ein Fahrzeug entgegenkam? Zurückfahren war unmöglich: Die Straße, die hinter ihr lag, war ebenso steil wie kurvig.

Ihr brach der Schweiß aus. Als ob der Linksverkehr nicht schon genug Herausforderung wäre – obendrein waren auf der Insel die Wege abseits der Hauptstraße wohl eher für Fußgänger und Radfahrer vorgesehen als für ihren Familienkombi!

Jonathan entging nicht, wie angespannt sie war. »Sind wir bald da?«, fragte er ungeduldig.

»Gleich, gleich ...«

»Das sagst du schon die ganze Zeit.«

Marie wagte einen Blick in den Rückspiegel. Hannah, ihre achtzehn Monate alte Tochter, schlief noch, allerdings zuckten dann und wann ihre Hände und Beine, ein Zeichen, dass der Friede nicht mehr lange andauern würde. Und Jonathan, ihr sechsjähriger Sohn, wollte endlich das Cottage sehen und würde sich weigern, Hannah zu trösten und abzulenken.

Sie umklammerte das Lenkrad, starrte wieder auf die Straße und war sich plötzlich nicht einmal mehr sicher, ob es überhaupt die richtige war. Wo, verdammt nochmal, sollte sie wenden, wenn sie in einer Sackgasse gelandet war?

Verdammt, verdammt, verdammt. Worauf hatte sie sich da nur eingelassen?

Nicht dass sie nicht gewarnt worden wäre.

»Spinnst du?«, hatte ihre Freundin Isabella empört gerufen, als sie von ihren Plänen berichtete. »Du willst von Berlin nach Guernsey mit dem Auto fahren? Dann bist du ja tagelang unterwegs. Und das mit zwei Kindern!«

»Ich habe alle Zeit der Welt«, hatte Marie erklärt. »Wenn die beiden schwierig werden, lege ich eben eine Rast ein.«

Bis Saint-Malo war tatsächlich alles gutgegangen: Sie hatten einmal in Deutschland, das zweite Mal in Belgien übernachtet und die letzte Nacht bereits in Frankreich verbracht. Und es war, anders als erwartet, völlig problemlos gewesen, den Fährhafen zu finden. Danach jedoch hatten die Probleme begonnen: Anstatt, wie ursprünglich geplant, direkt nach Guernsey zu fahren, hatte die Fähre einen Zwischenstopp auf Jersey eingelegt, wo sie ewig lange Passkontrollen über sich ergehen lassen mussten.

»Man hat ja das Gefühl, dass man in die DDR einreisen will«, hatte der Mann rechts hinter ihnen gebrummt.

»Guernsey gehört ja offiziell auch nicht zu Großbritannien und folglich der EU, sondern ist als Kronland direkt der Queen unterstellt«, hatte seine Frau besserwisserisch erklärt – eine Information, die sie offenbar gerade in ihrem Reiseführer nachgelesen hatte.

Jonathan schien die lange Wartezeit nicht zu stören. Die Schusswaffe des rothaarigen Grenzbeamten, der mit strengem, ausdruckslosem Gesicht ihre Pässe kontrollierte, hatte ihn völlig in Bann gezogen. Hannah hingegen hatte sich vor Schreck an sie geklammert und war nach der bis dahin so friedlichen Reise quengelig geworden. Zunächst hatte sie sich noch von einem Teddybär mit der Aufschrift »Condorferry« besänftigen lassen, den Marie ihr gekauft hatte, später mit einem Stück Lasagne, das sie zwar nicht essen wollte, aber deren Zutaten sie auf dem Tablett verschmierte. Doch als sie mit dem Auto die Fähre verließen und Marie geflucht hatte, weil der nachkommende Fahrer fast in sie gekracht wäre, war die Kleine in Tränen ausgebrochen.

Zum Glück hatte die Erschöpfung sie bald überwältigt, doch nun hatte Marie mit den Tücken des Linksverkehrs und der schmalen Straßen zu kämpfen. Und dass es schon dunkel war und obendrein nieselte, machte die Sache nicht leichter.

»Sind wir bald da?«, fragte Jonathan wieder.

»Herrgott, wir sind da, wenn wir da sind!«

Sie biss sich auf die Lippen und schämte sich, dass sie ihre Nerven verloren hatte. Jonathan konnte schließlich nichts dafür, dass ihr Guernsey fremd geworden war. Es gab schon so viel, mit dem er zurechtkommen musste, da sollte sie ihm wenigstens eine genervte Mutter ersparen.

»Tut mir leid«, murmelte sie.

Sie reichte ihm ihr iPhone, damit er »Fingercutter« spielen konnte, ein eigentlich grässliches Spiel, bei dem es darum ging, den Finger so schnell wie möglich aus einer virtuellen Guillotine zu ziehen, aber Hauptsache, er war fürs Erste abgelenkt.

Sie hielt nach einem Schild Ausschau. Das Cottage lag unmittelbar in der Nähe vom Fermain Bay, einem der berühmtesten und malerischsten Strände der Insel, und der musste doch irgendwo ausgeschildert sein!

Tatsächlich entdeckte sie ein Schild, doch es war so klein, dass es nur Wanderer, bestenfalls Radfahrer entziffern konnten. So ein Mist!

»Hier geht's nicht weiter«, erklärte Jonathan gnadenlos.

Auch wenn sie es sich bis jetzt nicht hatte eingestehen wollen – sie war tatsächlich in einer Sackgasse gelandet. Zumindest gab es an deren Ende genügend Platz zum Wenden, und als sie zurückfuhr, entdeckte sie, dass eine kleine Straße nach rechts abbog und diese – wie ein weiteres, diesmal lesbares Schild angab – nach

Clairmont Manor führte. Das wiederum war ein altes Herrenhaus in der Nähe ihres Cottage. Wenn sie sich recht erinnerte, hatte beides einmal zusammengehört.

Sie rang sich ein Lächeln ab.

»Jetzt sind wir gleich da, versprochen, und heute Abend packen wir nur das Nötigste aus. Du wirst sehen, wir werden einen tollen Sommer haben. Als Kind bin ich in den Ferien immer hier gewesen und habe die Zeit total genossen.«

Seitdem waren allerdings ein paar Jahre ins Land gezogen, und sie hatte keine Ahnung, in welchem Zustand sich das Cottage mittlerweile befand. Millie, ihre Halbschwester und Mitbesitzerin des Anwesens, hatte ihr zwar den Schlüssel geschickt, aber zu bedenken gegeben, dass sich seit Jahren niemand mehr darum gekümmert hatte.

»Na ja«, hatte Marie all ihre Warnungen in den Wind geschossen. »Ein Dach wird es ja wohl schon noch haben.«

Jetzt, da das letzte Dämmerlicht endgültig von dunklen Wolken verschluckt wurde, war sie sich nicht einmal mehr sicher, ob hier überhaupt ein Haus stand.

Guernsey war nicht gerade eine einsame Insel, sondern großflächig verbaut, aber je tiefer sie in das Stück Wald fuhr, desto gottverlassener fühlte sie sich. Weit und breit war kein Licht zu sehen, nur Bäume und Hecken, hinter denen sich nur Niemandsland zu verbergen schien, kein gemütliches Häuschen.

Marie fuhr sich mit dem Handrücken über die Stirn. Immerhin, sagte sie sich, so abgeschieden wie das Cottage liegt, wird uns wohl kein Auto entgegenkommen.

Endlich fanden die Hecke und der Wald ein Ende, und sie kamen an einem breiten Tor vorbei.

»Ist es das?«, fragte Jonathan aufgeregt.

»Nein, dahinter befindet sich Clairmont Manor. Scheint nicht bewohnt zu sein, so finster, wie es hier ist.«

Sie trat aufs Gas. Die Straße war nicht länger asphaltiert, und sie betete darum, dass Hannah nicht aufwachte, als sie über Wurzeln und Steine rumpelten. Schließlich knirschten Kiessteine unter den Reifen, und der Scheinwerfer richtete sich auf eine Hauswand aus beige-grau anmutendem Naturstein.

Noch sah sie zu wenig vom Cottage, um seinen Zustand einschätzen zu können.

»Aber das ist es jetzt?«, fragte Jonathan.

Er klang enttäuscht.

Marie war sich sicher, dass die Fensterläden einst in strahlendem Blau gestrichen worden waren, aber ob es nun an der Finsternis lag oder daran, dass die Farbe längst abgeblättert war – sie glichen dunklen Löchern, und die Räume, die sie verbargen, wirkten nicht einfach nur leer, sondern wie tot.

»Du wirst sehen, bei Tageslicht wird alles ganz toll ausschauen!«

Es fiel ihr schwer, fröhlich und zuversichtlich zu klingen, und noch schwerer, Jonathan im Rückspiegel anzulächeln.

Er murmelte ein paar undeutliche Worte und spielte ein letztes Mal Fingercutter.

Maries Lächeln schwand. Vielleicht war es tatsächlich ein großer Fehler gewesen hierherzukommen, dachte sie wieder.

Anders als erwartet, wachte Hannah nicht von selbst auf, als sie die Autotüren öffnete, weswegen Marie sie aufwecken musste. Dass sie nicht in lautstarkes Protestgebrüll ausbrach, sondern ihren Condorferry-Teddy fest an sich presste und ihren Kopf in Maries Halsbeuge schmiegte, deutete diese schon mal als gutes Zeichen. So hatte sie zwar keine Hand frei, um neben der Handtasche mit dem Schlüssel auch einen der großen Koffer mitzunehmen, aber das war vielleicht ganz gut, solange sie keine Ahnung hatte, was sie im Inneren erwarten würde.

Zunächst war es nur Finsternis.

Sie konnte sich nicht erinnern, wo sich der Lichtschalter befand, und tastete eine Weile vergebens die Wand im Flur ab, doch als sie endlich darauf drückte, tat sich nichts. Hannah, die es mittlerweile auf zehn Kilo brachte, fühlte sich gleich doppelt so schwer an und begann, nun doch zu quengeln. Wann hatte sie das letzte Mal etwas getrunken? Und wo genau war eigentlich das Fläschchen?

Plötzlich fiel ein Lichtschein auf sie. Jonathan hatte die kleine Laserlampe, die sich am Autoschlüssel befand, angemacht.

»Irgendwo muss es einen Sicherungskasten geben«, erklärte er altklug.

Was für ein lebenspraktischer, kleiner Mann, dachte Marie stolz.

»Ja, klar!«, rief sie enthusiastischer, als ihr zumute war.

Im Flur entdeckte sie den Sicherungskasten allerdings nicht – nur ein Wandregal und, an einem Haken hängend, eine Taschenlampe. Offenbar war sie nicht die Erste, die hier hilflos im Finsteren gestanden war, und irgendeine gute Seele hatte beschlossen, sie sprichwörtlich nicht im Dunkeln tappen zu lassen.

Sonderlich stark war die Taschenlampe nicht, aber ihr Lichtschein reichte fürs Erste, den Boden zu beleuchten. Im Flur und im Wohnzimmer waren es alte Holzdielen, die von einer undefinierbaren grauen Masse bedeckt waren, und in der Küche ein grünlicher Linoleumboden, an den sie sich vage erinnern konnte. Als Kind hatte sie ihn nicht weiter schlimm gefunden, doch jetzt empfand sie ihn als Gipfel der Geschmacklosigkeit. Sie fuhr mit der Hand über den Tisch und blieb förmlich daran kleben, so dreckig wie er war. Alles wirkte feucht und modrig, was offenbar an den schlecht schließenden Fenstern lag. Es musste reingeregnet haben, und da seit Ewigkeiten nicht mehr gelüftet worden war, hatte die Feuchtigkeit nicht abziehen können. Im Wohnzimmer, zu dem von der Küche aus eine zweite Tür führte, begannen sich die Tapeten – ein Blumenmuster Marke Ashley – bereits zu lösen.

»Was ist das?«

Jonathan deutete auf das Uraltmodell eines Fernsehers, der so aussah, als könnte man hier bestenfalls Schwarzweißprogramme empfangen – eine riesige quadratische Kiste auf einem Plastikbein, der neben einem völlig durchgesessenen lindgrünen Sofa und zwei nicht nur enorm hässlichen, sondern auch riesengroßen Lampen das Wohnzimmer komplett verstellte.

Marie seufzte tief. »Den muss man wegschmeißen«, erklärte sie.

Doch wie wurde man hier auf Guernsey solch einen alten Apparat los? So wuchtig, wie er aussah, konnte sie ihn bestenfalls um ein paar Zentimeter verschieben.

Hannah quengelte immer lauter, aber als Marie sie auf dem Boden absetzen wollte, klammerte sie sich an ihr fest. Am liebsten hätte sie sich auf das lindgrüne Sofa gelegt, ob nun durchgesessen oder nicht, um für ein paar Minuten die Augen zu schließen, aber sie zwang sich dazu, der Müdigkeit nicht nachzugeben.

Jonathan trat zu dem alten, wurmstichigen Schrank. »Da sind ja nur Bücher drin, gar keine Spielsachen«, maulte er. »Du hast mir doch versprochen, dass es hier ganz viel zum Spielen gibt ...«

Ein Plan, sie brauchte einen Plan!

Erstens: Sie musste die Arme frei kriegen.

Zweitens: Sie musste für Licht sorgen.

Drittens: Sie musste Hannah etwas zu trinken geben.

»Pass mal auf, halt du mal die Taschenlampe und leuchte mir den Weg. Ich hol aus dem Auto das Reisebett für Hannah.«

Das Ding war zwar unförmig, aber nicht schwer. Während sie Hannah auf dem einen Arm trug, schleppte sie es mit der freien Hand ins Haus, klappte es im Wohnzimmer auf und setzte Hannah hinein. Die Babyflasche hatte sie mittlerweile auch gefunden, und sie war erleichtert, dass Hannah friedlich daran zu nuckeln begann, anstatt loszuheulen. Aber ehe sich ein gewisses Hochgefühl einstellen konnte, begann das Licht zu flackern. Die Batterien der Taschenlampe waren wohl ziemlich altersschwach.

19

Auf der Suche nach Ersatz riss sie mehrere Schubladen des Schreibtisches auf, der direkt neben dem Wandschrank stand, und die allesamt randvoll gesteckt mit Unmengen Papieren und unnützen Sachen wie Kerzenständern, kleinen Zinndöschen und Stoffblumen waren. Als sie die dritte Schublade öffnete, fiel diese ihr förmlich entgegen. Sie musste ihr ganzes Gewicht aufbringen, damit sie ihr nicht auf den Fuß krachte, doch auch wenn sie sie gerade noch halten konnte, landete ein Teil des Inhalts auf dem Boden.

Marie biss sich auf die Lippen. Das Licht flackerte noch stärker. Irgendwo mussten doch Kerzen sein und Streichhölzer, warum gab es sonst die vielen Ständer!

»Schau mal, da!«

»Jonathan, ich habe jetzt wirklich keine Zeit, ich muss …«

»Schau mal da-ha!« Er klang leicht genervt und richtete die flackernde Taschenlampe auf einen Zettel, der auf den Boden gefallen war. Marie überflog ihn und erkannte, dass es Instruktionen für Gäste waren und unter anderem angegeben wurde, wo sich der Sicherungskasten befand, nämlich direkt unter dem Treppenaufgang.

»Gott sei Dank!«

Die Batterie reichte gerade so lange, um den Stromkasten zu öffnen und den Hauptschalter zu drücken. Ein lautes Summen ertönte, und einen Moment lang schien das ganze Haus zu vibrieren. Doch endlich leuchtete eine Glühbirne auf, die von der Decke baumelte.

Marie hatte schon vorher erkannt, dass es um das Haus – freundlich ausgedrückt – nicht zum Besten stand, doch in diesem grellen Licht wirkte es erst richtig trostlos. Am liebsten hätte sie das Licht sofort wieder ausgemacht.

»Ach du Scheiße!«, entfuhr es ihr.

»Scheiße sagt man nicht«, belehrte Jonathan sie besserwisserisch.

Es dauerte ungefähr eine halbe Stunde, bis alles aus dem Auto geräumt war. Bei jedem einzelnen Koffer packte Marie der Zweifel, ob es nicht doch besser wäre, in ein Hotel zu fahren. Doch sie wollte so spät am Abend nicht mehr ins Auto steigen und den Kindern eine weitere Fahrtstrecke zumuten. Wann immer sie mit einem neuen Koffer das Haus betrat, hielt sie den Blick hartnäckig auf den Boden gerichtet, um nicht darüber nachdenken zu müssen, was alles zu renovieren war und wie viele Tage sie hier ausschließlich putzen musste, um sich halbwegs wohl zu fühlen.

Jonathan, der neben Hannahs Bettchen wartete und einmal mehr den »Baby-Animateur« gab, um sie bei guter Laune zu halten, zählte schonungslos alle Missstände auf.

»Hast du schon das Klo gesehen? Der Klodeckel hat einen Sprung!«, rief er ihr entgegen. Als sie das zweite Mal zum Haus zurückkehrte, meldete er: »Die Vorhänge sind von der Stange gerutscht.« Und seine letzte Hiobsbotschaft lautete: »Vor dem Fenster liegt ein totes Tier.«

Bis jetzt hatte Marie ihn ignoriert, aber nun schrie sie entsetzt auf: »Was?«

Sie stürzte zum Fenster, riss es auf und stellte erleichtert fest, dass das, was man mit viel Phantasie – und Jonathan hatte davon mehr als reichlich – für eine tote Katze halten konnte, in Wahrheit völlig verrottete Blumenkisten waren. Resigniert schloss sie das Fenster wieder.

Als sie in der Küche die Tasche mit dem Reiseproviant auspackte, bemühte sie sich, nirgendwo anzustoßen. Kurz wagte sie es, den Kühlschrank zu öffnen, schlug ihn aber sofort wieder zu. Er war zwar leer, aber nicht geputzt, und überall standen gelbliche oder graue Schimmelflecken, ganz zu schweigen vom üblen Geruch, der ihr entgegenschlug.

»Ich will Pommes!«, erklärte Jonathan unbeeindruckt.

»Woher soll ich denn jetzt, bitte schön, Pommes nehmen? Du

hast heute doch schon Lasagne gegessen, und hier, du kannst eine Banane haben.«

Er murmelte irgendetwas Unwilliges, aß aber die Banane. Auch Hannah steckte sich ein Stück in den Mund – wie immer ein so großes, dass sie es kaum kauen konnte und Marie Angst hatte, dass sie sich daran verschlucken würde – und war hinterher so gestärkt, dass sie gerne das Haus erkunden wollte. Als Einzige schien sie sich nicht daran zu stören, wie verdreckt und heruntergekommen alles war, und Marie konnte sie nur mühsam davon abhalten, indem sie ihr den Inhalt eines Hippgläschens in den Mund schaufelte.

»Da steht aber ›Guten-Morgen-Müesli‹ drauf!«, krähte Jonathan. »Und jetzt ist es Abend.«

Seit einigen Wochen konnte er lesen, und er war so stolz darauf, dass er es bei jeder Gelegenheit demonstrierte.

»Manchmal muss man eben improvisieren«, sagte Marie.

»Was heißt das?«

Marie überlegte kurz, wie sie es ihm am besten erklären sollte. »Nun«, meinte sie schließlich, »stell dir vor, wir sind auf der Flucht, und mit letzter Not haben wir dieses Haus erreicht. Es ist weit und breit der einzige Unterschlupf vor Feinden.«

»Welchen Feinden?«

»Egal jetzt!«

»Aliens?«

»Meinetwegen. Auf jeden Fall sind wir hier sicher. Am besten, wir verbringen die Nacht im Wohnzimmer.«

»Aber die Treppe führt doch in den ersten Stock, und dort oben sind die Schlafzimmer, oder?«

Ihr Sohn hatte recht, aber Marie konnte sich unmöglich aufraffen, weitere Räume in Augenschein zu nehmen und auf noch mehr Katastrophen zu stoßen.

»Hier ist es gemütlicher«, sagte sie schnell. »Wir ziehen für uns beide die Couch aus, und Hannah kann in ihrem Reisebettchen schlafen.«

Im Schrank im Flur befand sich Bettwäsche. Sie fühlte sich zwar klamm an und verströmte einen süßlichen Geruch, aber das war jetzt auch egal, zumal sich zu ihrer Müdigkeit Kopfschmerzen gesellten. Trotzdem nahm sie sich die Zeit, zumindest ein Regal sauber zu wischen, um darin die Essensreste zu verstauen. Das völlig verdreckte Putztuch, das sie in der Spüle vorgefunden hatte, musste dafür reichen. Als sie den Wasserhahn aufdrehte, tat sich erst mal gar nichts. Dann schoss ihr eine braune Ladung entgegen, der wenig später ein rötliches Rinnsal folgte.

Nur mit Mühe verkniff sie sich ein neuerliches »Scheiße«.

»Müssen wir nun alle ungebadet ins Bett gehen?«, fragte Jonathan. Anders als seine Mutter schien ihn der Gedanke daran sichtlich zu faszinieren.

Marie seufzte. Immerhin, sie hatte noch Baby-Feuchttücher, damit konnten sie sich notdürftig die Hände reinigen. Und sie war bereit, eine halbe Wasserflasche zu opfern, um das Regal sauber zu bekommen.

Aber wie sollte es nur morgen weitergehen?

Die Müdigkeit wurde immer übermächtiger, und auch Jonathan begann zu gähnen. Nur Hannah begann tatenhungrig, den Inhalt der Schublade zu inspizieren, die vorhin auf den Boden gefallen war.

»Pass auf, dass sie nichts in den Mund nimmt!«

So schnell wie möglich errichtete sie ein provisorisches Nachtlager. »Auch wenn wir kaum Wasser haben, die Zähne müssen wir uns trotzdem putzen«, verkündete sie hinterher.

Jonathan maulte, während Hannah am liebsten die Tube Zahnpasta aufgegessen hätte. Als Marie sie ihr wegnahm, brach sie in empörtes Gebrüll aus, und Marie beeilte sich, Wasser aufzusetzen, um ihr Abendfläschchen zuzubereiten. Immerhin, einer der Töpfe

23

schien nur mit ein paar Kalkflecken beschlagen und nicht völlig verdreckt zu sein, und der Herd funktionierte.

Hannah hatte das Fläschchen noch nicht mal zur Hälfte leergenuckelt, als ihr zu Maries Erleichterung die Augen zufielen: Trotz des Nickerchens im Auto machten sich die Reisestrapazen bemerkbar. Jonathan war auch bereits eingeschlafen.

Marie legte sich zu ihm auf die Couch. Sie war so weich, dass sie morgen früh wohl üble Rückenschmerzen haben würde, aber im Moment war es einfach nur eine Wohltat, endlich die Augen zu schließen.

Als Marie nach ein paar Stunden hochfuhr, hatte sie einen Moment lang keine Ahnung, wo sie war. Panik stieg in ihr hoch, und erst als sie die tiefen, gleichmäßigen Atemzüge ihrer Kinder vernahm, beschwichtigte sich ihr Herzschlag. Egal, wo sie war: Solange die beiden so friedlich schliefen, war es ein guter Ort. Kaum, dass sie sich entspannte, begannen jedoch Erinnerungen auf sie einzuprasseln, und sie konnte nicht mehr einschlafen.

Dass sie völlig überstürzt hierhergekommen war, erschien ihr jetzt bei Dunkelheit nicht länger als spontaner Einfall, sondern als eine Flucht. Sie wälzte sich hin und her und machte schließlich eine der monströsen Lampen an. Das Licht war nur diffus, reichte aber aus, um ihre vielen Koffer und Taschen zu beleuchten.

Wo nur sollte sie in diesem verdreckten Haus all ihr Gepäck verstauen?

Sie verdrängte den Gedanken, stand auf und ging zu einer der Taschen. Drei Leinwände ragten hervor, und gedankenverloren strich sie darüber. Noch waren sie völlig weiß …

Und die Pinsel, die ebenfalls in der Tasche steckten – wann waren sie zuletzt feucht gewesen? Wann hatte sie das letzte Mal gemalt?

Es musste Monate, nein, Jahre her sein. Bis jetzt hatte sie sich immer gesagt, dass sie in all den Turbulenzen schlichtweg keine Zeit dafür gefunden hatte, doch wie sie da im trüben Licht hockte, musste sie sich eingestehen: Ich kann es nicht … nicht mehr … nicht nach allem, was geschehen ist.

Sie war nicht nur nach Guernsey gekommen, um Erholung zu finden und den Kindern mit einem Tapetenwechsel über ihren Verlust hinwegzuhelfen, sondern hatte auf einen Neuanfang gehofft – als Malerin. Doch nun war es ihr unvorstellbar, inmitten von Chaos und Verfall in Ruhe hinter der Staffelei zu sitzen. Wie hatte sie sich nur der Illusion hingeben können, dass vor ihr ein wunderschöner, unbeschwerter Sommer in einem gemütlichen Cottage liegen würde?

Sie fröstelte, legte sich rasch wieder ins Bett, kuschelte sich an Jonathan und machte das Licht aus.

Tränen traten ihr in die Augen, und sie ließ zu, dass sie ihr übers Gesicht perlten. In den letzten Wochen hatte sie sie immer heruntergeschluckt und sich gesagt, dass sie für die Kinder stark sein müsste, doch jetzt fühlte sie sich unendlich schwach … und sie war Tausende Kilometer von Isabella, ihrer besten Freundin, entfernt. Sie überlegte, sie anzurufen, aber war sich nicht sicher, wo ihr iPhone geblieben war. Zuletzt hatte Jonathan im Auto damit gespielt, wahrscheinlich war es noch dort. Über diese Überlegungen versiegten die Tränen, und ehe sie sich entscheiden konnte, ob sie aufstehen und das iPhone holen sollte, war sie eingeschlafen.

Als sie wieder erwachte, drang Dämmerlicht durch die Fensterläden.

Jonathan schlief immer noch friedlich, Hannah war im Schlaf regelrecht herumgewandert und lag mit dem Kopf am Fußende. Aber sie war kein einziges Mal in der Nacht aufgewacht – ein Zeichen, wie groß ihre Erschöpfung gewesen war.

Marie lauschte. In weiter Ferne vernahm sie ein Geräusch, das langsam, aber sicher näher kam. Zuerst hielt sie es für das Miauen einer Katze, doch je länger dieser klagende Laut ertönte, desto größer wurde ihre Gewissheit: Jemand weinte, und es klang ziemlich verzweifelt.

Marie war jetzt hellwach. Sie setzte sich auf und hielt den Atem an. Das Weinen erklang wieder, aber nicht mehr ganz so laut, sondern irgendwie gedämpft. Im ersten Moment hätte sie schwören können, dass es eine Frau war, die weinte, aber mittlerweile war sie sich nicht mehr so sicher. So hoch, wie die Stimme klang, konnte sie auch von einem Kind stammen.

Sie stand auf, tappte zum Fenster, ließ den Laden aber dann doch geschlossen. Er hätte zu laut gequietscht und die Kinder womöglich aufgeweckt. Also schlich sie sich in die Küche, öffnete dort das Fenster und sah in den Garten hinaus. Nach einer wenige Meter breiten, ebenen Fläche fiel er steil bergab. An der Grenze des Grundes standen ein paar Bäume, und auch wenn er von hier aus nicht zu sehen war, wusste sie, dass dahinter ein schmaler Küstenpfad folgte, der bis zur Hauptstadt der Insel, Saint Peter Port, führte. Hinter dem Weg befand sich ein weiteres Stück Wald und dann schon das Meer. An sonnigen Tagen konnte man es türkis hinter den Bäumen durchschimmern sehen, und sobald sich der Morgendunst gehoben hatte, ließ sich ein Blick auf die kleine Insel Herm erhaschen. Als Kind hatte sie ein paar Ausflüge dorthin unternommen und am berühmten Shellbeach Muscheln gesammelt.

Heute hing der Nebel jedoch zäh über den Bäumen. Das Meer, ein schmaler, grauer Streifen, hob sich kaum vom Himmel ab, und obwohl der Garten vor Blumen überquoll, bot er einen tristen Anblick: Die für Guernsey so berühmten Blucbells – eine Hyazinthenart, die an manchen Stellen so dicht wuchsen, dass sie blauen Teppichen glichen – ließen ebenso die Köpfe hängen wie die roten und weißen Lichtnelken, die Narzissen und die Iris. Am Steilhang wuchsen die rötlichen Guernsey-Lilien, die einst auf der Insel gezüchtet worden waren und sich zu ihrem Wahrzeichen entwickelt hatten, doch ihre Blütenblätter erbebten im Wind, als würden sie frösteln.

Marie hatte den Kopf aus dem Fenster gestreckt, zog ihn aber schnell zurück, als sie die ersten Regentropfen abbekam. Bei Sonne wäre der Ausblick in den Garten wunderschön gewesen, aber so verstärkte er ihre Beklommenheit. Hastig schloss sie das Fenster. Die Tropfen, die gegen die Scheibe platschten, wurden immer dicker, und bald schon war hinter der grauen Nebelwand kaum mehr etwas zu erkennen.

Immerhin, das Weinen war verstummt. Plötzlich war sie sich auch sicher, dass es weder aus dem Mund einer Frau noch eines Kindes stammte, sondern lediglich Möwen waren, die, von Wind und schlechtem Wetter unbeeindruckt, den Himmel durchpflügten und ihre klagenden Rufe ausgestoßen hatten.

Sie wandte sich ab, und ihr Blick fiel auf eine Kaffeemaschine – ein ziemlich altmodisches Teil, das obendrein völlig verkalkt war, aber ihren Kaffeedurst ins Unermessliche wachsen ließ. Allerdings hatte sie kein Kaffeepulver, weswegen ihr nichts anderes übrigblieb, als zu warten, bis die Kinder wach waren, und mit ihnen frühstücken zu gehen. Die Aussicht, sich wieder ins Auto zu setzen, war wenig verführerisch, aber sie könnten zu Fuß zum Fermain Bay spazieren, wo es, soweit sie sich erinnern konnte, ein Strandcafé gab.

Ihr Frösteln verstärkte sich, und sie beschloss, sich anzuziehen.

Als sie an den schlafenden Kindern vorbei durch das Wohnzimmer schlich, blieb etwas an ihrer Fußsohle kleben. Sie bückte sich danach und sah, dass es ein altes Schwarzweißfoto war. Einen kurzen Moment fragte sie sich, wie es hierhergekommen war, doch als sie sich umblickte, erkannte sie, dass es in der überfüllten Schublade gelegen haben musste und – wie so vieles andere – auf den Boden gefallen war, als sie daran gezogen hatte.

Sie betrachtete das Foto eingehender. Es zeigte eine Frau, die an einen runden Stein gelehnt saß und ziemlich altmodisch gekleidet war: Ihr dunkles Kleid reichte bis zu den Knöcheln, die spitz zulaufenden Stiefel waren bis oben hin geschnürt, die helle Bluse mit voluminösen Puffärmeln ausgestattet. Die Haare trug sie zu einem Knoten aufgesteckt, und auch wenn Marie nicht mit Sicherheit sagen konnte, welche Farbe sie hatten, vermutete sie einen dunklen Rotton oder Kastanienbraun. Obwohl Kleidung und Frisur streng anmuteten, versprühte die Frau eine unglaubliche Lebendigkeit. Die Augen funkelten, und ihr Mund war zu einem breiten Lächeln verzogen, das nicht im Geringsten aufgesetzt, sondern durch und durch echt schien und von überbordender Fröhlichkeit kündete.

Vom Hintergrund war bis auf den Stein, auf dem sie saß, nicht viel zu erkennen, nur ein Stück Himmel und ein weißer Punkt, der sich als Möwe ausmachen ließ – ein Zeichen, dass sich dieser Ort irgendwo in Küstennähe befand.

Eine Weile betrachtete Marie das Bild und fühlte sich – so verzagt und verlassen wie sie sich selbst vorkam – von der guten Laune der Frau nahezu provoziert. Als sie das Bild umdrehte, war dort weder eine Jahreszahl noch der Name des Fotostudios zu lesen, jedoch zwei Wörter in einer dünnen, fast schon verblichenen Schrift. Marie musste zurück in die Küche gehen und das Foto ans Fenster halten, um sie entziffern zu können.

Geliebte Anouk.

»Anouk, Anouk«, murmelte sie. Sie konnte sich nicht erinnern, diesen Namen jemals gehört zu haben. Sie wusste ja nicht einmal, wie alt genau das Cottage war. Auf den ersten Blick hätte sie das Foto auf die Zeit des Zweiten Weltkriegs datiert, doch genau betrachtet, konnte sie sich nicht vorstellen, dass eine junge Frau so glücklich lachte, während die Bevölkerung der Insel unter der deutschen Besatzung litt. Auch die Mode ließ ein noch älteres Entstehungsdatum vermuten – vielleicht Anfang des 20. Jahrhunderts.

Ob die Frau hier im Cottage gelebt hatte? Und warum sie wohl so glücklich und befreit lachte?

Marie ahnte, dass sie das womöglich nie herausfinden würde, aber der Neid, den sie auf diese lebensfrohe Frau empfand, wich plötzlich einer wilden Entschlossenheit. Ja, das Cottage befand sich in einem erbärmlichen Zustand, und ja, Regen und Nebel machten es nicht besser, ganz zu schweigen von ihrem knurrenden Magen. Aber sie hatte schon Schlimmeres bewältigt, und irgendwie würde sie sich hier schon halbwegs behaglich einrichten können. Auf keinen Fall wollte sie sich von ihrer Trauer, der Verzagtheit und den Zukunftsängsten bezwingen lassen, sondern endlich wieder ihre Träume leben.

2

1918

Lilian fiel dem fremden Mann um den Hals und küsste ihn auf die Wangen. Zunächst sah er sie entgeistert an, doch er erwiderte ihr breites Lächeln, als sie rief: »Ist es nicht herrlich?«

»Ja«, entgegnete er, »heute ist in der Tat ein Freudentag.«

Lilian nickte strahlend, löste sich von ihm und ging weiter – oder vielmehr versuchte sie es: Genau betrachtet war an ein rasches Fortkommen nicht zu denken. Obwohl es November und das Wetter regnerisch war, begann sie, inmitten der vielen Menschen auf Londons Straßen und Plätzen zu schwitzen.

Seit Stunden war sie auf den Beinen. Eigentlich hatte sie mit dem Bus hierher fahren wollen, doch der war bis zum letzten Platz besetzt gewesen. Männer und junge Burschen hatten sich an Türen und Fenster geklammert, um mitzufahren. Schließlich hatte sie sich zu Fuß bis zum Trafalgar Square durchgekämpft und überlegte nun, ob sie Richtung St. James Park gehen oder lieber den Buckingham Palace ansteuern sollte. Natürlich könnte sie über die Whitehall auch bis zur Downing Street gelangen, wo der Menschenauflauf kaum geringer war: Schließlich wollte jeder einen Blick auf David Lloyd George, den Premierminister, erhaschen.

Ehe sie sich entschieden hatte, wurden die Jubelschreie, die nun schon seit Stunden nicht abrissen, plötzlich lauter: Berittene Polizisten folgten einem offenen Pferdewagen, in dem König George V. und seine Gattin Mary Platz genommen hatten.

»Was für eine würdige Erscheinung!«, sagte eine Frau dicht neben ihr.

Im Grunde bekam Lilian nichts von der königlichen Kutsche zu sehen, war ihr die Sicht doch nicht nur von Köpfen, sondern obendrein von Regenschirmen verstellt, aber sie nickte dennoch eifrig.

»Wir können wirklich stolz auf unseren König sein.«

Die Frau tätschelte ihren Arm, und Lilian lächelte strahlend. Insgeheim musste sie jedoch daran denken, wie verhasst der König seinem Volk lange Zeit gewesen war – und nicht nur diesem. Als der britische Premierminister einmal zu ihm bestellt wurde, hatte er zuvor abfällig erklärt: »Ich möchte wissen, was mir mein kleiner deutscher Freund zu sagen hat.«

Doch man mochte dem König viel nachsagen, an Gerissenheit, so war Lilian überzeugt, fehlte es ihm nicht: Erst im letzten Jahr hatte er für sich und alle seine Nachkommen auf seine deutschen Namen und Titel verzichtet, um künftig den Namen Windsor tragen zu können, und ob die Menschen nun schlichtweg dumm, vergesslich oder gutmütig waren: Kaum einer dachte mehr an seine wahre Herkunft, schon gar nicht an einem Tag wie heute.

Lilian fiel auch der fremden Frau um den Hals: »Ich bin so froh, dass der Krieg endlich vorbei ist!«, rief sie.

Die Frau erwiderte ihre Umarmung, und als Lilian sich von ihr löste, war ihr Lächeln noch breiter. Sie drängte sich weiter durch die Menge und kam an einer Gruppe junger Männer vorbei, die schon ziemlich betrunken waren. Sie schwenkten den Union Jack, aber auch das amerikanische Sternenbanner und sangen ebenso laut wie falsch.

Lilian legte ihren Kopf schief: »Darf ich mit euch tanzen?«

»Wer könnte zu einer so hübschen Frau nein sagen?«

Lilians Lächeln war nicht länger strahlend, sondern kokett. Sie wusste, dass sie keine klassische Schönheit war: Ihre Haut war nicht vornehm blass, sondern mit Sommersprossen übersät, das Haar fiel nicht in goldenen Locken über ihre Schultern, sondern in Form ungebärdiger, brauner Krausen, aber ihre dunklen Augen waren groß und glänzten, die Grübchen auf den Wangen wirkten neckisch, und sie konnte sich ebenso leichtfüßig wie wendig bewegen.

Eine Weile tanzte sie mit den jungen Männern, ehe sie sie stehen ließ und Richtung Green Park aufbrach. Immer wieder fiel sie weiteren fremden Menschen um den Hals und beteuerte, wie glücklich sie sich alle schätzen konnten.

»Welche Erleichterung, dass der Krieg vorbei ist.«

»Unsere Jungs haben so tapfer gekämpft.«

»Den Hunnen haben wir es aber gezeigt.«

Schließlich entfernte sie sich aus dem dichten Gedränge und zog sich in eine stille Ecke zurück. Sie lehnte sich an die Wand eines Tabakwarenladens und genoss es, das Gewicht in ihrer Tasche zu spüren. Noch war nicht der rechte Zeitpunkt, das Diebesgut, das sie den Menschen unbemerkt abgenommen hatte, eingehend zu betrachten und seinen Wert zu bestimmen. Aber sie war sicher, dass sie seit langem nicht mehr mit solch einer üppigen Ausbeute nach Hause gekommen war. Sie lächelte in sich hinein.

Ja, heute war ein guter Tag.

Als Lilian in die ärmliche Mietwohnung im Eastend zurückkehrte, war sie völlig vom Regen durchnässt. Sie pustete in ihre eiskalten Hände, spürte aber dennoch fast nichts. Ihre Finger waren zu steif, um das Diebesgut Stück für Stück aus der Tasche zu ziehen, weswegen sie es einfach auf dem Boden ausleerte.

»Suzie, schau! Die Taschenuhr ist von einem jungen Mann. Als ich ihn umarmte, wurde er ganz steif, und hinterher war er so wild darauf, den Staub von der Jacke zu wischen, dass dieser Dummkopf gar nicht bemerkt hat, was ich habe mitgehen lassen. Die Brosche ist von einem alten Weib. Die hatte so viel Schmuck, da fällt ein fehlendes Stück nicht weiter auf. Und außerdem machen sie alle die Juwelen auch nicht schöner, im Grunde kann sie mir dankbar sein. Die Münzen stammen von ein paar jungen Männern. Auch die sind besser dran, weil ich das Geld habe – sie würden es ja doch nur für Schnaps ausgeben, und besoffen waren sie schon genug.«

»Wenn man dir zuhört, könnte man denken, du tust den Menschen einen Gefallen, wenn du sie bestiehlst!«

Suzie runzelte skeptisch die Stirn. Obwohl sie zu Hause geblieben war, fröstelte auch sie – kein Wunder, da sie bislang keine Kohle hatten kaufen können.

»Nun können wir endlich einheizen!«, schwärmte Lilian. »Und uns einmal richtig satt essen. Wir werden feiern!«

»Was denn?«, fragte Suzie skeptisch. »Weil der Krieg vorbei ist oder weil du so viel erbeutet hast?«

»Weder noch! Vielmehr, dass wir jung sind und ein Dach über dem Kopf haben. Die Zukunft gehört uns!«

Lilian eilte auf sie zu, zog sie an sich und drehte sich ein paarmal mit ihr im Kreis.

»Hör auf!«, wehrte sich Suzie. »Mir wird ganz schwindlig! Und was das Dach über dem Kopf anbelangt – Mrs Merrywether war vorhin gerade hier und wollte ihre Miete haben.«

Lilian unterdrückte ein Seufzen. Mrs Merrywether zeigte gegenüber den zwei jungen unverheirateten Dingern, wie sie sie nannte, großes Misstrauen. Immer wieder fragte sie neugierig, was sie den ganzen Tag so trieben. Dass Suzie als Näherin fleißig zu Hause arbeitete, hatte sie irgendwann zufriedengestellt, doch dass Lilian den ganzen Tag über fort war und nie sagte, welcher Arbeit sie nachging, nahm sie ihr sichtlich übel.

»Sie kann froh sein, dass wir für dieses Loch überhaupt etwas bezahlen.«

Dieses Loch war ein winziger Raum mit einem Herd, einem wackeligen Tisch, zwei noch wackeligeren Stühlen und zwei durchgelegenen Matratzen anstelle von Betten. Im Winter war es so kalt, dass sie zusammengekuschelt auf einer lagen – so wie einst schon im Waisenhaus, wo sie sich nicht nur gegenseitig gewärmt, sondern sich die Läuse geteilt hatten, den Hunger und die Sehnsucht nach den Eltern, die sie beide in früher Kindheit verloren hatten. Mittlerweile hatten sie die Eltern vergessen, waren einander wie Schwestern und kämmten sich die Läuse gegenseitig aus dem Haar – was bei Lilians kräftigen Krausen eindeutig schmerzhafter war als bei Suzies rötlichen, glatten Strähnen. Was wiederum den Hunger anbelangte, hatte Lilian diesen im Waisenhaus stoisch ertragen, doch als sie alt genug waren, um von dort zu fliehen, hatte sie geschworen, dass sie von nun an gut und reichlich essen würde, koste es, was es wolle. Auch wenn sie irgendwann in die Hölle kommen sollte – lieber wollte sie mit vollem Bauch sündigen, als darbend, fahl und schwach vor Gott auf den Knien zu rutschen.

Satt zu sein war etwas, was auch Suzie genoss – nur bei der Wahl der Mittel, den Magen zu füllen, war sie etwas zimperlicher.

Sie machte sich von Lilian los: »Eigentlich ist es gemein, die Freude der Menschen über das Ende des Krieges so schamlos auszunutzen.«

»Wir haben endlich Frieden, und dafür mussten die meisten größere Opfer bringen als eine Brosche oder eine Taschenuhr. Ich werde zusehen, dass ich sie in den nächsten Tagen zu Geld mache. Nimm einstweilen die Münzen und geh einkaufen.«

»Und was machst du?«, fragte Suzie entgeistert.

»So leicht und viel wie heute habe ich es noch nie gehabt – das muss ich ausnutzen. Die Menschenmenge hat sich langsam zerstreut, aber die, die noch auf den Straßen rumlungern, sind so betrunken, dass sie leichte Beute sind.«

Suzie schüttelte mahnend den Kopf. »Kannst du denn gar nicht genug bekommen?«

»Genug? Was soll das sein? Vom Geld hat man immer nur zu wenig … nie zu viel.«

Suzie wollte noch einen Einwand hervorbringen, aber Lilian hob die Hand. »Kannst du dich erinnern, wovor wir im Waisenhaus immer gewarnt wurden? Wenn wir uns nicht brav und sittsam benähmen, würden wir dereinst in der Gosse landen. Das war natürlich Unsinn, denn rechtes Benehmen bewahrt nicht vor der Gosse – nur Reichtum. Aber dass keiner in der Gosse landen will, das stimmt, und du siehst das genauso. Schlimmer als zu stehlen ist es, den eigenen Körper zu verkaufen, und lieber bestehle ich den König höchstpersönlich, als so tief zu sinken.«

Suzie blickte etwas missmutig. »Du denkst also, es gibt für Frauen wie uns nur diese zwei Wege: zu huren oder zu stehlen? Wie wär's mit rechtmäßiger Arbeit?«

Lilian zuckte die Schultern. »Näh du, so viel du willst, ich steche mir ja doch nur die Finger dabei blutig. Und schau vor allem nicht so streng an einem Freudentag wie heute.« Lilian beugte sich vor, hauchte einen Kuss auf Suzies Wange und stürmte nach draußen, ehe die andere einen weiteren Einwand erheben konnte.

Der Nieselregen hatte aufgehört, doch die Kälte wurde immer schneidender, und vom Boden stiegen graue Schwaden hoch. Lilian war hin- und hergerissen. Dort vorne im Pub ging es fröhlich zu, Spirituosen wurden in großen Mengen ausgeschenkt, und sie würde gewiss auch ein Glas abbekommen, um sich zu wärmen. Allerdings, so viele betrunkene Männer an einem Ort waren nicht ungefährlich, und wenn Suzie sie auch zu Recht eine Draufgängerin nannte – wahnsinnig war sie nicht. Sie war stolz darauf, Gefahren richtig einzuschätzen und ihr Glück nicht überzustrapazieren.

Während sie noch zögerte, ertönten plötzlich Schritte hinter ihr. Sie fuhr herum und stellte erleichtert fest, dass aus dem grauen Nebel kein Gesindel auftauchte, sondern ein Mann mit schwarzem Mantel und Zylinder.

Aus den Augenwinkeln musterte sie seine Gestalt, und trotz

Nebel und Dunkelheit hatte sie in kürzester Zeit das Wichtigste erfasst: Er schwankte nicht, sondern ging forschen Schrittes, was bedeutete, dass er nicht betrunken war. Außerdem hatte er den Mantelkragen hochgeschlagen, um sein Gesicht zu verbergen – ein Zeichen, dass er sich von den Betrunkenen abgestoßen fühlte und so wenig wie möglich von ihnen sehen wollte. Obwohl er zunächst schnellen Schrittes am Pub vorbeiging, wurden seine Schritte danach immer zögerlicher – wohl, weil er mit diesem Viertel nicht vertraut war, sondern offenbar in einem besseren lebte.

Lilian triumphierte. Ein Opfer ganz nach ihrem Geschmack.

Sie trat auf ihn zu. »Entschuldigen Sie …«

Der Mann stand mit dem Rücken zur Straßenlaterne, als er sich zu ihr umdrehte und zu ihr beugte, wobei sein Gesicht im Dunkeln blieb. »Ja, Miss?«

Einmal mehr rieb sie die Hände fröstelnd aneinander. »Ich war viel zu lange bei der Siegesfeier, und jetzt traue ich mich nicht, das letzte Stück nach Hause zu gehen«, jammerte sie. »Es ist so finster, und keiner weiß, wer hier einem unschuldigen Mädchen womöglich auflauert. Ich wohne gleich dort hinten, könnten Sie mich vielleicht begleiten?«

Sein Gesicht blieb weiterhin im Dunkeln, so dass sie nicht in seiner Miene lesen konnte, aber er nickte und reichte ihr bereitwillig den Arm. Lilian konnte ihr Glück kaum fassen.

Was für ein Idiot, einem fremden Mädchen einfach zu vertrauen! Er stammte wirklich nicht von hier!

Trotz des Triumphes verkniff sie sich ein Grinsen. Noch war es zu früh, um zu frohlocken, und auch, wenn er ihr zu helfen bereit war – er passte sich mitnichten ihrem Tempo an, sondern ging zielstrebig auf das Haus zu, in dessen Richtung sie gedeutet hatte. Viel Zeit blieb ihr also nicht.

»Es ist großartig, dass der Krieg vorbei ist, nicht wahr?«

Der Mann nickte nur.

»Jetzt kommen bessere Zeiten«, fuhr sie fort. »Meine Mutter hat so um unseren Jüngsten gebangt, Johnny heißt er. Er hat bei der Expeditionary Force in Frankreich gekämpft, aber jetzt ist alles gut, bald kommt er heim. Meine Mutter ist übrigens Schneiderin, sie hat tüchtig Uniformen genäht, und ich habe in einer Rüstungsfabrik gearbeitet.«

Die Lügen gingen ihr leicht über die Lippen. Im Laufe ihres achtzehnjährigen Lebens hatte sie so viele Geschichten über ihr Leben erfunden, dass man mit diesen, hätte jemand sie aufgeschrieben, ganze Bibliotheken füllen könnte.

Der Mann sagte weiterhin nichts, und sie schwieg nun auch, zumal sie ihr Ziel längst erreicht hatte. Während sie von Johnny erzählte, hatte sie ganz unauffällig in seinen Mantel gegriffen, die Geldbörse hervorgezogen und in der eigenen Tasche verstaut. Sie hängte sich fester ein, damit er nicht das fehlende Gewicht der Börse bemerkte, löste sich jedoch nach einigen Schritten von ihm.

»Vielen Dank! Meine Mutter wird sich freuen, dass ich endlich nach Hause komme – und mir gewiss ordentlich die Leviten lesen, weil ich ihr so viel Sorgen bereitet habe.«

Der Mann nickte wieder, wandte sich grußlos ab und verschwand im Nebel, ohne sich zu vergewissern, dass sie auch wirklich wohlbehalten ihr Zuhause erreichte.

Umso besser, sie hatte keine Lust, in der Finsternis herumzustehen. Zwar zwang sie sich, bis zehn zu zählen, lief dann aber hastig wieder zurück zur Hauptstraße. Das Gegröle in der Ferne war lauter geworden, doch sie achtete nicht darauf, sondern blieb vor einer Laterne stehen, um die Börse zu öffnen und nachzuzählen. Gewiss, es wäre klüger gewesen, damit zu warten, aber so schwer wie sie war, hatte dieser Fremde ein Vermögen bei sich getragen. Undenkbar, ihre Neugierde zu bezwingen!

Zu ihrer Enttäuschung musste sie allerdings feststellen, dass sich kein Papiergeld in der Börse befand, nur Münzen – und zwar großteils fremde. Sie mussten aus aller Herren Länder stammen. Wie und wo sollte sie sie nur in Pfund wechseln, ohne Verdacht zu erwecken, das Geld gestohlen zu haben? Verdammt!

Im nächsten Augenblick fiel die Börse auf den Boden, und die Münzen kullerten über die Straße. Etliche blieben in den Ritzen zwischen den Pflastersteinen stecken.

Lautlos hatte sich jemand von hinten genähert, Lilian gepackt und ihr die Hand vor den Mund gepresst.

Sie wusste sofort, dass es der Mann mit dem Zylinder war – und sie wusste auch, dass er stark war, stärker als sie. Es geschah nicht zum ersten Mal, dass fremde Hände sie packten, doch für gewöhnlich konnte sie auf simple Tricks zurückgreifen, um sich daraus zu befreien: Meist genügte es, sich ein paar Atemzüge lang schwach zu stellen, um dann unerwartet gegen die empfindlichste Stelle des Angreifers zu treten. Doch dieser Mann schien aus Stahl zu sein. Als sie mit ganzer Kraft gegen sein Schienbein trat, entwich ihm kein Schmerzenslaut, und auch seine schwielige Hand löste sich nicht von ihrem Mund. Lilian unterdrückte die Regung, ihn erneut zu treten, versteifte sich stattdessen und wartete, bis er sie mit sich zerrte. Dann zog sie blitzschnell eine Nadel aus ihrer Tasche und stach in seinen Bauch. Suzie besaß jede Menge davon, und Lilian hatte immer welche eingesteckt, denn sie waren eine unauffälligere, vor allem aber kleinere Waffe als ein Messer.

Und tatsächlich: Der erhoffte Schmerzensschrei ertönte, außerdem lockerte sich der Griff der unbarmherzigen Hände. Lilian riss sich los und lief davon. Blitzschnell setzte der Mann nach.

»Hilfe!«, schrie sie. »Zu Hilfe!«

In der Ferne hörte sie Gelächter, dann presste sich erneut die Hand über ihre Lippen, und sie spürte den kalten Stahl eines Messers an ihrer Kehle. »Keinen Mucks.«

Lilian war klug genug, um zu wissen, dass ihre Lage hoffnungslos war. Sie wehrte sich nicht länger, hatte nicht einmal Angst, dachte sogar, dass sie es immer gewusst hatte: Irgendwann würde dieser Moment kommen ... irgendwann würde sie im Zuchthaus landen, das hatten ihr auch die Nonnen oft genug prophezeit.

Doch der Weg führte vorerst nicht ins Zuchthaus, sondern zwei Straßen weiter. Unter einer Straßenlaterne blieb der Fremde stehen und presste sie gegen eine Hauswand. Obwohl das Licht sie blendete, zwang sie sich, die Augen offen zu halten, auf dass ihr nichts entging. Das Messer war immer noch auf sie gerichtet, und als sie in sein Gesicht sah, zweifelte sie keinen Augenblick lang, dass er sie notfalls töten würde. Der Fremde war groß und zäh, aber schmaler, als sein fester Griff vermuten ließ. Seine Haut war fahl, die Wangen eingefallen, und die vielen kleinen Narben ließen ihn nicht einfach nur unansehnlich, sondern hässlich wirken. Sein Blick war verschlagen, der Mund zu einem schmalen Lächeln verzogen.

»Ich beobachte dich schon eine Weile ... Lilian Talbot.«

Großer Gott, er kannte ihren Namen!

Der Mund wurde ihr ganz trocken.

»Woher ...«, setzte sie an. Mehr brachte sie nicht hervor.

»Ich kenne Mädchen wie dich. Die Not steht ihnen allzu deutlich in die Augen geschrieben. Menschen wie du sind zu allem bereit.«

Sie entschied, keine Fragen mehr zu stellen, sondern versuchte, ohne zu zittern, den Blick zu erwidern. »Worauf warten Sie?« Sie legte größtmögliche Verachtung in die Stimme. »Na los, bringen Sie mich schon ins Zuchthaus!«

Ein Ton entwich seinen schmalen Lippen, von dem sie nicht sagen konnte, ob es ein Lachen oder Zischen war. »Es wäre jammerschade, dein Talent im Zuchthaus verkümmern zu lassen.«

Sein Lächeln wurde breiter, sein Griff lockerte sich, und er zog endlich das Messer zurück, jedoch nicht, um es einzustecken, sondern um vorsichtig über die Klinge zu streichen. Lilian hätte schwören können, dass er noch nie eine Frau so zärtlich berührt hatte wie diese Waffe. Sie fragte sich unwillkürlich, ob er sich die Narben selber zugefügt hatte.

»Ich habe keine Angst«, erklärte sie ihm kühl. »Sagen Sie mir, was Sie von mir wollen!«

Endlich ließ der Mann das Messer sinken.

»Hast du schon mal etwas vom Blauen Ring gehört?«, fragte er.

Als Lilian viele Stunden später heimkehrte, brannte Feuer im Herd. Erst jetzt merkte sie, dass die Kälte jede Faser ihres Körpers durchdrungen hatte. Obwohl sie sich ganz dicht an den Ofen stellte, konnte sie nicht aufhören zu zittern. Beinahe wäre sie stehend eingenickt vor Müdigkeit, doch als sie sich vom Ofen löste und neben Suzie legen wollte, wurde diese wach.

»Mein Gott, Lilian, wo bist du so lange gewesen? Ich habe mir solche Sorgen gemacht!«

Trotz der Kälte und Erschöpfung erschien ein triumphierendes Lächeln auf Lilians Lippen. Mit einem genussvollen Stöhnen streckte sie sich neben Suzie auf der Matratze aus.

»Bald werden wir in einem richtigen Bett schlafen …«

»So viel hast du gestohlen?«

»Nein, aber ich habe Maxim Brander kennengelernt.«

»Wer ist Maxim Brander?«

»Der Anführer des Blauen Rings.«

Lilian merkte plötzlich, dass der Hunger noch größer als ihre Müdigkeit war. Ihr Magen knurrte.

»Es sind noch Kartoffeln da«, murmelte Suzie.

Wie so oft spürte sie, was die Freundin brauchte, noch ehe die es aussprach.

Lilian erhob sich und aß Kartoffeln, während sie vom Blauen Ring erzählte. Die Schalen blieben ihr am Gaumen kleben und schmeckten bitter.

Eines Tages werden andere für mich die Kartoffeln schälen,

dachte sie. Und ich werde keine gewöhnlichen Kartoffeln mehr essen, sondern Pommes Dauphine, feines Fleisch und knuspriges Brot …

Suzie lauschte ihrer Erzählung ausdruckslos. Erst als Lilian geendet hatte, richtete sie sich empört auf. »Sag, bist du wahnsinnig geworden, dich mit solchem Abschaum einzulassen? Wie konntest du nur?«

»Abschaum? Hast du mir nicht zugehört? Wenn du Maxim Brander sehen würdest, würdest du ihn für einen ehrenwerten Mann halten. Er ist gekleidet wie ein Arzt oder Anwalt!«

Sie dachte an die Narben in seinem Gesicht, unterdrückte jedoch ihr Schaudern und erzählte Suzie nichts davon. Auch reiche Menschen konnten nun mal hässlich sein. Was zählte, war, dass Maxims Mantel aus edlem Stoff war. Und dass sie selber feine Kleider tragen wollte.

»Du willst doch nicht ernsthaft …«

»Hast du dir überlegt, wie viel Geld ich machen kann? Ich habe gar nicht gewusst, was es alles für Möglichkeiten gibt, reich zu werden!«

Sie war immer stolz auf ihre Geschicklichkeit als Taschendiebin gewesen, aber verglichen mit den Gaunern, die sich zum Blauen Ring zusammengeschlossen hatten, war sie ein Nichts. Sie verdienten am Schmuggel, an Pferdewetten und Lebensmittelfälschung … und das im großen Stil. Selbst als kleines Rädchen im großen Getriebe würde sie mehr verdienen als auf sich allein gestellt auf der Straße. Vor allem aber konnte der Blaue Ring notfalls die Polizei bestechen, falls sie eines Tages auf frischer Tat ertappt wurde.

»Wir sollten lieber bescheiden bleiben«, sagte Suzie. »Genügt es nicht, dass wir diese Wohnung haben und vorerst sogar genug Kohlen und zu essen? Wir können überleben, mehr recht als schlecht, und wenn ich irgendwann eine eigene Schneiderei aufmache …«

41

Lilian ließ vor Empörung die letzte Kartoffel fallen. »Das ist zu wenig!«, schrie sie. »Ich will ein besseres Leben! Bessere Möbel, bessere Kleidung, bessere Nahrung.«

»Du hast die Ansprüche einer Königin, aber wer bist du schon?«, tadelte Suzie sie. »Nichts weiter als eine armselige Waise, die noch nicht einmal ...«

Lilian stampfte auf. »Sprich es nicht aus! Was zählt es, aus welchem Loch wir gekrochen sind? Man kann alles erreichen, wenn man es nur will! Und ich will unbedingt reich werden. Das Leben ... es ... es tut nicht so weh, wenn man genug Geld hat ...«

Sie presste die Lippen zusammen, um nicht noch mehr zu bekennen. Früher im Waisenhaus war es vor allem Suzie gewesen, die unter den Schlägen der Nonnen, der Kälte, dem Hunger und vor allem dem Verlust der Eltern gelitten hatte. Lilian hingegen hatte immer so getan, als störte sie das alles nicht, wollte sie der Gefährtin doch Zuversicht und Hoffnung geben – genauso wie sich selbst. Nicht zu zeigen, dass sie litt, hatte jedoch nichts daran geändert, dass sie es dennoch tat.

Hastig wandte sie sich von Suzie ab und legte Kohlen nach, damit die andere nicht in ihrem Gesicht lesen konnte.

»Ich habe Angst um dich«, murmelte Suzie und ließ offen, woher diese Furcht rührte: Weil Lilian sich dem Blauen Ring anschließen wollte oder weil sie von ihrer Gier nach einem besseren Leben förmlich aufgerieben wurde.

»Das musst du nicht.« Als Lilian sich ihr wieder zuwandte, hatte sie ein gleichmütiges Lächeln aufgesetzt. »Ich bin wie eine Katze. Ich lande immer und überall auf den Füßen, und ich habe sieben Leben.«

3

Als die Kinder erwachten, regnete es so stark, dass von den Blumen im Garten nichts mehr zu sehen war. Obwohl Marie zwei Pullis übereinandergezogen hatte, fühlte sie sich immer klammer. Kein Wunder, dass Hannah beim Wickeln brüllte, als wollte man sie töten. Hinterher ließ sie sich von einer Reiswaffel besänftigen, aber der hungrige Jonathan begann aufzuzählen, worauf er große Lust hätte, was aber alles nicht vorhanden war: Toast, Marmelade, Nutella, ein weiches Ei.

Marie war mittlerweile selbst so weit, dass sie für eine Tasse Kaffee hätte morden können. »Ist ja schon gut, wir gehen frühstücken.«

Angesichts des Regens wäre es besser gewesen, den ursprünglichen Plan aufzugeben und nach Saint Peter Port zu fahren, aber Nebel UND Linksverkehr UND Hauptstraße waren eins zu viel, und Marie redete sich ein, dass der Himmel etwas lichter und die Tropfen etwas kleiner wurden. Wenn sie es erst mal bis zum Parkplatz in der Nähe des Fermain Bays geschafft hatten, würde der Rest zu Fuß und mit Buggy zu bewältigen sein.

In der Tat war die Strecke mit dem Auto schnell zurückgelegt. Doch anders als erhofft gab es am Ende der Straße keinen Parkplatz, zumindest keinen öffentlichen. Der vor dem Hotel Le Chalet war zwar gähnend leer, doch große Schilder drohten eine Strafe von fünfzig Pfund an, stellte man das Auto hier widerrechtlich ab.

Hannah begann zu quengeln, und Jonathan rief ungeduldig: »Ich habe Hunger, Hunger, Hunger!«

Marie entschied, dass fünfzig Pfund Strafe gemessen an zwei

hungrigen Kindern das geringere Übel waren, zumal sie sich nicht vorstellen konnte, dass ein Ordnungshüter durch den Regen stapfen und Strafzettel verteilen würde.

Sie wuchtete den Buggy aus dem Auto. Zum Strand waren es nurmehr zweihundert Meter, aber die führten steil bergab. Der Regen war in ein Nieseln übergegangen, aber auf der Straße hatten sich regelrechte Sturzbäche gebildet, und es tropfte von den vielen Bäumen, die sie säumten – Buchen, Kastanien, Kiefern und Pinien.

»Was stinkt hier denn so?«, fragte Jonathan und rümpfte die Nase.

Marie lächelte. »Das ist Stechginster. Wenn der so gelb blüht wie jetzt, riecht er ziemlich stark.«

»Ist ja ekelig.«

»Schau, da vorn ist schon das Meer«, lenkte Marie ihn ab. »Hier bin ich als Kind oft geschwommen.«

Obwohl eigentlich einer der malerischsten Orte der Insel, lud der Fermain Bay heute nicht gerade zum Verweilen ein: Das Meer war schmutzig grau, die Steine am Strand glitschig. Marie, deren Schuhe mittlerweile ebenso durchnässt waren wie die Haare, fühlte sich um das Paradies ihrer Kindheit betrogen. Trotz ihres guten Willens: Ein Teil in ihr wäre am liebsten sofort wieder umgedreht, hätte alles zusammengepackt und die Rückreise angetreten. Allerdings konnte sie den Kindern die weite Fahrt unmöglich erneut zumuten, und ehe sie eine Entscheidung traf, ob sie nicht doch besser ein Hotelzimmer nehmen sollte, brauchte sie einen Kaffee. Wie erhofft, befand sich zur rechten Seite der Bucht ein kleines Strandcafé. Die Terrasse mit den Sonnenschirmen war zwar verwaist, aber hinter der Glasfront sah sie Licht. Hastig schob sie den quietschenden Buggy über die letzten Meter.

Die Erleichterung, ins Warme und Trockene zu kommen, hielt nicht lange an. Die Kellnerin betrachtete sie ungläubig, nahezu feindselig.

»Wir haben erst ab zehn geöffnet«, erklärte sie schnippisch.

Marie warf einen Blick auf die Uhr. »Das ist doch schon in fünfzehn Minuten. Wir kriegen sicher schon jetzt was zu essen, oder?«

Unschlüssiges Schweigen folgte, dann die weiterhin schnippische Ansage: »Ich kann Ihnen nur Hotdog anbieten.«

Jonathan nickte sofort begeistert, aber Maries Mut sank.

»Auf dieser Tafel hier werden doch Crêpes und Waffeln angeboten.«

Die Kellnerin war ihrem Blick gefolgt, aber ehe Marie Hoffnung schöpfen konnte, erklärte sie eisern: »Die gibt's aber erst am Nachmittag.«

Marie seufzte. »Also meinetwegen, dann zwei Hotdogs, eine Tasse Kaffee, ein Glas Orangensaft und ein trockenes Brötchen ohne Hotdog für meine Tochter.«

»Haben wir nicht.«

Waren die Menschen auf Guernsey nicht für ihre ausgesuchte Höflichkeit bekannt?

»Dann eben ein Hotdog ohne Würstchen!« Marie klang ungehalten, und als die Kellnerin sich schmallippig abwandte, war sie sich sicher, dass sie dafür ihre Strafe bekommen würde – nämlich ein Brötchen mit Senf.

Sie setzten sich an einen der Tische, und Hannah begann, mit den Zuckerpäckchen zu spielen. Klar, dass sie bald das erste aufgerissen hatte und der Zucker auf der ganzen Tischplatte verteilt war. Hannah kreischte vor Vergnügen, und Marie musste lächeln, obwohl sie sich insgeheim dachte, dass ihr das bei der Kellnerin keine Pluspunkte einbringen würde.

Von dieser war zunächst weit und breit nichts zu sehen, und als endlich doch Schritte ertönten und Marie erwartungsvoll den Kopf hob, erblickte sie keine dampfende Kaffeetasse, sondern eine ältere Frau.

45

Marie wollte sich schon für das Zuckermassaker ihrer Tochter entschuldigen, doch die ältere Frau strahlte Hannah begeistert an.

»Was für ein süßes Baby! Hast du es schon gesehen, Bridget?«

Bridget war offenbar der Name der Kellnerin, die nun auch endlich aus der Küche kam – mit dem so heiß ersehnten Kaffee. Doch Marie hatte trotz ihres Dursts keine Augen dafür. Die Stimme der alten Frau war ihr irgendwie bekannt vorgekommen, und als sie sie nun genauer musterte, stellte sie fest, dass ihr auch das Gesicht nur allzu vertraut war.

»Florence?«, fragte sie.

Die Frau sah sie erst verwirrt an, aber als sie sie genauer musterte, leuchteten ihre Augen auf. »Marie! Du bist es! Das glaube ich ja nicht!«

Wenig später schien sich der Tisch förmlich unter all dem, was Florence in Windeseile herbeigeschafft hatte, zu biegen: Da gab es mehrere frisch zubereitete Waffeln, selbstgemachte Himbeermarmelade, die hier auf Guernsey immer ein wenig nach Orange schmeckte, krosse Brötchen, einen Teller mit Schinken, Käse und Butter, Orangensaft und zwei große Tassen Milchkaffee.

Jonathan verspeiste seine Waffel in Windeseile. »Ich hätte noch gerne mein Hotdog«, erklärte er.

»Jonathan!«, ermahnte Marie, »es ist doch genug zu essen da …«

»Ach lass ihn doch«, schaltete sich Florence lächelnd ein, »ich kann mich noch gut erinnern, als Vincent so klein war und auch ständig einen Bärenhunger hatte. Bridget, bring uns doch noch zwei Hotdogs!«

Bridget, die Kellnerin, hatte ein noch säuerlicheres Gesicht aufgesetzt, als sich herausstellte, dass Florence Marie seit Kindestagen kannte. Damals hatte sie den Sommer über im Cottage als Haushälterin ausgeholfen und war nicht selten als Babysitterin eingesprungen. Sie stammte aus Frankreich, weswegen sie mit Marie immer Französisch gesprochen hatte, und später war das die Grundlage, um in diesem Fach die Klassenbeste zu sein. Englisch sprach Marie dank ihres aus London stammenden Vaters ohnehin fließend.

Vage erinnerte sie sich daran, dass Florence schon damals von einem eigenen Café geträumt hatte – ein Wunsch, der nun in Erfüllung gegangen war.

»Wie alt ist Vincent jetzt?«, fragte Marie. »So Ende zwanzig, oder?«

»Genau. Er ist ein Jahr älter als du. Kannst du dich nicht erinnern, wie ihr miteinander gespielt habt?«

Marie konnte sich vor allem daran erinnern, dass Vince ihr ständig Streiche gespielt hatte und wie oft sie vor lauter Ärger darüber in Tränen ausgebrochen war, aber sie lächelte trotzdem. Der heiße Kaffee und das Marmeladenbrötchen taten so gut, und noch glücklicher machte es sie, dass Florence sich zu ihr an den Tisch gesetzt hatte und sie tief bewegt musterte.

»Ach, ich freu mich so, dich endlich wiederzusehen, Marie! Ich habe es damals so bedauert, als ihr nicht mehr nach Guernsey gekommen seid …«

»Nach der Scheidung hat es Mama strikt abgelehnt.«

»Das verstehe ich natürlich. Es ist nicht leicht, allein an einen Ort zurückzukehren, wo man einst als Paar glücklich war. Aber erzähl mir von dir! Ich kann mich erinnern, dass du mir damals ein Hochzeitsfoto geschickt hast. Wo hast du denn deinen Mann gelassen?«

Marie schluckte schwer.

»Papa ist doch tot!«, rief Jonathan ohne jegliche Scheu dazwischen.

Betreten senkte Marie den Blick. Die meisten Menschen wussten nie, wie sie in so einem Augenblick reagieren sollten, und genau genommen war es ihr selbst immer noch peinlich, die Mitleidsbekundungen entgegenzunehmen.

Doch Florence schien nicht im Geringsten unangenehm berührt, nur ehrlich betroffen. Sie nahm ihre Hand und drückte sie. »Das tut mir sehr, sehr leid.«

Marie war dankbar, dass sie nicht nachbohrte, sondern sich stattdessen an Bridget wandte. »Irgendwo müssen wir doch noch Bauklötzchen haben, oder? Suchst du sie bitte!«

Der Widerwille war Bridget deutlich anzusehen, aber sie traute sich nicht, sich der Chefin zu widersetzen.

Wenig später stürzte sich Jonathan begeistert auf die Klötzchen, während Hannah vom Kinderstuhl aus zusah, wie er einen Turm baute.

Marie hatte in der Zwischenzeit die Fassung wiedergefunden. »Ich habe beschlossen, den Sommer hier zu verbringen«, erklärte sie. »Ich dachte, ich könnte ein wenig malen …«

»Stimmt ja! Du wolltest schon als Kind Malerin werden. Auf diese Weise hast du auch deinen Mann kennengelernt, Jost hieß er, oder?«

Marie nickte, die Kehle wurde ihr eng.

»Die Malerei hat euch sicher sehr verbunden«, sagte Florence leise.

Das hörte Marie nicht zum ersten Mal. Jost – der berühmte Maler … sie – seine begabte Schülerin. Alle gingen davon aus, dass die gemeinsame Leidenschaft sie verband. Nie war einer auf die Idee gekommen, dass es ausgerechnet das war, das sie am meisten trennte.

Aber sie hatte keine Lust, darüber zu reden. »Wenn ich ehrlich bin, bereue ich es jetzt schon, dass ich hergekommen bin.«

»Warum denn das?«

Marie nahm einen Schluck Kaffee. Das Frösteln hatte nachgelassen, der bleierne Druck auf ihren Schläfen auch. Dennoch fiel ihr Blick auf ihre Lage schonungslos ehrlich aus. In knappen Worten fasste sie es zusammen: dass das Cottage eine verdreckte

Bruchbude war, sie kein Wasser hatte und das Wetter es auch nicht besser machte.

»Irgendwie habe ich verdrängt, dass es auf Guernsey so viel regnet«, schloss sie.

Florence lächelte. »Aber meistens nicht den ganzen Tag … schau nur, die Sonne kommt langsam hervor.«

Marie folgte ihrem Blick, und tatsächlich, einige Strahlen zwängten sich durch die Wolkendecke. Als das Licht auf das Wasser fiel, schimmerte es türkis; das Blätterkleid der Bäume färbte sich satt grün, und die Steine waren nicht länger grau, sondern glänzten silbrig.

»Wenn es nur genauso leicht klappen würde, das Haus auf Vordermann zu bringen«, seufzte sie.

»Na ja, fürs Putzen könnte ich dir jemanden schicken, oder eigentlich könnte ich dir auch selber helfen. Im Moment ist noch nicht so viel los, das schafft Bridget auch allein.«

»Aber ich kann doch nicht …«

»Doch, du kannst! Du würdest mir auch einen Riesengefallen tun, wenn ich manchmal auf deine Kinder aufpassen darf. Vincent denkt leider noch gar nicht daran, mich zur Großmutter zu machen.«

»Aber …«, setzte Marie erneut an.

»Die Wasserleitung kann ich natürlich nicht reparieren. Aber weil wir gerade von Vince sprachen – er ist mittlerweile Architekt. Erst vor zwei Jahren kam er aus England zurück. Er hat eine Weile in Southampton gelebt und mittlerweile ein eigenes Büro aufgemacht. Ich bin sicher, dass er sich das Cottage mal anschauen kann, um festzustellen, was gemacht werden müsste.«

Bridget hatte soeben die Hotdogs gebracht. Jonathan stürzte sich darauf, aß seinen in Windeseile, und Hannah krabbelte auf ihren Schoß und deutete gierig auf das Würstchen, das Marie in kleine Bissen schnitt.

49

Während Hannah genüsslich schmatzte, blickte Marie noch einmal zu einem Fenster: Die Sonne schien immer kräftiger, und die Wildzypressen, Tamarisken und Steineichen, die die Bucht begrenzten, schienen von Diamanten bedeckt zu sein, als die Strahlen auf die Regentropfen fielen. Auch wenn es noch ziemlich feucht war – die Aussicht, eine ausgedehnte Klippenwanderung zu unternehmen, ob nach Saint Peter Port oder in die andere Richtung zum Moulin Huet Bay, war plötzlich sehr verführerisch. Als Kind, das fiel ihr jetzt auch wieder ein, war Spazierengehen immer langweilig gewesen, doch ihr Vater hatte aus jeder Wanderung ein regelrechtes Abenteuer gemacht, indem er erklärte, dass sie Piraten wären, die im 19. Jahrhundert hier Schmuggel betrieben hätten. Die Soldaten im Castle Cornet, der Burg, die dem Hafen von Saint Peter Port vorgelagert war, hätten bereits die Verfolgung aufgenommen, und nun gälte es, sich rechtzeitig in eine der Höhlen an der Steilküste zu flüchten.

Ihre Kindheit war damals noch so unbeschwert gewesen, ihre Welt noch heil, der Vater ihr Held und kein Gast im eigenen Haus, dessen Besuche immer seltener wurden und der, nachdem er in London eine neue Familie gegründet hatte, nurmehr zu Weihnachten und ihrem Geburtstag Karten schrieb. Als sie alt genug gewesen war, von sich aus Kontakt zu suchen und ihn für die jahrelange Vernachlässigung zur Rede zu stellen, war er plötzlich gestorben. Er hatte nicht mehr erlebt, wie sie Kunst studierte, Jost heiratete, die Kinder bekam …

»Also, was denkst du?«

Sie gab sich einen Ruck. »Ich denke, dass ich gerne noch eine Waffel hätte, sie schmecken köstlich!«

»Gerne auch zwei! Du hast ja gar nichts auf den Rippen.«

»Und meinetwegen kann ich ja nachher mal bei Vincent vorbeischauen.«

Marie wertete es als gutes Zeichen, dass ihr widerrechtliches Parken ungeahndet geblieben war. Vom Hotel Le Chalet aus fuhr sie zur Hauptstraße, nahm von dort aber schon nach wenigen Minuten wieder eine der schmalen Seitenstraßen Richtung Jerbourg Hotel. Mehrere Häuser reihten sich dort hinter dem Küstenpfad aneinander, der direkt vom Hotel und der Aussichtsplattform wegführte. Hier gab es noch jede Menge freie Parkplätze – und Gottlob auch öffentliche. Marie stieg aus dem Auto und atmete die frische Meeresluft ein. Wellen schlugen donnernd gegen die kleine, vorgelagerte Jerbourg-Halbinsel.

Als Marie Hannah aus dem Kindersitz befreien wollte, sah sie, dass sie eingeschlafen war. Für den täglichen Mittagsschlaf war es noch zu früh, aber wahrscheinlich schlug auch die anstrengende Reise zu Buche.

»Bleibst du bei ihr?«, fragte sie Jonathan.

Zu ihrer Überraschung maulte er nicht mal, musste auch gar nicht erst mit ihrem iPhone bestochen werden, sondern begnügte sich mit einem englischen Bilderbuch.

»Ich bin gleich zurück.«

Das Haus war leicht zu finden. Es war das vorletzte in der Reihe, ein Bungalow, der von der Straßenseite aus betrachtet nicht besonders groß wirkte, aber zu dem offenbar ein riesiges Grundstück samt kleinem Wald gehörte. Ein Namensschild verriet, dass sich das Architekturbüro im Souterrain befand. Marie drückte erst auf diese Klingel und läutete dann bei der Privatwohnung, doch beide Male tat sich nichts.

Florence war sich vorhin sicher gewesen, dass sie Vince vormittags zu Hause antreffen würde, und hatte außerdem stolz erzählt, dass er seit kurzem eine Sekretärin angestellt hatte, aber vielleicht hatte er etwas zu erledigen, und die Sekretärin war krank.

Marie wollte schon zurück zum Auto gehen, als sie plötzlich ein Geräusch vom hinteren Teil des Grundstücks hörte. Da sich das

Gartentor öffnen ließ, trat sie beherzt ein und folgte dem Geräusch, das so klang, als würde eine Schaufel in der Erde graben. Wahrscheinlich war gerade der Gärtner zugange, und den konnte sie fragen, wann Vincent zurück zu erwarten wäre.

Sie traf ihn auf der Rückseite des Hauses, wo er damit beschäftigt war, einen Strauch auszugraben. Obwohl das ohne Zweifel eine mühsame, schweißtreibende Arbeit war, verstand Marie nicht so recht, dass er – trotz des kühlen Windes – mit nacktem Oberkörper arbeitete, und als sie ihn betrachtete, konnte sie sich des Verdachts nicht erwehren, dass es weniger die Anstrengung, sondern die Eitelkeit war, die den Gärtner dazu bewogen hatte. Er war ein klassischer Adonis mit glatter, gebräunter Haut und unzähligen Muskeln, die bei jeder Regung deutlich hervortraten. Obwohl er sie aus den Augenwinkeln zu bemerken schien, arbeitete er ungerührt weiter, wahrscheinlich, um sie mit seinem durchtrainierten Bizeps zu beeindrucken. Zugegeben, Marie war von diesem Anblick nicht gerade abgestoßen, im Gegenteil, aber trotzdem verdrehte sie ihre Augen. Sie kannte solche Selbstdarsteller gut aus dem Fitnessstudio gegenüber ihrer Berliner Wohnung.

»Entschuldigen Sie«, begann sie forsch, »ich suche Mr Richer.«

Der Gärtner ließ die Schaufel sinken und lehnte sich darauf, als er sie musterte. Sein Haar war genau so kurz rasiert wie der Drei-Tage-Bart. Die hellen Augen und die markanten Backenknochen erinnerten sie an einen berühmten französischen Schauspieler, aber sie wusste nicht genau, an welchen.

»Suchen Sie ihn aus privaten oder beruflichen Gründen?«, fragte er mit einem Grinsen, das ihr völlig unangebracht erschien.

»Beruflich«, erwiderte sie knapp.

»Schade.«

»Warum schade?«, entfuhr es ihr perplex.

»Nun, weil man hier nur selten eine so hübsche Frau antrifft …«

Sie errötete unwillkürlich, redete sich aber entschlossen ein, dass ihr die plumpen Anmachsprüche genau so unangenehm waren wie der Blick auf seinen nackten Oberkörper.

»Ist er nun hier oder nicht?«, fragte sie schroff.

Gemächlich schlüpfte er in sein T-Shirt. Es lag so eng an, dass sich nur allzu deutlich seine Muskeln darunter abzeichneten.

»Ich fürchte, ja.«

»Wieso fürchten Sie?«

»Nun, weil Ihre Laune nicht die beste zu sein scheint und Mr Richer ein anstrengendes Projekt hinter sich hat.«

»Wo ist er?«, fragte sie knapp.

»Ob ich Ihnen das wirklich sagen soll?«

Ihre gute Laune vom Frühstück war längst verflogen. »Das ist mir jetzt zu blöd«, entfuhr es ihr ungehalten.

Sie drehte sich um und stapfte davon. Schon nach wenigen Schritten holte sie Gelächter ein – ein Klang, der ihr bekannt vorkam.

»Mensch, Marie, jetzt hab dich nicht so! Ich fand es immer super, dass du als Mädchen so gar keine Zicke warst.«

Sie fuhr herum, und neue Röte schoss ihr ins Gesicht. Wie dumm, dass sie Vincent nicht erkannt hatte! Aber er hatte so gar nichts mit dem schlaksigen Jungen gemein, der ihr immer Streiche gespielt hatte!

Schnell fand sie die Fassung wieder. »Seltsam«, sagte sie. »Du hast mir damals eigentlich immer vorgeworfen, dass ich eine Zicke sei. Und du hast mich ständig drangsaliert.«

»Komm schon! Als ob du es mir nicht ständig heimgezahlt hättest! Wenn ich da an die Sache im Keller denke …«

Sie erinnerte sich nur vage daran, dass sie ihn mehrere Stunden darin eingesperrt hatte.

»Du hast es sicher verdient«, sagte sie, obwohl ihr der Anlass für ihre Racheaktion nicht mehr einfiel.

»Mag sein. Wie wär's, wenn ich dich zur Vergangenheitsbewälti-
gung auf eine Tasse Kaffee einlade?«

»Den habe ich gerade bei deiner Mutter getrunken. Und ich
habe auch keine Zeit, zu bleiben – die Kinder warten im Auto.«

»Richtig, Jonathan und Hannah. Maman hat mich gerade angerufen und dein Kommen angekündigt.«

Und das hatte ihn dazu veranlasst, sich halbnackt in den Garten
zu stellen? Na ja, schon als Junge war er davon ausgegangen, un-
widerstehlich zu sein.

Marie bereute es bitter, hergekommen zu sein, und suchte fieberhaft nach einem Vorwand, sofort wieder zu gehen. Doch ehe ihr
das richtige Argument einfiel, fragte er freundlich: »Soll ich gleich
mitkommen?«

»Bitte?«

»Dein Cottage ist offenbar in einem wüsten Zustand. Maman
meinte, ich sollte mal ein Auge drauf werfen, und wie gesagt, ein
größeres Projekt im Norden der Insel, mit dem ich bis vor kurzem
beschäftigt war, ist fertiggestellt. Ich hätte also Zeit. Und das hier«,
er deutete auf den Busch, »kann ruhig warten.«

Marie war hin- und hergerissen. Ihre Lust, allein mit den Kindern
ins verdreckte Cottage zurückzukehren, hielt sich in Grenzen, aber
sie wollte sich Vince gegenüber nicht zur Dankbarkeit verpflichtet
fühlen.

»Wenn's dir denn keine Umstände macht«, murmelte sie knapp,
als würde sie ihm einen Gefallen tun, nicht umgekehrt.

Wenig später starteten sie einen Rundgang durch das Cottage. Auf
der Autofahrt dorthin hatte sich Marie wieder gefasst und verstand
nicht, warum sie so aggressiv auf Vince reagiert hatte. Als er wenig
später aus seinem eigenen Auto ausstieg, ignorierte sie zwar sein
spöttisches Lächeln, aber klang nicht länger ungehalten, sondern
distanziert höflich, als sie ihn mit den Kindern bekannt machte.

»Du baust also Häuser?«, fragte Jonathan.

»Auch. Aber vor allem Hotels.«

»Unser Haus ist ziemlich klein, aber schön.«

Marie blickte ihn überrascht an. Offenbar hatte ihr kleiner Sohn andere Vorstellungen von einer gepflegten Wohnkultur als sie.

Hannah wiederum hatte andere Vorstellungen von der Gestaltung des Vormittags. Weder wollte sie im Reisebettchen sitzen noch getragen werden, sondern selbst die Stufen in den ersten Stock erklimmen. Vince ließ sich von ihrem Gequengele, als Marie sich ihr in den Weg stellte, nicht aus dem Konzept bringen, sondern sah sich erst Küche, Toilette, Bad und Wohnzimmer an und holte später aus seiner Hosentasche einen kleinen Miniaturbaum aus Plastik, der offenbar zum Modellbau benutzt wurde. Hannah stürzte sich begeistert drauf.

»Das ist viel zu klein, sie könnte es verschlucken«, mahnte Marie.

»Dabei schmecken Bäume doch gar nicht«, lachte Vince und zog aus seiner Tasche prompt einen Schlüssel, der für Hannah keine geringere Attraktion war. Sie ließ den winzigen Baum sofort fallen und begann, mit dem Schlüssel den Linoleumboden der Küche zu bearbeiten.

Marie bat Jonathan, ein Auge auf sie zu haben, während sie mit Vince in den ersten Stock hochstieg. Obwohl sie sich aufs Schlimmste gefasst machte, war sie angenehm überrascht: Die ursprünglich weißen Wände waren zwar ziemlich grau, aber der Holzboden glänzte. Neben zwei Schlafzimmern, die man von einer Empore aus betrat, befand sich ein weiteres Bad, über dessen grüne Fliesen sich streiten ließ, das aber relativ neu zu sein schien, und der Lederstuhl auf der Empore sah ziemlich bequem aus. Ohne es zu wollen begann Marie, die Räumlichkeiten in Gedanken bereits einzurichten. Der Lederstuhl eignete sich zum Schmökern, und in dem einen Zimmer herrschten perfekte Lichtverhältnisse zum Malen. Anders als im Erdgeschoss roch es auch nicht modrig, und

55

da es abgesehen vom Lederstuhl und den Betten kein Mobiliar gab, musste sie hier nicht lange putzen.

Derart in Gedanken versunken, war ihr Vince' Frage entgangen.

»Wie alt ist das Haus eigentlich?«, wiederholte er.

Sie zuckte die Schultern. »Keine Ahnung. Das Cottage hat meinem Vater gehört, und der hat es wiederum von seiner Mutter geerbt. Sie war Engländerin wie er, aber ich weiß nicht, wie sie dazu gekommen ist.«

»Es ist ein richtiger Glücksfall, so was zu besitzen ... Du weißt sicher, dass die Preise auf Guernsey recht gepfeffert sind, vor allem wenn man kein Einheimischer ist, die zahlen oft nur einen Bruchteil. Allein schon wegen der Lage ist dieses Cottage ein Vermögen wert.«

»Aber es gehört mir nur zur Hälfte. Meine Halbschwester Millie ist Mitbesitzerin, und eigentlich will ich es auch nicht verkaufen.«

Ich will hier neue Kraft sammeln, ging ihr plötzlich durch den Kopf. Ich will zu meiner alten Form zurückfinden ...

»Richtig, du bist hier, um zu malen. Als Kind hast du dich immer geweigert, mich mal zu zeichnen, obwohl ich regelrecht darum gebettelt habe. Wie sieht's jetzt damit aus?«

»Mama hat mich noch nie gezeichnet«, rief Jonathan von unten.

Marie hatte keine Lust, über die Malerei zu sprechen, aber Vince war ohnehin schon damit beschäftigt, die Wände abzuklopfen. »Scheint ziemlich alt und ursprünglich mal ein Farmhaus gewesen zu sein.«

»Wie kommst du darauf?«

»Wegen der Raumaufteilung. Im Erdgeschoss befanden sich früher wohl die Arbeits- und Vorratsräume. Die Wohnräume darüber waren zunächst so winzig, dass man kaum darin stehen konnte, sie dienten lediglich zum Schlafen. Allerdings hat man die Wände später wohl aufgestockt und ein neues Dach errichtet, und die Fenster sind auch ziemlich neu.«

»Soweit ich weiß, hat das Cottage mal zu Clairmont Manor gehört.«

»Wirklich?« Vince klang fasziniert. »Dann vermute ich mal, dass
es weniger für die Landwirtschaft benutzt wurde, sondern eher als
Dienstbotenhaus. Lass uns wieder runtergehen.«

Zurück im Wohnzimmer, war Hannah fürs Erste damit beschäftigt, Vince' Schlüssel in diverse Schreibtischschubladen zu stecken.
Dass es nicht klappte, schien sie nicht zu stören – zumindest noch
nicht.

»Ich kann dir leider nichts anbieten«, sagte sie. »Ein Hipp-Baby-
gläschen ist ja wahrscheinlich nicht nach deinem Geschmack. Und
ansonsten habe ich nicht mal Wasser.«

»Möglicherweise muss man die Leitung erneuern, falls das Gebäude so alt ist, wie ich denke. Aber die Substanz ist nicht die
schlechteste.«

»Die Wände sind doch ziemlich feucht, oder? Sonst würde sich
hier im Wohnzimmer nicht die Tapete ablösen.«

»In der Nähe vom Meer ist so etwas kaum zu vermeiden. Ich
könnte dir für ein paar Tage einen Entlüftungsapparat organisieren,
und hinterher müsste frisch tapeziert werden. Die Böden sind so
weit in Ordnung, die müssen nur mal gründlich geputzt und neu
eingelassen werden. Wenn du dauerhaft hier bleiben möchtest,
würde ich dir eine neue Küche empfehlen, und das Bad im Erdgeschoss ist eigentlich auch ein Bild des Jammers. Aber du hast
ja oben noch eins, und wenn du wirklich nur den Sommer über
bleiben möchtest, genügt eine gründliche Reinigung. Die Einrichtung ist grauenhaft, klar, aber auch auf Guernsey gibt es Möbel-
geschäfte. Und falls du wirklich eine neue Wasserleitung brauchst,
kann ich dir eine Firma organisieren, die das kostengünstig macht.«
Er sah durchs Küchenfenster in den Garten. »Da gibt's auch einiges
zu tun. Aber im Grunde ist er ein Kleinod.«

Sie folgte seinem Blick. Die Blumen hatten ihre Köpfe erhoben

57

und schienen sich regelrecht der Sonne entgegenzustrecken. Kaum eine Stelle, die nicht von bunten Farbtupfern übersät war. Am zahlreichsten waren – vor allem in der Hanglage – die Lilien.

Unwillkürlich schloss sie die Augen, stellte sich vor, inmitten der Lilien zu stehen, nichts zu hören außer dem Meeresrauschen, nichts zu fühlen außer der Sonne und der salzigen Brise. Ein eigenes kleines, verwunschenes Reich inmitten der großen Welt, losgelöst von Raum und Zeit ...

Ob auch in den Tagen, da diese Anouk hier gelebt hatte, Lilien blühten? Wenn das Cottage tatsächlich einst ein Dienstbotenhaus gewesen war, war sie womöglich eine Angestellte auf Clairmont Manor gewesen, wobei ihre Kleidung eher damenhaft anmutete und nichts mit der einer Magd gemein hatte.

Vince erläuterte weitere Ideen, wie man das Cottage auf Vordermann bringen konnte, aber sie hörte gar nicht richtig zu. Während sie auf die Lilien starrte, fragte sie sich plötzlich, wie viele Menschen hier einst gelebt hatten, von denen sie nichts wusste, ob sie glücklich gewesen waren oder nicht, häufiger gelacht oder geweint hatten und wen sie von Herzen geliebt oder mit Inbrunst gehasst hatten.

4

1919

Der schöne Hut fiel direkt in eine Pfütze, und die Feder, auf die Lilian besonders stolz gewesen war, saugte sich mit Dreck voll. Nicht länger glänzte sie lila, sondern war grünlich-schwarz. Lilians Bedauern währte nicht lange. Egal jetzt. Wenn sie sich nicht beeilte, würde sie womöglich keinen Kopf mehr haben, um noch Hüte zu tragen.

Sie blickte sich um, aber entdeckte nirgendwo ein geeignetes Versteck. Die Lagerhallen, Baracken und Bootshäuser, über denen der durchdringende Geruch nach Fisch und Algen und noch anderem hing, wahrscheinlich Öl, wie es in einer der vielen Werkstätten verwendet wurde, waren allesamt verschlossen.

Da! Die Schritte hinter ihr wurden lauter!

Lilian rannte weiter, aber blieb mit dem ebenso hohen wie spitzen Absatz stecken. Mit aller Macht riss sie sich wieder los – zum Preis, dass die ohnehin schon wundgescheuerten Zehen und Fersen noch mehr schmerzten. Die hochhackigen Schuhe waren ohne Zweifel elegant, ja, sogar der neueste Schrei, aber zugegebenermaßen nicht sehr praktisch, wenn man um sein Leben lief. Kaum hatte sie wieder sicheren Tritt gefunden, blieb sie mit dem Kleid an einem Haken hängen. Sie zerrte daran, bis es riss, aber achtete weder auf das große Loch im Stoff noch darauf, dass sie nicht nur den lila Hut, sondern auch die Pelzstola verloren hatte.

Sie war so schön gewesen heute Morgen ... eine richtige Dame … unzählige Männer hatte sie mit Charme und Eleganz becirct …

Verdammt! Die Schritte kamen immer näher, und ihren Verfolger, so viel stand fest, würde sie nicht becircen können. Lilian hatte nie anderes als Verachtung wahrgenommen, wenn Maxims Blick auf Frauen ruhte. Er leuchtete nur auf, wenn er Geld sah, und von diesem Geld hatte sie sich einen größeren Anteil abgezweigt, als er ihr nach Maxims Rechnung zustand.

Sie schlug einen Haken, lief einen schmalen Gang zwischen zwei Lagerhallen entlang. Tatsächlich, die Schritte schienen leiser zu werden, doch die Stimmen in ihrem Kopf wurden immer lauter … vor allem die von Suzie.

»Wir leben über unsere Verhältnisse«, hatte sie ihr seit Wochen in den Ohren gelegen, »das wird nicht lange gutgehen. Warum willst du dir nicht endlich eine ehrliche Arbeit suchen?«

»Auch bevor ich Maxim kennenlernte, war ich Taschendiebin!«, hatte Lilian ihren steten Vorwürfen entgegnet. »Ich habe noch nie auf anständige Weise mein Geld verdient.«

»Das war immer ein Fehler. Doch es ist purer Wahnsinn, dass du ausgerechnet Betrüger betrügen willst.«

Darauf hatte Lilian nie etwas zu sagen gewusst. In der Anfangszeit hatte sie sich ja selbst noch darum bemüht, sich an Maxims Vorgaben zu halten: Ihre Aufgabe war es gewesen, auf dem Schwarzmarkt Waren zu verkaufen – ob Milch, Butter, Fleisch oder Tabak –, und vom Gewinn bekam sie einen fixen Prozentsatz. Sie war froh über das Geld gewesen, das sie auf diese Weise verdient hatte, aber schließlich musste sie sich der unliebsamen Erkenntnis stellen, dass sie damit ein durchaus annehmbares Leben finanzieren konnte, jedoch keinen Luxus. Vom erhofften Reichtum war sie immer noch weit entfernt.

Ohne lange darüber nachzudenken, hatte sie begonnen, Milch mit Kalk zu verdicken, Kaffee mit Sand zu vermischen und Tabak mit trockenen Blättern. Dass sie auf diese Weise mehr verkaufte und verdiente, hatte sie Maxim wohlweislich verschwiegen.

Suzie hatte das zu endlosen Tiraden verleitet, doch das hatte Maxims Verdacht nicht erweckt. Ewig hätte sie so weitermachen können, wäre nicht irgendwann augenscheinlich geworden, dass sich ihre Ersparnisse immer noch viel zu langsam mehrten, um für den Rest ihrer Tage ein sorgloses Leben zu führen.

Dies war der Augenblick, wo Geldgier und vielleicht auch die pure Lust am Risiko jegliche Vorsicht verdrängt hatten.

»Ich will mehr«, hatte sie Maxim offen erklärt.

Er hatte sie lange gemustert. »Kannst du dich benehmen?«

»Es gibt viele Menschen, die reich sind, obwohl sie sich nicht benehmen können. Nach dem Krieg noch mehr als zuvor.«

»Aber wenn ich dir eine neue Aufgabe zuweise, musst du dich wie eine Dame verhalten.«

Wenn es weiter nichts war!

Lilian hatte zwei Talente: Ihre Hände waren flink und geschickt, und sie konnte perfekt imitieren, was sie an anderen beobachtet hatte. Ein paar flüchtige Blicke auf vornehm gekleidete Frauen genügten, und sie konnte pikiert lachen wie sie, den Kopf dabei in den Nacken werfen, kleine Schritte machen, eine aufrechte Haltung einnehmen und ihre Finger etwas spreizen, als hätte sie nie harte Arbeit verrichtet.

Nun ja, echte Damen taten Letzteres genau betrachtet nicht, aber sobald sie elegante Kleidung trug, starrten die Männer sie hingerissen an, und wenn sie erst ihre Grübchen zeigte, ihr reizendstes Lächeln aufsetzte und die dunklen Augen aufriss, zog sie sie regelrecht in ihren Bann. Danach war es ein Leichtes, Einladungen ins Café zu bekommen (nie zum Dinner, das würde zu weit gehen), vor allem aber – und darauf kam es Maxim an – die Männer davon zu überzeugen, auf welches Pferd sie bei den Rennen setzen mussten, zu denen Lilian sie begleitete.

Die hingegen wusste immer schon vorher, welches nicht gewinnen würde, denn der allmächtige Maxim bestimmte mit Hilfe von Bestechung den Ausgang der Wettkämpfe. Lilian hatte Zeit genug, das bedauernde Lächeln einzuüben, mit dem sie die enttäuschten Verlierer später tröstete. Die nahmen die Niederlage sportlich und sahen nicht, dass das Lächeln niemals ihre Augen erreichte und in diesen auch kein Mitleid stand, nur tiefe Befriedigung, wenn sie an ihren Anteil dachte.

Lilian blieb kurz stehen, lauschte, hörte keine Schritte mehr, nur ihren eigenen hektischen Atem. Sehen konnte sie so gut wie gar nichts, und selbst wenn, hätte sie ihre Orientierung nicht wiedergefunden. Sie hatte keine Ahnung, wo genau sie war und wie sie zu belebteren Orten des Londoner Hafens zurückfinden sollte – dort, wo man keine Waren stapelte, sondern in den Tavernen getanzt, gesungen und gelacht wurde.

Ihr war, als könnte sie nie wieder lachen, als ihr ein durchdringender Fischgeruch in die Nase stieg. Auch wenn Maxim nicht am Hafen lebte, sich hier lediglich der Hauptsitz des Blauen Rings befand – der Geruch passte zu ihm, er war kalt wie ein Fisch. Ihr selbst wurde immer heißer, obwohl ihr Kleid einen zweiten Riss abbekommen hatte und die kalte Luft ihre nackte Haut traf.

Als Maxim sie heute hierher bestellt hatte, hatte sie gehofft, nach all ihren Erfolgen der letzten Monate bessere Konditionen aushandeln zu können. Stattdessen hatte er sie im Kreise mehrerer Männer erwartet. Sie kannte sie allesamt nicht, doch so finster oder ausdruckslos, wie sie sie musterten, war nichts Gutes von ihnen zu erwarten. Sie begriff sofort, dass er es herausgefunden hatte: Während sie einige Männer weiterhin betrogen hatte, hatte sie mit anderen Geschäfte gemacht. Sie wusste schließlich, welches Pferd verlieren würde und somit auch, wem am Ende der Sieg winkte. Indem sie sich für den Tipp einen Anteil ausbedungen hatte, hatte sie doppelt verdient.

Bislang hatte nur Suzie davon gewusst ... Suzie, die sie womöglich nie wiedersehen würde ...

Ja, solange sie gerannt war, war sie sich sicher gewesen, den Kopf aus der Schlinge zu ziehen, doch jetzt kroch das Unbehagen hoch wie die Feuchtigkeit. Sie hörte ein Geräusch, nicht hinter, sondern über ihr. Auf einem der Dächer der Lagerhalle lief jemand, lugte herunter, ließ etwas fallen. Sie duckte sich, aber es war zu spät. Sie rechnete damit, von einem schweren Gegenstand erschlagen zu werden, doch was auf sie fiel, war ganz leicht.

Noch erstickender wurde der Fischgestank, als sich schwarzer Draht um sie legte und sie feststellen musste, dass sie Maxim im wahrsten Sinne des Wortes ins Netz gegangen war. Als sie sich verzweifelt zu befreien versuchte, verhedderte sie sich, stolperte und ging zu Boden. Die Schritte kamen nun wieder näher, und sie wusste: Diesmal würde sie nicht rechtzeitig fliehen können.

Das Licht stach ihr regelrecht in die Augen, obwohl es nur vom mageren Flämmchen einer Kerze stammte. Immer näher wurde diese nun an ihr Gesicht gehalten. Ein Tropfen heißes Wachs fiel auf ihre Hand. Sie schrie auf, doch ihr Schrei verhallte, ohne dass er etwas bewirkt hätte. Niemand würde sie hören ... niemand Mitleid haben ... niemand sie aus der hoffnungslosen Lage befreien ...

Sie waren in einer der Hallen, wo irgendwelche Geräte aufbewahrt wurden und deren Wände dick genug waren, um ihre Schreie zu dämpfen.

Nachdem das Netz weggezogen worden war, hatte sie irgendetwas über den Schädel gekriegt, und seit sie vor kurzem wieder erwacht war, war sie an einem Stuhl gefesselt. Der Kopf dröhnte immer noch, und die Augen blieben lichtempfindlich. Noch schmerzhafter als das Licht war freilich das Wachs. Ein zweiter Tropfen traf sie, und nur mit Mühe verbiss sie sich einen erneuten Schrei. Schlimm genug, dass sie völlig hilflos war. Sie wollte sich nicht auch noch demütigen lassen und zeigen, wie ihr zumute war.

Trotzig presste sie die Lippen zusammen, während Maxim vor ihr auf- und abging.

»Eins verstehe ich nicht«, sagte er, »du bist geschickt, skrupellos, mit allen Wassern gewaschen … und doch hast du eine entscheidende Schwäche: Du bist zu ungeduldig. Wärst du nur ein wenig länger bereit gewesen, den Lakaien zu machen, hättest du irgendwann mal zur Herrin aufsteigen können. Du hättest wichtigere Aufgaben bekommen … mehr Geld verdient …«

Sie war sich sicher, dass er log, um ihr noch mehr zuzusetzen.

Ruhig hielt sie seinem Blick stand. »Woher hast du eigentlich deine Narben?«, fragte sie, anstatt auf seine Worte einzugehen.

Der Schein der Kerze erreichte sein Gesicht nicht, so dass man die Narben heute kaum sah. Erst als er sich abrupt zu ihr beugte, erblickte sie die verunstalteten Wangen ganz deutlich und roch seinen etwas fauligen Atem. Er zückte sein Messer und hielt es ihr an die Schläfen. »Ich werde dir zeigen, wie man solche Narben bekommt.«

Die Klinge bohrte sich in ihre Haut, und es tat weh, viel mehr weh als einst die Ohrfeigen der Nonnen.

Nun konnte sie gar nicht anders, als zu schreien, schrill und laut. Aber als er das Messer zurückzog, ließ sie sich nicht von dem Schmerz vereinnahmen, blickte sich um und versuchte auszumachen, wie viele Männer sich außer Maxim in der Lagerhalle befanden. Es waren drei, und sie standen – ein Stück von ihnen beiden entfernt – beim Eingang. Vorsichtig lugte sie in die andere Richtung, wo sie mehrere Boote wahrnahm. Vielleicht führte auf dieser Seite ein Tor direkt zur Themse. Wenn sie aufspringen und losrennen würde, würde sie es vor den Männern erreichen. Vorausgesetzt, sie wurde die Fesseln los. Mit Maxims Messer könnte sie sie aufschneiden, aber dazu musste sie es erst in die Hand bekommen.

Das ist unmöglich, hörte sie Suzies mahnende Stimme, das schaffst du nie! Du hast einen Fehler gemacht, jetzt musst du dafür bezahlen!

Lilians Kiefer mahlte. Dass Suzies Gesicht vor ihr aufstieg, spornte sie an, anstatt sie zu entmutigen.

Es gibt immer einen Ausweg, hielt sie ihr stumm entgegen. Man muss nur den richtigen Trick kennen.

Maxim hob sein Messer zum zweiten Mal; kalter Stahl berührte erneut ihre Wangen. Wenn er tief genug in die Haut schnitt, würde sie niemals wieder ihre Grübchen spielen lassen können …

Lilian hielt den Atem an. Nun, auch ohne Grübchen und mit Narben konnte man leben. Wenn er sie entstellen wollte, dann sollte er das eben tun. Auch hässliche Menschen waren manchmal reich. Es würde nicht gerade leichter werden, aber nicht unmöglich.

Doch offenbar würde er sich nicht damit begnügen. »Ich fürchte nur«, fuhr er fort, »du wirst nicht lange genug leben, damit deine Wunden zu Narben werden.«

Sie presste die Lippen aufeinander, um nicht laut zu keuchen.

Natürlich, er wollte an der Betrügerin ein Exempel statuieren, sie nicht nur quälen, sondern sie am Ende auch töten. Noch war es nicht einmal Mitternacht, und Maxim sah nicht so aus, als würde er viel schlafen. Wahrscheinlich würde er sich bis zum Morgengrauen austoben, und bis dahin war nicht damit zu rechnen, dass sich in dieser Halle jemand blicken ließ. Sie zog unauffällig an den Fesseln, doch die gaben kein bisschen nach.

»Was genau wirfst du mir eigentlich vor?«, fragte sie, noch ehe er zustach. Jede Sekunde, da der Schmerz sie nicht besinnungslos machte, sie noch denken und fieberhaft nach einem Ausweg suchen konnte, zählte.

»Es war dumm von dir, mich für dumm zu halten. Glaubst du, mir ist entgangen, dass du die Lebensmittel gestreckt hast? Gewiss nicht! Doch in gewisser Weise hat es mir imponiert.«

»Ich zahl zurück, was ich dir schulde. Wirklich! Gib mir eine Möglichkeit, und ich mach's wieder gut!«

Während sie sprach, blickte sie sich wieder unauffällig um und stellte fest, dass der Lichtschein, der die anderen Männer umgab, nicht von einer Kerze, sondern einer Taschenlampe stammte. Maxim jedoch hatte keine solche bei sich. Mit der Kerze konnte er ihr schließlich Schmerzen zufügen …

Eine Idee reifte in ihr, waghalsig zwar, aber mit viel Glück umzusetzen.

Maxim zog das Messer zurück und hielt ihr einen Zettel vors Gesicht. »Weißt du, was das ist?«

Sie schüttelte den Kopf.

»Lies es vor!«

Ihre Augen tränten, die Buchstaben glichen vielen winzigen Tieren, die auf sie zugekrochen kamen.

»Lies es vor!«, bellte er wieder. »Ich habe alle deine Betrügereien aufgeschrieben!«

»Ich … ich …« Sie holte tief Atem. »Ich brauche mehr Licht.«

Er hielt die Kerze so dicht an sie heran, dass die Flamme ein paar ihrer Haare versengte. Ein unangenehmer Geruch stieg ihr in die Nase und vertrieb den seines fauligen Atems. Nicht länger verschwammen die Buchstaben vor ihren Augen, doch sie nahm sie gar nicht wahr, sah nur das Messer und dass Blut darauf klebte … ihr Blut.

Es durfte nicht noch mehr fließen! Sie musste die einzige Chance nutzen, die sie hatte!

Sie öffnete den Mund, als wollte sie das erste Wort vorlesen, doch stattdessen blies sie die Kerze aus. Zwar wurde es nicht stockdunkel, aber sie hatte Maxim überrascht. Ehe er die Hand, mit der er das Papier und das Messer hielt, zurückzog, schnellte ihr Kopf vor, und sie biss in seinen Daumenballen. Nun war er es, der schrie, und dieser Laut vermischte sich mit dem Klirren des Messers, als es auf den Boden fiel. Maxim hob die Hand, um sie zu schlagen, doch ehe er sie niedersausen ließ, hatte sie sich mitsamt dem Stuhl auf den Boden fallen lassen. Ein stechender Schmerz fuhr in ihre Schulter, vielleicht hatte sie sie ausgerenkt, doch sie achtete nicht darauf, drehte sich mitsamt dem Stuhl und erhaschte das Messer. Durch die Wucht des Aufpralls hatte sich bereits eine Fessel gelockert. Sie riss daran, bekam eine Hand frei, durchschnitt die Fessel am Fuß und trat Maxim zwischen die Beine. Er brüllte noch einmal und krümmte sich. Seine Männer kamen auf sie zugestürmt, doch da hatte sie schon ihre zweite Hand befreit und stach blindlings auf den Ersten ein, der sie zu packen versuchte.

Sie hörte einen Schmerzensschrei, sah, wie der Angreifer zurückwich. Jetzt kam der, der die Taschenlampe hielt. Sie lief geradewegs in seine Arme, ließ sich von ihm packen und versuchte gar nicht erst, sich zu befreien. Doch nach einigen Augenblicken schlug sie mit dem Kopf wild gegen die Lampe, die ihm prompt entglitt. Noch mehr Blut floss von ihrer Stirn, doch das machte ihr nichts aus. Sie trat auf die Lampe, sofort war es stockdunkel, und erneut nutzte sie das Überraschungsmoment, um auch diesem Mann zwischen die Beine zu treten und sich aus seinem Griff zu befreien.

Sie dachte an die Worte, die sie einst zu Suzie gesagt hatte.

Ich bin eine Katze, ich habe sieben Leben.

Und Katzen kamen nicht nur immer wieder auf die Füße, sondern Katzen kamen auch in der Finsternis zurecht.

Die Männer mochten einen klaren Vorteil haben, denn sie waren stärker als sie, aber sie kämpften nur um ihren Stolz … nicht um ihr Leben wie sie.

»Ergreift sie! Nun ergreift sie doch!«

Ihre Augen gewöhnten sich an die Finsternis, nahmen einen Lichtstreifen wahr. Wie sie es gedacht hatte – dort hinten gab es eine Möglichkeit, die Boote unmittelbar auf die Themse zu befördern. Ein handbetriebener Kran mit hölzernem Schwenkarm stand da, mit dem man sie hochhieven, durch eine Luke und ins Wasser manövrieren konnte.

Schon hatte Lilian den Kran erreicht, kletterte daran hoch, frohlockte, weil ihre Hände nicht nur geschickt, sondern auch kräftig waren. Als sie das obere Ende erreicht hatte, zog sie die Beine erst ganz nah an ihren Körper, um dann mit aller Kraft gegen das Stück Blech zu stoßen, das die Luke bedeckte.

Einmal, zweimal, dann gab es nach. Mondlicht floss in die Halle. Als sie sich umdrehte, sah sie, dass die Männer näher gekommen waren. Maxims Narben glichen schwarzen Löchern.

»Mich kriegst du nicht!«, schrie sie, »mich nicht!« Dann stieß sie sich ab, sprang aus der Luke und fiel … fiel ewig.

Und wenn hinter der Halle nicht die Themse wartete, sondern sie sich auf hartem Boden alle Knochen brach? Genau genommen war sie eben doch keine Katze.

Aber da klatschte sie schon ins Wasser, das ebenso schwarz wie kalt war. Es schlug über ihrem Kopf zusammen und drohte sie kurz zu verschlingen. Ihre Brust schmerzte, die Stirn brannte, doch sie strampelte mit aller Macht und erreichte die Oberfläche.

Gut, dass sie vorhin die Pelzstola verloren hatte, diese hätte sich längst vollgesaugt und würde sie in die Tiefe ziehen.

»Da, da ist sie!« Licht fiel auf sie. Sie presste die Augen zusammen, holte tief Atem, tauchte unter, schwamm, tauchte wieder auf. Nicht weit von ihr schaukelten ein paar Boote im Wasser, und nach wenigen Schwimmzügen erreichte sie eines und klammerte sich daran fest. Ihre Zähne klapperten, doch die Schritte und Stimmen entfernten sich. Niemand sah sie im Schatten des Bootes.

Obwohl jede Faser ihres Körpers schmerzte und ihre Finger vor Kälte steif zu werden drohten, lächelte Lilian.

Von ihren sieben Leben hatte sie in dieser Nacht eines verloren … aber ihr genügten die sechs, die verblieben.

Irgendwann waren nicht nur ihre Hände steif, sondern auch die Beine so lahm, dass sie kaum mehr gegen das Wasser treten konnte. Sie brauchte ein besseres Versteck.

Lilian löste sich vom Boot, schwamm Richtung Mole und zog sich an Land. Angesichts ihrer steifen Glieder dauerte es ewig, und so groß wie die Anstrengung, aus dem Wasser zu steigen, war die, jegliches Ächzen zu unterdrücken. Irgendwann lag sie auf kaltem Stein und glaubte, nie wieder warm zu werden.

Egal jetzt. Auch wenn von Maxim und seinen Männern nichts zu sehen oder zu hören war, wähnte sie sich keinen Augenblick lang in Sicherheit. Sie sah sich um, robbte auf den erstbesten Kutter zu und sah, dass auch neben diesem ein Kranbaum stand. Vorhin war es ein Leichtes gewesen, auf einen zu klettern, nun waren die Hände so steif, dass sie mehrmals zu fallen drohte. Holzsplitter trieben sich in ihre Handflächen. Dennoch schaffte sie es mit Mühe und Not auf das Deck des Kutters, wo sie prompt über ein Seil stolperte, zu Boden ging und ausgerechnet auf die ohnehin schon verletzte Schulter fiel. Sie biss sich die Lippen blutig, gab aber keinen Laut von sich, und auch wenn der Schmerz anhielt – sie konnte den Arm bewegen, ein Zeichen, dass sie sich die Schulter nicht ausgerenkt hatte. Sie erhob sich und musste feststellen, dass die Kajüte des Kapitäns verschlossen war, entdeckte aber ein nur mit einer Plane abgedecktes Loch, das direkt in den Schiffsbauch führte. Sie schob den Stoff mit letzter Kraft zur Seite, hockte sich hin und versuchte, nach unten zu klettern. Noch bevor sie Boden unter den Füßen fühlte, gaben ihre Arme nach, und sie ließ sich einfach in die Dunkelheit fallen. Polternd blieb sie liegen, versuchte sich umzusehen, erkannte aber nichts. Die Schwärze wurde so allumfassend wie der Schmerz, doch anstatt dagegen anzukämpfen, wälzte sie sich zur Seite, schloss die Augen und war binnen Sekunden in einen ohnmachtsähnlichen Schlaf versunken.

Als sie die Augen wieder öffnete, war es immer noch dunkel, und der Boden schwankte. Sie versuchte, sich an etwas festzuhalten, griff aber ins Leere. Welche Ware auch immer mit diesem Kutter transportiert wurde – wahrscheinlich war sie hier in London ausgeladen worden. Wobei sie sich wahrscheinlich nicht länger in London befand und dem starken Schaukeln zufolge nicht mal auf der friedlichen Themse, sondern auf dem offenen Meer. Zu den Schmerzen im Gesicht und an den Schultern gesellte sich Übelkeit, doch erwacht war sie nicht davon, wie sie nun feststellte, sondern vom Druck auf ihrer Blase.

Stöhnend erhob sie sich, hockte sich hin, raffte ihr zerfetzte Kleid und erleichterte sich. Wegen des Schaukelns konnte sie nicht verhindern, dass ihr heißer Strahl die eigenen Füße traf. Das Triumphgefühl, Maxim überlistet zu haben, schwand. Nie hatte sie sich so elend, so erbärmlich, so verwundet gefühlt.

Suzie, ach Suzie!

Wahrscheinlich verging die Gefährtin vor Sorgen, und sie konnte sie nicht trösten. Wohin auch immer der Kutter unterwegs war – er brachte sie nicht nur vor Maxim in Sicherheit, sondern immer weiter von dem einzigen Menschen fort, der ihr etwas bedeutete.

Um dem Kummer und den Schmerzen zu entgehen, legte sie sich wieder hin, rollte sich zusammen und schlief bibbernd ein.

Das Schaukeln hatte nachgelassen, als sie erneut erwachte. Gedämpft drangen erst Stimmen zu ihr, dann ein Lichtschein. Sie machte sich darauf gefasst, entdeckt zu werden, doch niemand stieg zu ihr nach unten. Nur etwas Dunkles, Schweres wurde von oben in den Schiffsbauch geworfen.

Lilian duckte sich gerade noch rechtzeitig, ehe ein Korb sie traf – randvoll mit Kohle, dann kam schon der nächste.

Die Kohle, mit der Suzie und sie heizten, stammte von Newcastle. Ob sie dort waren? Und ob sie sich ins Freie wagen sollte?

Sie konnte sich nicht aufraffen, Hilfe zu rufen, und brachte sich stattdessen vor den Körben im hinteren Teil des Schiffsbauchs in Sicherheit. Als er zu zwei Dritteln voll war, wurde die Plane zugezogen. Die Luft war schwer und staubig. Und um freier atmen zu können, presste sie das zerschundene Gesicht an eine Ritze. Sie war nicht groß genug, um hindurchzusehen, aber die Luft, die hereinströmte, erfrischte sie – und noch mehr ein Schwall salzigen Meerwassers, als der Kutter wenig später wieder Fahrt aufnahm.

Wohin war er bloß unterwegs?

Ihre Übelkeit wuchs, aber sie hatte schlichtweg nichts im Magen, um es zu erbrechen. Sie konnte sich nicht einmal mehr erinnern, wann sie zuletzt gegessen hatte. Diesmal erlöste sie der Schlaf nicht, sie konnte nur ein wenig dösen und auf einem Meer aus Schmerzen treiben, in dem sie mehrmals zu ertrinken drohte.

Möwengeschrei ließ sie einige Stunden später zusammenzucken, gefolgt von anderen Geräuschen: Rumoren, Quietschen, Schritte. Wieder wurde die Plane zur Seite gezogen, und im fahlen Lichtschein, der auf sie fiel, erkannte sie, dass ihre Hände und ihr Kleid vom Kohlestaub ganz schwarz waren.

Sie kroch über die Körbe, wollte aufstehen, wankte aber. Von oben sprangen zwei Burschen hinunter und erschraken nicht weniger als sie.

Lilian rang nach Worten, brachte aber keines über die trockenen, blutigen Lippen.

Einer der Männer fasste sich als Erster. »Wen haben wir denn da?«, rief er empört.

Als sie unsanft vom Kahn geworfen wurde, landete Lilian schon wieder auf der Schulter. Der Schmerz war so gewaltig, dass sie nichts von der Umgebung wahrnahm. Wie aus weiter Ferne hörte sie das Geschimpfe des Mannes, dem der Kahn gehört hatte, doch als er daranging, mit seinen zwei Helfern die Kohle auszuladen, verstummte er.

Lilian hielt sich die Schulter, zog ihre Beine an und schloss die Augen. Der Stein, auf dem sie lag, war kalt, doch längst waren ihre Hände so gefühllos, dass sie auch Wärme nicht wahrgenommen hätten. Auf das Geschimpfe folgten verschiedene Stimmen, die Befehle erteilten, Karrenräder, die quietschten, und Pferdehufe, die auf dem Granitstein der Straße klapperten. Wobei es wohl gar keine Straße war, sondern vielmehr ein Kai, hatten sie doch eben erst angelegt.

Lilian fühlte sich immer noch nicht stark genug, um aufzustehen, aber sie öffnete die Augen und drehte den Kopf zur Seite. Anstatt auf Schiffe und Boote, fiel ihr Blick auf einen riesigen Berg leerer Körbe. Sie waren etwas kleiner als die, mit denen die Kohle transportiert wurde, und allesamt leer. Die Neugierde überwog den Schmerz. Sie richtete sich auf, sah, dass die Körbe von einem anderen Kahn stammten und dieser an einer Mole angelegt hatte, die weit ins Meer hineinreichte. An ihrem Ende befand sich ein Leuchtturm, und hinter diesem erhob sich auf einer kleinen, dem Festland vorgelagerten und nur durch eine kleine Straße mit dem Hafen verbundenen Insel eine Burg.

Ächzend stand Lilian auf. Sie hielt sich den schmerzenden Arm und ging ein paar Schritte, die zwar wackelig gerieten und sie viel Kraft kosteten, aber sie doch stetig voranbrachten. Sie war ihr Leben lang nicht aus London fortgekommen, hatte keine Ahnung, ob dieser Hafen nun nördlich, südlich, östlich oder westlich davon lag, kannte überhaupt keine anderen englischen Städte.

Beherzt trat sie auf einen Jungen zu, der eben einige der leeren Körbe einsammelte.

»Sind wir in Newcastle? Weymouth? Southampton?«, fragte sie aufs Geratewohl.

Obwohl sie ihr charmantestes Lächeln aufgesetzt hatte, starrte der Junge sie entgeistert an. Nun gut, sie war gewiss schwarz wie ein Schornsteinfeger, da nutzten auch ihre Grübchen wenig.

Als er nicht antwortete, änderte sie ihre Taktik: »Was war denn in den Körben?«

»Na, Tomaten!«, rief der Junge, als wäre das das Selbstverständlichste der Welt. »Sie werden hier in fast jedem Glashaus gezüchtet, und nachdem sie nach Southampton geliefert wurden, werden die leeren Körbe zurückgebracht und wieder verwertet.«

Damit schied Southampton schon mal aus. Wo genau in England Tomaten in Glashäusern gezüchtet wurden, wusste Lilian allerdings nicht.

»Wo … wo sind wir denn hier?«, fragte sie.

Der Junge schüttelte nur den Kopf und widmete sich wieder seinen Körben. Als sie weiterging, rieb sie sich verstohlen das Gesicht ab, fürchtete aber, dass es dadurch nur noch schwärzer geworden war. Und tatsächlich, die Blicke, die sie trafen, waren entweder verächtlich oder gar feindselig, gleich, ob die von Hafenarbeitern oder Spediteuren, Matrosen oder Postmännern. Auch einige elegant gekleidete Herrschaften waren gerade unterwegs: Die Frauen trugen Sonnenschirme, die Männer Zylinder. Sie sahen durch Lilian hindurch, als gäbe es sie nicht, was sie ihrerseits nicht davon abhielt, sie neugierig anzustarren. Hatte sie zunächst vermutet, dass sie hier am Hafen einfach nur spazieren gingen, sah sie nun, wie eine Gruppe dieser Leute ein großes Dampfschiff bestieg. Die Segelboote mit den weißen Segeln wirkten dagegen winzig klein.

Die Herrschaften gehen entweder auf Reisen, überlegte sie, oder haben eine Reise hierher gemacht …

Sie blieb stehen und musterte die Stadt hinter dem Hafen. Sie lag auf einem Hügel, und die unzähligen kleinen Häuser reihten sich wie Bienenwaben aneinander. Zwischen hohen Bäumen blitzte ein Kirchturm hervor, und der Weg, der in dessen Richtung führte, war um vieles schmaler als die Straßen Londons. Trotz des hektischen

73

Treibens am Hafen schien das Leben hier einem gemächlicheren Takt zu folgen, die Luft war frischer und manch kleine Gärten vor den Häusern farbenfroher.

»Aus dem Weg! Aus dem Weg!«

Sie fuhr herum: Nicht weit von ihr wurde ein weiterer Kahn entladen, der nicht nur leere Körbe, sondern Fässer voller gesalzenem Fisch transportiert hatte. Der Mund wurde ihr wässrig, noch unerträglicher als ihr Hunger war nur der Durst. Als sie sah, wie ein junger Mann einem Pferd Wasser brachte, das in einer eigenen Ladestation auf seinen Transport wartete, schlich sie näher, beugte sich über den Eimer und trank gierig ein paar Schluck. Das Wasser schmeckte abgestanden und etwas salzig, aber es war besser als nichts. Schon wollte sie sich Gesicht und Hände darin waschen, aber da kehrte schon der junge Mann zurück und verscheuchte sie empört.

Als sie floh, stieß sie beinahe mit einem anderen zusammen, der auf seinem Handkarren einige Körbe voller Weintrauben und Feigen, vor allem aber voll Blumen mit sich zog: Kamelien, Rosen und Chrysanthemen.

Lilian schlich daran vorbei und stahl unbemerkt eine Handvoll Weintrauben. In der Nähe einiger Handkräne, die jenem glichen, über den sie geflohen war, setzte sie sich und aß sie hungrig. Sie schmeckten sauer, vertrieben aber ihre Kopfschmerzen.

Ich bin nicht in Southampton und nicht in London, dachte sie. Sonderlich groß scheint diese Stadt nicht zu sein, aber sie exportiert viele Güter. Wo viele Blumen wachsen, muss ein halbwegs mildes Klima herrschen, und so sauber wie die Straßen und so elegant, wie viele Menschen gekleidet sind, herrscht hier ein gewisser Wohlstand.

Nachdem sie die Weintrauben gegessen hatte, ging sie den Pier entlang, bis sie die Hafenpromenade erreichte. Sie kam an einer Statue vorbei, die offenbar einen König oder Prinz oder einen sonst-

74

wie hochwohlgeborenen Herrn darstellte, und folgte einer breiten Straße bis zu einem Warenhaus. Einfache, mit einer Seilrolle betriebene Aufzüge waren hier in Betrieb, um Waren ins obere Stockwerk zu transportieren. Eben verpasste der Besitzer des Warenhauses seinem Lehrling eine Maulschelle, weil der eine Kiste nicht entgegengenommen, sondern fallen gelassen hatte.

»Du bist der ungeschickteste Lehrjunge von Saint Peter Port.«

Saint Peter Port ...

Lilian dachte fieberhaft nach, aber den Namen dieser Stadt hatte sie noch nie gehört. Und selbst wenn, es hätte an ihrer Lage ja doch nichts geändert. Sie war weit weg von allem Vertrauten ... von Suzie ... aber auch von Maxim. Sie war dreckig, immer noch hungrig und fror erbärmlich, aber zumindest ließen die Schmerzen in der Schulter langsam nach.

Auf die Hafenpromenade folgte ein kleiner Strand, wo Möwen staksten und ein kleines Kind einem Reifen hinterherlief. Lilian ging zum Wasser, wusch sich notdürftig Gesicht und Hände, knotete das Kleid zusammen, wo es aufgerissen war, und flocht das krause Haar zu einem Zopf. Um ihn festzubinden, riss sie ein Stück Stoff ab. Die Wunde an der Stirn brannte, als sie mit Meerwasser in Berührung kam, und wahrscheinlich war ihr Gesicht von blauen Flecken übersät und ihr Anblick immer noch erbarmungswürdig. Aber sie fühlte sich erfrischt genug, um ihre Zukunft in Angriff zu nehmen.

Sie überlegte kurz, zur Kirche zu gehen und dort auf Hilfe zu hoffen, doch wenn sie etwas in ihrem kurzen Leben gelernt hatte, so, dass die, die auf Gottes Barmherzigkeit verwiesen, selbst meistens unbarmherzig waren.

Als sie sich unschlüssig umsah, erblickte sie einen Jungen, der einen Stoß Zeitungen mit sich trug und laut die neuesten Nachrichten verkündete. Nachdem er zwei Exemplare verkauft hatte, erlahmte sein Arbeitseifer, und er setzte sich in den Schatten einer der hohen Linden, die die Promenade säumte.

Lilian trat zu ihm.

»Wie viel kostet es, von hier nach London zu kommen?«, fragte sie unvermittelt.

Nicht dass sie das unbedingt wollte, aber auf diese Weise hoffte sie herauszufinden, wie weit sie von der Heimatstadt entfernt war.

Der Zeitungsjunge sah hoch, musterte sie abschätzend und gab ihr, als sie es schon kaum mehr zu hoffen wagte, widerwillig Antwort: »Wenn du dritte Klasse reist, zwanzig Schilling.«

Das war nicht viel, gemessen an den Beträgen, um die sie Maxim betrogen hatte, aber ein Vermögen für eine, die nichts anderes besaß als das, was sie auf dem Leib trug.

»Und wie weit ist es, wenn ich zu Fuß gehe?«

»Bist du Jesus?«

»Was meinst du?«

Er verdrehte die Augen. »Kannst du denn übers Wasser laufen?«

Erst jetzt begriff sie, dass sie auf einer Insel gelandet war.

»Wie weit ist es bis zum Festland?«, fragte sie.

»Welches meinst du?«

Wieder starrte sie ihn verständnislos an.

Er seufzte. »Frankreich liegt näher. Bis dahin sind es nur dreißig Meilen. Bis Southampton bist du hingegen über hundert Meilen unterwegs. Es gehen auch Schiffe von Guernsey nach Weymouth und Portsmouth.«

Guernsey … die Insel hieß Guernsey. Diesen Namen hatte sie noch nie gehört, ebenso wenig wusste sie, wo genau sich Frankreich befand.

Hätte ich im Unterricht der Nonnen nur besser aufgepasst!, dachte sie.

Doch selbst wenn sie die Insel auf einer Landkarte hätte finden können, ihre Lage hätte das nicht verbessert.

Ein Zittern überkam sie wieder, und sie ließ sich stöhnend neben dem Jungen nieder. Er rückte ein wenig ab, flüchtete aber nicht von ihr.

»Sag, bist du vom Himmel gefallen?«, fragte er. »Wie kommt es, dass du nicht weißt, wo du bist?«

Anstatt zu antworten, versank sie in Gedanken. Suzie hatte bestimmt zwanzig Schilling. Sie könnte von London hierher reisen, wenn auch sie schon nicht zu ihr. Allerdings konnte sie sie nicht benachrichtigen, und selbst wenn – was, wenn Maxim Männer auf sie angesetzt hatte, damit diese mehr über ihren Verbleib herausfanden?

Tränen traten Lilian in die Augen. Nun, da sie auf dem harten Boden hockte, musste sie an die Nächte denken, da sie an Suzie gekuschelt auf der Matratze geschlafen hatte – zwar auch nicht sonderlich weich, aber doch viel komfortabler, gemessen an ihrer jetzigen Lage. Suzies Geruch war ihr vertraut wie der eigene, und nie hatte sie jemanden so inniglich umarmt wie sie – abgesehen von ein paar Männern, von denen sie sich kurz erhofft hatte, sie würden sie aus dem Elend befreien. Das hatten diese natürlich nie getan, sie vielmehr gelehrt, dass sie nur sich selbst vertrauen konnte.

Auch jetzt konnte sie nur auf sich selbst setzen, und das bedeutete, dass sie ihre Tränen herunterschlucken musste und nicht mehr an Suzie denken durfte. Nicht jetzt, nicht morgen, nicht nächste Woche. Sie war nur für sich allein verantwortlich.

»Hier leben viele reiche Menschen, nicht wahr?«, wandte sie sich wieder an den Zeitungsjungen. »Wie verdienen sie ihr Geld?«

Der Junge grinste amüsiert: »Die meisten stammen nicht von hier, sie machen jetzt im Sommer lediglich Urlaub auf Guernsey.«

Sie nickte nachdenklich. »Das heißt, es gibt viele Hotels«, stellte sie fest. »Und wo kann man noch Geld verdienen? Ich habe gesehen, dass Blumen, Gemüse und Obst exportiert werden.«

Der Junge nickte. »Natürlich kann man in den Glashäusern arbeiten, dort werden immer fleißige Hände gesucht. Oder im Steinbruch, wo Granit abgebaut wird. Aber das ist nur etwas für Männer. Auf den Bauernhöfen braucht man ebenfalls ständig Arbeiter. Unsere Guernsey-Kühe sind berühmt. Sie werden bis nach Südamerika verkauft.«

Lilian hatte keine Ahnung, wo sich Südamerika befand. Sie vermutete lediglich, dass es noch viel weiter von London entfernt lag als Guernsey.

»Ich habe keine Ahnung von Kühen …«, murmelte sie.

»Wovon hast du denn Ahnung?«

Wie man einen Menschen bestiehlt, dachte sie, aber das sagte sie natürlich nicht laut.

Fürs Erste konnte sie sich tatsächlich als Taschendiebin durchbringen, aber die Hauptstadt der Insel schien nicht sonderlich groß zu sein, was bedeutete, dass ihr Gesicht hier womöglich bald bekannt sein würde. Und außerdem war es nach dem Ende ihrer Zusammenarbeit mit Maxim vielleicht klüger, Suzies Ratschlag zu vertrauen und zur Abwechslung auf ehrliche Arbeit zu setzen. Sie war jung, zäh und erfindungsreich – irgendetwas würde sich finden.

Der Junge stand auf, um weitere Zeitungen zu verkaufen, während sie Richtung Stadt ging. Viele der kleinen Passagen führten steil bergauf, und sie musste mehrmals innehalten, um neue Kraft zu schöpfen. Sobald die misstrauischen Blicke der Frauen, die hier beisammenstanden, sie trafen, flüchtete sie jedoch jedes Mal rasch. Sah sie eine Weile nur graue oder weiße Wände, bot sich von einer Anhöhe aus plötzlich ein herrlicher Blick über das Meer. Eben noch grau wie der Himmel, strahlte es in kräftigen Türkistönen, als die Wolkendecke kurz aufriss. Die Schaumkronen glitzerten, und die weißen Segel der vielen Boote blähten sich munter im Wind. Lilian hielt ihr Gesicht in die Brise und atmete tief durch.

Ich werde mich schon durchbringen, schwor sie sich, und eines Tages werde ich Geld haben, viel Geld. Dann werde ich in einem

Haus am Meer wohnen und stundenlang in die Weite sehen. Ich werde nichts anderes tun, höchstens ein Gurkensandwich essen, das mir eine Dienerin bringt. Und dann, aber erst dann werde ich wieder an Suzie denken.

5

Nachdem der Rundgang durch das Haus abgeschlossen war, bot Vince Marie an, die Wasserleitung zu inspizieren. Womöglich konnte er die notwendige Reparatur selbst durchführen. Marie wollte ihm eigentlich nichts schuldig bleiben und seine Zeit noch länger beanspruchen, aber die Aussicht, in diesem Haus ohne Wasser festzusitzen, war nicht sehr verführerisch. Widerwillig stimmte sie zu.

»Aber nur, wenn du Zeit hast.«

»Für dich doch immer.« Er grinste breit, und sie musste sich zusammenreißen, um höflich zu lächeln.

Während er sich in der Küche zu schaffen machte, blieb sie mit den Kindern im Wohnzimmer. Obwohl Hannah vorhin geschlafen hatte, gähnte sie schon wieder, doch dass Jonathan aufgekratzt herumhüpfte, ließ sie unruhig werden.

»Willst du Vince nicht zusehen, wie er in der Küche die Wasserleitung repariert?«, schlug Marie vor.

»Das ist soooo langweilig!«, rief er. »Ich will ans Meer.«

»Von hier aus ist es viel zu steil, und außerdem kann ich nicht weg, solange Vince da ist …«

»Aber dann will ich wenigstens in den Garten.«

Marie zögerte. Sie wollte ihn nur ungern aus den Augen lassen, verstand aber seinen Bewegungsdrang und gab sich schließlich einen Ruck. Jonathan war schon so groß und ziemlich verantwortungsbewusst. Nur weil sie Jost verloren hatte, durfte sie nicht alles schwarzsehen und ihn in seinem Freiheitsdrang einengen.

Wenig später spielte er mit einem alten Gartenschlauch. Während Vince sich weiterhin der Leitung widmete, schlief Hannah ein, und Marie nutzte die Gelegenheit, um ein wenig aufzuräumen. Zuerst versuchte sie, den Inhalt der Schublade zu sortieren, aber da sie bei der Fülle an Krimskrams kein rechtes System entwickeln konnte, stopfte sie schließlich alles wahllos hinein. Das Schwarzweißfoto mit Anouk landete ganz oben. Danach trug sie die Taschen und Koffer in den ersten Stock. Angesichts ihres guten Zustands wollte sie ab dieser Nacht mit den Kindern eines der Schlafzimmer beziehen. Zuletzt befanden sich nurmehr die Malutensilien im Wohnzimmer, und Marie strich geistesabwesend über einen Pinsel.

Ein Räuspern hinter ihr ließ sie zusammenzucken. »Meine Mutter hat mir erzählt, dass du eine berühmte Malerin geworden bist«, sagte Vince.

»Nicht ich …«, berichtigte sie ihn. »Ich habe das Kunststudium nicht abgeschlossen, aber mein Mann ist … war … ziemlich bekannt.« Sie atmete tief durch. »Er ist vor einigen Monaten gestorben.«

»Ja, das erwähnte meine Mutter auch. Krankheit oder Unfall?«

Kaum merklich zuckte sie zusammen. »Was ist mit dem Wasser«, lenkte sie rasch ab. »Denkst du, du kriegst es hin?«

Sie sah ihm seine unverhohlene Neugierde deutlich an, aber er schaffte es, sich zurückzuhalten und nicht nachzubohren: »Ich muss noch mehr Werkzeug holen. Damit kriege ich es vielleicht hin, allerdings nur fürs Erste. Das Hauptproblem ist, dass die Leitung, die zum Haus führt, undicht ist. Du hast ja gesehen, dass das Wasser braun ist, scheinbar nicht von Rost, sondern von Erde. Irgendwo muss ein Leck sein.«

Sie ahnte, was das für Folgen haben würde. »Na super, und um es zu finden, muss das ganze Rohr freigelegt werden. Das war's dann wohl mit dem wunderschönen Garten.«

»Na ja, die Wasserleitung kommt von der anderen Richtung, von

81

Clairmont Manor. Wahrscheinlich betreffen die Bauarbeiten nur die Auffahrt. Natürlich ist es nicht gerade eine Kleinigkeit.«

Sie unterdrückte ein Seufzen.

»Nun, wie gesagt – für eine Notfalllösung kann ich sorgen. Wenn du willst, fahre ich gleich los, um das Werkzeug zu holen.«

»Nur wenn es keine zu großen Umstände macht.«

Er lächelte wieder verschmitzt, verkniff sich aber eine Bemerkung und ging.

Marie trat erst zu Hannahs Bettchen, wo diese weiterhin fest und friedlich schlief, und blickte dann zum Fenster hinaus. Jonathan pflückte offenbar gerade einen Blumenstrauß für sie, obwohl er oft behauptete, dass das nur Mädchen tun würden.

Marie war tief gerührt. Sie machte sich ständig Gedanken, wie er Josts Tod verkraftete, und war gar nicht auf die Idee gekommen, dass er sich auch um sie Sorgen machte und ihr unbedingt eine Freude bereiten wollte, um sie von ihrem Kummer abzulenken.

Gedankenverloren trat sie wieder zurück zu den Pinseln, streichelte darüber und schloss die Augen. Sie erinnerte sich an den Tag, als sie Jost kennengelernt hatte – zugleich der Tag ihrer Aufnahmeprüfung an der Kunsthochschule.

Mit der großen Mappe unter dem Arm hatte sie das Gebäude betreten und war beinahe vor Aufregung gestorben. Tagelang hatte sie überlegt, was sie bei diesem wichtigen Termin nur anziehen sollte, und hatte sich zugleich für diese Überlegung geschämt, weil sie ihr so oberflächlich erschien. Die anderen Bewerber schienen sich nicht darum zu kümmern: Viele beschränkten sich auf Existentialistenschwarz, andere gaben sich betont locker: Im schlimmsten Fall sahen sie aus, als hätten sie sich bei der Altkleidersammlung bedient, im besten Fall ergab sich ein »Zufall-Stil«, den Designer wie Vivienne Westwood »Bohemien« nannten.

Marie hingegen wollte nichts dem Zufall überlassen. Schwarz stand ihr beim besten Willen nicht. Da auch ihre Haare schwarz waren, sah sie darin wie eine sizilianische Witwe aus. Also hatte sie sich am Tag der Aufnahmeprüfung für ein leuchtend rotes Kleid entschieden. Schulterfrei, wie es war, passte es zu den sommerlichen Temperaturen, doch in der Hochschule war es ziemlich kühl. Eine Gänsehaut überzog ihre Oberarme, und während die Professoren ihre Bilder betrachteten, fragte sie sich nicht etwa, ob sie diese für gut befanden, sondern, ob sie ihr Kleid wohl für übertrieben hielten.

Jost gefiel es. Später, als sie ein Paar geworden waren, erklärte er immer wieder, wie zauberhaft sie ausgesehen hätte, so erfrischend anders und selbstbewusst.

Wie man sich täuschen kann, hatte sie gedacht.

Auch ihre Bilder befand er für großartig, und wenig später bekam sie die Zusage der Kunsthochschule. Doch wenn sie sich recht besann, erwähnte er ihr rotes Kleid in den kommenden Jahren häufiger als ihre Werke. Auch bei ihrem ersten Abendessen ein paar Monate später war das so. Damals trug sie einen brauner Wildlederrock und einen mauvefarbenen Strickpullover – ein Outfit, über das sie sich mindestens ebenso lange den Kopf zerbrochen hatte wie über die Entscheidung, ob sie mit einem Professor ausgehen sollte oder nicht.

»Du machst dir immer viel zu viele Gedanken«, hatte Isabella, ihre beste Freundin, gemeint.

Das traf die Wahrheit nicht ganz. Ja, sie konnte tagelang über ihr Erscheinungsbild und ihre Wirkung auf andere nachgrübeln, aber was ihre Gefühle anbelangte, war sie impulsiv. Als sie erst einmal Josts Einladung nachgegeben hatte, ging alles ganz schnell. Schon nach dem zweiten Essen küssten sie sich; eine Woche später verbrachte sie die erste Nacht bei ihm. Und am nächsten Morgen, als sie sich überlegte, wie sie unauffällig ins Bad schleichen konnte, um sich die Zähne zu putzen, erklärte er entschlossen: »Du ziehst zu mir.«

Sie fand es ebenso rührend wie beschämend, dass er ihre Zukunft plante, während sie sich Gedanken über Mundgeruch machte. Anstatt etwas zu sagen, nickte sie nur, und als er sie begeistert küsste, Zähneputzen hin oder her, schwanden sämtliche Bedenken.

Die Altbauwohnung in Berlin-Mitte war natürlich attraktiver als das WG-Zimmer in Neukölln, und die Liebe des Professors – wobei er genau betrachtet nur Gastprofessor war – sehr schmeichelhaft. Sie schwänzte fast immer den Unterricht bei ihm, weil ihr das Tuscheln ihrer Studienkollegen peinlich war, sagte sich aber ständig, wie sehr sie von ihm profitierte, wenn sie ihn zu Vernissagen, Empfängen und Interviewterminen begleitete.

Irgendwann sah sie die Kunsthochschule kaum mehr von innen, und schließlich malte sie nicht einmal mehr im Atelier, das zur großzügigen Wohnung gehörte.

Auf den Tag genau zwei Jahre nach der Aufnahmeprüfung machte sie einen Schwangerschaftstest. Er war positiv.

Tagelang hatte sie Angst, es Jost zu sagen, und wappnete sich gegen den Vorwurf, sie würde ihr Talent wegwerfen, wenn sie jetzt ihr Studium aufgab oder, was ihr noch schlimmer erschien, dass ein Kind nicht zu seinem intensiven Leben passen würde. Doch er strahlte sie an, hob sie in die Luft, küsste sie und rief begeistert: »Wir heiraten natürlich sofort!«

Bei der Hochzeit hatte sie nicht Weiß, sondern natürlich Rot getragen, seine Lieblingsfarbe.

Marie legte den Pinsel weg. Seit Josts Tod hatte sie kein einziges Mal mehr Rot getragen, noch nicht mal in dunklen Schattierungen … und sie hatte kein einziges Mal gemalt.

Tränen traten ihr in die Augen, und sie wusste plötzlich: Wenn nur eine fließen würde, wäre jener Heulkrampf unvermeidbar, den sie bis jetzt der Kinder wegen hatte unterdrücken können. Doch ehe sich die Trauer Bahn brach, ertönte von draußen ohrenbetäubendes Gebrüll.

Wenige Sekunden später stimmte Hannah in das Geschrei ein. Der Lärm hatte sie aus dem Tiefschlaf gerissen, und ihr Gesicht wurde angesichts des heftigen Schluchzens immer röter. Marie nahm sie auf den Arm, streichelte über ihr verschwitztes Köpfchen und stürzte nach draußen. Auf der Schwelle erstarre sie. Sie sah direkt in die Mündung eines Gewehrs!

Hannah schien die Anspannung ihrer Mutter zu spüren: Kurz weinte sie noch heftiger, dann verstummte sie, genauso wie Marie vor Schreck kein Wort hervorbrachte.

Es war ein älterer Mann, der das Gewehr auf sie richtete: Sein Haar war in der Jugend wohl mal kräftig rot gewesen, wuchs jetzt aber schütter und war von grauen Strähnen durchzogen. Bräunliche Flecken übersäten die bleiche Haut, die hellblauen Augen ließen ihn noch bleicher, nahezu ungesund wirken. Er stand leicht gebückt da, und seine Hände zitterten, doch er machte keine Anstalten, das Gewehr sinken zu lassen – selbst dann noch nicht, als Marie die Fassung wiederfand und ihn erschrocken anfuhr: »Was zum Teufel tun Sie da?«

Hannah begann wieder zu brüllen, und jetzt stürzte auch Jonathan auf sie zu und klammerte sich schutzsuchend an ihre Beine, als wäre er noch ein kleines Kind.

»Ich wollte doch nicht ...«, setzte er hilflos an, doch der restliche Satz ging in Hannahs Gebrüll unter.

»Er hat auf meinem Grundstück nichts verloren«, zischte der alte Mann.

Maries Entsetzen wandelte sich in Wut. Verspätet ging ihr auf, dass der Mann nicht etwa sie, sondern Jonathan bedroht hatte, der offenbar unbefugt sein Grundstück betreten hatte. Und da es weit und breit nur ein Gebäude in der Nachbarschaft gab, musste der Mann von Clairmont Manor stammen, das, anders als gestern Abend gedacht, doch nicht unbewohnt war.

»Jetzt nehmen Sie schon dieses Scheißding weg!«, schrie Marie.

85

Endlich senkte sich der Lauf des Gewehrs. Der alte Mann atmete so heftig, als läge eine große Anstrengung hinter ihm. So erschöpft er aber auch wirkte – er funkelte Jonathan weiterhin böse an.

»Irgendjemand muss diesen Lausebengel schließlich Mores lehren!«, schnaubte er. »Sie sind ja offenbar nicht in der Lage dazu.«

Marie blieb beinahe die Luft weg vor Empörung. »Das finden Sie normal?«, rief sie. »Ein Kind mit einem Gewehr zu bedrohen? Haben Sie sie noch alle?«

Wütend starrten sich die beiden an. Hannahs ganzer Körper wurde mittlerweile von Schluchzen geschüttelt, und Marie rief sich zur Vernunft. »Ruhig, ganz ruhig«, murmelte sie und presste das Köpfchen an sich, doch das nützte wenig.

»Was ist denn hier los?«

Wegen des Geschreis hatte sie nicht gehört, dass Vince zurückgekommen war. Eben sprang er aus seinem Auto, hastete auf sie zu und stellte sich schützend vor Marie.

»Was zum Teufel ist denn Ihr Problem?«, wandte er sich streng an den alten Mann.

Dieser musterte auch ihn ärgerlich, aber Marie entging nicht, dass die Hand, mit der er das Gewehr hielt, noch stärker zitterte.

»Niemand betritt ungestraft meinen Grund und Boden«, murrte er.

»So wie ich das sehe, ist es aber gerade nicht Ihr Grundstück, auf dem wir stehen.«

Verlegenheit breitete sich in den Zügen des Alten aus, doch er wollte sie nicht offen eingestehen, sondern deutete auf Jonathan. »Der Lausebengel ist einfach durch die Hecke gekommen. Ich musste ihn verjagen, weil sich ja sonst niemand um ihn zu kümmern scheint.«

Marie schüttelte den Kopf. Was für ein alter Griesgram!

Allerdings würde es die Lage auch nicht besser machen, wenn sie noch mehr Öl ins Feuer goss. Wenigstens sie sollte sich wie eine

Erwachsene benehmen. »Hören Sie ... ich wohne hier im Cottage, zumindest fürs Erste. Sollten wir als Nachbarn nicht versuchen, halbwegs gut miteinander auszukommen?«

Kurz starrte der alte Mann sie an, als erwachte er aus einem langen Traum und bemerkte erst jetzt, wen er vor sich hatte. Dann ging sein Blick Richtung Cottage. Wieder änderte sich seine Miene, und er wirkte betroffen, nahezu ängstlich. Irrte sie sich, oder hatte er plötzlich Tränen in den Augen?

Es klang wie ein Ächzen, als er sich räusperte. »Dieser Ort ...« Mit noch stärker zitternder Hand deutete er auf das Cottage. »Dieser Ort ist verflucht.«

Marie glaubte kurz, ihn falsch verstanden zu haben, und wollte schon nachfragen, was er meinte, aber da trat Vince wieder vor.

»Ich glaube, es ist besser, Sie gehen jetzt.«

Zugegeben, dass Vince gekommen war, hatte Marie zunächst erleichtert. Und seine ruhige und bestimmte Art brachte den alten Mann dazu, sich endlich umzudrehen und sich die grimmigen Worte zu verbeißen, die er offenbar auf den Lippen hatte. Aber kaum war sie mit Vince allein, empörte sie sich über seine Einmischung.

»Ich wäre ihn auch ohne deine Hilfe losgeworden«, sagte sie schnippisch.

Vince lächelte schräg. »Daran hatte ich keinen Augenblick lang gezweifelt.«

Hannah beruhigte sich langsam, und Jonathan ließ ihre Beine wieder los. Sein Abenteuer erschien ihm rückblickend nicht länger beängstigend, sondern faszinierend.

»Glaubt ihr, er hätte mich wirklich erschossen?«, fragte er mit unverhohlener Begeisterung.

Vince ging vor ihm in die Hocke. »Das glaube ich nicht, der wollte dir nur drohen. Soweit ich weiß, war mit dem noch nie gut Kirschen essen. Kannst du dich denn nicht an ihn erinnern, Marie?«

Vage tauchte eine lange vergangene Episode vor ihrem inneren

Auge auf. Seinerzeit hatte sie sich mit ihren Freundinnen und Vince häufig Mutproben ausgedacht, und zu der schlimmsten Prüfung, die sie sich ausmalen konnten, gehörte es, heimlich nach Clairmont Manor zu schleichen. Sie selbst wäre dazu zwar bereit gewesen, aber eines der Mädchen – sie hatte keine Ahnung mehr, wie sie hieß – hatte flüsternd verkündet: »Wer dieses Haus betritt, kehrt niemals wieder zurück.«

Vince hatte sie damals ausgelacht, aber als Marie meinte, dass er es doch versuchen könnte, hatte auch er die Mutprobe abgelehnt. »Jeder weiß, dass dort ein schrecklich böser Mann lebt«, erklärte er.

Das musste dieser Alte sein.

Soweit sie sich erinnern konnte, hatte sie später sowohl Florence als auch ihren Vater über den Besitzer von Clairmont Manor tuscheln gehört und dass dieser mit wirklich jedem Einwohner der Insel zerstritten sei.

»Warum hat er denn gesagt, dass das Haus verflucht ist?«, fragte Jonathan.

Nachdenklich blickte Marie ihren Sohn an. Dann hatte sie den Alten also doch nicht falsch verstanden. Doch was Jonathan höchst aufregend fand, löste in ihr einen leichten Grusel aus.

So ein Unsinn!, schalt sie sich selbst.

»Wie heißt dieser alte Mann überhaupt?«, fragte sie Vince.

»Das erzähle ich dir nachher in Ruhe bei einer Tasse Kaffee.«

»Ich habe aber weder Wasser noch Kaffee.«

»Weiß ich doch!« Er ging zum Auto zurück, holte etwas von dort und hob triumphierend beide Hände. In der einen hielt er den Werkzeugkasten, in der anderen Kaffeepulver.

Eins musste man ihm lassen: Vince entpuppte sich immer mehr als ein »Mann für alle Fälle«. Eingestehen wollte Marie das aber dennoch nicht – weder ihm und schon gar nicht sich selbst. »Ich bin mir aber nicht sicher, ob es im Cottage Filter gibt.«

Etwa nach einer Stunde kam ein dünner Strahl sauberes Wasser aus der Leitung. In der Zwischenzeit hatte Marie Hannah gewickelt, die Malutensilien in den oberen Stock gebracht und dort die Betten bezogen. Sie überlegte, ob sie die dreckige Wäsche später mit der Waschmaschine im unteren Badezimmer waschen sollte, war aber nicht sicher, ob sie die Wasserleitung nicht überstrapazieren würde, wenn sie diese einschaltete. Am besten, sie fragte Florence, ob sie ab und zu bei ihr waschen konnte.

Als sie wieder runterkam, hatte Vince bereits die Kaffeemaschine notdürftig gereinigt, obendrein Filter gefunden und Kaffee aufgesetzt.

Marie konnte gar nicht anders, als zu lächeln.

»Ein Lächeln … und ich muss es gleich wieder zerstören.«

»Warum das denn?«

»Ich habe zwei Nachrichten, und nur eine ist gut.«

»Die schlechte zuerst.«

»Ich konnte die Leitung wirklich nur notdürftig reparieren. Wie ich mir schon dachte, muss sie ganz neu verlegt werden, und das so schnell wie möglich. Wird 'ne nicht ganz kleine Baustelle.«

Marie unterdrückte ein Seufzen. »Und was ist die gute Nachricht?«

»Vorerst hast du ja erst mal Wasser, und ich besorge dir eine Firma, die das möglichst schnell und kostengünstig erledigt. Das wird zwar eine dreckige Angelegenheit und auch eine ziemlich laute, aber danach hast du fürs Erste Ruhe.«

»Ziemlich laut«, wiederholte sie. »Na, da wird sich mein reizender Nachbar aber freuen. Wer war das denn nun?«

Vince schenkte Kaffee in zwei Tassen, die er vorher ausgespült hatte. In einem der Wandschränke fanden sie sogar Zucker, nur auf Milch mussten sie verzichten. Obwohl sie vorhin in Florences Strandcafé eine große Tasse getrunken hatte, freute Marie sich auf einen weiteren Schluck heißen Kaffee. Leider interessierte sich auch Hannah für den Inhalt der Tasse und ließ sich nicht davon abhalten, auf Maries Schoß zu klettern, von wo aus sie unbedingt ihre Hände in den Kaffee tauchen wollte.

»Heiß!«, schrie Marie, »viel zu heiß!«

Das allein brachte Hannah von ihrem Vorhaben nicht ab, den Kaffee möglichst weiträumig in der Küche zu vergießen, doch als Jonathan begann, auf dem Küchenfußboden ein Puzzle zu legen, war sie erst mal abgelenkt. Er hatte es eben erst beim Auspacken entdeckt und interessierte sich nicht länger für den Nachbarn und seine merkwürdigen Worte. Marie hingegen war umso gespannter.

»Sein Name ist Bartholomé de Clairmont«, sagte Vince.

»Klingt französisch und adelig.«

Ersteres war auf der Insel nicht verwunderlich. Auch wenn sie seit Jahrhunderten zu England gehörte, war der französische Einfluss immer groß gewesen. Erst nach dem Zweiten Weltkrieg war die französische Sprache oder vielmehr das Patois, ein normannischer Dialekt, nahezu ganz vom Englischen verdrängt worden.

»Soweit ich weiß, ist er der Nachfahre eines französischen Grafen aus der Bretagne, der sich hier einst niedergelassen hat«, fuhr Vince fort. »Bartholomé lebt sehr zurückgezogen. Er war nie verheiratet und hat auch keine Kinder.«

»Das merkt man.«

»Seit ich denken kann, hatte er einen an der Waffel.«

»Und warum hält er das Cottage für verflucht?«

»Das ist doch nur dummes Gerede! Er muss einen ziemlichen Verfolgungswahn haben, sonst wäre er auch nicht mit dem Gewehr auf Jonathan losgegangen. Allerdings glaube ich nicht, dass er wirklich gefährlich ist. Er ist eben so ein Spinner, dem man besser fernbleibt, dann gibt's keine Probleme. Und mit den Bauarbeiten muss er leben. Ich werde darauf achten, dass die erlaubten Arbeitszeiten strikt eingehalten werden, dann hat er gar keine Chance, sich zu beschweren. Vorausgesetzt natürlich, du gibst die Reparatur der

Leitung in Auftrag und bleibst auf der Insel. Meine Mutter meinte, dass du dir noch nicht ganz sicher wärst.«

Der warme Kaffee belebte Marie. Sie musterte die verdreckten Küchenregale, wenigstens hatte sie jetzt Wasser zum Putzen.

»Kann ich es mir bis morgen überlegen?«

Vince trank seinen Kaffee aus. »Selbstverständlich. Ruf mich an, wann immer du eine Entscheidung getroffen hast.« Er machte eine kurze Pause. »Es würde mich freuen, wenn du bleibst«, fügte er hinzu und senkte rasch den Blick.

»Warum?« Marie zog spöttisch die Augenbrauen hoch. »Als Kinder haben wir uns nicht gemocht, und heute …« Sie brach ab.

Heute hatte sie sich auch eher von ihrer zickigen Seite gezeigt, fügte sie in Gedanken hinzu.

»Wer sagt denn, dass ich dich nicht gemocht habe?«, fragte Vincent erstaunt.

»Warum sonst hättest du mir ständig Streiche gespielt?«

»Du verstehst aber nicht viel von der Psyche kleiner Jungs, wenn du das als fehlende Sympathie auslegst.« Er zwinkerte ihr vertraulich zu, und sie fühlte, wie sie plötzlich errötete. Weder konnte sie sich diese Reaktion erklären, noch wollte sie darüber nachdenken.

»Sag«, meinte sie unwillkürlich, als er sich zum Gehen wandte. »Hast du jemals von einer gewissen Anouk gehört?«

»Wer soll denn das sein?«

»Ich habe in der Schublade ein Foto entdeckt. So wie es aussieht, scheint es Anfang letzten Jahrhunderts gemacht worden zu sein. Du hast doch selber gesagt, dass das Cottage ziemlich alt ist. Vielleicht war sie eine Vorbesitzerin.«

»Anouk … Anouk …«, er schüttelte den Kopf, »der Name sagt mir gar nichts.«

»Vielleicht war das nur ihr Kosename. Sie könnte auch Ann oder Anne geheißen haben.«

91

Vince wiederholte den Namen und schüttelte wieder den Kopf.

»Meine Mutter hat mehr Ahnung von so was. Sie hat sich intensiv mit der Geschichte der Insel beschäftigt und hat mir viel darüber erzählt. Aber ich fürchte, es ging da rein und da wieder aus.« Er deutete auf seine Ohren, verabschiedete sich mit einem Nicken und ging zur Tür. Dort verharrte er. »Doch wenn ich es mir recht überlege – diese ›Ann‹ oder ›Anne‹ könnte auch eine Lilian gewesen sein, oder? Und ich weiß von einer Lilian Talbot.«

»Wer war das?«

»Ich habe keine Ahnung oder zumindest fast keine: Meine Mutter hat den Namen immer mal wieder erwähnt.« Er kratzte sich am Kopf. »Sie hat, wenn ich mich recht erinnere, lange vor dem Krieg gelebt. Eine ziemlich geheimnisumwitterte Frau … irgendwas war da in einer Sturmnacht, aber nagle mich nicht drauf fest. Jetzt muss ich aber wirklich los.«

Er nickte ihr zu und verschwand nach draußen. Marie umklammerte ihre Kaffeetasse. Obwohl diese noch warm war, musste sie frösteln.

Geheimnisumwitterte Frau … Sturmnacht … dieser Ort ist verflucht …

Das klang nicht gerade nach einem glücklichen Leben, obwohl sie der Frau, die auf dem Foto so befreit und fröhlich wirkte und so viel Abenteuerlust ausstrahlte, eigentlich von Herzen ein solches gegönnt hätte.

6

1920

Lilian zählte das Geld. Es waren immerhin fünf Schilling, und sie hatte sie an einem einzigen Tag verdient. Für gewöhnlich musste sie eine Woche für das Doppelte arbeiten. Wenn sich in den nächsten Tagen ähnliche Gelegenheiten boten, dann hätte sie am Ende dreißig, vielleicht sogar fünfzig Schilling beisammen – so viel wie bislang noch nie.

Hastig verstaute sie das Geld und trat aus der Ecke, wo sie es nachgezählt hatte. Sie war in den Markthallen von Guernsey, die man French Halles nannte, gleich neben einem großen Blumenstand, wo Chrysanthemen, Rosen und Hortensien verkauft wurden und deren süßer Geruch sie den Gestank vom Fleisch- und Fischmarkt vergessen ließ, wo sie eben im Auftrag der Köchin Hummer, Krabben und Wellhornschnecken, ein paar Rinderfilets und ein Hähnchen gekauft hatte. Und Butter. Vor allem Butter. Lilian lächelte triumphierend. Mit nichts ließ sich mehr Geld herausschlagen.

Die Butter wurde in ein Pfund großen Portionen verkauft, in dunkelgrüne Kohlblätter eingeschlagen und mit dem individuellen Siegel der Familie, die sie herstellte, versehen. Dieses Siegel galt als Gütezeichen, und Butter ohne ein solches war weniger wert, was Lilian die Gelegenheit bot, Butter ohne Siegel billig zu kaufen, hinterher eins einzuprägen und der Köchin mehr Geld abzuluchsen, als sie ausgegeben hatte.

Weiterhin lächelnd verließ sie die French Halles.

Seit einigen Monaten arbeitete sie im Hotel »Old Government House«. Anfangs hatte sie die Zimmer sauber gemacht und keine Möglichkeit gehabt, sich zu bereichern. Hätte sie etwas gestohlen, wäre sie sofort gekündigt worden, und sie mochte skrupellos sein – aus dem Fiasko mit Maxim hatte sie ihre Lehren gezogen. Doch dann war ihr der Zufall zu Hilfe gekommen: Eines der Mädchen, das in der Küche arbeitete, war ausgefallen, und Lilian hatte ein paar Wochen an seiner Stelle Kartoffeln geschält, Gemüse geschnitten und die Köchin beim Einkaufen begleitet. Diese Chance nutzte sie, um unter Beweis zu stellen, wie gut sie feilschen konnte und dass man ihr keine Waren minderer Qualität andrehen konnte. Mittlerweile wurde sie immer öfter allein auf den Markt geschickt. Ihre Einkäufe wurden nicht zur Bewirtung der Gäste verwendet – dazu gab es eigene Lieferungen –, sondern um Mr Gardener, den Hotelbesitzer, und seine Familie zu verköstigen.

Mehr noch als die Möglichkeit, hier und da einen Schilling rauszuschlagen, genoss sie es, über freie Zeit zu verfügen, unbeobachtet zu sein und durch die Straße zu streunen. Auch heute zögerte sie die Rückkehr hinaus und schlenderte zum Victoria House in der High Street, wo ein gewisser Abraham Bishop Stoffe und Kleider verkaufte. Die Glasfront war ebenso imposant wie die Mode dahinter, die sich nur reiche Damen leisten konnten.

Wie so oft starrte Lilian sehnsüchtig auf die Blusen, Röcke und Abendkleider, und der Stolz über die ergaunerten Schillinge verflog. Gewiss, sie hatte mittlerweile etwas Geld gespart. Längst hätte sie sogar erster Klasse zurück nach London reisen können, wenn nicht die Furcht vor Maxim sie davon abgehalten hätte. Sie hatte sich im hiesigen Post Office, das zugleich ein Gemischtwarenladen war, ein paar persönliche Sachen gekauft – einen Kamm, eine Haarspange und einen Taschenspiegel. Manchmal gönnte sie sich sogar den Luxus und ging in der Trinity Bakery ein Eis essen.

Doch anstelle von seidenen Spitzenblusen trug sie – wie alle Angestellten des Old Government House – nur einen schlichten grauen Flanellrock, eine Leinenbluse, die ihr am Hals zu eng war, und eine weiße Schürze. Und völlig unbezahlbar war, was sie sich neben feinster Kleidung am meisten wünschte: den Schmuck, den es beim Juwelier an der Market Street zu kaufen gab.

Auch vor dieser Auslage blieb sie eine Weile stehen, ehe der misstrauische Blick des Besitzers sie traf und sie rasch das Weite suchte.

Zumindest begegnete ihr nicht mehr so viel Verachtung und Feindseligkeit wie in den ersten Tagen, als sie verdreckt und voller Blessuren nach Arbeit gesucht hatte. Dass sie diese im Hotel fand, hatte sie nur der Tatsache zu verdanken, dass Anfang Juni Hochsaison war und dringend zupackende Hände gesucht wurden. Als sie erst einmal bewiesen hatte, dass sie tüchtig und verlässlich war, musste sie sich nicht länger davor fürchten, wieder auf der Straße zu landen. Und doch: Sie war ein Niemand! Und das war schrecklich ungerecht!

All die feinen Damen im Hotel hatten ihr luxuriöses Leben doch gar nicht verdient. Sie wirkten dümmlich, schienen den Reichtum gar nicht zu genießen und waren gefangen in Routine: Immer gingen sie zur selben Zeit spazieren, baden oder trafen zum Nachmittagstee zusammen, und das Einzige, woran sie ihre Gedanken zu verschwenden schienen, war die häufig wechselnde Garderobe.

Sie waren nicht fleißig wie sie und nicht annähernd so erfindungsreich, sie hatten sich nicht blitzschnell in dieser fremden Stadt zurechtgefunden, jede Straße und jedes Gässchen erforscht und hatten nicht in nur wenigen Monaten das Patois gelernt, den Dialekt, der hier von den meisten gesprochen wurde. Nein, den feinen Damen fiel alles in den Schoß, während sie sich jeden Bissen hart erarbeiten musste.

Nun gut, es war nicht angebracht zu hadern, immerhin hatte

sie überlebt und war vor Maxim in Sicherheit. Und dennoch – so gerne würde sie in einem der herrschaftlichen Stadthäuser leben, inmitten von prächtigen Ulmenalleen und Gärten voller duftender Blumen und zurechtgestutzter Büsche. Und so gerne würde sie sich mit der Kutsche oder gar mit einem Automobil über die Insel fahren lassen, als mit der Trambahn vorlieb zu nehmen, die in Saint Peter Port erst vor wenigen Jahren den Pferdebus ersetzt hatte.

Als sie wenig später nach einigen Stationen ausstieg und auf das Old Government House zuging, versuchte sie sich immerhin damit zu trösten, dass sie in keinem dreckigen Loch lebte, sondern in einem mehrgeschossigen, höchst luxuriösen Haus, an dessen Wänden sich Efeu rankte und in dessen weitläufigem Park große Bäume Schatten spendeten. Auch wenn sie selbst im neuen Dining Room, der an die zweihundert Gästen Platz bot, niemals zu Abend essen durfte, war es doch eine Freude, die eleganten Möbel zu mustern, und überdies durchaus amüsant, über die Gäste – meist Adelige aus England – zu tratschen. Ja, wenn sie schon in einem Hotel arbeiten musste, so hatte sie es mit dem besten der Stadt doch gut getroffen: Die Zimmer hier waren sogar teurer als die vom Crown auf der Esplanade oder dem nicht minder bekannten Channel Islands Hotel.

Sie lieferte die Einkäufe in der Küche ab.

»Wo bleibst du denn? Was hast du so lange gemacht?«

Die Köchin namens Adele war eigentlich immer schlechtgelaunt, doch auf ihre ungeduldigen, mürrischen Fragen folgten nie weitere Zurechtweisungen und vor allem keine Strafen.

Auch Polly, eines der Zimmermädchen, wartete schon ungeduldig auf sie, wenngleich aus einem anderen Grund.

»Es ist wieder mal eine Karte für dich gekommen!«, erstattete sie Bericht. Polly war schrecklich neugierig, hatte ihre Ohren überall und merkte sich nicht nur die Namen der Gäste, sondern auch die ihrer Familienangehörigen, die diese nur am Rande erwähnten. Lilian mochte sie, weil sie die Einzige war, deren Beobachtungsgabe der ihren nahekam und weil ihr der Respekt vor den hohen Herrschaften, wie ihn die anderen an den Tag legten, gänzlich fehlte. Doch es war unangenehm, dass Polly auch über ihre Vergangenheit mehr erfahren wollte. Obwohl sie hier vor Maxim in Sicherheit war, hatte sie bis jetzt kaum etwas preisgegeben.

Auch jetzt bemühte sie sich, ein gleichmütiges Gesicht aufzusetzen.

»Und?«, fragte Lilian angelegentlich. »Steht wieder ein Name drauf?«

»Ja«, sagte Polly. »Nick.«

Lilians Herz machte einen Satz.

Nick …

Das letzte Mal hatte Polly einen anderen Namen verkündet: Sebastian.

Lilian ahnte, was das zu bedeuten hatte, wusste jedoch kurz nicht, ob sie einen Jubelschrei ausstoßen oder in Tränen ausbrechen sollte.

»Gib her!«

Polly tat, als wollte sie ihr die Karte reichen, riss sie jedoch im letzten Augenblick weg und machte sich den Spaß, durch die Küche zu laufen. Lilian hetzte ihr hinterher.

Adele briet gerade eine Goldbrasse in Butter, eine weitere Frau bereitete Leberpastete zu, wieder eine andere rührte Blutpudding.

»Stillgestanden!«, schrie Adele wie ein Feldwebel.

Polly feixte, aber gehorchte, und atemlos nahm Lilian die Postkarte an sich. Erst drückte sie sie an die Brust, nach einer Weile studierte sie das Bild, das den Big Ben zeigte. Sie drehte sie um. Tatsächlich nur ein Name.

Nick …

In den ersten Monaten auf Guernsey hatte sie sich an den Schwur gehalten, nicht an die Vergangenheit zu denken, sondern nur an die Zukunft, doch nachdem sie die Anstellung gefunden und

97

begonnen hatte, sich heimisch zu fühlen, konnte sie die Sehnsucht nach Suzie nicht länger unterdrücken. Sie dachte oft an sie – genauso wie Suzie sich im fernen London wohl jeden Tag fragte, wo sie geblieben war –, und sehnte sich danach, ihr mitzuteilen, dass sie noch lebte.

Ein Telefonanruf war undenkbar: Guernsey besaß zwar eine eigene Leitung, aber Suzie keinen entsprechenden Apparat, um einen Anruf entgegenzunehmen. Sie kam auf die Idee, eine der Postkarten zu schicken, die eigens für Touristen hergestellt wurden und Motive von der Insel zeigten – doch was, wenn Maxim Suzie beobachten ließ und diese abfing? Was, wenn er nach mehr als einem Jahr immer noch auf Rache aus war?

Schließlich schickte Lilian einfach eine leere Karte an ihre einstige Adresse im Eastend, die die Steilküste beim Moulin Huet Bay zeigte.

Monatelang bekam sie keine Antwort, dann jedoch eine gleichfalls leere Karte von London. Suzie hatte also verstanden, dass und wo sie lebte, jedoch auch, dass es besser war, nicht zu viele Worte zu machen.

Vor einigen Monaten hatte Lilian eine zweite Karte aus London erreicht. Sebastian stand drauf, und daneben waren zwei Ringe gezeichnet. Wie auch immer sie ihn kennengelernt hatte – Suzie war verheiratet, und das bedeutete, dass sie der Not und Einsamkeit entkommen war. Und dieser Nick war wohl niemand anderer als ihr kleiner Sohn, den sie kürzlich geboren hatte.

Lilian versuchte, sich Suzie als Mutter vorzustellen, und kam nicht umhin zu hadern, dass ihre liebevollen Hände nun andere Menschen umarmten und streichelten, während sie auf sich allein gestellt blieb. Nun ja, nicht ganz allein. Sie hatte Polly, die sie nachdenklich betrachtete.

»Was steht ihr rum, Mädchen?«, schimpfte Adele. »Es gibt viel zu tun, wir haben neue Gäste.«

»Es kommen jeden Tag neue Gäste, in einem Hotel ist das nichts Ungewöhnliches«, gab Lilian schnippisch zurück.

»Aber du wirst nicht glauben, wer heute eingetroffen ist und für eine Weile bleiben will!«, sagte Polly.

Trotz des mürrischen Zugs um den Mund glänzten sogar Adeles Augen sensationslüstern.

Lilian verstaute die Karte. »Wer denn?«, fragte sie.

»Graf Richard de Clairmont.«

»Wer ist denn das?«

»Sag bloß, du hast noch nie von ihm gehört!«

Lilian sah Polly kopfschüttelnd an, wobei das neckische Augenzwinkern nur allzu deutlich ihren Willen bekundete, diesem Umstand Abhilfe zu schaffen.

Zwei Tage später begegnete Lilian dem Grafen zum ersten Mal. Heute war sie auf dem Gemüsemarkt gewesen und trug einen Korb voller Tomaten mit sich, von allen nur »Guernsey-Toms« genannt. Sie wuchsen in sämtlichen Gewächshäusern und waren darum billig zu haben, doch für die kleineren, nicht ganz so roten musste man noch weniger Geld ausgeben als für die fruchtig-fleischigen. So hatte Lilian von beiden Sorten gekauft, wobei sie die kleinen, harten unter den großen versteckte und darauf setzte, dass es Adele nicht weiter auffallen würde. Im Zweifelsfall konnte sie ihr einreden, dass sie sich übers Ohr hatte hauen lassen: Ein bisschen Schelte für so eine Dummheit waren die ergaunerten Schillinge schon wert.

Lilian war gerade dabei, im Kopf den heute herausgeschlagenen Betrag mit dem bisherigen Gewinn dieser Woche zusammenzuzählen, als sie im Park vor dem Hotel den Mann erblickte, der trotz des sommerlich heißen Wetters ganz in Schwarz gekleidet war. Der Wind rauschte durch die Eichen, deren Blätter silbrig glänzten, und Vögel zwitscherten munter, doch anstatt die Wärme auszukosten und sein Gesicht in die Sonnenstrahlen zu halten, wie Lilian es vorher noch getan hatte, und auf des Sommers fröhliches Lied zu lauschen, hielt sich der Mann gekrümmt und war in ein Buch vertieft. Er saß auf einer der Bänke, auf denen für gewöhnlich die Damen Platz nahmen, wenn sie im Park flanierten, doch heute waren die meisten von ihnen wohl zu einem der vielen »Ladies Beaches« oder Meerschwimmbecken aufgebrochen, während dieser Mann nicht den Eindruck machte, als hätte er auch nur die Zehenspitzen jemals in die erfrischenden Fluten getaucht.

Nach allem, was Polly ihr über ihn erzählt hatte, war Lilian sich gewiss, dass der Mann niemand anderer als Graf Richard von Clairmont war. Gleichwohl er den Kopf gesenkt hielt und sie seine Züge nicht erkennen konnte, glaubte sie die Schwermut, die von ihm ausging, fast körperlich zu spüren. Plötzlich bereute sie, vor zwei Tagen nur flüchtig aufgepasst zu haben, als Polly mehr von ihm erzählte. Doch auch so ahnte sie, dass er ein zutiefst einsamer, freudloser Mensch war. Obwohl ein reicher Mann von Stand, saß er am äußersten Rand der Bank, als wagte er nicht, mehr Platz einzunehmen.

Hätte ich Geld, dachte Lilian, ich würde mir von der Dienerschaft eine weiche Decke bringen lassen, damit ich nicht auf nacktem Holz säße … Und ich würde mich fühlen wie eine Königin …

Sie behielt ihn genau im Auge, während sie sich unauffällig die Schürze abnahm. Ohne diese wirkte ihre Kleidung noch ärmlicher, wies sie aber nicht gleich als Dienstmädchen aus. Die Schürze legte sie über die Tomaten und stellte diese neben einem Baum ab.

Obwohl ihr Schatten auf ihn fiel, blickte Graf de Clairmont nicht auf, als sie zu ihm trat, sondern starrte auf das Buch. Zunächst hatte sie es für einen der dünnen Reiseführer gehalten, die man im Hotel bekam, doch nun sah sie, dass es viel dicker war.

Minute um Minute verging, doch als er sie weiterhin missachtete, ließ sie sich einfach neben ihn auf die Bank fallen und rief fröhlich: »Was für ein schöner Tag!«

Suzie hätte angesichts dieser Dreistigkeit entsetzt aufgeschrien, und selbst die geschwätzige Polly hätte es nie gewagt, sich einem Gast, obendrein einem französischen Adeligen, auf diese Weise zu nähern. Doch als er seinen Blick hob, stand kein Vorwurf darin, nur Erstaunen. Er war auch jünger, als Lilian vermutet hatte. Zwar hatte Polly mit keinem Wort sein Alter erwähnt, aber so gekrümmt, wie er hockte, hatte er zunächst einem Greis geglichen. Dieser Eindruck täuschte: Der Backenbart war nicht grau, sondern rötlich wie das Haupthaar, und dieses zwar etwas schütter, aber glänzend. Schweißtropfen standen auf seiner Stirn, und dass sich die Haut zu schälen begann, war ein Zeichen, dass er nicht nur heute zu viele Stunden in der Sonne verbracht hatte.

Er sollte besser im Schatten sitzen, dachte Lilian, und dass er's nicht tut, ist ein Beweis, dass er niemanden hat, der für solche Dinge Sorge trägt.

Sie konnte es ihm natürlich sagen, aber eigentlich war ihr egal, wie stark sich seine Haut heute noch schälen und wie unangenehm sie brennen würde. Was für sie zählte, war nur, dass der Ausdruck seiner Miene nicht ablehnend war und dass er zwar erstarrte, jedoch nicht von ihr abrückte.

»Was lesen Sie denn da?«, fragte sie, als wäre sie sich nicht im Geringsten bewusst, dass sie alle Regeln der Konversation brach, indem sie sich so neugierig zeigte. Sichtlich entsetzt zuckte er zusammen, doch als sie ihn unschuldig anlächelte, erwiderte er: »Victor Hugo. ›Die Arbeiter des Meeres‹.«

Die Bestürzung über ihre Unverfrorenheit hatte immerhin die Wirkung, dass er seine gekrümmte Haltung aufgab und seinen Rücken durchstreckte.

»Victor Hugo?«, rief sie begeistert, obwohl sie den Namen noch nie gehört hatte und sich alle Mühe geben musste, ihn genauso auszusprechen wie er. »Oh, ich liebe Victor Hugo!«

Röte stieg in seine Wangen, und diesmal, das hätte sie schwören können, kam sie nicht von der Sonne. »Tatsächlich?«, fragte er halb verlegen, halb beglückt. »Welches seiner Bücher haben Sie am liebsten?«

Lilian lächelte ihn noch strahlender an und ließ ihre Grübchen spielen. »Welches ist denn Ihres?«

Er überlegte lange. »Ich denke, meine Wahl fiele – dürfte ich den Rest meines Lebens nur noch eines lesen – auf ›Die Elenden‹. Ich kann mir jedoch vorstellen, dass eine Demoiselle den ›Glöckner von Notre-Dame‹ vorzieht.«

Sie nickte überzeugend. »Gut geraten! Genauso ist es. Ich liebe den Glöckner von Notre-Dame. Und wie gerne würde ich Notre-Dame mit eigenen Augen sehen.«

Sie hoffte, keinen Fehler gemacht zu haben, denn sie hatte keine Ahnung, was Notre-Dame und wer dieser Glöckner war, doch das schien dem Grafen nicht weiter aufzufallen.

»Sie waren noch nie in Paris?«, fragte er lediglich erstaunt.

Sie schüttelte den Kopf und senkte die Augen. »Leider nein, ich stamme aus London.«

»Und was hat Sie auf die normannischen Inseln verschlagen?«

Kurz verstand sie nicht, was er meinte, kam aber bald zum Schluss, dass Guernsey und seine Nachbarinseln von Franzosen so bezeichnet wurde.

»Das ist eine traurige Geschichte, besser wir reden nicht darüber.« Lilian gab sich alle Mühe, eine schmerzerfüllte Miene zu machen und seufzte schwer. »Und was führt Sie hierher?«

»Ich fürchte, auch das ist eine traurige Geschichte«, presste er heiser hervor, und seine Stirn runzelte sich, als würde er unter schlimmsten Kopfschmerzen leiden. »Vielleicht ist es besser, wir reden über Victor Hugo.«

Sie leckte sich nervös über die Lippen, lachte aber gleich darauf auf, um ihre Anspannung zu verbergen. »Warum lesen Sie gerade dieses Buch?«, fragte sie und deutete auf den Wälzer.

»Nun, weil es auf Guernsey spielt. Hugo hat es hier geschrieben.«

Lilian dachte nach. Dieser Mr Hugo hatte also hier gelebt, vielleicht tat er es immer noch. Oder er war bereits tot, zehn Jahre, fünfzig Jahre, hundert Jahre, sie hatte nicht die geringste Ahnung. Wagemutig spekulierte sie ins Blaue hinein: »Ich habe gehört, dass in diesem Buch die schroffe Küste der Insel hervorragend beschrieben wird.«

Seine Miene hellte sich auf, und mit einer Begeisterung, die sie hinter der düsteren Miene nicht gewittert hatte, rief er. »Aber ja doch! Hören Sie nur!« Rasch blätterte er in dem Buch, um ihr eine Passage vorzulesen.

»Wie wundervoll!«, rief sie, obwohl sie nicht verstand, warum jemand so viele Worte für die schlichte Feststellung gebrauchte, dass die Küste nun mal steil und felsig war.

»Ich habe gehört, dass Victor Hugo während seines Aufenthalts auf der Insel am liebsten am Fermain Bay spazieren ging«, sagte der Graf.

Den Namen dieses Strandes hatte Lilian schon mal gehört, aber sie war noch nie dort gewesen. Bisher hatte sie Saint Peter Port nur ein einziges Mal verlassen, um in Saint Sampson Einkäufe zu erledigen. »Oh, diese Bucht ist wunderschön!«, rief sie dennoch. »Vielleicht kann ich sie Ihnen eines Tages zeigen.«

Einmal mehr wirkte er verdattert. Er schlug ihr Ansinnen zwar nicht ab, ging aber auch nicht weiter darauf ein. »Als Hugo hier im Exil war, lebte er zunächst im Hotel de l'Europe und später im Hauteville House. Sie wissen sicher auch, wo das ist«, murmelte er stattdessen.

Zum ersten Mal war es keine Lüge, dass sie eifrig nickte. Zugleich sinnierte sie über seine Worte. Wenn Victor Hugo im Exil gewesen war, bedeutete das, dass er mittlerweile in seine Heimat zurückgekehrt oder tot war. »Er muss Frankreich sehr vermisst haben«, sagte sie aufs Geratewohl. »Geht es Ihnen ähnlich? Sie sind doch auch Franzose.«

»Nun, im Grunde genommen ist man Frankreich hier sehr nahe. Hugo selbst schrieb, dass die Kanalinseln ins Meer gestürzte Stücke Frankreichs sind, die England aufgesammelt hat. Die Steine haben meist eine andere Farbe als die der Bretagne, von wo ich stamme, aber die Küsten sind ähnlich schroff.«

Lilian hatte keine Ahnung, wo sich die Bretagne befand. »Werden Sie bald wieder dorthin zurückkehren?«, fragte sie.

Er schüttelte den Kopf. »Ich muss gestehen, meine Sehnsucht danach ist nicht sonderlich groß. Ich glaube, auch Victor Hugo konnte sein Exil recht gut ertragen. Auch danach ist er immer wieder nach Guernsey zurückgekehrt.«

Er versank in Schweigen, und obwohl Lilian kurz überlegte, einen konkreten Zeitpunkt vorzuschlagen, um ihm den Fermain Bay oder die genannten Hotels zu zeigen, entschied sie sich, Geduld zu haben. »Ich muss nun wieder gehen«, sagte sie.

Er hob den Blick und starrte sie verwundert an, als nähme er sie erst jetzt richtig wahr. Lilian ließ ihre Grübchen einmal mehr spielen, fuhr sich halb aufreizend, halb verschämt durchs Haar und knickste. Er wirkte weiterhin verstört, aber, wie sie frohlockend feststellte, auch ein klein wenig fasziniert.

»Sie haben mir gar nicht gesagt, wie Sie heißen.«

»Lilian Talbot.«

»Miss Talbot …«

»Sagen Sie doch bitte Lilian!«

»Lilian …« So, wie er es aussprach, klang es wie »Liliane«. Er sprach zwar fließend Englisch, aber gerade bei den Namen fiel sein Akzent deutlich auf.

»Es war mir ein Vergnügen, mit Ihnen zu plaudern«, sagte sie lächelnd.

»Ja«, murmelte er gedankenverloren, »ja, für mich auch.«

Nach einem weiteren Knicks entfernte sie sich. Sie spürte, dass er ihr nachschaute, und so verschwand sie ohne Tomaten und Schürze im Hotel. Besser, sie holte beides erst später, er musste ja nicht gleich erfahren, dass sie nur ein Dienstmädchen war.

Ehe sie die Küche betrat, sortierte sie ihre Gedanken und trug alles zusammen, was sie nach dem kurzen Gespräch mit dem Grafen über ihn wusste. Sie hatte seine Hände gemustert und gesehen, dass er zwei Ringe trug – neben der schwarzen Kleidung ein weiterer Beweis, dass er Witwer war. Dass er sich nicht nach Frankreich sehnte, war wohl seine Art auszudrücken, dass er regelrecht von dort geflohen war – wohl nach dem Tod seiner Frau. Wenn er jedoch einen längeren Aufenthalt im Hotel plante, hieß das, dass er sehr reich sein musste, etwas, was auch der feine Stoff seiner Kleidung unterstrich. Ihre forsche Art hatte ihn etwas überfordert, aber keineswegs abgestoßen, und vor allem war er so einfältig, jedem ihrer Worte Glauben zu schenken. Er dachte wirklich, sie hätte Victor Hugo gelesen. Wenn er nur wüsste!

Aber er wusste es eben nicht, und sie war fest entschlossen, dass es so blieb.

Da das Hotel bis oben hin belegt war, dauerte es bis zum Abend, bis Lilian die Gelegenheit fand, mit Polly zu sprechen.

»Was weißt du über Victor Hugo?«, fragte sie.

»Den Dichter?«, gab Polly verwundert zurück.

»Er war hier im Exil, nicht wahr? Hast du ihn einmal gesehen?«

»Du Dummerchen, ich habe damals doch noch nicht gelebt!«

Lilian nickte nachdenklich. »Aber du hast von ihm gehört.«

»Jeder hat das. Mister Hugo hat offenbar den französischen Kaiser kritisiert, und deswegen musste er das Land verlassen. Stell dir vor«, Polly kicherte, »er hatte neben seiner Ehefrau eine Zweitfrau namens Juliette. Sie begleitete ihn – genauso wie seine Familie – nach Guernsey.«

Lilian stimmte in das Kichern ein, ahnte aber, dass sie mit diesem Wissen Richard de Clairmont nicht sonderlich würde beeindrucken können.

»Er ist erst seit kurzem verwitwet«, sinnierte sie laut.

»Victor Hugo?«

»Nein, Richard de Clairmont natürlich! Er liebt die Bücher von Victor Hugo.«

Polly sah sie misstrauisch an. »Woher weißt du das denn?«

»Kannst du mir noch mal alles über Richard de Clairmont erzählen, was du gehört hast?«, fragte Lilian zurück.

Auf Pollys Liebe zum Tratsch war Verlass.

»Seine Frau hieß Christine«, flüsterte sie dramatisch, »sie war sehr dünn und bleich, und immer, wenn ich sie sah, dachte ich, dass sie irgendwann auseinanderbricht. Letztes Jahr war sie beim Sommerurlaub noch dabei, aber vor ein paar Monaten ist sie dann gestorben.«

»Woran?«, fragte Lilian.

»Keine Ahnung. Vielleicht war sie krank, so blass wie sie war. Sie wirkte auch immer sehr unglücklich.«

Dumme Ziege, dachte Lilian.

Als Frau eines Grafen war Christine de Clairmont sehr reich gewesen, hatte edle Kleider getragen, in einem schönen Schloss gelebt und Urlaub in diesem luxuriösen Hotel machen können. Wie konnte sie es wagen, da noch unglücklich zu sein! Sie selbst hätte viel bessere Gründe dazu gehabt und war es dennoch nicht.

»Hat er Kinder?«

»Einen Sohn namens Thibaud. Er ist zwölf Jahre alt und wäre eigentlich alt genug, ins Internat zu gehen. Comte de Clairmont hat sich zumindest schon mal nach dem College auf Jersey erkundigt.«

Jersey war die Nachbarinsel von Guernsey.

»Und warum geht er nicht in Frankreich zur Schule?«

»So bald wird Comte de Clairmont dorthin nicht zurückkehren.

Stell dir vor, er hat sich ein Haus gekauft, in der Nähe vom Fermain Bay, es wird gerade renoviert. Alle sagen, dass es ein riesiges Anwesen ist und dass es dauern kann, bis es bezugsfertig ist. Einstweilen lebt er hier. Aber warum willst du denn das alles wissen?«, fragte Polly.

Lilian antwortete nicht, sondern war in Gedanken versunken. So, so, Graf Richard würde dauerhaft auf der Insel bleiben. Doch auch wenn er hier zu leben beabsichtigte, weil er Frankreich nicht ertrug – er kannte gewiss nicht viele Menschen, was bedeutete, dass er vielleicht der Trauer um seine Frau, nicht aber der Einsamkeit entfliehen konnte. Ob ihm sein Sohn da rauszuhelfen vermochte?

Überhaupt, dieser Thibaud ... mit zwölf Jahren war er kein Kind mehr, das man leicht beeinflussen konnte ... aber fürs Erste galt es ohnehin, sich auf den Vater zu konzentrieren.

Polly versetzte ihr einen Tritt. »Sag, redest du noch mit mir? Warum willst du das alles wissen?«

Immer noch antwortete Lilian nicht, sondern fragte lediglich: »Gibt es im Hotel eine Bibliothek?«

Am nächsten Morgen stand Lilian zeitiger auf als sonst. Polly schlief noch, und sie bemühte sich, keinen Lärm zu machen, als sie sich kämmte und das Gesicht mit kaltem Wasser wusch. In den frühen Stunden des Tages war die Gefahr nicht so groß, Mr Gardener über den Weg zu laufen, und tatsächlich war niemand zu sehen, als sie einen der Gänge entlangschlich und den Speisesaal erreichte. Er war schon zum Frühstück gedeckt, jedoch noch gähnend leer. Gleich daneben, so hatte Polly behauptet, wäre die Bibliothek, und tatsächlich fand sie bald einen Raum, in dem es nicht nur riesige Regale voller Bücher gab, sondern auch einen großen Kamin und einen Tisch, auf dem ein Globus stand.

Lilian sank das Herz. Gewiss, sie hatte mit dieser Fülle an Büchern rechnen müssen, aber insgeheim gehofft, dass sie nach Hugos Büchern nicht würde suchen müssen wie nach der Stecknadel im Heuhaufen.

Sie zuckte zusammen, als sie Schritte hörte, doch stellte erleichtert fest, dass es nur der Feueranzünder war, der die Bibliothek betrat. Selbst im Sommer wurde geheizt, und obwohl es auf Guernsey häufig regnete und in großen Räumen schnell kühl wurde, betrachtete sie das immer noch als Verschwendung.

»Was machst du hier?«, fuhr der Junge sie mürrisch an.

»Oh, einer unserer Gäste, eine englische Lady, hat mich hierher geschickt. Ich soll ihr einen Roman von Victor Hugo holen. ›Die Arbeiter des Meeres‹ heißt das Buch.«

»Und worauf wartest du dann? Hier steht's doch.«

Lilian folgte seinem Blick und lächelte ihn herausfordernd an. »Ich bin zu klein, kannst du es mir reichen?«

Der Junge schnaubte, aber konnte ihrem Lächeln nicht widerstehen. Wenig später hatte sie das Buch in der Hand.

Lilian betrachtete es stirnrunzelnd. Wer konnte nur ein Vergnügen daran finden, einen derart dicken Wälzer zu lesen? Und überhaupt, wenn jemand einen längeren Aufenthalt auf Guernsey plante – warum nutzte er die Zeit dann nicht, um wandern zu gehen und die Küsten selbst zu sehen, die dort beschrieben wurden?

Nun gut, das sollte nicht ihre Sorge sein. Rasch schlich sie zurück in ihre Schlafkammer, wo sie das Buch unter ihrer Matratze versteckte. Polly schlief immer noch, aber Lilian eilte schleunigst in die Küche. Um ihren Plan umzusetzen, musste sie heute alle Besorgungen so schnell wie möglich erledigen.

Nach dem gestrigen sonnigen Tag setzte gegen Mittag Nieselregen ein, und selbst als dieser nachließ, hingen die Nebelschwaden zäh über Saint Peter Port. Die Wiese vor dem Hotel war triefend nass, und die Bank, auf der Richard de Clairmont gestern gesessen hatte, ebenso. Doch Lilian kümmerte sich nicht darum, faltete ein

Umhangtuch mehrfach, setzte sich darauf und schlug das Buch auf. Sie wusste nicht recht, bis zu welcher Seite sie vorblättern sollte. Wenn sie es zu weit am Ende aufschlug, machte sie sich unglaubwürdig, konnte doch niemand über Nacht so viel lesen. Doch sie würde auf Comte de Clairmont auch keinen Eindruck machen, wenn sie erst wenige Seiten gelesen hatte. Schließlich schlug sie es nach etwa einem Drittel auf und tat so, als wäre sie derart darin vertieft, dass ihr selbst das feucht-kalte Wetter nichts anhaben konnte.

Am knirschenden Kies hörte sie, dass jemand näher kam. Doch sie tat, als würde sie nichts bemerken, und musterte Richard de Clairmont nur aus den Augenwinkeln, wie er ein paar Meter von der Bank entfernt unschlüssig stehenblieb. Unter dem schwarzen Mantel wirkte er ziemlich dürr, und in seiner Miene stand Hilflosigkeit. Offenbar erschien es ihm als ungehörig, ein Mädchen wie sie einfach anzusprechen, doch in seinem Blick las sie Sehnsucht nach Gesellschaft.

Verspätet hob sie den Kopf, gab vor, ihn erst jetzt erkannt zu haben, und schenkte ihm ihr strahlendstes Lächeln. »Ich muss mich bei Ihnen bedanken, Comte de Clairmont. Selten habe ich an einer Lektüre so großen Gefallen gefunden.«

»Den Kampf, den der Fischer Gilliat führt, um die Maschine des untergegangenen Dampfschiffes zu retten, ist unglaublich fesselnd, nicht wahr?« Er erwiderte ihr Lächeln zaghaft und trat nun doch näher, selbst wenn er keine Anstalten machte, sich auf die Bank zu setzen.

»Gewiss. Ich liebe die Schilderungen, wie er es mit den Naturgewalten aufnimmt«, fuhr sie aufs Geratewohl fort.

»Nun, Victor Hugo schildert viel öfter die Mühsal des Lebens als die Freuden«, murmelte er.

Lilian war zutiefst erleichtert, dass er das Gespräch auf ein so allgemeines Thema gelenkt hatte. »Wer könnte es ihm verdenken …«

Ihre Miene wurde sanft und mitleidig. »Sie scheinen auch mehr Unglück als Glück erlebt zu haben.«

Er zuckte zusammen, nickte aber schließlich.

»So ist es«, presste er hervor.

Lilian betrachtete ihn. Was für ein schrecklicher Jammerlappen er doch war!

Gewiss, der Verlust seiner Frau war nicht leicht, aber auch sie hatte so viel verloren – ihre Eltern, ihre Heimat, zuletzt Suzie. Und dennoch schlich sie nicht schwermütig und wie der Schatten ihrer selbst durch die Welt, sondern packte das Leben energisch an.

Ihre Miene verriet freilich nichts von ihren wahren Gedanken.

»Und sehen Sie, mir geht es nicht anders!«, erklärte sie mit tränenerstickter Stimme.

»Wollen Sie mir davon erzählen?«, fragte er leise.

Lilian gab sich alle Mühe, nicht begeistert aufzujuchzen, sondern weiterhin ein betrübtes Gesicht zu machen.

»Sehr gerne ... aber ... aber ich friere ... Es ist heute doch ein wenig zu kalt, um im Freien zu sitzen.«

»Wie wäre es, wenn wir in den Teesalon gehen?«, schlug er vor.

»Das würde Mr Gardener aber nicht gerne sehen.«

Fragend blickte er sie an. War diesem Tölpel denn bislang nicht die Idee gekommen, dass sie hier nur eine Angestellte war? Gewiss, sie war froh, dass er sie nicht gleich als Dienstmädchen erkannt hatte, aber unmöglich konnte er sie angesichts ihrer Kleidung für eine vornehme Lady halten!

Ehe er seinem Befremden Ausdruck verleihen konnte, sagte sie schnell: »In Mrs Le Noury's Tea-Shop gibt es vorzügliche Eiscreme. Heute mag es zu kalt dafür sein, aber vielleicht haben Sie Appetit auf eine süße Pastete oder Pudding, der nicht weniger empfehlenswert ist.«

Wieder setzte er ein unschlüssiges Gesicht auf, aber mittlerweile hatte sie herausgefunden, dass er sich zwar vorzugsweise scheu, gar feige gab, sich jedoch, wenn man ihn nur ausreichend dazu ermutigte, durchaus in die richtige Richtung lenken ließ. Sie sprang auf und hakte sich bei ihm unter.

»Es fängt bald wieder zu regnen an, wir sollten uns beeilen!«

Die Kellnerinnen im Tea-Shop gaben sich hoheitsvoll wie Königinnen: Sie trugen ihre langen, schwarzen Kleider und die weißen Schürzen mit einer Haltung, als wären es Ballroben, und als sie Lilian musterten, verzogen sich ihre Züge abschätzend wie die der feinen Ladies, die im Hotel nächtigten. Keinen Augenblick lang übersahen sie, was Richard de Clairmont weiterhin entging: Dass sie ein einfaches Mädchen war, durchtrieben, berechnend und auf Aufstieg aus. Dafür zur Rede stellen konnten sie sie natürlich nicht, sondern mussten sie mit gleichem Respekt behandeln wie ihren Gastgeber. Alsbald stand eine dampfende Tasse mit heißer Schokolade vor Lilian, während der Graf sich Tee servieren ließ.

Genauso sieht er auch aus, dachte Lilian, als hätte er sein Leben lang nämlich nichts anderes als Tee getrunken und fade Suppe gegessen und alles gemieden, was süß oder salzig oder gar pfeffrig schmeckt.

Nun, ihr sollte es recht sein. Sie wartete, bis er sein Gestammel über das Wetter beendet hatte, hoffte auf ein passendes Stichwort, um ihre Lügengeschichte loszuwerden, und riss, als keines kam, das Gespräch schließlich einfach an sich.

»Mein Vater hätte sich gut mit Ihnen verstanden, Comte de Clairmont. Er war ein Büchernarr wie Sie. Von ihm habe ich auch gelernt, Victor Hugo zu lieben.«

In Wahrheit hatte sie nicht einmal eine vage Erinnerung an ihren Vater. Und von ihrer Mutter wusste sie nur, dass diese dunkles Haar gehabt und oft geweint hatte.

Sie schluckte vermeintlich schwer. »Leider weilt er nicht mehr unter uns«, fügte sie mit gepresster Stimme hinzu.

»Das tut mir leid.«

Sie seufzte. »Meine Mutter folgte ihm vor Gram, und leider habe ich keine Geschwister. Also musste ich als Gouvernante arbeiten, was freilich nicht nur Last war, sondern durchaus auch Erfüllung. Ich umsorgte allesamt liebe Kinder, vor allem der Sohn eines Lords stand mir sehr nahe. In einem Alter, wo er bereits eigene Lehrer hatte, hing er noch an mir wie an einer Mutter.«

Sie machte eine Pause, studierte seine Miene und suchte nach Anzeichen, ob ihre Lüge gar zu dreist wäre. Sie fand keines – jedoch auch nicht das erwünschte Interesse. Anstatt ebenso gebannt wie bewegt an ihren Lippen zu hängen, ging der Blick der wässrig blauen Augen in weite Ferne.

Lilian entschied, eins nachzulegen. »Seit dem Tod meiner Eltern scheine ich jedoch vom Unglück verfolgt zu werden. Meine Herrschaften verbrachten oft Urlaub auf Guernsey, und hier verlebten wir den letzten wunderschönen Sommer, ehe der Sohn aufs Internat kam und meine Dienste nicht länger gebraucht waren. Ich dachte, es wäre kein Problem, eine neue Anstellung zu finden, wurden mir doch die besten Zeugnisse geschrieben, und so wollte ich zurück nach England, um eine neue Stellung zu finden. Dann aber …«

Sie überlegte fieberhaft, wie sie fortfahren sollte, und nahm schnell einen Schluck von der heißen Schokolade, um davon abzulenken.

»Dann aber?«, fragte er nach.

»Ein Schiffsunglück«, hauchte sie, »fast so schlimm wie damals auf der Stella.«

Auf Guernsey wurde häufig von der Stella gesprochen, die 1899 gesunken war und oft als die Titanic der Kanalinseln bezeichnet wurde.

»Ich habe davon gehört …«, murmelte er.

»Nun, ich konnte mein Leben retten«, erklärte sie rasch, ehe er Fragen stellen konnte, »aber ich habe alles verloren, selbst die Ket-

te meiner Mutter, ihre einzige Hinterlassenschaft.« Sie schluchzte
auf. »Leider konnte ich auch meine Zeugnisse nicht retten, und ich
stand hinterher kaum besser da als eine Bettlerin.«

Immerhin bekam sie nun seine ganze Aufmerksamkeit, wenngleich das erhoffte Mitleid ausblieb, sondern Befremden in seinem
Gesicht stand. »Aber Ihre Arbeitgeberin konnte Ihnen doch gewiss
neue Zeugnisse ausstellen!«

Lilian lehnte sich zurück. Pass auf!, ermahnte sie sich selbst, er
ist schlicht, aber nicht dumm, wenig entscheidungsfreudig, aber
nicht ohne Rückgrat, freundlich und höflich, aber nicht warmher-
zig. Der Fisch, den sie schon gefangen zu haben glaubte, drohte ihr,
von der Angel zu springen.

»Aber sehen Sie … deswegen sagte ich ja, ich sei vom Pech verfolgt! Ihr Mann wurde nach Indien berufen, und bis ich mich vom
Unglück erholt hatte, war sie ihm schon dorthin gefolgt. Ich hatte
niemanden, an den ich mich wenden konnte. Wenn Mr Gardener
nicht gewesen wäre, der mir eine Anstellung im Old Government
House gegeben hätte …«

»Welcher Arbeit gehen Sie denn dort nach?«

Sie leckte über ihre Lippen. »Ich bin als Vorleserin älterer Damen im Einsatz, und gewiss, ich hätte es schlimmer treffen können,
zumal ich Bücher doch so liebe und auf diese Weise unbeschränkt
Zugang zur Bibliothek bekomme. Doch wenn ich es mir aussuchen
könnte, würde ich viel lieber als Gouvernante arbeiten.«

Er nickte nachdenklich. »Wollen Sie noch eine Tasse heiße
Schokolade?«, fragte er.

Sie unterdrückte ein Schnauben.

Ich will, dass du endlich auf deinen Sohn, diesen armen Halb-
waisen, zu sprechen kommst!, dachte sie ungeduldig. Ich will, dass
du heldenhaft das Geschick dieses armen Mädchens wendest! Ich
will, dass du mich nicht länger unschlüssig anglotzt wie eine wie-
derkäuende Kuh!

Sie zeigte ihre Grübchen, anstatt der Ungeduld nachzugeben. Immerhin hatte sie die Saat ausgebracht, jetzt galt es zu warten, ob sie von selber Blüte trieb.

»Nur zu gerne«, erwiderte sie, »aber ich fürchte, ich habe leider keine Zeit. Wenn Sie mich entschuldigen.« Sie sprang auf und eilte nach draußen. Als sie ihm durch das Fenster einen letzten Blick zuwarf, frohlockte sie. Die übliche Verwirrung wegen ihres abrupten Aufbruchs stand in seinem Blick, aber auch … Enttäuschung.

Eine Woche lang durchlitt Lilian schreckliche Ängste. Was würde passieren, wenn Richard de Clairmont Mr Gardener auf sie ansprach und herausfand, dass sie nur ein Dienstmädchen war? Was, wenn er sie mit einem Korb voller Gemüse erwischte? Ja, und selbst wenn diese Befürchtungen nicht eintrafen: Was, wenn er nicht weiter über sie nachdachte und all ihre geheimen Winke nicht verstanden hatte?

Schwer nur konnte sie sich zurückhalten, ihn bei der Parkbank abzupassen, setzte letztlich aber darauf, dass sie ihm viel nachdrücklicher im Kopf herumspukte, wenn sie ihm nicht ständig über den Weg lief. Erst nach einigen Tagen bemühte sie sich darum, dass sich ihre Wege erneut kreuzten. Sie grüßte ihn nur flüchtig, sah wieder Enttäuschung in seiner Miene aufblitzen und frohlockte. Ihre Ängste schwanden, spürte sie doch, dass die Zeit bald reif war, den nächsten Schritt zu tun.

Zwei Tage später am Sonntag sah sie ihn allein zum Kirchgang aufbrechen. Zwar fragte sie sich, wo wohl sein Sohn steckte, war insgeheim aber erleichtert, ungestört mit ihm reden zu können. Wobei sie vorerst gar nicht mit ihm redete, sondern ihm lediglich ungesehen zur Kirche folgte, wartete, bis der Gottesdienst zu Ende war, und ihm erneut zufällig über den Weg lief, allerdings mit gesenktem Kopf, als würde sie ihn gar nicht sehen.

»Miss Talbot? Ich meine … Liliane?«

Sie fuhr herum und gab sich ebenso überrascht wie erfreut. »Oh, ich wollte gerade zu einer kleinen Küstenwanderung aufbrechen. Sie erwähnten doch, dass der Fermain Bay Victor Hugos Lieblingsbucht auf Guernsey war, und ich dachte, ich möchte sie auch wieder einmal sehen.«

»Bald werde ich ganz in der Nähe leben«, sagte er, »ich habe ein altes Manor gekauft.«

Sie gab sich von der Neuigkeit überrascht, als hörte sie zum ersten Mal davon. »Wie schön für Sie!«, rief sie und lächelte strahlend.

Nun sag es, sag es, sag es, du Esel!, dachte sie ungeduldig.

Unbeholfen trat er von einem Fuß auf den anderen und schwieg.

»Ich beneide Sie!«, setzte sie eins drauf. »Der Fermain Bay ist ein so malerischer Ort.«

Sie zwinkerte kokett.

»Darf ich … darf ich Sie vielleicht begleiten?«, sagte er endlich. »Allerdings können wir unmöglich den ganzen Weg zu Fuß zurücklegen. Ein Stück sollten wir mit der Wagonette fahren.«

Sie gab sich überwältigt, als hätte sie mit diesem Vorschlag nie gerechnet. »Großartig! Wie sehr ich mich darüber freue!«

In Saint Peter Port hatten die Automobile fast gänzlich die pferdegezogenen Fahrzeuge ersetzt, doch auf dem Land waren die geschlossenen »Wagonettes« noch häufig in Gebrauch. Noch nie zuvor hatte Lilian ein solches Gefährt bestiegen. Das einzige Mal, da sie Saint Peter Port verlassen hatte, um nach Saint Sampson zu fahren, hatte sie die dampfbetriebene Straßenbahnlinie genommen.

Sobald sie die Hauptstraße verließen, begann es, in der Wagonette äußerst ungemütlich zu werden: Die Räder knirschten, und Lilian vermeinte, schmerzhafte Schläge auf ihr Hinterteil abzukriegen, doch sie wusste das Rumpeln für ihre Zwecke zu nutzen und tat, als würde sie unfreiwillig gegen den Comte geworfen werden.

Als sie ihn zum ersten Mal berührte, versteifte er sich sofort, und sie bat mehrmals um Entschuldigung. Doch dass die Schultern wieder und wieder zusammenprallten, schien ihn mit der Zeit nicht mehr zu stören. Sie verzichtete darauf, erneut um Verzeihung zu bitten, und lächelte ihn nur halb schelmisch, halb verschämt an.

»Sie werden mir doch auch Ihr künftiges Heim zeigen, nicht wahr?«, fragte sie kurz vor der Ankunft.

Verwirrt blickte er sie an und runzelte die Stirn.

Herrgott, du lahmer Esel!, schimpfte sie innerlich. Kaum kommt man einen Schritt voran, machst du gleich wieder zwei zurück!

Sie senkte den Blick. »Verzeihen Sie mir mein vorlautes Wesen. Ich wollte Sie nicht in Verlegenheit bringen, Ihnen schon gar nicht meine Gesellschaft aufzwingen.«

»Aber das tun Sie nicht!« Er wurde glühend rot. »Natürlich zeige ich Ihnen Clairmont Manor, wenn Sie mögen.«

Sie lächelte noch breiter.

Na also. Es ging ja doch.

Schwer nur konnte sie ihre Neugierde bezähmen. Sie hatte gehört, dass es auf der ganzen Insel verstreut alte Häuser gab, die einst von normannischen Grafen bewohnt worden waren. Etliche waren zerfallen, andere renoviert worden, doch mit eigenen Augen hatte sie noch nie eines gesehen. Der Wald aus Eichen, Buchen und Pinien stand zunächst sehr dicht, doch als sich die Bäume lichteten, erhaschte sie einen Blick auf das türkis schimmernde Meer und die Front des Herrenhauses: Der Granitstein vom Steinbruch aus Saint Sampson, aus dem es errichtet worden war, glänzte in der Sonne beinahe rosa. Jeder Ziegel hatte eine etwas andere Farbe, so dass das Gemäuer aus der Ferne einem Schachbrett glich. Schon fuhren sie die breite Auffahrt entlang, und sie konnte das gesamte Gebäude in Augenschein nehmen: Die Fensterrahmen waren ebenso weiß wie die Gitter, das Dach eher flach und grau, die Tür aus massivem, dunkelbraunem Holz. Darüber befand sich eine Inschrift mit dem Namen des Besitzes: Die Buchstaben waren in Blattgold geschrieben und hatten schwarze Ränder, damit sie sich vom rosa-grauen Granitstein abhoben.

Die sorgfältig beschnittene Hecke war zu hoch, um von hier aus das Meer zu sehen, doch als sie ausstiegen, vermeinte Lilian, es rauschen zu hören, und sog die frische, salzige Brise gierig ein.

»Wie wunderschön!«, rief sie. »Von hier aus ist es gewiss nicht mehr weit bis zum Strand, nicht wahr? Oh, Sie werden sich hier gewiss wohl fühlen … und erst Ihr Sohn.«

Bislang hatten weder er noch sie seine Existenz erwähnt, und als er schwieg, fürchtete sie schon, er würde abrupt das Thema wechseln, doch schließlich bekannte er düster: »Thibaud … Es geht ihm nicht sehr gut. Der Tod seiner Mutter …« Er brach ab.

Hurra!, frohlockte Lilian.

»Wie alt ist er denn?«, fragte sie behutsam.

»Schon zwölf.«

Lilian wagte es und hakte sich kurz entschlossen bei ihm unter. Wieder versteifte er sich, doch er tat nichts, es zu unterbinden. »Nun, in diesem Alter scheinen Jungen die Obhut einer Mutter nicht mehr so dringend zu brauchen«, meinte sie. »Doch Herzenswärme ist etwas, auf das man in keinem Alter gern verzichten mag, nicht wahr?«

Sie presste sich enger an ihn und versuchte, mit ihrem Lächeln und den Grübchen so viel der besagten Herzenswärme wie nur möglich zu versprühen. Und tatsächlich. Plötzlich wurden die Züge von Richard de Clairmont ganz weich, als würde er sein Gesicht in die Sonne halten, ja, diese sogar genießen.

Er zögerte, rang nach Worten, gab sich dann aber einen Ruck. »Da Sie es so offen aussprechen«, sagte er, »ich würde Ihnen auf unserer kleinen Wanderung gerne einen Vorschlag unterbreiten.«

Einige Wochen später saß Lilian wieder in der Wagonette, um nach Clairmont Manor zu fahren, doch diesmal hielt sie auf ihrem Schoß eine Tasche mit all ihren Habseligkeiten. Sie war alleine unterwegs und wurde beim Rumpeln nicht gegen Richard de Clairmont geworfen, sondern gegen die Wand. Doch so schmerzhaft die Stöße auch waren – sie hätte bei jedem einzelnen am liebsten aufgejuchzt.

Sie hatte es geschafft. Nicht länger war sie Dienstmädchen im Old Government House, sondern Gouvernante von Thibaud de Clairmont! Bis jetzt hatte sie den Jungen nicht gesehen, aber sie war überzeugt, dass sie mit ihm schon fertig werden würde, und dass das Leben, das vor ihr lag, sehr viel komfortabler und schöner war als das Dasein als Dienstmädchen.

Als sie die Auffahrt entlangfuhren, musste sie an Suzie denken.

Wenn du mich jetzt sehen könntest … Ich werde in einem Herrenhaus wohnen … Ich werde besser verdienen als je zuvor … und glaub nicht, dass ich mich damit zufriedengeben werde! Nein, das ist erst der Anfang!

Wenig später erhielt ihr Triumphgefühl einen schlimmen Dämpfer, denn wie sich herausstellte, irrte sie sich, was ihr künftiges Heim anbelangte. Als sie ausstieg, trat ihr nicht etwa Richard de Clairmont, der mittlerweile das Hotel verlassen und sein neues Heim bezogen hatte, sondern eine ältere Frau entgegen, mit grauen Haaren, die zu einem strengen Knoten zusammengebunden waren, und einem weißen Häubchen.

»Ich bin Laure Mathieu, die Haushälterin von Clairmont Manor«, stellte sie sich mit einer Stimme vor, die so rau und tief klang, dass man sie mit der des Kutschers verwechseln konnte, und die so gar nicht zu ihrem wie Musik klingenden französischen Akzent passen wollte. »Der Comte hat mich beauftragt, Sie zu empfangen und Ihnen alles zu zeigen.«

Es klang nicht so, als wäre Laure davon begeistert – und Lilian war ihrerseits enttäuscht, dass er es nicht selber tat. Sie sagte sich aber, dass er wohl zu beschäftigt war, zumal er selbst doch erst seit kurzem hier lebte.

Ihre Enttäuschung freilich wuchs, als diese Laure nicht etwa auf den Haupteingang zuging, sondern am Haus vorbeischritt. Noch hoffte Lilian, dass sie den Hintereingang anpeilte, doch stattdessen ließen sie Clairmont Manor hinter sich, um einen schmalen Weg zu nehmen, der zu einem kleineren Häuschen am anderen Ende des Grundstücks führte. Je weiter sie sich vom Herrenhaus entfernten, desto verwilderter waren die Hecken, Blumenbeete und die von Bienen umsurrten Apfelbäume. Anders als vom Herrenhaus konnte man hier das Meer sehen, und dieser Anblick versöhnte Lilian ein wenig mit ihrer Unterkunft, die sie wenig später erreichten. Zumindest die Tage würde sie im Herrenhaus mit Thibaud zubringen.

»Die meisten Dienstboten schlafen hier«, erklärte Laure und ließ keinen Zweifel, dass Lilian – ob Gouvernante oder nicht – zu diesen zählte. »Beeilen Sie sich!«

Sie betraten das kleine Haus und stiegen eine hölzerne Treppe hoch in den ersten Stock, wo sich drei winzige Räume befanden, in denen kaum mehr Platz hatte als ein Bett.

»Wir haben hier keine Elektrizität«, erklärte Laure. »Am besten, Sie tragen immer eine Petroleumlampe bei sich.«

Lilian verdrehte die Augen, verkniff sich aber eine ungehaltene Bemerkung.

Laure führte sie zum letzten Zimmer, das etwas größer war, aber in dem gleich drei Betten standen. »Sie müssen sich diese Kammer mit zwei Hausmädchen teilen«, erklärte sie. »Leider haben wir im Moment nicht mehr Platz.«

Lilian fiel es noch schwerer zu schweigen. Sie hatte erwartet, als Gouvernante ein Zimmer für sich allein zu bekommen, und konnte ihre Enttäuschung nicht länger verbergen.

»Das ist doch gewiss fein genug für Sie, oder?«, fragte Laure lauernd.

Lilian erwiderte ihren durchdringenden Blick, ahnte, dass Laure sich von ihr nicht so leicht für dumm verkaufen lassen würde, und entschied, vor ihr auf der Hut zu sein.

Vermeintlich demütig senkte sie ihren Blick und machte einen Knicks. »Ich freue mich, hier zu sein.«

Laure runzelte die Stirn, ging aber nicht auf die Worte ein. »Packen Sie Ihre Sachen aus, danach gibt es etwas zu essen.«

Lilian hatte sich edle Speisen erhofft, doch stattdessen erwartete sie ein Guernsey Bean Jar – ein Eintopf mit verschiedenen Bohnen, Zwiebeln und Karotten, der kaum gewürzt war. Laure entging nicht, dass sie beim ersten Löffel das Gesicht unwillig verzog.

»Ich hoffe, es schmeckt.«

Lilian war sich nicht sicher, glaubte aber, Schadenfreude aus ihren Worten zu hören.

»Aber ja doch!«, rief sie begeistert. »Er ist köstlich.«

Herausfordernd trotzte sie Laures Blick.

Und wenn du mich auch durchschaust, was nutzt es dir?, dachte sie trotzig.

Während sie Bissen um Bissen aß und Laure nicht aus den Augen ließ, entschied sie, allen Rückschlägen zum Trotz an ihren Zielen festzuhalten.

Ja, ich werde Thibaud für mich gewinnen, und natürlich den Grafen selbst. Ich werde unverzichtbarer Teil des Haushalts sein und mir Respekt verschaffen. Eines Tages werde ich Lamm in Minzsoße, Roastbeef und Hummer essen. Und ich werde dieses Haus ganz für mich allein haben.

Suzie hätte ihr wohl vorgehalten, dass sie mehr erreicht hatte, als sie sich hätte erhoffen dürfen, sie sich damit begnügen und nicht dem Größenwahn verfallen sollte.

Doch während Lilian weiterhin Laures Blick standhielt, dachte sie: Ihr glaubt doch nicht ernsthaft, dass ich mich damit zufriedengebe, die Gouvernante eines verwöhnten Bengels zu sein?

7

Seit Maries Ankunft war eine Woche vergangen, und mittlerweile waren die Bauarbeiten an der Wasserleitung in vollem Gange. Als Marie am Fenster stand und auf den Erdhaufen neben dem Loch blickte, der immer größer wurde, fand sie zum ersten Mal seit langem Zeit, kurz Atem zu schöpfen.

Jonathan ließ sich kaum mehr von der Baustelle wegbewegen und hätte wohl am liebsten direkt daneben geschlafen. Immerhin war er so vorsichtig, dass Marie keine Angst haben musste, er würde ins Loch stürzen. Hannah hingegen hielt den riesigen Erdhaufen für ihren persönlichen Sandkasten, stapfte regelmäßig mit Eimer und Schaufel darauf los und schrie empört, wenn Marie sie zurückhielt. Gestern hatte Vince ein paar Miniaturautos und Häuserteile für den Modellbau mitgebracht, um sie von der großen Versuchung abzuhalten, und so war Jonathan ausnahmsweise im Wohnzimmer anzutreffen, wo er versonnen spielte, während Hannah damit beschäftigt war, die Kleinstädte, die er aufbaute, wieder kaputt zu machen. Bald sah es entsprechend wüst aus, aber immerhin hatte Marie ein paar Minuten für sich gewonnen.

Nach einer mehrtägigen Putzorgie begann sie, sich im Cottage langsam heimisch zu fühlen, hatte das allerdings mit Rückenschmerzen und rissigen Händen zu bezahlen. In der letzten Woche hatte sie sich Raum für Raum vorgenommen, gewischt, gefegt, gewienert, poliert, keine Ecke ausgelassen und auch alle Fenster samt Läden geputzt. Der zweite Schritt war, gründlich auszumisten. Hatte das kleine Gartenhäuschen bis jetzt nur Rasenmäher und zwei ziemlich marode Sonnenliegen beherbergt, stapelten sich dort jetzt auch die hässlichen Lampen, ein paar unnötige Tischchen, der riesige Fernseher, alte Vorhänge und kaputtes Geschirr.

Zweimal war sie mit dem Auto nach Saint Peter Port gefahren, um neue, weiße Gardinen zu kaufen, ein paar Blumenvasen und mehrere Kaffeetassen – weiße mit roten Streifen –, außerdem eine Tischdecke, die ein vergilbtes Ungetüm mit Spitze ersetzte, ein paar schöne Kerzenständer, einen neuen Läufer für den Vorraum und einen Teppich für das Wohnzimmer. Drei Tage lang war die Entlüftungsmaschine in Betrieb gewesen, die Vince organisiert hatte. Die Wände waren immer noch feucht, aber da sie tagsüber immer die Fenster offen ließ, war sie den muffigen Gestank fürs Erste losgeworden. Die Wände schrien förmlich nach neuen Tapeten, aber die, sagte sie sich, waren keine Lebensnotwendigkeit.

Voller Stolz betrachtete sie ihr Werk, während sie eine Tasse Tee trank und an zwei Galettes knabberte, die Florence ihr vorbeigebracht hatte. »So gute Kekse und Kuchen wie in der Bretagne gibt es hier nicht, und so lange kann ich gar nicht auf Guernsey leben, dass ich das vergesse und nicht regelmäßig welche vom französischen Festland mitbringe«, hatte diese erklärt.

Außerdem wollte sie von Marie wissen, welche Ausflüge sie geplant hatte, und nachdem diese vorerst abgewiegelt und auf die anstehende Arbeit verwiesen hatte, überlegte sie nun, wie sie die wohlverdiente Freizeit genießen konnte.

Am malerischsten waren ohne Zweifel die Klippenwanderwege im Süden, aber für Hannahs Buggy erwiesen sich diese sicherlich nicht als tauglich, ganz zu schweigen, dass es für Jonathan nichts Langweiligeres gab, als einfach nur spazieren zu gehen. Besser, sie fuhr mal zu einem der breiten Sandstrände im Norden, wo sie als Kind immer Sandburgen gebaut hatte – die Vince natürlich kaputt gemacht hatte.

»Wen erschlägst du gerade in Gedanken?«

Sie zuckte zusammen. Die Haustür war nur angelehnt, und obwohl Vince geklopft hatte, hatte sie ihn wegen des Baustellenlärms nicht gehört, und er war ungebeten eingetreten.

»Dich«, sagte sie, obwohl er mit dem Lausejungen von einst bis auf das verschmitzte Grinsen wenig gemein hatte.

»Was habe ich denn angestellt?«

»Nun, Sandburgen zerstört.«

Er schien zu ahnen, worauf sie anspielte, und setzte eine schuldbewusste Miene auf. »Dass ich Architekt geworden bin, war wahrscheinlich mein Weg, mit dieser Schuld und dem schlechten Gewissen weiterzuleben.«

Er zwinkerte ihr zu, und wie so oft war sie sich nicht sicher, wie sie reagieren sollte. In seiner Gegenwart war sie immer etwas angespannt, während er sich so vertraulich gab, als wären die Sommer, in denen sie gemeinsam gespielt – oder vielmehr gestritten – hatten, gerade erst vorbei.

In Wahrheit lag doch ein halbes Lebens dazwischen, und zumindest sie hatte dieses Leben erwachsen gemacht! Bei ihm war sie sich nicht so sicher. Sie waren zwar beide Ende zwanzig, aber sie hatte geheiratet, eine Familie gegründet, ihren Mann beerdigt, und er … Nun, sie wollte ihm nichts unterstellen, vielleicht hatte er viel erlebt, aber sie wurde das Gefühl nicht los, dass das Leben für ihn ein Spiel war, kein Schicksalsschlag zu schmerzhaft und kein Hindernis unüberwindbar. Erstaunlicherweise hatte er tatsächlich immer Lösungen für sämtliche Probleme parat; selbst die quengelnden Kinder schienen ihm nie lästig zu werden, und dieses ständige Spötteln, Necken, Flirten war ihr auch nicht unangenehm. Es war einfach nur … unpassend.

Sie wandte sich ab, damit er nicht in ihrer Miene lesen konnte. »Willst du einen Tee? Oder lieber Kaffee?«

»Ich fürchte, ich habe nicht genug Sühne geleistet, oder?«

»Bitte?«, entfuhr es ihr.

123

»Du schaust immer noch so streng. Die vielen Häuser, die ich mittlerweile entworfen habe, konnten deine Sandburgen offenbar nicht ersetzen. Aber vielleicht gibt es ja eine andere Möglichkeit, deine Vergebung zu erlangen. Wann bist du das letzte Mal hier rausgekommen? Wir könnten essen gehen, eine Wanderung machen, an den Strand fahren …«

Eben hatte sie genau dasselbe gedacht, doch nun schüttelte sie vehement den Kopf. »Hier gibt es noch so viel zu tun.«

»Viel sauberer kann es hier nicht werden. Und die Schränke sind voll leckerer Sachen, damit könntest du eine Kompanie verköstigen …«

»Unterschätz mal nicht den Appetit eines fast Sechsjährigen.«

»Na, der hält es hier im Haus auch nicht mehr lange aus. Ich an seiner Stelle hätte schon längst einen Streich ausgeheckt, wer wüsste das besser als du.«

Wieder zwinkerte er ihr vertraulich zu, und wieder ignorierte sie es. »Zumindest hält er sich von Clairmont Manor fern«, sagte sie schnell, »und ich habe auch nichts mehr von diesem Bartholomé gehört oder gesehen.«

»Der hockt in seinem alten Kasten und setzt wahrscheinlich Schimmel an. Ein Schicksal, dem du doch sicher entgehen willst. Also, wohin darf ich dich entführen?«

»Ich bin nicht auf dich angewiesen, um hier mal rauszukommen!«, fauchte sie. Sofort biss sie sich beschämt auf die Lippen. Sie verstand nicht, warum sie seinen Vorschlag so schroff ablehnte, obwohl er sich bis jetzt immer als zuvorkommend, freundlich und hilfsbereit erwiesen hatte. Und doch: Insgeheim fasste sie alles, was er sagte, als potentielle Beleidigung auf. »Es tut mir leid«, sagte sie schnell, »aber …«

Sie rang vergeblich nach Worten.

Vince ging nicht weiter darauf ein, sondern wechselte das Thema. »Übrigens, ich habe vorhin mit dem Bauleiter gesprochen. Die

Leitung wird heute freigelegt und ersetzt. Das bedeutet zwar, dass du einige Stunden kein Wasser hast, aber spätestens morgen ist alles ausgestanden.«

»Danke«, sagte sie knapp.

Schweigen senkte sich über die Küche. Er wollte sie offenbar nicht weiter bedrängen, und sie konnte sich ihrerseits nicht dazu durchringen, sein Angebot anzunehmen und gemeinsam mit ihm und den Kindern einen Ausflug zu planen.

Als sie endlich den Mund aufmachte, sagte sie nur: »Ich muss Hannah jetzt schlafen legen.«

Sobald Hannah eingeschlafen war, betrat Marie den Raum mit den Malutensilien.

Im Zuge ihrer Aufräumaktion hatte sie Pinsel und Farben sortiert, und auch die Leinwand stand bereit. Wenn sie wirklich gewollt hätte, hätte sie jederzeit loslegen können – nun, da es weder zu putzen noch die Kinder zu beaufsichtigen galt.

Nahezu verzweifelt suchte sie nach einem Vorwand, um nicht zu malen, aber sie fand keinen, setzte sich schließlich zögernd an eine noch jungfräulich weiße Leinwand und strich darüber.

Anstatt sich ans Werk zu machen, hing sie jedoch Erinnerungen nach. Als Kind hatte sie eigentlich immer gezeichnet, egal, wo und wie. Meistens hatte sie lustige Szenen festgehalten, die ihre Eltern amüsiert und ihr später oft das Kompliment eingebracht hatten, sie zeige großes Talent für die Satire. Doch sie hatte sich nicht auf einen bestimmten Stil festlegen lassen wollen, sondern vielmehr alles ausprobiert, zeitweise sogar die Fotografie. Ob Kohlestift, Ölfarben, Aquarell – Hauptsache, sie konnte das, was ihr durch den Kopf ging, festhalten.

Aber Josts Tod …

Nein, dachte sie und zwang sich zur Ehrlichkeit, schon lange zuvor hatte jener schleichende Prozess begonnen, an dessen Ende das Malen nicht mehr ihre größte Leidenschaft war, der sie ganz selbstverständlich nachging, sondern eine unliebsame Herausforderung, vor der sie gerne floh. Als sie mit Jonathan schwanger war, hatte sie noch aller Welt erklärt, dass sie nur eine kurze Babypause einlegen und danach zur Hochschule zurückkehren wollte, aber nach Jonathans Geburt war ihr rasch alles zu viel geworden. Er war ein schwieriger Säugling gewesen, der an den berüchtigten Dreimonatskoliken litt und ganze Nächte durchschrie, und als endlich wieder daran zu denken war, mal eine Nacht durchzuschlafen, und sie auch tagsüber zu einem gewissen Rhythmus gefunden hatte, hatte sich herausgestellt, was es bedeutete, die Ehefrau von Jost Hildebrandt zu sein.

Anfangs hatte er sie mit dem Baby unterstützt, wo er nur konnte, aber als Jonathan aus dem Gröbsten raus war, war er offenbar der Meinung, dass ein Großteil ihrer Zeit und Aufmerksamkeit wieder ihm zu gehören hatte. Er hatte ein Kindermädchen angestellt und immer freundlich, aber bestimmt gefordert, dass sie ihn zu allen möglichen Terminen begleitete – Vernissagen, Interviews, diversen Partys, wo sich das Who is Who von Politik, Medien, Kultur traf und er als gefeierter Künstler stets im Mittelpunkt stand. Die hübsche, junge Frau an seiner Seite machte ihn noch interessanter, Zeitschriften druckten nicht nur Fotos von ihm, sondern auch von ihr, und namhafte Designer liehen ihr für die Events Stücke aus der neuesten Kollektion. Wann hätte sie denn in dieser Zeit, da sie ihrem Mann ebenso gerecht zu werden versuchte wie dem Sohn, malen sollen?

Es würde besser werden, wenn Jonathan erst mal in den Kindergarten kam, hatte sie sich jahrelang gesagt, und tatsächlich folgte auf seinen dritten Geburtstag eine Phase, in der sie dann und wann malte und kurz davor stand, das Studium wieder aufzunehmen. Ehe sie allerdings die Kunsthochschule zum ersten Mal wieder betrat, war sie erneut schwanger geworden, und obwohl sie allen erklärte, sich wahnsinnig darüber zu freuen, war sie insgeheim verstört. Klar, irgendwann hatte sie sich ein zweites Kind gewünscht, aber sie hatte Jonathan doch so jung bekommen, ein paar Jahre hätte sie ihre neu gewonnene Freiheit genießen wollen.

Jost hatte so begeistert reagiert wie beim ersten Mal und sie aufgebaut. »Diesmal hast du als Mutter doch viel mehr Routine. Wir stellen einfach ein zweites Kindermädchen ein, dann klappt das schon. Du musst auf jeden Fall weitermalen. Diesmal darfst du keine so lange Pause machen wie nach Jonathan.«

Sie hatte sich auf die Lippen beißen müssen, um nicht zu sagen, dass die Pause nicht wegen Jonathan, sondern wegen ihm so lange gedauert hatte. Aber eigentlich war sie ja auch stolz auf seinen Erfolg, sie hatte ihn gern begleitet, und diesmal, dazu war sie fest entschlossen, würde sie es schon besser auf die Reihe kriegen, zugleich Mutter, Ehefrau und Künstlerin zu sein.

Doch es wurde alles anders. Eines Abends kam sie nach Hause und fand Jost im Wohnzimmer vor, wo er in den Kamin starrte. Für gewöhnlich machten sie dort nie ein Feuer, und es war heute gar nicht mal kalt draußen. »Ich hatte heute wieder einen Ultraschalltermin … Stell dir vor, die Ärztin konnte schon sehen, was es wird. Ein Mädchen!«

Er blickte nicht einmal hoch, obwohl er sonst auf alle Nachrichten, die das Kind betrafen, nahezu enthusiastisch reagierte und er sich eine Tochter gewünscht hatte. »Ich war auch beim Ultraschall«, erklärte er heiser. »Verdacht auf Lymphdrüsenkrebs.«

Einige Monate später hatten sie kein zusätzliches Kindermädchen angestellt, sondern eine Krankenschwester, die sie bei der Pflege entlasten sollte.

Marie berührte wieder die Leinwand, aber sah sie nicht länger, da ihr Tränen in die Augen gestiegen waren. Doch ehe sie über die Wangen perlten, hörte sie Schritte auf der Treppe, und wenig später rief Florence ihren Namen.

Nachdem sie Florence durchs Cottage geführt und ihr stolz alle Veränderungen gezeigt hatte, setzte Marie neues Teewasser auf. Florence hatte Blumen mitgebracht und außerdem ein Schälchen Himbeeren.

»Das wäre doch nicht nötig gewesen …«

»Ach, den Kindern schmecken sie sicher. Und es ist doch eine tolle Einrichtung auf Guernsey, dass überall kleine Stände mit Obst, Blumen und Marmelade stehen, man sich einfach nimmt, was man braucht, und das Geld in ein Kästchen wirft.«

»Das funktioniert aber auch nur in einem Land, wo man auf die Ehrlichkeit der Leute setzen kann.«

»Hier ist das der Fall. Es gab mal weltweit eine Umfrage, wo die Menschen am höflichsten sind, und die Kanalinseln schafften es in die Top fünf.«

Während Marie den Tee machte, suchte Florence eine Blumenvase. »Als Kind hast du mir so oft Blumen gepflückt und sie später gemalt. Ich kann mich noch gut an ein Bild von Guernsey-Lilien erinnern.«

Marie nickte. Blumen und Stilbilder aller Art waren ein Steckenpferd von ihr gewesen, und die Professoren hatten sich begeistert davon gezeigt, wie es ihr gelang, diesen eigentlich ausgelutschten Motiven eine eigene Note zu geben. Spielerisch leicht gelänge es ihr, die Motive zwar ernst zu nehmen, zugleich aber zu karikieren, indem sie moderne Elemente einfügte oder die Blumen so sehr verfremdete, dass man in ihnen viel mehr sehen konnte als bloß Pflanzen – nämlich Nadelkissen, künstliche Gebisse, ein Modem.

»Nun, ich fürchte, im Moment klappt's nicht mal mit Blumen«, entfuhr es Marie. Sie bereute es sofort, dass sie über ihre Worte nicht die gleiche Macht hatte wie über ihre Tränen. Die hatte sie vorhin sofort hinuntergeschluckt.

»Du kannst nicht malen?«, fragte Florence feinfühlig.

Marie zögerte, nickte aber schließlich.

»Ich kenne mich nicht aus, aber ich denke mal, dass du dich nicht unter Druck setzen solltest … Du hast viel hinter dir und musst erst mal richtig ankommen.«

Marie deutete auf den Küchenschrank.

»Siehst du dieses Schloss? Es ist völlig verdreckt gewesen, der Schlüssel hat drin festgesteckt, als wäre er angeklebt worden. Weißt du, wie lange ich gebraucht habe, um das zu putzen? Ich habe mir nie überlegt, wie schwierig es ist, das Schloss eines Küchenschranks sauber zu kriegen …«

Florence blickte sie fragend an, und Marie seufzte. »Wenn ich wirklich Künstlerin wäre«, fuhr sie leise fort, »würde ich mich nicht stundenlang damit abmühen, ein Schloss zu reinigen, und obendrein den dazu passenden Schlüssel. Ich würde oben im Atelier sitzen und malen.«

»Hm«, machte Florence. »Manchmal putzt man, um sein Leben wieder unter Kontrolle zu kriegen, quasi um seine Seele zu reinigen, und vielleicht ist das im Moment wichtiger für dich, als zu malen. Die Trauer hat viele Gesichter, und es gibt unendlich viele Wege, mit ihr zu leben …«

»Wenn es überhaupt die Trauer ist, die mich vom Malen abhält«, unterbrach Marie sie heftig. »Ich meine, ich bin nicht die erste Malerin, die mit einem Schicksalsschlag fertig werden musste, aber anderen hat gerade ihre Kunst geholfen. Hast du mal die Bilder gesehen, die Frida Kahlo nach ihrer Totgeburt gemalt hat? Die hat sicher keine Küchenschränke geputzt.«

»Menschen sind nun mal verschieden …«

»Ja, und Talente sind sehr ungerecht verteilt, und die Begeisterung, eines auszuleben, auch. Vielleicht ist die Malerei nicht meins, vielleicht …«

»Du hast als Kind nichts anderes getan!«

»Nicht alle Leidenschaften, die man als Kind hatte, lassen sich so ohne weiteres ins Erwachsenenleben mitnehmen. Schau, was

Jonathan mit Vinces Modellgegenständen veranstaltet hat! Er hat eine richtige Stadt gebaut. Aber das heißt noch nicht, dass er irgendwann mal Architekt werden wird.«

Florence wollte noch etwas sagen, aber Marie war es leid, das Thema zu vertiefen. Sie beugte sich aus dem Fenster, sah, dass Vince immer noch da war und Jonathan weiterhin fasziniert die Bauarbeiten beobachtete.

»Aber nicht zu nahe ans Loch gehen!«, rief sie ihm zu. Jonathan achtete kaum auf sie und nickte erst dann widerwillig, als Vince ihn sachte anstieß.

Marie brachte die Teetassen ins Wohnzimmer. Das Sofa war immer noch durchgesessen, aber sie hatte die grässlichen lindgrünen Bezüge unter einer neuen Decke mit Rosenmuster versteckt.

»Übrigens wollte ich dich schon die ganze Zeit was fragen«, sagte Marie. »Was weißt du eigentlich über eine gewisse Lilian Talbot?«

Florence runzelte sichtlich befremdet über den Themenwechsel die Stirn.

»Vince meinte, du könntest mir vielleicht einiges über sie erzählen.«

»Woher weißt du von Lilian Talbot?«

»Ich habe ein Foto gefunden, das eine gewisse Anouk zeigt … Vince tippte darauf, dass es ein Kosename von ihr gewesen sein könnte.«

Marie öffnete die Schublade und holte das Foto heraus. Der Inhalt quoll ihr einmal mehr formlich entgegen, und sie notierte »Schubladen aussortieren« auf ihrer imaginären To-do-Liste. Florence nahm neugierig das Foto entgegen.

»Hast du diese Frau schon mal gesehen?«

Florence musterte das Bild mit wachsender Aufregung. »Ja!«, rief sie schließlich. »Das muss tatsächlich Lilian Talbot sein. Keine Ahnung, wer sie Anouk nannte. Ich habe mal bei einem Geschichtsprojekt mitgemacht und Informationen über die einflussreichsten

Familien Guernseys zusammengetragen. Ich habe mich mit den Grafen von Clairmont Manor befasst. Du weißt, dass das Cottage einst zu ihrem Besitz gehörte?«

»Ja, und ich weiß auch, dass Bartholomé de Clairmont ein richtiger Stinkstiefel ist.«

Florence verdrehte die Augen. »Wem sagst du das. Aber das Foto hast du hier gefunden, oder?«

»Es ist aus der Schublade gefallen.«

»Dann gibt's hier vielleicht noch mehr Zeugnisse aus alten Zeiten zu finden ... weitere Fotos, Aufzeichnungen, Tagebücher, Briefe ... Das Projekt ist damals leider ziemlich sang- und klanglos eingeschlafen, obwohl es die Priaulx Library ins Leben gerufen hat – sie beherbergt das wichtigste Archiv, was Familiengeschichte anbelangt. Ich habe mich immer unheimlich gerne mit der Geschichte der Insel beschäftigt!«

»Wir können mal in sämtlichen Laden und Regalen hier herumstöbern. Aber wer genau war denn diese Lilian Talbot nun?«

Sie leerte den Inhalt der obersten Schublade auf den Teppich aus, und Florence betrachtete alles neugierig. Sie fanden Batterien, Streichhölzer, Fotos aus späteren Zeiten – so auch eines von ihr und Vince als Kinder –, aber nichts, was vom Beginn des letzten Jahrhunderts stammen könnte. Während sie erst den Inhalt der zweiten, dann der dritten Schublade inspizierten, begann Florence zu erzählen. »Wer genau Lilian Talbot war, würde ich nur allzu gerne selber wissen, aber ich fürchte, das lässt sich nicht mehr so leicht herausfinden. Mich hat ihre Geschichte ziemlich fasziniert, obwohl oder gerade weil das meiste im Dunkeln lag. Guernsey war damals ja kaum mehr als ein Dorf. Es gab ein paar große Familien, die hier das Leben bestimmten, und man weiß von so gut wie allen Skandälchen, die sich damals zugetragen haben. Lilian Talbot hingegen machte immer ein großes Geheimnis um ihre Herkunft, und bis zu ihrem Tod wusste keiner so recht, woher sie stammte. Es gab die wildesten Gerüchte, aber keines wurde je bestätigt. Zunächst war sie eine Gouvernante auf Clairmont Manor. Comte Richard, der sich hier nach dem Tod seiner Frau niedergelassen hatte, hat sie eingestellt.«

»Ihr Name klingt englisch.«

»Ja, aber dass sie jemand als Anouk bezeichnete, ist vielleicht ein Beweis, dass sie doch auch Wurzeln in Frankreich hatte.«

Florence betrachtete das Foto erneut.

»Es muss Anfang der zwanziger Jahre gemacht worden sein.«

»Vince erwähnte eine Sturmnacht.«

Florence nickte. »Na ja, rückblickend wird vieles gerne aufgebauscht. Auf jeden Fall war Lilian …« Abrupt brach sie ab. »Was ist denn das?«

In der untersten Schublade befanden sich mehrere Bücher und Zeitungsartikel, zwar alle ziemlich alt, aber nicht sonderlich spannend. Darunter verborgen lag jedoch ein Buch, und als Marie es aufschlug und feststellte, dass es sich um ein bretonisches Märchenbuch handelte, fiel ihr ein kleines Heft förmlich entgegen. Der rote Einband war von Flecken übersät, und die gelblichen Seiten waren mit der krakeligen Schrift eines Kinds beschrieben.

»Wem gehörte das denn?«, fragte sie verdutzt.

Florence sah sich erst die erste, dann die letzte Seite genau an. »Da steht kein Name drin, aber schau, wie vergilbt die Seiten und die Schrift sind. Dieses Buch muss uralt sein.«

»Hatte Lilian Talbot Kinder?«

»Nein, aber wie gesagt war sie zunächst die Gouvernante von Comte Richards Sohn Thibaud. Vielleicht hat das Heft ihm gehört.«

»Merkwürdig«, Marie hatte weiter geblättert, »hier stehen irgendwelche Mengenangaben über Fisch, Fleisch und Mehl. Das wird doch kaum ein Junge aufgeschrieben haben.«

»Das stimmt. Lass mich mal sehen.«

Florence blätterte nun selbst das Büchlein durch. Viele Seiten waren gar nicht beschrieben, andere mit Dingen, die in keinem Zusammenhang standen. Neben den Mengenangaben war plötzlich ein Wetterbericht zu lesen. Dann folgte ein Auszug aus einem bretonischen Märchen über den Untergang der Stadt Ys. Wieder ein paar Seiten weiter war ein Kirchenlied festgehalten. Und dann …

»Ach du meine Güte!«, stieß Florence aus.

Marie blickte über ihre Schulter.

Ich habe Angst, so große Angst, stand da in der krakeligen Kinderschrift.

»Vielleicht hat das Heft doch Thibaud gehört. Es könnte ein Schulheft gewesen sein, und diese Mengenangaben waren in Wahrheit irgendwelche Rechenaufgaben. Und später hat er es als eine Art Tagebuch benutzt. Wovor aber hatte er nur so große Angst?«

Obwohl sie kein Foto von diesem Thibaud gesehen hatte, stieg vor Maries innerem Auge plötzlich das Bild eines schmächtigen, eingeschüchterten Knaben auf, dessen Augen vor Schreck weit aufgerissen waren.

»Was weißt du denn nun über Lilian?«, fragte sie.

»Nur, was man nicht in ein paar Sätzen zusammenfassen kann. Sie ist förmlich aus dem Nichts gekommen und hat doch den gesellschaftlichen Aufstieg geschafft. Als sie …«

Erneut brach Florence ab. Von draußen war plötzlich Geschrei erklungen. »Mama, Mama!«

Marie sprang auf und stürzte zur Tür. »Nicht so laut, Jonathan! Hannah schläft doch noch.«

»Aber du musst sofort kommen! Schau dir das mal an!«

Jonathan war so aufgeregt, dass er um die Grube herumhüpfte. Die Bauarbeiter hingegen machten irritierte Gesichter, und Vince schüttelte den Kopf. »Kaum zu glauben, kaum zu glauben!«, sagte er ein ums andere Mal.

»Das ist so cool!«, rief Jonathan. »Guck doch, Mama.«

Marie hatte sich zunächst darauf gefasst gemacht, dass die Wasserleitung beschädigt worden und eine Fontäne hochgeschossen war – was natürlich nicht sein konnte, da die Männer das Wasser zuvor abgestellt hatten. Dennoch: Sie rechnete mit einer Katastrophe, die es unmöglich machte, hier noch einen Tag länger zu leben.

Die ganze Arbeit umsonst … ging es ihr durch den Kopf, und erst jetzt gestand sie sich ein, dass sie sich hier wohler fühlte, als zunächst gedacht.

Aber dann begriff sie, was in Wahrheit die Bauarbeiten gestoppt hatte.

»Schau mal, was die Arbeiter gefunden haben.«

Vince hielt einen Gegenstand hoch, der auf den ersten Blick wie ein ziemlich verrottetes Stück Holz aussah. Als sie näher trat, sah sie, dass dieses Ding nicht ganz schwarz war, sondern aus rötlichem Stein.

»Was ist denn das?«

»Eine Axt …«

Es bedurfte viel Phantasie, um sich eine solche vorzustellen, aber genau betrachtet stimmte es: An einer Seite war sie spitz, an der anderen rund. »Da fehlt aber ein Knauf«, gab sie zu bedenken.

»Das Holz ist wahrscheinlich verfault«, schaltete sich Florence ein. Sie war Marie nach draußen gefolgt, und anders als diese starrte sie zunehmend fasziniert auf das Ding.

»Könnt ihr es nicht einfach wieder dorthin zurücklegen, wo ihr es gefunden habt? Man kann es doch ohnehin nicht mehr verwenden«, sagte Marie und unterdrückte ein entnervtes Seufzen.

»Bist du verrückt? Jeder Archäologe würde dir den Kopf abreißen!«, rief Vince.

Verspätet begriff Marie, dass es sich nicht um irgendeine Axt, sondern eine uralte handelte. Vage konnte sie sich daran erinnern, dass Guernsey schon vor vielen tausend Jahren besiedelt worden war und dass man immer wieder Artefakte aus der Jungsteinzeit gefunden hatte, die aus dem hier typischen Feuerstein hergestellt worden waren.

»Das ist doch richtig cool!«, rief Jonathan wieder.

Marie konnte seine Begeisterung nicht teilen. Sie ahnte zwar, dass jeder Wissenschaftler das als Sakrileg empfinden würde, doch ihr ging nur durch den Kopf: Nicht, dass wegen diesem ollen Ding die Bauarbeiten zum Erliegen kommen.

Verspätet erkannte sie, dass kaum jemand auf dieses olle Ding starrte, sondern alle Blicke in die Grube gerichtet waren, die der Bauarbeiter, Jonathans und Vinces und auch der von Florence.

»Die Axt ist nicht das Einzige, was wir gefunden haben«, rief Vince aufgeregt.

Marie beugte sich vor. Anders als das Werkzeug hatte Vince die rötlich verfärbten Knochen kaum freigelegt. Man sah nur Teile einer Hand und – etwa dreißig Zentimeter entfernt – ein rundes Teil, das man auf den ersten Blick auch für einen Tonkrug halten konnte, in Wahrheit aber ein Schädel war. Marie erschauderte.

»Gott sei Dank haben die Arbeiter rechtzeitig innegehalten und es nicht zerstört«, rief Vince. »Wenn das Skelett aus dem Neolithikum stammt – und die Axt, die wir bei ihm gefunden haben, lässt das vermuten –, ist das eine Sensation!«

8

1920

Als Lilian das Schulzimmer von Thibaud de Clairmont erstmals betrat, nahm sie den Jungen kaum wahr. Der Raum war wie eine Schulklasse eingerichtet – mit eigenem Lehrerpult, einer Tafel und einem Tisch –, und hinter dem Kreidetäfelchen, den vielen Heften und Stapeln von Büchern schaute Thibauds Kopf kaum hervor. Der Zwölfjährige wirkte um viele Jahre jünger, war nicht nur klein, sondern auch sehr dünn.

Eine umso stattlichere Erscheinung gab hingegen sein Lehrer, ein gewisser Mr Frank Maguire, ab, der über die Störung sichtlich erbost war und sich mit rotem Kopf vor Lilian aufbaute. »Kann ich Ihnen helfen, Miss?«

Lilian bereute es sofort, Thibaud eigenmächtig aufgesucht zu haben, anstatt abzuwarten, dass Richard de Clairmont ihr persönlich seinen Sohn vorstellte. Aber nachdem sie ihr Zimmer bezogen hatte, hatte sie sich gelangweilt, und so war sie zurück zum Herrenhaus gekehrt und hatte entschieden, dass es nicht schaden könnte, schon mal einen Blick auf den Jungen zu werfen.

Sie zeigte die Zweifel, die sie nun befielen, nicht, sondern reckte ihr Kinn, nahm einen hochmütigen Gesichtsausdruck an und stellte sich vor. »Ich bin Lilian Talbot, Thibauds neue Gouvernante, was bedeutet, dass Sie mich künftig öfter sehen werden. Aber keine Sorge, ich will Ihren Unterricht gewiss nicht stören. Ich werde mich in die Ecke setzen und ganz leise sein.«

Mr Maguire musterte sie ärgerlich, aber da er sich nicht sicher sein konnte, ob ihr Vorhaben mit dem Comte de Clairmont abgesprochen war oder nicht, nickte er schließlich schweigend, um sie fortan zu ignorieren.

Mit leisem Seufzen ließ sich Lilian auf der Schulbank nieder und musterte Thibaud gründlich.

Sie hatte nicht gesehen, wie er ihren Wortwechsel mit Mr Maguire aufgenommen hatte – nun tat er auf jeden Fall so, als würde er sie nicht weiter bemerken. Er war nicht nur klein und zart, sondern überaus blass, ein Eindruck, den das schwarze, dichte Haar verstärkte. Das Gesicht darunter war spitz und fein und ließ sie an ein Vögelchen denken, das aus dem Nest gefallen war.

Lilian entspannte sich. So wie es aussah, würde sie ein leichtes Spiel haben: Mit einem hilflosen Kind war gewiss viel leichter auszukommen als mit einem bockigen, frechen Knaben.

Anstelle von Faxen würde sie aber wohl zukünftig den unglaublich langweiligen Unterricht von Mr Maguire ertragen müssen. Ausufernd belehrte er Thibaud über die Geschichte Guernseys, das vor zehntausend Jahren erstmals besiedelt worden war, als die Insel noch zum französischen Festland gehörte.

Lilian hörte nicht länger zu, sondern beugte sich vor und lugte in den Raum, der direkt an die Schulstube anschloss und offenbar Thibauds Spielzimmer war: Die Unmengen an Spielsachen – Zinnsoldaten mit Miniaturkanonen, winzigen Waffen und sogar einem kleinen Wagen, diverse Marionetten, eine Trommel, zwei Schaukelpferde, mehrere Reifen und eine Puppe, die Lilian mal bei der Tochter eines der Gäste gesehen hatte, hier auf Guernsey hergestellt wurde und Cobo Alice hieß – machten es zu einem Paradies für Kinder. Doch alles stand so akkurat an seinem Platz, als hätte es Thibaud kaum jemals berührt.

In den Anblick der Spielsachen versunken, merkte sie gar nicht, dass Mr Maguire verstummt war, nachdem er Thibaud eine Auf-

137

gabe zugeteilt hatte. In das Schweigen hinein meldete sich dieser plötzlich zu Wort – mit einer zwar leisen, hohen und fast mädchenhaften Stimme, der es aber nicht an Schärfe fehlte.

»Ich denke, Miss Talbot scheint sich zu langweilen. Vielleicht will sie lieber mit der Puppe spielen?«

Seine Augen ruhten abschätzig auf ihr. Anders als sie auf den ersten Blick vermutet hatte, hatte er doch etwas mit seinem rothaarigen Vater gemein, nämlich diese wasserblauen Augen, doch während Richard stets unsicher, gehemmt und zögerlich wirkte, strahlte der Knabe Stolz, ja nahezu Arroganz aus, die seine zarte, schwächliche Erscheinung nicht vermuten ließ.

Lilian schalt sich selbst, ihn unterschätzt zu haben. »Warum hast du überhaupt eine Puppe, obwohl du doch ein Junge bist?«, gab sie unbeeindruckt zurück.

»Mein Vater hat gehofft, ich würde mit den Kindern aus der Nachbarschaft spielen, und hat sie eingeladen. Ich habe es geschafft, sie alle zu vertreiben. Bis jetzt ist auch keine Gouvernante sonderlich lang geblieben.«

Vielleicht irrte sie sich, aber in seiner Miene glaubte sie nicht nur Trotz wahrzunehmen, sondern auch Verstörtheit und Schmerz.

»Ich werde bleiben, dessen kannst du dir sicher sein«, erwiderte sie nicht ohne Kampflust.

»Nun, dann haben Sie vielleicht Lust, ebenfalls einen Aufsatz über die Geschichte Guernseys zu schreiben? Vorausgesetzt, Sie haben ein wenig Ahnung davon. Die meisten Frauen sind strohdumm.«

Du vorlauter, kleiner Bengel!, dachte Lilian.

Sie schaffte es, eine gleichmütige Miene zu bewahren, aber wusste nicht recht, was sie tun sollte, als Thibaud ihr erst einen Berg Bücher zuschob und schließlich ein leeres Heft reichte.

Mr Maguire seufzte entnervt. »Sehen Sie denn nicht, dass Sie den Unterricht stören?«

Lilian dachte an eine alte Weisheit: Um einen Krieg zu gewinnen, musste man manchmal eine Schlacht verloren geben.

Sie erhob sich. »Sie haben recht. Es ist wohl in der Tat das Beste, wenn ich gehe.«

Thibauds Augen richteten sich wieder auf den Lehrer, aber Lilian entging sein triumphierendes Lächeln nicht.

Dir werde ich schon noch Manieren beibringen, schwor sie sich, als sie den Raum verließ.

Als später der Tee serviert wurde, sah Lilian Thibaud wieder. Richard de Clairmont hatte sie dazugebeten, um ihr seinen Sohn offiziell vorzustellen. Dass sie ihn bereits kannte, schien ihm niemand zugetragen zu haben. Sie selbst erwähnte es mit keinem Wort, und auch Thibaud schwieg. Nun, da er nicht länger hinter der Schulbank saß, wirkte er nicht mehr ganz so klein, und doch war sein Anblick verstörend.

Sie hatte erwartet, dass er ihr einen höhnischen Blick zuwerfen und sich weiterhin arrogant zeigen würde, doch stattdessen wirkte er zutiefst eingeschüchtert. Er wagte es kaum, seinen Vater anzuschauen, obwohl dieser keinesfalls einen strengen Eindruck machte, und auch Richards Blick wich dem seines Sohns beharrlich aus. Obwohl sie nebeneinander saßen, hätte die Kluft zwischen ihnen nicht tiefer sein können. Beide fühlten sich sichtlich unbehaglich und sehnten sich wohl insgeheim danach, dass die Teestunde vorbei war.

Was für eine kaputte Familie, dachte Lilian, strich Marmelade auf ihren Scone und biss herzhaft hinein. Diese Köstlichkeit entschädigte sie hinreichend für das peinvolle Schweigen, und als sie sich erst einmal satt gegessen hatte, begann sie ungerührt zu plaudern, schwärmte erst von der schönen Lage des Anwesens und später von der Küste.

Richard räusperte sich. »Ich sollte Ihnen erklären, wie die Tage künftig organisiert sein werden. Thibaud hat von morgens um acht bis nachmittags um zwei Unterricht. An drei Tagen ist von sechs Uhr bis acht Uhr abends die Lektüre von lateinischen Texten angesetzt.«

Wie langweilig!, ging es Lilian durch den Kopf.

»Und was hast du bislang nachmittags getan, wenn du frei hast?«, fragte sie.

... und wenn du nicht gerade steif wie ein Stock neben deinem Vater hockst und kein Wort hervorbringst?, fügte sie im Stillen hinzu.

Thibaud sagte nichts, sondern starrte sie nur lauernd an. Sein Vater zuckte die Schultern, als wüsste er es selbst nicht so genau. »Ich muss mich um Geschäftliches kümmern«, murmelte er, »regelmäßig kommt der Verwalter von meinen französischen Gütern ...«

Das war auch nichts, was einen Tag ausfüllte, aber von Richard wusste sie immerhin, dass er gerne las.

Thibaud hingegen sah nicht aus, als würde er irgendetwas gerne tun, mit ganzer Leidenschaft und mit klopfendem Herzen. So unberührt, wie sein Spielzimmer war, verbrachte er so gut wie nie seine Zeit dort.

Lilian entschied, nicht länger Fragen zu stellen.

»Was immer du sonst treibst, heute könnten wir zum Meer gehen«, schlug sie vor. »Es ist so schönes Wetter, und auf Guernsey muss man jeden einzelnen Sonnenstrahl ausnutzen. Auch Ihnen würde ein wenig frische Luft guttun, Comte Richard!«

Richard versteifte sich. Ihre forsche Art hatte ihn stets verstört, und dass sie nun seine Angestellte war, erleichterte ihm den Umgang mit ihr mitnichten, im Gegenteil.

»Ich ... ich habe noch zu tun«, stammelte er.

Thibaud hingegen nickte zu ihrer Überraschung und erhob sich rasch. Um dem Vater zu entkommen, war ihm wohl selbst ihre Gesellschaft recht.

Allerdings schwieg er weiterhin, auch, als sie ins Freie traten. Nach weiteren erfolglosen Versuchen, ihn zum Reden zu bringen –

erst lästerte sie ein wenig über Frank Maguire, dann fragte sie, ob er Freunde hätte –, resignierte sie.

Nun, mir soll's recht sein, dachte sie.

Immerhin hatte sie die Gelegenheit, den Park noch gründlicher zu betrachten als vorhin bei ihrer Ankunft. Es war einer der schönsten Orte, die sie je gesehen hatte. Kamelien, Magnolien und Azaleen wuchsen in den Blumenbeeten, begrenzt von Fuchsienbüschen, Rhododendren sowie Feigen- und Obstbäumen. In unmittelbarer Nähe des Herrenhauses waren die Wiesen sorgfältig gemäht und alles Unkraut ausgezupft worden. Nur beim Weg, der Richtung Dienstbotenhaus führte, war der Gärtner nachlässig gewesen: weißes Leimkraut, rote Grasnelken und purpurfarbene kleine Gladiolen wuchsen wild durcheinander.

Ein süßer Duft lag in der Luft und verschmolz mit dem salzigen, den der Wind vom Meer her brachte. Lilian schloss die Augen, hielt das Gesicht in die Sonne, lauschte dem Summen der Bienen, als wäre es eine zauberhafte Melodie, und genoss die Wärme, die Stille ... den Reichtum.

Hier will ich nicht nur geduldet sein. Hier will ich wohnen.

Als sie die Augen aufschlug, sah sie, dass Thibaud stehengeblieben war und ihr einen fragenden Blick zuwarf. Obwohl auch er in der Sonne stand, hatte sich sein bleiches Gesicht nicht im Mindesten gerötet.

Lilian musste an Pollys Worte denken, wonach Richards verstorbene Frau ein schwaches, blutleeres Geschöpf gewesen war, und daran, wie sie sich geärgert hatte, weil diese ihren Wohlstand nicht ausreichend genossen hatte. In Thibauds Gegenwart stieg in ihr die gleiche Wut auf.

Was stehst du gekrümmt, als würde dich ein Windhauch umwehen?, dachte sie ungehalten. An deiner Stelle würde ich jauchzend durch den Garten laufen, weil er mir gehört!

Trotz ihres Unmuts lächelte sie.

141

»Nun, wer ist als Erstes bei der Hecke?«, forderte sie Thibaud zum Wettlauf auf. Sie legte sämtlichen Enthusiasmus, dessen sie fähig war, in die Stimme, aber konnte ihn nicht damit anstecken. Als sie losrannte, blieb er einfach stehen.

Sie scherte sich nicht darum, sondern lief trotzdem weiter und drehte sich erst an der Hecke um.

»Faulpelz! Faulpelz!«, rief sie.

Er tat so, als würde er sie gar nicht hören.

Na warte, dachte sie, was du kannst, kann ich auch.

Fortan tat sie so, als würde sie auch ihn nicht bemerken, betrachtete weiterhin den Garten und beugte sich, als sie alle Winkel erforscht hatte, zu dem Kätzchen, das über die Wiese gelaufen kam. Es war ein hässliches, dürres Tier, aber im Blick seiner gelben Augen lag eine Wachsamkeit, die Lilian gefiel. Sie streichelte es, und prompt schnurrte es wohlig, legte sich auf Rücken und zeigte seinen Bauch.

»Süßes Ding!«, sagte Lilian.

Ein schmaler Schatten fiel auf sie. »Süßes Ding!«

Thibaud hatte ihre Worte wiederholt, doch mit einem so höhnischen, kalten Tonfall, dass Marie zusammenzuckte.

Sie beherrschte sich jedoch und stellte sich ihm gegenüber weiter taub. »Du liebst die Wärme wie ich«, sagte sie zu dem Kätzchen.

»Du liebst die Wärme wie ich«, äffte Thibaud sie nach.

Erneut tat Lilian so, als würde sie ihn nicht bemerken »Wollen wir mal schauen, ob wir ein Schälchen Milch für dich bekommen.«

Und wieder sagte Thibaud spöttisch: »Wollen wir mal schauen, ob wir ein Schälchen Milch für dich bekommen.«

Die Lippen des Jungen verzogen sich zu einem herausfordernden Lächeln. Langsam erhob sie sich. »Wag es nicht, mich nachzuäffen«, sagte sie kühl.

Sein Lächeln schwand. »Pah! Sie haben mir gar nichts zu sagen, Miss Talbot!«, erklärte er hoheitsvoll und drehte sich um.

Blitzschnell lief Lilian ihm nach, stellte sich ihm in den Weg und packte ihn an den Schultern. Ihr Griff war fest und sichtlich schmerzhaft für ihn: Sein bleiches Gesicht verzerrte sich, und er stieß ein Ächzen aus. Offenbar war er nicht oft so hart angepackt worden.

»Jetzt hör mir mal gut zu, du verwöhnter Bengel«, zischte Lilian. »Du wirst mir mit Respekt und Höflichkeit begegnen. Und wenn nicht, werde ich dafür sorgen, dass dich dein Vater in ein Internat steckt, das schwöre ich dir. Sieh dich doch an! Glaubst du, deine Mitschüler würden dich ernst nehmen? Nein, nein, sie würden dich verspotten und drangsalieren, bis du wie ein Mädchen heulst. An deiner Stelle würde ich die Zeit lieber mit mir verbringen.«

Er war noch mehr erbleicht, falls das überhaupt möglich war.

»Sie tun mir weh!«, hauchte er.

Anstatt den Griff zu lockern, bohrten sich ihm jedoch ihre Fingernägel ins Fleisch, bis er aufschrie.

»Ich werde dir auch weiterhin weh tun, wenn du mich zu verletzen versuchst«, erklärte sie. »Glaub nicht, dass ich Angst vor dir hätte! Ich bin schon mit ganz anderen fertig geworden.«

Als sie ihn losließ, stieß sie ihn zurück, und obwohl sie es nicht beabsichtigt hatte, fiel er ins Gras. Mit verzerrtem Gesicht rieb er sich die Schultern. Die Katze leckte sich nur wenige Meter entfernt ihre Pfoten.

Ich bin zu weit gegangen, dachte Lilian, wenn er es seinem Vater erzählt … wenn der mich kündigt … wenn ich wieder ausziehen muss … Ich habe ja keine Ahnung, ob Mr Gardener mir meine Stelle wiedergeben würde.

Ihr Gesichtsausdruck blieb streng. »Hast du mich verstanden?«, zischte sie.

Er rappelte sich auf, blickte betreten zu Boden, wirkte nicht länger stolz, sondern nur verloren. »Ja«, flüsterte er.

143

»Gut so«, sagte sie, drehte sich um und ging zurück zum Herrenhaus, ohne sich auch nur einmal nach ihm umzudrehen.

Thibaud wagte es nicht noch einmal, Lilian nachzuäffen. Allerdings
blieb er weiterhin verschlossen und schweigsam. Ein paar Tage lang
nahm sie es hin, schob es auf sein Naturell und auf die Trauer um
seine Mutter – schließlich erwies er sich auch im Unterricht mit
Frank Maguire als sehr zurückhaltend –, doch nach einer Woche
wich das Triumphgefühl, es zur Gouvernante geschafft zu haben,
der Langeweile. Sollte das das verheißungsvolle neue Leben sein?
Jeden Nachmittag stundenlang mit einem eigenbrötlerischen Jungen durch den Park zu wandern? Bei seinem Unterricht zuzuhören,
von dem sie das meiste nicht verstand? Jene lähmenden Teestunden zu ertragen, wo Vater und Sohn einander wie Fremde gegen-
übersaßen?

Sie vermisste Polly, sogar die mürrische Adele und am allermeis-
ten – so sehr wie schon lange nicht mehr – Suzie. Eine Freundin
zu finden, die sie nur annähernd ersetzen konnte, schien hier unmöglich zu sein. Die Haushalterin Laure begegnete ihr mit nie
offen gezeigter, doch umso deutlicher gefühlter Herablassung, und
alle anderen hatten sich ihrer Meinung angeschlossen, wonach eine
Miss Lilian Talbot zwar Höflichkeit, jedoch kein Vertrauen und
schon gar keine Freundlichkeit verdiente. Der Kutscher, der Stall-
bursche, der Gärtner, der Butler, die vielen Dienstmädchen – sie
alle sahen durch sie hindurch, als gäbe es sie nicht, und wenn sie
sie ansprach, antworteten sie meist einsilbig.

Louise, eines der beiden Mädchen, mit dem sie die Kammer teilte, tat überhaupt so, als würde sie kein Englisch verstehen, sondern
nur Französisch, und auf Lilians Wunsch, ein paar Worte der fremden Sprache zu lernen – schließlich hatte sie es auch geschafft, sich
das Patois anzueignen –, ging sie gar nicht erst ein.

Lilians Ehrgeiz war trotzdem geweckt, und eines Tages bat sie

Thibaud darum, ihr ein paar Sätze beizubringen. Anders als erhofft, konnte sie ihn damit jedoch nicht aus der Reserve locken. Wortlos ging er zum Bücherregal und nahm ein Buch heraus – offenbar ein Wörterbuch, mit dem er selbst Englisch gelernt hatte.

Lilian bedankte sich und zeigte ihre Enttäuschung nicht. Hatte sie bis jetzt während der Unterrichtsstunden meist vor sich hin gedöst oder sich in Tagträumen ergangen, begann sie nun fieberhaft zu überlegen, wie sie ihre Lage verbessern konnte. Seit sie Gouvernante seines Sohnes war, begegnete ihr Richard – entgegen ihren Erwartungen – noch zurückhaltender und unbeholfener als früher. Und während sie zunächst nach einem geeigneten Plan suchte, wie sie sich ihm wieder annähern konnte, ahnte sie plötzlich, dass er schneller auftauen würde, fände er bloß endlich Zugang zum eigenen Sohn. Und das bedeutete, dass sie sich nicht damit begnügen konnte, Thibauds Respekt zu gewinnen – nein, sie musste aus diesem blassen, steifen Geschöpf, das sie an die starren Zinnsoldaten aus seinem Spielzimmer erinnerte, ein rotwangiges, lachendes Kind machen!

Lilian stöhnte innerlich angesichts dieser Herausforderung. Um wie viel leichter war es, Menschen silberne Taschenuhren aus dem Frack zu ziehen, als ihnen ihr Herz zu stehlen!

Allerdings – vor welcher Herausforderung hätte eine Lilian Talbot schon jemals gekniffen?

Wenn es nicht einmal Maxim, einem der gewieftesten Verbrecher Londons, gelungen war, ihrer Herr zu werden, würde sie gewiss nicht vor diesem blutleeren Geschöpf kapitulieren.

Als an einem Tag der Unterricht zu Ende war, hatte sie eine Idee, was sie heute Nachmittag mit Thibaud unternehmen würde.

»Los!«, sagte sie nach der Teestunde, »wir gehen spazieren!«

Der Junge folgte ihr willig, aber ohne jegliche Begeisterung in den Park und schaute sie befremdet an, als sie ihm zeigte, was sie mitgenommen hatte: ein Schmetterlingsnetz.

»Hast du schon einmal versucht, Schmetterlinge zu jagen?«, fragte sie.

Er schüttelte stumm den Kopf, und sie ahnte, dass er ihre Aufforderung, es einfach mal zu versuchen, schlichtweg ignorieren würde. So rief sie begeistert: »Sieh dort hinten, bei den Clematis, das ist doch ein Zitronenfalter!«

Ohne seine Reaktion abzuwarten, stürzte sie los und tat so, als würde sie das Tier zu fangen versuchen, aber schmählich daran scheitern. Aus den Augenwinkeln sah sie, wie Thibaud erst beharrlich in die andere Richtung starrte, schließlich aber doch einen Blick riskierte. Sein Mund verzog sich verächtlich.

»Sie stellen es ganz falsch an.«

»Warum?«

»Nun, Sie verscheuchen das Tier, sobald Sie einen Schatten darauf werfen. Sie müssen sich ihm ganz vorsichtig, nahezu reglos nähern, und ehe es davonflattern kann, das Netz darüber werfen.«

»Zeigst du es mir?«

Seine Verachtung schien zu wachsen, doch mit herablassendem Gesichtsausdruck nahm er ihr das Netz ab und hatte in kurzer Zeit den Schmetterling gefangen. Der flatterte verzweifelt, konnte der Falle aber nicht entkommen.

Thibaud starrte auf das Tier, und sein Gesichtsausdruck veränderte sich: Statt Verachtung stand etwas darin, was Lilian als Bestürzung deutete.

»Tut es ihm weh?«, fragte er leise. »Hat er Angst?«

Lilian zuckte die Schultern. »Ich bin mir nicht sicher, ob so kleine Lebewesen überhaupt Angst und Schmerz empfinden können.«

»Aber sie leben … man kann sie töten … und nichts, was lebt, will doch sterben, oder?«

Lilian zuckte erneut die Schultern. Sie hatte sich eine etwas belanglosere Konversation erhofft. »Nun, es gibt auch Menschen, die sich regelrecht nach dem Tod sehnen, aber wenn ich ehrlich bin, begreife ich nicht, was in ihnen vorgeht«, sagte sie.

»Ich schon.«

Sie musterte ihn argwöhnisch. »Sehnst du dich etwa nach dem Tod?«

»Nein, aber Maman tat es …«

Lilian wurde etwas unbehaglich zumute. Sie hatte nie weiter ergründet, woran Christine de Clairmont gestorben war, sondern sich mit Pollys Vermutungen, wonach diese einer Krankheit erlegen war, zufriedengegeben.

»Willst du den Schmetterling wieder freilassen?«, fragte sie, um ihn abzulenken.

»Mein Onkel hat eine Schmetterlingssammlung«, murmelte er, »er hat sie mit einer spitzen Nadel getötet, festgeklebt und hinter Glas eingerahmt. Aber es macht doch keinen Spaß sie zu betrachten, wenn sie tot sind und nichts mehr fühlen …«

Während er sprach, hatte er das Netz immer fester umklammert. Weiß traten seine Handknöchel hervor, und irgendetwas an seinem Anblick rührte sie. Das Mitleid, das sie bis jetzt nur aufgesetzt hatte, kam plötzlich von Herzen.

»Ich möchte so gerne wissen, was sie fühlen«, murmelte Thibaud, »ich möchte wissen, ob sie Schmerzen haben!«

Lilian beugte sich zu ihm. »Komm mit.« Sie nahm ihn an der Hand und führte ihn zu einem Blumenbeet, wo Glyzinien und Rosen wuchsen. Dann nahm sie ihm sanft das Netz weg, öffnete es und ließ den Schmetterling frei. Prompt flatterte er über die Blumen.

»Ich weiß nicht, was so ein Schmetterling fühlen kann, aber im Moment muss es wohl Freude sein«, sagte sie leise.

»Aber ist der Schmerz nicht ein noch stärkeres Gefühl?«

Seine blauen Augen waren groß wie nie. Sie wusste nicht, warum, aber seinen Blick zu erwidern tat plötzlich nahezu weh.

147

Ich vermisse Suzie ... ich vermisse meine Eltern ...

Eigentlich hatte sie kaum Erinnerungen an diese, aber plötzlich packte sie namenlose Trauer. Tränen perlten ganz selbstverständlich über ihre Wangen, obwohl sie seit Ewigkeiten nicht geweint hatte.

Thibaud hob seine Hand, berührte ihre Wange und wischte die Tränen weg. Danach musterte er seine Finger, als hätte er sie in Gold getaucht.

»Tut es weh zu weinen?«, fragte er.

»Eigentlich nicht, aber das musst du selber wissen.«

»Ich glaube, ich habe noch nie geweint.«

Sie schluckte schwer. »Ich auch so gut wie nie.« Ein Umstand, der bis jetzt ihren Stolz erweckt hatte, erschien ihr nun beschämend.

Sie richtete sich wieder auf, und in diesem Augenblick umschlang Thibaud ihren Körper. Er umarmte sie nicht minder energisch, wie er vorhin das Schmetterlingsnetz umklammert gehalten hatte, gleich so, als würde er sie nie wieder loslassen wollen. Seine Schultern bebten, während sie ihm über die Haare strich.

»Ist ja gut, ist ja gut«, murmelte sie hilflos.

Als sie zurück zum Herrenhaus kehrten, waren seine Wangen erstmals gerötet, wenn auch nicht vor Anstrengung und der frischen Luft, sondern weil er sein Gesicht so fest gegen ihren Bauch gepresst hatte.

Richard erwartete sie auf der Veranda. Wie immer schaffte er es kaum, seinem Sohn in die Augen zu sehen, und dieser löste sich von Marie und lief hinauf, kaum dass er den Vater bemerkte. Doch als Richard de Clairmont sich an Lilian wandte, bebten seine Lippen, und auch in seinen Augen standen Tränen.

»Danke«, sagte er knapp, »danke ...«

Sie verstand nicht recht, was ihn so sehr bewegte, las aber in seinem Gesicht ähnliche Erleichterung und Freude, wie der Schmetterling sie gefühlt haben musste, als er davonflatterte.

»Er ist nicht wie andere Kinder ... der Tod seiner Mutter hat ihm sehr zugesetzt … ich habe mir solche Sorgen gemacht …« Richard nuschelte die Worte nur, und während er sie sagte, hielt er den Blick gesenkt. Doch als er sie danach ansah, erklärte er erstaunlich fest und entschlossen: »Er scheint Sie zu mögen.«

Lilian überlegte, ihm irgendetwas vorzuflunkern, aber dann entschied sie sich, einfach bei der Wahrheit zu bleiben. »Es ist nicht so leicht, ihn zu durchschauen, aber die meisten Menschen tragen eine Maske, nicht wahr?«

»Sie selbst hingegen nehmen das Leben so leicht.«

»Ach was!«, rief sie unbeschwert. »Ich denke mir nur: Schmetterlinge wissen nicht, dass sie sterben werden, wenn der Sommer vorüber ist, und selbst wenn sie's wüssten, würden sie weiterhin über Blumen flattern. Und das ist ganz richtig so.«

»Ich fürchte, uns fehlen die Flügel.«

Lilian fühlte förmlich, wie seine Trauer und sein Elend auf sie übersprangen. Kurz wurde ihr die Kehle eng, doch sie schluckte dagegen an. Einmal am Tag zu weinen war genug.

»Aber am Duft der Blumen laben können auch Sie sich! Nun kommen Sie schon mit und gehen eine Runde mit mir im Park spazieren«, rief sie. Kurz entschlossen hakte sie sich bei ihm ein, zog ihn mit sich, und obwohl er sich zunächst versteifte, folgte er ihr schließlich doch willig in den Garten.

Von nun an hielt sich Lilian häufig nicht nur mit Thibaud, sondern auch mit Richard im Freien auf. Zunächst unternahmen sie nur Spaziergänge auf dem Grundstück von Clairmont Manor, bald aber auch außerhalb. Einmal mehr brachen sie zum Fermain Bay auf, ein anderes Mal – über den Küstenweg an der Jerbourg-Halbinsel vorbei – zum Moulin Huet Bay.

Die schroffen Küsten aus fast schwarzem Gestein und die spitzen Felsblöcke, die aus dem Meer ragten, als hätte sie jemand wütend hineingeworfen, schienen unwirtlich, fast feindselig, doch die

149

lieblichen Margeriten und der stark riechende Ginster an den Klippen minderten diesen Eindruck. Manche Hecken waren stachelig und blätterlos, ihre schwarzen Zweige wirkten wie verbrannte und gleichsam tote Hände, die klagend zum Himmel wiesen. Doch die purpurfarbenen, über einen Meter hoch wachsenden Blütentrauben des roten Fingerhuts, die gleich daneben wuchsen, schienen mit ihrer Farbenpracht der Kargheit zu spotten. Manchmal dachte Lilian, dass die Insel, wie sie sich hier an der Südküste zeigte, einem Haus glich, das von einem sehr nüchternen Mann errichtet worden war. Er setzte mehr auf stabile Mauern und auf klare Formen als auf Schönheit. Doch kaum war das Gebäude bezugsbereit, war seine kluge Hausfrau ans Werk geschritten, hatte begonnen, das Anwesen nicht nur einzurichten, sondern zu schmücken, und das bunte Mobiliar und der verspielte Zierrat ließen vergessen, wie streng und ungemütlich die leeren Räume einst gewirkt hatten.

Ein wenig bin ich auch so, dachte Lilian, mein Lächeln und mein Grübchen lassen die Menschen vergessen, dass mein Leben bis jetzt meist ein harter Kampf war.

Richard erwiderte dieses Lächeln immer öfter. Am Anfang schien er sich kaum gestatten zu wollen, Zeit mit ihr zu verbringen, doch sie wusste mittlerweile, dass sie über seinen Widerstand am besten einfach hinwegging, bis er brach. Manchmal schritten sie schweigend Seite an Seite, dann wiederum zitierte er Gedichte. Sie tat, als würde sie hingerissen lauschen, war aber in Wahrheit immer auf der Hut. Ein falsches Wort, und er würde erahnen, wie wenig sie von den Dichtern wusste.

»Wie wunderschön!«, rief er eines Tages am Moulin Huet Bay. »Kein Wunder, dass Renoir so oft diesen Teil der Küste gemalt hat!«

Wer zum Teufel war Renoir?

»Wenn ich malen könnte«, sagte sie schnell, um abzulenken, »dann würde ich nicht die Felsen malen, sondern Blumen.«

Er sah sie etwas misstrauisch an. »Aber Blumen verwelken doch.«

»Gerade darum sollte man sie für die Ewigkeit festhalten, oder nicht? Die Felsen überdauern doch ohnehin.«

»Das ist ein überaus kluger Gedanke«, murmelte er nahezu andächtig.

Lilian grinste und schickte ein Dankgebet zum Himmel, dass er nicht länger über diesen Renoir zu sprechen gedachte.

Mit der Zeit entspannte sie sich in seiner Gesellschaft zunehmend. Er ging so selbstverständlich davon aus, dass sie nicht minder gebildet als er war, dass er es niemals hinterfragte.

Eine andere tat es umso mehr.

Nach einem der Spaziergänge begegnete sie auf dem Weg zum Dienstbotenhaus der Haushälterin. Längst hatte sich Lilian an ihren abfälligen Blick gewöhnt und tat so, als würde sie sie nicht bemerken. Doch als sie schweigend an ihr vorbeigehen wollte, packte Laure sie am Arm.

»Ich weiß, was Sie vorhaben, Miss Talbot.«

Lilian musterte sie eisig. »Lassen Sie mich sofort los!«

Laure tat das bereitwillig, doch ihr Gesicht rückte ganz nah an das von Lilian heran. »Ich habe keine Ahnung, wie Sie sich diese Stelle erschwindelt haben, aber ich kenne Emporkömmlinge wie Sie. Sie können schreiten wie eine Dame, charmant lächeln, voller Anmut feine Kleidung tragen und Tee aus Porzellan trinken. Aber Ihre Augen verraten Sie. Sie spiegeln die Pfützen der Gosse.«

Wut und Angst stritten in Lilian. Wie konnte sie sie so beleidigen? Doch was, wenn sie tatsächlich ihr Geheimnis aufdeckte?

»Und wenn diese Pfützen knöcheltief stünden, ich wäre doch wendig genug, darüber zu springen, während Sie beim ersten Schritt darin versinken würden«, zischte sie.

Laure gab sich unbeeindruckt. »Sie können ihm vielleicht Zerstreuung schenken, aber er wird Christine nie vergessen. Er hat sie geliebt.«

Nun, Lilian konnte gerne darauf verzichten, geliebt zu werden.

Laut sagte sie jedoch nur: »Besser, Sie legen sich nicht mit mir an! Bedenken Sie: Wer aus der Gosse kommt, hat nichts zu verlieren.«

Sie ließ Laure stehen, ging hastig davon, konnte aber ein Schaudern nicht unterdrücken. In der Nacht schlief sie schlecht. Es stimmte ja nicht, was sie gesagt hatte: Sie hatte durchaus etwas zu verlieren, und sie wollte ja auch viel mehr als das, was sie bis jetzt erreicht hatte. Am nächsten Morgen war sie müde, aber entschlossen, jegliche Zurückhaltung aufzugeben.

»Kommen Sie, ich will Ihnen etwas zeigen!«, forderte sie Richard am Nachmittag auf.

Sie lotste ihn in Richtung des Dienstbotenhauses, an das sich ein Waldstück anschloss. Nicht nur Wildzypressen, Tamarisken und immergrüne Steineichen wuchsen hier, sondern auch der hochgewachsene Riesenrhabarber. Durch die Äste sah man das Meer schimmern und in weiter Ferne die hellen Strände der winzigen Insel Herm. Auf der steil abfallenden Wiese, die eine Schneise in den Wald schlug, wuchsen zu dieser Jahreszeit die rötlichen Lilien, die, wie Lilian inzwischen wusste, wie die Insel hießen: Guernsey-Lilien. Fernab vom Park war hier kein Gärtner am Werk gewesen. Sie wuchsen ebenso zahlreich wie wild inmitten von Unkraut und anderen Blumen und wurden von Bienen und Mücken umsurrt.

Lilian deutete auf die Blumen, als würde sie sie Richard de Clairmont zum Geschenk machen wollen.

»Sind sie nicht wunderschön?«, fragte sie.

»Die schönsten Dinge der Welt sind die nutzlosesten, zum Beispiel Pfauen und Lilien.«

Sie war sich sicher, dass er einmal mehr aus einem seiner Bücher zitierte.

»Warum sind sie denn nutzlos, wenn sie doch das Auge erfreuen?«, entgegnete sie. »Ich versuche doch auch nichts anderes …

nämlich Sie zu erfreuen und aufzuheitern. Und ich bin doch hoffentlich nicht nutzlos!«

Vor Verlegenheit wurde Richard ganz rot. »Gott bewahre, das wollte ich gewiss nicht sagen! Sie sind so lebendig …«

Sie musste unwillkürlich an Thibauds Worte denken: *Alles, was lebendig ist, will nicht sterben.*

Ob Lilien sich ans Leben klammerten? Und ob sie Schmerz spürten, wenn sie welkten?

»Sie wachsen, wie sie wollen, sie brauchen nur guten Boden«, murmelte sie.

Er zuckte die Schultern. »Ich habe gehört, Lilien seien verglichen mit Rosen sehr anspruchslos, vor allem aber auch ausdauernd. Sie halten Stürme und Regen aus.«

»Das tue ich auch.«

Sie beugte sich nieder, pflückte ein paar Lilien und kitzelte damit sein Kinn. Die fahle Haut unter dem rötlichen Bart hatte in den letzten Tagen etwas Farbe gewonnen, aber erbebte nun.

»Lilien duften nach nichts«, murmelte er, »zumindest die meisten.«

»Nun, ich dufte«, murmelte sie, zog den Strauß zurück und beugte ihr Gesicht so nahe an seines, dass ihr Mund kaum eine Handbreit von dem seinen entfernt war. Sie sah ihn noch mehr erbeben, sah auch, dass er zurückzucken wollte, doch da war ihr Kopf vorgeschnellt, und sie hauchte ihm einen Kuss auf die Lippen.

Er schien zu erstarren, als flösse kein Blut durch seinen Körper, wurde zugleich aber so dunkelrot, als schiene sich sämtliches in seinem Kopf zu stauen. In seiner Miene las sie Entsetzen, Verstörtheit, aber auch Verlangen.

Lilian entschied, dass es für heute genug war. Mit dem Strauß Lilien in der Hand lief sie ohne ein weiteres Wort davon.

Als sie in der Nacht wach lag, musste sie an Laures Warnung denken, aber diese schüchterte sie nicht länger ein.

Mit den Pfützen der Gosse kann man Blumen gießen, überlegte sie, und wenn sie erblühen, lässt ihre Schönheit den Dreck vergessen …

Am nächsten Tag mied Richard ihre Gesellschaft. Sogar zur Teestunde ließ er sich entschuldigen, hätte er doch wichtigen Geschäften nachzugehen. Lilian verstand nicht, warum es so viel Zeit bedurfte, sein Vermögen zu verwalten. Er war doch reich, und wenn sie so viel Geld hätte wie er, würde sie das Nichtstun genießen! Im Moment allerdings sollte es nicht ihre größte Sorge sein, was sie mit ihrer freien Zeit anzufangen gedachte. Vielmehr fragte sie sich, ob sie mit ihrem Kuss womöglich doch zu weit gegangen war.

Was, wenn Entsetzen über ihre Dreistigkeit und seine tiefe Faszination in ihm so lange gestritten hatten, bis Letztere endgültig erloschen war?

Sie wusste nicht, ob Abstand die Sache besser oder schlimmer machen würde, nur, dass sie gegen Abend hin ihre Ungeduld und Unruhe nicht länger bezähmen konnte.

Das Halbe war mir nie genug, dachte sie, ich bin eine, die aufs Ganze geht.

Als es dunkel war, verließ sei nur mit ihrem dünnen Nachthemd bekleidet das Dienstbotenhaus. Noch nie war sie hier um diese Zeit im Freien gewesen, und inmitten der dunklen Bäume und Büsche unterwegs zu sein, die auf der Lauer liegendem Diebespack glichen, war ihr unheimlicher zumute als in den verborgenen Winkeln Londons, wo tatsächlich Gesindel lauerte. Mit dem wurde sie notfalls schon fertig – was aber sollte sie den unsichtbaren Augen entgegensetzen, die sie zu betrachten schienen?

Sie beschleunigte ihren Schritt, doch trotz der Hast war ihr eiskalt, als sie beim Herrenhaus ankam. Hinter den Fenstern war es finster, aber sie wusste mittlerweile, dass es neben dem großen Portal eine versteckte Tür gab, die zur Vorratskammer führte. Von

154

dort ging es zur Küche, die größer war als die Mietwohnung, in der sie einst mit Suzie gelebt hatte. Über das anschließende Anrichtezimmer erreichte man erst das Speisezimmer, dann den Salon und schließlich die Eingangshalle, von der aus eine breite Treppe in das erste Stockwerk führte. Lilian schlich auf Zehenspitzen durch die dunklen Räume und die Stufen hoch, kam schließlich in einen langen Gang, ohne jemandem begegnet zu sein, und zählte die Türen ab. Vor der vierten blieb sie stehen. Eigentlich wollte sie erst abwarten, bis sich ihre eiskalten Hände ein wenig aufgewärmt hatten, aber dann kam sie zum Schluss, dass ihr Beben mitleiderregend wirken würde.

Sie klopfte und trat ein, ehe ein »Herein!« ertönte. Richard de Clairmont lag mit Nachthemd und Schlafhaube bereits im Bett und fuhr schlaftrunken auf.

»Wer da?«, ächzte er.

»Ich bin es nur.«

Sie machte das Licht an, das in seinen Augen ebenso blendete wie in den ihren.

»Liliane …«, stammelte er.

Ehe er sich erheben konnte, stürzte sie zu ihm ans Bett und legte ihre Hand auf seine Brust.

»Bleiben Sie nur liegen, ich wollte Sie nicht wecken, Gott bewahre! Ich dachte nur … ich dachte, vielleicht können Sie ebenso wenig schlafen wie ich …«

»Sie sind so spät am Abend den ganzen Weg hierhergekommen?«

Sie nickte. »Ich konnte einfach keinen Frieden finden. Ach, Comte de Clairmont … Richard …«, sie atmete tief durch. »Ich habe ja solche Angst!«

Ihre Lippen bebten, was nicht gespielt war, weil sie immer noch fror, doch dass sie heftig mit den Augen zwinkerte, als wollte sie Tränen zurückhalten, war etwas, was sie vor dem Spiegel geübt hatte.

155

»Wovor haben Sie denn Angst?«, fragte er betroffen.

»Nun, dass Sie mich verachten könnten … dass Sie mich für ein ehrloses Mädchen halten … meine Mum sagte früher, dass ich oft handle, ohne vorher nachzudenken, und dass ich überdies ein vorlautes Mundwerk hätte und lernen müsse, mich zu beherrschen. Aber gestern … auf der Lilienwiese … mein Temperament ging einfach mit mir durch … und jetzt fürchte ich, dass Sie mir nicht vergeben können.«

Immer noch ruhte ihre Hand auf seiner Brust. Er wirkte überrumpelt, einmal mehr überfordert und beschämt, doch zugleich glaubte sie in den wässrig blauen Augen etwas wie Rührung wahrzunehmen.

Als sie vorgab aufzuschluchzen, hob er hilflos die Hand. »Nicht doch, nicht doch!«

Sie hatte gehofft, er würde ihr übers Haar streichen, aber das tat er nicht.

Was für ein lahmer Esel!

»Sie werden mich doch nicht fortschicken? Sie werden weiterhin mit mir spazieren gehen? Sie werden weiterhin Gedichte rezitieren? Oh, ich würde sterben, müsste ich darauf verzichten!«

»Davon stirbt man doch nicht …«

Sie zuckte mit den Schultern. »Mag sein. Im Moment sterbe ich auch eher vor Kälte .«

Ihre Zähne schlugen aufeinander.

»Wenn Sie vielleicht meinen Morgenmantel …«, setzte er an.

Doch ehe er den Satz zu Ende brachte, war sie schon einfach zu ihm ins Bett gekrochen. Richard versteifte sich noch mehr, sofern das überhaupt möglich war, aber sie achtete nicht darauf, sondern schmiegte sich wie eine Katze an ihn. Ihr Beben ließ langsam nach, und er legte nun immerhin seine Hand auf ihren Arm.

»Liliane …«, raunte er heiser, »das geht doch nicht … das darf doch nicht sein … ich … du …«

Gott sei Dank zitierte er keinen Dichter!

Sie legte ihren Kopf auf seine Halsbeuge. »Du sehnst dich doch auch nach etwas Wärme … du willst nachts doch auch nicht alleine wach liegen … und du vermisst Christine …«

Von allen Dreistigkeiten, die sie sich herausgenommen hatte, war es ohne Zweifel die größte, den Namen seiner verstorbenen Frau zu nennen. Sie wusste: Das würde die Entscheidung bringen. Entweder war sie so weit gegangen, dass sie nie wieder zurückrudern konnte, oder am Ziel.

»Sie war so … zart«, stammelte er. »Ich hatte immer Angst, sie würde zerbrechen wie kostbares Glas. Ich wagte kaum, sie zu berühren.«

Lilian grinste siegesgewiss. Sie richtete sich auf und kniete sich über ihn. »Aber mich kannst du berühren«, raunte sie heiser, »ich zerbreche nicht, mich kann man fest anpacken.«

Er atmete tief ein wie ein Ertrinkender, der das letzte Mal nach Luft schnappt, und ehe er neu Atem schöpfen, zur Besinnung kommen und sie wegstoßen konnte, hatte sie ihre Lippen auf die seinen gesenkt. Schon der erste Kuss war nicht sonderlich angenehm gewesen, dieser, der etwas länger dauerte, fühlte sich gar an, als würde sie an einer Schnecke kauen. Aber immerhin – Richard roch etwas süßlich wie die Zigarre, die sie ihn manchmal hatte rauchen sehen. Tony, ein Nachbar und ein Schlitzohr wie sie, an den sie mit fünfzehn Jahren ihre Jungfräulichkeit verloren hatte, hatte viel mehr gestunken. Sie hatte sich dazu hinreißen lassen, weil er am nächsten Tag in den Krieg zog, und Suzie hatte noch Monate später mit ihr geschimpft und sie immer wieder daran gemahnt, dass sie hätte schwanger werden können. Suzie hatte natürlich recht, und es war nicht einmal schön gewesen, vielmehr ein hastiger, schmerzhafter, etwas beschämender Akt. Doch Tony kehrte später nicht aus dem Krieg zurück, und Lilian konnte einfach nicht bereuen, einem jungen Mann eine letzte Freude gemacht zu haben.

Mit Richard war es nicht schnell vorbei, im Gegenteil. Gefühlte Stunden lagen sie einfach nebeneinander. Er klammerte sich an sie, stieß mit gepresster Stimme Worte aus, mal ihren Namen, mal den Christines, mal unzusammenhängende Sätze, die sie nicht verstand. »Verhindern müssen ... ich hätte es unbedingt verhindern müssen ...«

Sie wusste nicht, was er meinte, und wollte es auch nicht wissen. Es genügte, dass er sie nicht losließ, dass sein Gesicht immer röter wurde und sein steifer Körper immer mehr erschauderte.

Mitternacht war lange vorüber, als er sie endlich von sich aus küsste, an ihrem Ohr knabberte, ihre Brüste berührte. Sie dachte, dass er nun endgültig die Beherrschung verlieren würde, musste aber wenige Augenblicke später feststellen, dass er doch tatsächlich eingenickt war und es ihm genügte, sie im Schlaf zu halten.

Das durfte doch nicht wahr sein!

Sie stieß ihn an, aber er erwachte davon nicht, weswegen sie die Decke etwas lüftete, sein Nachthemd hochschob und sein Geschlecht in die Hand nahm. Richard stöhnte wieder, und ehe er wieder ganz zu sich kam, richtete sie sich auf, setzte sich auf ihn und ließ sein Geschlecht in sie gleiten.

Mit einer Kraft, die sie nicht erwartet hatte, packte er sie plötzlich am Handgelenk, wälzte sie auf den Rücken und stieß zu.

Es tat weh, aber nicht ganz so schlimm wie bei Tony und den wenigen Männern, die auf ihn gefolgt waren. Doch anstatt zu ächzen, versuchte sie zu lächeln und ihre Grübchen zu zeigen. Er achtete gar nicht darauf, sondern rackerte sich mit zusammengepressten Augen ab, als würde er schwerste Arbeit verrichten. Nachdem er aufstöhnend und schweißüberströmt auf ihr niedergesunken war, schlief er bald wieder ein.

Lilian lag die nächsten Stunden über hingegen wach und starrte voller Triumph in die Finsternis. Sie hatte das Netz über den Schmetterling gestülpt, jetzt musste sie es nur noch zuziehen.

Gegen Morgengrauen wurde sie doch noch von Müdigkeit überwältigt, und als sie erwachte, fand sie sich alleine im Bett wieder. Trotz der schweren, warmen Decke fröstelte sie. Am liebsten wäre sie aufgesprungen und ins Freie gelaufen, um die ersten Sonnenstrahlen des Tages zu erhaschen, doch sie beherrschte sich und wartete. Wenig später betrat Richard den Raum, einen Strauß Lilien in der Hand, hinter dem er sich nahezu versteckte. Als Lilian die Blumen sah, brach sie in ein lautes Schluchzen aus.

»Aber warum weinst du denn?«, rief Richard entsetzt. »Ich dachte, du liebst Lilien!«

»Weißt du nicht, dass diese Blumen für die Unschuld stehen?« Sie tat, als würde sie immer heftiger weinen. »Ich habe mich dazu hinreißen zu lassen, dir meine zu schenken … und nun wirst du mich mehr verachten und für ein ehrloses Mädchen halten.«

Sie hatte die Hände über das Gesicht geschlagen, lugte aber durch die Finger hindurch und sah, wie er näher kam und erst vor dem Bett stehen blieb. »Es … es tut mir so leid, ich war nicht Herr meiner Sinne …«

»Jag mich nicht fort, ich bitte dich, jag mich nicht fort! Ich weiß nicht, wohin, ich habe doch keinen Menschen auf der Welt.«

Er schwieg, und auch sie hörte zu schluchzen auf, so dass nurmehr das Ticken einer Uhr zu hören war. Lilian sah, wie es in seinem Kopf arbeitete. Sie war sich sicher, dass er an Thibaud dachte und überlegte, was wohl das Beste für den Jungen wäre.

Gestehe es dir doch endlich ein, dachte sie. Er braucht mich, und du auch! Sonst verstaubt und verschimmelt ihr beide wie alte Möbelstücke, um die sich keiner kümmert.

Endlich gab Richard sich einen Ruck.

»Heirate mich!«

Sie nahm ihre Hände vom Gesicht und sah ihn so entgeistert an, als hätte sie mit allem gerechnet, nur nicht mit diesen Worten.

Es gelang ihr, den Triumph zu verbergen und das bescheidene Aschenputtel zu spielen, das kaum fassen konnte, wie viel Glück ihm widerfuhr – zumindest vor Richard, vor Thibaud und vor den anderen Dienstboten.

Vor einer jedoch konnte sie die Genugtuung nicht verhehlen. Sie stand einige Tage später inmitten der Lilienwiese, als Laure zu ihr trat und schmallippig erklärte, dass die Schneiderin nun da sei, um Maß für das Hochzeitskleid zu nehmen.

Lilian sagte zwar nichts, aber lächelte sie herausfordernd an, und in diesem Lächeln war alles zu lesen, was sie ansonsten gekonnt zu verbergen wusste: kühle Berechnung, Stolz, dass sie damit zum Ziel gekommen war, und leise Verachtung für Richard, der ihr Spiel nicht durchschaut hatte.

Laure rang nach Worten, und Lilian war sich gewiss, dass ihr eine böse Bemerkung auf den Lippen lag, doch anders als erwartet beherrschte sich die andere. Als sie endlich doch noch den Mund aufmachte, kam ein Satz heraus, den Lilian nicht erwartet hatte.

»Sie haben ja keine Ahnung, worauf Sie sich einlassen.«

Kurz entglitten Lilian die Züge. »Wovon reden Sie?«

Laure musterte sie kühl. »Sie halten sich für schlau, aber in Wahrheit wissen Sie nichts, rein gar nichts.«

»Nun, es ist genug, um Herrin von Clairmont zu sein.«

»Dafür mag Sie ein jeder von nun an halten. Aber Sie sind es nicht. Christine war das, und Christine …« Sie machte ein Pause und blickte plötzlich verschlagen: »Wissen Sie eigentlich, wie sie gestorben ist?«

Lilian zuckte zurück. »Ich will es gar nicht wissen! Was kümmert mich die Vergangenheit?«

Sie wandte sich ab, lief in die Lilienwiese hinein und bückte sich, um einige Blumen zu pflücken.

Laure blieb stehen. »Gewiss haben Sie schon davon gehört, dass die Lilien auch als die Blumen des Todes gelten«, sagte sie gedehnt.

Lilian erschauderte, obwohl sie tat, als hätte sie die Worte nicht gehört.

Ich lebe, dachte sie entschlossen, und das bald mit allem erdenklichen Luxus ...

Energisch pflückte sie Blume für Blume, und erst als Laure gegangen war, hielt sie inne, blickte auf den Strauß und stellte fest, dass dessen Blütenblätter plötzlich welk wirkten.

9

Innerhalb weniger Stunden war Maries Garten voller Menschen, und nachdem die Bauarbeiter zunächst darauf geachtet hatten, ihnen fernzubleiben, war mittlerweile eines der Blumenbeete plattgetreten. Obwohl diese ohnehin ziemlich verwildert und von Unkraut überwuchert waren, ärgerte sich Marie darüber, und anders als Jonathan fand sie es auch absolut nicht cool, dass ausgerechnet auf ihrem Grundstück ein Skelett gefunden worden war. Lange darüber nachdenken konnte sie allerdings nicht. Ehe sie ihre Fassung wiederfand, war Hannah aufgewacht, und sie hatte sie erst einmal wickeln und danach Tortellini zum Mittagessen kochen müssen. Hannah hatte nur den Teigrand gegessen und die Füllung auf der Tischplatte verschmiert, während Vincent in der Zwischenzeit das Notwendige in die Hand genommen und die Polizei informiert hatte. Wenig später kamen zwei Beamte vorgefahren, und als Marie mit Hannah auf dem Arm nach draußen trat, konnte sie sich ein Schmunzeln nun doch nicht verbeißen. »Wenn das Skelett aus der Jungsteinzeit stammt, wie du vermutest, wird es etwas schwer werden, den Mörder zu überführen … Wobei, wenn der Tote die Axt hält, ist er vielleicht selbst der Mörder.«

Das Lächeln verging ihr, als sie sah, wer noch im Gefolge der beiden Beamten das Grundstück betreten hatte – nämlich Bridget, die Kellnerin aus Florences Strandcafé. Offenbar war sie von Florence informiert worden, und sie wirkte ähnlich sensationslüstern wie Jonathan. Außerdem betrat eben ein Pärchen den Garten, das sie nicht kannte – vielleicht Gäste des nahe gelegenen Hotels Le

Chalet –, und ihnen folgte ausgerechnet Bartholomé de Clairmont. Der hatte ihr gerade noch gefehlt!

»Der Baulärm ist unzumutbar!«, rief er empört.

»Sehen Sie, dass hier irgendwo gegraben wird?«, fragte sie schroff. »Die Arbeiten sind zum Stillstand gekommen, und zwar deswegen.«

Er verstummte und blickte misstrauisch auf die Teile des Skeletts. Während er schwieg, wandte sich eine junge Frau an sie, die ihr bis jetzt nicht aufgefallen war.

»Ich arbeite beim *Guernsey Star*. Wissen Sie schon mehr über den Toten?«, fragte sie grußlos.

Wie zum Teufel hatte ausgerechnet eine Journalistin so schnell von dem Fund erfahren? Marie blickte zu einem der Beamten, der entschuldigend die Schultern zuckte. Offenbar hatte sie den Tipp von ihm bekommen.

»Woher wissen Sie überhaupt, dass es ein Toter ist?«

»Nun ja«, schaltete sich Vince ein, »damals sind nur Männer mit Äxten begraben worden. Im Übrigen ist durchaus wahrscheinlich, dass sich hier ein ganzes Gräberfeld befindet.«

Marie war wie vom Donner gerührt. Ein Skelett war schlimm genug, kaum auszudenken, dass es gleich mehrere sein sollten.

Bartholomé fand vor ihr die Sprache wieder. »Das sage ich euch gleich: Meinen Grund und Boden wird niemand betreten, um dort rumzugraben.«

Er fügte ein paar Flüche hinzu und warf Marie einen so drohenden Blick zu, als hätte sie genau das vor.

»Besser, Sie gehen jetzt«, sagte Vince, nahm ihn am Arm und zog ihn mit sich. Bartholomé folgte widerstrebend, und Florence brachte Bridget dazu, wieder zurück zur Arbeit zu gehen. Die Reporterin vom *Guernsey Star* erwies sich leider als hartnäckiger, stellte immer neue Fragen und kam ganz nahe an Maries Gesicht heran. Hannah klammerte sich ängstlich an sie. Unangenehme Erinnerungen an

163

einen Reporter, der plötzlich bei Josts Beerdigung aufgetaucht war, ungefragt Fotos geschossen und sie schließlich noch mit Fragen bedrängt hatte, während sie von ihrem Mann hatte Abschied nehmen wollen, stiegen in ihr hoch.

»Ach, lassen Sie mich doch in Ruhe!«, zischte Marie. »Und du, Jonathan, komm jetzt rein!«

Er zog ein ziemlich enttäuschtes Gesicht, aber der strenge Unterton war ihm nicht entgangen, und so folgte er ihr ohne Widerwort zum Cottage. Ehe sie es betreten konnten, kam ihr die Reporterin nachgehastet und stellte sich ihr in den Weg. »Möglicherweise ist das ein Sensationsfund! Das kann Sie doch nicht kalt lassen.«

Marie überlegte kurz, was sie von Jost über den Umgang mit Journalisten gelernt hatte. »Kein Kommentar!«, erklärte sie knapp.

Womit er sich vor unliebsamen Fragen hatte schützen können, brachte die Reporterin nicht zum Zurückweichen. »Ein kurzes Interview, mehr will ich ja gar nicht!«, rief sie und setzte ein aufmunterndes Lächeln auf.

Marie entschied, sich an Bartholomé ein Beispiel zu nehmen. »Verlassen Sie auf der Stelle meinen Grund und Boden.«

»Aber es liegt im Interesse der Allgemeinheit …«

»Wer immer sich für diese alten Gebeine interessiert, kann sie meinetwegen gerne höchstpersönlich ausgraben und aus meinem Garten schaffen.«

Die Reporterin notierte mit ernster Miene die Worte, und Marie fragte sich bange, zu welcher sensationslüsternen Überschrift man sie umformulieren konnte. Ehe sie allerdings etwas hinzufügen konnte, um ihre Aussage zu relativieren, ertönte plötzlich eine fremde Stimme.

»Das lassen Sie besser bleiben. Wenn sich Laien an den Knochen zu schaffen machen, könnten sie großen Schaden anrichten.«

Marie fuhr herum und sah einen Mann auf sie beide zukommen. Sein eleganter schwarzer Anzug ließ ihn ziemlich streng wirken, doch der Blick seiner braunen Augen war warm. Ein Faltenkranz hatte sich darum gebildet, und die welligen Haare waren von einzelnen grauen Strähnen durchzogen – ein Zeichen, dass er die Vierzig längst überschritten hatte. Er ging gemessenen, etwas steifen Schrittes und hatte die Hände auf seinem Rücken verschränkt. Ohne Zweifel, er war ziemlich attraktiv, doch ob es nun an der nachdenklichen Miene lag, der Kleiderwahl oder an dieser bedächtigen Gangart, die man eher als Schreiten denn als Gehen bezeichnen würde, strahlte er etwas Nachdenkliches, nahezu Schwermütiges aus.

»Und wer sind Sie?«, fragte die Reporterin.

»Einer, der Ihnen gerne ein paar Fragen beantwortet, vorausgesetzt, Sie bringen Geduld und die Bereitschaft mit, sich gründlich mit dem Thema zu beschäftigen«, erwiderte er ernsthaft.

»Ich will doch nur von diesem Sensationsfund berichten!«, erwiderte die Reporterin schnippisch. »Dafür werde ich ja wohl kein abgeschlossenes Archäologiestudium brauchen?«

»Von einer Sensation kann hier nicht die Rede sein«, erklärte der Fremde knapp. Mit diesen Worten ließ er sie einfach stehen und wandte sich Marie zu. »Gehört Ihnen das Cottage?«

Sie nickte und sah ihn fragend an.

»Dr. Thomas Willis«, stellte er sich rasch vor. Er zog eine Hand vom Rücken hervor und reichte sie ihr. »Ich bin Archäologe und arbeite für die Société Guernesiaise.«

Marie konnte sich vage erinnern, schon mal davon gehört zu haben, dass sich diese Gesellschaft für den Erhalt von Kultur und Sprache der Insel einsetzte.

Thomas Willis deutete auf die Polizeibeamten. »Sie haben mich über den Fund informiert. Auf einer geschichtsträchtigen Insel wie dieser kommt es immer mal wieder vor, dass Knochen auftauchen.

Die Polizei muss in diesem Fall ein Gewaltverbrechen, das womöglich erst kurz zurückliegt, ausschließen. Ich wurde schon mehrmals zu solchen Fundstätten gerufen und um eine Expertise gebeten.«

»Offenbar liegt in meinem Garten ein prähistorisches Skelett begraben.« Marie konnte es sich gerade noch verkneifen, die Augen zu verdrehen. Als Archäologe schätzte er einen solchen Fund sicher anders ein als sie.

Doch zu ihrem Erstaunen klang sein Seufzen auch ziemlich genervt. »Wenn Sie wüssten, wie oft ich schon Katzenknochen inspiziert habe, die man für einen großartigen archäologischen Fund hielt.«

Vince war eben von Clairmont Manor zurückgekehrt und hatte die letzten Worte gehört. »Aber eine Katze wird für gewöhnlich nicht mit einer Axt begraben«, schaltete er sich hörbar streitlustig ein, »diese ist eindeutig aus Feuerstein. Und auch als Laie kann man eine Menschenhand von einer Pfote unterscheiden.«

Nur zögernd hatte sich Thomas Willis zu ihm umgedreht. »Dennoch ist es viel zu früh, irgendwelche Mutmaßungen anzustellen. Diese sollten am Ende einer archäologischen Ausgrabung stehen, nicht am Anfang.«

Vince zuckte mit den Schultern und sprang leichtfüßig in die Grube, woraufhin sich Thomas' Gesicht augenblicklich verfinsterte. »Machen Sie, dass Sie da rauskommen! Sie haben schon genug Schaden angerichtet!«

Vince schnaubte beleidigt. »Wieso Schaden? Ich habe die Bauarbeiten persönlich gestoppt, als wir auf die Knochen gestoßen sind, und habe ganz vorsichtig weitergegraben, bis wir den Kopf gefunden haben.« Er klang so stolz wie Jonathan, wenn der wieder mal geschafft hatte, eine Zeile zu lesen, aber Thomas' Gesichtsausdruck blieb streng. »Vorsichtig graben, pah! Davon verstehen Laien nichts. Sie hätten sich sofort von der Fundstätte fernhalten müssen.«

Vince starrte ihn wütend an, aber ehe er etwas sagen konnte, schaltete sich Marie ein: »Sie haben doch eben selbst gesagt, dass viele vermeintlich interessante Funde von keinerlei Bedeutung sind. Da ist es doch verständlich, dass wir Sie nicht für nichts und wieder nichts herholen wollten.«

Thomas sagte nichts darauf, sondern beugte sich über die Grube. Während Vince wieder herauskletterte, betrachtete er die Knochen schweigend. Einer der Beamten trat zu ihm, dicht gefolgt von der Reporterin.

»Können Sie ungefähr einschätzen, wie alt die Knochen sind?«, fragte sie.

»Wo denken Sie hin? Die Knochen sind bräunlich verfärbt und haben nicht die Elfenbeinfarbe eines frischen Skeletts – das ist das Einzige, was man auf Anhieb feststellen kann. Aber wie alt sie sind, lässt sich unmöglich mit einem Blick bestimmen.«

»Aber je älter sie sind, desto schlechter ist doch ihr Zustand, oder?«

»Unsinn!« Thomas Willis runzelte missbilligend die Stirn. »Das kommt auf die Beschaffenheit des Bodens an, auf seine Feuchtigkeit, den pH-Wert usw. Ein hundert Jahre altes Skelett kann vollkommen bröselig sein und ein fünftausend Jahre altes im besten Zustand. Bei ›Les Fouiallages‹ wurden z. B. nie Knochen gefunden, weil der Säuregehalt des Bodens dort zu groß ist.«

»Les Fouiallages?«, fragte Marie.

»Ein Hügelgrab aus der Jungsteinzeit im Norden der Insel«, sagte Thomas. »Es ist möglicherweise das älteste von Menschenhand geschaffene Baudenkmal Europas.«

»Aber man kann doch das Alter des Skeletts bestimmen?«, schaltete sich die Reporterin wieder ein.

»Zu diesem Zweck müssten die Knochen und vor allem die Zähne genau analysiert werden – gemeinsam mit den umgebenden Erdschichten und dem, was man dort sonst noch findet. Das würde

aber ziemlich teuer werden. Möglich wäre eine Radiokohlenstoff-
datierung, aber bis alle Ergebnisse vorliegen, kann es schon mal ein
Jahr dauern.«

Als die Reporterin ein entsetztes Gesicht machte, grinste er
flüchtig. Offenbar war er doch nicht nur der strenge, nüchterne
Wissenschaftler, für den Marie ihn im ersten Augenblick gehalten
hatte, sondern zu Humor und leisem Spott fähig.

»Und selbst dann würde das Ergebnis vielleicht einen großen
Spielraum von mehreren hundert Jahren lassen«, fuhr er fort. »Wie
auch immer: Noch gibt es keinen Grund, eine solche kostspielige
Untersuchung anordnen zu lassen.«

Vince wirkte immer noch verärgert: »Aber wenn diese Axt tatsächlich aus der Jungsteinzeit stammt, dann ist das doch ein klarer
Beweis, dass auch der, der mit ihr begraben wurde, so alt ist.«

»Das heißt noch gar nichts«, wiegelte Thomas ab. »Prähistorische Gräber folgen meist sehr streng dem jeweiligen Ritus der Kultur, aus der sie entstammen, das heißt, die Toten wurden nicht mal
eben irgendwo vergraben, und ihnen wurde nicht mal eben irgendetwas mitgegeben. Man müsste schon mehr finden, unter anderem
einen Beleg für die im Neolithikum übliche Begräbnissitten, die ein
entsprechendes Alter bestätigen: Damals wurden Körper zunächst
auf einer Plattform aufgebahrt, das heißt, es müsste Spuren von
vier Löchern im Boden geben. Wenn die Axt tatsächlich dem Toten
gehörte, war er ein einflussreicher Mann. Diese Werkzeuge wurden oft nicht verwendet, sondern waren ein Prestigesymbol. Doch
in diesem Fall müsste man weitere Grabbeigaben finden, und es
wäre auch wenig wahrscheinlich, dass er als Einziger hier begraben
wurde.«

»Aber dass es sich um einen Mann handelt, ist schon mal sicher,
weil er sonst keine Axt als Grabbeigabe bekommen hätte«, sagte
Vince.

Thomas zuckte die Schultern. »Zu diesem Zwecke müsste man

die Beckenknochen genau untersuchen, aber selbst dann ist das Ergebnis möglicherweise nicht eindeutig. In diesem Fall müsste man eine DNA-Analyse durchführen, und bis dahin sind Mutmaßungen nicht angebracht.«

Marie hatte gar nicht richtig zugehört – zu sehr verstörte sie die Aussage, wonach man hier noch weitere Gräber finden könnte. »Wird denn nun mein ganzes Grundstück auf der Suche nach weiteren Knochen durchwühlt?«, fragte sie entsetzt.

Wieder huschte der Anflug eines Lächelns über Thomas' Gesicht. »Da kann ich Sie vorerst beruhigen. Wenn Sie gestatten, werde ich zunächst die unmittelbare Umgebung nach weiteren Fundstücken absuchen. Danach gilt es, die Knochen zu bergen, am besten ›en block‹, das heißt mitsamt dem umliegenden Erdreich. Und dann, aber erst dann sehen wir weiter.« Er musterte die Reporterin. »An Ihrer Stelle würde ich die Hoffnungen mal nicht zu hoch hängen! Zum jetzigen Zeitpunkt von irgendeinem Sensationsfund zu berichten widerspräche sämtlichen journalistischen Prinzipien.«

Marie war ziemlich erleichtert, versuchte es aber zu verbergen, als sie bemerkte, wie enttäuscht Jonathan auf Thomas Willis' Worte reagierte. Sie hatte gar nicht mitbekommen, wie gespannt er dem Gespräch gefolgt war.

»Aber es ist doch möglich, dass das Skelett uralt ist«, schaltete er sich ein. Thomas beugte sich zu ihm und lächelte ihn an – erstmals nicht halbherzig, sondern nahezu strahlend.

»Aber natürlich ist es möglich. Schon vor vielen tausend Jahren lebten Menschen auf dieser Insel. Die ersten jagten und fingen Fische, allerdings mit hölzernen Stecken, die nicht mehr erhalten sind, und aus dieser Zeit gibt es auch kaum mehr Siedlungsfunde. Um 4000 vor Christus kamen dann allerdings die ersten Bauern nach Guernsey, und viele ihrer Gräber konnte man später freilegen. Man bezeichnet diese Epoche als Megalithkultur, weil sie für die Ganggräber und Menhire bekannt ist. Außerdem waren damals viele Waffen und Werkzeuge aus dem rötlichen Feuerstein in Gebrauch, die teilweise ebenfalls erhalten sind.«

Trotz der nicht gerade kindgerechten Erklärung hatte Jonathan aufmerksam gelauscht.

»Haben Sie schon mal ein Skelett ausgegraben, das mehrere tausend Jahre alt ist?«, fragte er aufgeregt.

»Jonathan, jetzt lass Dr. Willis doch in Ruhe!«

Doch der Archäologe nickte Marie nur lächelnd zu und wandte sich wieder an den Jungen.

»Ich war mal eine Weile bei einer Ausgrabung auf Lihou Island dabei«, berichtete er. »Das ist eine kleine Insel im Westen, und wir haben dort in kürzester Zeit sehr viel gefunden: Artefakte, Geschirr, Münzen, und ja, auch einzelne Knochen. Die stammten allerdings aus dem Mittelalter. Andere Archäologen haben schon viel bedeutendere Funde zu verbuchen: Einer namens Frederick Corbin Lukis hat 1811 menschliche Knochen beim La-Varde-Dolmen freigelegt. Und nahe der King's Road in Saint Peter Port entdeckte man vor einigen Jahren die Leiche eines eisenzeitlichen Kriegers, mit einem Schwert. Das waren echte Sensationen.«

»Sind Sie traurig?«, fragte Jonathan.

»Aber worüber denn?«

»Nun, dass Sie so was nicht ausgegraben haben.«

Thomas Willis lachte. »Das ist nicht so schlimm. Mein Spezialgebiet ist auch nicht die Prähistorie oder Alte Geschichte, sondern das Mittelalter. In der Nähe des Castle Cornets, der Burg von Saint Peter Port, haben wir übrigens auch mal Teile eines Skeletts entdeckt. Es lag inmitten der Reste von Abfällen, offenbar hat man den armen Mann einfach zum Müll geworfen.«

Marie fand das Thema nicht gerade tauglich, um es mit einem knapp Sechsjährigen zu erörtern, aber Jonathan lachte begeistert auf. »Das muss ja gestunken haben!«, rief er.

»Na ja, der Tote konnte es nicht mehr riechen …«

Schnell schaltete sich Marie ein: »Könnte dieser Körper denn auch aus dem Mittelalter stammen?«

Thomas Willis erhob sich wieder. »In der Archäologie gilt, dass man zunächst nichts ausschließen darf. Es ist ein Fehler, erst Thesen zu entwickeln und dann zu erwarten, dass die Funde sie bestätigen. Vielmehr gilt es zuerst, die Funde gründlich zu analysieren und erst danach zu versuchen, sie einzuordnen. Natürlich werde ich mir die Knochen, aber vor allem die Axt gründlich anschauen. Vielleicht besteht sie tatsächlich aus jenem speziellen Feuerstein, den man ganz hier in der Nähe abgebaut hat. Gerade in diesem Teil der Insel wurden viele Pfeile aus dem Neolithikum gefunden, und in der Nähe von Saint Peter Port gab es offenbar eine richtiggehende Manufaktur von Werkzeugen und Waffen aus Feuerstein.«

Bis jetzt hatte Jonathan ihm interessiert gelauscht, aber am Ende waren es dann doch zu viele Fakten. Etwas anderes interessierte ihn plötzlich mehr.

»Haben Sie auch Kinder?«, fragte er unvermittelt.

»Jetzt sei doch nicht so vorlaut!«, ermahnte ihn Marie.

Thomas lächelte, und diesmal wirkte es traurig. »Ich hätte immer gerne welche gehabt, aber leider …«

»Mein Papa ist tot!«, fiel Jonathan ihm ins Wort.

»Jonathan!«, rief Marie. »Das interessiert Mr Willis doch nicht.«

Doch Thomas Willis zwinkerte ihr erneut vertraulich zu: »Das ist kein Problem, wirklich nicht. Ich liebe Kinder gerade für ihre entwaffnende Ehrlichkeit.«

Dass Marie sein Lächeln erwiderte, war für Vince das Signal, sich dicht neben sie zu stellen. »Wie geht es denn nun weiter?«, fragte er. »Wir wollen Mrs Hildebrandt doch so wenig Unannehmlichkeiten wie möglich bereiten, nicht wahr? Eigentlich müsste die Wasserleitung dringend repariert werden, aber daran ist jetzt wohl nicht mehr zu denken.«

Er klang nun fast so genervt wie vorhin Marie, und man merkte ihm nicht an, dass ihn der womöglich sensationelle Fund eben noch selbst begeistert hatte.

»Ich werde mich mit meinen Kollegen beraten, zuvor kann ich aber keine Prognosen abgeben. Es kommt ganz darauf an, ob wir in der unmittelbaren Umgebung der Knochen noch mehr finden oder nicht und ob groß angelegte Ausgrabungen ratsam erscheinen. Der Spuk kann in ein, zwei Tagen vorbei sein, vielleicht aber auch erst in einigen Monaten.«

Florence versorgte sie in der nächsten Zeit literweise mit Wasser, so auch am dritten Tag nach dem Fund des Skeletts. Marie packte jedes Mal das schlechte Gewissen, wenn sie sah, wie die ältere Frau Flaschen oder Eimer herbeischleppte, und bot ihr stets Hilfe an, aber Florence bestand darauf, es selbst zu machen.

»Du hast genug an Hannah zu schleppen, und ich tu gerne was dafür, dass meine Knochen nicht endgültig einrosten.«

Über rostige Knochen wollte Marie eigentlich nicht nachdenken. Immerhin hatten sich die schlimmsten Befürchtungen nicht bestätigt: Am Tag nach dem Fund war der Boden mit Kellen plan gemacht worden, um Verfärbungen zu dokumentieren, und schon zu diesem Zeitpunkt hatte Thomas Willis vermutet, dass es sich um ein einzelnes Skelett handelte. Das hatte sich bestätigt, nachdem es im Block geborgen und die Umgebung sorgfältig abgesucht worden war, jedoch weder menschliche Überreste noch Hinweise auf Werkzeuge oder Alltagsgegenstände gefunden wurden. Noch wartete sie auf nähere Informationen, und Thomas Willis hatte gebeten, die Bauarbeiten fürs Erste ruhen zu lassen, aber Marie hoffte, dass man sie bald fortsetzen und die Grube wieder zuschütten konnte.

»Weißt du schon, wie es nun weitergeht?«, fragte Florence. »Wann wird sich denn Mr Willis spätestens melden?«

»Keine Ahnung, ich rechne jede Stunde damit.«

»Wenn du willst, kannst du auch ein paar Tage bei mir wohnen.«
Marie schüttelte den Kopf. »Mittlerweile habe ich mich fast daran gewöhnt, ohne Wasser zu leben.« Sie grinste. »Na ja«, wiegelte sie ab, »leicht ist es nicht, aber das Wetter war in den letzten Tagen so schön, wir haben zwei tolle Ausflüge gemacht.«

Beide Male war sie zu den Stränden an der West- und Nordküste gefahren, erst zum Cobo Beach mit rötlich zerklüfteten Felsen und tags darauf zum Pembroke Beach im Norden, der sich in der Nähe einer riesigen Golfanlage befand. Überall waren Hinweisschilder zu lesen, die vor herumfliegenden Bällen warnten.

»Wenn einen so ein Golfball trifft, ist man dann tot?«, hatte Jonathan gefragt. Die Vorstellung schien ihn eher zu faszinieren als zu erschrecken.

Marie hatte rasch den Kopf geschüttelt, aber Jonathan kam immer wieder aufs Thema zurück. Sie fragte sich, ob das mit dem Skelettfund zu tun hatte oder Josts Tod – vielleicht mit beidem. Zwar hatte sie versucht, ihn abzulenken, indem sie ihn ansporkte, große Sandburgen zu bauen, doch als er mit der Schaufel im Boden grub, überlegte er laut, ob sich vielleicht auch hier ein Skelett befand.

»Gut, dass du mal ein bisschen rausgekommen bist«, Florences Worte rissen sie aus ihren Gedanken. »Vince könnte euch gerne ein paar Ecken und Winkel der Insel zeigen.«

Marie senkte rasch den Blick, denn sie wollte nicht, dass Florence in ihren Zügen las. In den letzten Tagen war Vince oft vorbeigekommen, um nach ihr zu sehen und zu fragen, ob sie was brauchte. Die Frage, was sie davon halten sollte, wuchs mit jedem weiteren seiner Besuche. Ihr gegenüber gab er sich immer ein wenig neckend und spöttisch, mit den Kindern hingegen ging er äußerst behutsam und verständnisvoll um. Jonathans Augen leuchteten, wann immer er ihn sah, und selbst Hannah ließ sich mittlerweile gerne von ihm auf den Arm nehmen, obwohl sie ansonsten Männer scheute. Marie selbst fühlte sich in seiner Gegenwart durchaus wohl, aber sie konnte ihr Misstrauen nicht abschütteln und war ständig irgendwie auf der Hut vor ihm, als rechne sie mit einem seiner gemeinen Streiche. Und selbst wenn sie sich sagte, dass er schließlich kein kleiner Junge mehr war, wurde sie doch von der Frage verfolgt, warum sich ein junger, attraktiver Mann freiwillig mit einer Witwe und zwei kleinen Kindern abgab.

Oft war sie barscher, als sie beabsichtigte, doch je schnippischer sie sich ihm gegenüber verhielt, desto freundlicher und zuvorkommender reagierte er. Am Ende ärgerte sie sich über sich selbst und schämte sich auch ein bisschen.

Ich benehme mich ja wie eine frustrierte, alte Ziege!, war ihr mehr als nur einmal durch den Kopf gegangen.

All das wollte sie Florence jedoch nicht sagen, und die bohrte auch nicht nach, sondern lachte nur auf. »Bridget ist noch miesepetriger als sonst«, rief sie.

»Warum das denn?«

»Na, sie war jahrelang in Vince verliebt … mittlerweile hat sie zwar einen Verlobten, aber du weißt ja, wie das ist mit den Frauenherzen. Was man selbst nicht haben kann, will man auch keinem anderen gönnen. Ihr ist, als sie hier war, wohl nicht entgangen, wie er dich angesehen hat.«

»Dann hat sie sich irgendetwas eingebildet!«, begehrte Marie auf. »Auf mich muss sie ganz sicher nicht eifersüchtig sein.«

»Wirklich nicht?«, fragte Florence gedehnt.

»Wirklich nicht!«, erklärte sie entschlossen.

»Aber ihr versteht euch besser als damals, oder?«

»Florence«, erklärte Marie energisch, »ich bin verwitwet, ich habe zwei kleine Kinder und …«

»Und deswegen hast du kein Recht auf Glück?«

Marie atmete tief durch. Das hatte sie eigentlich nicht sagen wollen. Eher, dass es ziemlich unwahrscheinlich war, dass Vince ein ernsthaftes Interesse an ihr haben könnte. Aber dann hätte sie sich wohl in eine längere Debatte verstrickt, weswegen sie hastig erklärte: »Ich … ich bin einfach noch nicht so weit … Jost ist doch erst ein halbes Jahr tot …«

Sie wusste, dass das nicht der eigentliche Grund war, aber ihre Worte erfüllten ihren Zweck. »Es tut mir leid«, sagte Florence. »Ich wollte dir nicht zu nahe treten.«

Schweigen senkte sich über sie, und Marie suchte händeringend nach einem anderen Thema. Ehe ihr eines einfiel, wurde sie vom Klingelton ihres iPhones erlöst.

Es war Thomas Willis.

»Und«, fragte sie, sobald er sie begrüßt hatte, »bekomme ich die offizielle Genehmigung, wieder mit den Segnungen der Zivilisation, nämlich mit einer funktionierenden Wasserleitung, zu leben?«

Er lachte. »Die Presse wird enttäuscht sein, aber ich kann tatsächlich Entwarnung geben«, erwiderte er. »Es gibt nicht den geringsten Hinweis, dass die Knochen so alt sind wie die Waffe. Sie besteht zwar tatsächlich aus Feuerstein wie die Werkzeuge aus dem vierten, fünften vorchristlichen Jahrtausend, aber was die Knochen anbelangt …«, er räusperte sich. »Ich habe die Zähne eingehend untersucht. Diese geben meist erste Rückschlüsse über das Alter eines Skeletts. In prähistorischen Zeiten waren sie abgenützter, weil das Getreide kaum verarbeitet wurde. Seit dem 16. Jahrhundert hinterlässt jedoch der Zucker deutlich mehr Spuren – nämlich Karies. Und das ist bei unserer Toten der Fall.«

»Eine Tote?«, fragte Marie neugierig.

»Ja, das Becken ist eindeutig weiblich. Und das ist ein weiterer Grund anzunehmen, dass das Skelett ziemlich jung ist. Ich sagte Ihnen ja bereits, dass man vor fünftausend Jahren eine Frau niemals mit einer Axt bestattet hätte – vielmehr mit Schmuck oder Fibeln –, und erst recht nicht ganz allein.«

Marie hörte gar nicht mehr richtig zu. »Das heißt, ich kann den Bauarbeitern grünes Licht geben.«

»Wie's ausschaut, müssen Sie nicht länger ohne Wasser leben.«

»Danke!«, rief sie begeistert.

»Wofür?« Es klang unerwartet neckisch. »Dafür, dass Sie wieder Wasser haben werden oder dass ich mehr über das Skelett herausgefunden habe?«

»Wahrscheinlich halten Sie mich jetzt für eine ziemliche Banausin und eine Egoistin, weil ich so erleichtert bin. Wer lebt allerdings schon gerne auf einem Gräberfeld?«

»Vor mir müssen Sie sich nicht rechtfertigen!«

Obwohl er sehr freundlich und verständnisvoll klang, hatte sie das Gefühl, seine Bemühungen doch ein bisschen wertschätzen zu müssen. »Was mich natürlich schon interessiert: Warum wird eine Frau, die offenbar in der Neuzeit gelebt hat, mit einer jungsteinzeitlichen Axt begraben? Und das vor meinem Cottage? Haben Sie irgendwelche Vermutungen? Oder nein!«, rief sie schnell, ehe er etwas sagen konnte, »die dürfen Sie ja nicht anstellen. Als Erstes gilt es Untersuchungen abzuwarten, dann erst eine Hypothese zu erstellen.«

Wieder lachte er. »Neugierig dürfen auch Wissenschaftler sein. Und ich gebe es zu, ich bin es auch in diesem Fall. Ich habe einen Kollegen, einen sehr bekannten Anthropologen gebeten, einen Blick auf die Knochen zu werfen. Vielleicht kann er mehr dazu sagen. Ich halte Sie auf jeden Fall auf dem Laufenden.«

Sie verabschiedeten sich, und Marie legte ihr iPhone zur Seite. Erst jetzt merkte sie, dass Florence aufgestanden und zu ihr getreten war.

»Stell dir vor, die Bauarbeiten können fortgesetzt werden, und … was hast du denn?«

Florence war kreidebleich. »Mein Gott, bin ich dumm!« Sie schlug die Hände über dem Kopf zusammen. »Aber natürlich!«, rief sie.

Marie verstand kein Wort. »Wovon redest du?«

176

»Wenn das Skelett aus späteren Zeiten stammt, dann könnte die Tote Lilian Talbot sein!«

Wenig später beugten sie sich über Lilians Foto. Ehe Florence mehr erklärt hatte, hatte sie gebeten, es noch einmal zu sehen, und studierte es nun gründlich. »Ja … ja …«, murmelte sie nachdenklich, um schließlich laut zu rufen: »Das hätte mir schon beim ersten Mal auffallen müssen!«

»Was denn?«

»Siehst du denn nicht den Stein, gegen den sie sich lehnt?«

Marie konnte nicht sonderlich viel erkennen. »Wenn es hier an den Küsten und Stränden etwas in Fülle gibt, so sind das Steine. Wahrscheinlich wurde das Foto während einer Klippenwanderung gemacht.«

Florence schüttelte den Kopf. »Nein, der Stein ist sehr glatt. Er liegt nicht auf dem Boden, er steht senkrecht. Und das bedeutet, dass er sich womöglich auf dem Gelände einer Ausgrabung befindet. Habe ich dir erzählt, dass sich Lilian Talbot in ihren letzten Lebensjahren sehr für Archäologie interessiert hat?«

Marie ahnte, worauf Florence hinauswollte, und tatsächlich wäre eine berufliche oder zumindest hobbymäßige Beschäftigung mit dem Neolithikum ein plausibler Erklärungsversuch, warum eine Frau, die vor etwa hundert Jahren lebte, eine solche Axt besessen hätte, obwohl das noch nicht erklärte, dass man sie mit dieser vor dem Cottage begraben hatte.

»Du wolltest mir noch mehr über Lilian erzählen, aber wir sind damals unterbrochen worden.«

Eifrig holte Florence das nach. »Wie ich dir schon sagte: Über Lilians Herkunft ist nichts bekannt, jedoch viel über ihren gesellschaftlichen Aufstieg. Sie hat zunächst als Gouvernante auf Clairmont Manor gearbeitet, aber dann hat sie Comte Richard geheiratet. Er müsste der Großvater von Bartholomé gewesen sein.«

»War das auch so ein Miesepeter?«

»Ob die Ehe glücklich war oder nicht, kann ich dir nicht sagen – nur, dass sie lediglich wenige Jahre gedauert hat. Eines Nachts, ich glaube, das war im Jahr 1923, ist Lilian spurlos verschwunden. Es war ziemlich stürmisch, weswegen man davon ausging, das sie bei einer Wanderung über die Klippen gefallen ist. Der Leichnam wurde nie gefunden.«

Florence hatte unwillkürlich ihre Stimme gesenkt, doch Marie wollte sich von dem Grusel in ihrer Stimme nicht anstecken lassen.

»Vielleicht ist sie einfach mit einem Liebhaber abgehauen!«, schlug sie vor.

»Aber jetzt wurde dieses Skelett gefunden!«, rief Florence eifrig. »Und weißt du auch, warum Lilian Talbot so bekannt ist und ich mich überhaupt mit ihr beschäftigt habe?«

»Keine Ahnung! Aber sagtest du nicht, dass es nur wenige einflussreiche Familien auf Guernsey gab?«

»Die Clairmonts lebten eigentlich zurückgezogen und hatten keine Bedeutung für die Geschichte der Insel. Doch weit über Lilians Verschwinden hinaus wurde behauptet, dass sie bis heute hier spuken würde. In manchen Nächten hört man ihr Weinen oder ihre klagenden Rufe.«

Florence hatte ihre Stimme noch mehr gesenkt und blickte so ernsthaft, als würde sie tatsächlich an Geister glauben. Marie hingegen hätte am liebsten laut losgeprustet. Sie verbiss sich das Lachen nur, weil Jonathan vom Garten hereingekommen war und Florences Worte gehört hatte. Er wirkte nicht verängstigt, sondern begeistert.

»Hat nicht der alte Mann gesagt, dass das Haus verflucht wäre?«, rief er mit leuchtenden Augen.

»Das sind doch nur irgendwelche Legenden …«, sagte Marie schnell.

»Nun, aber das Skelett ist echt!«, rief Florence eifrig. »Und du musst doch zugeben, dass einiges für die Annahme spricht, es könnte Lilian Talbot sein.«

Marie wusste nicht recht, was sie davon halten sollte – Jonathan schon. »Wir haben ein Hausgespenst! Super!«

10

1920

Am fünften September heirateten Lilian Talbot und Richard de Clairmont in Saint Andrew. Nur wenige Gäste waren gekommen – neben Thibaud, der im schwarzen Anzug noch blasser als sonst wirkte, war von der Familie nur ein Vetter von Richard anwesend, der eigens aus Frankreich angereist war, jedoch kein Englisch sprach und auch nicht des Patois' mächtig war, so dass Lilian nicht ein Wort mit ihm wechselte. Lilian überlegte, ob Richard schlichtweg keine größere Verwandtschaft hatte oder diese fernblieb, weil sie mit seiner Eheschließung nicht einverstanden war. Ein paar der einflussreichen Familien von Guernsey waren zu Gast, darunter auch Mr Gardener, ihr einstiger Arbeitgeber. Er verhielt sich ihr gegenüber so, als sähe er sie zum ersten Mal, und im Grunde war das auch so, hatte er für seine Hausmädchen doch kaum je einen Blick übrig gehabt.

Als sie zum Altar schritt, überlegte sie, ob damals, als Richard Christine geheiratet hatte, auch nur so wenige Leute dabei gewesen waren und ob in den Gesichtern gleiche Langeweile gestanden hatte, doch im Grunde war es ihr egal. Was immer die Leute insgeheim dachten und Laure über Christines Tod angedeutet hatte – das alles gehörte ebenso der Vergangenheit an wie ihr Leben als Lilian Talbot. Von nun an war sie Liliane, Comtesse de Clairmont.

Sie trug ein elfenbeinfarbenes Kleid mit weiten, weißen Puffärmeln, einem Spitzenkragen und einem breiten, dunklen Gürtel,

wie sie gerade in Mode waren, und darunter Lederstiefel, die zu
schnüren eine halbe Ewigkeit gedauert hatte. Keine andere als Polly
hatte ihr dabei geholfen, die Lilian als Hausmädchen auf Clairmont
angestellt hatte, damit sie nicht nur von fremden, feindseligen Gesichtern umgeben war.

Polly war zutiefst verwundert, dass Lilian es zu Richards Ehefrau gebracht hatte. Doch falls sie neidisch war, zeigte sie es nicht
oder sagte sich wohl ganz nüchtern, dass sie von diesem Umstand
lieber profitieren als sich davon das Leben vergällen lassen wollte.
Leider war Polly bei der Trauung nicht anwesend – ebenso wenig
wie Suzie.

Als sie sich später beim Fotografen – einem gewissen W. J. Wood-
wards in Saint Peter Port – ablichten ließen, entschied Lilian, ihr
zumindest ein Hochzeitsbild zu schicken. Es wurden mehrere geschossen, die sie und Richard zeigten, und eins, auf dem auch Thibaud zu sehen war: Sie saß auf einem Stuhl, Richard stand hinter
ihr und Thibaud neben ihr. Einmal mehr stellte sie fest, wie zart der
Junge war und überdies entweder ängstlich oder liebesbedürftig,
denn er krallte sich an ihre Schulter, als wollte er sie gar nicht mehr
loslassen.

Bis zu diesem Augenblick war sie sich nicht sicher gewesen, was
er von der überraschenden Hochzeit hielt, hatte er die Ankündi-
gung doch schweigend und mit stoischer Miene hingenommen,
doch jetzt wuchs ihre Überzeugung, dass er nicht nur dringend einer Mutter bedurfte, sondern sie als solche auch akzeptierte. Und
obwohl sie ihre Ehe aus Eigennutz vorangetrieben hatte, schwor sie
sich, dieser Rolle ebenso zu entsprechen wie der der Gattin.

Thibaud mochte ein wenig seltsam sein und Richard ein ein-
fältiger Tölpel, aber die beiden waren ab jetzt die einzige Familie,
die sie hatte, und sie verdankte ihr viel. Außerdem hatte sie schon
härter schuften und dreister lügen müssen als in den Stunden,
die sie künftig mit ihnen würde verbringen müssen, und wurde

viel besser dafür entlohnt – mit edelsten Kleidern, kostbarstem Schmuck, feinstem Essen, spritzigem Champagner und einem eigenen Schlafgemach in Clairmont Manor. Das Himmelbett mit seinen roten Vorhängen war fast so groß wie die Kammer, in der sie bislang hatte schlafen müssen, die Kommode mit mehreren Laden aus edlem, glänzendem Mahagoniholz gefertigt, der Spiegel, der darauf stand, mit goldenem Rahmen eingefasst, und das Waschbecken aus Emaille.

Eigentlich hatte sie erwartet, fortan alle Nächte in Richards Bett verbringen zu müssen, und war ungemein dankbar zu erfahren, dass es bei feinen Herrschaften üblich war, getrennt zu schlafen. Wie sie sich über ihr eigenes Reich freute, wie sehr sie es genoss, auf diesem weichen Bett zu liegen und verträumt zur Decke zu starren!

Am Morgen nach der Hochzeit ließ sie sich eine Badewanne einlassen, wusch sich mit duftender Seife und sprühte sich mit Parfüm ein. Nach dem Bad stand Polly schon mit dem gewärmten Morgenmantel bereit.

»Ist Laure auch gut zu dir?«, fragte Lilian. »Wenn nicht, kriegt sie es mit mir zu tun!«

»Alles bestens, Lil… äh … Comtesse. Ich könnte nicht glücklicher sein. Ich habe ein schönes Zimmer im Dienstbotenhaus bekommen.«

Lilian runzelte die Stirn, dachte an den Tag ihrer Ankunft und an den Entschluss, dass ihr dieses Haus eines Tages ganz allein gehören sollte.

»Würde es dir nicht noch besser gefallen, ein Zimmer in Clairmont Manor zu beziehen?«

»Aber das geht doch nicht!«

»Ich bin die Herrin des Hauses, natürlich geht es!«

Am Abend betrat sie durch die Verbindungstür Richards Schlafzimmer, kuschelte sich an ihn, liebkoste ihn und streichelte seinen schütteren Backenbart. Wie schon in der Hochzeitsnacht dauerte es eine Weile, bis er seine Scheu ablegte, um dann umso gieriger ihren Körper zu packen und Besitz von ihr zu ergreifen.

Als er ermattet neben ihr lag, raunte sie ihm ins Ohr: »Du hast mir so unendlich viel geschenkt – ist es maßlos von mir, noch einen Wunsch zu äußern?«

Er blickte sie verwirrt an, woraufhin sie ihm ins Ohr flüsterte, dass die Dienstboten doch auch im Ostflügel wohnen könnten. Sie selbst würde deren Haus gerne umgestalten und künftig als Rückzugsort nutzen. »Dort könnte ich Blumen binden ... sticken ... lesen ...«

Sie überlegte, was sie noch anführen konnte, war sich aber nicht sicher, wie feine Damen für gewöhnlich ihre Zeit verbrachten.

»Aber hier gibt es doch genügend Platz!«, rief Richard.

»Gewiss, aber von hier aus blickt man nicht aufs Meer ... und auf den Liliengarten.«

Richard zögerte wie so oft, aber sie küsste ihn stürmisch, und hinterher war sein Widerstand erschlafft, oder ihm fehlte schlichtweg der Atem, um noch etwas einzuwenden.

Eine andere fand umso giftigere Worte. Laure, so erfuhr Lilian von Polly, tobte. Ungeheuerlich wäre es, dass die Dienstboten im Herrenhaus leben sollten!

Polly äffte Laure nach, und Lilian lachte sich kaputt.

»Ihr Kinn hat gezittert, und ihr ganzes Gesicht ist rot angelaufen! Ich dachte, sie platzt!«

Als Laure am nächsten Tag an Lilians Zimmertür klopfte und wenig später eintrat, war sie wieder blass und ihr Gesicht ausdruckslos. Mit kühler Stimme erklärte sie, was in das Dienstbotenhaus investiert werden müsste.

Lilian lauschte schweigend. »Geben Sie die notwendigen Anweisungen und lassen Sie ordentlich durchputzen, aber ich werde selbst die Einrichtung auswählen.«

Laure nickte, doch anstatt zu gehen, wie Lilian es erhoffte, blieb sie steif stehen.

»Worauf warten Sie?«

»Wir müssen noch den Menüplan der nächsten Woche besprechen.«

»Lassen Sie servieren, was Sie für richtig halten.«

Laure zog die Braue hoch. »Und fortan müssen Sie die Haushaltsbücher kontrollieren.«

Lilian verdrehte die Augen. »Am besten, das machen auch weiterhin Sie.«

Zu ihrem Erstaunen schüttelte Laure den Kopf. »Nein, das ist Ihre Aufgabe. Ich habe den Haushalt geführt, solange Comte de Clairmont Witwer war, doch nun liegt er in Ihrer Verantwortung. Der Comte sieht das sicher auch so.«

»Aber er kümmert sich doch selbst um seine Geschäfte! Stundenlang sitzt er jeden Tag an seinem Schreibtisch!«

»Da geht es um die Verwaltung seines Vermögens, nicht um die Haushaltsführung. Das ist Frauensache.«

»Ich will aber nicht …«

»Auch feine Herrschaften haben ihre Pflichten, Comtesse«, unterbrach Laure sie spitz. »Sie müssen Gäste einladen und empfangen, eigenes Briefpapier drucken lassen, über Menüs und Blumenschmuck entscheiden, die Dienstboten überwachen und selbstverständlich darauf achten, dass vernünftig gewirtschaftet wird. Und, wenn ich mir einen Rat erlauben darf, Sie sollten Französisch lernen.«

Hohn blitzte in ihren Augen auf. Ohne eine Antwort abzuwarten, verließ sie Lilians Gemach.

Dieser schwindelte.

Haushaltsbücher, Briefpapier, Französischunterricht …

Eigentlich hatte sie gedacht, dass man nur eine einzige Aufgabe hatte, wenn man reich war – nämlich das Geld auszugeben. Plötzlich jedoch ahnte sie, dass ihr künftiges Leben nicht so sorgenfrei wie erhofft verlaufen würde.

Ein paar Tage lang versuchte Lilian, jeden Gedanken an ihre Pflichten zu verdrängen, aber schließlich gab sie sich einen Ruck und entschied, den Kopf nicht mehr länger in den Sand zu stecken. Lilian Talbot war immer erfindungsreich gewesen, für Liliane de Clairmont sollte das Gleiche gelten. Zwar machte sie einen weiten Bogen um Briefpapier und Haushaltsbücher, aber eines Nachmittags ließ sie alle Dienstboten zusammenrufen und sich von jedem Einzelnen seine Aufgaben nennen.

Einige Mädchen waren dafür zuständig, das Haus sauber zu halten. Zwei Frauen wuschen in einem separaten Raum hinter dem Haus die Wäsche. Außerdem, so erfuhr sie, gehörte zu Clairmont Manor eine kleine Landwirtschaft, wo man Schweine hielt, die später geschlachtet und gepökelt wurden, desgleichen Kühe, die die – für Guernsey bekannte – gehaltvolle Milch gaben. Käse und Sahne wurde daraus gemacht, aber auch die Guernseybutter in kräftiger gelber Farbe, die, wie Lilian es noch aus den Zeiten als Einkäuferin wusste, in Kohlblätter eingeschlagen und auf diese Weise frisch gehalten wurde. Zum Grundstück gehörten außerdem ein paar Getreide- und Kartoffelfelder, einige davon an Bauern verpachtet, andere von Männern und Frauen, die direkt dem Haushalt unterstanden, bestellt: Die Mägde trugen, anders als das Hauspersonal, keine langen schwarzen Kleider mit weißen Spitzenhäubchen, sondern raue Leinensäcke und Hüte mit weiter Klappe. Doch Lilian dachte nicht daran, sie abfällig zu behandeln. Auch von ihnen merkte sie sich Namen und Gesicht.

Fortan, verkündete sie, würde sie das Personal zweimal in der Woche zusammenrufen, um zu loben oder zu tadeln, und tatsächlich blieb sie diesem Vorsatz treu und war bald für ihren scharfen Blick bekannt. Selbst durchtrieben und berechnend, wusste sie ganz genau, wann jemand sich nur fleißig gab, in Wahrheit aber auf der faulen Haut lag. Sie ahnte früher als Laure, wer etwas für die eigene Tasche abzwackte und heimlich über sie lästerte, und wenn sie mal nicht auf ihren Instinkt setzen konnte, so auf jeden Fall auf Pollys Klatschsucht: Nach und nach trug sie ihr alle Geheimnisse zu.

Zwar lag es Lilian nicht, streng zu sein, zumal es hier so viel Überfluss gab, dass jeder in ihren Augen haben konnte, was er wollte. Aber sie wusste, dass Laure ständig auf der Lauer lag, und wollte ihr beweisen, dass sie mit der Haushaltsführung mitnichten überfordert war. So griff sie hart durch, wann immer sie zum Schluss kam, dass es an Respekt oder Arbeitsleistung fehlte, war umgekehrt aber großzügig mit Zuspruch, wenn sie Fleiß und Loyalität erkannte.

Auch in der französischen Sprache ließ sie sich unterweisen – von einem Dienstmädchen, das aus Frankreich stammte und jeden Nachmittag ein, zwei Stunden lang im ehemaligen Dienstbotenhaus, das sie für sich »Lilians Cottage« nannte, mit ihr Konversation betrieb. Sie lernte rasch und beeindruckte damit, wenn schon nicht Laure, so doch Richard.

Vielbeschäftigt vergingen die ersten Monate als verheiratete Frau. Der Winter kam, zwar nicht schneidend kalt und ohne Schnee, der auf der Insel so gut wie nie fiel, aber mit tagelangen Regengüssen. Das Meer war grau, der Wellengang wild und der Garten trostlos: Wo sonst die Lilien wuchsen, klaffte nur braune Erde.

Kaum gab es auf dieser Welt stillere und einsamere Orte als Guernsey im Winter. Viele andere Herrschaften zog es zu dieser Jahreszeit nach London, doch Richard schien sich hier wohl zu fühlen, und Lilian war entschlossen, das auch zu tun. Immerhin war es im Cottage immer warm: Sie konnte heizen, so viel sie wollte, und wenn es auch immer noch keine Elektrizität gab, sorgte sie wenigstens dafür, dass in jedem Raum mit Brennspiritus betriebene Lampen brannten. Gerne ging sie von Zimmer zu Zimmer, um das, was sie als ihr eigentliches Zuhause ansah, zufrieden zu betrachten. Den großen Wohnraum unten hatte sie mit Teppichen auslegen, frisch tapezieren und mit roten Samtvorhängen ausstatten lassen. Direkt vor dem Kamin stand ein Kanapee, auf dem sie sich oft genüsslich ausstreckte. Die Dienstbotenzimmer im ersten Stock, winzig klein wie Klosterklausen, hatte sie durch das Niederreißen von Wänden zu zwei Räumen umgestaltet, die bis jetzt noch leer standen. Sie wusste nicht recht, was sie damit anfangen sollte, genoss es aber, dass all dieser Platz ihr gehörte.

Der Friede wurde bald gestört.

Eines Tages suchte sie am Nachmittag nicht das Mädchen auf, mit dem sie Französisch lernte, sondern Laure höchstpersönlich. Zunächst trug sie ihr nur den Menüplan für den kommenden Abend vor – zur Vorspeise würde es Rehpastete geben, danach Seebarschfilet in Minzsoße mit Kartoffeln und Tomate in zerlassenem Honig und als Dessert Mandelpudding –, doch kaum hatte Lilian diesen abgenickt, legte Laure zwei große Bücher vor sie.

»Das sind die Haushaltsbücher der letzten Monate. Sie müssen sich endlich darum kümmern.«

»Kann das nicht jemand anderer tun?«, entfuhr es Lilian ungehalten.

»Sie waren doch Gouvernante, zumindest haben Sie das dem Comte erzählt. Es müsste gerade für Sie ein Leichtes sein, alle Ausgaben niederzuschreiben und zusammenzurechnen, oder etwa nicht?«

Laure lächelte verschlagen.

Lilian unterdrückte ein Seufzen. »Nun gut, lassen Sie die Bücher da, ich kümmere mich darum.«

Als Laure ging, schien der Wind plötzlich noch kälter durch die Räume zu pfeifen.

Schon seit langem war Lilian nicht mehr bei Thibauds Unterrichtsstunden zugegen gewesen. Der Entschluss, Thibaud eine gute Mutter zu sein, den sie am Tag der Hochzeit gefasst hatte, war ehrlich gemeint gewesen, doch bis auf die Teestunde, das gemeinsame

Frühstück und das Dinner verbrachte sie wenig Zeit mit dem Jungen. Und in Richards Gegenwart war es selten möglich, die Konversation über ein paar belanglose Sätze hinauszubringen. Immerhin hatte sie herausgefunden, wie er jetzt im Winter die Nachmittagsstunden verbrachte, nämlich wie sein Vater am liebsten hinter Büchern – und dies war auch einer der Gründe, warum sie bei ihm Hilfe suchte.

Falls Thibaud überrascht war, dass sie plötzlich im Schulzimmer auftauchte, zeigte er es nicht. Auch Mr Maguire sah über sie hinweg, als er über die Geschichte der Normandie dozierte. Im Jahr 911 hatte ein Wikinger aus Norwegen namens Rollo diese vom fränkischen König als Lehen erhalten, vorausgesetzt, er ließ sich taufen. Auch Guernsey, von Wikingern besetzt wie der Norden Frankreichs, fiel unter seine Herrschaft. Als etwa 150 Jahre später Wilhelm der Eroberer …

»Es ist genug für heute, Mr Maguire«, unterbrach Lilian ihn.

Frank Maguire sah sie irritiert an. »Aber …«

»Ich möchte ein wenig Zeit mit meinem Stiefsohn verbringen.«

»Der Unterricht dauert noch mindestens zwei Stunden!«

»Der Unterricht ist vorbei, wenn ich es sage.«

Sie maßen sich schweigend mit Blicken, doch Lilian hatte sich oft genug an anderen Damen eine herrschaftliche Haltung abgeschaut und sie gegenüber den Dienstboten ausreichend geübt, so dass sie auch jetzt ihre Wirkung nicht verfehlte. Frank Maguire gab nach und floh förmlich aus dem Schulzimmer.

Lilian lächelte Thibaud an, doch der erwiderte es nicht, sondern blieb steif auf seiner Schulbank sitzen und tat so, als wäre er in seine Bücher vertieft. Er hatte nichts mit dem Kind gemein, das sich auf dem Hochzeitsfoto an sie geklammert hatte.

Lilian ließ sich nicht davon verunsichern, ging in das angrenzende Spielzimmer, das wie immer perfekt aufgeräumt war, und schüttelte eine Kiste voller hölzerner Puzzlesteine auf dem Teppichboden aus.

»Hilfst du mir?«, fragte sie.

Thibaud rührte sich nicht und vertiefte sich noch mehr in sein Buch.

»So spannend können die Normannen doch nicht sein!« Sie lachte, doch er reagierte weiterhin nicht.

»Steh auf!«, befahl sie hart.

Endlich hob er den Kopf, erwiderte ihren Blick und erhob sich endlich. Allerdings machte er keine Anstalten, ihr zu helfen, das Puzzle zusammenzusetzen. Steif blieb er in der Mitte des Spielzimmers stehen.

Lilian deutete auf die Zinnsoldaten. »Wir können die Schlacht nachstellen – zwischen den Franken und den Wikingern.«

»Damals waren doch noch keine Feuerwaffen in Gebrauch, und die Krieger trugen keine Uniformen.« Er klang verächtlich.

»Das wusste ich nicht«, entfuhr es ihr.

»Du weißt nicht viel, oder?«

Lilian tat, als hätte sie es nicht gehört, und nahm die Cobo Alice an sich.

»Als wir Kinder waren, hat sich Suzie immer eine Puppe gewünscht«, murmelte sie.

Es war eine große Überwindung für sie, den Namen auszusprechen, aber plötzlich ahnte sie, dass sie ihr Ziel nur erreichen konnte, wenn sie ihre Seele ein wenig öffnete.

»Ich mag keine Puppen«, murmelte Thibaud. »Ich hätte gerne wieder einen Hund … in Frankreich haben wir auch einen gehabt. Doch er ist gestorben. Genauso wie Maman.«

Sein Gesicht war ausdruckslos. Lilian konnte sich nicht entscheiden, welches Bedürfnis größer war: Das, ihn zu packen und zu schlagen, damit er endlich diese Distanz ablegte, oder ihn an sich zu ziehen und zu umarmen, damit er über den Tod der Mutter weinte, anstatt darüber ganz nüchtern zu reden. Am Ende tat sie weder das eine noch das andere.

»Wer ist Suzie?«, fragte er unwillkürlich.

Sie presste die Lippen aufeinander. Hier herzukommen war ihr letzter Ausweg gewesen, und dennoch: Jahrelang hatte sie die Vergangenheit wie einen Schatz gehütet, und sie vermochte es kaum, diese Schatzkiste nun zu öffnen.

»Suzie war so etwas wie eine Schwester für mich. Wir lebten als Kinder im gleichen Waisenhaus.«

»Ich dachte, deine Eltern wären erst gestorben, als du groß warst.«

»Nein«, sagte Lilian nach einigem Zögern, »nein, so war es nicht.«

»Aber mein Vater hat das behauptet«, meinte Thibaud gedehnt.

Sie erwiderte seinen Blick. »Ihm habe ich das auch so erzählt.«

Schweigen senkte sich über sie. Sie nahm einen Zinnsoldaten, und auch Thibaud gab sich endlich einen Ruck und ergriff ebenfalls einen.

»Sie könnten sich duellieren …«, murmelte er, »und am Ende ist einer tot.«

Er selbst machte keine Anstalten, sie in entsprechende Position zu rücken, und Lilian umklammerte ihren ganz fest. Ihre Hände wurden schweißnass.

»Ich … ich brauche deine Hilfe.«

»Kann Vater dir nicht helfen?«

»Nein.«

»Und Madame Laure?«

»Auch nicht.«

»Und Polly?«

Sie schüttelte den Kopf. »Wenn du mir hilfst, kann ich dafür sorgen, dass du einen neuen Hund bekommst.«

»Ich will keinen neuen Hund. Warum kann nur ich dir helfen?«

Sie schluckte schwer. »Du musst mir versprechen, dass alles, was ich dir jetzt sage, ein Geheimnis zwischen uns bleibt …«

»Hat es damit zu tun, dass du im Waisenhaus warst?«

»Ja … auch.«

Sie zögerte kurz, dann bekannte sie endlich die Wahrheit.

Er wirkte weder überrascht noch schockiert, sondern nahm ihr nur den Zinnsoldaten ab. »Du erdrückst ihn ja.«

Würde er schweigen? Oder würde er ihr Lügenhaus zusammenstürzen lasen, so dass von ihrem Leben nur Puzzlesteine blieben, die man unmöglich zusammenbauen konnte?

»Bitte«, sagte sie gepresst. »Bitte ...«

11

Marie war am Ende des Tages todmüde, lag aber trotzdem lange
wach. Auch die Kinder waren am Abend ziemlich aufgedreht gewesen. Hannah wollte ständig nach draußen, um sich dort – hätte
man ihr denn ihren Willen gelassen – mit dem Kopf voran in die
Grube zu stürzen. Jonathan hingegen konnte gar nicht genug Geschichten über Lilian Talbot oder vielmehr Liliane de Clairmont,
wie sie nach ihrer Ehe hieß, hören, wobei er weniger an dem Mädchen interessiert war, das zur Herrin eines großen Besitzes aufstieg,
sondern an ihrem Geist, der bis heute sein Unwesen treiben sollte.
Begeistert malte er ihn sich in gruseligsten Formen aus. »Wenn sie
tatsächlich über die Klippen gefallen und ertrunken ist, dann ist sie
sicherlich mit grünem Schleim bedeckt!«

»Vielleicht ist sie eine Meerjungfrau geworden«, schlug Marie
vor.

Diesem viel zu mädchenhaften Vorschlag konnte Jonathan nichts
abgewinnen. »Sicher hat sie Fangzähne und …«

»Sie ist doch kein Vampir geworden!«, unterbrach ihn Marie.

Am Ende einigten sie sich auf einen Zombie in Form eines Skeletts, da in dieser Form die Tote all die Zeit überdauert hatte.

»Ihr Geist ist sicher zur Ruhe gekommen, nun, da man die sterb-
lichen Überreste gefunden hat«, meinte Marie, um seiner Phantasie Grenzen zu setzen.

»Nein, gar nicht!«, rief Jonathan. »Jetzt spukt sie erst recht, weil
ihr Geist sich doch jede Nacht auf die Suche nach den Knochen
macht und nicht weiß, dass Mr Willis sie fortgeschafft hat.«

Die Vorstellung schien ihn zu beruhigen, denn wenig später schlief er tief und fest. Marie hingegen wälzte sich hin und her und musste ständig an Lilian denken, wenngleich nicht an ihren Geist.

Ein einfaches Mädchen mit rätselhafter Vergangenheit … eine Gouvernante … und plötzlich Comtesse. Die klassische Aschenputtelgeschichte. Wie hatte sie sich wohl gefühlt, als sie Herrin von Clairmont wurde? Endlich am Ziel ihrer Träume? Oder überfordert? Und wie stand sie zu Thibaud, ihrem Stiefsohn – dem Jungen, der in sein Notizbüchlein geschrieben hatte, dass er vor irgendetwas Angst hatte?

Marie richtete sich auf und trank einen Schluck Wasser. Vielleicht war die jung verheiratete Lilian in der gleichen Lage gewesen wie sie, als sie die Frau von Jost Hildebrandt wurde. Alle hatten sie beglückwünscht und halb neidvoll, halb gönnerhaft bekräftigt, wie großartig es für sie sei, einen bedeutenden Künstler der Gegenwart als Ehemann zu haben. So viel könnte sie von ihm lernen, so sehr von seinen Kontakten profitieren, unmöglich, dass sie mit einem Mann glücklich geworden wäre, mit dem sie nicht die Leidenschaft für die Malerei teilte.

Doch was, fragte sie sich unwillkürlich, habe ich denn wirklich von ihm gelernt? Eigentlich nur, wie man Kinder mehr oder weniger allein großzieht …

Er war ein leidenschaftlicher Vater gewesen, zumindest in den wenigen ausgewählten Zeitfenstern, da er sich ihnen widmete. Diese waren knapp bemessen, nach seiner Erkrankung erst recht. Hannah war verglichen mit Jonathan ein pflegeleichtes Baby, das viel weniger schrie, und dennoch war Marie während ihrer ersten Lebensmonate ans Ende ihrer Kräfte gekommen. Nicht nur, dass sie ein Kindergartenkind und einen Säugling zu betreuen hatte … sie musste ihren Mann zur Chemotherapie begleiten, zu den niederschmetternden Gesprächen mit seinen Ärzten, und am Ende, als es keine Hoffnung mehr gab, besuchte sie ihn täglich zweimal im Hospiz.

Neben den Krankenzimmern war ein Spielzimmer eingerichtet, das Jonathan liebte, doch sie selbst konnte es kaum ertragen, ihn dort hingebungsvoll Playmobil spielen zu sehen. Obwohl es ein friedlicher Ort war, vermeinte sie jedes Mal, einen Friedhof zu betreten …

Mit diesem Gedanken schlief sie ein und träumte bald von einem Friedhof, keinem stillen, friedlichen Ort, sondern einem einzigen Chaos. Überall waren Gruben gegraben worden wie vor ihrem Haus – jedoch nicht, um eine Wasserleitung freizulegen, sondern um die Toten ans Tageslicht zu holen, und diese waren keine Skelette, sondern Menschen aus Fleisch und Blut. Jost war einer von ihnen, und kaum hatte er sich aus dem Grab befreit, trat er an die Leinwand, die inmitten des Grauens aufragte. Marie hatte seine Bilder geliebt, doch nun malte er mit einer schleimigen, grünen Farbe.

»Hilf mir!«, sagte er, »hilf mir doch!«

Aber Marie ekelte sich vor dem grünen Schleim.

»Ich kann es nicht! Ich kann es doch nicht!«

War es wirklich sie, die so verzweifelt dieses Ansinnen ablehnte, oder nicht vielmehr Lilian Talbot?

Sie fuhr auf und hatte immer noch den Klang einer fremden Stimme im Ohr. Zunächst glaubte sie, dass sie aus ihrem Traum stammte, doch dann ertönte sie wieder, obwohl sie mittlerweile hellwach war. Es klang, als würde jemand vor der Tür stehen … oder nein: vor dem Fenster und ihr dort etwas zurufen. Es war eine hohe, kraftlose Stimme.

Marie erschauderte.

Gut, dass Jonathan das nicht hörte, er wäre sicher davon überzeugt, dass ein Geist ums Haus schlich. Sie selbst konnte unmöglich daran glauben und dachte an das Weinen der ersten Nacht, das sich als das Geschrei der Möwen erwiesen hatte.

Sie schloss die Augen, aber schlief nicht mehr ein. Waren Möwen auch in der Nacht aktiv?

Was Möwen jedoch keineswegs verursachen konnten, war dieses Knarzen, das nach Schritten klang, als würde jemand ums Haus herumschleichen … und dann war wieder diese Stimme zu vernehmen, zwar leise, aber eindringlich.

»… verflucht …«

Unsinn! Ihre Sinne waren völlig überreizt!

Falls es wirklich Schritte waren, die sie hörte, mussten sie aus dem Innern des Hauses stammen. Draußen würde das Gras sie dämpfen.

Marie hielt es nicht länger im Bett aus. Schnell machte sie das Licht an.

Hannah schlief friedlich in ihrem Kinderbettchen, Jonathan auf der Schlafcouch gleich neben ihrem Bett. Sie versuchte, möglichst lautlos in ihren Morgenmantel zu schlüpfen, machte die Lampe auf dem Nachtkästchen wieder aus und huschte auf den Gang. Obwohl die Holztreppe von Mondlicht erleuchtet wurde, war es eine Überwindung, Stufe für Stufe nach unten zu steigen – geradewegs in ein schwarzes Loch. So intensiv sie auch lauschte, sie hörte nur das Knarren ihrer eigenen Schritte. Dann war sie endlich unten und machte das Licht an.

Doch da war nichts. Draußen heulte nur der Wind, fuhr durchs Gebälk und durch die Bäume.

Unruhig ging sie von Raum zu Raum und überprüfte, ob alle Fensterläden geschlossen waren. Ihr fiel absolut nichts Ungewöhnliches auf, doch erst als sie wirklich jeden Winkel durchsucht hatte, besänftigte sich ihr hektischer Herzschlag ein wenig.

Ans Schlafen war dennoch nicht zu denken. Um sich zu beruhigen, machte sie sich eine Tasse Tee und setzte sich damit auf die Wohnzimmercouch. Während sie ihn langsam trank, versuchte sie sich abzulenken, indem sie sich mühsam in Erinnerung rief, was sie über das Cottage wusste. Es hatte ihrem Vater gehört – so viel stand fest –, und der hatte es wiederum von seiner Mutter geerbt, ihrer Großmutter, die sie leider nie kennengelernt hatte.

Einer Eingebung folgend, ging sie zum Wandschrank und zog ein paar uralte Bücher heraus, die dort im Regal standen. Es waren allesamt Klassiker auf Englisch, ›Jane Eyre‹, ›Oliver Twist‹, ›Gone with the Wind‹, ›The Old Man and the Sea‹.

Als sie eines davon aufschlug, wurde sie von einer staubigen Wolke eingehüllt. Erst als sie das Buch dicht vor die Lampe hielt, konnte sie die dünne Handschrift auf der ersten Seite entziffern.

Lucinda Clarkson.

Ja, das war der Name ihrer Großmutter.

Sie rechnete nach. Sie hatte keine Ahnung, wie alt ihre Groß-mutter heute wäre, aber realistischerweise war sie zwischen 1910 und 1925 geboren worden. Vom Alter her könnte sie Lilian Talbots Tochter sein – wobei diese kinderlos gestorben war. Es gab keinen Grund anzunehmen, dass sie anderweitig verwandt waren, zumal das Cottage und Clairmont Manor längst getrennte Besitztümer waren. Vielleicht hatten bereits Richard oder Thibaud das Haus nach Lilians Tod verkauft, vielleicht auch erst Bartholomé. Wenn er nicht so ein Griesgram wäre, könnte sie ihn fragen, aber in diesem Fall …

Marie nahm die noch halbvolle Teetasse mit nach oben, legte sich ins Bett und nickte wenig später ein. Sie hatte keine Ahnung, wie lange sie geschlafen hatte, als sie erneut die Augen aufriss und hochfuhr. Sie wusste auch nicht, was sie geweckt hatte, nur dass ihr plötzlich eiskalt war, sich alle Härchen aufgerichtet hatten und ihr Puls immer schneller ging.

Dann hörte sie wieder die Stimme … ja, es war eine Stimme, ganz eindeutig die einer Frau.

»Dieser Ort ist verflucht … geh fort von hier!«

Sie konnte gerade noch verhindern, laut aufzuschreien und auf diese Weise die Kinder zu wecken, doch sobald sie nach unten gestürzt war und eine Nummer auf ihrem iPhone gewählt hatte, konnte sie sich nicht länger beherrschen. Als sich nach mehrmaligem Läuten jemand meldete, schrie sie: »Hallo? Florence? Du musst sofort kommen!«

Auf der anderen Seite der Leitung blieb es lange still. Schließlich ertönte ein Räuspern, das nicht sehr weiblich klang.

Verdammt! Die letzte Nummer, die sie gewählt hatte, war nicht die von Florence, sondern von Vince. Erst gestern hatten sie wegen der Wiederaufnahme der Bauarbeiten telefoniert.

»Marie ruft mich um halb zwei Uhr nachts an«, stellte er fest. Es klang nicht vorwurfsvoll, eher belustigt. »Hast du etwa Sehnsucht nach mir?«

»Nein, aber schreckliche Angst …«, entfuhr es ihr.

Sobald sie es ausgesprochen hatte, kam sie sich plötzlich nur mehr lächerlich vor. Sie lauschte, aber von der Frauenstimme war nichts mehr zu hören. Und wenn sie doch alles nur geträumt oder es sich eingebildet hatte?

Sie atmete tief durch und wollte nicht eingestehen, was genau sie zu dem panischen Anruf zu Unzeiten veranlasst hatte. »Jemand schleicht ums Haus«, erklärte sie knapp.

»Ein Gespenst?«, fragte Vince spöttisch. »Meine Mutter hat mir erzählt, dass die Knochen von einer Frau stammen – und dass sie sie für Lilian Talbot hält.«

»Unsinn, es gibt keine Geister. Ich denke da eher an Bartholomé de Clairmont … und der hat ein Gewehr. Mag ja sein, dass er nur ein harmloser Spinner ist, aber beim Gedanken, er könnte sich hier herumtreiben, ist mir nicht wohl.«

Er spottete nicht länger über sie. »Ich bin sofort bei dir!«

Das Angebot freute und bestürzte sie zugleich. »Das ist doch nicht notwendig!«, rief sie.

»Keine Widerrede! Außerdem bin ich jetzt ohnehin wach!« Ehe sie etwas einwenden konnte, hatte er schon wieder aufgelegt.

Marie sank aufs Sofa. Es fiel ihr schwer, sich einzugestehen, wie beruhigend die Aussicht war, Vince bald hier zu wissen. Allerdings schämte sie sich dafür, dass sie auf seine Hilfe angewiesen war. Und noch ein unsinniger Gedanke ging ihr durch den Kopf: Wie sehe ich bloß aus?

Sie sprang auf. Der Morgenmantel war ein unförmiges Ding, ihre schwarzen Haare standen nach allen Seiten ab, ganz zu schweigen von den schwarzen Ringen unter den Augen, die sie immer bekam, wenn sie zu wenig schlief.

Eine vernünftige Stimme sagte ihr, dass es doch nur Vince war und darum völlig egal, in welchem Zustand er sie antraf, aber sie kam nicht gegen die Eitelkeit an und huschte ins Bad. Sie kämmte sich, wusch sich das Gesicht, so dass es nicht von der Nachtcreme glänzte, und puderte sich ab, ganz leicht natürlich, damit es nicht auffiel. Danach tupfte sie ein bisschen Concealer auf die dunklen Ringe und rieb die Lippen mit Nivea ein. Den Morgenrock wechselte sie gegen eine weite, weiße Bluse, die sie über dem weinroten Pyjama offen trug.

Später setzte sie frischen Tee auf, der gerade fertig war, als Vince eintraf. Er betrat das Cottage nicht gleich, sondern ging erst mal ums Haus herum.

»Bartholomé!«, rief er scherzhaft, um dann noch spöttischer hinzuzufügen: »Lilian?«

»Nicht so laut, die Kinder schlafen doch!«, schimpfte Marie von der Türschwelle aus.

»Und der Rest der Welt auch … wobei Geister bekanntlich nicht schlafen.«

Sie trat zurück, um ihn hereinzulassen. Obwohl sie ihn nur aus den Augenwinkeln musterte, entging ihr nicht, dass er unverschämt gut aussah – und das ganz ohne Verschönerungsmaßnahmen. Nun gut, der Dreitagebart wirkte etwas ungepflegt, aber die schwarzen Haare waren so kurz, dass sie keiner aufwendigen Frisur bedurften. Über der Jeans trug er ein weißes T-Shirt, und wie immer zeichneten sich seine Muskeln darunter ab. Hatte sie diese bis jetzt als unnötigen Auswuchs männlicher Eitelkeit verachtet, fühlte sie sich in dieser Stunde einfach nur bestens beschützt.

Wobei das Blödsinn war, wie sie sich gleich darauf schalt. Wenn Bartholomé wirklich mit einem Gewehr herumschlich, konnte Vince trotz Bizeps nichts gegen ihn ausrichten.

»Also«, erstattete Vince Bericht. »Weit und breit ist niemand zu sehen.«

»Ich bin mir sicher, jemanden gehört zu haben ...«

»Spuren von Schritten gibt es natürlich zuhauf, aber das hat nichts zu bedeuten. In den letzten Tagen war hier ja einiges los.«

Marie wandte sich hastig ab, um zu verbergen, dass ihr Gesicht sich gerötet hatte. Sie war sich nicht sicher, ob es von Vinces Nähe und körperlicher Präsenz rührte oder weil sie sich für ihre Hysterie schämte. Hastig bot sie ihm einen Tee an.

»Es tut mir leid, dass ich dich geweckt habe und du wegen nichts hierhergekommen bist.«

»Ach was!«, wiegelte er ab. »Als junger Bursche habe ich davon geträumt, dass mich die unnahbare, stolze Marie Clarkson um Hilfe bittet! Das war mein Äquivalent vom Aschenputteltraum der Mädchen.« Er wurde wieder ernst. »Du musst dir wirklich keine Vorwürfe machen ... Ich verstehe, dass du nach diesem Skelettfund aufgewühlt bist!«

»Und dabei stammt es nicht mal aus prähistorischen Zeiten.«

»Na und? Ich bin zwar Architekt, kein Archäologe, doch ich kann mir vorstellen, dass es auch eine Sensation wäre, wenn es sich tatsächlich als das Skelett von Lilian Talbot herausstellte.«

»Ich fürchte nur, dass sich niemand so recht dafür interessiert.«

»Du wüsstest doch sicher auch gerne, warum diese Frau, die

damals spurlos verschwunden ist, ausgerechnet mit einer Feuersteinaxt in der Grube vor deinem Cottage landet. Und ich muss zugeben: Mir geht's genauso!«

Marie zuckte die Schultern. »Aber wie soll man das nach all den Jahren herausfinden?«

Er deutete auf den noch offenen Wohnzimmerschrank. »Wie's aussieht, hast du doch in der Zwischenzeit selbst nach Dokumenten aus dieser Zeit gesucht, nicht wahr?«

Ehe sie widersprechen konnte, trat er zum Bücherregal und strich über die Einbände. »Uralte Wälzer«, stellte er fest.

»Sie gehörten aber nicht Lilian, sondern meiner Großmutter. Offenbar hat sie gern gelesen.«

»Auch diese Bücher?«

Vince deutete auf das oberste Regal. Die Bücher standen so weit hinten, dass sie sie vorhin nicht bemerkt hatte, und waren von einer dicken Staubschicht bedeckt. Bei ihrer Putzaktion war ihr ausgerechnet dieses Fach entgangen.

Als Vince Buch für Buch hervorzog, stieg ihr der Staub in die Nase. Es waren ausschließlich englische Bücher, ein Fotoband über die Geschichte der modernen Luftfahrt, eine Biographie über Winston Churchill, ein Reiseführer von Guernsey und dann …

»Schau, das ist doch französisch!«

Marie sah sich das Buch näher an. Nicht nur wegen der französischen Sprache hob es sich von den anderen ab, überdies war es schmaler und höher und glich einem Kinderbuch. Sein Einband war brüchig geworden, die Seiten gelb verfärbt. Marie las den Titel, ehe sie es an Vince weiterreichte.

»Bretonische Märchen«, las er laut.

»Wie im alten Schulheft!«, rief sie aufgeregt. Nachdem er sie verwirrt anblickte, erklärte sie hastig: »Florence und ich glauben, dass es Thibaud de Clairmont gehört hat, und darin wird auch ein bretonisches Märchen erwähnt. Es hat mit irgendeiner versunkenen Stadt zu tun.«

»Der Stadt Ys?«

»Kennst du das Märchen?«

»Nur vage, aber …«

Vince sah im Inhaltsverzeichnis des Märchenbuchs nach, wurde bald fündig und schlug die entsprechenden Seiten auf. Während er sie überflog, öffnete Marie unwillkürlich die Schublade des Schreibtisches. Lilians/Anouks Foto lag ganz oben. In dem trüben Licht wirkte ihr Lächeln nicht ganz so strahlend, wie es Marie in Erinnerung hatte.

»Also«, fasste Vince zusammen, »Ys war eine Stadt vor der bretonischen Küste und unermesslich reich. Doch die Menschen führten allesamt ein schändliches Leben, allen voran die Königstochter Dahut, die vom Satan selbst verführt wurde. Als Strafe für die vielen Sünden ging die Stadt in einer stürmischen Nacht im Meer unter; nur der König war ein gerechter Mann und konnte sich mit Hilfe des heiligen Guénolé vor der Flut retten.«

Vince griff sich dramatisch an die Brust, als hätte er einen Schlag abbekommen.

»Was hast du denn?«, rief Marie.

»Nichts! Mich hat nur die Moralkeule getroffen. Ich finde Märchen wie diese schrecklich … spießig.«

Marie hätte es nicht gerade mit diesem Wort bezeichnet, sondern eher als bigott, nickte aber. »Der Mann ist der Held, die Frau das böse Mädchen. Keine ganz unübliche Rollenverteilung. Ich frage mich allerdings, warum Thibaud in seinem Notizbüchlein gerade dieses Märchen erwähnt hat.«

»Vielleicht musste er im Unterricht den Inhalt des Märchens zusammenfassen.«

»Aber warum befindet es sich überhaupt im Besitz meiner Großmutter?«

»Es könnte einst hier im Cottage verblieben sein.«

»Du hast doch vermutet, dass es wahrscheinlich der Unterbringung von Dienstboten diente. Hier hat Thibaud also sicher keinen Unterricht bekommen. Ein paar Seiten später schrieb er übrigens, dass er vor irgendetwas schrecklich Angst hatte. Wovor nur? Und ob es etwas mit Lilians frühem Tod zu tun hatte?«

»Ich fürchte, die bretonischen Märchen werden uns da nicht weiterhelfen«, sagte Vince und stellte das Buch zurück ins Regal.

»Vielleicht sollte ich noch mal mit deiner Mutter reden. Sie hat im Archiv bekanntlich nach Lilian Talbot geforscht, und wer weiß, welche Dokumente sie da noch gefunden hat.«

»Nun, das muss bis morgen warten. Besser, du legst dich jetzt wieder hin.«

Eben noch hellwach, fühlte Marie, wie sich eine lähmende Müdigkeit über ihre Glieder legte.

»Wenn es dich beruhigt, werde ich hier auf dem Sofa mein Nachtlager aufschlagen«, fügte er hinzu.

»Das ist doch nicht nötig!«

»Lass mir doch das Vergnügen, einmal der Held von Marie Clarkson zu sein.«

»Mittlerweile bin ich aber Marie Hildebrandt.«

»Anderer Name, aber dieselbe Frau, oder?«

War sie das? Und war es Lilian nach ihrer Heirat mit Richard de Clairmont auch gewesen?

Es war eine der vielen Fragen, die unbeantwortet bleiben würden, zumindest in dieser Nacht.

Widerstrebend nickte sie. »Also gut, ich hole dir eine Decke.«

Marie war bald eingeschlafen, und diesmal störte nichts ihren Schlaf, weder unheimliche Stimmen noch dunkle Träume. Als sie die Augen aufschlug, fühlte sie sich ausgeruht, und in der Luft lag der Geruch von frischem Kaffee. Sie streckte sich wohlig. Zum ersten Mal seit ihrer Ankunft musste sie sich nicht mühsam orientieren, wo sie war. Natürlich auf Guernsey ... dem Cottage ihrer Großmutter ... mit den beiden Kindern ...

Sie fuhr hoch! Wo waren die Kinder nur?

Hannahs Bettchen war leer, Jonathans Schlafcouch ebenso.

Sie sprang auf, schlüpfte in den hässlichen Morgenmantel und stürzte die Treppe hinunter.

»Vince backt gerade frische Waffeln!«, rief Jonathan ihr freudestrahlend entgegen.

Tatsächlich! Und das auch noch einhändig, weil er auf dem anderen Arm Hannah trug!

»Stell dir vor, sie hat gar nicht geweint, als sie mich vor ihrem Bettchen sah«, verkündete er stolz. »Allerdings habe ich mich nicht getraut, sie zu wickeln. Ich weiß nicht, wie man diese Ungetüme genau festmacht.«

Marie übernahm ihre Tochter und war dankbar, beim Wickeln genügend Zeit zu haben, um sich über ihre Gefühle klarzuwerden.

Vince war also einfach in ihr Schlafzimmer gekommen und hatte die Kinder geholt, und jetzt hantierte er ganz selbstverständlich in der Küche herum. Es war eine Anmaßung, ohne Zweifel, wie konnte er nur! Zugleich konnte sie sich nicht erinnern, wann sie jemals so von einem Mann verwöhnt worden war ...

Genau das stimmte sie allerdings nicht versöhnlich, sondern weckte erst recht Zweifel: Unmöglich, dass es einen solchen Mann gab, gutaussehend, jung, beruflich erfolgreich, der freiwillig Haushaltspflichten übernahm und so problemlos mit fremden Kindern klarkam.

Als sie zurück in die Küche trat, schien er ihre Zweifel zu spüren.

»Ich bin zwar schon etwas eingerostet, aber dank Cecily bin ich den Umgang mit kleinen Blagen gewohnt«, sagte er augenzwinkernd.

Richtig, Cecily war seine jüngere Schwester, Marie war damals manchmal ihr Babysitter gewesen, und Vince war sicher auch öfters in die Pflicht genommen worden. Florence hatte kürzlich erwähnt, dass Cecily mittlerweile in Frankreich lebte, um Agrarwissenschaften zu studieren.

»Geht es ihr gut?«, fragte Marie.

»Sie ist eine Musterstudentin, was ich seinerzeit von mir nicht sagen konnte. Und sie ist seit einem Jahr verlobt. Auch so weit habe ich es noch nicht gebracht.«

Wieder zwinkerte er ihr zu, schwenkte die Waffel in der Pfanne und gab sie dann auf einen frischen Teller. Jonathan hatte seine schon fast komplett verspeist. »Die sind lecker!«, rief er begeistert. Dass Vince offenbar hier geschlafen hatte, fand er nicht weiter interessant, und auch, dass er sich nun an den Frühstückstisch setzte, schien für ihn ganz selbstverständlich zu sein.

Marie war weiterhin nicht sicher, was sie davon halten sollte, und beschäftigte sich intensiv damit, Hannahs Waffel in kleine Stücke zu schneiden und ihr zwischen jedem Bissen eine Himbeere in den Mund zu stecken, damit sie auch ein paar Vitamine zu sich nahm.

Wenn ein Fremder uns so sehen würde, würde er uns für eine ganz normale Familie halten …

Als sie das Frühstück beendet hatten, ging Marie mit den Kindern hinaus in den Garten. Jonathan war trotz seines vollen Bauchs nicht davon abzuhalten, Springseil zu hüpfen, und Hannah, die Marie in ihrem Kinderstuhl nach draußen geschoben hatte, sah ihm fasziniert dabei zu. In der Zwischenzeit hatte es sich Vince nicht nehmen lassen, den Tisch abzuräumen, Wasser in einem Topf zu erwärmen und umständlich damit abzuwaschen. Als er ihr nun in den Garten folgte, ließ er sich auf die Bank fallen, anstatt Anstalten zu machen zu gehen.

»Du hast die gute Tat des Tages bereits begangen«, sagte Marie mit gesenktem Blick. »Es ist nicht nötig, dass du noch länger …«

»Denkst du, dass ich nur deshalb hier bin?«, unterbrach er sie abrupt.

Sie hob den Blick. Die Betroffenheit in seiner Miene schien ehrlich zu sein. »Das vielleicht nicht«, begann sie ausweichend, obwohl ihr genau das durch den Kopf gegangen war, »aber ich kann mir einfach nicht vorstellen, warum du freiwillig …«

»Mein Gott, Marie!«, unterbrach er sie wieder. »Kannst du dich nicht an den letzten Sommer erinnern, den du auf Guernsey verbracht hast?«

Sie zuckte mit den Schultern. »Ich weiß nur noch, dass wir ständig gestritten haben.«

»Also ist es dir nicht mal aufgefallen!«

»Was denn?«

»Klar, als Kinder waren wir wie Katz und Hund, und es stimmt, ich habe dir ständig Streiche gespielt, aber als du das letzte Mal auf Guernsey warst, da waren wir keine Kinder mehr, sondern um die fünfzehn, sechzehn Jahre. Glaub mir, du warst der Schwarm meiner Jugend.«

Sie runzelte misstrauisch die Stirn. »Ich kann mich gar nicht mehr erinnern, dass wir überhaupt was gemeinsam unternommen haben …«

»Das haben wir auch nicht. Du warst blind für mich und lieber mit den anderen Mädels zusammen. Und ich hatte auch meinen Stolz und wollte dir mein Herz nicht einfach zu Füßen legen. Aber ich habe um jeden Blick, jede noch so geringe Geste, jedes bisschen Aufmerksamkeit gekämpft.«

So theatralisch wie er das sagte, wusste sie nicht, wie ernst seine Worte gemeint waren. So oder so lösten sie tiefes Unbehagen in ihr aus.

»Hm«, machte sie, »und jetzt denkst du, du hast ein leichtes Spiel. Eine Witwe mit zwei kleinen Kindern kann nicht arrogant über dich hinwegsehen, sondern muss froh sein, wenn du sie beachtest.«

Ruckartig fuhr er hoch. »Denkst du das wirklich von mir?«, fragte er heiser. Die Kränkung, die in seinem Gesicht aufblitzte, schien tief zu gehen, und ihre Worte taten ihr sofort leid, aber sie sagte nichts. Erst als er fortging, sprang auch sie auf und rief: »Vince! So warte doch!«

Sie seufzte. »Es geht nicht darum, was ich von dir halte ... sondern von mir selbst. Ich weiß nicht, was du wirklich an mir findest ... weil ich nicht genau weiß, wer ich überhaupt bin ... wer ich sein will. Es ... es ...«

Er sah sie nachdenklich an. »Ist es noch zu früh?«

»Du meinst wegen Jost?« Er setzte sich wieder, und sie tat es ihm gleich, zog die Beine an und legte ihr Kinn auf die Knie. »Weißt du«, begann sie zögerlich, um ihm schließlich anzuvertrauen, was sie noch keinem gesagt, ja kaum zu denken gewagt hatte: »Als er starb, lag das härteste Jahr meines Lebens hinter mir. Hannah war noch so klein, Jonathan brauchte auch viel Aufmerksamkeit, und Jost war schwer krank, befand sich im steten Wechselbad zwischen Hoffen und Resignieren. Er war gereizt, labil ... irgendwie hatte ich nicht das Gefühl, wir würden das gemeinsam durchstehen, sondern dass jeder für sich alleine kämpfte. Und wenn ich ehrlich bin, lag das nicht nur daran, dass er krank war und ich mich um die Kinder kümmern musste, sondern das war die Natur unserer Ehe. Wir haben nie ein Leben geteilt. Er war der große, berühmte Künstler ... und ich war die Mutter und Hausfrau, bestenfalls seine Muse.«

Ihre Stimme brach, und sie brauchte einige Zeit, um fortfahren zu können. Doch dass Vince sie nicht bedrängte, nur verständnisvoll und mitleidig anblickte, gab ihr die Kraft weiterzureden: »Eigentlich war unsere Ehe in einer schweren Krise, noch lange bevor er erkrankte. Dass ich schwanger wurde, war nicht einfach nur ein Unfall. Ich glaube, ich habe es irgendwie darauf angelegt, um mir selbst ... ja auch um ihm zu beweisen, dass zwischen uns alles in Ordnung war. Aber das war es nicht. Das war es vielleicht nie. Als es ihm so schlechtging, war ich natürlich verzweifelt. Ich hätte alles für ihn getan! Aber als er ... als er nach diesem langen Martyrium endlich starb, war ich einfach nur erleichtert. Das klingt total egoistisch, ich weiß, aber ich dachte mir: Jetzt bin ich endlich nicht mehr zerrissen zwischen Kinder- und Krankenpflege, jetzt habe ich endlich Zeit für mich, Zeit zum Nichtstun, zum Verreisen, zum Malen ... das hört sich so schäbig an ...«

»Das hört sich ganz normal an. Warum bist du nur so streng zu dir selbst?«

Marie schluckte schwer. »Alle anderen schienen mehr um ihn zu trauern als ich«, murmelte sie. »Das verstehe ich ja auch, er war ein so großartiger Maler, nicht auszudenken, wie er sich noch entwickelt hätte. Aber irgendwie hat er nie wirklich mir gehört, sondern der Allgemeinheit, und nach seinem Tod war das erst recht der Fall ...«

Ein langes Schweigen folgte, in dem nur das Gekicher von Hannah und Jonathans immer wildere Sprünge zu hören waren.

»Eins verstehe ich nicht«, sagte Vince. »Du bist jung, so schön, so talentiert, aber wenn ich es richtig verstehe, hattest du immer das Gefühl, du hättest Jost nicht verdient, weil er ein ach so großer Künstler war. Und jetzt glaubst du, du hättest mich nicht verdient, nur weil du Kinder hast. Warum nur? Du bist doch eine tolle Frau, es ist bewundernswert, dass du die Kinder mehr oder weniger allein erziehst, du hast allen Grund, darauf stolz zu sein. Erleichterung hin oder her – du hast deinen Mann sicher aufopferungsvoll gepflegt, hast dich nicht von deiner Trauer bezwingen lassen, sondern bist hierher aufgebrochen und hast das Cottage in kürzester Zeit in ein gemütliches Heim verwandelt. Und trotzdem fühlst du dich schuldig, ja regelrecht ... minderwertig.«

Tränen stiegen in ihr hoch. Sie wusste nicht recht, woher sie rührten, und strich sie verstohlen aus den Augenwinkeln. Als immer mehr kamen, erhob sie sich hastig. Auch wenn sie ihm ihr Innerstes anvertraut hatte, wollte sie nicht, dass er sie weinen sah. »Schau auf die Kinder«, murmelte sie gepresst. Sie eilte nach drinnen, doch er folgte ihr und hielt sie am Arm fest.

»Marie …«

Ihre Gesichter waren nur mehr knapp voneinander entfernt. Offenbar hatte er sie nur umarmen wollen, doch als er sich vorbeugte, lagen seine Lippen plötzlich auf den ihren. Ehe sie entscheiden konnte, ob sie ihn zurückstoßen oder den Kuss erwidern sollte, ja, ob ihr diese Berührung angenehm war oder nicht, ertönte hinter ihnen ein Räuspern.

Marie löste sich von Vince und fuhr herum. Vor dem Gartentor stand Thomas Willis.

Bevor Marie den Mund aufmachen konnte, stellte sich Vince vor sie, als wäre er der Hausherr und gelte es, sie vor einem unerwünschten Eindringling zu beschützen.

»Was wollen Sie denn noch hier?«

Marie blickte ihn verwundert an. Dass Thomas Willis sie beim Küssen gestört hatte (oder zumindest bei dem Versuch), konnte nicht der alleinige Grund für Vinces Feindseligkeit sein. Sie vermutete, dass es vielmehr mit dem Skelett zu tun hatte. Vince war der Erste gewesen, der es für prähistorisch hielt – Thomas derjenige, der das richtiggestellt und ihm das Gefühl gegeben hatte, ein ziemlicher Banause zu sein.

Männer!, dachte sie und verdrehte Augen.

Der Fairness halber musste sie allerdings hinzufügen, dass sich nur Vince wie ein eitler Gockel benahm, während Thomas ihn einfach ignorierte und sich stattdessen an Marie wandte.

»Wie ich Ihnen gestern am Telefon schon sagte, habe ich einen forensischen Anthropologen gebeten, einen Blick auf die Knochen zu werfen. Er hat sich den gestrigen Abend dafür freigenommen und ist zu ein paar interessanten Ergebnissen gekommen.«

Dass er leicht errötete und etwas unbeholfen seine Hände knetete, während er sprach, wäre Marie nicht weiter aufgefallen, doch Vince schien sofort zu wittern, dass ihn nicht nur wissenschaftliche Erkenntnisse zu Marie getrieben hatten.

»Und um uns diese mitzuteilen, sind Sie extra hierhergekommen?«, blaffte er ihn an. »Ein Anruf hätte doch auch genügt.«

»Nun, ich hatte den Eindruck, dass Sie dieses Skelett in Ihrem Garten etwas verstört hat. Ich dachte, wenn Sie mehr darüber wissen, ist es nicht mehr ganz so unheimlich.«

Er wurde noch röter – und Vince noch bissiger. »Ach so!«, stieß er aus. »Bei hübschen Frauen ist die psychologische Nachbetreuung inbegriffen. Bei denen geht's nicht nur ums Ausgraben, sondern auch ums Angraben, oder?«

Marie entschied, dass er sich genug herausgenommen hatte, und lächelte Thomas Willis entschuldigend an. »Das ist wirklich sehr freundlich von Ihnen.« Und zu Vince sagte sie deutlich strenger: »Ich glaube, es ist Zeit, dass du gehst. Vielen, vielen Dank für deine Hilfe … und vor allem für das Frühstück. Aber jetzt komme ich allein zurecht.«

Die Kränkung, die in seinen Zügen aufblitzte, ließ ihn jünger erscheinen. Plötzlich stieg eine vage Erinnerung in ihr auf, wie er als junger Bursche sie und ihre Freundinnen beim Baden beobachtet hatte. Irgendwie war es lustig gewesen, so zu tun, als sähe sie ihn nicht. In Wahrheit hatte es ihr ungemein geschmeichelt, dass sein Blick nahezu an ihrem Körper festzukleben schien. Selbstbewusst hatte sie sich gefühlt, stark, unbesiegbar, begehrt …

Als sie plötzlich die Spannung zwischen den beiden Männern wahrnahm – Vince ging an Thomas vorbei, als wollte er ihm gleich die Schulter in die Brust rammen, während der nicht länger verlegen wirkte, eher triumphierend –, überkam sie ein ähnliches Gefühl.

Rasch verdrängte sie den Gedanken. Weder konnte sie sich sicher sein, welches Interesse Vince nun wirklich an ihr hatte, noch gab es – ganz gleich, welche Schlüsse Vince zog – einen Grund, irgendetwas in Thomas Willis' Kommen hineinzuinterpretieren. Wahrscheinlich war es nur ein Ausdruck seiner Höflichkeit. Mit seinem schwarzen Anzug, den bedächtigen Bewegungen und seiner Ernsthaftigkeit schien er der perfekte englische Gentleman zu sein – ein immenser Kontrast zu Vince in Jeans und T-Shirt, der so typisch französisch aussah.

»Kommen Sie nur herein«, sagte sie zu Thomas. »Ich mache gerne frischen Kaffee.«

»Sie sind doch der Mann, der das Skelett ausgegraben hat!«, rief Jonathan und kam auf sie zugelaufen. »Seitdem spukt es übrigens bei uns …«

Maries Lächeln wurde noch breiter, als sie hörte, wie er von einem schleimig grünen Gespenst erzählte. Thomas hörte so ernsthaft zu, als lauschte er einer wissenschaftlichen Ausführung, und am Ende lächelte auch er, doch seine Augen blieben traurig. Wie schon bei ihrer ersten Begegnung nahm Marie etwas Schweres, Niedergeschlagenes an ihm wahr, doch anstatt sich davon anstecken zu lassen, fühlte sie sich beschwingt wie selten.

»Die Tote ist Lilian Talbot!«, rief Jonathan.

»Zumindest ist das eine mögliche Vermutung«, schaltete sich Marie hastig ein. »Ich habe mich gestern mit einer Freundin ausführlich darüber unterhalten. Diese Lilian Talbot hat offenbar auf Clairmont Manor gelebt und ist in einer stürmischen Nacht spurlos verschwunden. Haben Sie Ihren Namen vielleicht schon mal gehört?«

»Aber natürlich!«, rief Thomas Willis. »In den 20er Jahren hat sie sich an diversen archäologischen Ausgrabungen auf der Insel beteiligt.«

Marie nickte. »Was erklären könnte, warum sie einen prähistorischen Gegenstand bei sich trug. Natürlich gibt es keinen Beweis, dass es sich bei der Toten tatsächlich um Lilian Talbot handelt. Und warum sie hier begraben wurde. Aber das Cottage gehörte seinerzeit auf jeden Fall zu Clairmont Manor.«

»Tatsächlich? Sie müssen mir unbedingt mehr erzählen!«

Er setzte sich auf die Gartenbank, an genau die Stelle, wo vorhin Vince gesessen war.

Als Marie hineinging, um Kaffee aufzusetzen, konnte sie ein nahezu kindisches Triumphgefühl nicht unterdrücken. Schau einer an, in so kurzer Zeit waren gleich zwei attraktive Männer bei ihr zu Gast. Als sie an einem Spiegel vorbeiging und einen Blick hineinwarf, glaubte sie kurz wahrzunehmen, was auch Vince in ihr sah, als er sie als schöne Frau bezeichnet hatte: Die dunklen Augen funkelten, das Haar fiel locker in die Stirn, um ihren Mund lag ein selbstbewusster Zug.

Bilde dir bloß nicht zu viel ein!, mahnte gleich eine nüchterne Stimme in ihr, doch auch diese vermochte dem Hochgefühl nichts anzuhaben.

Wenig später hatte sie Thomas Willis alles erzählt, was sie von Lilian wusste, und ihm außerdem das Notizbuch, das Foto und das bretonische Märchenbuch gezeigt.

Thomas hatte neugierig zugehört und strich nun über das Notizbuch, als beinhalte es die größten Geheimnisse der Menschheit. »Die Zeugnisse aus der Vergangenheit sind immer wieder faszinierend …« Ehrfurcht klang durch seine Stimme.

»Ist das der Grund, warum Sie Archäologe geworden sind?«, fragte Marie.

»Auf Guernsey ist die Geschichte so lebendig. Wo immer man geht und steht, wird man daran erinnert. Man stößt auf Dolmen und Menhire, alte Burgen und Türme, oder denken Sie an die vielen Bunker aus der deutschen Besatzungszeit. Auf Alderney, wo ich aufgewachsen bin, ist es ähnlich. Ich wurde 1992 Zeuge, als ein

Schiffswrack aus elisabethanischer Zeit entdeckt wurde, und seit damals war mir klar, was ich mal werden will.«

Erstmals erreichte sein Lächeln, das sonst immer etwas verhalten wirkte, seine Augen.

»Haben Sie selbst nach dem Schiff getaucht?«, fragte Jonathan fasziniert.

»Das nicht, aber ich habe alles darüber gelesen. Und später beschäftigte ich mich intensiv mit dem Castle Cornet, der alten Burg in Saint Peter Port. Seit den 1980er Jahren gibt es ein systematisches Programm, um ihre Geschichte zu rekonstruieren, und der Direktor dieses Programms ist Ken Bartin, der auch andere Befestigungen der Insel ausgegraben hat und einer meiner wichtigsten Mentoren war. Wenn ich mir dessen nicht ohnehin schon sicher gewesen wäre, dass ich diese Laufbahn einschlagen will, wäre ich spätestens dann Archäologe geworden, als ich ihn kennengelernt habe. Während des Studiums habe ich jeden freien Tag als Volontär für ihn gearbeitet.«

Nach Thomas' langen Ausführungen über seinen Werdegang war Jonathans Interesse rasch erloschen, und er begann wieder Seil zu springen. Hannah saß im Gras, pflückte Blumen und riss jedes Blütenblatt einzeln aus.

»Mittlerweile sind Sie aber doch fest angestellt und nicht mehr nur Volontär, oder?«, erkundigte sich Marie.

Er zwinkerte ihr zu.

»Falls die Frage darauf hinausläuft, ob die Archäologie eine brotlose Kunst ist, dann muss ich klar sagen, dass man nicht gerade Gold scheffelt. Aber gibt es etwas Schöneres, als seine Leidenschaft zu leben?«

Marie musste unwillkürlich an die noch jungfräulich weiße Leinwand in ihrem ›Atelier‹ denken. Noch vor wenigen Jahren hätte sie seine Frage sofort bejaht, doch jetzt dachte sie, dass es auch unendlich schmerzhaft sein konnte, seinen Leidenschaften zu folgen.

212

Oder vielleicht war gar nicht das so schmerzhaft, sondern vielmehr die Einsicht, zu wenig Leidenschaft zu besitzen.

»Keine Sorge!«, rief Thomas Willis, der ihr nachdenkliches Gesicht falsch deutete. »Sie müssen mir nicht Ihr letztes Stück Brot anbieten, weil ich sonst des Hungertodes sterbe! Im Moment gibt es etwa dreißig archäologische Ausgrabungen in Guernsey, wobei die meisten nicht der Entdeckung von etwas Neuem dienen, sondern der Vermeidung von Schäden durch die Erosion des Meeres. Und ich bin der Leiter eines eigenen Programms für mittelalterliche Befestigungen.«

Marie vermutete, dass er sich in dieser Funktion vor allem für die vielen Türme verantwortlich fühlte, die man überall an der Küste vorfand, aber sie wollte das Thema nicht vertiefen, bevor sie nicht wenigstens das Kapitel über Guernseys Geschichte im Reiseführer überflogen hatte. »Was hat Ihr Kollege denn nun über das Skelett herausgefunden?«, fragte sie.

»Er ist wie gesagt forensischer Anthropologe mit Schwerpunkt auf der Osteologie«, erklärte er eifrig. »Normalerweise dauert es Ewigkeiten, bis die Knochen, die man gefunden hat, bei ihm im Labor landen, doch er war mir noch einen Gefallen schuldig. Welche Schritte er genau unternommen hat, weiß ich nicht. Ich vermute, dass er Schmutz aus den Skelettöffnungen – vor allem den Nasenlöchern – entnommen hat, um zu überprüfen, ob der Fundort auch der Ort der Erstbestattung war. Das war hier offenbar der Fall. Danach hat er wohl versucht, anhand der Knochenfugen das Lebensalter der Toten einzuschätzen. Er ist sich ziemlich sicher, dass sie zwischen dem zwanzigsten und dreißigsten Lebensjahr gestorben ist.«

Marie unterdrückte ein Schaudern. »Das würde auf Lilian zutreffen. Sie ist tatsächlich als junge Frau verschwunden.«

»Wann genau sie ums Leben kam, lässt sich natürlich nicht sagen.«

»Könnte man denn nicht einen DNA-Test machen, um ihre Identität zu bestätigen?«

»Das käme sehr teuer, aber selbst wenn das Geld kein Problem wäre: Sie haben mir gerade selbst gesagt, dass Lilians Herkunft im Dunkeln liegt und sie mit Thibaud de Clairmont – dem Vater von Bartholomé – nicht verwandt war. Und selbst wenn man tatsächlich noch Verwandte aufspüren könnte, könnten die Tests fehlschlagen: Oft reicht das vom Zahnschmelz geschützte Zahnmaterial, das Rückschlüsse auf die DNA gibt, nicht aus.«

Er sagte das ganz nüchtern, als wäre es einem ernstzunehmenden Wissenschaftler verboten, sich Hoffnungen zu machen, aber Marie konnte ihre Enttäuschung nicht verbergen.

»Also werden wir nie mit Sicherheit wissen, ob die Tote tatsächlich Lilian war.«

»Was man jedoch sagen kann, ist, dass die Frau offenbar eines gewaltsamen Todes gestorben ist.«

»Tatsächlich?« Marie fühlte sich wie elektrisiert und konnte kaum fassen, warum er die interessante Nachricht so lange aufgespart hatte. Auch das war wohl Ausdruck der jahrelang geübten Disziplin, mit der ein bestimmtes Protokoll befolgt wurde, anstatt blindlings der Leidenschaft nachzugeben, obwohl diese doch eigentlich Motor des Berufs war.

»Der Schädel ist nicht mehr vollständig vorhanden«, fuhr Thomas Willis fort, »aber bestimmte Schäden an der Schädeldecke legen eine tödliche Schusswunde nahe.«

»Das heißt, sie wurde von ihrem Mörder hier begraben!«, rief Marie aufgeregt.

»Nun, es ist nicht ausgeschlossen, dass sie sich selbst erschossen hat.«

»Aber dann musste es trotzdem jemanden geben, der sie hier begraben hat – und hinterher alle Welt glauben ließ, sie wäre über die Klippen gestürzt.«

Marie war plötzlich froh, dass Jonathan außer Hörweite war. Nicht auszudenken, wie sehr diese Nachricht seine Phantasie beflügeln würde.

Und ihre eigene? Würde sie in der kommenden Nacht auch wieder Schritte hören, die ums Haus schlichen? Eine Stimme, die raunte: »Dieser Ort ist verflucht ...«

Thomas öffnete wieder das Notizbüchlein. Schon vorher hatte Marie ihm diese Zeilen gezeigt, jetzt las sie sie laut vor. *Ich habe solche Angst ...*

Marie kam ein Geistesblitz. »Mein Gott, das könnte es sein!«

»Was?«, fragte er. »Denken Sie, dass Thibaud von irgendeiner Gefahr wusste, in der seine Stiefmutter schwebte?«

Marie riss ihm das Heft aus der Hand. Die Mengenangaben, das bretonische Märchen, die krakelige Kinderschrift – all das hatte vermuten lassen, dass diese Heftchen während des Unterrichts eines heranwachsenden Kindes zum Einsatz gekommen waren. Sogar Thomas, der gewohnt war, Fakten erst zu analysieren, ehe er eine Schlussfolgerung traf, war selbstverständlich davon ausgegangen, dass es Thibaud gehört haben musste.

»Dieses Büchlein!«, rief Marie aufgeregt. »Es könnte doch auch Lilian gehört haben!«

12

1920–1921

Thibaud starrte sie schweigend an. Mehrere Minuten waren seit ihrem Bekenntnis vergangen, doch er zeigte keine Regung.

»Hast du mir nicht zugehört?«, fragte Lilian, um schließlich eindringlich zu wiederholen: »Ich kann weder lesen noch schreiben!«

Immer noch kam keine Reaktion von ihm. Erinnerungen an alle Situationen stiegen in ihr auf, als dieser Umstand sie in Bredouille gebracht hatte. Suzie hatte sie als Kind oft gemahnt, im Unterricht besser aufzupassen, aber es war einfach zu langweilig gewesen, so dass sie lieber die Schläge der Nonnen in Kauf genommen hatte, als sich zu konzentrieren. Und dann waren sie aus dem Waisenhaus abgehauen, und das Ziel, für das sie lebte, war nicht, lesen und schreiben zu lernen, sondern reich zu sein. Suzies Einwand, dass gerade eine so ungebildete Frau wie sie keine so hohen Ansprüche haben dürfte, hatte sie geflissentlich überhört.

Um Leute zu bestehlen, hatte sie nicht lesen müssen. Und um Maxim auszutricksen auch nicht. Als er ihr damals im Hafen jenes Dokument vor Augen hielt, das ihr sämtliche Betrügereien nachwies, hatte sie es ihm zwar nicht vorlesen können, doch genutzt hätte es ihr ja doch nicht. Schwieriger war es geworden, als sie Richard de Clairmont vorlügen musste, dass sie die Lektüre von Romanen liebte, und ohne den Diener in der Bibliothek des Hotels hätte sie das Buch von Victor Hugo niemals gefunden. Immer war es ihr irgendwie gelungen, ihr Geheimnis zu vertuschen.

Zumindest bis jetzt. Jetzt musste sie diese verfluchten Haushaltsbücher führen.

»Laure will, dass ich alle Ausgaben und Einnahmen festhalte, aber das kann ich nicht und …«

Wie sie es hasste, diese Schmach einzugestehen! Umso mehr vor einem schweigenden Kind!

Vielleicht war es ein großer Fehler, sich ausgerechnet ihm anvertraut zu haben, aber instinktiv setzte sie darauf, dass Thibaud sie mochte … zumindest mehr als seinen Vater. Selbst wenn er sie verachten sollte – er würde niemals zu Richard gehen und sie verpetzen. Das glaubte … hoffte sie zumindest.

»Wenn du mir nicht helfen willst«, sagte sie gepresst, »so versprich mir doch wenigstens, es niemandem zu erzählen.«

Thibaud sagte wieder lange nichts, und als er schließlich doch den Mund aufmachte, kam ein Satz heraus, mit dem sie nicht gerechnet hatte. »Du musst mir auch etwas versprechen.«

»Was denn?«

Er zögerte, ehe er schließlich flüsterte: »Versprich mir, dass du meinem Vater nicht vertraust.«

Sie blickte ihn erstaunt an. »Aber warum sollte ich …«

»Versprich es mir! Schwör es mir! Vertrau ihm nicht, ganz gleich, was er jemals zu dir sagt!«

Unbehagen erfasste sie, lähmender und kälter als das, das ihr Bekenntnis heraufbeschworen hatte.

»Ich verspreche es«, murmelte sie. Es fiel ihr nicht sonderlich schwer, denn Richard war keiner, dem sie sich jemals anvertraut hätte. »Hilfst du mir nun, lesen und schreiben zu lernen?«

Wieder sagte er nichts, sondern verließ den Raum.

Drei Tage verging sie vor Angst, dass Thibaud ihr Geheimnis doch verraten würde. Während der Teestunde schwitzte sie jedes Mal und überlegte, mit welchen Worten sie ihn der Lüge bezichtigen könnte, käme er darauf zu sprechen. Allerdings hatte er einen klaren Vorteil: Wenn Richard von ihr verlangen würde, etwas vorzulesen, würde sie scheitern.

Wie dumm ich war!, schimpfte sie. Ich hätte vorher darauf achten sollen, irgendetwas gegen ihn in der Hand zu haben!

Doch nun war es zu spät, und genau genommen war Thibaud ein so stiller, braver Junge, dass es wohl nichts gab, womit man ihn erpressen konnte.

Nun, er verriet sie nicht – eine andere hingegen setzte ihr ungleich mehr zu. Laure tauchte erneut in ihrem Cottage auf und drängte sie, ihren Pflichten endlich nachzukommen. »Ich will den Comte eigentlich nicht damit in den Ohren liegen, aber wenn Sie nicht bereit sind, diese Aufgabe zu übernehmen, werde ich mich an ihn wenden müssen!«

Lilian wurde übel vor Angst, doch sie beschloss, genau diesen Umstand zu nutzen, legte sich ins Bett und erklärte, dass sie unpässlich sei.

Polly kam begeistert zu ihr. »Sag bloß, du bist guter Hoffnung!« Wenn sie alleine waren, duzte sie sie wie in früheren Zeiten. Lilian schüttelte den Kopf. »Nein, das ist es nicht.«

»Wie schade!«

An ein Kind hatte sie noch nie gedacht, doch eigentlich – so kam sie zum Schluss – wäre es ein durchaus probates Mittel, Richard noch stärker an sich zu binden. Allerdings: Sie war nicht schwanger, und irgendwann würde sie sich nicht länger in die Krankheit flüchten können.

Noch verkroch sie sich unter ihre Decke. Richard kam sichtlich besorgt und brachte ihr Suppe ans Bett, hielt jedoch Abstand, als könnte er sich bei ihr mit einer gefährlichen Krankheit anstecken. Auf dem Tablett stand nicht nur der Suppenteller, sondern auch die Zeitung. »Willst du sie lesen?«

Und wenn Thibaud doch …?

218

Aber nein, in seinem Gesicht stand keinerlei Argwohn.

»Lies du sie mir vor! Meine Augen brennen zu stark.«

Es war der »Guernsey Star«, aus dem Richard nun vorzulesen begann und in dem von belanglosen Ereignissen berichtet wurde, die sie kaum interessierten. Die größte Aufregung war noch, dass vor der Küste Guernseys beinahe ein Schiff gekentert war, mit britischen Soldaten an Bord, die sich auf der Heimreise von Indien befanden, jedoch einige Wochen auf der – verglichen zum Festland milden – Insel verbringen sollten, damit sie sich langsam ans kühlere Klima gewöhnen konnten.

Von diesem milden Klima war freilich nichts zu spüren. Es stürmte und regnete, und das Prasseln und Heulen machte sie, zusammen mit Richards monotoner Stimme, bald müde. Sie schickte ihn fort und schlief ein, wenngleich nicht sonderlich lang und tief. In der Nacht lag sie lange wach und überlegte, was passieren würde, wenn ihr Betrug aufflog. Die Ehe war unter diesen Umständen womöglich nicht gültig, vielleicht würde Richard sie hinauswerfen, sie müsste wieder in Armut leben …

Beim ersten Tageslicht floh sie ins Cottage, und wie immer ging ihr dort die Seele auf. Doch wenig später klopfte es leise, und sie fürchtete, dass Laure ihr gefolgt war. Als sie die Tür öffnete, stand jedoch Thibaud vor ihr. Er sagte nichts, sondern hielt nur hoch, was er mitgebracht hatte: ein Täfelchen und Kreide.

Lilian seufzte. »Danke. Oh, vielen, vielen Dank!«

Lilians Erleichterung, dass Thibaud ihr helfen würde, wich bald der Angst, dass sie zu dumm war, um das Lesen zu lernen, zumal von einem Kind, das noch nie jemand anderen unterrichtet hatte.

Zunächst schien Thibaud selbst nicht recht zu wissen, was zu tun war, aber schließlich begann er, Buchstaben für Buchstaben auf die Wachstafel zu schreiben, bis er ihr das Alphabet vollständig gezeigt hatte. Bei jedem einzelnen Buchstaben fragte er sie, ob sie sich ihn gemerkt hatte, und sie nickte entschlossen und war sich sicher, dass es so wäre. Aber als er die Buchstaben danach wild durcheinander aufschrieb, kam sie ins Zaudern.

Sie konnte sich nicht helfen, aber sie sahen aus wie Tiere: der eine wie eine Schlange, der andere wie ein Schmetterling, wieder ein anderer wie eine Ameise. Sinn ergaben sie jedoch keinen.

Trotz der Kälte im Cottage, das heute noch nicht beheizt worden war, brach ihr der Schweiß aus.

»Noch einmal von vorne!«, rief sie nahezu flehentlich. »Diesmal merke ich mir die Buchstaben bestimmt.«

Thibaud schüttelte den Kopf. »Ich glaube, wir müssen anders vorgehen.«

Er lächelte schüchtern, und sie erkannte bewegt, dass seine Miene noch nie so weich gewesen war, noch nie so liebevoll. Ihr Geheimnis würde sie einander näherbringen, und irgendwann würde sie sich darüber freuen, doch jetzt galt es, sich ganz und gar aufs Lernen zu konzentrieren.

Er schrieb zwei Buchstaben auf die Tafel.

»Was ... was heißt das?«, fragte Lilian, die keine Ahnung hatte.

»Das ist der Name einer Stadt.«

»Welcher Stadt?«

»Der Stadt Ys. Das ist ein Ypsilon und das ein S.«

»Der Name dieser Stadt ist aber sehr kurz. Ich habe ihn noch nie gehört.«

»Es ist eine Stadt in der Bretagne, aber es gibt sie nicht mehr. Sie ist untergegangen.«

»Oh!«

Thibaud löschte die beiden Buchstaben. »Versuch es selbst.«

Lilian nahm die Kreide, zögerte, gab sich dann aber einen Ruck. Wie lächerlich, sich vor ihrem ersten Wort zu fürchten! Lilian Talbot hatte doch vor nichts und niemandem Angst! Etwas wackelig, aber gut lesbar schrieb sie: Ys.

»Gut! Und jetzt schreibst du dieses Wort.« Wieder schrieb er die Buchstaben Ypsilon und S, aber davor drei andere. »Ker-Ys.«

»Und was heißt das?«

»Das ist der Name der Stadt auf Bretonisch: Die Ortsnamen fingen meist mit ›Ker‹ an.«

Nachdem sie auch dieses Wort gelernt hatte, schrieb er »Paris«.

»Von Paris habe ich schon gehört! Das ist die Hauptstadt von Frankreich, nicht wahr?«

»So ist es. Ys galt seinerzeit als die schönste aller Städte, und da Paris beinahe so schön ist, nannte man es ›Par Ys‹, was so viel heißt wie ›Wie Ys‹.«

»Und warum ist Ys untergegangen?«

»Ein bretonisches Märchen berichtet davon. Meine Mutter hatte es mir häufig erzählt, und irgendwann werde ich es auch dir erzählen, doch für heute ist es genug.«

Lilian wollte widersprechen, aber stattdessen nickte sie. Ys, Ker-Ys, Paris. Es war immerhin ein Anfang.

Von nun an kam Thibaud jeden Tag ins Cottage. Er lehrte sie nicht nur das Lesen, sondern übernahm fürs Erste auch die Haushaltsführung, und anstelle des Wachstäfelchens, das er dort ließ, brachte er am nächsten Tag ein Märchenbuch mit.

Bevor er es aufschlug, lehrte er sie den Namen einer weiteren Stadt zu schreiben: »Douarnenez.«

Lilian konnte ihn kaum aussprechen, aber sie merkte sich die Buchstaben.

»Ys lag in der Bucht vor Douarnenez«, erklärte er später. »Das ist eine Stadt in der Bretagne.«

»Befindet sich dort auch euer Château?«

Er schüttelte den Kopf. »Nein, das liegt in der Nähe des Cap Fréhel an der Nordküste. Douarnenez war eine Stadt im Westen – und Ys auch. Meine Mutter hat immer gesagt, dass die Stadt manchmal bei Sonnenaufgang als mahnendes Beispiel aus den Fluten auftaucht. An klaren und windstillen Tagen sollen die Fischer außerdem die Glocken der im Meer versunkenen Stadt hören.«

»Wieso gilt die Stadt als mahnendes Beispiel?«

Thibaud antwortete nicht, sondern schrieb neue Namen auf: Gradlon. Dahut. Guénolé.

Erst als Lilian alle Buchstaben gelernt hatte und die Namen schreiben konnte, erzählte er ihr mehr.

Gradlon war der König von Ys und der einzige Gerechte der reichen Stadt. Die übrige Bevölkerung war sittenlos und böse, vor allem seine Tochter Dahut. Sie war gierig, wollte immer mehr.

»Sie konnte sich mit dem, was sie hatten, einfach nicht begnügen«, schloss Thibaud.

Lilian zuckte mit den Schultern, denn dieses Vergehen erschien ihr nicht sonderlich schlimm. Auch sie hatte immer mehr haben wollen, und jetzt wollte sie vor allem lesen lernen.

»Und dann?«, fragte sie.

»Der Teufel selbst verführte Dahut, woraufhin Gott entschied, die Stadt in der Glut untergehen zu lassen. Aber weil der König gerecht war, schickte er den heiligen Guénolé, damit dieser ihn rettete.«

Thibaud zeigte auf einzelne Sätze im Märchenbuch, und Lilian triumphierte. Einige der Wörter waren ihr vertraut – das mussten die Namen des Königs und des Heiligen sein, und sie versuchte, auch die Begriffe dazwischen zu entziffern.

»Der König ritt mit seinem Pferd aus dem Palast davon, als die Sturmflut kam, doch als Dahut ihn sah, folgte sie ihm und klammerte sich an sein Pferd. Guénolé forderte, dass er die Tochter abwerfen sollte, aber Gradlon zögerte und brachte es nicht übers Herz.«

»Da! Da steht das Wort Herz!«, rief Lilian begeistert.

»Da schritt Guénolé selbst ein, zog Dahut vom Pferd und tauchte sie mit seinem Stab ins Wasser, bis sie ertrunken war.«

»Ich kann es lesen! Das Wort ›Wasser‹! Und das Wort ›Stab‹!«

»Gradlon war in Sicherheit. Der König ritt nach Quimper, einer anderen Stadt in der Bretagne, und errichtete dort ein neues Reich. Die ertrunkene Dahut hingegen erscheint den Fischern in den Mondnächten als Sirene. Sie kämmt ihr goldenes Haar und reißt sie ins Verderben. Es gibt nur eine Möglichkeit, ihre Seele zu retten.«

»Sirene …«, las Lilian. »Seele …«

»Wie Dahut wartet auch die restliche Bevölkerung der Stadt Ys auf ihre Erlösung. Dies aber kann nur geschehen, wenn am Karfreitag in ihrer Hauptkirche der Stadt eine Messe gelesen wird. Was wiederum bedeutet, dass die Stadt gefunden werden müsste, doch noch ist das niemandem gelungen.«

Er schloss das Märchenbuch, aber Lilian riss es ihm aus der Hand, schlug es erneut auf und las immer mehr Wörter. Die Buchstaben sahen nicht länger wie Tiere aus, sondern ergaben einen Sinn.

Voller Enthusiasmus stürzte sie sich aufs Haushaltsbuch und las auch dieses.

»Ich kann es!«, rief sie. »Ich kann lesen!«

»Morgen nehme ich ein Schulheft mit«, sagte Thibaud, »dann kannst du auch Schreiben üben.«

Lilian klatschte triumphierend. Sie war also doch nicht zu dumm!

Erst als Thibaud gegangen war, dachte sie, dass das Märchen von Ys ebenso grausam wie traurig war. Und auch an etwas anderes musste sie plötzlich denken: An Thibauds Worte, wonach sie seinem Vater nicht vertrauen durfte, und an die von Laure, als sie ihr vorhielt, nicht zu wissen, wie Christine de Clairmont gestorben war …

Sie erschauderte, und um sich abzulenken, vertiefte sie sich erneut in die Lektüre.

223

Das Jahr ging zu Ende, das neue kam mit noch mehr Stürmen und noch mehr Regen. Lilians Schrift blieb die krakelige eines kleinen Kindes, aber das Lesen fiel ihr immer leichter. Bald hatte sie die Märchen im Buch so oft studiert, dass sie sie nahezu auswendig konnte. Eines Tages suchte sie die Bibliothek auf und begann, die Bücher von Victor Hugo zu lesen. Erst ging es nur langsam voran, und sie war froh, Satz um Satz zu verstehen, doch je vertrauter ihr die Buchstaben wurden, desto mehr versank sie in diese Welt, litt mit Jean Valjean und Esmeralda und Lucretia.

Früher war sie im leeren Cottage auf- und abgegangen, hatte den Reichtum genossen und den Blick aufs Meer, nun setzte sie sich am liebsten aufs Kanapee vor dem Kamin und las.

Die einstige Gier nach noch mehr Schmuck und noch mehr Taschenuhren galt nun den Büchern. Alle wollte sie sie lesen, alles wissen, was darin stand. Errungenes Diebesgut konnte man verlieren, das Wissen aber war ein ewiger Besitz.

Für die Haushaltsführung interessierte sie sich nicht im Geringsten und überließ es Thibaud, diese für sie zu erledigen, aber sie vertiefte sich nun jeden Tag in die Zeitung, um mehr über das Inselleben zu erfahren.

Früher hatte sie Scheu empfunden, wenn Richard eine der einflussreichen Familien Guernseys empfing – ob nun die Familie Saumarez, Cocq, Priaulx, Carey oder Lukis –, doch nun musste sie keine Scheu mehr vor gefährlichen Themen haben, sondern konnte sich gründlich auf jeden Gast vorbereiten.

Als Eugène Thomas Lainé zu Besuch war, der Manager von der Guernsey Old Bank, fragte sie selbstbewusst, was von den Plänen zu halten war, die Guernsey Banking Company mit der National Provincial Bank zu fusionieren.

Als ein General der Royal Guernsey Militia auf Clairmont Manor weilte, fragte sie danach, wie viele Offiziere in Belvedere House lebten, einer Unterkunft, die einst eigens für unverheiratete Offiziere errichtet worden war, da das Castle Cornet, die Burg von Saint Peter Port, zu klein dafür geworden war.

Und mit Mr Saumarez, dessen Vorfahre einen Park nach japanischem Vorbild hatte errichten lassen, parlierte sie über das ferne Land. Vor wenigen Wochen hatte sie den Namen des Landes nicht einmal gekannt, es mittlerweile aber am Globus gesucht und entdeckt.

Das größte Glück war, Suzie schreiben zu können, anstatt ihr nur eine leere Postkarte zu schicken. Diese antwortete freudig, gratulierte ihr zur Eheschließung und teilte ihr mit, ein zweites Kind bekommen zu haben, die kleine Lucie.

Im Frühling blühte die Insel auf und Lilian mit ihr. Begeistert unternahm sie lange Wanderungen, nicht selten ein Buch im Gepäck, um es auf einer Bank sitzend zu lesen. Thibaud hingegen, der den Winter über so glücklich gewirkt hatte, wurde immer blasser und trauriger.

Sie bedrängte ihn, was ihm denn auf dem Herzen laste, fragte nach, ob ihm irgendetwas Sorgen bereite, doch er wollte es ihr nicht anvertrauen.

Eines Tages packte sie ihn und umarmte ihn inniglich. »Ich werde dir nie vergessen, was du für mich getan hast!«, rief sie.

»Gewiss«, erwiderte er bedrückt, »aber nun brauchst du meine Hilfe nicht mehr.«

»Hast du irgendeinen Wunsch? Kann ich irgendetwas für dich tun?«

Seine Augen, die oft so kalt waren, wirkten jäh wie zwei offene Wunden. Mehrmals setzte er zum Reden an, scheiterte aber schon bei der ersten Silbe, als wäre seine Sehnsucht – gleich, wem oder was sie galt – so groß und mächtig, dass er eher daran erstickte, als dass er sie in Worte fassen könnte.

»Ich ... du ...«

»Thibaud, was hast du denn? Du zitterst ja am ganzen Körper!«

Plötzlich vermeinte sie, nicht nur die übermächtige Sehnsucht an ihm wahrzunehmen, sondern auch Angst, nackte, kalte, alles zersetzende Angst.

»Mein Vater ...«, brach es schließlich aus ihm hervor.

»Wünscht du dir etwas von ihm, was er dir nicht gewährt? Soll ich mit ihm reden?«

Die Angst schwand ebenso aus seiner Miene wie die Sehnsucht. Rätselhaft und verschlossen wirkte sein Gesicht. »Du magst mich doch mehr als ihn, nicht wahr?«

Sie dachte daran, wie sie ihm hatte versprechen müssen, Richard nicht zu vertrauen. Hatte sie sich damals schon unbehaglich gefühlt, tat sie es jetzt noch mehr. Gewiss, es war keine Lüge, laut zu rufen: »Aber natürlich!« Doch zugleich begann sie zu ahnen, dass der Junge mehr von ihr erhoffte, als sie ihm je geben konnte.

Auch er schien das zu wissen, denn er lächelte traurig und ging davon. Als sie ihm nachblickte, überkam sie Mitleid, Sorge um ihn ... und Erleichterung.

Gut, dass ich schon lesen kann und nicht mehr auf ihn angewiesen bin.

In den nächsten Wochen nahm Lilian Thibaud ein paarmal auf ihren Spaziergängen mit, aber er wurde stets nach wenigen Schritten müde, erklärte, sich nicht gut zu fühlen und wieder heimkehren zu wollen. Irgendwann weigerte er sich, überhaupt mit ihr aufzubrechen. Mehrmals musterte Lilian ihn ratlos und fragte sich, ob er an einer geheimnisvollen Krankheit litt, doch da er weder über Schmerzen klagte, noch fieberte oder übermäßig an Gewicht verlor, entschied sie sich dagegen, einen Arzt zu konsultieren, und sagte sich stattdessen, dass es nun mal Blumen gab, die mehr Fürsorge verlangten als andere und dennoch schneller welkten. Gerne hätte sie Thibaud eine Freude gemacht und ihn lachend und strahlend am Küstenweg entlanglaufen sehen, doch als eine, die überall Wurzeln schlagen und mühelos wachsen konnte, war sie seines stummen Leidens irgendwann überdrüssig. Wenn er lieber in seinem Zimmer hockte und las, als spazieren zu gehen, dann sollte es eben so sein – bei ihm zu bleiben und auf das Vergnügen zu verzichten, sich die Seeluft um die Nase blasen zu lassen, wäre für sie ein zu großes Opfer gewesen.

Richard wiederum mochte die Wanderungen eigentlich, klagte aber nach dem kalten Winter über Rückenschmerzen und blieb ebenfalls häufig zu Hause. Sein Kränkeln stimmte sie insgeheim so ungehalten wie das von Thibaud, und manchmal dachte sie erbost, dass Vater und Sohn wohl besser in einem Krankenhaus aufgehoben wären als auf Clairmont Manor. Doch eigentlich kam es ihr ganz zupass, alleine loszuziehen. Mit einer Tasche voller Bücher in der einen Hand und einem Spazierstock in der anderen marschierte sie die Küste entlang und genoss es zuzusehen, wie der Sieg der farbenprächtigen Büsche und Blumen über das Schwarz, Braun und Grau der Felsen immer deutlicher ausfiel. Das eben noch graue Meer nahm die Farbe des strahlend blauen Himmels an; nur die Möwen, die kreischend ihre Freiheit genossen, warfen dunkle Schatten auf den Türkiston.

Am liebsten rastete sie östlich vom Petit Port Bay und betrachtete ausgiebig die Felsen, die ein Stück weit von der Küste entfernt aus dem Meer ragten, ehe sie zu lesen begann.

Sie gleichen Pyramiden, dachte sie und war stolz darauf, zu wissen, was Pyramiden waren.

Wenn sie an einem der Wachttürmchen vorbeiging, stellte sie sich vor, wie normannische Krieger oder später die Soldaten Napoleons von dort aus in die Weite gespäht hatten – nicht minder stolz, weil sie nun die Geschichte Guernseys kannte.

Und wenn Schiffe kamen, überlegte sie, aus welchen Städten und Ländern sie wohl kamen, und wusste, ob sie im Süden, Norden, Westen oder Osten lagen und wie weit ungefähr die Strecke war, die sie zurückgelegt hatten. Hatte sie sich erst einmal an den Felsformationen satt gesehen, vertiefte sie sich in Charles Dickens »Große Erwartungen« und litt mit dem Waisenjungen Pip, der erst das Handwerk des Schmieds lernte und dann – dank des Geldes eines unbekannten Wohltäters – in London zum Gentleman ausgebildet wurde.

Nun, was Pip konnte – zu beobachten, zu lernen, sich anzupassen –, konnte sie schon lange. Mittlerweile war sie eine richtige Lady geworden.

Anstatt sich davor zu fürchten, freute sie sich auf den bevorstehenden Besuch von König George und Queen Mary auf Guernsey, die auch Richard de Clairmont samt Gattin zu einem großen Empfang geladen hatten.

Alle Blicke werden auf mir ruhen, dachte sie, und keiner wird abschätzend und verächtlich ausfallen! Eine weltgewandte Dame wird man sehen, die ebenso charmant wie klug parlieren kann!

Oh, sie genoss es, lesen zu können, genoss es, Herrin ihres Lebens zu sein, genoss das Wissen: Nun kann mir keiner mehr was. Sie war reich, sie lebte in einem Herrenhaus, sie war nicht länger durch ihr Geheimnis verwundbar. Ja, sie war unbesiegbar.

Nur eines Tages bekam ihr Triumphgefühl Sprünge.

Sie durchkreuzte das Stück Wald, der Clairmont Manor vom Küstenweg trennte, und erreichte die Lilienwiese, als sie inmitten der rötlichen Blütenblätter etwas Weißes aufblitzen sah. Erst hielt sie es für eine Fülle an Margeriten, doch als sie nähertrat, erblickte sie eine tote Möwe. Sie lag mit ausgestreckten Flügeln auf dem Rücken und gab den Blick auf eine klaffende Wunde auf ihrem Bauch frei, aus der eine dunkle, schleimige Masse hervortrat – Gedärme oder Exkremente. Noch stank der Kadaver nicht, aber dennoch trat Lilian voll Ekel zurück. Der kalte Hauch des Todes ließ sie frösteln. Zwar sagte sie sich rasch, dass es hier so viele Möwen gab und es folglich kein Wunder war, dass eine auf dem Grundstück verendete. Aber dass sie ausgerechnet inmitten der blühenden Lilien lag, ließ sie an Laures Worte denken, wonach diese die Blumen des Todes waren.

Eben noch so beschwingt und glücklich, stieg Unbehagen in ihr hoch, und sie beeilte sich, zum Haus zu kommen.

13

Es war schon finster, als Marie sich eines Tages spätabends vor die Staffelei setzte. Die Bauarbeiten waren seit zwei Tagen beendet, sie hatte endlich wieder Wasser, und die Grube in der Auffahrt war zugeschüttet. Auch von der Reporterin war keine Störung mehr zu erwarten: Sie hatte sich nicht wieder gemeldet, seit Marie ihr mitgeteilt hatte, dass das Skelett nicht aus prähistorischen Zeiten stammte.

Eigentlich hatte der wieder einkehrende Frieden Marie in ihrem Beschluss bestärkt, endlich mit dem Malen zu beginnen, aber nun wagte sie sich nicht an den ersten Strich heran, ja, wusste noch nicht mal, was sie malen sollte. Je intensiver sie darüber nachdachte, desto vager wurden ihre Vorstellungen, und das Schlimme war, dass ihr das sogar ganz recht war. Solange sie nicht wusste, was sie malen sollte, konnte sie sich vormachen, dass sie das vom ersten Strich abhielt ... und nicht etwa eine Riesenangst davor.

Und die hatte sie, ohne Zweifel.

Seufzend lehnte sich Marie zurück und dachte an ihre Vermutung, die sie Thomas gegenüber geäußert hatte.

Wenn Lilian Talbot wirklich erst als Herrin von Clairmont das Schreiben gelernt hatte und zuvor Analphabetin gewesen war, hatte sie sicher auch Angst vor dem ersten Buchstaben, dem ersten Wort gehabt, oder?

Ganz deutlich stieg das Gesicht der lachenden, strahlenden Frau auf dem Foto vor ihr auf, die so wirkte, als könnte nichts sie je verstören und als würde sie sich vom Leben verwöhnt, ja unbesiegbar

230

fühlen. Hätte sie allerdings in dem Notizbüchlein ihre Furcht benannt, wenn sie nicht auch die Schattenseiten des Lebens kennengelernt hatte?

So oder so, sie hatte sich von dieser Furcht nicht bezwingen lassen. Sie hatte sie aufgeschrieben ... auch, wenn sie sich dazu überwinden musste, schreiben zu lernen.

Marie gab sich einen Ruck, nahm einen Kohlestift und begann, ein Gesicht zu skizzieren. Lange wusste sie nicht, wen sie darstellen wollte. Es war eine Frau, das stand fest, aber man konnte sie ebenso für Lilian halten wie für sie selbst. Beide hatten sie dunkle Haare und dunkle Augen; mit den breiten Wangenknochen und den feinen Lippen sahen sie sich sogar sehr ähnlich. Doch wann, dachte Marie und ließ plötzlich den Kohlestift wieder sinken, wann hat in meinem Gesicht je so viel Lebensfreude gestanden?

Sie fühlte sich nicht etwa der glücklichen Lilian nahe, sondern jener, die Angst hatte.

Ja, dachte sie verzagt, auch ich habe Angst ... nicht vor geheimnisvollen Mördern ... aber Angst, den Kindern nicht gerecht werden zu können ... nie wieder zu malen ...

So ein Blödsinn!

Entschlossen hob Marie wieder die Hand und war sich sicher, dass sie das Gesicht in kürzester Zeit würde fertig skizzieren können, doch ehe sie den Kohlestift aufsetzte, hörte sie es: Da war ein langgezogenes Stöhnen, als würde der Wind durchs Gebälk fahren, das immer höher wurde ... menschlicher ... abriss ... und in ein Schluchzen überging.

Der Laut erinnerte an das Möwengeschrei am Tag nach ihrer Ankunft, nur dass er viel verzweifelter klang und einfach nicht mehr aufhörte. Marie saß eine Weile stocksteif, erhob sich schließlich und trat zum Fenster.

Als sie den Laden öffnete, zerrte der Wind daran, und sie musste sich hinausbeugen, um ihn an der Halterung zu befestigen. In diesen quälenden Sekunden vermeinte sie kurz, dass sie in einen schwarzen Tümpel eintauchte und darin zu ertrinken drohte. Kein Stern war am Himmel zu sehen, der Garten wirkte wie ein trostloses Totenreich, der Wald dahinter wie eine Mauer, die sie von allem, was Leben und Glück verhieß, abschnitt. Vom Meer, tagsüber ein türkis funkelnder Streifen, war nichts zu sehen, nur ein unheilvolles Tosen, als gelüstete es die Fluten, die Klippen mitsamt ihrem Haus in ihre kalten Arme zu reißen.

Hastig zog Marie den Kopf wieder zurück. Das Licht hüllte sie ein, doch die Kälte blieb in ihren Gliedern stecken.

»Geh fort! Geh fort! Sonst geschieht ein Unglück!«

Nicht länger begnügte sich die Finsternis mit Stöhnen und Ächzen und Murmeln. Ganz eindeutig schleuderte sie ihr diese Worte entgegen.

Marie rieb sich heftig die Schläfen.

Es gibt keine Gespenster, es gibt keine Gespenster, es gibt …

»Geh! Geh fort!«

Zitternd beugte sie sich vor, riss die Läden wieder von der Halterung und verschloss hastig das Fenster. Die Stimme war nun nicht mehr zu hören, zumindest solange sie sich die Ohren zuhielt.

Sie eilte ins Schlafzimmer, wo die Kinder seelenruhig schliefen. Mitsamt ihrer Kleidung legte sie sich auf Jonathans Schlafcouch, kuschelte sich an ihn und zog seine Decke über ihren Kopf. Langsam wurde ihr wieder warm, doch die Angst vor dieser Stimme blieb.

Sie könnte Vince anrufen … aber wie sollte sie ihm erklären, dass sie sich vor einem Gespenst fürchtete? Und es war doch unmöglich, dass ein Mensch aus Fleisch und Blut diese Worte ausstieß!

Vince würde ihren Hilferuf sicher für einen Vorwand halten, weil sie ihn unbedingt sehen wollte – und zugleich für einen Freifahrtschein, sie noch einmal zu küssen.

Wollte sie das?

Sie war sich nicht sicher, aber dass sie sich den Kopf darüber zerbrach, hielt sie davon ab, weiter zu lauschen. Irgendwann schlief sie ein.

»Wer ist denn das?«

Marie fuhr hoch und rieb sich schlaftrunken die Augen. Hannah hatte sich in ihrem Kinderbettchen aufgerichtet, doch da sie noch in ihrem Schlafsack steckte, konnte sie sich nicht bewegen und drohte umzufallen. Dennoch lächelte sie Marie strahlend an, während diese noch von bleierner Müdigkeit in Schach gehalten wurde.

»Mama, wer ist das?«

Die Müdigkeit fiel ab, und sie dachte schon, dass sie unerwarteten Besuch bekommen hätten, doch als sie aus dem Schlafzimmer stürzte, sah sie, dass Jonathan vor ihrer Staffelei stand und das Frauengesicht betrachtete. Jetzt bei Tag fiel es ihr noch schwerer zu sagen, ob sie mehr wie Lilian oder wie sie selbst aussah. Vor allem war es auffällig, dass sie keinen Mund gezeichnet hatte. Sie war nicht sicher, ob er lächeln würde oder die Lippen zusammengepresst wären. Der Blick der Augen verriet auf jeden Fall nicht, ob die Frau glücklich war, gepeinigt oder einfach nur gleichgültig.

»Es ist noch nicht fertig«, murmelte sie.

»Aber wer soll es werden?«

»Das ist nicht so wichtig! Zieh dich an, wir müssen los.«

»Gehen wir zu Florence?«, fragte Jonathan begeistert.

»Nein, ich muss … etwas anderes erledigen«, erwiderte sie ausweichend.

Der Gedanke, was sie gegen die regelmäßige nächtliche Ruhestörung unternehmen konnte, war ihr noch im Halbschlaf gekommen.

Schnell deckte sie den Frühstückstisch. Jonathan versenkte seine Schokopops neuerdings lieber in Orangensaft als in Milch, und heute verzichtete Marie ausnahmsweise auf Diskussionen, sondern ließ ihn gewähren. Hannah wiederum hatte schon vor einigen Mo-

233

naten die Vorzüge eines Frühstückseis entdeckt, ließ sich allerdings nicht mehr füttern, sondern wollte es unbedingt erst selbst aus- löffeln, um dann die Schale in winzige Splitter zu zerbrechen und diese in der ganzen Küche zu verteilen. Marie begnügte sich mit schwarzem Kaffee.

Wenig später hatte sie Hannah in ihrem Buggy angeschnallt und zog mit den beiden los. Sie kamen an der langen Hecke vorbei, die ihr am Tag der Ankunft wie eine schwarze Wand erschienen war, heute aber süßlich duftete. Marie folgte ihr so lange, bis sie das schmiedeeiserne Tor erreicht hatten. Zu ihrem Erstaunen stand es weit offen, dennoch betätigte sie die Türklingel daneben.

Keine Antwort. Nach kurzem Zögern schob sie den Buggy auf einen kleinen Weg, der mit Kieselsteinen bedeckt war. Die Räder blieben fast stecken, aber sie kämpfte sich weiter vorwärts und hat- te Clairmont Manor bald erreicht.

»Wenn Bartholomé uns sieht, werden wir dann erschossen?«, fragte Jonathan halb ängstlich, halb sensationslüstern.

»Er soll uns ruhig sehen, denn ich will ja zu ihm ... Ich ... ich muss ihn etwas fragen.«

Wenn jemand die nächtliche Stimme gehört haben könnte, dann er. Und vielleicht hatte er Jonathan damals nur darum mit dem Ge- wehr bedroht, weil er selbst zutiefst verängstigt war.

Die letzten Schritte bis zum Haus waren mit dem Buggy kaum mehr zu bewältigen, weswegen Marie Hannah heraushob und den Wagen einfach stehen ließ. Jonathan hüpfte regelrecht auf das alte Herrenhaus zu, Marie ging etwas langsamer und musterte es. Nicht nur die hohe Hecke war völlig verwildert, auch der Garten war scheinbar seit Jahren sich selbst überlassen worden: Weder hatte man den Rasen gemäht, die Blumenbeete gejätet, noch waren die Obstbäume beschnitten worden. Moos wuchs auf den steinernen Stufen, die zum Haus führten, die Wände selbst hingegen, die aus dem berühmten rosa Granitstein von Guernsey errichtet worden waren, schienen kaum von der Witterung betroffen. Gewiss, das Dach war alt, einzelne Schindeln hatten sich gelöst, und die einstmals wohl glänzende Klinke der Haustür war matt und fleckig. Doch die Goldbuchstaben mit schwarzem Rahmen, die darüber eingraviert waren, waren gut zu lesen.

Clairmont Manor.

Marie vermutete, dass das Haus uralt sein musste. Manors wie diese waren meist aus den Herrschaftssitzen hervorgegangen, in denen seit dem Mittelalter die Seigneurs, die Lehnsherren der Insel, residierten. Anfangs mochten diese kaum mehr als einfache Burgen oder Wehrtürme gewesen sein, später hatte man Gebäude in diversen englischen Stilen daran gebaut – ob Englischer Tudor, Regency oder viktorianischer Stil. Sie hatte keine Ahnung, welchem von diesen Clairmont Manor entsprach, nur dass es für die englische Architektur typisch war, mehrstöckig zu bauen, so auch in diesem Fall. Der trutzige Charakter, die dicken Granitmauern und das Fehlen von Seitenflügeln erinnerten an die normannischen Wurzeln, allerdings ohne Hauskapelle und Taubenturm, wie für die mittelalterlichen Gebäude üblich.

Beherzt schritt sie auf die Tür zu und klingelte auch dort, doch wieder gab es keine Reaktion.

Hannah begann, sich in ihrem Arm zu winden und wollte selber gehen, und sobald Marie sie auf dem Boden absetzte, wandte sie sich von der Haustür ab und begann – die Hand gegen die Mauer gestützt – das Haus zu umrunden. Da sich auch auf ein zweites Läuten hin nichts tat, ließ Marie sie gewähren, und bald erreichten sie die etwas einladender wirkende Südseite mit einer großen Terrasse. Die Stufen, die hier hochführten, waren etwas schmaler und glänzten in der Sonne silbrig. Hannah bestand darauf, sie selbst zu erklimmen, und während Marie sich über ihre Tochter beugte, um sie jederzeit stützen zu können, entging ihr, was Jonathan sofort aufgefallen war.

»Mama, sieh doch mal!«

Die breite, weiße Glastür, durch die man von der Terrasse aus das Haus betrat, stand weit offen.

Nun gab es für Hannah kein Halten mehr. Sie stieß fröhliche Laute aus, deutete mit dem Finger darauf und strebte mit wackeligen Schritten darauf zu. Kurz überlegte Marie, sie hochzunehmen und das Grundstück schleunigst zu verlassen, aber dann folgte sie ihr.

»Und wenn wir doch erschossen werden?«, fragte Jonathan.

»Unsinn!«

Marie versuchte zu lächeln, klopfte aufs Glas, bekam aber – wie erwartet – keine Antwort. Da hatte Hannah auch schon die Schwelle überschritten, und sie eilte ihr nach. Obwohl sie Jonathan ihr Unbehagen nicht zeigen wollte, fühlte sie sich, als hätte sie die Grenze zu einer fremden, verbotenen Welt passiert. Ein muffiger Geruch hüllte sie ein, der auch von der Zugluft nicht vertrieben werden konnte und anscheinend von den vielen alten … uralten Möbeln stammte.

Clairmont Manor schien sich seit den Tagen, da Lilian Talbot hier gelebt hatte, kaum verändert zu haben. Waren die Mauern noch ein Zeichen von alter Pracht und Reichtum, boten die Räume einen trostlosen Anblick, der vom Niedergang der einst wohlhabenden Familie kündete.

Obwohl Clairmont Manor bewohnt war, schien dem Haus eine Seele zu fehlen, die Bereitschaft, es mit Lachen und Geplauder zu füllen, Altes aufzugeben, es neu einzurichten und zu einem gemütlichen Zuhause zu machen.

Es wirkt wie eine Gruft, ging es Marie durch den Kopf.

Der Raum, den sie betreten hatte, war wohl das Wohnzimmer. Der Flügel, der gleich hinter der Gartentür stand, war geöffnet, doch die elfenbeinfarbenen Tasten hatten sich gelblich gefärbt, und Marie hätte schwören können, dass schon ewig niemand mehr darauf gespielt hatte. Über dem Kamin hingen ausgestopfte Vögel, und was wohl irgendwann einmal der letzte Schrei gewesen war, wirkte nun gruselig und gab ihr das Gefühl, als würde sie argwöhnisch beobachtet werden. Die gegenüberliegende, rot tapezierte Wand beherbergte lauter Bilder von Schiffen. Die meisten Rahmen waren matt und staubig, etliche Bilder hingen schief. Die typischen roten Chesterfield-Stühle vor einem wurmstichigen Tisch wirkten total durchgesessen, und auch der Bezug einer gestreiften Chaiselongue war fadenscheinig.

Ein altmodischer Paravent teilte den langgezogenen Raum, und dahinter befand sich ein Glaskasten mit Chinaporzellan und einer Sammlung Münzen, dessen Scheiben verdreckt waren und ein paar Sprünge aufwiesen. Mehrere Teppiche lagen übereinander und sahen so schwer aus, dass es wohl mehrerer Männer bedurft hätte, um sie zusammenzurollen und gründlich zu reinigen – eine Arbeit, die sicher schon seit Ewigkeiten keiner gemacht hatte. Aus dem muffigem Geruch wurde ein undefinierbarer Gestank.

Was Marie zutiefst abstieß und befremdete, begeisterte die Kinder umso mehr. Jonathan blickte so fasziniert, als würden sie einen Zoo besuchen, und Hannah schien das Wohnzimmer für ihr persönliches Spielzimmer zu halten. Marie brach der Schweiß aus, als sie sie davon abhielt, die vielen Lampen von den kleinen Beistelltischen zu ziehen oder auf den vielen Fotografien, die langsam verstaubten, ihre Fingerabdrücke zu hinterlassen.

Bevor sie sie mustern und vielleicht Lilian Talbot auf der einen oder anderen erkennen konnte, hörte sie Schritte. Sie nahm Hannah auf den Arm, und obwohl diese sich erwartungsgemäß zu winden begann, hielt sie sie fest umklammert. Jonathan hastete freiwillig zu ihr und hielt sich an ihrem Bein fest.

»Mr Clairmont?«, rief sie.

Keine Antwort. Selbst die Schritte waren verstummt.

Sie musste wahnsinnig gewesen sein, hierherzukommen und das

Gebäude unbefugt zu betreten! Plötzlich wurde ihr ganz flau im Magen, und sie bereute, nicht doch etwas gegessen zu haben.

Eine Weile stand sie wie starr, aber als Hannah immer lauter zu quengeln begann, gab sie sich einen Ruck, folgte der Richtung, aus der sie die Schritte vernommen hatte, und trat vom Wohnzimmer in eine große Eingangshalle. Eine breite, mit einem dunkelrosa Teppich bedeckte Treppe führte in die oberen Stockwerke. Direkt neben dem Eingang gegenüber hing ein überlebensgroßes Gemälde.

Obwohl deutlich verfremdet, erkannte sie sie sofort: Die Frau mit den braunen Locken, dem breiten Sonnenhut, der ihr vom Kopf in den Nacken gerutscht war, und dem hellen Kleid, das einen deutlichen Kontrast zu den schwarzen Stiefeln bot, war Lilian Talbot. Sie stand inmitten von Guernsey-Lilien, deren rosa Farbton dem ihrer Wangen entsprach. Auf der Nasenspitze waren ein paar Sommersprossen angedeutet, die auf dem Foto nicht zu sehen waren und die ihr einen ebenso mädchenhaften wie verschmitzten Ausdruck gaben. Eine klassisches Schönheit war sie nicht, jedoch ein Ausbund von Lebendigkeit und Fröhlichkeit.

»Was haben Sie hier verloren?«

Marie war so sehr in den Anblick des Bildes versunken gewesen, dass sie nicht bemerkt hatte, wie die Schritte wieder näher kamen. Sie fuhr herum und sah Bartholomé auf der obersten Stufe stehen. Er klammerte sich an das Geländer fest, als er zu ihr nach unten stieg, und jetzt erkannte sie, warum er weder auf das Klingeln reagiert noch sofort in das Wohnzimmer gestürmt war, als er sie gehört hatte. Eines seiner Beine war etwas schief, und jeder Schritt schien ihm Schmerzen zu bereiten. Wenn er auf einer ebenen Fläche ging, fiel es nicht weiter auf, doch das Treppensteigen schien ihm unendliche Mühe zu bereiten.

»Er hat kein Gewehr«, raunte Jonathan ihr zu. »Das ist schon mal gut.«

Obwohl er leise gesprochen hatte, hallten die Worte von den steinernen Wänden wider. Auch Bartholomé musste sie gehört haben, denn seine strenge Miene wirkte nahezu verdutzt, und er starrte Jonathan an, als hätte er ein seltenes Tier vor sich.

Wann hatte zum letzten Mal ein Kind dieses Herrenhaus betreten? Und wann eine junge Frau wie Lilian? Lilian, die Blumen geliebt haben musste, sonst hätte man sie nicht inmitten von diesen gemalt …

Marie straffte ihren Rücken, nahm allen Mut zusammen und bemühte sich um einen hellen, freundlichen Tonfall. »Guten Morgen, Mr Clairmont. Es tut mir leid, Sie so zu überfallen, aber ich habe mehrmals geläutet, und niemand hat geantwortet, und da …«

»Sie haben Ihren Besuch nicht angekündigt!«, unterbrach er sie. Es klang wie ein Bellen.

»Es ist nur so …« Sie kam nun doch ins Stammeln und war sich plötzlich nicht mehr sicher, ob sie die Frauenstimme erwähnen sollte. Vorhin hatte sie gar nicht bedacht, dass Jonathan auf diese Weise von dem Vorfall erfahren würde. »Ist Ihnen … ist Ihnen in der letzten Nacht etwas aufgefallen?«, fragte sie schließlich nur.

Bartholomé hatte drei weitere Stufen nach unten genommen. Sein Gesicht war nun schmerzverzerrt und von einer dünnen Schweißschicht bedeckt. Schwer lehnte er sich ans Geländer. Er trug einen roten Schlafrock, der an Schultern und Ellenbogen durchgewetzt war – ein Zeichen, dass er wohl genauso alt wie die Einrichtung war und gewiss genauso muffig roch. Der alte Mann bot keinen furchterregenden, sondern schlichtweg einen erbarmungswürdigen Anblick, und plötzlich fühlte Marie weder Angst noch Wut, nur Mitleid. Am liebsten hätte sie ihn gestützt, ihn zu einem Stuhl geführt und ihm eine Tasse Tee gemacht.

Doch ehe sie etwas sagen konnte, hob er die Hand und deutete auf das Gemälde von Lilian Talbot. »Sie kommt einfach nicht zur Ruhe.«

Ob das ein hinreichender Beweis war, dass auch er die Frauenstimme gehört hatte? Oder vielmehr dafür, dass er nicht ganz richtig im Kopf war?

Wieder kam sie nicht dazu, etwas zu sagen, denn schon fuhr er fort: »Das ist auch gut so. Sie hat keinen Frieden verdient. Sie … sie war eine böse Frau.«

Erneut kämpfte er sich einige Stufen nach unten. Hannah hatte längst zu quengeln aufgehört und klammerte sich an Marie. Jonathans Griff war nicht minder panisch, doch Marie ließ sich nicht länger einschüchtern. »Warum?«, fragte sie. »Es spricht einiges dafür, dass sie die Tote ist, die in der Nähe meines Cottage gefunden wurde. Womöglich ist sie erschossen worden. Und das bedeutet, dass sie das Opfer war, nicht die Täterin.«

»Sie hat alles Schlechte der Welt verdient!«

Der Hass in seinen Augen war so groß, dass Marie der Atem stockte. Zwar war er nicht gegen sie persönlich gerichtet, und dennoch vermeinte sie, von einer erstickenden Wolke eingehüllt zu werden. Nicht nur, dass der Zahn der Zeit an diesem Haus genagt hatte – nein, dieser Hass hatte alles vermodern lassen. Ein Wunder, ging ihr durch den Kopf, dass die Lilien auf dem Gemälde nicht verwelkt waren …

Die Frauenstimme, die sie in der Nacht wachgehalten hatte, war nicht annähernd so beängstigend wie der Hass dieses Mannes. Hannah vergrub ihr Gesicht in ihrer Halsbeuge, und der sonst so freche Jonathan hielt sich mittlerweile hinter ihrem Rücken versteckt. Dass sie den Kindern tröstend über den Kopf strich, konnte diesen so wenig die Angst nehmen wie ihr selbst das Unbehagen.

»Besser, ich gehe jetzt!«, sagte sie.

Sie floh durchs Wohnzimmer nach draußen, ehe Bartholomé de Clairmont die unterste Stufe erreicht hatte.

Sie hatte es so eilig zu verschwinden, dass sie Hannah gar nicht erst in den Buggy setzte, sondern sie weiterhin auf dem Arm hielt und diesen hinter sich herzog. Erstaunlicherweise wehrte sich Hannah nicht im Geringsten, sondern machte sich ganz steif. Als sie endlich das Cottage erreicht hatten, war Marie schweißgebadet.

Jonathan hingegen wirkte nicht länger ängstlich, sondern fasziniert. »Ist der Mann wahnsinnig?«, fragte er.

Marie war sich nicht sicher und zuckte die Schultern.

»Er hat gesagt, dass Lilian nicht zur Ruhe kommt«, fuhr Jonathan kopfschüttelnd fort. »Wahrscheinlich denkt er, sie spukt. Dabei glauben doch nur Babys wie Hannah an Gespenster.«

Marie wollte einwenden, dass Hannah noch zu klein war, um an irgendetwas zu glauben, und dass sie selbst auch eine Stimme gehört hatte, aber ehe sie etwas sagen konnte, wurde sie von einem »Guten Morgen!« unterbrochen.

Sie hob den Blick und sah Thomas Willis vor der Haustür warten. Die Erleichterung, auf jemanden zu stoßen, der aus Fleisch und Blut und obendrein freundlich war, war größer als das Erstaunen, dass er schon wieder unangekündigt hier auftauchte. Kurz ging ihr durch den Kopf, dass es unmöglich allein das Interesse an Lilian Talbot war, das ihn zu ihr trieb, doch dieses heftige, heiße Triumphgefühl, das sie prompt durchzuckte, war ihr nicht ganz geheuer.

Red dir bloß nichts ein!, mahnte sie sich zur Vernunft.

Sie lächelte, trat auf ihn zu und schüttelte seine Hand.

»Guten Morgen.«

»Ich hoffe, ich komme nicht ungelegen.«

Als er merkte, dass sie den Buggy zusammenklappen wollte, ihr das mit einer Hand jedoch nicht möglich war, trat er schnell vor, um ihr zu helfen.

»Wieso können Sie das?«, fragte Jonathan vorlaut. »Ich dachte, Sie hätten keine Kinder!«

»Jonathan!«, mahnte ihn Marie zur Zurückhaltung.

»Na ja, um einen Buggy zusammenzuklappen, muss man keine eigenen Kinder haben.«

241

»Und warum haben Sie keine?«

Marie runzelte missbilligend die Stirn, aber Thomas Willis beugte sich zu Jonathan. »Meine Frau und ich haben uns immer welche gewünscht, aber wir haben zu viel gearbeitet. Sie ist ... war Archäologin wie ich.«

»Hat sie auch Tote ausgegraben?«, rief Jonathan begeistert.

»Ja ...«

Erinnerungen schienen ihn zu überwältigen, und der Blick seiner Augen wurde tieftraurig.

Marie sperrte die Tür auf. »Ich darf Ihnen doch etwas zu trinken anbieten«, versuchte sie von dem Thema abzulenken, das Thomas Willis sichtliche Schmerzen bereitete. Doch Jonathan war noch nicht bereit, sich zufriedenzugeben. »Wo ist Ihre Frau jetzt?«, fragte er.

»Jonathan!«, mahnte Marie wieder.

»Lassen Sie ihn nur. Es ist sein gutes Recht, diese Frage zu stellen.« Er wandte sich an Jonathan. »Du hast mir doch erzählt, dass dein Vater gestorben ist. Nun, Sally – meine Frau – leider auch.«

Das erklärte also seinen schwarzen Anzug, die traurige Miene, diese schwermütige Ausstrahlung.

Jonathan war nicht weiter erschüttert, doch Marie fühlte sich irgendwie beklommen. Und zugleich packte sie das schlechte Gewissen, weil sie selbst nach Josts Tod nie Schwarz getragen hatte und dass sie nicht so niedergeschlagen und traurig wirkte wie Thomas.

Thomas blieb auf der Küchenschwelle stehen, während sie Hannah absetzte und Tee kochte. Sie war neugierig, wie Sally gestorben war, wollte aber nicht fragen, und auch Jonathan hatte sein Interesse verloren und zeigte Thomas lieber seine Spielzeugautos.

Wenig später stellte sie die Teetassen auf den Küchentisch, und während Thomas gedankenverloren in seiner rührte, senkte sich Schweigen über sie.

»Es tut mir leid«, murmelte sie schließlich.

»Wegen meiner Frau?«, fragte er. »Nun, Sie haben ja selbst …«
Er brach ab.

Obwohl sie nicht danach gefragt hatte, sagte er schließlich gequält: »Es war ein Unfall.«

»Bei Ausgrabungen?«

»Das hätte ja noch irgendetwas … Heldenhaftes. Aber nein, nein.
Es war ein Autounfall. Nicht hier auf Guernsey, die Menschen fahren auf der Insel so langsam, sondern während eines Aufenthalts in
England. Sie hat auf einer schmalen Straße zu überholen versucht,
und …«
Er brach ab.

»Es tut mir leid«, sagte sie wieder. Auch wenn ihre Situation eine
ähnliche war, unterschied sie sich in einem doch wesentlich: Sie
hatte genug Zeit gehabt, sich von Jost zu verabschieden – er nicht.

Er rang sich ein Lächeln ab. »Bestimmt wollen Sie wissen,
warum ich hier bin«, lenkte er ab und fuhr hastig fort: »Nun, ich
habe mir weiterhin den Kopf über Lilian Talbot zerbrochen. Das ist
wohl eine Berufskrankheit. Geheimnisse der Vergangenheit ziehen
mich magisch an.«

Sie überlegte kurz, ihm von der nächtlichen Stimme zu erzählen,
begnügte sich dann aber, ihm nur von ihrem Besuch bei Bartholomé und dessen Hass auf Lilian zu berichten.

»Das ist doch irgendwie merkwürdig«, schloss sie. »Ich meine:
Lilian ist seit fast hundert Jahren tot, und dieser Mann hat sie noch
nicht einmal persönlich gekannt. Warum, um Himmels willen,
hasst er diese Frau derart?«

»Für Hass gibt es selten rationale Gründe«, gab Thomas zu bedenken.

Marie zuckte mit den Schultern. »Ob rational oder nicht. Was
ihn wirklich nährt, werden wir wohl nie herausfinden.«

»Vielleicht doch! Ich habe mir erlaubt, ein paar Nachforschungen in der Priaulx Library anzustellen.«

Marie lachte über seine etwas antiquierte Formulierung. »Aber dafür brauchen Sie doch keine Erlaubnis!«

»Na ja, dass dieses Skelett gefunden wurde, hat Ihnen schon genug Unannehmlichkeiten bereitet. Vielleicht wollen Sie ja trotz aller Neugierde auf Lilians Schicksal die Vergangenheit ruhen lassen.«

Eigentlich würde ich lieber die Gegenwart ruhen lassen, dachte sie plötzlich. Und nicht etwa eine Vergangenheit, die nichts mit mir zu tun hat, nichts mit Jost oder mit meiner Unfähigkeit zu malen.

»Glauben Sie mir: Ich bin brennend interessiert, was Sie herausgefunden haben. Ich hoffe nur, dass Sie das nicht von Wichtigerem abgehalten hat.«

»Ach was, ich bin froh über jede Ablenkung …«

Obwohl all seine Bewegungen so gesetzt wirkten und seine Miene so gefasst, nahm sie an ihm die Anspannung eines Menschen wahr, der dringend Zerstreuung sucht. Beinahe war sie neidisch, dass er in seinem Beruf welche fand, während sie selbst Angst hatte, nach oben zu gehen, auf ihr halbfertiges Bildnis zu stoßen und zu entscheiden, ob die Frau lächelte oder ernst schaute.

Nun, Lilian lächelte auf den meisten Fotografien, die Thomas ihr nun zeigte, wenn auch nie so strahlend wie auf jenem Foto, das Marie von ihr im Cottage gefunden hatte. Einen unglücklichen oder gar ängstlichen Eindruck machte sie auf keinem der Bilder.

Thomas Willis hatte in der Priaulx Library diverse Zeitungsartikel kopiert, die großteils aus dem wöchentlich erscheinenden »Guernsey Star« stammten. Einigermaßen belustigt las Marie auch die Texte, die sich neben den Artikeln über Lilian befanden, so die Rubrik »Zum Verkaufen«, wo Ponys, Grammophonnadeln, Modell-Yachten, aber auch Zuchtschweine angeboten wurden, oder die »Neuigkeiten aus London«, in denen politische Entwicklungen kommentiert wurden. Wenn von den Deutschen die Rede war, wurden diese – so kurz nach dem Ersten Weltkrieg – ausschließlich mit der feindseligen Bezeichnung »Hunnen« bedacht. Ansonsten trieften die Texte von Pathos, vor allem wenn es darum ging, von Erfolgsgeschichten einfacher Leute zu berichten, unter anderem einem beinlosen Kriegsveteranen, der nun als Telefonist arbeitete.

Lilian hingegen fand in den Berichten über diverse gesellschaftliche Ereignisse auf Guernsey Erwähnung.

Marie hatte keine Ahnung, wie sich die reichen Leute in den 20er Jahren auf der Insel die Zeit vertrieben hatten – nun erfuhr sie, dass sonntägliche Picknicke äußerst beliebt waren: Auf den Wiesen rund um die Rue de la Lague oder in Saint Peter in the Woods im Westen der Insel wurden nicht einfach nur Decken ausgebreitet, sondern ganze Zelte aufgestellt, die man »Moullins's Tea Rooms« nannte. Trotz ihrer schönen Kleider schien es den Frauen zu gefallen, sich – entgegen üblicher Etikette – auf dem Boden niederzulassen. Lilian oder vielmehr Liliane de Clairmont nahm an diesen Vergnügungen ebenso teil wie an der Rocquaine-Regatta, und zählte beim Guernsey Cup, einem berühmten Pferderennen, wie auch bei »The Gaieties«, einem Konzert im Candie Garden in Saint Peter Port, zu den Zuschauern.

»Sie scheint rege am gesellschaftlichen Leben teilgenommen zu haben«, stellte Marie fest.

»Das täuscht«, sagte Thomas schnell, »ich habe die Artikel kopiert, wo sie erwähnt wird oder auf Fotografien zu sehen ist, doch in den meisten dieser Art fällt weder ihr Name noch der ihres Mannes. Verglichen mit den anderen Familien lebten sie ziemlich zurückgezogen.«

Woran das wohl lag?, überlegte Marie. Ob es mit Lilian selbst zu tun hatte? Oder vielmehr ihrem Mann geschuldet war?

Auf einem der Fotos war neben Lilian ein kleiner Junge zu sehen – offenbar Thibaud de Clairmont. Er war klein und dürr, und mit seinen schwarzen Haaren und der blassen Haut hatte er nicht auch nur die geringste Ähnlichkeit mit seinem Sohn Bartholomé.

Der kam eher nach dem gleichfalls rothaarigen Richard de Clairmont.

Sie standen vor einer exotisch anmutenden Pflanze, die Marie an einen Bonsai erinnerte.

»Das ist im Saumarez Park«, erklärte Thomas Willis rasch. »Der vierte Baron von Saumarez war Botschafter in Japan. Er kam nicht nur als wohlhabender Mann heim, sondern als Liebhaber der japanischen Lebenskultur, und kaufte Land im nördlichen Teil der Insel, um einen Park mit vielen japanischen Elementen zu kreieren.« Thomas zögerte kurz. »Wenn Sie wollen, können wir gerne einmal einen Ausflug dorthin machen. Auch für die Kinder gibt es dort viel zu entdecken. Soweit ich weiß, befindet sich in der Nähe des Parks ein großer Kinderspielplatz.«

Während er sprach, waren seine Augen starr auf den Zeitungsartikel gerichtet. Er sprach mit gleichmütiger Stimme, als würde er diesen Vorschlag ganz spontan und nur so nebenbei machen, doch schon während sie die Fotos betrachtet hatten, war er kaum merklich näher gerückt, und mittlerweile berührten sich ihre Schultern. Auch wenn sie zunächst den Gedanken daran verdrängt hatte – spätestens jetzt hätte Marie schwören können, dass er sich nicht all die Mühe gemacht hatte, weil er sich so sehr für die Vergangenheit interessierte, sondern vielmehr für sie … die Witwe mit zwei Kindern, die irgendwie schutzbedürftig wirkte und ihn in seiner Trauer so gut verstand wie kein zweiter.

»Ja«, murmelte sie, »vielleicht können wir das irgendwann einmal machen.«

Er bedrängte sie nicht weiter, einen genauen Termin festzulegen, was sie äußerst wohltuend fand. Vince hätte sich wohl nicht so schnell damit zufriedengegeben … wobei sich auch der seit ihrem Kuss als äußerst zurückhaltend erwies. Offenbar erwartete er, dass sie den nächsten Schritt machte, denn gestern hatte er lediglich kurz angerufen, um zu fragen, ob mit der Wasserleitung alles in

Ordnung sei, jedoch jede persönliche Bemerkung ausgespart und das Gespräch bald wieder beendet.

»Für seine Lady hat der Baron von Saumarez übrigens eine spezielle Kamelienart züchten lassen«, fuhr Thomas fort.

Falls Lilian Blumen liebte, war sie sicher gerne dort gewesen.

»Ich hätte nicht gedacht, dass damals auf den Kanalinseln so viel los war«, sagte sie. »Ich habe sie mir eher als einsames Eiland vorgestellt.«

»Nun, der Tourismus war damals schon sehr ausgeprägt. Und die Familien waren ziemlich stolz auf ihre Heimat. Irgendwie waren sie alle miteinander verwandt oder hatten zumindest Angehörige auf Jersey, Alderney und Sark.«

»Nur Lilian nicht … Haben Sie etwas über ihre Herkunft herausbekommen?«

Thomas lächelte vielsagend, als er eine zweite Mappe aus seiner ledernen Tasche zog. »Das nicht, allerdings zwei weitere Artikel, die mir ganz interessant erscheinen. Sie stammen nicht aus dem ›Star‹, sondern aus der *Gazette de l'Île de Guernsey*. Lesen Sie mal!«

Marie überflog den ersten, der von Anfang Oktober 1923 stammte und in dem vom rätselhaften Verschwinden von Richard de Clairmonts Gattin berichtet wurde. Die Haushälterin von Clairmont Manor, Laure Mathieu, hatte demnach gesehen, wie diese zu einem Küstenspaziergang aufgebrochen war. Doch anstatt nach Hause zurückzukehren, als ein Sturm losbrach, blieb sie verschwunden und ihrem gebrochenen Ehemann nur die traurige Ahnung, dass sie wohl ins Meer gestürzt und ertrunken war.

»Der Artikel bringt an sich keine neuen Erkenntnisse«, sagte Thomas, »aber was auffallend ist, ist, dass er der Einzige seiner Art ist. Ich meine, Lilians Verschwinden war doch sicher wochenlang Hauptgesprächsthema auf der Insel. Wahrscheinlich wurden viele Mutmaßungen angestellt, was mit ihr passiert ist, und doch finden sie in keiner anderen Zeitung Erwähnung.«

»Was könnte das bedeuten?«

»Vielleicht, dass Richard de Clairmont seinen Einfluss geltend gemacht hat, um jeden Klatsch im Keim zu ersticken.«

»Was wiederum damit zu tun haben könnte, dass er wusste, wie sie wirklich gestorben ist.«

»Oder dass er einfach ein diskreter Mensch war.« Einmal mehr gab Thomas den nüchternen Wissenschaftler, der sich vor raschen Schlussfolgerungen hütete. »Ich muss gestehen, dass ich natürlich auch nicht alle Presseerzeugnisse dieser Zeit durchgegangen bin, sondern nur diese zwei Zeitungen.«

»Sie haben noch einen weiteren interessanten Artikel erwähnt.«

Thomas nickte und reichte ihr schweigend die Kopie. Marie überflog ihn, stieß aber auf keinen bekannten Namen.

»Da geht's aber nicht um Lilian.«

»Nein, aber um einen gewissen Saul Ricketts.«

Marie las die wenigen Zeilen erneut. »Ein Landstreicher«, murmelte sie. »Offenbar war er auf der Insel sehr bekannt. Er lebte rund um Saint Peter Port, galt als geisteskrank, aber als harmlos. Niemand fühlte sich verpflichtet, sich seiner anzunehmen. Aber dann …«

Marie weitete die Augen.

»Aber dann wurden mehrere Tiere tot gefunden, Vögel, Katzen, sogar ein kleiner Hund«, fuhr Thomas an ihrer statt fort, »allesamt mit aufgeschlitzten Bäuchen, und das in der Nähe von Saint Peter Port … was wiederum in der Nähe von Clairmont Manor gewesen sein könnte.«

»Aber selbst wenn Saul ein Tierquäler war, ist das doch kein Grund …«

»Er ist verhaftet worden, und schauen Sie mal, wann!«

Marie las das Datum, und es dauerte ein wenig, bis es Klick machte. »Nur zwei Wochen nach Lilians Verschwinden!«, rief sie.

»Vielleicht steht beides in keinerlei Zusammenhang, aber es wäre möglich, dass Richard de Clairmont diese Verhaftung veranlasst hat. Saul Ricketts wurde zwar wenig später aus Mangel an Beweisen entlastet, aber ein Mann, der aus reiner Lust Tiere tötet, könnte auch einen Menschen ermorden.«

»Aber Lilian wurde erschossen! Und es ist doch eher unwahrscheinlich, dass ein Landstreicher zu einer Schusswaffe kommt.«

»Er kann sie gestohlen haben. Wenn er sich all die Jahre durchgebracht hatte, besaß er zumindest eine gewisse Bauernschläue.«

»Dann wäre er es auch gewesen, der den Leichnam vergraben hat«, sagte Marie nachdenklich.

Thomas wollte etwas hinzufügen, aber in diesem Augenblick kam Jonathan aus dem Wohnzimmer gerannt. »Hannah hat in die Hose gekackt! Es stinkt total grässlich! Ich glaube, sie hat Durchfall!«

Marie warf Thomas einen entschuldigenden Blick zu, aber der lächelte nur. »Ich liebe es, wenn Kinder ungeniert die Wahrheit sagen. Und eigentlich will ich auch gar nicht länger stören ...«

»Sie stören doch nicht! Ich bin Ihnen auch sehr dankbar, dass Sie solche Mühen auf sich genommen haben.«

»Das habe ich doch gerne getan.« Er zögerte kurz und blickte wie vorhin starr auf die Zeitungsartikel, als er vorschlug: »Wir könnten vielleicht mal gemeinsam essen gehen. Ich kenne ein nettes Restaurant gleich in der Nähe. Dort gibt es den besten Fisch der Insel, auch Hummer und Jakobsmuscheln.« Ehe sie einen Einwand hervorbringen konnte, sagte er schnell: »Dann könnten wir noch mal in Ruhe überlegen, ob der Landstreicher tatsächlich als Mordverdächtiger taugt.«

Marie war nicht sicher, was sie sagen sollte.

»Mama, es stinkt!«

Hannah begann zu quengeln, wohl weniger wegen der vollen Windel, sondern weil Jonathan so empört schrie und auf Abstand ging. Wenn sie mehr Zeit gehabt hätte, hätte Marie sich eine Aus-

249

rede überlegt. So aber fühlte sie sich ihm für die Nachforschungen in der Bibliothek verpflichtet, einen Gefallen zu tun. »Also gut, ich werde Florence fragen, ob sie mal als Babysitterin einspringt. Ich rufe Sie an, Mr Willis.«

»Sagen Sie Thomas …«

»Mama!«

»Ja doch!«

Thomas nickte ihr zu. »Keine Umstände. Ich finde selbst hinaus.«

Am nächsten Abend hatte sich Marie gerade fertiggemacht und eine Kette umgelegt, um das schlichte Outfit – Jeans und eine Bluse mit Blumenmuster – etwas aufzumotzen, als von unten Gebrüll ertönte. Marie zuckte zusammen. Erst vor einer halben Stunde war Florence gekommen, und zunächst war Hannah ganz begeistert gewesen. Florence hatte kleine Marmeladengläser, gefüllt mit Bohnen, Reis und Mais, mitgebracht, damit Hannah »kochen« spielen konnte, doch offenbar war die Stimmung umgeschlagen.

Marie stürzte nach unten.

»Sie ist gegen den Tisch gelaufen, aber das ist doch nicht weiter schlimm«, erklärte Florence. Hannah hatte sich zunächst tatsächlich beruhigt, doch als sie Marie sah, streckte sie die Ärmchen nach ihr aus und begann, bitterlich zu weinen.

Marie barg ihr Gesicht an ihrer Brust, bis sie sich beruhigt hatte, doch kaum versuchte sie, Hannah wieder auf dem Boden abzusetzen, folgte neues Gebrüll.

»Ob ich wirklich gehen soll?«, fragte Marie zweifelnd.

»Solange sie dich sieht und ahnt, dass du fortgehen willst, wird sie weinen. Sie beruhigt sich schon, sobald du erst mal weg bist.«

Marie zögerte und befühlte Hannahs Stirn. »Sie ist irgendwie heiß, oder? Ich habe schon den ganzen Tag den Eindruck, dass sie etwas fiebert. Das wäre auch kein Wunder, die Backenzähne sind auf dem Weg.«

Florence verdrehte die Augen. »Sag, Marie, wann hast du das letzte Mal etwas nur für dich gemacht?«

»Na ja, dieses Abendessen ist nun auch nicht sooo wichtig für mich ...«

»Mr Willis ist doch sehr nett.«

»Trotzdem ...«

Wieder wollte sie Hannah auf den Boden stellen, wieder brüllte diese los.

»Ich glaube, ich bleibe doch besser hier.«

»Au ja!«, rief Jonathan sofort begeistert. »Du hast mir auch versprochen, dass du mir den Keller des Cottage zeigen willst.«

»So spät am Abend ist das nicht der richtige Zeitpunkt«, sagte Florence und wandte sich erneut an Marie, um zu bekräftigen, dass sie ruhig gehen könne. Aber diese hatte ihre Entscheidung gefällt.

Wenig später hatte sie Thomas telefonisch abgesagt und kehrte wieder zurück ins Wohnzimmer. Als würde Hannah ahnen, dass sie ihren Willen durchgesetzt hatte, hatte sie sich völlig beruhigt und spielte friedlich mit den Bohnen.

»Thomas hat sehr verständnisvoll reagiert«, erstattete sie Florence Bericht.

»Was hätte er auch sagen sollen?«

Marie entging der missbilligende Tonfall nicht. »Er hat schließlich selbst erlebt, wie fordernd zwei kleine Kinder sein können.«

»Vor mir musst du dich ganz sicher nicht rechtfertigen, aber ...« Florence machte eine vielsagende Pause.

Marie wurde ärgerlich, ohne recht zu wissen, ob auf sich selbst oder Florence. »Vor wem denn dann?«, fragte sie schnippisch.

Florence warf einen kurzen Blick auf Jonathan, der damit beschäftigt war, aus Knete kleine Bohnen zu formen, und es witzig fand, sie Hannah unterzujubeln. Die spielte mit diesen ebenso begeistert wie mit den echten, ohne den Unterschied zu merken.

»Ach Marie«, sagte Florence etwas leiser, »ich will mir nicht anmaßen, dir Ratschläge zu geben. Aber aus allem, was du mir erzählt hast, wird sehr deutlich, dass du in den letzten Monaten, ja Jahren ständig Opfer gebracht hast – vor allem für Jost.«

»Was hätte ich denn sonst tun sollen? Er war todkrank.«

»Ja, aber im Grunde hast du deine Bedürfnisse doch auch schon zurückgestellt, als er noch gesund war.«

»Wenn du die Malerei ansprichst – er hat mich nie dazu gezwungen, mein Studium aufzugeben ...«

»Noch mal, Marie«, unterbrach Florence sie energisch. »Du musst dich nicht rechtfertigen! Ich meine nur ... wann bist du denn das letzte Mal so richtig egoistisch gewesen?«

»Ich habe Kinder, da kann man nicht ...«

Florence hob abwehrend die Hände. »Ich habe auch Kinder, und ich weiß, dass es mit der Freiheit erst mal vorbei ist, wenn sie noch klein sind. Aber das hat mich dennoch nicht davon abgehalten, mal alleine mit meinem Mann essen zu gehen.«

»Eben! Mit deinem Mann! Nicht mit einem Fremden!«

»Die Frage ist doch nicht, ob Thomas Willis für dich ein Fremder ist oder nicht, sondern ob du überhaupt bereit bist, ihn besser kennenzulernen.«

Marie zuckte die Schultern. »Das weiß ich nicht.«

»Und deswegen solltest du dir Zeit nehmen, es herauszufinden. Auch Vince würde dich gerne wiedersehen. Er traut sich nur nicht, sich dir aufzudrängen.«

Marie schnaubte. »Bis jetzt hatte ich nicht den Eindruck, er leide unter Schüchternheit.«

»Da hast du auch wieder recht. Ich will das auch gar nicht weiter vertiefen, wie Vince zu dir steht und du zu ihm. Mir ist es auch egal, ob du dich mit Thomas oder Vince oder irgendeiner Freundin von früher triffst. Ich würde dir nur wünschen, dass du etwas für *dich* tust! Du könntest dich auch nach oben zurückziehen und malen. Die Kinder sind doch jetzt friedlich, und ich bin ohnehin da.«

»Ich … ich …«

Marie konnte nicht eingestehen, wie schwer ihr das Malen fiel.

»Kann es sein, dass du immer wieder einen neuen Vorwand suchst, warum du nicht malen willst?«, fragte Florence nachdenklich. »Du hast Jost geheiratet und dir gesagt, dass deine Karriere hinter seiner zurückzustehen hat. Du hast die beiden Kinder bekommen, die dich brauchten, und alles andere vernachlässigt. Dann Josts Krankheit, sein Tod, deine schwierige Situation als alleinerziehende Mutter … klar gibt es tausend berechtigte Gründe, warum du nicht malen kannst. Aber du solltest dich ganz ehrlich fragen, wie viele davon dir als Ausflüchte gerade recht kommen.«

Marie senkte rasch ihren Blick. Florence hatte den Nagel auf den Kopf getroffen – und mehr als das. Sie rührte an einem unbestimmten Schmerz, von dem Marie nicht genau wusste, woher er stammte. Er war viel älter als der Kummer über Josts Tod, kam vielleicht aus den Tagen, da sich ihre Eltern hatten scheiden lassen, ihre Welt zerbrochen war und sie das Gefühl nicht loswerden konnte, sie sei irgendwie mitschuldig daran.

Florences Gesicht wurde mitfühlend. »Marie«, sagte sie leise. Sie trat zu ihr und legte ihr den Arm um die Schultern – eine tröstliche Berührung und zugleich eine, die den Schmerz noch wachsen ließ.

Marie stieß sie abrupt zurück. »Besser, du gehst jetzt«, presste sie zwischen den Lippen hervor.

»Ich wollte wirklich nicht …«

»Jost war ein dominanter Mensch. Er hatte ziemlich klare Vorstellungen von seinem Leben und hat von mir erwartet, dass ich mich danach richte. Seine Termine haben unsere Ehe bestimmt, und als er krank wurde, drehte sich erst recht alles um ihn. Doch gerade darum will ich mir von niemandem mehr sagen lassen, was ich zu tun oder zu lassen habe. Ich … und nur ich treffe die Entscheidungen, was für mich und meine Kinder am besten ist.«

Je länger sie sprach, desto trotziger klang sie. Sie las in Florences

Miene deutliche Zweifel, aber sie erhob keinen Einwand mehr, verabschiedete sich von den Kindern und ging.

Als es wenig später klopfte, dachte Marie, dass Florence zurückgekehrt wäre und eine Aussprache suchte, doch zu ihrer Überraschung war es Vince, der vor der Tür stand. Ein zweites Mal irrte sie sich in der Annahme, dass er im Streit mit Florence vermitteln wollte, denn als sie ihn darauf ansprach, hatte er keine Ahnung davon.

»Warum interessierst du dich ausgerechnet für diesen Langweiler?«, blaffte er sie stattdessen grußlos an.

Marie war so perplex, dass sie eine Weile brauchte, um ihn zu verstehen.

»Ein Langweiler? Ach, du meinst Thomas Willis? Nun, ich finde es ziemlich interessant, was er über seinen Beruf erzählt.«

»Ach so! Dass irgendjemand alten Schutt ausgräbt, den keiner mehr braucht, zählt natürlich mehr als die Häuser, die ich baue ...«

Marie musterte ihn genauer und las die ehrliche Kränkung in seinen Zügen. Wieder brauchte sie eine Weile, um zu begreifen, dass er von dem geplanten Abendessen gehört hatte und zutiefst eifersüchtig reagierte.

Marie wusste nicht, ob sie lachen oder sich ärgern sollte. »Sag mal, spinnst du?«, entfuhr es ihr schließlich. »Was geht es dich überhaupt an?«

Vince versuchte sichtlich, sich zu beherrschen, aber es gelang ihm nicht. »Ich habe mehrmals vorgeschlagen, dass wir einen gemeinsamen Ausflug machen, gerne auch mit den Kindern, aber du hast immer abgelehnt. Ich dachte, du bräuchtest Zeit und willst allein sein, weil du noch um deinen Mann trauerst. Nur deswegen habe ich mich zurückgezogen – um dann herauszufinden, dass du dich mit einem Mann, den du erst seit kurzem kennst, zum Abendessen triffst.«

254

»Wie du siehst, bin ich hier bei den Kindern und nicht mit Thomas in einem Restaurant. Aber selbst wenn ich es wäre, würde dich das nichts angehen. Hör auf, dich wie ein eifersüchtiger Liebhaber aufzuführen! Nur, weil du als Junge mal für mich geschwärmt hast, hast du keine Ansprüche auf mich.«

Sie klang sehr streng, obwohl insgeheim längst die Belustigung überwog. Ihr fiel es immer noch schwer zu glauben, dass sich gleich zwei Männer für sie interessierten, und wollte weder dem einen noch dem anderen irgendwelche Hoffnungen machen. Aber zugleich fühlte sie sich wie elektrisiert und in spätpubertäre Tage zurückversetzt, als die Liebe noch ein Spiel, das Leben noch leicht und verheißungsvoll war und launische Geplänkel sich mit ernsthaften Schwüren im Sekundentakt ablösten.

»Ich glaube, es ist besser, du gehst jetzt …«, murmelte sie und verkniff sich mühsam ein Grinsen.

Er hob den Blick wieder, nicht länger nur anklagend, sondern auch zerknirscht.

»Ich mache mich gerade zum Idioten, oder?«, fragte er ziemlich peinlich berührt.

»Wenn ich ehrlich bin – ja.«

Sie biss sich auf die Lippen, aber konnte nicht anders und prustete los. Es war Ewigkeiten her, dass sie das letzte Mal gelacht hatte. Es klang ein wenig übertrieben in den Ohren, nahezu hysterisch, und ihr ganzer Körper zitterte, aber zugleich tat es gut.

Vince blickte sie verdattert an. Er verstand nicht, warum sie geradezu eruptiv in Gelächter ausbrach, sie selbst ja auch nicht, aber gerade weil es so unpassend schien, konnte sie einfach nicht aufhören. Tränen traten ihr in die Augen, ihre Wangen röteten sich, und mit jeder Minute fühlte sie sich befreiter.

»Ich dachte immer, ich könnte mich nicht noch erniedrigter fühlen als damals im Sommer, als du ständig durch mich hindurchgesehen hast«, sagte er halb betroffen, halb spöttisch.

Immer noch konnte Marie nicht aufhören zu lachen, und als sie sich Minuten später endlich wieder unter Kontrolle hatte, fühlte sie sich verpflichtet, es irgendwie gutzumachen. »Du bist ein echter Spinner, einfach so herzukommen …« Sie breitete die Arme aus, um ihn zu umarmen und einen flüchtigen Kuss auf seine Wangen zu hauchen, doch ehe sie sie wieder zurückziehen konnte, hielt er sie fest. Sein Gesicht kam ihrem ganz nahe.

»Ich … es …«, stammelte sie.

Ich will das nicht. Es ist zu früh.

Aber plötzlich war sie sich dessen nicht mehr so sicher. Plötzlich war es so verführerisch, mit Vince gemeinsam zu lachen und ihn zu küssen. Sie wollte nicht alleine sein und trüben Gedanken nachhängen, sie wollte sich wieder jung fühlen, sich kurz dem Trug hingeben, sie wäre ungebunden, ohne Verantwortung, bereit, im Hier und Jetzt zu leben und zu genießen, dass ein Junge ihr sein Herz zu Füßen legte. Ja, jetzt fiel ihr es wieder ein, dass sie es auch damals schon genossen hatte, ihr Vinces Gefühle keineswegs verborgen geblieben waren, sie vielmehr provoziert hatte, dass seine Blicke ihr folgten. Erwachsen hatte sie sich gefühlt, stark, selbstsicher.

Würde sie sich, wenn sie ihn küsste, jetzt wieder so fühlen – zumindest für einige gestohlene Sekunden?

Ehe sie sich einen Ruck geben konnte, lockerte sich sein Griff.

»Die Kette … woher hast du sie?«

Kurz wusste sie nicht, was er meinte, dann griff sie sich an den Hals. Richtig, vorhin hatte sie sich eine Kette umgelegt, aus Silber, mit einem Anhänger in der Form einer Guernsey-Lilie, ein Geschenk ihres Vaters.

»Diese Kette …«, stammelte er. »Das ist doch die gleiche, die Lilian auf dem Foto trägt!«

14

1922

Wie jeden Samstag hatte Lilian das gesamte Personal versammelt. In einer Reihe stand es vor ihr, und sie trat mit gestrafftem Rücken von einem zum anderen, um Lob oder Tadel auszuteilen. Zwei Jahre waren seit ihrer Hochzeit mit Richard de Clairmont vergangen, und obwohl es erst Anfang September war, fror sie im Cottage häufig.

»Ich will, dass immer eingeheizt wird, auch wenn ich mich gerade nicht dort aufhalte«, erklärte sie. Mittlerweile hatte sie sich eine kleine Bibliothek eingerichtet und im ersten Stock ein Schlafzimmer, in dem sie im Sommer einige Nächte verbracht hatte.

Der junge Lakai, der damit beauftragt war einzuheizen, nickte dienstbeflissen, aber Laure zog die Augenbrauen hoch.

»Im Sommer ist das eine ziemliche Verschwendung von Feuerholz.«

Sie hatte nur ganz leise gesprochen, und ihre Worte waren nicht für Lilians Ohren gedacht, doch diese schritt energisch auf sie zu.

»Das zu entscheiden liegt allein in meinem Ermessen. Ich will nie wieder so etwas hören, sonst können Sie gleich Ihre Sachen packen.«

Ihr Verhältnis war angespannter als je zuvor. Laure schien immer noch darauf zu hoffen, dass Lilian einen Fehler beging, doch diese bot keinen Anlass zur Kritik: Selbstbewusst führte sie den Haushalt, und hatte sie Laures misstrauische Blicke bis jetzt beharrlich ignoriert, entschied sie heute, dass sie sich nicht länger würde von ihr maßregeln lassen.

»Haben Sie verstanden?«, fügte sie eisig hinzu.

Laure lief glühend rot an. »Comte de Clairmont hat mich einst eingestellt. Wenn ich gehen soll, muss er selbst es anordnen.«

»Nun, wenn ich ihn darum bitte, wird er nicht zögern, Sie hinauszuwerfen.«

»Seine Frau Christine hat mich hochgeschätzt. Er würde es nicht wagen, ihr Andenken zu beschmutzen.«

»Jetzt bin *ich* seine Frau, und ich lasse nicht zu, dass man mir respektlos begegnet.«

Sie starrten sich an und fochten einen stummen Kampf aus; jeder im Raum schien die Luft anzuhalten. Aus den Augenwinkeln sah Lilian, dass einige schamvoll ihren Kopf gesenkt hatten. Andere jedoch grinsten unverhohlen, und den meisten Spott zeigte Polly.

Gib es ihr!, schien ihr Blick zu sagen.

Eben noch war Lilian voller Eifer gewesen, diese Machtprobe auszukosten, doch plötzlich hinterließ es einen schalen Beigeschmack, ihren Einfluss auszuspielen. Sie war sich ja selbst nicht sicher, was sie sich von der Auseinandersetzung erhoffte und warum sie sich überhaupt darauf eingelassen hatte. Sie wusste nur, dass sie seit Monaten von etwas getrieben war, was sie nicht recht benennen konnte – vielleicht Unrast, Langeweile oder Zukunftsängste –, und dass es zwar kurz Erleichterung verhieß, sich ihrer Anspannung zu entladen, es hinterher aber noch quälender war, nicht zu wissen, was sie so ungeduldig und reizbar stimmte.

Laure mochte sie insgeheim verachten und hatte dann und wann einen Verweis verdient, aber genau besehen war es nicht ihre Schuld, dass Lilian sich in ihrem eigenen Leben nicht heimisch fühlte und man ihr nichts recht machen konnte.

Sie atmete tief durch, und anstatt bis zum Äußersten zu gehen, suchte sie nach einer Möglichkeit, den Konflikt zu lösen, ohne dass eine von beiden ihr Gesicht verlor.

»Comte de Clairmont fühlt sich nicht wohl«, sagte sie leise. »Seit Wochen verbringt er die meiste Zeit im Bett, weil ihn schlimme Rückenschmerzen plagen. Es liegt doch in unser beider Interesse, dass es ihm gutgeht, und deswegen sollten wir ihn nicht aufregen. Das Cottage wird künftig jeden Tag beheizt, mehr habe ich nicht dazu zu sagen. Sie vielleicht?«

Laure schwieg eine Weile, trotzte ihrem Blick, presste aber schließlich über ihre Lippen: »Gewiss nicht. Wie Sie wünschen, Comtesse.«

Lilian hob die Hand. »Ihr könnt gehen.«

Die Dienstboten zerstreuten sich rasch, nur Polly blieb zurück.

»Was für ein hochnäsiges Miststück!«, rief sie lachend, kaum dass sie mit Lilian alleine war.

Lilian zuckte zusammen. Sie war zwar ganz ihrer Meinung, und dennoch war ihr Polly in den letzten Wochen oft lästig gewesen. Ständig lag sie ihr mit dem neuesten Tratsch in den Ohren, doch was Lilian früher amüsiert hatte, schien ihr jetzt nichtig und belanglos. In ihren Büchern hatte sie so viele neue, fremde und faszinierende Welten erforscht – mit Polly zu sprechen fühlte sich im Vergleich dazu so an, als müsste sie in einem winzigen grauen Raum hausen und durch Gitterstäbe auf ein winziges Fleckchen Erde starren. Gewiss, immer mal kamen da draußen Menschen vorbei, aber die waren allesamt so … langweilig.

Anstatt etwas zu sagen, nickte sie ihr schweigend zu – eine stumme Aufforderung, wieder zur Arbeit zu gehen. Doch Polly ließ sich nicht so schnell bremsen.

»Dem Herrn geht es wirklich nicht gut?«

Lilian schwieg eine Weile, aber machte dann doch ein Zugeständnis an ihre einstige Freundschaft: »Wie ich sagte – ein Rückenleiden quält ihn. Er kann kaum gerade stehen.«

»Ist es wirklich nur das?«

»Was meinst du?«, fragte Lilian verwirrt.

»In der Dienerschaft wundert man sich oft, warum er sich hier auf Clairmont Manor nahezu verkriecht. Guernsey ist doch nicht seine Heimat, warum fährt er nicht hin und wieder mal nach Frankreich? Gewiss, zunächst wollte er den Erinnerungen an Christine entfliehen, wer könnte das nicht verstehen, aber seit zwei Jahren bist du seine Frau. Und gibt es nicht irgendwelche Geschäfte, um die er sich in Frankreich kümmern muss?«

»Soweit ich weiß, hat er einen Verwalter, der sich dieser annimmt«, sagte Lilian gedehnt. »Er kommt regelmäßig hierher, um Bericht zu erstatten, und Richard gibt ihm Anweisungen, was er zu tun hat.«

Sie gab sich Mühe, so zu klingen, als spräche sie über das Selbstverständlichste der Welt. In Wahrheit fragte sie sich oft selbst, was Richard den lieben langen Tag trieb und ob ihn nicht manchmal die Sehnsucht nach Abwechslung und Geselligkeit ergriff. Einmal hatte sie unangekündigt sein Schlafzimmer betreten. Anstatt auf seinem Bett zu liegen, um den Rücken zu kurieren, hatte er vor dem Schreibtisch gesessen und gegen die Wand gestarrt. Auch nachdem sie mehrmals seinen Namen gerufen hatte, hatte er nicht reagiert, und je länger sie ihn beobachtete, desto unerträglicher wurde ihr sein Anblick. Sie erinnerte sich an Männer, die aus dem Krieg zurückgekehrt waren und deren Seele so gelähmt schien wie bei anderen die Glieder. Doch anstatt Mitleid zu haben, überkam sie nur der Drang, so schnell wie möglich zu fliehen, auf dass seine Lethargie und Melancholie nicht auf sie überging. Ganz verhindern konnte sie das freilich nicht. Obwohl sie den Ablauf der Tage weiterhin frei bestimmen konnte, wähnte sie sich manchmal innerhalb eines Bannkreises um Clairmont Manor gefangen gehalten, der nicht nur Richard und Thibaud, sondern auch sie selbst von allem Bunten, Lauten, Fröhlichen fernhielt.

Polly stieß sie an. »Sag, hörst du mir überhaupt zu?«

Lilian schreckte aus ihren Gedanken. »Was hast du gesagt?«

Polly lachte. »Dass du doch sicher gerne einmal nach Frankreich reisen würdest, um den Besitz des Comte zu sehen! Neben dem Château Clairmont ist das hiesige Herrenhaus so groß wie eine Gartenlaube, zumindest hat das Laure einmal behauptet. Möchtest du es nicht einmal besuchen?«

Lilian konnte das nicht leugnen, und noch verheißungsvoller war die Aussicht, ein Schiff zu besteigen, über das Meer zu fahren, ein fremdes Land kennenzulernen und den Alltag hinter sich zu lassen. Quälend war ja nicht nur die Gegenwart des trägen Richard, sondern auch, auf einer so winzigen Insel festzusitzen, deren Küste sie mittlerweile in- und auswendig kannte. Die zerklüfteten Felsen, gegen die das Meer peitschte, schenkten ihr schon lange kein Gefühl von Freiheit mehr, sondern schienen vielmehr Teil des Kerkers zu sein, in dem sie festsaß. Und hatte die Lektüre von Büchern ihre Sehnsucht nach Neuem bislang gesättigt, wurde diese seit einigen Monaten eher davon angefacht.

»Vielleicht lässt er sich auf eine Reise ein, wenn es ihm bessergeht«, murmelte sie.

Polly machte immer noch keine Anstalten zu gehen, so dass Lilian die Flucht ergriff und ins Cottage eilte. Wie gewünscht wurde dort eben eingeheizt, aber das änderte nichts daran, dass ihr auch die einst so geliebten Räume plötzlich eng vorkamen.

Am Nachmittag ließ sie sich von Polly ein Tablett mit Gurkensandwiches vorbereiten und betrat damit Richards Gemach.

Die Vorhänge waren zugezogen, so dass es stockfinster war, doch sie schritt beherzt darauf zu und zog sie zurück. Das Licht schien Richard zu blenden, denn er schlug die Hände über sein Gesicht. Erst nach einer Weile ging ihr auf, dass er sich vor ihr zu verstecken suchte und nicht wollte, dass sie ihn in diesem erbarmungswürdigen Zustand sah: Die Haare standen nach allen Richtungen ab; dort, wo die nackte Kopfhaut durchschimmerte, war sie von den gleichen rötlichen Flecken übersät wie sein Gesicht. Der Bart war nicht sorgsam zurechtgestutzt, sondern wuchs so lang wie nie, jedoch auch sehr schütter.

Obwohl sie ihn seit Jahren kannte, musterte sie ihn wie einen Fremden. Sie konnte nicht einmal sagen, ob sie ihn sonderlich mochte oder nicht. Am Anfang war es ihr nur darum gegangen, ihn in jene Richtung zu schubsen, die für sie am nutzbringendsten war. Später hatte sie beschlossen, den Preis für ihr neues Leben zu bezahlen, indem sie ihm eine gute Gattin war. Sehr hoch schien dieser nicht zu sein, denn die Gesellschaft dieses Eigenbrötlers, der meist in Gedanken versunken war und der bei jedem Wortwechsel vor irgendetwas auf der Hut zu sein schien, ließ sich durchaus ertragen, ebenso die gemeinsamen Nächte, zumal deren Zahl sehr überschaubar war. In den ersten Ehemonaten hatte sie seine Nähe noch regelrecht gesucht, um das Band zwischen ihnen zu festigen, doch als es ihr irgendwann fest genug erschien, reduzierte sie die nächtlichen Besuche. Richard forderte sie nie mehr von sich aus ein, warf ihr lediglich manchmal gierige Blicke zu, aber schien zugleich von einer Scham erfüllt, die die Sehnsucht nach ihrem Körper in Schach hielt, nahezu von Ekel, wie ihn ein asketischer Mensch empfindet, der sich seinen Bauch mit fettem Braten vollschlägt und hinterher mit Übelkeit zu kämpfen hat.

Auch Lilian empfand bei seinem Anblick plötzlich leisen Widerwillen, doch es war nichts, über das sie sich nicht hinwegsetzen konnte. Wer aus Londons Gosse kam, konnte übleren Gestank ertragen als den Geruch eines alternden, kränklichen Leibes. So ließ sie sich an seiner Bettkante nieder und griff nach seiner Hand.

»Bald kommt der Winter, und es wird wieder sehr einsam auf der Insel werden. Da dachte ich mir, dass wir zuvor … verreisen könnten.«

Er nahm die Hände vom Gesicht, hielt seinen Blick jedoch gesenkt. »Lass uns meinetwegen einen Ausflug zu den Stränden im Norden machen oder, wenn du willst, nach Jersey.«

Die Nachbarinsel war etwas größer und mondäner als Guernsey. Dreimal war Lilian bislang in Saint Helier, deren Hauptstadt, gewesen, und es hatte ihr jedes Mal gefallen, doch heute wollte sie mehr.

»Ich dachte eher an … Château Clairmont. O Richard, ich bin noch nie in deiner Heimat gewesen! Und Thibaud macht oft den Eindruck, als würde er sich danach sehnen.«

Seine Augen weiteten sich, und was sie darin las, befremdete sie zutiefst. Es war nicht einfach nur Verwirrung, sondern Entsetzen und … Angst.

»Hat er das gesagt?«, fragte er.

»Das nicht, aber … aber er wird doch bald vierzehn, und er lebt so isoliert. Er hat keine Freunde, er wird immer noch von Frank Maguire unterrichtet und verkriecht sich ansonsten hinter seine Bücher, und da dachte ich, es würde ihn …«

Er schüttelte heftig den Kopf. »Ich will das nicht.«

»Aber …«

»Ich will das nicht!« Diesmal schrie er. Noch nie war er so laut geworden, noch nie sein Blick so kalt. Lilian zuckte zusammen, und erneut dachte sie, dass er im Grunde ein Fremder für sie war.

Sie wagte nicht, ihre Bitte zu wiederholen, aber plötzlich brach es aus ihr hervor: »Manchmal habe ich das Gefühl, hier zu verrotten.«

Wieder war sie erstaunt, was sie in seinem Blick las, nicht etwa Betroffenheit oder schlechtes Gewissen, sondern Trotz und Verschlagenheit.

»Du hast doch alle Freiheiten. Du kannst tun und lassen, was du willst.«

»Wie es aussieht eben doch nicht! Ach, Richard«, so groß ihr Widerwille vor ihm war, erschien es ihr doch ratsam, sich aufs

263

Flehen zu verlegen. »Ich halte es auf dieser kleinen Insel nicht länger aus! Ich möchte mehr von der Welt sehen! Ich möchte Menschen kennenlernen! Ich möchte fremde Sprachen hören! Ich möchte …«

»Man kann nicht alles haben«, unterbrach er sie streng. »Du wusstest, worauf du dich eingelassen hast, als du meine Frau wurdest.«

Sie starrte ihn an.

»Wusste ich das wirklich?«, entfuhr es ihr.

Du warst etwas unbeholfen, träge und freudlos, fügte sie in Gedanken hinzu, aber nicht krank, du warst zurückhaltend, verlegen und hilflos, aber nicht gefühlskalt. Und vor allem nicht … bösartig.

Doch genau das schien er jetzt zu sein, als er ihr diesen Wunsch verwehrte, und plötzlich glaubte sie, die ganze Wahrheit über ihn zu erkennen.

Er ist ja wie tot, dachte sie. In seiner Nähe muss ein jeder verkümmern, und ihm macht es Spaß, dabei zuzusehen. Thibaud ist nicht so klein, zart und bleich, weil er seiner Mutter gleicht, sondern weil er im Schatten dieses fahlen Mannes aufwachsen musste. Richard liebt Guernsey gar nicht, er versteckt sich hier nur, genauso wie hinter seinen Büchern. Und dass er sich auf mich einließ, war nicht der Sehnsucht nach meiner Lebendigkeit geschuldet, sondern dem Wunsch, sich auch hinter mir zu verstecken.

Die Betroffenheit musste nur zu deutlich in ihrer Miene stehen, denn etwas versöhnlicher fügte er hinzu: »Ich habe dir doch alles gegeben, was du wolltest. Nicht zuletzt das Dienstbotenhaus als Rückzugsort!«

»Gewiss, und dafür bin ich dir dankbar. Doch manchmal steht mir der Sinn nicht danach, mich zurückzuziehen, sondern die Welt zu erforschen.«

»Fahr doch nach Saint Peter Port oder Saint Sampson, kauf dir neue Kleider … Schmuck …«

»Es geht doch nicht nur um mich! Denk an Thibaud! Wie will er denn jemals in dieser Welt bestehen, wenn du ihn von allem fernhältst?«

Unvermittelt fuhr er hoch, doch anders als erwartet verzog sich sein Gesicht nicht schmerzerfüllt. Schon zuvor hatte sie manchmal geahnt, dass seine Rückenschmerzen nur ein Vorwand waren, sich zurückzuziehen – jetzt war sie sich dessen sicher.

»Willst du damit sagen, dass ich ein schlechter Vater bin?«, schrie er.

Mit dem Hass, der plötzlich aus der Stimme troff, war noch schwerer umzugehen, als mit seiner Trägheit.

»Ich wollte doch nur …«, stammelte sie.

»Ich weiß, was für meinen Sohn das Beste ist«, knurrte er. »Und wenn dir irgendetwas nicht passt, dann kannst du gerne gehen.«

Lilian brachte kein weiteres Wort mehr hervor. Hastig stand sie auf, zog die Vorhänge wieder zu und verließ fluchtartig das Zimmer, ohne sich noch einmal nach ihm umzudrehen.

Laut hämmerte das Herz gegen ihre Brust, als hätte sie einen langen, schweren Kampf ausgefochten. Nicht nur, dass sie unterlegen war – plötzlich war sie sich sicher, dass sie ihn unmöglich je gewinnen konnte.

Der Tod ist immer stärker als das Leben, ging ihr durch den Kopf.

Sie konnte den Hauch dieses Todes fühlen, nicht kalt, wie sie immer vermutet hatte, sondern schwül und stickig wie die Luft in Richards Zimmer.

Entkräftet wollte sie sich auf einen Stuhl sinken lassen, doch sie beherrschte sich, als sie sah, dass Thibaud im Gang stand und von hier aus wohl alles belauscht hatte.

Er wirkte dürr wie immer, aber etwas größer, blass, aber nicht kränklich wie die letzten beiden Sommer über, durchaus vom Vater eingeschüchtert, aber nicht ohne Bereitschaft, ihm zu trotzen.

»Du willst nach Château Clairmont?«, fragte er.

Hatte sie, so schwächlich und lustlos, wie er immer war, in seiner Gegenwart oft das gleiche Unbehagen gefühlt wie eben bei Richard, gab ihr nun die Gewissheit, einen Verbündeten zu haben, neuen Mut.

»Dein Vater ... ich verstehe ihn nicht.«

Er zuckte mit den Schultern, und sie dachte an das Versprechen, das sie ihm einst gegeben hatte: Richard nicht zu trauen.

Zögerlich trat Thibaud zu ihr und umschlang ihren Leib, wie er es schon lange nicht mehr getan hatte.

»Lass dir von ihm keine Vorschriften machen«, flüsterte er. »Er ... er darf nicht gewinnen.«

Lilian blickte verwirrt auf ihn herab. Sie hob ihre Hand, um ihm über das schwarze Haar zu streichen, wurde aber von etwas, was sie nicht genau benennen konnte, zurückgehalten – vielleicht der jähen Erkenntnis, dass er trotz seiner zarten Erscheinung kein Kind mehr war.

Thibaud ließ sie wieder los.

»Ich würde so gerne das Grab meiner Mutter besuchen«, murmelte er.

Sie zwang sich zu einem Lächeln. »Dann lass uns doch einfach ohne deinen Vater nach Frankreich fahren.«

Sie warteten einen sonnigen Tag für den Aufbruch ab und traten die Reise an, ohne Richard zuvor davon in Kenntnis zu setzen. So zurückgezogen, wie er seine Tage verbrachte, würde er es vielleicht gar nicht bemerken. Und falls Laure ihm zutrug, dass sie mit Thibaud Clairmont Manor verlassen hätte, wäre es schon zu spät, und sie würden sich bereits auf dem Schiff nach Saint-Malo befinden. Nach einer Übernachtung auf Château Clairmont war am nächsten Tag die Rückkehr geplant.

Fiebrige Aufregung erfasste Lilian, als sie mit Thibaud an der Reling stand und Guernsey hinter sich ließ. Zunächst kamen sie an den anderen Kanalinseln vorbei, schließlich an winzigen Eilanden, die oft nur aus Felsen und Sand bestanden, manchmal jedoch befestigt waren und einer Garnison Unterschlupf boten.

Eben noch hatte Lilian sich selbst als Gefangene des gemächlichen Alltags auf Clairmont Manor gefühlt, doch nun stellte sie sich vor, um wie viel unerträglicher es sein musste, dort zu leben – in größtmöglicher Einsamkeit, schutzlos Meer und Stürmen ausgeliefert. Die Soldaten lasen gewiss keine Bücher, die doch die einzige Möglichkeit boten, eine Brücke über das Meer zu bauen.

Auch Thibaud schien sich Gedanken über das Leben auf den winzigen Inseln zu machen, doch anders als sie schien ihn der Gedanke nicht zu erschrecken.

»Die Menschen, die dort leben, müssen gut sein«, murmelte er.

»Wie kommst du bloß darauf?«

»Wenn man ganz alleine ist, kann man doch nichts Böses tun. Es gibt schlichtweg keinen Nächsten, gegen den man sich versündigen könnte.«

Es war ein kluger Gedanke, aber Lilian entfuhr es dennoch: »Dann möchte ich lieber böse sein als einsam!«

Thibaud lächelte. Anders als sonst waren seine Wangen gerötet, und er zitterte förmlich vor Aufregung, als sich in der Ferne die Mauern von Saint-Malo zeigten. Die befestigte Stadt schien unmittelbar aus dem Meer zu ragen, und auf weiteren Inseln direkt davor gab es noch mehr Forts zu bestaunen. Lilian hätte die Stadt gerne besichtigt, doch Thibaud drängte, nach den vielen Stunden auf See gleich zum Château aufzubrechen.

Er übernahm die Führung – nicht zuletzt, weil er die französische Sprache besser beherrschte als sie, und organisierte ein Automobil, das sie zum Haus des Verwalters bringen würde. Von dort ging es mit der Pferdekutsche weiter, waren die Straßen, die zum Château führten, doch denkbar schlecht und kaum besser als Feldwege.

267

So sonnig der Tag begonnen hatte, so erstickend senkten sich am Nachmittag Nebelschwaden übers Land. Das Meer schien zu erbleichen und das hügelige Land fern der Küste ebenso. Nur Baumspitzen ragten aus dem Nebel heraus, der sich gleich weißer Wolle um sie wickelte wie um eine Spindel.

Lilian war enttäuscht, das Schloss nicht bei Sonnenschein betrachten zu können, doch Thibaud erklärte, dass es auch geregnet hätte, als sie es dereinst verließen.

»Es war nicht lange nach dem Tod deiner Mutter, oder?«, fragte Lilian.

»Nur eine Woche.«

Welch kurze Zeitspanne! Sie hätte einem so zögerlichen Mann wie Richard nicht zugetraut, eine derart gewichtige Entscheidung so schnell zu treffen. Es schien tatsächlich eine Flucht gewesen zu sein, doch während Richard von unangenehmen Erinnerungen befreit wurde, musste es für Thibaud schrecklich gewesen sein, so kurz hintereinander nicht nur die Mutter, sondern auch die vertraute Heimat verloren zu haben.

»Und der Hund«, murmelte sie, »du hast gesagt, dass auch euer Hund kurz davor starb.«

Thibaud starrte sinnierend aus dem Fenster, und sie dachte schon, er hätte sie nicht gehört, als er plötzlich sagte: »Er hieß Gradlon.«

»Gradlon? Das war doch der König aus der versunkenen Stadt Ys?«

Thibaud ging nicht darauf ein. »Ein Cockerspaniel ...«, murmelte er nur.

Lilian hatte ihn bis jetzt nur selten umarmt, doch jetzt wurde das Bedürfnis übermächtig, ihren Arm um seine Schultern zu legen und ihn an sich zu ziehen.

»Wir haben ihn begraben ... gar nicht so weit entfernt von der Kapelle und der Familiengruft. Alle haben hinterher gesagt, dass

Mutter und Gradlon im Himmel miteinander spielen, aber ich glaube nicht daran.«

»Das ist doch ein schöner Gedanke.«

»Man fühlt doch nichts mehr, wenn man tot ist. Der Körper verwest und wird von Würmern gefressen.«

»Die Priester sagen, dass der Mensch eine unsterbliche Seele besitzt.«

»Aber man kann sie nicht sehen.«

»Was nicht heißt, dass sie nicht da ist …« Lilian war sich selbst nicht so sicher, ob das, was die Nonnen im Waisenhaus ihr einst eingebläut hatten, eine tröstliche Verheißung oder nur ein Lügenmärchen war, aber dass Thibaud so gar keine Hoffnung auf ein Weiterleben nach dem Tod und ein Wiedersehen mit seiner Mutter hegte, bestürzte sie.

»Denkst du, dass es Menschen ohne Seele gibt?«, fragte er plötzlich.

Sie musste an Maxim denken, sein vernarbtes Gesicht, seinen kalten Blick, seinen fauligen Atem.

»Vielleicht …« Sie zog ihn noch näher an sich, und während er sich anfangs versteift hatte, legte er nun den Kopf auf ihre Brust.

Der dichte Wald lichtete sich, und die Kutsche fuhr eine breite, von Kastanienbäumen gesäumte Allee entlang. In der Sonne hätten die Blätter rötlich-golden gefunkelt, im Nebel hingegen wirkten sie verrostet, als wären sie aus Eisen.

Laure hatte nicht unrecht, als sie Clairmont Manor, verglichen mit dem Schloss, eine Gartenlaube nannte. Im 15. Jahrhundert erbaut, seitdem mehrfach renoviert und mit neogotischen Details ausgestattet, war es ein prachtvoller Anblick, der Lilian begeistert aufjuchzen ließ. Mit den vielen kleinen Türmchen unter einem rötlichen Dach, dem breiten Tor, dem großen Park voller Springbrunnen, einer Orangerie und der kleinen Hauskapelle schien es einer längst vergangenen Zeit entsprungen, als die Menschen noch gepuderte Perücken und die Frauen noch Reifröcke getragen hatten.

Nichts deutete darauf hin, dass der Hausherr nicht länger hier lebte. Kaum fuhr die Kutsche vor, kamen mehrere livrierte Diener herbeigeeilt, um die Tür zu öffnen und ihr aus dem Gefährt zu helfen. Ihre Ankunft musste sich in Windeseile herumgesprochen haben, denn obwohl sie den Besuch nicht angekündigt hatten, wurde ihnen, kaum dass sie das Schloss betraten, ein Tablett mit Erfrischungen gereicht, als hätte man seit Stunden auf sie gewartet.

Lilian blickte sich um. Wäre sie selbst hier Dienerin gewesen, sie hätte in den letzten Monaten ihre Arbeit wohl nur schlampig verrichtet. Doch weit und breit war nicht auch nur das geringste Krümchen Staub zu finden: Blitzeblank waren die riesigen Spiegel mit Goldrahmen, die prunkvollen Kristalllüster und die großen Schränke mit Porzellaninterieur. Außerdem rundeten die Gemälde von der Jagd oder von großen Schlachten, Büsten römischer Dichter und Tapeten und Vorhänge in Samt und Seide die edle Einrichtung ab.

Lilian tat so, als würde sie all die Blicke nicht bemerken, die sie taxierten. Auch wenn keiner wagte, sie offen anzuschauen – gewiss verglich sie jeder mit Christine. Sie fragte sich, ob sie dem Vergleich standhielt, und suchte nach einem Gemälde von ihr, doch sie fand keines, das eine junge Frau zeigte.

Auf Clairmont Manor muss das anders werden, dachte sie. Gleich nach der Rückkehr gebe ich ein Gemälde von mir in Auftrag …

Nachdem sie sich gestärkt hatten, bot der Verwalter, ein gewisser Monsieur Reginauld, ihr an, sie durchs Schloss zu führen, doch Lilian lehnte ab und meinte, dass das Thibauds Aufgabe sei. Zu ihrer Überraschung zeigte dieser jedoch wenig Begeisterung, ihr sein Zuhause vorzuführen. Er war vor der mächtigen Treppe in der Halle stehengeblieben und wieder blass geworden. Keinen einzigen der

Dienstboten grüßte er persönlich, als wären sie allesamt Fremde für ihn, und er hielt seine Augen starr zu Boden gesenkt, als fühlte er sich nicht weniger eingeschüchtert als während der Teestunden mit seinem Vater.

Lilian wollte ihn nicht weiter bedrängen, sondern fragte nur, was er als Erstes vorhabe.

Lange kam keine Antwort, dann murmelte er: »Ich will das Grab sehen.«

Auch wenn die Aussicht, das Schloss bei einsetzender Dämmerung zu verlassen, nicht gerade verlockend war, folgte Lilian ihm ins Freie. Sie erwartete schon, Ewigkeiten in einer eisig kalten Familiengruft ausharren zu müssen, doch Thibaud steuerte nicht die Kapelle an, sondern ein Stück Wald. Blätter raschelten unter Bäumen, die hier nicht rostig erschienen, sondern so grau, als hätte eine Ascheschicht sie überzogen. Vor einem der großen Bäume blieb Thibaud stehen.

»Hier ist es.«

Verspätet begriff Lilian, dass er sie nicht zum Grab seiner Mutter hatte führen wollen, sondern zu dem von Gradlon. Die Erde unter dem abgefallenen Laub war glatt, ansonsten gab es keinen Hinweis, dass hier ein Hund seine letzte Ruhestätte gefunden hatte.

»Ich habe vorgeschlagen, dass wir ein Kreuz aufstellen, aber Mutter meinte, das sei Blasphemie ...«, murmelte er.

Lilian wusste nichts zu sagen. Erneut überkam sie das Bedürfnis, Thibaud an sich zu ziehen und zu umarmen, doch so steif, wie er dastand, und so ehrfürchtig, wie er aufs Grab blickte, hatte sie das Gefühl, ihn dadurch nur zu stören.

Fröstelnd trat sie zurück. Im Schatten der Bäume war es eisig kalt, und ihre Füße fühlten sich bald klamm und steif an. Ohne Thibaud wollte sie allerdings auch nicht zum Schloss zurückkehren, und so war sie erleichtert, inmitten von Blumenbeeten, die jetzt im Herbst längst verblüht waren, einen kleinen Pavillon zu entdecken.

Zumindest vom Wind war sie dort geschützt, und als sie sich in dem schlichten Gartenzimmer umblickte, hätte sie plötzlich schwören können, dass Christine oft hier gewesen war. Auch wenn sie sie nicht kannte, spürte sie den Schatten einer melancholischen, zarten, stillen Frau.

Ob sie Lilien genauso geliebt hatte wie sie?

Die Tür quietschte hinter ihr.

»Sie haben hier nichts verloren!«

Lilian zuckte zusammen. Als sie herumfuhr und im fahlen Licht eine Frau mit langen wehenden Haaren stehen sah, glaubte sie kurz, Christines Geist vor sich zu haben, doch als die Frau auf sie zutrat, erkannte sie, dass diese sehr alt war: Das Gesicht war gefurcht, die Haare dünn und grau, der Rücken gekrümmt. Nur die stechenden Augen zeugten davon, dass sie trotz ihres schwachen Körpers noch genügend Kraft hatte, anderen das Leben schwerzumachen.

»Es ... es tut mir leid. Ich ... ich wollte nicht ...«, stammelte Lilian, reckte alsbald aber selbstbewusst das Kinn. Warum verhielt sie sich, als wäre sie bei etwas Verbotenem ertappt worden? Sie war die Herrin von Clairmont und die Alte gewiss nur eine Dienerin, von der sie sich nicht den Schneid abkaufen lassen würde!

»Thibaud besucht das Grab«, erklärte sie deutlich schärfer, »und ich wollte mich hier vor dem Wind schützen.«

Eine Weile musterten sie sich schweigend. Die Alte schien genau zu wissen, wen sie vor sich hatte – ganz anders als Lilian.

»Wer sind Sie?«, fragte sie schließlich forsch.

Die andere schien zu zögern, ehe sie bekundete: »Ich bin Berthe – Christines Vertraute von Kindesbeinen an.«

Zumindest konnte sich Lilian nun ihre Feindseligkeit erklären. »Ich wollte das Andenken an die Comtesse nicht beflecken, wirklich nicht«, murmelte sie, »und jetzt muss ich zurück zu Thibaud.«

Die Alte sagte nichts. Doch als Lilian den Gartenpavillon verlassen wollte und dicht an ihr vorbeiging, schnellte plötzlich ihre Hand vor, und sie packte sie. Die Haut war rot und rissig wie die Krallen einer Taube und der Griff fester als vermutet. Lilian musste sich auf die Lippen beißen, um nicht laut aufzuschreien.

»Geben Sie Acht!«

Die Alte raunte nur, und ihr Blick war nicht länger feindselig, nur traurig … unendlich traurig. Lilian ahnte, dass sie mit Christine nicht nur ihren Schützling verloren hatte, sondern ihren ganzen Lebensinhalt.

»Wovor soll ich denn Acht geben?«

Die schmalen Lippen erbebten, und der Wind riss an den dünnen Haaren.

»Nun vor … *ihm*. Er ist gefährlich. Er hat sie auf dem Gewissen.«

Verspätet ging Lilian auf, dass die anfängliche Feindseligkeit nicht ihr, sondern Richard gegolten hatte.

Ihre erste Regung war, laut zu lachen. Nie hatte sie irrwitzigere Worte gehört. Der fahle Mann, der mit schmerzendem Rücken im Bett lag, war doch unmöglich gefährlich, vielmehr ein Zauderer, ein Schwächling, ein Tölpel! Nie wurde er heftig, nie hatte er auch nur gegen eine Fliege die Hand erhoben! Richard war langweilig, freudlos und misstrauisch, aber dass von ihm eine wie auch immer geartete Gefahr ausgehen könnte, war so lächerlich, als hätte man dieses prächtige Schloss als Armenhaus bezeichnet oder Saint Peter Port als mondäne Großstadt!

Aber im Blick der Frau lag solche Panik, und ihr Griff wurde so fest, dass Lilian plötzlich erschauderte. Sie dachte an ihre letzte Begegnung mit Richard, wie er sie angeschrien hatte, wie in seinem Blick dieser Hass aufgeblitzt war, wie gelähmt sie von seiner Leblosigkeit gewesen war.

»Christine … sie hätte gehen müssen … aber sie konnte es nicht … Sie brachte es nicht übers Herz, sie hat ihn doch geliebt, so sehr geliebt … Machen Sie nicht den gleichen Fehler wie sie!«

Abrupt ließ sie sie los, und ehe Lilian einwenden konnte, dass sie Richard gewiss nicht liebte und dass er keine Macht über sie hatte, ging Berthe davon. Die schmale Gestalt verschmolz mit dem Nebel, und kurz vermeinte sie, einer Sinnestäuschung aufgesessen zu sein. Nur der Schmerz an den Armen, wo sie sie gepackt gehalten hatte, bewies, dass sie tatsächlich mit einem Menschen aus Fleisch und Blut gesprochen hatte.

Lilian zitterte am ganzen Leib, doch ehe sie nach Thibaud rufen konnte, kam er ihr schon entgegen.

»Lass uns hineingehen!«, rief sie.

Zu ihrer Erleichterung widersprach er nicht. Offenbar genügte es ihm, das Grab seiner Mutter erst am nächsten Morgen zu besuchen.

Sie sahen Berthe nicht wieder. Monsieur Reginauld erklärte auf Lilians Nachfrage hin, dass die Alte seit Christines Tod nicht richtig im Kopf sei und man sie nicht ernst nehmen dürfe. Der Comte dulde sie zwar unter seinem Dach, aber sie lebe völlig zurückgezogen in einem Turmzimmer.

Lilians Erleichterung, dem ebenso stechenden wie traurigen Blick nicht noch einmal ausgeliefert zu sein, war größer als ihre Neugierde. Auch dass sie am nächsten Tag das Schloss schon wieder verließen, obwohl sie bei weitem nicht alles gesehen hatte, stimmte sie froh. Auch wenn sie allesamt beheizt wurden, war es in den großen, zugigen Räumen kalt, und noch mehr als das stete Frösteln setzte ihr die sichtliche Anspannung der Dienstboten zu. Ein jeder tat zwar, als wäre es das Selbstverständlichste der Welt, dass sie sich mit Thibaud hier aufhielt, doch hinter den ausdruckslosen Gesichtern spürte sie Unbehagen, fast Angst.

Das Wetter hatte sich gebessert, und als sie die Allee entlangfuhren, kam die Sonne hinter der milchigen Wolkenwand hervor. Lilian atmete sogleich befreiter, und bereits jetzt kam ihr die innere

Unruhe, die sie während des Aufenthalts hier erfasst hatte, lächerlich vor. Kaum auf dem Schiff, packte sie wieder die Aufregung von gestern, und sie glaubte, ein großes Abenteuer erlebt zu haben, das leider viel zu schnell vorüber war.

Als sie spätabends heimkamen, schwor Lilian sich, dass künftige Reisen länger dauern sollten, auch wenn sie so schnell nichts nach Château Clairmont zurückzog. Fürs Erste galt es freilich, Richard zu beruhigen. Sie hatte gehofft, dass er längst schlafen würde, doch Laure empfing sie mit einem schadenfrohen Lächeln.

»Gut, dass Sie wieder da sind. Der Comte wünscht Sie augenblicklich zu sehen. Es macht Ihnen doch nichts aus, dass ich ihm gesagt habe, wohin sie gereist sind, oder?«

Da Lilian selbst es ihr verschwiegen hatte, vermutete sie, dass sie es vom Fahrer wusste, der sie zum Hafen gebracht hatte.

»Natürlich nicht!«, rief sie schnell und zwang sich zu einem Lächeln. »Sie können jetzt gehen.«

Laure blieb nichts anderes übrig, als sich ihrem Befehl zu fügen, und Lilian verabschiedete sich von Thibaud, der sichtlich erschrocken war, und zwinkerte ihm vertraulich zu: »Hab keine Angst, er wird mir schon nicht den Kopf abreißen.«

Als sie das Gemach von Richard betrat, lag er zu ihrem Erstaunen nicht im Bett, sondern saß an seinem Schreibtisch. Er trug auch nicht wie sonst seinen roten Schlafmantel, sondern war vollständig angekleidet. Zunächst tat er so, als wäre er mit der Lektüre von Briefen beschäftigt und hätte sie nicht gehört, doch als sie zu ihm trat und ihre Hand auf seine Schultern legte, stieß er sie heftig zurück.

»Fass mich nicht an!«

Zum zweiten Mal innerhalb kürzester Zeit schrie er mit ihr. Was war bloß in ihn gefahren?

»Ich habe dir ausdrücklich verboten …«, setzte er an.

»Nein!«, unterbrach sie ihn entschlossen, und obwohl sie eigentlich hergekommen war, um ihn milde zu stimmen und seinen Tadel kleinlaut hinzunehmen, ging sie nun angesichts seines verstörenden Verhaltens zum Gegenangriff über. »Du hast es mir eben nicht ausdrücklich verboten, du hast nur selber keine Lust dazu gehabt. Ich bin jung, ich will etwas sehen von der Welt, und du sperrst mich ein wie eine Gefangene!«

»Das ist nicht wahr, hier auf Guernsey …«

»Ich werde noch verrückt auf dieser verfluchten Insel!«

Während sie sprach, packte sie das schlechte Gewissen – nicht unbedingt ihm gegenüber, sondern weil sie selbst einst nicht verstanden hatte, wie sich die feinen, reichen Leute langweilen konnten und warum sie mit ihrem Leben unzufrieden waren, wenn sie doch alles besaßen.

Allerdings – was nutzte einem Mann wie Richard dieser Reichtum, wenn seine Haut doch so fahl und fleckig war, als hätte er begonnen zu verwesen?

Bei ihrem Anblick musste sie plötzlich an Thibauds Worte denken, die er auf dem Schiff zu ihr gesagt hatte.

Denkst du, dass es Menschen ohne Seele gibt?

Richard atmete tief ein und fuhr merklich kühl fort: »Vielleicht habe ich meinen Willen nicht klar genug ausgedrückt: Ich will nicht, dass du mit Thibaud verreist, egal wohin, aber schon gar nicht nach Château Clairmont. Und ich will fortan immer wissen, wo du bist und warum.«

Mit jedem Wort klang seine Stimme ruhiger, nüchterner, beherrschter. Ihr hingegen, die eben noch gefroren hatte, brach der Schweiß aus. Es war so stickig im Zimmer, und sie glaubte, keine Luft zum Atmen zu bekommen.

Ich will salzige Meeresluft spüren!, dachte sie.

Und noch mehr Worte wollten aus ihrem Mund drängen, um ihm die Strenge heimzuzahlen: Ich verachte dich, ich lasse mir von dir nichts verbieten, ich bin meine eigene Herrin. Du bist ein Dummkopf, der nicht einmal bemerkt hat, dass ich nicht lesen konnte! Du bestimmst nicht über mein Leben!

»Ich will dir doch nichts Schlechtes«, stammelte er. »Ich ... ich tue das doch auch, um dich zu beschützen.«

Sie glaubte ihm kein Wort.

Geben Sie Acht. Er ist gefährlich ... Er hat Christine auf dem Gewissen.

»Vor wem willst du mich denn beschützen?«, fuhr sie ihn an.

Er wirkte nicht länger streng, sondern unsicher. »Die Dienerschaft ist ziemlich aufgebracht ... seit einiger Zeit treibt sich ein Landstreicher hier herum ... ein gewisser Saul Ricketts. Er ist nicht ganz richtig im Kopf, und ich wollte den Bailiff von Guernsey bereits dazu bringen, ihn einsperren zu lassen, aber der meinte, dass er nur im Falle eines Verbrechens gegen ihn vorgehen dürfte.«

Lilian unterdrückte nur mühsam ungeduldiges Schnauben. Ein Landstreicher! Lieber Himmel! Sie war schon mit viel schlimmerem Gesindel fertiggeworden!

Aber das konnte sie ihm nicht sagen, und plötzlich dachte sie, dass es nicht die Wände aus kaltem Stein waren, die sie zur Gefangenen machten, sondern das Netz ihrer eigenen Lügen.

Und wenn ich diejenige bin, die keine Seele hat?, fragte sie sich bang.

Aber nein, in ihrem Herzen war so viel Ärger, so viel Ohnmacht, all das waren doch höchst lebendige Gefühle, und sie würde und wollte lebendig bleiben. Maxim hatte sie nicht töten können, und Richard würde sie erst recht nicht brechen. Was immer er ihr verbieten sollte – sie hatte immer noch ihr Cottage, ihre Bücher, ihren festen Willen ...

Sie verließ ihn ohne ein weiteres Wort, und obwohl es schon finster war, blieb sie nicht im Herrenhaus. Die Nacht war sternenlos, und die Schwärze verschluckte nicht nur das Licht, sondern auch ihren Ärger. Der süße Geruch der Blumen vermischte sich mit dem salzigen der Wellen, und je länger sie die frische Luft einatmete, desto wohler wurde ihr.

Obwohl sie kaum etwas sah, fand sie mühelos den Weg zum Cottage. Die Tür war unversperrt, so wie sie es sich wünschte, bewahrte sie doch keine Kostbarkeiten auf, die man stehlen könnte.

Nach dem schnellen Marsch fühlte sie sich leicht und frei, aber als sie das Cottage betreten wollte, stieg sie auf etwas Weiches. Es lag direkt vor der Türschwelle, und als ihr Fuß zurückzuckte, fühlte sie, dass etwas Klebriges an den Schuhsohlen haftengeblieben war.

Zitternd hastete sie ins Innere, um im Lichtschein vom stets beheizten Kamin zu erkennen, dass sie rote Spuren hinterlassen hatte … blutige Spuren.

Sie machte eine Petroleumlampe an, lief zurück zur Türschwelle, beleuchtete sie – und erschrak.

Vor dem Haus lag eine tote Katze. Eine tiefe Wunde klaffte auf ihrem Bauch, und da das Blut so rot und frisch war, konnte es nicht lange her sein, dass man sie ihr zugefügt hatte und das Tier elendiglich daran zugrunde gegangen war.

15

»Siehst du, was ich meine?«

Vince hatte die Fotografie von Lilian in der Hand und fuchtelte damit so aufgeregt vor ihrer Nase herum, dass Marie nichts erkennen konnte. Erst als sie ihm das Foto wegnahm und genau betrachtete, merkte sie, welches Detail seine Aufmerksamkeit erregt hatte.

»Unfassbar, dass du dir das gemerkt hast.«

»Na ja, als Architekt bin ich es nun mal gewohnt, auf Kleinigkeiten zu achten …«

Er klang voller Stolz.

Liliane de Clairmont trug auf dem Foto die gleiche Kette wie Marie – nämlich einen silbernen Anhänger in Form einer Lilie. Zunächst hatte sie noch gedacht, dass das reiner Zufall wäre, gab es doch – gerade auf einer Insel, die sich diese zum Wahrzeichen erkoren hatte – gewiss viele Schmuckstücke in Form von Lilien. Doch Form und Größe des Anhängers waren ebenso identisch wie die Kette, an der er hing. Auszuschließen war es nicht, jedoch höchst unwahrscheinlich, dass es sich um zwei verschiedene Schmuckstücke handelte.

»Woher hast du sie?«, fragte Vince.

»Mein Vater hat sie mir geschenkt … Ich glaube, zu meinem 14. oder 15. Geburtstag. Ich habe sie danach oft getragen, erst als sich meine Eltern scheiden ließen und ich meinen Vater kaum mehr zu Gesicht bekam, verschwand sie für Jahre in irgendeiner Schmuckschatulle.«

Erinnerungen stiegen in ihr hoch, von einer ebenso verzweifelten wie wütenden Mutter, die entweder stundenlang weinte oder in Schweigen versunken war. Nicht nur, dass sie das Scheitern ihrer Ehe hinnehmen musste – überdies erkannte sie, dass sie all die Jahre auf einer Lüge aufgebaut gewesen war. Ihr Mann hatte ein Doppelleben geführt, und seine beruflichen Trips nach London waren in Wahrheit Besuche bei der Zweitfamilie. Millie, Maries Halbschwester, war schon acht Jahre alt, als sein Geheimnis aufflog.

Vince war so konzentriert auf die Kette und merkte nicht, wie sich ihre Miene schmerzlich verzerrte.

»Und woher hatte dein Vater diese Kette?«

»Bis jetzt habe ich angenommen, dass er sie gekauft hatte. Aber nun …«

»Hast du nicht erwähnt, dass dieses Cottage deiner Großmutter gehörte?«

»Ja, ich habe ihren Namen in einigen der Bücher gefunden. Ich kannte sie nicht, und mein Vater ist auch seit einiger Zeit tot. Es gibt also niemanden, den ich fragen könnte, ob sie in irgendeiner Verbindung mit Lilian Talbot stand.«

»Tatsächlich nicht? Was ist mit deiner Halbschwester? Vielleicht hat dein Vater ihr mehr über die Familiengeschichte anvertraut als dir.«

Marie verdrehte die Augen. Anders als ihre Mutter, die irgendwann den Namen ihres Vaters nicht mehr in den Mund genommen hatte, hatte sie sich immer eingeredet, dass Millie keine Schuld an der Trennung der Eltern oder dem Doppelleben des Vaters traf. Auch seiner zweiten Frau Alice musste man zugutehalten, dass sie sich nach seinem Tod Marie gegenüber sehr fair verhalten hatte. Sie hatte persönlich darüber gewacht, dass das Erbe des Vaters auf beide Töchter gleichmäßig aufgeteilt wurde, nicht zuletzt die Besitzrechte am Cottage. Dennoch: Marie packte immer noch das Grausen, wenn sie an ihre seltenen Besuche in London dachte, insbesondere denjenigen, als sie zum Begräbnis ihres Vater angereist

280

war. Die Stimmung war stets angespannt gewesen, unter vermeintlicher Höflichkeit lauerte so viel Unausgesprochenes, und Millie war ihr ausgesprochen unsympathisch.

»Ich kann mir nicht vorstellen, dass sie viel über die Vergangenheit unserer Familie weiß. Sie ist eine richtige Zicke und Großstadtpflanze. Soweit ich weiß, arbeitet sie als Investmentbankerin, und das Einzige, was sie interessiert, ist, möglichst viel Geld zu verdienen und es für Designermode wieder auszugeben.«

Vince grinste.

»Ehrlich! Das hört sich nach einem Klischee an, ist aber so. Denk nicht, ich wäre auf sie eifersüchtig, ich habe mich eine Zeitlang wirklich bemüht, ein gutes Verhältnis zu ihr aufzubauen.«

»Ist ja schon gut! Aber besteht nicht die Möglichkeit, dass Millie irgendwann mal auf eine Kiste mit alten Sachen deiner Großmutter gestoßen ist, und sei es nur, um sie für ihre Manolo Blahniks zu verwenden? Vorausgesetzt, sie lebt in jenem Londoner Stadthaus, das deine Großmutter meines Wissens besessen hatte. Zumindest hat mir meine Mutter mal erzählt, dass sie nur die Sommer hier auf Guernsey verbracht hat.«

»Ja«, murmelte Marie. »Wenn ich es mir recht überlege, stammte sie nicht von hier. Was es noch unwahrscheinlicher macht, dass sie Lilian kannte.«

»Das werden wir vielleicht erst wissen, wenn dir Millie mehr erzählt hat.«

Marie seufzte. »Meinetwegen, ich kann sie gerne anrufen, aber jetzt ist es schon zu spät dafür.«

»Wenn sie so erfolgreich im Beruf ist, wie du sagst, arbeitet sie sicher rund um die Uhr. Und selbst wenn sie ihr Büro verlassen hat, schläft sie sicher noch nicht, sondern nimmt mit ihren Kollegen einen Drink im Pub. Irgendwann muss sie ihre Gucci-Handtaschen ja spazieren führen, oder?«

Sie erreichte Millie nicht in einer Bar, sondern bei einem Konzertbesuch. Falls Marie die Hoffnung gehabt hätte, dass Millie sich seit ihrem letzten Treffen zum Positiven verändert hatte, wäre sie spätestens jetzt eines Besseren belehrt worden.

»Bist du verrückt, mich einfach so anzurufen? Weißt du nicht, wie peinlich es gewesen wäre, wenn mitten in der Vorstellung plötzlich mein Handy geläutet hätte? Gott sei Dank ist jetzt gerade Pause.«

»Ich konnte doch nicht ahnen, dass du in einem Konzert bist. Warum stellst du das Handy nicht aus?«

Millie schnaubte, um dann hinzuzufügen: »Es hätte ja auch jemand Wichtiges sein können.«

Marie unterdrückte ein Seufzen. »Kann ich dich vielleicht morgen anrufen? Wann passt es denn?«

»Nun hast du mich schon mal gestört. Also kannst du mir gleich sagen, was du willst.«

Sie klang noch beleidigter, doch Marie sagte sich, dass es nicht nur mit dem unerwarteten Anruf zu tun hatte. Seit sie Millie kannte, war die immer irgendwie vorwurfsvoll, als wäre ihr die Welt etwas schuldig geblieben und ihre Mitmenschen dafür verantwortlich.

Dabei hast du doch unseren Vater fast für dich gehabt ..., dachte sie.

»Also, nun sag schon!«

»Ich bin, wie du weißt, gerade in unserem Cottage auf Guernsey.«

»In dieser Bruchbude! Ich verstehe nicht, warum du nicht woanders Urlaub machst!«

»Na ja, so schlimm ist es nicht. Ich habe gründlich sauber gemacht und ein paar Renovierungsarbeiten durchführen lassen.«

»Und jetzt willst du Geld dafür? Das kannst du dir gleich abschminken. Das Leben in London ist sauteuer, und ich muss mir alles selbst erarbeiten. Schließlich habe ich keinen reichen Mann wie du.«

Marie warf Vince einen hilfesuchenden Blick zu. Da sie das

iPhone auf Lautsprecher gestellt hatte, konnte er mithören, und mittlerweile verdrehte er genervt die Augen. Allerdings gab er ihr zugleich ein Zeichen, nicht vorschnell aufzugeben.

»Falls du dich erinnerst, mein Mann ist tot«, sagte Marie.

Ein kurzes Schweigen folgte, das Marie als Anflug schlechten Gewissens hielt, doch sie täuschte sich.

»Nun und?«, schnaubte Millie ungehalten. »Reich war er trotzdem. Du hast als Witwe sicher alles geerbt, was regst du dich also auf?«

»Ich rege mich nicht auf, ich will doch nur …«

»Richtig, das Cottage! Es gehört dir zur Hälfte, und wenn du darin jetzt wohnst, ist es nur recht und billig, wenn du alle laufenden Kosten übernimmst.«

»Darum geht es doch gar nicht. Ich wollte lediglich wissen …«

»Eigentlich ist es nicht in Ordnung, dass du einfach so beschlossen hast, den Sommer dort zu verbringen. Was, wenn ich dort Urlaub hätte machen wollen?«

»Du hast doch gerade gesagt, dass es eine Bruchbude ist. Und ausgerechnet dort würdest du deine Ferien verbringen?«

»Wo denkst du hin, ich habe gar keine Zeit, Urlaub zu machen«, sagte Millie schnippisch, als wäre Marie selbst auf diese Idee gekommen. »Aber irgendwann, wenn ich mal Familie habe und du dann das Cottage besetzt hältst …«

Sie klang, als wären die Deutschen erneut auf Guernsey einmarschiert.

Hoffentlich ist Gott gnädig und verschont irgendeinen unschuldigen Mann und ungeborene Kinder damit, Millies Familie zu werden, dachte Marie. Laut sagte sie: »Ich verspreche dir hoch und heilig: Wenn du irgendwann mal Urlaub im Cottage machen willst, dann werde ich es dir selbstverständlich überlassen.«

»Aber nicht, dass du es jetzt auf eine Weise einrichtest, die mir nicht gefällt.«

283

»Millie! Jetzt ist aber genug! Ich will nicht mit dir über das Cottage diskutieren, sondern dir eine kurze Frage stellen. Kannst du sie mir beantworten, ja oder nein?«

Vince applaudierte lautlos, und der scharfe Tonfall zeigte tatsächlich Wirkung. Millie schwieg, was in ihrem Fall als Zustimmung zu gelten hatte.

»Hat dir Vater mal von unserer Großmutter erzählt? Sie hieß Lucinda Clarke, und ihr gehörte das Cottage. Weißt du vielleicht, warum?«

Wieder ertönte nur ein Schnauben, als wäre es eine nicht wiedergutzumachende Zumutung, sie wegen so einer Nichtigkeit anzurufen. Schließlich bequemte sich Millie doch, ungehalten zu antworten: »Was weiß denn ich! Großmutter stammte aus London, vielleicht gehörte das Cottage ihrem Mann, unserem Großvater. Keine Ahnung, wo der geboren wurde. Vielleicht auf Guernsey.«

»Weißt du irgendetwas von ihm? Ich glaube, ich habe noch nicht mal seinen Namen gehört. Und unsere Urgroßeltern, wer waren die?«

Langes Schweigen folgte, und Marie befürchtete, dass Millie jeden Augenblick auflegen könnte.

»Das Londoner Stadthaus, in dem du lebst, hat doch auch unserer Großmutter gehört«, sagte Marie.

»Sag bloß, du willst auch die Hälfte davon! Du hast doch das ganze Barvermögen bekommen, damit ich im Haus bleiben kann!«

»Beruhige dich! Ich will nicht das Haus, nur den Dachboden … das heißt das, was vielleicht auf dem Dachboden ist: Irgendwelche Hinterlassenschaften unserer Großmutter. Vielleicht gibt es alte Fotos, Briefe, so'n Zeug halt.«

»Du verlangst doch nicht ernsthaft, dass ich all dieses Gerümpel durchsuche?«

»Also ist noch was da?«

284

»Glaub schon. Aber für so einen Unsinn habe ich gar keine Zeit.«

»Du müsstest ja nicht mal selbst nachgucken. Aber falls sich im Haus eine Kiste oder ein Koffer mit Dokumenten befindet ... könntest du mir das schicken?«

»Wie stellst du dir denn das vor! Allein so ein Ungetüm zur Post zu schleppen ... nein, danke! Ich habe Besseres zu tun. Ich bin schließlich keine reiche Witwe.«

Marie lag eine schnippische Bemerkung auf den Lippen: Wenn man dich so reden hört, könnte man meinen, dass du selbst auf den Tod meines Mannes eifersüchtig bist.

Doch sie verkniff es sich und dachte nur insgeheim: Warum ist sie überhaupt so eifersüchtig? Vielleicht, weil ihr Vater sich zwar letztlich für Millies Mutter entschieden hatte – nicht mal freiwillig, sondern weil sein Geheimnis aufgeflogen war –, er sich aber insgeheim nicht von seiner ersten Familie hatte lösen können?

»War's das?«, fragte Millie ungeduldig.

Marie seufzte. »Ja, das war's.«

Als sie auflegte, brach Vince in Gelächter aus. »Gibt es in deiner Familie ein Zickengen?«

Sie hob drohend die Hand.

»Okay, okay, ich bin ja schon still! So eine Furie warst du nicht mal in schlimmsten pubertären Zeiten.«

»Schaut so aus, als könnten wir von Millie keine Hilfe erwarten. Wenn wir mehr über Lucinda Clarke erfahren wollen, müssen wir schon nach London reisen.«

»Wenn du willst, bin ich sofort dabei!«, rief Vince eifrig.

»Ganz sicher nicht!«, entfuhr es ihr.

»Willst du denn lieber den Langweiler mitnehmen?«

Wieder wirkte er angespannt, und sie erinnerte sich, warum Vince eigentlich gekommen war: Nicht, um Nachforschungen anzustellen, sondern um ihr aus Eifersucht eine Szene zu machen.

Die lockere Stimmung verflog. »Ich habe zwei kleine Kinder und darum keine Zeit, nach London zu fahren. Besser, wenn du jetzt gehst. Es ist schon ziemlich spät, und ich muss die beiden ins Bett bringen.«

Vince wollte widersprechen, hörte dann aber Hannah, die sich bis jetzt mit Bohnen und Knete bestens amüsiert hatte, immer ungehaltener quengeln.

»Klar«, sagte er knapp. Als sie ihm wenig später die Haustür öffnete, verharrte er auf der Schwelle. »Warum hast du dich eigentlich doch nicht mit Thomas getroffen?«, fragte er lauernd.

»Bild dir bloß nichts ein! Ganz sicher lag das nicht an dir, aber … aber Hannah ging's nicht so gut.«

Marie war sich nicht sicher, ob sie sich selber etwas vormachte oder ihm, zumal Hannah in der letzten Stunde einen putzmunteren Eindruck gemacht hatte, aber Vince gab sich mit der Erklärung zufrieden.

»Wenn es ihr bessergeht – komme ich dann mal in den Genuss, dich auszuführen?«

Sie unterdrückte den Anflug heißen Triumphes, der in ihr hochstieg.

»Ich denke darüber nach …«, murmelte sie.

Er schien zu ahnen, dass er nicht mehr erwarten durfte, beugte sich vor und hauchte ihr einen flüchtigen Kuss auf die Wange. »Gute Nacht.«

Während sie ihm nachsah, wie er in der Dunkelheit verschwand, glaubte sie die Berührung seiner Lippen immer noch zu fühlen.

Die Kinder schliefen wenig später ein, doch als sich auch Marie ins Bett legen wollte, erwachte Hannah wieder, und Marie drehte ein paar Runden im Wohnzimmer mit ihr. Sie hielt selbst dann nicht inne, als der Körper immer schwerer wurde und sie schließlich an ihrer Brust eingeschlafen war. Zärtlich streichelte sie über das Köpfchen, den Nacken und Rücken, sog den süßlichen Geruch ein

286

und genoss die Wärme und Berührung von Hannahs Hand, die sich um ihren Oberarm gekrallt hatte.

Bin ich eine Glucke, die ihre Kinder nicht loslassen kann? Oder ist es richtig, sie zu beschützen, da sie doch nur noch mich haben?

Und war es wirklich ein Verzicht, nicht mit Thomas zu Abend zu essen? Oder war sie insgeheim froh, eine Ausrede zu finden, um die Bekanntschaft nicht zu vertiefen?

Ein Teil von ihr genoss es, dass sich die beiden Männer für sie interessierten, und noch mehr, Vinces Eifersucht anzuheizen, aber ein anderer Teil suchte ständig nach Argumenten, warum eine Beziehung mit einem der beiden unmöglich war.

Vince war zu jung, zu leichtsinnig, zu emotional. Thomas hingegen zu ernst, zu schwermütig, zu sehr in seiner Vergangenheit verhaftet …

Die Arme wurden ihr von Hannahs Gewicht schwer, der Kopf vom Grübeln.

Sie stieg nach oben, legte die Kleine in ihr Kinderbettchen und schlüpfte selber unter die Decke, konnte aber nicht schlafen, sondern musste plötzlich an eine Episode aus der Vergangenheit denken. Jost lag im Bett, weil er nach der Chemo so geschwächt war, und die dreimonatige Hannah wollte gar nicht aufhören zu schreien. Sie war eigentlich ein pflegeleichtes Baby, verweigerte aber urplötzlich das Fläschchen. Marie hatte sowieso ein schlechtes Gewissen, weil sie sie nur kurz gestillt hatte, und wäre fast in Tränen ausgebrochen, weil Hannah nichts trinken wollte, und je kopfloser sie sich verhielt, desto lauter brüllte der Säugling.

»Gib sie mir«, sagte Jost. »Ich probiere es mit der Flasche. Und du nimmst dir mal eine Auszeit. Mal doch ein bisschen!«

Damals war sie so gerührt gewesen. Obwohl es ihm so schlechtging, dachte er an sie und wollte sie entlasten.

Nun kreisten seine Worte immer wieder durch ihren Kopf: *Mal ein bisschen …*

Bei ihm gehörten ›Malen‹ und ›ein bisschen‹ nicht zusammen. Wenn er über Stunden im Atelier arbeitete, durfte er von niemandem gestört werden. Undenkbar, dass Kunst für ihn etwas war, das man eben mal so zwischendurch machte – so wie den Geschirrspüler auszuräumen.

Mal ein bisschen ...

Das klang, als würde sie einem netten Hobby nachgehen, nicht mehr. Seine Muse durfte sie gerne sein, Kindermädchen, Haushälterin, PR-Frau und Krankenschwester in einem, aber unmöglich eine ebenbürtige Künstlerin.

Hatte sie in all den Jahren die Bedürfnisse der Kinder vorgeschoben, um sich dieser schmerzlichen Einsicht zu erwehren? Dass er ein Egoist war, der niemanden neben sich dulden konnte, während er sich im Starruhm sonnte?

Sie wälzte sich im Bett herum. Obwohl sie immer erschöpfter war, blieb der Schlaf aus, und als sie endlich kurz davor stand einzunicken, spannte sich ihr ganzer Körper plötzlich an, noch ehe ihr Verstand erfasste, was vorging.

Sie spitzte die Ohren.

Eindeutig! Schon wieder diese Stimme, anfangs raunend, später hoch und klagend, und so gut verständlich!

»Geh weg, solange du noch kannst.«

Es ist unmöglich, dachte sie, es gibt keine Gespenster!

Aber die Stimme sagte nun immer mehr, und obwohl der Wind etliche der Worte verschluckte, genügten einige wenige, um ihr einen Schauer über den Rücken zu jagen.

Tod ... Unheil ... Fluch ... Und immer wieder die Mahnung: Geh weg. Flieh, solange du noch kannst.

Maries erste Regung war aufzuspringen, nach unten zu laufen und ins Freie zu stürmen. Doch je länger sie liegen blieb, desto undenkbarer war es, sich hinauszuwagen. Sie traute sich noch nicht mal, die Fensterläden zu öffnen und hinauszuschauen. Sie zog die

Decke über ihr Gesicht, und obwohl sie nun die Stimme nicht länger hörte, fürchtete sie sich zu Tode.

Stundenlang lag sie wach, lauschte, glaubte immer wieder, die Stimme zu vernehmen, und als sie endlich verstummt war, war ihr Gehör so übersensibilisiert, dass sie bei jedem Holzknacken zusammenzuckte. Als die Teetasse auf dem Nachtkästchen leicht vibrierte, hätte sie schwören können, dass jemand die Treppe hochkam.

Marie überlegte schon, mit welcher Waffe sie den Eindringling abwehren konnte, rief sich dann aber zur Vernunft und konzentrierte sich auf den gleichmäßigen Atem der Kinder. Nach einer Weile beruhigte sie sich und schlief ein, doch die Stimme verfolgte sie bis in ihre Träume.

»Geh fort … geh fort … geh fort.«

Mit einem Schrei auf den Lippen schreckte sie hoch und blickte in Jonathans vorwurfsvolles Gesicht.

»Warum machst du denn so einen Krach, Mama?«

»Schlaf weiter!«

Er schlief tatsächlich wieder ein, aber für Marie war nicht mehr an Schlaf zu denken, zumal sie dringend aufs Klo musste. Jetzt im Morgengrauen war es keine Überwindung mehr, das Bett zu verlassen, aber sie fühlte sich wie gerädert. Nachdem sie sich das Gesicht gewaschen und sich angezogen hatte, betrachtete sie eine Weile die schlafenden Kinder und ging dann nach unten, um einen starken Kaffee zu machen. Sie öffnete die Fenster und hätte, als sie einen Blick hinaus riskierte, vor Schreck fast die Kaffeetasse fallen lassen.

In der Nacht hatte es geregnet, und der Boden rund um das Haus war immer noch feucht. Nur allzu deutlich zeichneten sich Fußabdrücke darin ab, die eindeutig nicht von ihren Schuhen rührten. Sie gab der Panik nicht nach, sondern versuchte ganz nüchtern zu überlegen: Florence … die Spuren könnten von Florence sein.

Doch als die gestern das Cottage verlassen hatte, war sie sicher nicht einmal drum herumgegangen, sondern direkt zu ihrem Fahrrad. Und von Vince konnten die Spuren auch nicht stammen, waren diese doch zu klein für einen Mann.

Es mussten Frauenschuhe gewesen sein … Lilians Schuhe …

So ein Blödsinn! Mal abgesehen davon, dass es keine Geister gab – selbst wenn, hinterließen die keine Fußabdrücke!

Sie stellte die Kaffeetasse so energisch ab, dass sie fast überschwappte. Kaum wandte sie sich vom Fenster ab, zuckte sie gleich wieder zusammen. Sie hatte Jonathan nicht kommen gehört, doch nun kam er augenreibend auf sie zu.

Marie rang sich ein Lächeln ab. »Da hat aber jemand nicht so gut geschlafen, oder?«

»Warum hast du denn auch die ganze Nacht das Radio laufen lassen?«

»Radio? Aber ich habe doch nicht …« Marie brach ab. »Hast du diese Stimme etwa auch gehört?«

Zu spät biss sie sich auf die Lippen. Das Letzte, was sie wollte, war, ihren Sohn in Panik zu stürzen.

Doch Jonathan blieb ganz cool. »Meinst du die Frauenstimme, die immer gesagt hat, wir sollten fortgehen?« Er verdrehte die Augen. »Du hättest das Radio wenigstens etwas leiser drehen sollen.«

Marie schämte sich fast ein bisschen, dass ihr vernünftiger Sohn – anders als sie – nicht eine Sekunde an Geister geglaubt hatte. Das erklärte jedoch immer noch nicht, warum er die ganze Zeit von einem Radio redete.

Allerdings …

Sie schlug sich mit der Hand auf die Stirn! Warum war sie nicht gleich darauf gekommen?

»Gehst du hoch und passt auf Hannah auf? Sie wird sicher bald wach.«

Jonathan verzog widerstrebend den Mund, fügte sich aber.

Marie stürzte nach draußen und folgte den Fußspuren bis zum Gartentor, ohne etwas zu entdecken. Doch dann dachte sie an eine Detektivgeschichte, die sie mit Jonathan erst kürzlich gelesen hatte. Wenn man wissen wollte, wohin Spuren führten, hatte ein Sherlock-Holmes-Verschnitt darin erklärt, musste man ihnen in gegensätzlicher Richtung folgen.

Obwohl es längst zu regnen aufgehört hatte, tropfte es von den Blumen, den Grashalmen und der Hecke. An dieser vorbei folgte Marie den Fußspuren bis zu dem Schuppen, den sie das letzte Mal betreten hatte, um ausrangierte Möbel dort abzustellen. Die moderten dort immer noch vor sich hin, aber ...

»Tatsächlich!«, entfuhr es ihr, und es war ihr zutiefst peinlich, in der Nacht vor Angst geschlottert zu haben. Nun stieg vor allem Wut in ihr hoch, als sie sich nach dem Kassettenrecorder bückte. Es war ein uraltes Ding, wie sie es schon seit Jahren nicht mehr gesehen hatte. Jonathan würde gar nicht wissen, was man damit anfing. Doch er funktionierte noch: Sobald sie auf Play drückte, ertönte eine Frauenstimme.

»Geh weg, solange du noch kannst.«

»So viel zum Thema Geister«, sagte Marie laut.

Lilian Talbot war es schon mal nicht, die sie von hier verjagen wollte. Wem aber sonst lag etwas daran?

Bald kam ihr ein Verdacht, und als sie zurück ins Haus lief, wurde sie noch wütender.

16

1923

Lilian starrte auf die Papageientaucher, die die Spitze der Felsen umkreisten – bunte Vögel, die sich viel deutlicher von dem dunklen, fast schwarzen Grau abhoben als die Möwen. Auch diese durchpflügten in rauen Mengen und laut schreiend den blauen Himmel, stießen dann und wann in die Fluten hinab und zerrissen das Tuch des Meeres, bis weißer Schaum aufspritzte.

Lilian hielt ihr Gesicht in die Sonne.

Es ist warm, ich bin am Strand, der Tag vor mir ist so verheißungsvoll wie das weite Meer, Richard hatte nichts dagegen, dass ich wieder einmal einen Ausflug zu den Nordsträndern der Insel mache, ich muss doch glücklich sein.

Aber sie war nicht glücklich. Sie starrte auf die Vögel, die ein kleines Riff umflogen, und die Sehnsucht, selbst die Flügel weit auszuspannen, fortzufliegen und sich zwischen Himmel und Erde ein eigenes Reich zu erobern, das nur ihr gehörte, war fast schmerzhaft.

Richards Sorge, die sie den Winter über davon abgehalten hatte, kaum je einen Schritt außerhalb von Clairmont Manor zu setzen, war vielleicht echt, aber sie hatte nichts Rührendes an sich. Lilian kam nicht umhin zu denken, dass ihm die tote Katze vor ihrem Cottage gerade recht gekommen war – genauso wie die Gerüchte von dem verrückten Saul, dem man nun immer häufiger Einbrüche nachsagte, nicht, weil er sich bereichern, sondern weil er Tiere quälen wollte. Nachweisen konnte man ihm diese Verbrechen nicht, weswegen er noch auf freiem Fuß war, aber Richard behauptete, aus Angst um sie und Thibaud verrückt zu werden.

Nun, Thibaud schien es nichts weiter auszumachen, in seinem Zimmer zu bleiben: Nach dem Besuch auf Château Clairmont zog er sich noch häufiger zurück, war noch schweigsamer und machte keine Anstalten mehr, Lilian erneut so inniglich zu umarmen wie vor ihrer Reise nach Frankreich. Lilian hingegen ließ es sich zwar nicht nehmen, die Zeit im Cottage zu verbringen, fühlte sich aber auch dort als Gefangene.

Sie starrte auf die Möwen.

Ich will ja gar nicht fliegen, dachte sie, und ich will auch nicht den Himmel erforschen, ich will unten im Meer einen Fisch entdecken und mich voller Gier darauf stürzen, triumphieren, weil ich ihn erwischt habe, ihn nicht mehr hergeben, sondern stolz mit der Beute davonfliegen.

Ich will etwas, auf das ich all mein Denken und sämtliche Sinne ausrichten kann, ich will mich konzentrieren, will Anspannung fühlen, Aufregung. Ich will jagen. Denn das ist es, was ich bin.

Ja, nach all den Jahren war sie zum Schluss gekommen, dass sie einst keine Diebin gewesen war, sondern eine Jägerin, und dass sie nicht nur nach Reichtum gelechzt hatte, sondern nach dem Nervenkitzel.

Sie senkte den Blick und betrachtete die anderen Frauen am Strand, denen dieses Trachten allesamt zu fehlen schien. Hier auf der »Ladies Beach« waren sie vor den Blicken der Männer geschützt. Die meisten hatten ihr Kleid abgelegt und trugen nurmehr Mieder und Unterkleid, einige sogar einen knielangen Badeanzug. Zwei spielten Federball, ein paar hockten im Kreis und flochten einen Kranz aus Ginster, Glockenblumen und Margeriten, andere steckten kreischend ihre Füße ins eiskalte Wasser, liefen aber alsbald zurück ins Trockene.

Damals am Londoner Hafen hatte sie sich auch ins Wasser ge-

293

stürzt, erinnerte sich Lilian, und es war viel kälter als heute das Meer, aber wichtiger noch als Wärme war ihr das Überleben gewesen. Nicht, dass sie vergessen hatte, wie sehr sie geschlottert hatte, aber die Angst vor Maxim hatte sie nicht ganz und gar in der Hand gehabt. Da war noch etwas anderes in ihr gewesen … Trotz … Triumph … und Neugierde, was nun wohl aus ihr werde.

Als sie aufstand, schritt sie nicht in Richtung Wasser, sondern landeinwärts und durchkreuzte hügeliges Heideland, von dem ein paar Felder mit Steinmauern abgegrenzt waren. Die Wege hier waren allesamt holprig, die alten Türmchen, die die Küste säumten, teilweise verfallen, doch die vielen Blumen kündeten von neuem, kraftvollem Leben.

Raschen Schrittes lief Lilian immer weiter vom Meer weg, streifte über Wiesen, die so trocken von der Meeresluft waren, dass sie unter ihren Füßen nahezu quietschten, dann über feuchtes Moos, das ihre Schritte dämpfte. An einem Gestrüpp voller Dornen blieb sie hängen.

»Verflucht!«

Sie zog daran, doch anstatt das Kleid von den Ranken zu lösen, riss es auf. Der Wind traf ihre nackte Haut, und trotz des Missgeschicks lachte sie plötzlich auf. Vielleicht bin ich doch eine gute Diebin, zumindest ein paar Augenblicke kann ich mir stehlen, Augenblicke wie diesen, um mir vorzustellen, dass ich ganz alleine hier wäre, kein Dach über dem Kopf hätte und kein Geld, nur die zerrissene Kleidung am Leib.

Sie hielt Ausschau nach Menschen, sah weit und breit niemanden, nur in der Ferne eine kleine Kirche, ein paar Gehöfte, Glashäuser und … was war das denn?

Neugierig trat sie näher. Inmitten des Heidelands ragten mehrere Steine auf. Ein paar standen senkrecht, andere lagen flach auf dem Boden, und allesamt waren sie größer als die Steine, die die Felder abgrenzten.

Eine Weile strich sie herum und versuchte, sich zu erklären, wer sie hier aufgestellt hatte. So schwer wie sie waren, konnte es unmöglich ein einzelner Bauer bewerkstelligt haben. Doch da sie nicht auf fruchtbarem Land standen, war auch nicht anzunehmen, dass es ausgerechnet ein solcher versucht hätte.

Sie strich über einen der Steine und zuckte jäh zusammen, als hätte sie ihren Pulsschlag gespürt. Vielleicht waren es ja keine Steine, sondern verzauberte Menschen, und es war streng verboten, sie zu berühren. Bei einer falschen Bewegung würden sie zum Leben erwachen, sie umzingeln, festhalten ...

Was für ein Unsinn! Es waren doch nur Steine! Die Einzigen, die sie festhielten, waren Richard, Thibaud, Laure ... aber an die wollte sie nicht denken. Sie wollte sich lieber vorstellen, der einzige Mensch auf der Insel zu sein und in den Steinen ihre einzigen Gefährten zu finden.

Sie stellte sich auf einen von ihnen, balancierte und merkte zu spät, dass sich ein Stück Stoff von ihrem zerrissenen Kleid gelöst hatte. Sie stolperte darüber, fiel vom Stein und blieb mit dem Fuß in einem Spalt stecken.

Ein stechender Schmerz durchfuhr sie, und sie befürchtete schon, sich den Fuß gebrochen zu haben. Doch obwohl der Schmerz bald wieder verging, änderte das nichts daran, dass sie zwischen den Steinen steckengeblieben war, und was sie auch anstellte: Sie konnte sich nicht befreien.

Es ist nicht weiter schlimm, sagte sie sich. Es war helllichter Tag, sie konnte um Hilfe rufen, und auch wenn niemand zu sehen war, irgendwer würde schon auf sie aufmerksam werden. Allerdings schien es ihr äußerst blamabel, sich nicht selbst aus der Lage befreien zu können, und anstatt zu rufen, verlegte sie sich in der nächsten halben Stunde darauf, es doch noch allein zu schaffen. Danach war sie verschwitzt und ihr Fuß immer tiefer in den Spalt gerutscht. Der

295

Knöchel war schmerzhaft verdreht, und sie konnte kaum aufrecht stehen, sondern musste den Fuß entlasten, indem sie sich nach vorne beugte und sich auf einen der Steine stütze. Sie hörte sich keuchen, der Wind riss an ihrem Kleid und an ihrem Haar.

Als sie sich vorstellte, welchen Anblick sie wohl bot, musste sie lachen, doch das verging ihr rasch, als sie erneut zum Befreiungsversuch ansetzte, der wieder nicht glückte. Ein Ächzen entfuhr ihr, und diesmal zögerte sie nicht länger, um Hilfe zu rufen.

Kaum hob sie den Kopf, verstummte sie. Ein Mann kam auf sie zugelaufen, der offenbar erkannt hatte, in welche Lage sie sich gebracht hatte, und nun herbeieilte, um sie zu befreien. Sein Gesicht war tiefrot, als er sie erreichte.

»Oh, Sie sind ein Schatz, dass Sie sich so beeilt haben, um mich …«

»Was zum Teufel fällt Ihnen ein!«, schrie er sie an. »Machen Sie, dass Sie von hier fortkommen.«

Verspätet ging ihr auf, dass er nicht sie von den Steinen befreien, sondern vielmehr die Steine vor ihr schützen wollte.

»Das würde ich ja gerne, wenn ich könnte«, bekannte sie kleinlaut.

Er blieb stehen und blickte sie ungläubig an. »Wie ungeschickt muss man sich anstellen, um in diese Lage zu geraten?«, entfuhr es ihm.

Wann hatte man jemals einer Lilian Talbot Ungeschicklichkeit vorgeworfen?

Trotz der Schmerzen im Knöchel musste sie lächeln.

»Lachen Sie etwa über mich?«, fragte er.

»Das glaub ich kaum. Sie bieten sicher nur einen halb so komischen Anblick wie ich.«

Sie sah, wie seine Mundwinkel zuckten, und auch wenn er sich das Lächeln verkniff, musterte er sie eingehender. Vorhin hatte er wohl nur einen Störenfried wahrgenommen, jetzt sah er eine

296

hübsche Frau mit zerzaustem Haar, zerrissenem Kleid und herz-allerliebsten … Grübchen.

Wann hatte sie das letzte Mal ihre Grübchen spielen lassen? Wann einen Mann damit bezaubert?

Nun, dieser hier ließ sich anscheinend nicht davon beeindrucken.

»Meinetwegen, ich helfe Ihnen«, schnaubte er lediglich.

Er trat auf sie zu, packte ihr Bein und zog daran. Dass er ohne Schamgefühl vorging, gefiel ihr, dass er so unsanft war, weit weniger. Später war sie sich nicht sicher, ob in diesem Augenblick oder schon zuvor die Jägerin in ihr erwachte – Lilian, die Katze, die auf der Lauer liegt, eine Maus fängt, aber nicht etwa verspeist, sondern mit ihr spielt.

»Aua!«, schrie sie.

Der Mann war nicht nur immun gegen ihr Lächeln, sondern auch gegen Schmerzensschreie. Zwar sagte er es nicht laut, aber er dachte wohl, dass sie sich zusammenreißen solle.

Lilian gefiel das noch mehr. Hatte sie sich eben auf die Rolle der hilflosen Frau verlegen und bange fragen wollen, ob sie hier wohl steckenbleiben würde, wusste sie plötzlich, dass sie ihm mit etwas anderem viel mehr imponieren konnte.

»Warten Sie! Ich habe eine Idee.«

Sie beugte sich vor, ignorierte den Schmerz und band ihren Schuh auf. »Jetzt noch einmal!«, forderte sie ihn auf.

Er beugte sich wieder über sie und zog an dem Fuß, und sie versuchte, nicht auf den Schmerz zu achten, sondern sich ganz auf ihn zu konzentrieren, dessen Körper sich fest an ihren presste.

Er hatte rotbraunes, gewelltes Haar, dunkler als das von Richard, vor allem aber glänzender und fülliger. Seine Haut war gebräunt, seine grünlichen Augen funkelten. Die braune Jacke war an den Ärmeln durchgewetzt – sonderlich reich schien er also nicht zu sein –, doch die graue Hose wies keinerlei Flecken auf wie die von Bauern und Handwerkern.

Ihr Fuß kam frei – ihr Schuh nicht. Der steckte weiterhin fest, obwohl sich der Fremde bemühte, ihn aus dem Spalt zu zerren.

Lilian rieb sich den Fuß. »Nun, es muss auch mit einem gehen. Danke für Ihre Hilfe.«

Sprach's, ging davon und ignorierte die Schmerzen ebenso wie die spitzen Steine und die Ranken, die sich in ihre Fußsohle bohrten. Erneut erfasste sie eine Windbö, riss nicht nur die Haare in die Luft, sondern presste das zerrissene Kleid an ihren Körper.

Entweder er folgt mir, oder die Jagd lohnt sich nicht, dachte sie und unterdrückte die Regung, sich umzudrehen. Mehr als lächeln und die Grübchen spielen lassen kann ich nicht.

Sie ging fünf Schritte. Nichts. Beim sechsten rief er endlich: »Warten Sie!«

Sie blieb stehen, drehte sich aber immer noch nicht um, als er ihr nachhastete.

»Ich trage Sie! Hier gibt es so viel Gestrüpp, am Ende kommen Sie sonst mit blutendem Fuß an.«

Er nahm sie auf den Arm, und obwohl er ihr nicht sonderlich muskulös erschienen war, war er doch kräftig wie einer, der körperliche Arbeit gewöhnt ist, nicht mager und schmächtig wie Richard, sondern groß gewachsen, breitschultrig und sehnig.

Lilian dachte an die Zeit, als sie darin geübt war, die Menschen mit einem einzigen Blick einzuschätzen. Dieser Mann hier hätte ihr wohl auch damals Rätsel aufgegeben. Wer war er bloß, was trieb er hier, und warum war er so verärgert darüber, dass sie die Steine berührt hatte?

Sie ahnte, dass seine Verachtung womöglich noch wachsen würde, wenn sie ihn Letzteres fragte, also meinte sie nach einigen Schritten nur: »Es wäre schön, wenn ich den Namen meines Retters erfahren dürfte.«

Er ächzte. »Sie sind so schwer. Sie gleichzeitig schleppen und reden – das kann ich nicht.«

Blitzte in den grünen Augen etwa Spott auf?

Jäh war sie sich sicher, dass irgendwo hinter der ernsten und strengen Miene viel Humor schlummerte.

Lilian sagte nichts mehr, sondern begnügte sich damit, getragen zu werden. Obwohl er sich mit jedem Schritt mehr anzustrengen hatte, murrte er nicht, und als sie ihren Kopf auf seine Brust legte, zuckte er kaum merklich zusammen.

Bald hatten sie den Strand erreicht, und Lilian war klar, dass ihr nicht mehr viel Zeit blieb, um seine Aufmerksamkeit über bloße Hilfsbereitschaft hinaus zu fesseln. Er stellte sie ein Stück weit von den anderen Frauen entfernt auf dem Sand ab, und da es zu schmerzhaft war, auf dem verletzten Fuß zu stehen, setzte sie sich, während er etwas unschlüssig stehen blieb. Sie war sich nicht sicher, ob auch er das Zusammensein mit ihr hinauszögern oder schlichtweg höflich sein wollte. In jedem Fall entschied sie, alles auf eine Karte zu setzen, und rief fordernd: »Jetzt!«

»Was jetzt?«

»Nun, jetzt tragen Sie mich nicht mehr, und das bedeutet, Sie können mir jetzt Ihren Namen sagen und welcher Arbeit Sie nachgehen.«

Er legte den Kopf schief, blickte sie zwar ziemlich unergründlich an, lächelte aber. Lilian erwiderte es und wusste nun, dass es sich lohnte, sich durchs lockige Haar zu fahren.

»Wer weiß, ob ich überhaupt einer Arbeit nachgehe?«, gab er rätselhaft zurück. »Manche nennen einen wie mich Faulpelz.«

»So, so, Sie wollen also, dass ich rate.«

»Warum nicht?«

»Raten Sie doch als Erstes – nämlich wer ich bin … wer ich sein könnte.«

Sein Lächeln wurde breiter. »Eine verwunschene Prinzessin?«, fragte er unerwartet neckisch.

299

In der Ferne schrien laut die Möwen. Fangt ihr nur eure Fische, dachte Lilian, ich fange mir den schönsten Mann, den ich seit langem gesehen habe. Das Herz pochte ihr aufgeregt bis zum Hals. »Sie sagen es!«, rief sie.

»Und was macht eine verwunschene Prinzessin ganz alleine am Strand?«

»Ich bin aus meinem Turm geflohen. Doch alsbald wird mich der böse König wieder jagen und einsperren. Kann ich darauf zählen, dass Sie mich retten werden?«

»Sie erwarten, dass ich Sie aus Ihrem Turm befreie?«

»Sie können doch klettern, oder?«

»Gewiss, aber wenn ich es mir recht überlege, dann grabe ich lieber ein Loch.«

Er nickte ihr zu und wandte sich zum Gehen. Lilian war enttäuscht, hätte sie doch eben noch schwören können, dass sie seine Aufmerksamkeit länger gewinnen konnte als nur für wenige Minuten.

Sie erhob sich und lief ihm trotz des schmerzenden Fußes nach. »Warten Sie! Wer sind Sie denn nun?«

Gerade noch rechtzeitig biss sie sich auf die Lippen, um nicht hinzuzufügen: Und wann sehe ich Sie wieder?

Er blieb stehen. »Ich habe Ihnen bereits alles über mich gesagt, was es zu wissen gibt.«

Sie hatte keine Ahnung, was er meinte – nur, dass Gleiches für sie galt.

Ich bin ja tatsächlich eine Gefangene ... nicht in einem Turm, aber auf Clairmont Manor ...

»Aber Ihren Namen kann ich unmöglich erraten.«

»Francis«, sagte er leise.

Erneut wandte er sich ab, fragte dann aber: »Und wie heißt die Prinzessin?«

Sie zögerte die Antwort hinaus. Nicht Lilian, dachte sie. Auch nicht Liliane, wie Richard den Namen aussprach. Oder Lilly, wie Suzie sie nannte. Vielleicht Lily-Ann, aber nein, das war nicht geheimnisvoll und exotisch genug.

»Anouk«, murmelte sie. »Die Prinzessin heißt Anouk.«

Seine Lippen formten ihren Namen, ansonsten sagte er nichts mehr und ging endgültig davon. Sie folgte ihm kein weiteres Mal, sondern blieb stehen und sah ihm nach.

Francis, dachte sie immer wieder, Francis.

Und dann: Ich werde dich wiedersehen. Die Insel ist nicht groß genug, um dich vor mir zu verstecken, und irgendwann wird sich die Gelegenheit finden, dir von meinem Turm aus zuzuwinken.

17

Diesmal machte Marie nicht den Fehler, Hannah in den Buggy zu setzen, sondern fuhr das kurze Stück mit dem Auto. Es dauerte eine Weile, bis sie Hannah aus dem Kindersitz manövriert hatte, weil sich der Gurt nicht öffnen ließ, und als sie den Kassettenrecorder schnappte und sich umdrehte, stand Bartholomé de Clairmont bereits in der Tür und starrte sie misstrauisch an.

»Was wollen Sie hier?«

Marie hob anklagend das Gerät in die Höhe. »Ich will, dass Sie mir das hier erklären!«

Bartholomés Gesicht wurde noch misstrauischer, aber er wirkte nicht im Geringsten schuldbewusst. Langsam kam er die Stufen zur Auffahrt herunter, und wieder fiel ihr auf, dass er stark hinkte.

»Was ... was ist das?«, fragte er.

Maries Zorn verflog. Eben noch hätte sie schwören können, dass Bartholomé hinter dem Tonband steckte. Wer sonst könnte ein Interesse daran haben, dass sie das Cottage verließ? Schließlich hatte er sich von Anfang an feindselig verhalten und Jonathan sogar mit dem Gewehr bedroht!

Doch jetzt wirkte er nicht bedrohlich, sondern nur zerknirscht.

»Das stammt doch von Ihnen!«, sagte Marie. Sie wollte vorwurfsvoll klingen, aber stattdessen war sie zunehmend kleinlaut gestimmt.

»Ich habe keine Ahnung, wovon Sie reden.«

»Diese Frauenstimme ... ich habe sie die ganze Nacht gehört.

Sie forderte mich auf wegzugehen, ja, zu fliehen, Unheil würde in der Luft liegen. Ich habe mich zu Tode erschreckt, aber in Wahrheit stammte die Stimme von einer Tonbandaufnahme!«

Bartholomés Blick weitete sich, und seine Lippen begannen zu beben. Die Erschütterung war größer, als es der Anlass gebot, und Marie war sich plötzlich sicher, dass er ihr nichts vorspielte. Doch ehe sie etwas sagen konnte, drehte er sich um, hinkte zurück zum Haus und verschwand darin. Die Tür hinter sich ließ er jedoch offen.

Ratlos starrte Marie ihm nach, während Hannah sich zu winden begann. Sie wollte unbedingt auf den Boden, um Kieselsteine einzusammeln.

»Ich glaube, er war's nicht«, sagte Jonathan altklug.

»Ja«, murmelte Marie, »das glaube ich mittlerweile auch. Aber wer war es dann?«

Sollte sie Bartholomé nachgehen, um sich zu entschuldigen? Und um herauszufinden, warum er so erschüttert war?

Zögernd folgte sie ihm mit den Kindern in die Eingangshalle. Von Bartholomé war nichts zu sehen, und ihr Blick glitt unwillkürlich zum überlebensgroßen Gemälde von Liliane de Clairmont. Kurz sah sie in ihre großen, dunklen Augen, ehe sie ihr helles Dekolleté nach der Lilienkette absuchte. Doch die Lilian auf dem Gemälde trug keinen Schmuck – was bedeuten konnte, dass sie sie damals noch nicht besessen hatte oder, was die unspektakulärere Vermutung war, sie schlichtweg nicht getragen hatte, als das Bild gemalt wurde. Marie berührte ihren Hals. Erst jetzt fiel ihr auf, dass sie die Kette gestern nicht abgelegt hatte, sondern immer noch trug, und plötzlich überlief sie ein Schauder.

Die junge Frau auf dem Gemälde würde wenig später einen gewaltsamen Tod sterben, und auch wenn sie selbst lebenslustig wirkte – die Lilien, in deren Mitte sie stand und die als Blumen des Todes galten, schienen das bevorstehende Ende zu symbolisieren.

Was, wenn es Unglück brachte, die Kette mit dem Lilienanhänger zu tragen?

Unsinn!, dachte sie dann. Schlimm genug, dass sie bereit gewesen war, an Geister zu glauben! Dass sich die vermeintlich übernatürliche Erscheinung in Wahrheit nur als Tonbandaufnahme herausgestellt hatte, sollte ihr eine Lehre sein, sich nicht von Ängsten, sondern von ihrem Verstand leiten zu lassen.

Ein Räuspern erklang, und als sie herumfuhr, sah sie Bartholomé in der Tür zum großen Wohnraum stehen.

»Ich ... ich dachte schon, ich werde verrückt«, stammelte er.

Marie musterte ihn. In den großen, wasserblauen Augen sah sie Tränen schimmern, und seine Lippen bebten noch mehr. »Ich ... ich konnte es mir nicht anders erklären, als dass ich langsam, aber sicher den Verstand verliere ...«

Verspätet begriff sie, dass nicht nur ihr eine Heidenangst eingejagt worden war. Offenbar hatte auch ihn diese Stimme heimgesucht.

»Sie haben sie auch gehört?«

Er schüttelte den Kopf. »Das nicht. Aber ständig schlich jemand ums Haus ... Am Anfang dachte ich noch, es wäre ein Einbrecher, aber später ... später war ich wirklich überzeugt, sie wäre von den Toten zurückgekommen. Was hätte ich denn sonst denken sollen? Ich bekomme nie Besuch, ich habe keine Verwandten ...«

Obwohl die Eingangshalle riesig war, fühlte sich Marie plötzlich so beklommen, als wäre sie in einen winzigen Raum gesperrt, in dem sie zu ersticken drohte. Nicht nur die Vernachlässigung legte sich wie ein dunkler Schatten auf den einstigen Prunk, sondern die grenzenlose Einsamkeit.

Sie schluckte. »Sie haben also keine Ahnung, wer ...«, setzte sie an.

Ihre Worte erreichten Bartholomé nicht.

»Nur deswegen ... nur deswegen habe ich Ihren Jungen mit dem Gewehr bedroht ... mit den Nerven ... am Ende ...«

Sein Gestammel wurde immer schwerer verständlich, doch Marie glaubte, dass er sich ernsthaft für sein Verhalten zu entschuldigen versuchte.

Und Jonathan selbst schien es ihm ohnehin nicht übelzunehmen. »Kann ich Ihr Gewehr noch einmal sehen?«, krähte er dazwischen.

»Jonathan!«, mahnte Marie.

»Es ... es tut mir leid.«

Trotz ihrer Beklommenheit konnte Marie nicht einfach gehen und den Mann sich selbst überlassen. Entschlossen trat sie auf ihn zu.

»Vielleicht sollten wir in Ruhe überlegen, wer für all das verantwortlich ist«, sie machte eine kurze Pause. »Und das am besten bei einer Tasse Tee.«

Bartholomé wies ihr den Weg in die Küche, machte aber keine Anstalten, selber das Teewasser aufzusetzen. Schwer stützte er sich auf einen Tisch.

Marie spannte sich unwillkürlich an und fühlte sich an den Abend ihrer Ankunft zurückversetzt, als sie das Cottage betreten hatte und bei jeder Bewegung instinktiv den Bauch eingezogen hatte, um nichts zu berühren.

Wie der Rest des Mobiliars hatte auch die Küche von Clairmont Manor die besten Jahre hinter sich. Alles war sehr großzügig, aber völlig verdreckt. Flecken und Brösel übersäten die Arbeitsflächen und Böden, und in der Nähe des alten Gasofens reichten die Fettspritzer bis zur Decke. Diese war außerdem schwarz vor Ruß – eine Hinterlassenschaft aus jenen Zeiten, als noch mit Holz geheizt worden war.

Allein beim Gedanken, aus einer der Tassen zu trinken, die wahrscheinlich völlig verschmutzt waren, schüttelte es sie. Doch das Mitleid mit dem alten, verzweifelten Mann war größer, und Han-

305

nah interessierte das alles ohnehin nicht. Erst verlangte sie lautstark, abgesetzt zu werden, dann riss sie einen Schrank auf, holte einen Kochtopf und schlug mit einem Kochlöffel darauf.

Bartholomé schien den Krach gar nicht zu hören, und er reagierte auch nicht, als Jonathan erneut fragte: »Kann ich das Gewehr noch einmal sehen?«

»Psst«, machte Marie und gab ihm ein Zeichen, sich um Hannah zu kümmern. Tatsächlich gelang es ihm, sie vom Kochtopf weg ins Wohnzimmer zu lotsen. Marie hoffte, dass sie sich dort begnügen würde, auf das Klavier zu hämmern und die ausgestopften Vögel zu betrachten, jedoch nichts zu zerstören, wobei hier alles ohnehin schon so kaputt und verschlissen wirkte, dass man nicht mehr viel Schaden anrichten konnte.

Sie gab sich einen Ruck, füllte einen Topf, nachdem sie ihn ausgespült hatte, mit Wasser und machte die Herdplatte an.

Während das Wasser zu kochen begann, suchte sie nach Teebeuteln und wusch zwei Tassen aus. Den völlig verdreckten Schwamm, der – grau wie er war – einer toten Maus glich, versuchte sie so gut wie möglich zu ignorieren.

Dieser alte Mann kann unmöglich für sich alleine sorgen, dachte sie, er braucht eine Haushälterin und am besten eine Krankenschwester, die sich regelmäßig sein Bein anschaut …

Allerdings trug sie schon genug Verantwortung, fürs Erste musste der Tee reichen.

Marie stellte eine der Tassen vor ihm ab.

»Und?«, fragte sie. »Wer, denken Sie, steckt dahinter? Warum will irgendjemand Sie aus Clairmont Manor vertreiben und mich aus dem Cottage?«

Er rührte so gedankenverloren in der Tasse, dass er ihr wohl gar nicht richtig zugehört hatte. »Wie dumm zu glauben, dass es wirklich … *sie* hätte sein können!«

Marie entschied, ihn nicht weiter zu bedrängen, sondern diesen

Augenblick zu nutzen, um mehr über Lilian herauszufinden. »Das Cottage«, setzte sie langsam an, »hat einst doch zum Herrenhaus gehört. Scheinbar ist es später in den Besitz meiner Großmutter übergegangen, Lucinda Clark. Wissen Sie vielleicht, warum?«

Er blickte sie an, und seine Augen waren so leer, dass sie überzeugt war, er hätte ihr nicht zugehört. Doch als sie zu einer neuen Frage ansetzte, sagte er unvermittelt: »Das Cottage gehört, seit ich denken kann, Ihrer Familie. Und das ist auch gut so. Zuvor hat … *sie* darin viel Zeit verbracht. Nie hätte ich es freiwillig betreten.«

Marie betrachtete ihn nachdenklich. »Ich verstehe nicht, warum Sie so eine schlechte Meinung von Lilian haben? Ich meine, sie war eine junge Frau, die früh gestorben ist, was hat sie denn …«

In seiner Miene blitzte ein uralter Hass auf, und kurz glich er wieder dem Mann, der Jonathan mit dem Gewehr bedroht hatte. »Sie hat so viel kaputt gemacht!«, zischte er. »Sie hat mein Leben zerstört.«

»Aber sie ist doch lange vor Ihrer Geburt gestorben!«

»Trotzdem. Sie lag wie ein schwarzer Schatten über allem. Sie ist schuld, dass ich … dass ich …«

Er brach ab, und Marie war plötzlich davon überzeugt, dass sie nichts erfahren würde, was Licht ins Dunkel brachte. Dieser Mann hier war zutiefst einsam und unglücklich, er brauchte wahrscheinlich jemanden, auf den er seinen Lebensüberdruss projizieren konnte, auch wenn das jeglicher rationalen Grundlage entbehrte.

»Aber ganz sicher hat Lilian nicht diesen Kassettenrecorder aufgestellt, um mir Angst einzuflößen. Wer war es dann?«

Er nickte grimmig. »Ich habe nie gedacht, dass sie so weit gehen würden, um uns zu vertreiben.«

»Wer sind … sie?«

Schweigen folgte, in dem ihre Anspannung wuchs. »Fragen Sie doch mal Ihren feinen Freund«, presste er schließlich über die Lippen.

Kurz hatte Marie keine Ahnung, wen er meinte, dann aber ging ihr ein Licht auf.

»Sie meinen Vince?«, rief sie überrascht. »Aber was hat denn er für ein Interesse daran, uns loszuwerden?«

Am liebsten hätte sie aufgelacht, doch sein Gesicht war weiterhin so hasserfüllt, ja, auch zutiefst verstört, dass ihr der Laut in der Kehle steckenblieb.

»Reden Sie mit ihm, ich habe nichts mehr hinzuzufügen!«

Sein Gesichtsausdruck verhärtete sich, und er sah sie so feindselig an, dass sie sich jäh wie ein Störenfried vorkam. Obwohl sie nicht wusste, was seine Worte bedeuteten, konnte es ihr auf einmal nicht schnell genug gehen, aus der Küche zu fliehen und mit den Kindern Clairmont Manor zu verlassen.

Sie rief Vince an, konnte ihn aber nicht erreichen. Kurz überlegte sie, es bei Florence zu versuchen, entschied sich aber dagegen. Nach ihrer gestrigen Auseinandersetzung wollte sie ein wenig Zeit vergehen lassen, ehe sie sich wieder meldete, weswegen sie von Clairmont Manor aus direkt zu Vince fuhr.

Nicht, dass sie die Worte des Alten irgendwie beunruhigt hätten. Sicher bildete er sich nur etwas ein, zumal Vince keinerlei Grund hätte, sie zu vertreiben. Er hatte sie von Anfang an bei der Renovierung unterstützt, und er war es auch gewesen, der Bartholomé zur Rede stellte, nachdem er Jonathan mit dem Gewehr bedroht hatte.

Während sie langsam die schmale Straße hochfuhr, wie immer voller Panik, dass ihr plötzlich ein Wagen entgegenkam, begann sich jedoch auch Misstrauen in ihr zu regen.

Ja, Vince war extrem hilfsbereit gewesen, aber was, wenn das nur eine Finte war? Dass er sie umwarb, hatte sie von Anfang an nicht recht ernst nehmen können – was, wenn das vielleicht nicht am fehlenden Selbstbewusstsein einer Witwe lag, die sich nicht zutraute, einen gutaussehenden, jungen Mann für sich zu gewinnen, sondern an ihrem untrüglichen Instinkt, dass da etwas nicht stimmte?

Aber nein!, sagte sie sich wieder. Selbst wenn Vince ein Auge auf ihr Cottage geworfen hätte, ganz gewiss lag ihm nichts an Clairmont Manor, diesem alten Kasten!

Wie beim letzten Mal parkte sie in der Nähe des Jerbourg Hotels. Mehrere Touristen strömten zum Aussichtspunkt, doch sie war blind für die Schönheit der Klippen und der kleinen wellenumtosten Halbinsel und brachte hastig die letzten hundert Meter zu Fuß hinter sich.

Jonathan war sofort Feuer und Flamme gewesen, Vince zu besuchen, erhoffte er sich doch weitere Miniaturen vom Modellbau zum Spielen. Hannah hingegen schien es ihr immer noch übelzunehmen, dass sie vorhin so abrupt aufgebrochen waren. Sie bestand darauf, alleine zu gehen, wodurch sich die Ankunft verzögerte und Marie die Gelegenheit hatte, sich in Ruhe zu überlegen, was sie Vince sagen würde.

Sie entschied, ihn direkt mit dem Kassettenrecorder zu konfrontieren, um anhand seiner Reaktion zu beurteilen, ob er vollkommen überrascht war oder ob ihn ein schlechtes Gewissen überkam. Doch als sie sein Haus erreichte, öffnete ihr nicht Vince selbst, sondern ein junger Mann, der sich als Praktikant vorstellte. »Mr Richer hat noch einen Termin bei einem Bauleiter, er kommt in etwa zwanzig Minuten zurück.«

Er bot ihr an zu warten, und als Marie schon ablehnen wollte, hatte Jonathan ein Modellhaus entdeckt und stürzte sich begeistert darauf.

»Nur anschauen, nicht anfassen!«, ermahnte ihn Marie.

Zum ersten Mal betrat sie das Souterrain des Bungalows. Die zwei Büroräume waren durch eine winzige Kaffeeküche miteinander verbunden. Im vorderen Zimmer machte sich der Praktikant hinter dem Computer zu schaffen, im hinteren, wo sie wartete, herrschte das reine Chaos. Überall lagen Stifte herum und waren Pläne und Mappen gestapelt.

Jonathan konnte sie gerade noch zurückhalten, aber Hannah betrachtete das Chaos als Einladung, ein noch größeres zu veranstalten.

»Wir gehen besser in den Garten«, erklärte Marie nach fünf anstrengenden Minuten.

Hannah gab sich davon unbeeindruckt, sondern stapfte auf den Schreibtisch zu und streckte ihre Hände nach einem Plan aus. Ehe sie ihn herunterzog, konnte Marie ihn gerade noch festhalten, und ihr Blick fiel auf ein Logo am oberen Rand.

Rihoy & Sons.

Vage erinnerte sie sich daran, dass das ein großes Bauunternehmen der Insel war.

Sie wollte den Plan schon vor Hannah in Sicherheit bringen, als ihre Augen bei einem weiteren Namen hängenblieben.

Clairmont Manor.

Sie stutzte, beugte sich über den Plan und studierte ihn genauer. Der Bauch zog sich schmerzhaft zusammen, als sie erkannte, dass Vince durchaus ein Motiv hatte, sie aus dem Cottage zu vertreiben. Sogar ein sehr gutes.

18

1923

Ich werde ihn wiedersehen, ich werde ihn wiedersehen, ich werde ihn wiedersehen.

Zunächst war es beinahe Gewissheit gewesen, nach einigen Wochen noch ein frommer Wunsch, schließlich, als der Juli seinem Ende entgegenging, nur noch bange Hoffnung.

Gewiss, die Insel war klein, aber gerade im Sommer wurde sie von vielen Gästen bevölkert. Was, wenn Francis nur einer von den vielen war, die nach ein, zwei Wochen wieder abreisten?

Lilian bedrängte Richard häufiger als je zuvor, Ausflüge an die Strände zu unternehmen, und manchmal willigte er tatsächlich ein. Doch obwohl sie jedes Mal die Steine aufsuchte, wo sie sich ihren Fuß eingeklemmt und Francis sie gerettet hatte – sie begegnete ihm nicht wieder.

An dem Tag, da sie ihn das erste Mal traf, hatte sie sich wie elektrisiert gefühlt, doch nun wich die Erregung einer tiefen Niedergeschlagenheit.

Thibaud beobachtete sie. »Bist du traurig?«, fragte er eines Tages leise.

Lilian seufzte. Wie sollte sie ihm anvertrauen, dass all ihre Gedanken um einen fremden Mann kreisten? Wie sollte sie sagen, dass sie sich mehr denn je als Gefangene fühlte?

»Wie kommst du nur darauf?«, gab sie zurück und zwang sich zu lächeln.

»Mein Vater … er … er …« Thibaud brach ab. »Maman war ganz anders als du. Ich will nicht, dass du so wirst wie sie.«

Lilian starrte ihn verblüfft an. Was, zum Teufel, meinte er damit?

Jäh vermeinte sie, Schmerz in Thibauds Augen zu lesen und noch etwas anderes, Unbehagen, Angst, leisen Ekel. Doch ehe sie herausfinden konnte, woher dieser rührte, ob vor seiner Mutter, seinem Vater oder sich selbst, wandte er sich ab und ging davon.

Ratlos starrte sie ihm nach. Sie hatte nie ein Bild von Christine gesehen, sie sich jedoch immer als blass und kränkelnd vorgestellt. Konnte es sein, dass sie zu Beginn ihrer Ehe eine ganz andere gewesen war, aufgeweckt, neugierig, das blühende Leben? Dass es die Ehe mit Richard war, die sie mit der Zeit immer mehr gelähmt und ihr das Gefühl gegeben hatte, sie sei eine Gefangene – ein Schicksal, das auch ihr blühte?

Die Prinzessin im Turm …

Aber nein, da war ja kein Turm, und da war auch kein Kerkermeister. Richard war ein Langweiler, nichts weiter, und sie konnte sich frei bewegen, konnte durch den Park streifen, konnte Spaziergänge unternehmen. Letztere führten sie immer weiter fort, einmal sogar bis zum kleinen Petit Bôt Bay, wo sie sich vom Anblick des wilden Meeres das Gefühl von Freiheit erhoffte, aber am Ende doch schwermütig auf die rötlichen Felsen starrte, die den Wellen trotzten.

So wie Gischt und Stein waren sie und Richard. Sie mochte laut und wild tosen, der Stein nur beharrlich schweigen, aber am Ende gewann er, ließ er sich doch nicht um ein Jota bewegen.

Einmal war es schon dämmrig, als sie heimkehrte. Sie ließ den schmalen Küstenweg hinter sich, ging durch den Wald und sah in der Ferne die Blumen des Gartens schimmern, als sie plötzlich innehielt. Ein Knacken war ertönt, das, wie sie hätte schwören können, nicht von Vögeln oder vom Wind rührte, sondern von Schritten. Immer näher kamen sie, obwohl sie niemanden sah – zumindest nicht auf dem Weg. Als sie angestrengt auf die Bäume starrte, vermeinte sie, etwas huschen zu sehen.

Sie wartete und redete sich energisch ein, dass sie einer Sinnestäuschung aufgesessen war, aber sie konnte nicht verhindern, dass sich ihre Härchen im Nacken aufrichteten, als würde sie beobachtet.

Die tote Möwe … die tote Katze …

Der verrückte Saul …

Sie war ihm nie begegnet und hatte auch die vielen Gerüchte um ihn nie ernst genommen, aber jetzt wurde sie das Unbehagen nicht los. Kurz beschleunigte sie den Schritt, um dann ganz abrupt innezuhalten und zu lauschen.

Wieder das Knacken von Holz. Jemand verfolgte sie, sie fühlte seinen Blick ganz deutlich … und es war kein harmloser Blick, sondern lauernd, gefährlich, hasserfüllt …

Sie musste an Maxim denken und an seine kalten Augen, die sie stets an die eines Fisches erinnert hatten. Und wenn er …?

Aber nein, undenkbar, dass er sie auf Guernsey fand! Und dort vorne war ja schon das Cottage!

Sie begann zu laufen, und obwohl das Knacken lauter wurde und immer näher kam, widerstand sie dem übermächtigen Drang, sich umzudrehen. Sie wusste, wenn sie es tat, würde sie nicht auf den Weg achten und hinfallen. Besser, sie richtete ihren Blick auf die Blumen … die Lilien … in diesem Augenblick nicht Symbol des Todes, sondern des Lebens.

Die Bäume lichteten sich, endlich hatte sie die Wiese erreicht, jetzt galt es nur noch, das steile Stück hinter sich zu bringen. Als sie sich schon in Sicherheit wähnte, rutschte sie aus. Sie zuckte zusammen, als sie ein Keuchen vernahm, und wusste kurz nicht, ob sie selbst es ausgestoßen hatte oder ihr … Verfolger.

»Comtesse!«, traf sie da plötzlich eine Stimme.

Zu ihrer Erleichterung kam sie nicht vom Wald, sondern vom

Cottage. Laure stand vor dem Eingang, und Lilian konnte sich nicht erinnern, sich jemals über ihren Anblick so sehr gefreut zu haben.

Erst jetzt wagte sie sich umzudrehen. Durch die Bäume fuhr der Wind, und wieder glaubte sie, einen dunklen Schatten wahrzunehmen, aber das Knacken blieb aus und das Keuchen auch.

»Sie sehen aus, als wäre der Teufel selbst hinter Ihnen her.«

Wenn es jemanden gab, vor dem Lilian ihre Furcht nicht eingestehen wollte, war es Laure. Sie straffte den Rücken und trat selbstbewusst auf sie zu. Nur ihr hektischer Atem verriet, wie schnell sie gelaufen war.

»Ja?«, fragte sie knapp. »Was gibt es?«

»Ich wollte Ihnen nur mitteilen, dass ein Gast auf Clairmont Manor eingetroffen ist.«

Lilian hob verwundert den Blick. Sie hatte nichts von einem zu erwartenden Besuch gehört, und Richard war keiner, der kurzfristig Gäste empfing.

»Monsieur de Saumarez hat ihn uns wärmstens empfohlen, er ist einer der Gönner unseres Gastes, und offenbar meint er, dass auch Comte de Clairmont von seinem Projekt zu überzeugen sei und einen Anteil beisteuern möchte, der seine Realisierung erleichtert.«

»Welches Projekt?«

Laure antwortete nicht, sondern ging zurück zum Herrenhaus. Als Lilian ihr folgte und die Frage wiederholte, ging sie nicht darauf ein, sondern begann, vom geplanten Menü zu reden: Es sollte kalte Gurkensuppe geben, Langusten in Zitronensoße, Roastbeef mit Erbsen und Karotten.

Als sie beim Dessert angelangt war, hörte ihr Lilian nicht länger zu. Der Gast unterhielt sich mit Richard im Garten, und eben trat Thibaud hinzu. Sein Vater bemerkte ihn nicht, und auch Lilian hatte nur Augen für den Gast.

Francis.

Er ließ durch nichts erkennen, dass er wusste, wer sie war, oder ob er sich freute, sie wiederzusehen. Als sie hinzutrat, tat er so, als hätte er sie gar nicht bemerkt, sondern fuhr eifrig fort, Richard etwas zu erklären. Sie beließ es dabei, versuchte erst gar nicht, ihn zu unterbrechen, und starrte vielmehr ganz offenkundig in die andere Richtung. Aus den Augenwinkeln nahm sie wahr, dass er sie schließlich doch verstohlen musterte, und sie grinste.

Ihm gefällt, was er sieht, dachte sie. Er hat alles getan, um herauszufinden, wer Anouk ist, und hat nur meinetwegen den Kontakt mit Richard hergestellt.

Gerade dass er es nicht zeigte, schien ihr der beste Beweis zu sein, und sie ließ es sich ihrerseits nicht anmerken, wie erfreut und aufgeregt sie war.

Richard selbst bewog Francis endlich dazu innezuhalten und deutete auf sie: »Gestatten, das ist meine Gemahlin, Comtesse Liliane.«

»Comtesse Liliane ...« Er wiederholte den Namen gedehnt und sah sie immer noch nicht an, aber in seinen grünlichen Augen blitzte es. Vergessen war die Angst, die sie eben durchgestanden hatte. Heiß lief es durch ihre Adern, und sie fühlte im Magen das gleiche Kribbeln wie einst, wenn sie einen Diebstahl geplant hatte.

»Und haben Sie den ganzen Menhir ausgegraben?«, fragte Thibaud eben.

»Das zu behaupten wäre doch ziemlich anmaßend«, gab Francis zurück, »viele Menhire sind zerbrochen, als sie umgefallen sind, und werden Stück für Stück ans Tageslicht befördert. Wobei, einen kleinen habe ich einmal ausgegraben. Noch viel, viel seltener stößt man im Übrigen auf komplette Dolmen. Das Wort setzt sich aus ›dol‹ und ›men‹ zusammen, was so viel heißt wie Tisch und Stein, es sind also Wände mit Decksteinen.«

Lilian verstand kein Wort, aber sie wollte das nicht offen eingestehen und warf Richard nur einen fragenden Blick zu.

315

»Mr Lyndon strebt offenbar an, ein zweiter Frederick Corbin Lukis zu werden«, erklärte er.

Diesen Namen hatte Lilian schon mal gehört, aber sie wusste nicht, wann und in welchem Zusammenhang.

Erstmals sah Francis ihr offen ins Gesicht. »Lukis war ein bedeutender Archäologe, der im letzten Jahrhundert viele Megalithbauten auf der Insel freigelegt hat«, erklärte er.

»Er meint besagte Menhire – senkrecht aufgestellte Steinkolosse«, rief Thibaud dazwischen. »Oder Dolmen und Cairns, wobei letztere Grabhügel sind.«

Ich grabe lieber ein Loch, um die Prinzessin zu befreien, als den Turm zu besteigen …

Nun, Herr Archäologe, dachte sie, ich bin allerdings keine Prinzessin, sondern eine Räuberbraut.

»Mr Lyndon wird uns sicher beim Abendessen noch mehr erzählen«, sagte sie und machte eine elegante Handbewegung, um ihn hineinzubitten – eine Geste, die sie sich bei anderen Frauen abgeschaut hatte und die zu beherrschen sie ungemein stolz machte.

Francis Lyndon schien in der Kunst der Verstellung nicht minder geübt als sie, denn als sie bei Tisch saßen, hatte er erneut nur Blicke für Richard übrig.

»Monsieur de Saumarez hat Ihnen sicher schon einiges über mich erzählt«, sagte er zwischen Vorspeise und Hauptgang, »so auch, dass ich in den letzten Jahren Nutznießer eines Stipendiums von Arthur Evans war, seinerseits ein bedeutender Archäologe. Ich habe die Gelegenheit genutzt, diverse Ausgrabungen hier auf der Insel durchzuführen, doch nun ist die Zeit des Stipendiums abgelaufen. Nicht, dass ich finanzielle Nöte zu befürchten hatte.« Er machte eine kurze Pause. »1911 wurde ich als Lecturer of Classics an die neu gegründete Universität Reading berufen und werde dort weiterhin Vorlesungen halten. Aber es wäre überaus schade, die Arbeiten nicht zu Ende zu führen, und da ich Guernsey liebgewonnen habe, würde ich gerne noch mehr Zeit auf der Insel verbringen.«

Während er sprach, hatte er seinen Rücken durchgestreckt und sein Kinn erhoben. Obwohl er genauso einfach gekleidet war wie beim letzten Mal, seine Jacke sogar etwas staubig schien, legte er einen Stolz und ein Selbstbewusstsein an den Tag, die Lilian bei Richard, dem geborenen Grafen, immer vermisst hatte.

Er ist gut in dem, was er tut, dachte sie.

Und auch, dass nichts auf der Welt, weder Titel noch Reichtum, diese Selbstsicherheit geben konnte, wenn man damit nicht geboren wird.

Ich hingegen bin nur gut im Stehlen, im Betrügen, im Täuschen, im Erfinden von Geschichten … und im Becircen von Männern.

Sie beugte sich vor und erhob ihr Glas. »Selbstverständlich haben wir ein großes Interesse, die Wissenschaft zu fördern.«

Richard sah sie verwundert an, doch sie achtete nicht auf ihn. »Mein Mann ist sehr belesen«, fuhr sie fort, »sicher beneidet er Sie um die ausführlichen Studien, die Sie abgeschlossen haben. Das haben Sie doch, oder?«

»So ist es. Ich habe Alte Geschichte, Klassische Philologie und Archäologie an der Universität Cambridge studiert, genauer gesagt am dortigen Emanuel College.«

»Wir haben eine große Bibliothek hier auf Clairmont Manor … vielleicht wollen Sie sie einmal benutzen.«

Richard schien weiterhin ziemlich überrascht, dass sie sich einmischte, doch während er befremdet schwieg, beugte sich Thibaud vor und meldete sich unerwartet zu Wort: »Aber als Archäologe verbringen Sie Ihre Zeit doch sicher hauptsächlich bei Ausgrabungen und nicht in der Bibliothek.«

»Nun«, wandte sich Francis an ihn, »die Bibliotheksrecherche macht einen nicht zu unterschätzenden Anteil an der Arbeit des Archäologen aus. Insbesondere das Auswerten des bereits gefun-

317

denen Materials ist nicht weniger wichtig als die archäologische Feldarbeit. Aber es stimmt, dass ich meine Zeit lieber im Freien als hinter Büchern zubringe.«

Unter blauem Himmel, von der Sonne beschienen und von der Meeresbrise erfrischt, dachte Lilian vergnügt.

»Aber«, schaltete sich Richard wieder ein, »hat besagter Frederick Lukis nicht alles ausgegraben, was es auf der Insel zu finden gibt?«

»Mitnichten!«, rief Francis eifrig, »erst kürzlich wurden im Norden der Insel mehrere Dolmen entdeckt. Ich bin nicht der einzige Archäologe, der nach den Schätzen der Vergangenheit sucht, sondern arbeite eng mit Major Carey Curtis und Mr Collenette zusammen. Sie gehören beide zur Société Guernesiaise, die die Ausgrabungen ebenso fördert wie die Londoner Gesellschaft für Altertumsforschung. Letztere ist die führende britische Gelehrtengesellschaft für Denkmalpflege, der auch ich angehöre, doch sie vermag es nicht, Mäzene zu ersetzen, die unsere Arbeit fördern.«

Als Richard schwieg, beugte er sich vor und sah ihn eindringlich an: »In den Zeiten von Frederick Corbin Lukis war Archäologie oft ein Wettkampf, nahezu ein Sport, doch Lukis sah das immer anders. Er wollte nicht den schnellen Ruhm, sondern etwas Bleibendes hinterlassen, was nicht zuletzt der Grund war, warum er ein Museum gegründet hat, um seine Artefakte auszustellen. Ich teile sein Verständnis für die Archäologie.«

Er weiß nicht nur, was er tut, dachte Lilian, er liebt es auch.

Anstelle der Beutegier erwachte tiefe Sehnsucht in ihr.

Zu stehlen hatte ihr Spaß gemacht, aber sie hatte es nicht aus Leidenschaft, sondern aus Not getan. Als sie lesen gelernt und sich für Bücher begeistert hatte, war sie zunächst mit ganzem Herzen dabei gewesen, doch letztlich war die Lektüre zu wenig, um sie ganz und gar auszufüllen, vielleicht, weil ihr ein Lehrer fehlte, der ihr den Weg wies … ein Lehrer wie Francis Lyndon.

»Nun, Dr. Lyndon«, sagte Richard, »ich werde darüber nachdenken.«

»Warum besuchen Sie nicht einfach meine Ausgrabungen? Ihr Sohn und Ihre Gemahlin haben vielleicht auch Interesse daran.«

Richard schien sichtlich überrumpelt. »Ich fürchte, mein Zustand ...«

Lilian war nicht länger fähig, eine Dame zu spielen. »O ja!«, rief sie. »Unbedingt!« Und ehe Richard etwas sagen konnte, fügte sie hinzu: »Wenn du dich nicht gut fühlst, Liebster, dann werde ich mir die Ausgrabungen eben mit Thibaud ansehen ...«

Sie lächelte Francis strahlend an, und wieder blitzte es in seinen grünen Augen auf. Er hob sein Weinglas.

»Auf Ihre Gattin, Comte de Clairmont.«

Richard runzelte die Stirn, aber kam nicht umhin, es ihm gleichzutun.

Nachdem sie so viele Bücher gelesen hatte, war Lilian davon überzeugt gewesen, alles über die Welt zu wissen, doch ihr Stolz darüber verblasste in der Gegenwart eines so ungleich beleseneren Mannes. Ein wenig fühlte sie sich so angespannt wie einst in Richards Gesellschaft, stets auf der Hut und voller Angst, etwas Falsches zu sagen und sich eine Blöße zu geben.

Allerdings, Richard hatte sie für eine Gouvernante gehalten, Francis hingegen erwartete nicht, dass sie sich als Gelehrte entpuppte. Und so legte sie alsbald ihre Scheu ab und gestand offen ein, wenn sie etwas nicht begriff oder noch nie davon gehört hatte – so auch, dass ihr der in der Nähe von Saint Sampson gelegene Delancey Park, wohin Francis sie wenige Tage später entführte, gänzlich unbekannt war.

Erst vor vier Jahren hatten Arbeiter mehrere horizontal liegende Steine entdeckt, als sie Ginstergestrüpp entfernen wollten – offenbar die Seitensteine eines Dolmen, während die Decksteine verschollen blieben. Seitdem waren auch Knochen, Gefäße und Waffen aus Feuerstein freigelegt worden.

Vor ein paar Jahren hätte es Lilian für eine Zeitverschwendung gehalten, mühselig in der Erde nach etwas zu graben, was keinen praktischen Zweck erfüllte. Doch Francis war ein guter Geschichtenerzähler, der dieselbe Leidenschaft in ihr zu entfesseln vermochte, die ihn selbst von Jugend an antrieb.

Eindringlich malte er aus, wie die Menschen vor vielen tausend Jahren hier gelebt hatten, wie die Frauen Körner im Mörser zerstampft, die Männer Füchse und Hasen gejagt hatten, dass die Menschen sich jedoch nicht damit begnügt hatten, genug zu essen zu haben, sondern mehr vom Leben gewollt hatten – nämlich die Toten zu ehren, die Welt zu verstehen, die Götter zu beeinflussen.

»Wir wissen wenig von der damaligen Religion, doch all die Dolmen und Menhire geben Zeugnis vom Wunsch, etwas Ewiges zu erschaffen.«

Lilian verstand nun, warum er sie einst so zornig von den Steinen fortgejagt hatte, die ebenfalls Teil einer Ausgrabung waren. Viel ehrfürchtiger berührte sie die von Delancey Park und dachte: Die Menschen hatten damals ja recht. Es genügt nicht, ein Dach über dem Kopf zu haben, Essen und Kleidung. Auch ich will … mehr.

Mehr Wissen. Mehr Bücher. Mehr Francis.

Bei ihrem ersten gemeinsamen Ausflug warfen sie sich zwar verstohlene Blicke zu, gaben sich aber ansonsten beide distanziert, nicht zuletzt Thibauds wegen, der sie begleitete. Am nächsten Tag war sein Gesicht von der Sonne verbrannt, und er blieb zu Hause, während Lilian erklärte, dass es ihr nicht genügte, die Ausgrabungen nur zu bestaunen, sondern sie vielmehr selber helfen wolle.

»Aber bedenke«, warnte Francis. »Schnelle Erfolge sind in unserem Beruf selten. Stell dich darauf ein, lange und mühevoll zu schuften, ohne einen Lohn dafür zu ernten.«

»Das ist mir egal! Ich kann geduldig sein.«

Nach diesen Worten hatte er ihr eine Archäologenkelle in die Hand gedrückt. In der Nähe von Delancey Park war offenbar ein weiterer Dolmen entdeckt worden und die Arbeiten, um ihn freizulegen, in vollem Gange: Die oberste Erdschicht, die – wie Lilian erfuhr – als Pflugschicht bezeichnet wurde, war bereits entfernt worden; nun folgte der sogenannte Feinputz, bei dem die gesamte Fläche des Schnitts mit Archäologenkellen von den letzten Resten der Pflugschicht befreit wurde.

Am Ende des Tages schmerzte ihr Rücken, sie hatte Blasen an den Händen und vermisste den sichtbaren Erfolg, da die Fläche kaum anders aussah als Stunden zuvor. Aber sie war stolz darauf, durchgehalten zu haben, und wenn Francis sie auch nicht lobte, so lud er sie zumindest ein wiederzukommen.

Als sie am nächsten Morgen eintraf – in Hosen statt in einem Kleid – kam er auf sie zugelaufen und lächelte sie nicht länger verstohlen, sondern ganz offen an, so dass seine Zähne blitzten. Er zwinkerte ihr zu, doch hinter dem vordergründigen Spott witterte sie Anerkennung, und diese wuchs in den Wochen, da sie eifrig mitarbeitete, keine Mühen scheute, sich nie beklagte, sondern vielmehr bewies, wie zäh und ausdauernd sie war.

Lob blieb er ihr weiterhin schuldig, doch eines Tages sagte er: »Diesen Beruf übt man mit Haut und Haaren aus oder gar nicht. Du scheinst eine zu sein, die keine Mühsal scheut und der kein Opfer zu groß ist.«

Er stand dicht vor ihr, so dass sie seinen warmen Atem spüren konnte. Jede Faser seines Körpers war von Anspannung und Leidenschaft erfüllt, und sie genoss, wie beides auf sie überging, vor allem aber, dass er kein bleicher Schatten seiner selbst war, sondern durch und durch ein Mann, und zwar einer, der wusste, was er wollte, und der ihr neue Kraft gab, anstatt ihr sämtliche Energie zu rauben.

Ehe sie etwas sagen konnte, fuhr er fort: »Im Jahr 1920 wurde

Mortimer Wheeler Direktor des National Museum of Wales. Er ist einer der größten Archäologen unserer Zeit und mein großes Vorbild. Ich war einige Jahre lang sein Schüler – auch in Wales. Damals kampierte er mit seiner Frau auf Feldbetten im Museum, um es von Grund auf neu aufzubauen. Und auch in Segontium, wo er diverse Ausgrabungen durchführte, teilten sie das manchmal harte, aber niemals langweilige Leben.«

Sie bedauerte zunächst, dass er von einem Fremden sprach und nicht von ihr, aber dann begriff sie, worauf er hinauswollte: Dieser Mortimer Wheeler hatte in seiner Frau eine Gefährtin gefunden, die sein Leben mit ihm teilte, und vielleicht hoffte er, dass sie eine solche auch für ihn werden könnte.

Sie ließ ihre Grübchen spielen, wusste aber insgeheim, dass das zu wenig war, um ihn zu beeindrucken, ebenso wie Tüchtigkeit allein auf Dauer nicht genügen würde. Nein, sie musste ihn mit ihrem scharfen Verstand überzeugen!

Nachdem sie einst das Lesen gelernt hatte, hatte sie ständig Bücher bei sich gehabt, doch ihre Auswahl stets ohne Plan und Ziel getroffen. Francis jedoch schlug ihr einen Weg durch das Dickicht der Wissenschaften. Er nannte ihr einige Standardwerke, diskutierte begeistert darüber, lehrte sie sogar ein wenig Latein und Griechisch, und anstatt ihr einfach nur Arbeiten zuzuteilen, erklärte er mit der Zeit immer ausführlicher, wie eine Ausgrabung vonstattenging.

So lernte sie, dass – sobald die Pflugschicht entfernt war – erste Befunde auf der freigelegten Fläche erkennbar sein konnten, da sie sich farblich vom umgebenden Boden abhoben. Darüber wurde ein Netz von Koordinaten gelegt, das sich an der geographischen Länge und Breite orientierte, um anschließend die Befunde zu markieren.

Wieder fand Mortimer Wheeler Erwähnung: Auf seinen Grabungen, berichtete Francis, belebte er alte und schon fast wieder vergessene Grabungstechniken von Augustus Pitt Rivers wieder, wozu unter anderem die Unterteilung eines Grabungsfeldes in Planquadrate gehörte – eine äußerst aufwendige Technik.

»Warum?«, fragte Lilian.

»Das Planum wird in regelmäßige Quadrate aufgeteilt, weswegen man diese Methode auch Quadrantenmethode nennt, und später werden diese Quadrate ausgehoben, wobei lediglich schmale Stege, sogenannte Kontrollstege, stehen bleiben. Diese Grabungsart ist sehr exakt, aber es dauert eben seine Zeit, bis alle Quadrate ausgehoben sind.«

»Aber diese Zeit hast du doch. Richard hat uns … hat dir doch seine Unterstützung zugesagt.«

Für gewöhnlich erwähnte sie ihren Mann nicht, doch heute nannte sie seinen Namen nicht ohne Stolz, war sie es schließlich selbst gewesen, die ihm tagelang in den Ohren gelegen hatte, zum Mäzen des Archäologen zu werden.

»Dafür bin ich dir sehr dankbar«, murmelte Francis und rückte unwillkürlich von ihr ab – ein Beweis, dass ihr Status als verheiratete Frau der Grund war, warum er trotz aller Gemeinsamkeiten und Faszination Distanz wahrte.

Am liebsten hätte sie ihn wegen seiner Ehrbarkeit verflucht, und auch bei einer anderen Gelegenheit wurde sie wütend auf ihn: Der August neigte sich dem Ende zu, als sie zum ersten Mal selbst etwas freilegte – zwar nur eine winzig kleine Scherbe, die womöglich gar nicht aus prähistorischen oder zumindest antiken Zeiten stammte, aber die sie trotzdem triumphieren ließ.

Francis lächelte ihr aufmunternd zu, doch das Lächeln schwand, als sie verkündete, dass sie diesen Schatz künftig sorgsam bewahren würde.

»Wo denkst du hin? Du kannst diese Scherbe doch nicht einfach mitnehmen!«

»Aber ich habe sie doch gefunden!«

»Und dennoch gehört sie dir nicht.«

»Ja, wem denn dann?«

»Nun, der Allgemeinheit. Was wir tun, tun wir nicht für uns selbst, sondern zum Nutzen der nachkommenden Generationen. Archäologie ist kein Wettkampf wie früher, sondern ein Dienst.«

Nie hatte sie ihn so streng erlebt, nie war er ihr so fremd gewesen. Seine Leidenschaft wollte sie gerne teilen, sein Ehrenkodex konnte ihr gerne gestohlen bleiben.

Schmallippig gab sie ihm die Scherbe zurück, sagte kein Wort mehr und tat in den nächsten Stunden so, als würde sie ihn nicht sehen. Bis zum nächsten Tag hielt er ihr Schweigen aus, dann trat er zu ihr.

»Ach Anouk …«

Obwohl er ihren wahren Namen kannte, nannte er sie oft so, doch nie zuvor war seine Stimme so heiser und belegt gewesen.

Sie konnte ihm nicht länger böse sein. »Ich will doch nur, dass etwas von diesen Tagen bleibt!«, rief sie verzweifelt.

»Ich werde einen Fotografen bitten, von dir eine Fotografie inmitten der Ausgrabung zu machen.«

Sie nickte, war aber dennoch enttäuscht, weil er nicht vorgeschlagen hatte, sich mit ihr gemeinsam fotografieren zu lassen.

»Diese Fotografie wird mich den Rest meines Lebens an die Arbeit hier erinnern … aber was bleibt von dir?«

Schweigend starrten sie sich an. Obwohl sie von vielen Menschen umgeben waren – freiwilligen Helfern, Mitarbeitern der Société Guernesiaise und Archäologiestudenten, die Francis als Assistenten angestellt hatte –, schienen sie kurz ganz allein auf dieser Welt zu sein. In seinen Augen las sie Hingabe, Sehnsucht, Begehren – keine frisch entflammten Gefühle, sondern schon lang gehegte, nur dass er sie ihr bis jetzt nicht gezeigt hatte.

»Das …«, murmelte er und zog etwas aus seiner Tasche, »das soll dich an mich erinnern.«

Sie blickte darauf und vermutete, dass er es schon seit Tagen mit sich herumtrug, aber keine Gelegenheit gefunden hatte, ihr das Geschenk zu überreichen.

»Woher hast du sie?«, fragte sie

»Es ist ein Familienerbstück, aber passt zu keiner besser als zu einer … Lilian.«

Seine Haare kitzelten ihr Gesicht, als er sich vorbeugte, um ihr die Kette umzuhängen, deren Anhänger die Form einer Lilie hatte.

Auf einen warmen, ungewöhnlich trockenen Sommer folgte ein verregneter September. Wegen des schlechten Wetters mussten sie die Ausgrabung oft ruhen lassen, doch darauf verzichten, einander zu sehen, wollten sie beide nicht.

Francis lud Lilian in die Guille-Alles-Library und ließ es sich nicht nehmen, die sechs Schilling für den Eintritt selbst zu bezahlen, und auch wenn sie mit den ausgestopften Tieren, der geologischen Sammlung und den Schmetterlingen wenig anfangen konnte, betrachtete sie interessiert das Geschirr, die Knochen und die Steinwaffen, die Frederick Lukis seinerzeit ans Tageslicht befördert hatte.

Was immer Francis erklärte – sie saugte es förmlich auf. »Man kann gut rekonstruieren, wie die Werkzeuge und Waffen damals ausgesehen haben«, erklärte er. »Der Feuerstein war oft mit Leder und Wolle verbunden, wobei Letzteres im Laufe der Jahre verschwunden ist, ausgenommen an den Orten, wo er unter Wasser aufbewahrt wurde. Für die Kleidung gilt dasselbe: Sie ist großteils verrottet. Aber diese Haken und Knöpfe haben ihre Zeit überdauert. Oft sage ich mir, dass ein Archäologe einem guten Navigator auf hoher See gleicht: Er sieht nur einen Teil des Eisbergs und muss davon ableiten, wie tief er unsichtbar in den Ozean ragt, um ihn weiträumig zu umschiffen.«

Lilian deutete auf einen der Schaukästen. »Hast du selbst auch einmal solche Waffen gefunden?«

»Ich besitze sogar eine kleine Sammlung. Das heißt, ich besitze sie nicht, bewahre sie nur für weitere Untersuchungen auf, ehe ich sie einem Museum übergeben werde.«

Lilian verkniff es sich, die Augen zu verdrehen, weil er so ehrenhaft war. »Kann ich sie sehen?«

Er zögerte kurz, und sie ahnte, dass er die Sammlung nirgendwo anders als bei sich zu Hause aufbewahrte. Bis jetzt hatten sie sich immer bei den Ausgrabungen getroffen, im Museum, einmal im Café und ein weiteres Mal zum Abendessen auf Clairmont Manor, doch sie wusste nicht, wo und wie er auf Guernsey lebte.

»Bitte!«, flehte sie, weil sie die einmalige Gelegenheit nicht ungenutzt verstreichen lassen wollte. »Wir haben doch noch Zeit!«

Ihrem Lächeln konnte er sich nicht entziehen, und schließlich nickte er.

Lilian folgte ihm mit klopfendem Herzen in die Nähe der Town Church, wo er ein zweistöckiges Haus bewohnte. Früher hatte es offenbar einem Handwerker gehört, der unten in der Werkstätte arbeitete und oben in den Wohnräumen lebte, und zu einer ähnlichen Aufteilung hatte sich auch Francis entschlossen. Zwar bat er sie nicht in den ersten Stock, aber sie vermutete, dass dieser allein zum Schlafen und Essen diente, während sich unten alles Wichtige befand: Massen von Büchern, in Regalen nebeneinander gestapelt ebenso wie wild auf Tischen und dem Boden verstreut, diverse Werkzeuge, Skizzen, Landkarten und tatsächlich eine Glasvitrine mit verschiedenen Funden. Die meisten waren Äxte in verschiedenen Größen.

»Diese Spitzhacken sind einzigartig«, erklärte Francis, »man findet sie nur auf Guernsey. Der steinerne Kopf auf der einen Seite besitzt eine ebenso typische Form wie die Spitze auf der anderen.«

»Und damit hat man Tiere getötet?«, fragte Lilian skeptisch.

»Die meisten wurden nicht zur Jagd verwendet, sondern waren Prestige-Objekte.«

Er nahm eine in die Hand, überreichte sie Lilian, und diese betrachtete sie von allen Seiten. Erst als sie nach einer Weile den Kopf hob, bemerkte sie, dass sein Blick nicht auf die Axt, sondern auf sie gerichtet war – hungrig und brennend wie nie.

»Was … was hast du?«, fragte sie.

Er vergaß jegliche Zurückhaltung. »In deinen Augen …«, sagte er heiser, »in deinen Augen steht solche Gier. Sie scheint sich auf die ganze Welt zu richten, auf die sichtbare ebenso wie auf die noch verborgene. Du betrachtest alles auf eine Weise, als müsste es dir gehören.«

»Ist das schlecht?«

»Im Gegenteil.« Er zögerte. »Du … du wirst niemals satt sein. Und ich auch nicht.«

Sie ahnte, dass er ihr ein noch größeres Kompliment nicht machen könnte. Hätte er gesagt, sie sei schön oder klug, es hätte nicht halb so viel Anerkennung ausgedrückt.

Nie satt sein, dachte sie, das bedeutet doch auch, nie kalt sein … nie gleichgültig sein … nie tot sein …

Unvermittelt legte sie die Axt zur Seite, zog ihn an sich und küsste ihn auf den Mund. Kurz stritten Lust und Ehre in ihm, dann gab er sich geschlagen, packte sie erst an den Schultern, dann um ihren Nacken und presste sie an sich.

Als ihre Lippen und Zungen verschmolzen, vermeinte sie jede Faser seines Körpers zu spüren. Und der verkündete wie der dem gleichen Takt folgende Herzschlag: Alleine mögen wir stark sein, gemeinsam aber sind wir unbesiegbar.

Als sie nach Hause kam, hatte es zu regnen aufgehört. In der Ferne brauten sich drohend neue Wolkentürme über dem Meer, doch an einer Stelle gelang es der abendlichen Sonne, ein silbriges Loch ins dunkle Grau zu stanzen.

Auch Lilian fühlte sich auf Clairmont wie ein Lichtstrahl in-

327

mitten eines düsteren Reichs. Die Nacht mochte sich mächtiger fühlen – doch so leicht würde es ihr nicht gelingen, das Licht zu schlucken.

Sie lächelte breit und hüpfte beschwingt wie ein Mädchen die Treppe hoch, gleich so, als würde sie nicht auf kaltem Stein gehen, sondern auf dem Lichtstrahl tanzen. Doch plötzlich sah sie Richard am oberen Ende stehen und hielt inne.

In den letzten Wochen hatte er sie nie erwartet, wenn sie von ihren Ausflügen wiederkehrte, sondern wie so oft die meiste Zeit leidend in seinem Gemach verbracht. Jetzt sagte er nichts, begrüßte sie nicht einmal, sondern starrte sie nur an. Etwas lag in diesem Blick, das an ihrer überbordenden Lebensfreude nagte. Sie vermeinte Francis' Lippen noch zu schmecken und konnte die ihren doch nicht länger zu einem Lächeln verziehen.

»Was … was ist passiert?«, fragte sie. Erst als sie es – nurmehr wenige Stufen von ihm entfernt – aussprach, spürte sie, wie sie sich gegen etwas wappnete. Sie konnte es nicht benennen, aber ihr Körper spannte sich nicht minder an wie in der Stunde, da sie durch den Wald geflohen war und einen unsichtbaren Verfolger dicht auf ihren Fersen gewähnt hatte. Gefahr hatte damals in der Luft gelegen, und Gefahr spürte sie auch jetzt, nur dass diese nicht vage war, sondern von Richards Blick ausging, der nicht nur abschätzend war, sondern … irgendwie giftig.

Wenn ein schwächlicher Mann wie er zu töten versucht, ging ihr durch den Kopf, greift er nicht zu einem Schwert, sondern zu tödlichen Substanzen …

»Thibaud …«, setzte er an, »es ging ihm nicht gut … du warst fort …«

Das Gestammel verriet anders als sein Blick nichts von dem Gift, nur Unsicherheit und Verwirrung.

»Ist er krank?«

»Ja … nein …« Er beließ es dabei und sie auch. Sie mochte Thi-

328

baud, empfand Mitleid für den schmächtigen Jungen und würde ihm ewig dankbar sein, dass er ihr Geheimnis gehütet und ihr das Lesen beigebracht hatte – seit sie Francis kannte sogar noch mehr als zuvor. Und dennoch: Es war so mühsam zu ergründen, was hinter diesem bleichen Gesicht vorging, und da sie sich die Zeit nun mit so viel Erfreulicherem vertreiben konnte, sagte sie sich, dass es in erster Linie doch Richards Aufgabe war, sich seiner anzunehmen. Dass er darin versagte, sollte ihm ein schlechtes Gewissen bereiten, nicht ihr, warum also wurde seine Miene plötzlich so vorwurfsvoll?

»Du musst dich um ihn kümmern!«, fauchte er sie an. »Deswegen habe ich dich damals doch angestellt!«

Nie hatte er sie eines Versäumnisses angeklagt, doch auch wenn es überraschend kam – sie konnte besser damit umgehen als mit dem Gefühl einer vagen Bedrohung.

»Die Zeit, da ich seine Gouvernante war, ist lange vorbei«, entgegnete sie kühl.

»Was nichts daran ändert, dass du Pflichten hast.«

»Ich habe den Haushalt immer gut geführt. Oder siehst du hier weit und breit einen Dienstboten, der nicht seine Arbeit tut?«

»Ich meine deine Mutterpflichten.«

»Ich bin nicht Thibauds Mutter, sondern seine Stiefmutter.«

»Was nicht bedeutet, dass du ihn vernachlässigen darfst. Und in jedem Fall bist du meine Frau. Ich will nicht, dass du dich herumtreibst ... schon gar nicht mit fremden Männern.«

Alles an ihm bebte, selbst das schüttere Haupthaar. In diesem Augenblick gestand sie es sich zum ersten Mal: Er ekelt mich ja an, ich verachte ihn zutiefst! Etwas zerplatzte in ihr, was kühle Berechnung und scharfer Verstand bis jetzt hatten bändigen und mäßigen können.

»Soll ich mich in dein finsteres Zimmer setzen und dir beim Schlafen und Leiden zusehen?«, schrie sie ihn an, und es war ihr egal, ob Laure oder die anderen es hörten oder nicht.

Seine Hand umkrallte das Treppengeländer. »Du kamst aus dem Nichts!«, schrie er nicht minder laut zurück, »ich habe dich aus der Armut gerettet!«

So wie sie die Maske hatte fallenlassen, gab auch er zu, mehr von ihrer Vergangenheit geahnt zu haben, als ihr lieb war. Doch sie war längst zu sehr in Rage geraten, um deswegen bestürzt zu sein.

»Ich habe an deiner Seite ein gutes Leben erwartet, doch in Wahrheit zwingst du mich, gemeinsam mit dir zu verrotten. Mich wundert nicht, dass Thibaud krank ist, ob an Leib oder Seele oder was auch immer. Mich wundert auch nicht, dass …«

Sie biss sich auf die Lippen.

»Was?«, fragte er ungehalten. »Was?«

»Christine«, sagte sie schlicht.

Er riss beide Hände hoch, und sie konnte sich nicht erinnern, an dem gemessenen, zögerlichen Mann je eine solche abrupte Bewegung wahrgenommen zu haben.

Flieh!, sagte eine vernünftige Stimme in ihr. So flieh doch!

Aber eine trotzige widerstand diesem Drang und hielt ihm entgegen: »Berthe hat mir alles erzählt.«

»Was hat sie dir erzählt?«, fragte er. »Ja, was denn?«

Er schrie nicht mehr, flüsterte nur, und er zitterte auch nicht länger, sondern spannte sich an. Ehe sie es sichs versah, kam er auf sie losgestürmt und packte sie an beiden Schultern. Es waren keine schwachen Hände, die sie da festhielten, sondern Pranken. Sie konnte spüren, wie sich seine Nägel schmerzhaft in ihr Fleisch gruben und dort Flecken und Kratzer hinterließen.

»Sie hat gesagt, dass …«, setzte sie an.

»Sprich es nicht aus!«

In seinem Gesicht stand Panik, aber das war nicht alles: Da war auch Hass. Purer, blanker, alles zerfressender Hass.

Sie war sich nicht sicher, gegen wen er sich richtete, ob gegen Berthe, Christine oder sie selbst. Sie wusste nur, dass dieser Hass tödlich war – ebenso wie sein Wunsch, Schweigen über Christines Tod zu wahren.

Er ist gefährlich.

Er löste seine Hände kurz von ihren Schultern, um sie umso unerbittlicher um ihre Kehle zu legen und zuzudrücken. Der Angriff kam so unerwartet, dass sie sich nicht wehrte, ihn nur entgeistert ansah.

Getötet, ging ihr wieder und wieder durch den Sinn. Getötet, getötet ... du selbst hast Christine getötet.

19

Vinces Praktikant warf ihr einen verwunderten Blick zu, als Marie mit den Kindern durch den Raum stürmte, aber er fragte nicht nach, warum sie das Büro so eilig verließ. Kaum im Freien, wollte Hannah wieder allein gehen, doch in diesem Moment konnte Marie keine Geduld aufbringen. Sie trug sie die hundert Meter zum Auto und verfrachtete sie dort ungewohnt grob in ihren Sitz. Hannah war zu überrascht, um zu weinen, und auch Jonathan schien zu ahnen, dass sich seine Mutter in einem Ausnahmezustand befand, denn er machte keinen Mucks.

Als sie losfuhr, quietschten die Reifen. Nie war sie auf Guernsey bisher so schnell gefahren, aber sowohl der Linksverkehr als auch die schmalen Straßen waren ihr völlig egal.

Belogen. Verarscht. Und sie so dumm, darauf hereinzufallen.

Sie hielt das Lenkrad so fest umklammert, als wollte sie jemanden erwürgen, und als sie endlich beim Cottage ankam, waren ihre Hände rot. Sie löste sie vom Lenkrad, blieb aber sitzen, und die Kinder regten sich weiterhin nicht.

Die Pläne von Rihoy & Sons waren ein großangelegtes Hotelprojekt an einem der schönsten Orte der Insel. Leider standen seiner Realisierung zwei Gebäude im Weg: Clairmont Manor und das Cottage. Clairmont Manor sollte offenbar in die weitflächige Anlage integriert werden, ihr Haus hingegen einigen kleinen Bungalows weichen, die terrassenförmig bis zum Küstenweg herunterreichten.

Bartholomé war wahrscheinlich schon öfter der Verkauf seines

Besitzes angeraten worden, doch der hatte sicher immer abgelehnt. Bei ihr musste sich Vince gar nicht erst ein Nein holen. Er konnte in Ruhe den verständnisvollen Freund geben, der – wenn sie nach mehreren durchwachten Nächten endgültig ihre Nerven verlor – mit dem Kaufangebot winkte. Nicht zuletzt darum war er wohl so erpicht darauf gewesen, dass sie Millie anrief, der ja, wie er wusste, das halbe Haus gehörte. Nun konnte er darauf zählen, dass ein entsprechend hoher Geldbetrag Millie zufriedenstellen würde.

»Mama ...«, sagte Jonathan leise. »Was tun wir denn jetzt?«

Ihr erster Gedanke war: Sofort abreisen!

Doch ehe sie ihn aussprach, atmete sie tief durch. Nein, sie würde sich nicht einfach in die Flucht schlagen lassen ... wenn sie die Insel tatsächlich verlassen würde, dann freiwillig und nicht, weil Vince sie dazu trieb.

Sie stieg aus dem Auto und wurde vom schlechten Gewissen gepackt, dass sie sich vor den Kindern so hatte gehenlassen. Mühsam rang sie sich ein Lächeln ab. »Jetzt machen wir uns erst mal in Ruhe einen Snack.«

Sie dachte an Florences Waffeln. Ob auch sie ...? Nein, unmöglich! Sicher hatte sie nichts von Vinces Plänen gewusst!

Langsam beruhigte sie sich, doch als sie ein Auto nahen hörte, packte sie sofort wieder die Wut. Sie machte sich darauf gefasst, gleich Vince gegenüberzustehen, doch wer da um die Ecke bog, war ... Thomas.

Ihre erste Regung war, ihn gleich wieder wegzuschicken. Sie war zu aufgewühlt, um mit ihm zu reden oder gar nach einer Entschuldigung zu suchen, warum sie ihn gestern Abend versetzt hatte. Doch im nächsten Augenblick ging ihr auf, dass es ganz gut war, sich von ihm ablenken zu lassen. Auf diese Weise konnte sie ihre Fassung zurückgewinnen und würde sich zu keiner Kurzschlussreaktion hinreißen lassen. Und Thomas schien gar nicht auf eine Entschuldigung aus zu sein.

»Hannah geht es also wieder besser«, rief er, sobald er die Kleine erblickte. »Das freut mich.«

Marie schämte sich, gestern am Telefon übertrieben zu haben, umso mehr, als Thomas aus seiner Tasche eine kleine Puppe zog und Hannah überreichte.

Gierig streckte die gleich beide Hände danach aus und begann, der Puppe sämtliche Haare auszureißen – ein Schicksal, das alle bisherigen Puppen erdulden mussten.

»Woher hast du denn das?«, fragte Thomas überrascht.

Marie folgte seinem Blick. Als sie aus dem Auto ausgestiegen war, hatte sie auch den Kassettenrecorder an sich genommen, und Thomas starrte verwundert auf das alte Teil. Sofort fühlte sie sich noch beschämter. Unmöglich konnte sie aussprechen, was geschehen war und was Vince geplant hatte.

»Du bist doch an alten Gegenständen interessiert, oder?« Sie lächelte ihn an, und er erwiderte es.

»Im Mittelalter hat man etwas andere Musik gehört. Aber apropos alte Gegenstände … es tut mir leid, dass ich einfach unangekündigt auftauche, aber ich dachte mir, ich könnte dir und den Kindern ein paar Ausgrabungen auf der Insel zeigen. Vielleicht kennt ihr die ja schon, aber falls nicht, wäre es sicher spannend …«

Während er sprach, senkte er den Blick, aber Marie ging auf, dass er gar nicht so zurückhaltend war, wie er sich immer gab. Er hatte zwar hingenommen, dass sie ihn versetzte, aber das hielt ihn nicht davon ab, beharrlich seinem Interesse an ihr zu folgen.

Was sie in den letzten Tagen noch etwa überfordert hatte, war heute Labsal für ihren verletzten Stolz. Vince mochte ja ein übles Spiel mit ihr getrieben habe, aber Thomas war viel zu korrekt, um es nicht ernst zu meinen.

»Können wir ein Skelett ausgraben?«, rief Jonathan begeistert.

Thomas hockte sich zu ihm. »Ich fürchte, das habe ich nicht im Angebot, aber wir können zum Strand vor Lihou Island fahren, dort gibt es eine alte Höhle.«

»Mit Gespenstern? Mama glaubt auch an Gespenster, sie hat doch tatsächlich gedacht …«

»Genug jetzt!«, unterbrach ihn Marie. »Wir können gleich aufbrechen. Ich will nur noch was zum Essen einpacken – und einen Sonnenhut für Hannah.«

Sie wies mit der Hand auf die Tür, um ihn hereinzubitten, doch als er ihr folgte, hielt er mitten im Schritt inne. Sein Blick weitete sich, als er auf ihre Lilienkette fiel.

»Wo… woher …?«, stammelte er.

Er hob die Hand und berührte das Schmuckstück vorsichtig.

»Ich weiß«, sagte sie schnell, »Vince ist das gestern auch schon aufgefallen. Die Kette gehörte offenbar Lilian, zumindest schaut sie der, die sie auf dem Foto trägt, zum Verwechseln ähnlich. Ich habe aber noch nicht herausgefunden, wie …«

»Ich kenne diese Kette!«, rief er.

»Ja sicher, vom Foto, das …«

»Nein, diese Kette befand sich einst im Besitz meines Großvaters. Es war ein altes Familienerbstück, das eigentlich für seine Frau bestimmt war, doch offenbar ist sie verlorengegangen, noch ehe er geheiratet hat. Ich habe sie auf diversen alten Fotos meiner Urgroßmutter gesehen. Meine Mutter war immer von Schmuck fasziniert, und sie hat häufig bedauert, dass die Kette verschwunden ist …«

»Nun, verschwunden ist sie ja nicht …«, sagte Marie nachdenklich, »Lilian hat sie getragen …«

Geliebte Anouk.

Warum hatte sie bloß nie überlegt, von wem diese Worte stammten?

»Lilian und mein Großvater ... die beiden müssen sich gekannt haben!«, rief Thomas.

Hannah hatte der Puppe mittlerweile zwei Drittel ihrer Haare ausgerissen, Jonathan zerrte an ihrer Hand. »Mama, können wir dann bald lo-hos?«

Marie achtete nicht auf ihn.

»Wer war denn Ihr Großvater?«

Thomas schüttelte den Kopf. »Wie dumm von mir, diesen Zusammenhang nicht selbst herzustellen ... Lilian hat sich bekanntlich sehr für Archäologie interessiert, nun, und mein Großvater war Archäologe. Er hat jahrelang hier auf der Insel gearbeitet. Sein Name war Francis Lyndon.«

Marie wiederholte den Namen mehrmals, aber er brachte nichts zum Klingen. Sie war dennoch überrascht, wie klein die Welt war. Sie, die sie im Cottage lebte, trug Lilians Kette, und Thomas, der zunächst ein Fremder gewesen war, war der Enkelsohn eines Mannes, der Lilian gut gekannt haben musste.

»Eines steht fest. Wenn er ihr dieses alte Familienerbstück geschenkt hat, muss sie ihm sehr nahegestanden haben.«

Das alte Ganggrab im Südwesten der Insel, zu dem sie wenig später aufbrachen, hieß Creux des Fées – die Höhle der Feen. Mit dem Auto war es nicht weit dorthin, aber Marie war trotzdem froh, dass Thomas fuhr. Jede Fahrt im Linksverkehr war für sie mit großer Anspannung verbunden, zumal auf den Straßen immer viel los war. Seit ihrer Jugendzeit war die Insel noch dichter bevölkert, und jetzt im Juni war obendrein Hauptsaison. Doch so viele Menschen auch zu den großen Stränden im Westen und Norden strömten – in der Nähe vom Creux des Fées war es noch menschenleer, und sie selber hätte den etwas verborgen liegenden Eingang übersehen, wenn Thomas sie nicht darauf hingewiesen hätte. »Frederick Corbin Lukis ist 1840 auf das Grab gestoßen«, erklärte er.

336

»Lukis?«

»Er war einer der bedeutendsten Archäologen der Insel. Im 19. Jahrhundert hat er unglaublich viel entdeckt und ganze Museen damit bestückt. Alle Archäologen, die nach ihm auf der Insel Ausgrabungen ausführten, haben sich ihn zum Vorbild genommen.«

»So wie wahrscheinlich dein Großvater Francis Lyndon …«

»Hier gibt es ja gar keine Skelette«, sagte Jonathan.

»Nein, aber siehst du diesen Stein dort an der Rückwand?«

»Er sieht aus wie eine Tür.«

»Genau, und deswegen haben die Menschen später vermutet, dass es der Eingang zur Feenwelt sei. Wer traut sich, ihn beiseitezuschieben?« Er nickte Jonathan aufmunternd zu, doch der war zu vernünftig.

»Der Stein ist doch viel zu schwer!«, rief er. »Und außerdem gibt es keine Feen.«

Während draußen die Morgensonne ziemlich warm gewesen war, fröstelte Marie in der Höhle. Die Luft schien modrig, und jeder Schritt hallte von den Steinwänden wider. So fasziniert Marie auch war, irgendwie war der Gedanke, in einem Grab zu stehen, beklemmend. Sie musste an Lilian denken, die so jung gestorben war, und konnte nur schwer das Bedürfnis bezähmen, zurück in die Sonne zu treten und mit den Kindern am Strand zu spielen.

Thomas war von dem morbiden Ort jedoch ganz und gar in den Bann geschlagen und Jonathan auch. »Wer lag hier begraben, wenn es keine Feen waren?«, fragte der Junge.

»Das weiß man leider nicht so genau. Dieses Grab wurde im 4. Jahrtausend vor Christus angelegt, genauer gesagt war es ein Kollektivgrab. Die Kammer am Ende des schmalen, langen Gangs diente aber nicht nur als letzte Ruhestätte für die Toten, sondern auch als Versammlungs- und Kultstätte.«

»Wurden die Menschen, die hier begraben liegen, umgebracht?«, fragte Jonathan sensationslüstern.

337

»Wie kommst du denn darauf?«

»Nun, die Frau vor unserem Haus wurde schließlich auch ermordet.«

Marie zuckte zusammen. Sie konnte sich nicht erinnern, diese Tatsache je vor ihm erwähnt zu haben, aber er hatte seine Ohren wohl überall. Sonderlich zu erschüttern schien ihn diese Tatsache jedoch nicht.

»Man weiß nicht viel über das damalige Leben«, lenkte Thomas ihn rasch ab. »Seinerzeit sind nur ein paar Knochen gefunden worden, einige Pfeilspitzen und Keramikscherben, aber das lässt wenig Rückschlüsse auf den Status der Toten zu.«

Jonathan hatte gar nicht richtig zugehört. Mit Blick auf die Mauern sinnierte er: »Sind die Menschen damals geopfert worden?«

Auch dieser Gedanke schien ihn mitnichten zu erschrecken, sondern eher wohligen Grusel einzujagen. Anstatt es mit einem Lächeln abzutun, erwiderte Thomas ernsthaft, als diskutiere er mit einem anderen Wissenschaftler: »Davon ist wohl eher nicht auszugehen.«

Marie imponierte die Gelassenheit, mit der Jonathan auf jede Erwähnung von Tod und Skeletten reagierte. Sie kam nicht umhin, sich zu fragen, ob die Faszination für dieses Thema Jonathans Art war, mit Josts Tod fertig zu werden, oder ob auch ein anderer Sechsjähriger in dieser Lage gleiches Interesse bekundet hätte.

In jedem Fall war sie erleichtert, als Thomas das Thema wechselte. »Siehst du das Sonnenlicht dort hinten? Die Höhle fängt vor allem das Licht der aufgehenden Sonne ein, und je nachdem, aus welcher Richtung sie kommt, entstehen unterschiedliche Grautöne.«

Eine Weile lief Jonathan auf und ab, um seinen eigenen Schatten an die Wand zu werfen, doch wie die meisten Spiele konnte auch dieses nur kurz seine Aufmerksamkeit fesseln, und er drängte ins Freie. Hannah war mittlerweile im Buggy eingeschlafen – nach der

Nacht, in der sie Maries Unruhe sicherlich gespürt hatte, und dem aufregenden Besuch auf Clairmont Manor war sie früher als sonst müde geworden. Marie steuerte den Strand an, doch ehe sie ihn erreichte, deutete Jonathan auf einen Turm oberhalb von Creux des Fées.

»Hat der auch was mit Feen zu tun?«, fragte er.

»Nein«, erwiderte Thomas. »Das ist ein Wehrturm oder – wie sie aufgrund ihrer Herkunft vom Kap Martello auf Korsika bezeichnet werden – ein Martello-Turm. Es gibt viele auf der Insel. Manche stammen aus dem Mittelalter, einige aus den Napoleonischen Kriegen. Sie hatten Schießscharten in alle Richtungen, und auf dem Dach konnte man eine Kanone platzieren. Zugang erhielt man nur durch Leitern, die man von innen einziehen konnte.«

»Aber der Turm sieht ziemlich komisch aus!«

»Das liegt daran, dass die Deutschen an einer Seite einen Bunker drangebaut haben. Sie haben überhaupt viele Martello-Türme mit Beton verstärkt.«

Jonathan sah ihn verwirrt an, und Marie dachte insgeheim, dass Thomas seine Erklärungen etwas kindgerechter ausfallen lassen könnte. Wie sollte sie ihm nur erklären, dass die Kanalinsel das einzige englische Gebiet war, das im Zweiten Weltkrieg von den Deutschen besetzt worden war, und dass diese die ganze Küste entlang Bunker gebaut hatten, die großteils bis heute noch sichtbar waren? Doch Jonathan war ohnehin nicht weiter interessiert, nachdem er den kleinen Strand entdeckt hatte. Er lief über das letzte Stück Wiese, hüpfte auf ein paar der dunklen Steine und lief dann über getrockneten Seetang zum Wasser, um zu testen, wie kalt es war. Hannah schlief tief und fest.

»Ich finde es ja grässlich«, murmelte Marie, als sie Jonathan folgten.

»Was?«

»Nun, dass überall noch diese Bunker stehen, sogar an den

schönsten Flecken der Insel. Man kann sich der Erinnerung an die deutsche Besatzung ja gar nicht entziehen.«

»Tja, die Deutschen sind das damals ziemlich systematisch angegangen. Alle schon vorhandenen Festungen, Türme und Mauern wurden in den Atlantikwall integriert, um von hier aus die Invasion Englands vorzubereiten.«

Marie schüttelte den Kopf. »Wie haben sie es in so kurzer Zeit – immerhin nur knapp fünf Jahre – geschafft, diese Insel so zu verschandeln?«

»Indem sie Zwangsarbeiter, die in einem Konzentrationslager auf Alderney untergebracht waren, Tag und Nacht schuften ließen ...«

»Gerade deswegen verstehe ich es einfach nicht!«, rief Marie mit dem Brustton der Überzeugung »Ich meine, diese Bunker erinnern an die schwärzeste Zeit der Insel. Warum hat man sie nicht einfach alle in die Luft gesprengt? Sollen sie eine Art Mahnung sein?«

»Vielleicht«, Thomas zuckte die Schultern. »Und außerdem: Wer sind wir zu entscheiden, was aus der Vergangenheit bestehen bleiben darf und was nicht? Das Ganggrab hat dich doch eben auch fasziniert.«

»Das ist etwas anderes.«

»Warum? Weil Bunker vergleichsweise jünger sind?«

»Nein, aber weil sie für nichts anderes stehen als für den Krieg.«

»Castle Cornet wurde auch oft umkämpft. Jede mittelalterliche Burgruine war einst Schauplatz von Kämpfen, Hinrichtungen und Folter. Sollen wir das alles niederreißen?«

»Aber diese Bunker sind obendrein auch noch hässlich.«

»Das liegt im Auge des Betrachters. Auch eine mittelalterliche Kirche könnte von irgendjemandem als hässlich wahrgenommen werden.«

»Aber sie gehört zum allgemeinen Kulturgut.«

»Und falls ein Bischof dort zum Kreuzzug aufgerufen hat?«

»Von der akademischen Seite betrachtet magst du ja recht haben, aber als Laie bleibe ich dabei: Diese Bunker sind einfach nur grässlich.«

»Du bezeichnest dich als Laien und bist doch brennend an der Vergangenheit interessiert … zumindest an der von Lilian.«

»Die die Kette deines Großvaters trug …«, sinnierte Marie.

Als sie den Strand erreichten, hob Thomas behutsam die Vorderreifen von Hannahs Buggy hoch, und gemeinsam trugen sie ihn zu einer windgeschützten Stelle nicht weit vom Wasser entfernt. Jonathan sauste immer noch auf und ab und warf Steine, die im Sonnenlicht nicht länger schwarz, sondern rötlich schimmerten, in die Fluten.

»Erzähl mir mehr von deinem Großvater!«, forderte Marie ihn auf.

»Ich weiß nur, dass er ein leidenschaftlicher Archäologe war. Als ich mich damals für das Fach zu begeistern begann, habe ich immer wieder zu hören bekommen, dass das kein Wunder wäre, sondern mir vielmehr im Blut läge. Er muss noch ein junger Mann gewesen sein, als er Lilian kennenlernte. Wenn ich mich recht erinnere, ist er 1895 oder 1896 geboren worden. Meine Großmutter hat er erst nach dem Zweiten Weltkrieg geheiratet, was bedeutete, dass er erst mit über fünfzig Vater wurde. Meine Mutter war noch nicht volljährig, als er starb – ich glaube, an einem Unfall.«

Seine Stimme klang immer heiserer, als würde er von Erinnerungen überwältigt werden. Marie kam der Verdacht, dass er weniger an seinen Großvater dachte oder an Lilian, sondern an seine Frau.

»Ob sich Lilian nur seinetwegen für die Archäologie begeistert hat?«, überlegte er. »Oder ob dieses Interesse sie erst zusammengeführt hat?«

Marie zögerte kurz, ehe sie behutsam sagte: »Bei dir und deiner Frau scheint wohl Letzteres der Fall gewesen zu sein.«

Er blickte hoch, und seine Stirn verzog sich so schmerzlich, dass seine Brauen beinahe zusammenstießen. »Als Sally starb«, murmelte er, »verlor ich nicht nur meine geliebte Frau, sondern zugleich meine beste Freundin und verständnisvollste Kollegin …«

Marie war sich nicht sicher, was sie sagen sollte, und ergriff stattdessen einfach seine Hand.

»Ich habe gehört, dass dein Mann Künstler war«, murmelte er, »und dass auch du malst …«

Marie lag es auf den Lippen, mit der Wahrheit herauszuplatzen. Bei uns war es ganz anders! Jost war mein Lehrer, wir haben uns nie auf gleicher Augenhöhe befunden.

Aber Thomas tröstete es in diesem Augenblick mehr, jemanden bei sich zu wissen, der ihn restlos verstand.

»Auf der Insel gibt es sicher viele hervorragende Motive«, meinte Thomas.

»Ja«, sagte sie schlicht und musste an das halbfertige Frauengesicht im Atelier denken. Beinahe wähnte sie den Blick dieser Unbekannten auf sich gerichtet – vorwurfsvoll und verletzt zugleich, weil sie das Bild nicht vollendete.

Jonathan kam auf sie zugelaufen. »Siehst du die vielen kleinen Inseln da draußen?«, rief er.

Im grellen Licht muteten sie fast wie eine Täuschung an, aber tatsächlich: Immer wieder ragten aus den silbrigen Fluten dunkle, spitze Steine heraus. »Kann man mit dem Boot dorthin fahren?«, fragte Jonathan.

»Ich glaube nicht.«

»Aber zu dieser einen großen Insel kann man zu Fuß gehen.«

»Das ist Lihou Island«, sagte Thomas, »im Mittelalter haben die Benediktinermönche vom Mont-Saint-Michel hier eine Priorei gegründet, und seit Jahren gibt es großangelegte Ausgrabungen.«

»Mama, ich will dorthin!«

»Das ist aber gar nicht so ungefährlich«, meinte Thomas. »Auf Guernsey wird der weltweit zweitgrößte Tidenhub gemessen – das ist der Höhenunterschied zwischen Niedrig- und Hochwasser, also

Ebbe und Flut. Nur an einigen Tagen sind Ausflüge zu Lihou Island überhaupt möglich, und das für maximal vier Stunden.«

»Jetzt würde es gehen!«, rief Jonathan. »Man sieht doch den Weg ganz deutlich. Und wenn wir dort sind, wird es richtig spannend, ob wir den Rückweg noch schaffen. Vielleicht sitzen wir dort fest und müssen im alten Kloster übernachten.«

Marie hatte eine andere Vorstellung von einem gelungenen Nervenkitzel. »Wahrscheinlich ist es sehr ungemütlich dort.«

»Mama, bitte!«

»Nicht heute!«

»Aber dann will ich die Ruinen wenigstens vom Turm aus sehen.«

»Ich fürchte nur, es ist verboten, ihn zu betreten«, sagte Thomas.

»Aber in die Bunker kommt man doch rein?«, fragte Jonathan mit sichtlicher Faszination.

All das Gerede von Krieg und Besatzung schien ihn nicht im Geringsten verstört zu haben.

»Die meisten sind verschlossen«, sagte Thomas, »aber man kann die kilometerlangen Tunnelsysteme besichtigen, die die Bunker und Wallanlagen, Betontürme und unterirdischen Lazarette miteinander verbunden haben.«

»Au ja, die will ich sehen!«

Hannah begann, sich die Augen zu reiben, ein deutliches Zeichen. »Aber nicht heute«, sagte Marie schnell. »Hannah wird doch bald wach, und dann will sie sicher aus dem Buggy.«

Die Enttäuschung stand nur allzu deutlich in Jonathans Gesicht geschrieben. Ansonsten ein geduldiger großer Bruder, stampfte er wütend auf. »Blöde Hannah.«

»Das habe ich nicht gehört.«

»Blöde Hannah«, wiederholte er, wenngleich etwas leiser.

Sie kniete sich zu ihm und packte ihn an der Schulter. »Irgend-

343

wann werden wir ganz sicher einen Ausflug nach Lihou Island machen.«

»Versprochen?«

»Versprochen!«

»Und die Bunker? Und die unterirdischen Gräben?«

Marie unterdrückte ein Seufzen. »Wir können auch irgendwann mal ins Occupation Museum gehen, wenn du magst.«

»Ich werde euch dann gerne begleiten«, sagte Thomas. »Aber jetzt fahren wir erst mal nach Hause. Ich kann frischen Fisch kaufen, und später können wir in eurem Garten grillen.«

»Auch Würstchen?«, rief Jonathan begeistert.

»Ich werde mal schauen, was sich machen lässt.«

Marie war erleichtert, dass Jonathan wieder friedfertig war, doch dass Thomas sich einfach selbst einlud, irritierte sie ein wenig. Natürlich war er feinfühlig genug, es zu bemerken.

»Ich bringe den Fisch natürlich nur, wenn du einverstanden bist«, sagte er schnell, »ganz sicher wollte ich dich nicht vor vollendete Tatsachen stellen.«

Sie sah ihn an und las in seinem Blick nicht nur Tiefe, sondern große Sehnsucht nach einem glücklichen Familienleben. Das konnte sie ihm nachfühlen, umso mehr, da sie sich in seiner Gegenwart selber viel entspannter fühlte. Den Kindern schien es auch so zu gehen – nicht nur, dass Jonathan zu maulen aufgehört hatte, obendrein nahm er Thomas an der Hand, als sie zum Auto gingen.

»Wir können gerne gemeinsam essen«, sagte sie.

Thomas ging beschwingten Schrittes neben Jonathan her, und als er lächelte, erreichte es zum ersten Mal seine Augen.

Mit ähnlicher Konzentration und Ernsthaftigkeit, mit der Thomas seiner Arbeit nachging, bereitete er das Essen zu. Er hatte nicht nur frischen Fisch, Würstchen, Paprika und Maiskolben gekauft, sondern auch einen Einweggrill, stellte sich allerdings so umständlich an, als er ihn anzumachen versuchte, dass Marie schließlich lachend eingriff. Auch wenn Feuermachen nicht seine Stärke war – die Marinade aus Zitrone und Kräutern, die er zubereitete, schmeckte herrlich. Abgerundet wurde das Mahl von einem Glas Weißwein. Schon vor längerer Zeit hatte Marie eine Flasche gekauft, aber bis jetzt keine Gelegenheit gefunden, sie zu trinken.

Als sie die Mahlzeit gerade beendet hatten, den Kindern zusahen, die im Garten spielten, und Marie das Gespräch wieder auf Lilian lenken wollte, läutete ihr iPhone.

»Was gibt's?«, fragte sie knapp.

»Das wollte ich von dir wissen«, sagte Vince. »Mein Praktikant hat mir berichtet, dass du hier gewesen bist …«

Sie dachte an die Hotelpläne und wurde von Wut erfüllt. »Das hat sich schon erledigt.«

»Dann ist ja gut.« Längeres Schweigen folgte. »Ist alles in Ordnung bei dir?«

»Ja, aber ich habe jetzt keine Zeit, um zu telefonieren.«

»Ist es okay, wenn ich bei dir vorbeischaue?«

»Nein!«, rief sie schroff, ehe sie etwas gemäßigter fortfuhr: »Ich habe hier was zu erledigen … ich melde mich, wenn es etwas ruhiger geworden ist, mach dir keine Gedanken, ja?«

Schon hatte sie aufgelegt.

Als sie das iPhone weglegte, spürte sie Thomas' Blick nachdenklich auf sich ruhen, doch er blickte rasch weg, um nicht aufdringlich zu erscheinen, und stellte auch keine Fragen.

Rasch lenkte sie ab. »Wie nahe haben sich Lilian und Francis wohl gestanden?«

»Ich weiß zwar, dass ich meinem Berufsstand keine Ehre mache, wenn ich mich in wilden Vermutungen ergehe, aber ich denke mir, dass mein Großvater ihr die Kette nicht zufällig geschenkt hat, sondern weil sie ihm viel bedeutet hatte. Und das wäre doch ein Motiv …«

345

»Du meinst, Richard de Clairmont hat sie ermordet?«

»Falls sie ihm Hörner aufgesetzt hat und er sich in seiner Ehre verletzt fühlte …«

Marie nickte nachdenklich. »Ich überlege immer noch, wie diese Kette in den Besitz meines Vaters gelangt ist.«

»Nun, deine Großmutter könnte sie hier gefunden haben, als sie das Cottage erwarb, und hat sie später deinem Vater anvertraut. Sie wusste wahrscheinlich nicht um ihre Bedeutung.«

Marie starrte auf den Garten. Blüten wogten im Wind; die Blätter der Birke glichen in der Sonne einem wogenden, silbernen Meer. Die rötlichen Lilien hingegen muteten im sanften Nachmittagslicht fast golden an. Es war ein so friedlicher Ort – und doch Schauplatz einer Tragödie. Liebe, Eifersucht, Mord … die klassischen Zutaten eines Melodrams.

»Richard de Clairmont war doch Witwer, als er Lilian geheiratet hatte, nicht wahr?«, sagte Thomas eben.

»Worauf willst du hinaus? Dass er schon seine erste Frau getötet hat?«

»Das wäre ein sehr gewagter Schluss. Aber ganz ausschließen können wir es nicht. Was ich eigentlich sagen wollte: Bis jetzt habe ich mich bei den Recherchen in der Priaulx Library ausschließlich auf Lilian konzentriert. Vielleicht sollten wir versuchen, mehr über Richard herauszufinden, findest du nicht? Wenn du magst, kannst du mich in die Bibliothek begleiten.«

»Das ist eine gute Idee. Aber ich will dich nicht von der Arbeit abhalten.«

Er stellte sein Weinglas ab und lachte ungewohnt laut und heftig. »Wenn sich etwas von meiner Arbeit mit Sicherheit sagen lässt, so dass sie warten kann … jahrhunderte-, manchmal sogar jahrtausendelang.«

20

1923

Als sich die Hände immer fester um ihre Kehle legten, war Lilian
kurz so erstarrt, dass sie vermeinte, Richard hätte schon sämtliches
Leben aus ihr herausgepresst und nichts übrig gelassen, was Widerstand leisten konnte. Doch etwas in ihr war unverwüstlich: Die
Gier – galt sie nun einem besseren Leben, Reichtum oder schlichtweg dem nächsten Atemzug.

Richard de Clairmont mochte den Verstand verloren haben und
war von Wut und Wahn beseelt, die ihm mehr Kräfte verliehen, als
sonst in seinem schwächlichen Körper steckten, doch diese Gier
hatte er nie gekannt, sonst wäre seine Haut nicht so fahl und sein
Blick nicht so wässrig gewesen. Und ganz gleich, wie kalt, bösartig
und entschlossen der Fremde war, der in ihm steckte, ihr Wille zu
leben war stärker.

Sie hob das Knie und rammte es zwischen seine Beine, bis er
sich krümmte und sie losließ. Doch mehr als eine Atempause war
nicht gewonnen: Sie lief die Treppe hoch, und er folgte ihr, erreichte sie, packte sie wieder. Blind tastete sie hinter sich, fühlte einen
Kandelaber, hob ihn hoch und schlug mit letzter Kraft zu.

Ein Schrei ertönte, lauter als vorhin ihrer, gefolgt von einem
dumpfen Schlag, als sein Körper zu Boden sackte. Blut troff auf
seiner Stirn – sie hatte ihn direkt zwischen die Augen getroffen. Ob
er tot war, wusste sie nicht, doch anstatt sich über ihn zu beugen
und zu prüfen, ob er noch atmete, ergriff sie die Flucht.

Die Kehle schmerzte, ihre Brust schien zu zerreißen, ihr Kopf war wie benebelt. Nur die Beine gehorchten ihr, denn sie nahm Stufe um Stufe, ohne zu stolpern.

Polly stand am unteren Ende der Treppe. »Was ist denn los?«, fragte sie verdutzt.

Lilian beachtete sie nicht. Ihre Haare waren aufgelöst, ihr Umhangtuch von der Schulter gerutscht und das Kleid darunter viel zu dünn, um sie vor der Kälte zu schützen, doch das war ihr egal. Sie blieb erst stehen, als sie im Freien ankam, überlegte kurz, den Weg zu ihrem Cottage einzuschlagen, doch kam zum Schluss, dass es ihr zu wenig Schutz vor einem Verrückten wie Richard bot. Und falls er tatsächlich tot war, würde die Polizei sie dort zuerst suchen.

So rannte sie am Cottage vorbei bis zum Küstenweg und bog nach links ab – Richtung Saint Peter Port. Mit zunehmender Dämmerung sah sie immer weniger, aber sie rannte und rannte, rutschte, fiel, stand wieder auf, atmete irgendwann nicht mehr ganz so gepresst und erblickte in der Ferne Castle Cornet und die ersten Dächer.

Erst jetzt begriff sie, dass ihre Flucht ein konkretes Ziel hatte: Francis. Es genügte nicht, dass sie noch lebte. Sie wollte aller Welt beweisen, dass niemand ihr das Recht auf dieses Leben nehmen konnte, nicht einmal ein wahnsinniger Mörder.

Sie klopfte an seiner Tür, rief laut seinen Namen, und zu ihrer Erleichterung machte er ihr endlich auf. Der Himmel war fahl, die Luft eisig, dennoch glühte sie nach dem langen Lauf.

Er sah sie entgeistert an. »Anouk, was zum Teufel …«

Sie öffnete schon den Mund, um ihm alles zu sagen. Dass sie beinahe gestorben wäre. Dass sie es nicht mehr ertrug, in einem Gefängnis zu leben. Dass sie ihre Zeit nicht mit Menschen verschwenden wollte, die nur ein Schatten ihrer selbst waren, sondern die Gesellschaft solcher suchte, die ihre Kraft und Energie teilten.

Dass es ein Irrtum gewesen war, als sie vermeinte, das Wichtigste im Leben wäre, reich zu werden. Nun, vielleicht war es das auch, aber es gab einen anderen Reichtum, als in einem Herrenhaus zu leben … andere Schätze als Schmuck und elegante Hüte …

Anstatt jedoch etwas zu sagen, fiel sie ihm um den Hals und küsste ihn noch leidenschaftlicher als vorhin, noch hungriger, noch sehnsüchtiger.

Das ist das einzige Gold, das zählt …

Er wirkte überrumpelt, erwiderte aber den Kuss, zog sie schließlich hinein, ohne sich von ihr zu lösen, und schloss mit dem Fuß die Tür. Eine Lampe brannte, und ihr warmer Schein fiel auf die vielen Bücher, die sich teilweise auch auf dem Boden stapelten. Sie sanken daneben nieder.

Ich brauche keine feine Kleidung, dachte sie. Ich will vielmehr, dass sie jemand wie Francis von meinem Körper reißt wie jetzt.

Keine Seide fühlte sich so köstlich an wie seine Hände auf ihrer nackten Haut, kein feines Essen war jemals so sättigend wie seine Küsse, kein Hunger nach süßen Leckereien so groß wie der, ihn in sich zu spüren. Ein Raum, und war er noch so edel eingerichtet und großzügig, hatte keinen Wert, wenn sie ihn nicht mit Leben füllen konnte … mit Gier … mit Lust … mit Erfüllung. Und auf keiner Blumenwiese zu schreiten war so schön, wie die Buchrücken zu spüren, die sich in ihren Rücken gruben, während seine kundigen Hände sie erforschten – behutsam, neckend, neugierig. So wie er nach verborgenen Schätzen in der Vergangenheit grub, lockte er aus ihrem Körper längst Verschüttetes: lustvolles Keuchen, wohliges Sichwinden, erregtes Schluchzen. Nichts musste sie aus Berechnung oder Angst vor ihm verbergen, alles konnte sie von sich zeigen, sich bis in den letzten Winkel öffnen.

Ich bin eine Katze, dachte sie, die alle Gefahren übersteht, die fauchen kann und ihre Krallen zeigen, aber die sich manchmal nur auf den Boden wälzen will, gestreichelt werden, wohlig schnurren …

349

Sie blieb selbst dann noch an ihn geschmiegt, als ihre Körper längst ermattet waren. Francis schlief ein, und seine Züge waren entspannt und glücklich, Lilian hingegen blieb wach, und auf die Lust folgte der Schmerz.

Nie wieder wollte sie auf seine Nähe verzichten, nie wieder sich von ihm trennen, nie wieder das Leben als bloßes Überleben betrachten.

Doch auch wenn ihre Liebe unverwüstlich wie ein Diamant war – wenn man ihn mit Dreck bewarf, wurde er ja doch schmutzig.

Sie konnte Francis unmöglich sagen, dass Richard sie beinahe umgebracht hatte, nachdem er schon seine erste Frau auf dem Gewissen hatte, denn dann würde er denken, dass sie nicht aus freien Stücken zu ihm gekommen war. Doch selbst wenn sie es ihm verschwieg: Ein gemeinsames Leben hatte den Preis, dass Richard nicht länger seine Ausgrabungen bezahlen würde … vorausgesetzt, dass dieser überhaupt noch lebte. Und wenn er lebte, den Verstand endgültig verloren hatte und es an Thibaud ausließ?

Ich bin nicht seine Mutter, hatte sie Richard vorhin gesagt und es so gemeint: Innigliche Liebe hatte sie nie für ihn empfunden. Doch auch wenn er ihr fremd geblieben war und sie sich der Verantwortung gerne entledigt hätte – sie war ihm nach allem, was er für sie getan hatte, doch zu sehr verpflichtet, um einfach zu sagen: Ich gehe und sehe ihn nie wieder.

Sie löste sich von Francis, und augenblicklich wurde ihr eiskalt.

Sie wusste, dass sie ihn liebte. Aber sie wusste nicht, was sie nun tun sollte.

Lilian strich durch Saint Peter Port. Mit den Fingern hatte sie sich notdürftig gekämmt, ihr Kleid war etwas schmutzig, aber nicht zerrissen, und sie wusste, ihr stolzer Blick und ihr gestraffter Rücken machten wett, dass ihrem Auftritt die letzte Eleganz fehlte. Dennoch fühlte sie sich unweigerlich an den Tag erinnert, als sie auf dem Kutter angekommen war, nichts über die Insel wusste, schwarz von der Kohle war und keine Ahnung hatte, wie sie ihren leeren Magen füllen sollte.

Heute fühlte sie sich sogar noch verzagter, denn während ihr der Hunger damals den nächsten Schritt diktiert hatte, glaubte sie nun, nie wieder etwas essen zu können, und hatte sie seinerzeit all ihr Hoffen darauf ausgerichtet, eines Tages das Elend hinter sich zu lassen, schien ihr das Glück jetzt unerreichbar – vor allem da sie nun wusste, was Glück war: Francis zu lieben, mit ihm Ausgrabungen durchzuführen, fremde Länder zu bereisen …

Sie ging im Kreis und ihre Gedanken ebenso. Immer wieder kehrten sie zu denselben Fragen zurück: Sollte sie Francis doch dazu überreden, die Insel zu verlassen? Was, wenn Richard sie verfolgte? Was, wenn Thibaud damit nicht fertig würde? Was, wenn sie irgendwann mit der Armut hadern würde, die sie riskierte?

Nun, Francis war kein Bettler, und sie brauchte doch kein weiches Bett, solange sie mit ihm gemeinsam schlafen konnte. Doch sie wollte, dass er eine starke, lebenslustige, kluge Frau liebte … nicht das Opfer eines Mannes, der sie beinahe erwürgt hatte.

Die Gedanken zermürbten sie, und sie begann, sich nach den Tagen zu sehnen, da nichts anderes gezählt hatte, als möglichst viel Geld zu verdienen und andere zu betrügen. Unwillkürlich zog es sie zu den Markthallen, wo sie so oft für Adele eingekauft und mit ihren Tricks Geld rausgeschlagen hatte.

Darin bin ich richtig gut gewesen …

War sie auch in der Liebe gut? Als Gefährtin eines Archäologen?

Im nächsten Augenblick verstummten alle Gedanken. Sie stand vor einem Blumenhändler, der gerade einige Sträuße band, und sog den süßen Duft ein, als sie plötzlich eine vertraute Stimme vernahm.

Seit Jahren hatte sie sie nicht mehr gehört, doch ihr Klang hatte sie in manche düstere Träume verfolgt. Dieser leise, etwas heisere

351

Tonfall war ebenso vertraut wie bedrohlich und Unheil verkündend. Sie wollte davonlaufen, aber ihre Knie schlotterten so stark, dass sie nur langsam ihren Kopf wenden konnte.

Gottlob hatte er sie nicht gesehen, sondern war in ein Gespräch mit einem Tabakwarenhändler vertieft. Seine Worte verstand sie nicht, aber sie sah, wie er lächelte, und ebenso, dass der Händler immer bleicher wurde – wenn auch gewiss nicht so bleich wie sie. Schmerzhaft zog sich ihr Hals zusammen, als würde sie erneut beinahe erwürgt, und die Stellen, wo Richard zugedrückt hatte, begannen zu pochen. Wer da nicht weit von ihr stand, war noch unberechenbarer und gefährlicher als ihr wahnsinniger Ehemann.

Maxim Brander.

Wieder und wieder ging ihr sein Name durch den Kopf, ansonsten war sie einzig ausgefüllt von namenloser Angst.

Ich werde sterben, er wird mich quälen, ich werde Francis niemals wiedersehen …

Ihre Verzweiflung war so groß wie damals in jener Nacht am Hafen, doch als nicht minder verlässlich erwies sich ihr Instinkt.

Er dirigierte sie unauffällig von ihm weg, noch ehe sie die Fassung wiedergefunden hatte, und obwohl ihre Beine mehrmals nachzugeben drohten, schaffte sie es doch bis zum nächsten Stand, wo sie sich hinter einem großen Bund Rosen versteckte und ihn weiterhin beobachtete.

Ihre Gedanken begannen zu rasen.

Dass Maxim hier war, konnte nur bedeuten, dass er sie nach all den Jahren immer noch gesucht und sie schließlich gefunden hatte.

Allerdings – wäre es so, würde er doch nicht auf diesen Tabakwarenhändler einreden, die Augen leicht zusammengepresst, das Gesicht noch fahler, die Narben noch abstoßender als früher, vor allem aber: blind für sie. Nein, er war nicht ihretwegen auf die Insel gekommen – zumindest nicht nur. Selbst wenn er Rache üben wollte, würde er sich die Gelegenheit nicht entgehen lassen, nebenher Geld zu verdienen, und dazu gab es, wie sie sich nun vage erinnerte, auf der Insel durchaus Möglichkeiten: Wein und Schnaps waren hier billiger als in England zu haben, weil keine Verbrauchersteuer erhoben wurde, weswegen hier immer wieder große Mengen an diesen Waren gekauft und nach England geschmuggelt wurden. Gleiches galt, wenn sie sich recht besann, auch für Tabak und Tee. Nicht zuletzt, wenn man mit englischem Geld zahlte, das von den Kaufleuten lieber gesehen wurde als die gleichfalls erlaubte französische Währung, konnte man leicht Geschäfte abschließen – auch illegale.

Sie duckte sich tiefer, als Maxims Blick in ihre Richtung fiel, doch so ausdruckslos wie sein Gesicht blieb, hatte er sie anscheinend nicht gesehen.

Laut ließ Lilian ihren Atem entweichen. Diesmal war sie ihm entkommen, doch viel mehr als ein kurzer Aufschub war ihr dadurch nicht geschenkt worden. Die Insel war nicht groß, und wenn er wirklich nach ihr suchte, würde er sie finden, vor allem hier, im überschaubaren Saint Peter Port. Es gab nur einen Ort auf Guernsey, auf dem sie halbwegs sicher vor ihm war – ein Ort, der von einer hohen Hecke umgeben, von einem schmiedeeisernen Tor versperrt war und der ihr gestern noch als Gefängnis erschienen war.

Vergessen war die überstürzte Flucht aus Clairmont Manor. Jetzt konnte es ihr gar nicht schnell genug gehen, dorthin zurückzukehren.

Sie erreichte das Anwesen über den Küstenweg, verkroch sich zunächst im Cottage, wo sie sich einigermaßen sicher fühlte, und nahm sogar den Hunger in Kauf, der sie alsbald quälte. Als Kind hatte sie oft gehungert und es irgendwie ertragen. Sie wusste natürlich, dass sie das Herrenhaus irgendwann wieder betreten musste, aber sie verschob das auf den nächsten Tag.

353

Ehe der heutige jedoch seinem Ende zuging, vernahm sie Schritte. Sofort packten sie wieder Furcht und Panik, aber sie ließ sich nicht davon bezwingen, schritt energisch auf die Tür zu und riss sie auf.

Richard stand auf der Schwelle, mit wirrem Haar und einer kaum verschorften Wunde auf der Stirn, und trotz aller Entschiedenheit, ihm ihre wahren Gefühle nicht zu zeigen, wich sie unwillkürlich zurück.

Er allerdings tat, was sie nicht erwartet hatte: Er schlug die Hände vors Gesicht und weinte. Seine Schluchzer klangen trocken, schienen aus der Tiefe seiner Seele zu kommen und schüttelten seinen schmächtigen Leib.

Lilian seufzte. Er lebte also noch, und anstelle der Vorwürfe oder gar einer neuen Attacke, gegen die sie sich insgeheim gewappnet hatte, war er ein Häuflein Elend und nicht im Mindesten furchterregend. Sie packte ihn am Arm und zog ihn ins Haus.

»Was hast du denn?«, fragte sie, nicht sicher, ob sein Verhalten sie erleichterte oder vielmehr abstieß.

»Dass du vor mir Angst hast … das ertrage ich nicht«, stammelte er. »Und noch weniger ertrage ich, dich zu verlieren.«

Er stützte sich auf sie, als wäre sie ein Krückstock.

»Und ich hatte Angst um dich …«, fuhr er fort, »hier bist du doch nicht sicher … solange dieser Saul herumstreicht …«

Er brach ab.

Pah, Saul!, dachte Lilian. Wenn du nur wüsstest …

Aber er wusste es eben nicht, dass eine noch viel größere Gefahr drohte, und vielleicht hatte das auch sein Gutes.

»Bitte, vergib mir!«, stieß er aus. »Ich weiß nicht, was über mich gekommen ist. Niemals wollte ich Hand an dich legen. Das war nicht ich … das war ein fremdes, dunkles Wesen in mir …«

Er klammerte sich an sie wie ein Ertrinkender, und sie musste sich beherrschen, ihn nicht zurückzustoßen. Seine Berührun-

354

gen waren ihr niemals angenehm gewesen, doch nachdem sie bei Francis gelegen hatte, lösten sie tiefste Abscheu aus.

Sie brachte alle Willenskraft auf, um sie ebenso zu schlucken wie die Sehnsucht nach dem Geliebten.

»Ich vergebe dir, natürlich vergebe ich dir …«, murmelte sie.

Er zitterte nicht länger, und das trockene Schluchzen verstummte, doch sein Kummer schwand nicht gänzlich aus seinen Zügen.

»Christine hat dieses … Dunkle auch verabscheut.«

»Was ist damals geschehen?«

»Sie … sie konnte nicht damit leben.«

Richard schien noch etwas sagen zu wollen, biss sich aber auf die Lippen.

Er hat sie auf dem Gewissen.

Nun, das konnte in der Tat bedeuten, dass er sie eigenhändig getötet hatte, aber auch, dass sie sich seinetwegen selbst das Leben genommen hatte.

Lilian starrte ihn an und konnte sich nicht mehr vorstellen, sich je vor ihm gefürchtet zu haben. Als ob man seiner nicht Herr werden könnte! Und als ob ich mich jemals umbringen würde, nur weil in ihm der Wahnsinn schlummert!

»Komm«, sagte sie leise, »lass uns nach Hause gehen.«

Er umarmte sie, linkisch zwar, aber inniglicher denn je. Sie ließ es über sich ergehen, verdrängte die Gedanken an Francis und an Maxim, und dachte nur, dass sie im Herrenhaus zumindest ihren Hunger stillen konnte.

Zunächst fühlte sie sich auf Clairmont Manor sicher, doch nach ein paar Tagen wuchs ihre Beklemmung. Sie wusste nicht recht, wer sie verursachte, ob Richard und sein Bekenntnis, ob die Erinnerungen an Maxim, ob der Gedanke an Francis, der gewiss auf sie wartete, oder ihre eigene Untätigkeit.

Eine Beute, die festsitzt ... das bin ich nicht, das will ich nicht sein!

Und doch, weiter als bis zum Cottage wagte sie sich nicht. Stundenlang ging sie dort auf und ab, versuchte sich einzureden, dass Maxim ihr nichts tun konnte, dass sie schließlich keine kleine Taschendiebin war, die er entführen und töten konnte, sondern die Gattin eines einflussreichen Grafen, aber sie vermochte es nicht, Furcht und Panik abzuschütteln. Kaum stand sie still, wurde sie wieder davon eingeholt.

In manchen Stunden war ihr Wille, sich nicht bezwingen zu lassen, zu leben, zu lieben und Francis wiederzusehen, durchaus groß, doch ehe sie ihm nachgab, holte der Schrecken sie wieder ein, so auch eines Morgens, als sie das Cottage betrat und das Glas eines Fensters zersprungen war.

Ein schwerer Gegenstand war dagegengefallen – kein Stein, wie sie zunächst vermutet hatte, sondern eine Möwe. Ob sie der Sturz durch das Fenster getötet hatte oder ob sie vorher schon gestorben war, wusste Lilian nicht, aber die Blutlache wurde immer größer.

Als sie auf den toten Vogel und das zerbrochene Glas starrte und nichts anderes denken konnte, als dass sie selbst dem Tod geweiht und dies das sichere Zeichen dafür wäre, überkam sie kurz das Verlangen, nach einer der Scherben zu greifen, sich die Hand aufzuritzen, mit dem Schmerz das lähmende Unbehagen zu vertreiben und die Macht eines Menschen zu fühlen, der selber Blut fließen ließ, anstatt fremdes zur zähen Masse stocken zu sehen.

Doch dann schüttelte sie den Kopf.

Unsinn! Sicher war das Sauls Tat, so wie er all die anderen toten Tiere auf dem Gewissen hatte!

Weder floh sie aus dem Cottage, noch verletzte sie sich willentlich, sondern kramte lediglich in einer Lade des Schreibtisches nach einem alten Heft, das sie seinerzeit dazu benutzt hatte, um schreiben zu lernen. Ein paar Notizen zur Haushaltsführung standen darin, weil sie für ihren ersten Eintrag in die Wirtschaftsbücher geübt hatte, desgleichen das Märchen von der untergegangenen Stadt Ys.

Lesen und schreiben zu können hatte ihr damals ermöglicht, im Geiste Ozeane zu überwinden. Heute verhalf es ihr dazu, nicht im Meer der Angst zu ertrinken, sondern ihren Kopf aus den Fluten zu halten.

»Ich habe Angst, so große Angst …«, schrieb sie, und bannte all ihre Gefühle auf die leere Seite, so dass sie ihr, ein für alle Mal festgehalten, im wirklichen Leben nichts mehr anhaben konnten.

Danach war ihr etwas leichter, und sie warf erneut einen Blick auf die tote Möwe.

»So leicht kommt mir niemand bei«, sprach sie laut in die Stille, »nicht Richard, nicht Maxim, nicht Saul. Ich erobere mir mein Leben wieder zurück.«

So, wie sie es sagte, klang es wie ein Schwur.

21

Thomas hatte angekündigt, sie am nächsten Morgen gegen zehn abzuholen, um gemeinsam zur Priaulx Library zu fahren. Die ganze Nacht über zerbrach Marie sich den Kopf, was sie mit den Kindern tun und ob sie nicht besser absagen sollte. Am Ende entschied sie sich, sie mitzunehmen, aber recht wohl fühlte sie sich bei dem Gedanken nicht. Umso erleichterter war sie, als Florence eine Stunde vor Thomas bei ihr läutete und ihr einen Teller mit frisch gebackenen Waffeln überreichte.

»Es tut mir so leid«, platzte Florence heraus. »Ich meine, ich hätte mich nicht einmischen dürfen und dir vorschreiben, was du zu tun oder lassen hast. Du musst selbst entscheiden, wann du so weit bist, wieder auszugehen. Auf jeden Fall kannst du immer auf meine Hilfe zählen.«

Marie war von ihrer tiefen Betroffenheit gerührt. »Wenn ich ehrlich bin, kannst du mir gleich heute Vormittag helfen.«

Wenig später hatten sie alles geklärt und Florence bei Bridget angerufen, damit diese am Vormittag alleine das Café übernahm. Hannah war ausgeschlafen, satt und gut gelaunt, und auch wenn Marie es schwerfiel, sie zurückzulassen, konnte sie sich diesmal dazu durchringen, nicht zuletzt, weil auch Jonathan altklug erklärte: »Ich pass schon auf sie auf.«

Nach fünf Minuten Fahrt begann sie, sich zu entspannen und es auch ein wenig zu genießen, einmal ohne Kinder unterwegs zu sein.

Im Hafen herrschte reger Betrieb. Eben fuhr laut tutend ein Fährschiff ein. Nach einem weiteren knappen Kilometer bogen sie nach links in die St. Julian's Avenue ab, wo sich eine Bank an die andere reihte, in die Geschäftsleute mit schwarzen Anzügen strömten. Dann ging es steil den Berg hinauf. Thomas hielt nach einem freien Parkplatz Ausschau und wurde in der Nähe vom Candie Garden fündig. Von dort waren es nur mehr ein paar Schritte bis zur Priaulx Library – ein Gebäude aus Sandstein mit kleinem Park, den sie durch ein schmiedeeisernes Tor erreichten. Ein großes Schild hing neben der Tür, das die Öffnungszeiten – 9.30-5.00 von Montag bis Samstag – bekanntgab und etwaige Besucher herzlich dazu einlud, die Bibliothek zu besichtigen.

Thomas war hier wohl sehr häufig beschäftigt, denn sobald sie eintraten, wurde er aus mehreren Richtungen begrüßt. In der Luft hing der staubige Geruch von vielen alten Büchern, und Maries Blick blieb auf den riesigen, antiquiert anmutenden Lexika im Eingangsbereich hängen.

Thomas deutete nach links, wo inmitten dunkelbrauner Bücherregale große Tische standen. »Das hier ist der ›Tomlinson Room‹. Dort findet man alle wichtigen Unterlagen, wenn man Familiengeschichte betreiben will.«

Der blaue Teppich dämpfte ihre Schritte, als sie den Raum betraten. Thomas zog eine schlichte Plastikmappe aus einem der Regale.

»Alles Mögliche wird hier gesammelt: Stammbäume, Taufregister, Vermerke über Eheschließungen, aber auch alte Briefsammlungen. Hier zum Beispiel: Das sind die Gallienne-Briefe.«

Marie blickte ihn fragend an.

»Sie stammen aus Rachel Gallienne Robins Feder – einer Frau, die auf Guernsey geboren wurde, in die USA auswanderte und ihrer Familie von ihrem Leben dort berichtete. Man erfährt viel über die damalige Zeit – die Briefe stammen aus den 50er Jahren.«

»Was bedeutet, dass sie uns nicht weiterhelfen werden.«

»Natürlich, aber du könntest alle diese Mappen durchgehen. Dafür hatte ich bei meinem letzten Bibliotheksbesuch keine Zeit, und vielleicht findest du das eine oder andere interessante Dokument aus den 20er Jahren.«

»Und du?«

»Ich nehme mir noch mal das Zeitungsarchiv vor. Es befindet sich im sogenannten ›Harris Room‹ im ersten Stock. Beim letzten Mal habe ich die *Guernsey Weekly Press* ausgespart, doch soweit ich weiß, gibt es da die Rubrik ›Police Court‹, in der über alle möglichen kriminellen Vorkommnisse berichtet wird. Ach ja, das hier ist ein Ordner, wo du einen Überblick über alle wichtigen Familien der Kanalinseln findest – nur für den Fall, dass dich die vielen Namen verwirren. Ich glaube aber nicht, dass du dich näher damit beschäftigen musst: Richard de Clairmont lebte als Franzose sicher etwas isoliert.«

Während Marie in die Hocke ging, um das erste Regal zu durchstöbern, zog er sein Handy hervor.

»Was ist?«

»Gerade ist mir noch was eingefallen … Da Richard Franzose war, findet man in den französischen Archiven sicher mehr Informationen über ihn und seine erste Frau Christine.«

»Aber auf die Schnelle können wir nicht eben mal zum Festland fahren!«

»Das nicht, aber ich habe eine gute Freundin, die in der Bibliothek in Saint-Malo arbeitet. Vielleicht kann sie uns weiterhelfen.«

Er ging nach draußen, um ungestört zu telefonieren, während Marie sich mit einigen Mappen an einem Schreibtisch niederließ.

Gegen Mittag nahmen sie in einem Café in der Nähe der Priaulx Library Platz, das sich gleich neben dem Guernsey Museum in einem Glaspavillon befand. Marie bestellte Toast und Thomas ein einfaches Fischgericht, doch sie schoben die Teller bald zur Seite, um ihre Funde auszubreiten. Angesicht dessen, dass sie nur zwei Stunden in der Bibliothek verbracht hatten, war die Auslese beachtlich. Marie konnte sich nicht erinnern, dass sie auf ihre Seminararbeiten in Kunstgeschichte jemals ähnlich stolz gewesen war. Wieder und wieder studierte sie den Brief, den sie ganz zufällig in einer alten Sammlung gefunden hatte. Marie hatte sie nur oberflächlich durchblättert und hätte den Brief fast übersehen, aber dann war ihr Blick auf der vertrauten, krakeligen Schrift hängengeblieben.

Der Brief stammte aus dem Sommer 1923, und Liliane de Clairmont hatte ihn mit ›Lily‹ unterschrieben. Adressatin war eine gewisse Suzie Irving in London. Das Schreiben verwirrte Marie zunächst mehr, als dass er Zusammenhänge erhellte: Lilian schien ziemlich kopflos gewesen zu sein, als sie ihn verfasste, und sie machte viele Andeutungen, die Marie nicht verstand, weil sie zu wenig über ihr Leben wusste. Aber je öfter sie ihn nun gemeinsam mit Thomas analysierte, desto klarer wurde ihr vieles.

Suzie war offenbar eine Vertraute ihrer Kindheit – und die war ziemlich hart gewesen, hatten doch beide Mädchen in einem Waisenhaus zugebracht. Als Taschendiebin hatte sich Lilian eine Weile über Wasser halten können, ehe sie sich schließlich mit einem gefährlichen Schmugglerring einließ. Der Name eines gewissen »Maxim« fiel, vor dem sie offenbar große Angst hatte.

Marie musste an die Worte in Lilians Notizheft denken.

»Sie hat sich also gar nicht vor Richard gefürchtet, sondern vor diesem Maxim!«, rief sie. »Wie es aussieht, haben wir ihren Mann zu Unrecht beschuldigt. Stattdessen ist sie schlichtweg von ihrer Vergangenheit eingeholt worden. Vielleicht hat auch gar nicht der Landstreicher Saul die toten Tiere auf dem Gewissen – sie könnten auch eine Warnung von diesem Maxim gewesen sein. Die kriminelle Vergangenheit erklärt auch, warum Bartholomé de Clairmont sie für eine böse Frau hält.«

»Aber es erklärt nicht, warum Bartholomé einen so großen Hass auf sie hat«, gab Thomas zu bedenken. »Und vorschnell freisprechen würde ich Richard de Clairmont auch nicht.«

»Warum? Was hast du herausgefunden?«

Ein Lächeln umspielte seine Lippen. Auch bei ihm war das Jagd-fieber erwacht, und er war genauso stolz wie sie, eine Trophäe vor-weisen zu können.

»In den Zeitungen habe ich nichts Neues erfahren, aber meine Kollegin in Saint-Malo war in der Zwischenzeit nicht untätig. Sie hat im Computerarchiv den Namen Clairmont eingegeben und ist ausgerechnet bei den Polizeiakten fündig geworden.«

»Warum denn das?«

»Nach Lilians Verschwinden – oder vielmehr ihrem Tod – hat eine gewisse Berthe Leclerc eine Aussage gemacht. Laut Polizeibericht stand sie jahrelang in den Diensten von Christine de Clairmont. Als sie von Lilians Verschwinden erfahren hat, war sie überzeugt davon, dass Richard sie auf dem Gewissen hatte … genauso wie seine erste Frau.«

»Er hat sie umgebracht?«

»So genau hat sie das nicht gesagt. Berthe hat teilweise wohl ziemlich wirres Zeug gefaselt. Aber offenbar fiel wieder und wieder der Satz: *Er darf kein zweites Mal damit durchkommen.*«

»Und was ist dann passiert?«

»Nichts. Die Polizei hat eine Art Protokoll angefertigt, aber da-nach ist sie untätig geblieben. Kein Wunder, immerhin war Richard ein reicher Comte und Berthe eine alte Frau, die man nicht ernst nahm.«

Marie nahm einen Bissen vom Toast. Prompt zog sich ein langer Käsefaden, was Jonathan bestimmt lustig gefunden hätte. Der Ge-danke an ihn brachte sie dazu, schneller zu essen.

»Ich muss bald wieder heim zu den Kindern.«

»Klar. Für heute haben wir genug herausgefunden. Wir sind einen Schritt weiter gekommen.« Wieder erschien ein Lächeln in Thomas' Gesicht, und diesmal wirkte es nicht stolz, sondern sehn-süchtig. Marie hätte schwören können, dass er in diesem Augenblick an Sally dachte, mit der er die Leidenschaft geteilt hatte, in der Vergangenheit zu stöbern und Vergessenes ans Tageslicht zu bringen – eine Leidenschaft, die Marie bisher fremd gewesen war.

Warum war sie so begierig, mehr über Lilian zu erfahren?, fragte sie sich plötzlich. Nur, weil die Tote neben ihrem Cottage gefunden worden war? Oder weil sie bei ihr Ablenkung fand – von ihrer Trauer ebenso wie von anderen widerstreitenden Gefühlen?

Sie war sich nicht sicher, glaubte jedoch, etwas mehr von dieser Lebensfreude, wie sie Lilian auf dem Foto ausstrahlte, erhaschen zu können, wenn sie sich mit ihr beschäftigte, obwohl die Recherchen paradoxerweise vor allem um ihr tragisches Ende kreisten.

Natürlich konnte man daraus die Lehre ziehen, dass kurzes Glück einen nicht vor dem schrecklichen Ende bewahrte und darum trügerisch war. Aber auch, dass es umso wichtiger war, es voll und ganz auszukosten, weil es nicht von Dauer sein konnte. Dass sie sich folglich nicht verstecken durfte – weder hinter der Trauer um Jost noch der Verantwortung für die Kinder –, dass sie vielmehr leben sollte, lieben … malen.

»Wir können zu einem späteren Zeitpunkt ja gerne noch einmal zurück in die Bibliothek«, riss Thomas sie aus ihren Gedanken. »Jetzt bringe ich dich erst mal nach Hause.«

Als sie aufstand, fiel ihr Blick auf die letzte Zeile des Briefs. *Gib der kleinen Lucie einen Kuss.*

Vielleicht war das nur eine Phrase, aber plötzlich spürte sie die tiefe, ehrliche Zuneigung, die Lilian für diese Suzie und ihre Familie gehegt hatte. Sie mochte eine Überlebenskünstlerin gewesen sein, eine Lügnerin, Betrügerin, vielleicht sogar eine Kriminelle, aber offenbar hatte sie Francis Lyndon geliebt und Suzie ebenso.

Als sie mit dem Auto vorfuhren, trafen sie auf den Postboten. Marie war überrascht, als er ihr einen Brief überreichte, denn der alte

Briefkasten neben dem Cottage war bis jetzt immer leer gewesen, noch nicht einmal Reklame kam bei ihr an. Der Absender des Schreibens war eine Firma, deren Namen sie noch nie gehört hatte.

Marie war zu neugierig, um zu warten, bis sie allein war, riss das Kuvert auf und überflog das Schreiben.

Ihre Miene musste sich deutlich verdüstert haben, denn Thomas fragte besorgt: »Eine schlimme Nachricht?«

»Nein«, murmelte sie und ließ das Schreiben sinken. »Ein Kaufangebot.«

»Für das Cottage?«

Sie zerknüllte den Brief. Obwohl die Formulierungen sehr höflich gehalten waren, erweckten sie blanke Wut. Vince musste dahinterstecken! Er und die Baufirma, die das Hotel plante!

Sie hatten ein wenig gewartet, um sie mürbe zu stimmen, und überließen es nun einer Immobilienfirma, ihr das Angebot zu unterbreiten. Allerdings war Thomas ein zu höflicher und gutmütiger Mensch, um ihn in eine so schmutzige Angelegenheit hineinzuziehen.

Marie nickte nur.

»Hast du denn darüber nachgedacht zu verkaufen?«, fragte er.

Sie zuckte mit den Schultern. »Ich könnte ohnehin keine Entscheidung treffen, sondern müsste das Einverständnis meiner Halbschwester einholen.«

»Und wenn die gerne verkaufen würde?«

Sie nahm einen lauernden Unterton wahr und erkannte, dass er offenbar Angst hatte, sie würde die Insel vorzeitig wieder verlassen. Gerührt musterte sie ihn und überlegte zugleich, ob sie sich vorstellen konnte, nicht nur den Sommer hier zu verbringen, sondern langfristig auf Guernsey zu leben. Jonathan könnte in Saint Peter Port eingeschult werden, Hannah die Krippe besuchen, und an den Linksverkehr würde sie sich auch noch gewöhnen.

Als Kind war sie hier doch glücklich gewesen, und so viele Freunde hatte sie in Berlin nicht. Dort warteten vor allem schmerzhafte Erinnerungen an Jost auf sie.

Thomas' Miene wurde wieder nüchtern. »Falls du das Cottage je verkaufen willst, dann denk dran, dass Ausländer für Immobilien oft den vierfachen Wert zahlen. Das liegt daran, dass der Markt überschaubar ist und viele Häuser auch Guernseys Einwohnern vorbehalten sind.«

Marie erinnerte sich vage daran, schon mal gehört zu haben, wie schwer es war, eingebürgert zu werden. Da die Kanalinseln nicht zur EU gehörten, waren sie eine Steueroase, und wer langfristig hier leben wollte, musste auf der Insel geboren sein, Familie haben oder jährlich mindestens 100 000 EUR Steuer zahlen. Ob es zählte, dass ihre Großmutter Lucinda hier lange Zeit gelebt hatte?

»Es ist wie gesagt nichts spruchreif, und selbst wenn ich verkaufen würde, dann ganz sicher nicht an diese Halsabschneider.«

Thomas sah sie fragend an.

»Dieses Angebot kommt nicht überraschend. Aber eigentlich will ich nicht darüber ...«

Sie brach abrupt ab. Ein Gedanke war ihr durch den Kopf gegangen, so blitzschnell zunächst, dass sie ihn kaum fassen konnte, aber dann verdichtete sich die Ahnung.

Ihre Großmutter Lucinda.

»Du meine Güte!«

»Was ist denn los?«

Sie rieb konzentriert ihre Lippen aufeinander. »Es könnte sein, dass es neben dem Landstreicher Saul, diesem kriminellen Maxim und Richard de Clairmont einen weiteren Verdächtigen gibt. Und in jedem Fall bin ich mir jetzt sicher, warum sich Lilians Kette im Besitz meiner Familie befindet.«

22

1923

Obwohl ein Dienstmädchen die tote Möwe längst beseitigt und den Boden saubergewischt hatte, glaubte Lilian, das tote Tier noch tagelang später zu sehen. Und trotz des Schwurs, wieder selber über ihr Leben zu bestimmen, reichte ihr Wagemut noch nicht dazu aus, das Grundstück zu verlassen und nach Saint Peter Port zu fahren.

Sie dachte oft an Francis, erlaubte ihren Gefühlen jedoch nicht, sie zu überwältigen und ihr die Entscheidungen zu diktieren. Strikt hielt sie sich an eine der wichtigsten Lektionen aus den Jahren, als sie eine Taschendiebin gewesen war: Die Gier als Ansporn zu nutzen, doch ihr nicht vorschnell zu folgen. Wenn sie eine silberne Taschenuhr aus der Jacke eines feinen Herrn blitzen sah, hatte sie sich nicht ausmalen dürfen, wie viel diese ihr wohl einbringen würde und was sie mit dem Geld zu machen gedachte. Stattdessen galt es, sie vorerst wie einen wertlosen Stein zu betrachten und das Jagdglück erst dann zu feiern, wenn sie sie an sich gebracht hatte und in Sicherheit war.

Auch jetzt ließ sie sich von Sehnsucht, Wehmut und Begehren nicht den Blick verschleiern, sondern wog ihre Lage nüchtern ab.

Maxim weilte auf Guernsey, so viel stand fest, allerdings wusste sie nicht warum und auch nicht wie lange. Vielleicht war er längst wieder abgereist, vielleicht jedoch schon länger hier, als sie ahnte.

Schließlich kam ihr ein Gedanke, wie sie mehr herausfinden könnte. Sie nahm Feder und Bogen und schrieb einen langen Brief an Suzie. Immer wieder hatte sie ihr in den letzten Jahren Postkarten geschickt und manchmal auch welche von ihr aus London bekommen, doch nie hatte sie ihr so ausführlich geschrieben. Sie fragte sie nicht nur, ob sie von Maxim gehört habe und wie sein Auftauchen auf der Insel zu werten sei, sondern versuchte, Trost und Kraft aus dem Schreiben zu ziehen, indem sie – wie einmal schon – all ihre Ängste auf Papier bannte. Am Ende hielt sie weit mehr als einen Brief in Händen, ein Bekenntnis vielmehr, was sie in ihrem Leben alles falsch gemacht hatte und wie groß doch ihre Hoffnung war, Lug und Betrug hinter sich zu lassen und neu zu beginnen.

Sie wollte ihn schon unterzeichnen, als sie das schlechte Gewissen packte. Das gesamte Schreiben kreiste nur um sie und ihre Nöte.

Rasch fügte sie hinzu:

Ich hoffe, es geht dir gut. Nick ist bald vier Jahre alt, nicht wahr? Gib der kleinen Lucie einen Kuss.

Ehe sie den Brief versiegelte, störte sie ein Räuspern. Sie zuckte zusammen, doch es war nur Thibaud, der in der Tür stand.

»Ist … ist etwas passiert?«, setzte sie an.

Er schüttelte den Kopf. »Du bist so lange nicht mehr am Strand gewesen.«

Und so lange, fügte sie in Gedanken hinzu, habe ich keine Zeit mehr mit dir verbracht.

Sie gab sich einen Ruck und ließ sich nicht länger von ihren Ängsten bezwingen. »Wir könnten jetzt einen Spaziergang machen«, schlug sie vor.

Er rührte sich nicht. »Ist mein Vater böse auf dich?«, fragte er nur.

»Nein … nicht mehr.«

Der Blick seiner blassblauen Augen war unergründlich, und sie dachte an seine einstige Warnung, Richard nicht zu vertrauen.

Sie schluckte schwer. »Gibt es irgendetwas, was du mir über deinen Vater sagen willst?«, fragte sie.

Er zuckte mit den Schultern und schwieg lange. »Es ist alles anders, als du denkst«, murmelte er schließlich.

»Was meinst du? So sag es mir doch!«

»Du bist doch klug … wenn du darüber nachdenkst, findest du es bestimmt heraus …«

Mit diesen Worten verließ er sie, ohne auf ihr Angebot zurückzukommen, einen Spaziergang zu machen.

Viele Nächte lag sie wach, und das Cottage schien ihr, obwohl es im Vergleich zum Herrenhaus winzig war, zu groß zu sein, um sich darin zu verkriechen. Am liebsten hätte sie sich in diesen dunklen Stunden in ein Erdloch vergraben, um nie wieder herauszukommen. Bei Tageslicht erschienen ihr solche Gedanken lächerlich, doch auch dann konnte sie weder die Beklemmung abschütteln noch die Unrast.

Stundenlang strich sie im Garten auf und ab und belauschte eines Tages, wie Laure und Polly über den Zustand ihres Dienstherrn sprachen.

»Seine Rückenschmerzen haben sich verschlimmert. Er verlässt nun gar nicht mehr das Bett.«

Lilians erstes Gefühl war Verachtung. Warum war er so geschwächt, obwohl sein Leben doch nicht bedroht war? Warum genoss er es nicht, sorglos zu sein? Warum unternahm er keine Wanderungen, wenn er doch nicht befürchten musste, von unsichtbaren Augen verfolgt zu werden?

Ihr zweiter Gedanke war: Ich bin ja selbst nicht viel besser. Ich wage kaum mehr zu atmen, als wäre ich schon tot. Und auf diese Weise hat Maxim gewonnen, ohne auch nur den kleinen Finger zu rühren.

Der Gedanke erzeugte Wut – und Entschlossenheit in ihr. Wenn er wirklich ihretwegen nach Guernsey gekommen, tatsächlich auf Rache aus war und sie eines Tages durch seine Hand sterben sollte, musste sie wenigstens die Tage, die ihr noch blieben, genießen und jeden Tropfen Leben daraus pressen wie aus einer reifen Zitrone, ein glückliches, lustvolles, freies Leben.

Sie mochte viele schlechte Eigenschaften haben, doch Feigheit war keine von ihnen.

Sie räusperte sich, trat zu Laure und Polly und gab den Befehl, dass der Chauffeur sie nach Saint Peter Port bringen sollte.

Einmal mehr hatte sie das Glück, Francis zu Hause anzutreffen. Als sie klopfte, riss er die Tür förmlich auf, und obwohl er immer ein schwungvoller Mann gewesen war, hatte er noch nie vor Leben so gestrotzt wie heute. Sein Gesicht war leicht gerötet, doch was sie zunächst als die Folge von zu viel Sonne hielt, war in Wahrheit Ausdruck von Triumph.

»Ist es nicht großartig?«

Sie hatte Fragen erwartet, wo sie gewesen war und warum sie sich nicht gemeldet hatte, und schon gegrübelt, wie sie darauf antworten sollte. Schließlich hatte sie sich die Lüge zurechtgelegt, mehrere Tage lang krank im Bett verbracht zu haben. Doch er packte sie um die Taille und hob sie hoch.

»Ich freue mich so sehr!«

Sie starrte ihn verdutzt an. »Worüber denn?«

»Nun darüber!« Er ließ sie los und schwenkte einen Brief vor ihrer Nase.

»Es tut mir leid, dass ich seit Tagen ...«

»Ach, ich verstehe es doch!«, rief er, ehe sie den Satz beenden konnte. »Du fühlst dich deinem Mann verpflichtet ... ich ihm auch, da ich doch nur seinetwegen die Ausgrabungen fortsetzen konnte. Aber nun bin ich ... nun sind wir frei!«

Er schwenkte wieder den Brief.

»Was steht denn darin?«

Francis begann unruhig auf- und abzugehen. »Natürlich wäre ich gerne auf Guernsey geblieben und hätte zu Ende gebracht, was ich begonnen habe, aber es wäre mir schändlich erschienen, die Großzügigkeit deines Mannes weiter auszunützen …«

Eine steile Falte erschien auf seiner Stirn.

»Und deswegen wirst du also Guernsey verlassen?«, fragte sie.

»Nicht einfach so … nicht ohne Grund. Dieser Brief ist von Mortimer Wheeler.«

Den Namen hatte Lilian schon oft gehört – nicht nur, weil seine Frau eine ebenso begeisterte Archäologin war, sondern weil Francis dessen Ausgrabungsmethoden schätzte und ihn seit langem bewunderte.

»Er plant eine Ausgrabung in Caerleon, einer römischen Siedlung in Britannien, wo offenbar Hinweise auf König Artus und dessen legendäre Tafelrunde zu erwarten sind. Die Presse berichtet seit Wochen davon. Ich glaube ja, dass Wheeler mit Absicht übertrieben hat, um entsprechende Mittel zu bekommen, doch auch wenn wir keine Überreste von der Tafelrunde finden – es wird die wichtigste Ausgrabung dieses Jahrzehnts sein.«

Lilian begriff. »Und er hat dich eingeladen mitzuarbeiten!«

»Aber ja doch! Offenbar hat er seit längerem meinen Werdegang verfolgt.«

Seine Begeisterung kannte kein Halten mehr. Er nahm sie erneut um die Taille, wirbelte sie hoch und drückte sie an die Wand, um sie zu küssen. Sie freute sich ehrlich für ihn, aber sein Enthusiasmus mochte nicht recht auf sie überschwappen.

»Das heißt, du gehst …«, sagte sie mit gepresster Stimme.

»Mein Gott, Lilian, verstehst du nicht, warum ich mich so freue?«

Wie benommen schüttelte sie den Kopf. »Du bewunderst Mortimer Wheeler, und …«

»Wir können zusammenbleiben!«, unterbrach er sie. »Jetzt, wo ich deinem Mann nicht länger verpflichtet bin, steht uns nichts mehr im Weg. Du … du begleitest mich doch?«

Einzelne Bilder ihres künftigen Lebens stiegen vor ihr auf. Sie würde mit ihm gehen … der Insel entkommen, Richard, Maxim … sie würde neu beginnen, nicht als Liliane de Clairmont oder Lilian Talbot, sondern als Anouk Lyndon … So wie damals, als sie nach Guernsey gekommen war, würde sie sämtliche Brücken abbrechen …

Erneut küsste er sie. »Ich liebe dich, Anouk, ich liebe dich so sehr! Komm mit mir!«

Keine toten Tiere mehr, keine schmallippige Laure, kein leidender Richard, kein bleicher Thibaud …

Nun gut, bei dem Gedanken an den Jungen packte sie erneut das schlechte Gewissen, aber es war nicht groß genug, um die wilde Freude zu vertreiben.

»Natürlich musst du dich schnell entscheiden«, fuhr er etwas gemäßigter fort. »Ich will von Jersey aus einen Flug nach England nehmen.«

Seit diesem Jahr starteten vom Strand bei Saint Aubin aus Flugzeuge, und die Vorstellung, über den Wolken zu fliegen wie die Vögel, hatte sie immer schon spannend gefunden. Schon jetzt fühlte sie sich ganz leicht, als wäre sie ein Vogel und bräuchte nur die Flügel auszubreiten, um geradewegs zur Sonne zu fliegen.

»Ich muss nicht darüber nachdenken«, sagte sie, »natürlich komme ich mit.«

Anstatt etwas zu sagen, nestelte er nur an ihrem Kleid herum. Sie war zu ungeduldig, um zu warten, bis er es ihr ausgezogen hatte, sondern hob einfach den Rock und öffnete seine Hose, damit sie sich im Stehen lieben konnten, schnell, ungezügelt, laut. Es war nicht nur Lust, die sie aus sich herausschrie, auch ihre Erleichterung, ihre Lebensfreude, ihre Neugierde.

Sie würde mit Francis zusammen sein, sie würde noch mehr lernen, sie würde frei sein, und kein Schatten würde fortan auf ihr Leben fallen.

Ganz blind machte sie die Aussicht auf ihr Glück doch nicht.

»Ich muss noch einmal zurück nach Clairmont Manor … Richard hat mir Schmuck geschenkt, und ich will dir nicht arm wie eine Kirchenmaus folgen.«

Er keuchte noch vor Erregung. »Aber beeil dich! Wir treffen uns bei Sonnenuntergang am Hafen und nehmen das Schiff nach Jersey.«

Es hatte ein Gutes, dass Richard so viel Zeit im Bett verbrachte, denn so konnte sie ungestört ihr Schlafgemach betreten und dort die Schatulle mit Schmuck leeren, den er ihr in den Jahren ihrer Ehe geschenkt hatte. Sonderlich viel war es nicht, denn er hatte sie immer nur zu bestimmten Anlässen beschenkt – zu Weihnachten, ihrem Geburtstag und ihrem Hochzeitstag –, die wenigen Stücke waren jedoch ebenso schön wie kostbar: Ohrringe, Ketten, Armreifen und zwei Ringe – die meisten aus Silber mit Steinen aus Tapis, Opal und Rosenquarz. Letzterer, so fand sie, passte zu ihren dunklen Augen am besten, und sie hatte ihn mit Freude getragen. Doch mit noch größerer Freude malte sie sich aus, wie viel ihr der Schmuck wohl einbringen würde und welche Annehmlichkeiten sie sich davon leisten konnte. Wie es weitergehen würde, sobald ihre Mittel aufgebraucht waren, wusste sie nicht, aber sie verließ sich auf ihren Erfindungsreichtum.

Sie überlegte kurz, auch etwas Bargeld mitgehen zu lassen, das sich in den Wirtschaftsräumen befand. Allerdings wollte sie Laure nicht über den Weg laufen – genauso wenig wie Thibaud.

Erst hatte sie noch erwogen, sich ihm zu erklären und von ihm Abschied zu nehmen, war dann aber zum Schluss genommen, dass das nur ihr schlechtes Gewissen mindern, es ihm aber nicht leichter machen würde. Besser, er hasste oder verachtete sie, als dass er glaubte, auch noch Verständnis für sie aufbringen zu müssen.

Es tut mir leid, dachte sie, und sie meinte es ernst. An ihrem Entschluss allerdings änderte es nichts.

Bevor sie ging, kleidete sie sich um. Sie zog zwei Kleider übereinander an, hielt es ebenso mit der Unterwäsche und steckte sich überdies mehrere Spangen ins Haar. Den Schmuck hatte sie bereits in den Manteltaschen versteckt – und noch etwas anderes, was schwerer wog und was sie vorhin heimlich von Francis mitgenommen hatte …

Sie hatte gefragt, was er mit all den ausgegrabenen Gegenständen in seinem Glasschrank tun würde, die er doch noch eingehender zu erforschen beabsichtigt hatte, doch er hatte schweren Herzens erklärt, dass er sie alle dem Museum übergeben und nichts davon mitnehmen würde.

Lilian kannte ihn gut genug, um zu wissen, dass es keinen Sinn hatte zu widersprechen, aber sie war sich ebenso sicher, dass er sich irgendwann darüber freuen würde, ein Andenken aus der Zeit zu besitzen, da sie sich kennen- und lieben gelernt hatten, und hatte eine prähistorische, überaus gut erhaltene Axt mitgehen lassen.

Sie lugte auf den Gang, und als niemand zu sehen war, huschte sie nach unten. Sie überquerte die Eingangshalle, erreichte das Portal … und wurde von einer Stimme aufgehalten.

»So spät noch unterwegs?«, fragte Laure. »Sie sollten lieber im Haus bleiben, wir wissen nicht, was dieser Saul noch alles ausheckt.«

Verdammt!

Lilian drehte sich um und setzte eine gleichmütige Miene auf. »Ich gehe ins Cottage«, erklärte sie knapp.

»Und warum verlassen Sie das Haus an der Vorderseite?«

»Nun, weil ich ein paar Schritte in der frischen Luft machen will.«

Lilian wandte sich ab, und obwohl Laure nun nichts mehr sagte, fühlte sie ihren Blick im Rücken. Sie hätte schwören können, dass sie ihr nachschleichen und beobachten würde, ob sie auch wirklich den Weg zum Cottage ging. Nun gut, dann würde sie dort ein wenig warten und später den Küstenweg nach Saint Peter Port nehmen.

Vor Saul hatte sie keine Angst, sie hatte schlimmere Gefahren überstanden, und selbst der Gedanke an Maxim schüchterte sie nicht ein. Bald hatte sie ihn ein für alle Mal abgeschüttelt, bald …

Erst als das Cottage in Sichtweite kam, wurde ihr etwas mulmig zumute. Weder vernahm sie ungewöhnliche Geräusche, noch konnte sie hinter den Bäumen eine Bewegung wahrnehmen, und doch hätte sie schwören können, nicht länger allein zu sein.

Obwohl sie nicht lange dort Zuflucht suchen würde, war sie erleichtert, die Tür des Cottage hinter sich schließen zu können. Zum ersten Mal seit Tagen dachte sie nicht an die tote Möwe, die hier gelegen hatte, sondern voller Wehmut an die viele Zeit, die sie hier verbracht hatte.

Hier habe ich lesen gelernt … bemerkt, dass es nicht genügte, reich zu sein … viele Stunden mit Thibaud verbracht.

Ihr Herz wurde plötzlich bleischwer.

Ich werde ihm schreiben, dachte sie, wenn er groß ist, werde ich ihm alles erklären, vielleicht kann er mich in England besuchen.

Alsbald hatte sie ihre Schuldgefühle betäubt, doch die Angst kehrte wieder und wuchs zur Panik, als sie plötzlich das Knirschen der Dielen vernahmen, ganz so, als schliche jemand im ersten Stock herum.

Kurz versuchte sie sich einzureden, dass es nur eine Maus wäre, doch dann vernahm sie anstelle von deren Trippeln schwere Schritte: Da war jemand, kam die Treppe herunter, und wenn sie versuchte, durch die Tür ins Freie zu gelangen, würde er sie sehen.

Sie sah sich hektisch um, überlegte aus einem der Fenster zu kriechen. Aber wenn es zu lange dauerte? Wenn sie verfolgt wurde?

Sie entschied, der Gefahr ins Gesicht zu schauen und sich zugleich dagegen zu rüsten.

»Wer ist da?«, fragte sie und zog zugleich die uralte Axt aus der Tasche.

Ihre Stimme klang forsch, doch ihre Knie zitterten, als sie in den Vorraum trat. Der Eindringling verharrte auf der Treppe. Erst sah sie nur Stiefel von ihm, die den ihren glichen, dann einen Rocksaum.

Wer hier stand, war nicht Saul, nicht Maxim, nicht Richard … es war eine Frau.

23

Das Telefon klingelte an die zehnmal, bis Millie endlich abhob und ein unwilliges ›Hallo‹ in den Hörer nuschelte.

»Ich hoffe, ich störe nicht«, sagte Marie. Sie wusste natürlich, dass das ein frommer Wunsch war, weil sich Millie immer von ihr gestört fühlen würde, allerdings setzte sie darauf, dass sie in ihrer Mittagspause, die gewiss kurz bemessen war, auf elend lange Beschwerden darüber verzichten würde.

»Nur ganz kurz«, sagte sie, »könnte es sein, dass unsere Urgroßmutter Suzie geheißen hat?«

Ein entnervtes Schnauben folgte. »Du hast Probleme! Warum belästigst du mich mit diesem Kram? Wer interessiert sich denn dafür? Auch nur jemand, der mit seiner Zeit nichts Vernünftiges …«

Marie hielt einfach den Hörer weg.

Als Millie erneut nach Luft schnappte, hatte sie immer noch nichts über die Herkunft ihrer Großmutter Lucinda erfahren.

Lucinda, die man als Kind vielleicht Lucie genannt hatte …

»Also, weißt du nun etwas über unsere Urgroßmutter?«

»Das habe ich dir doch schon beim letzten Mal gesagt. Ich kann mich nicht mal an Grandmum erinnern.«

Erwartungsgemäß klang es so vorwurfsvoll, als wäre es ein Unding, das von ihr zu erwarten.

»Aber hat Dad mal von einer Suzie gesprochen?«

»Weiß nicht … hm …«

Ausnahmsweise folgte ein langes Schweigen, und Marie hoffte, dass Millie ernsthaft nachdachte.

»Damals bei der Testamentseröffnung«, murmelte sie schließlich. »Da wurde doch diverser Schmuck erwähnt. Offenbar hat er unserer Großmutter gehört, und die hat ihn von unserer Urgroßmutter ...« Sie klang nun etwas zögerlicher, und Marie vermutete, dass Millie einen Großteil dieses Schmucks an sich gerafft hatte, anstatt ihn mit ihr zu teilen. Ihretwegen konnte sie ihn gerne haben.

»Und?«, fragte sie. »Ist damals ihr Name gefallen?«

»Du könntest recht haben«, sagte Millie, »ich glaube, sie hieß tatsächlich Suzie. Oder Susan. Aber nagle mich nicht darauf fest. War's das?«

Marie wollte sich bedanken, aber da hatte Millie schon aufgelegt.

»Jene Suzie, der Lilian diesen Brief geschrieben hat, war also deine Urgroßmutter«, stellte Thomas fest.

Marie nickte eifrig. »Genau, sie war die Mutter der kleinen Lucie bzw. Lucinda.«

Er runzelte die Stirn. »Weißt du, was mich sehr verwundert? Dieser Brief, den wir gefunden haben, befand sich offenbar im Nachlass der Clairmonts – ansonsten hätte er nie seinen Weg ins Archiv von Guernsey gefunden. Das heißt aber auch, dass Lilian ihn nicht abgeschickt hat.«

»Vielleicht kam sie nicht mehr dazu, weil sie zuvor ermordet wurde.«

»Was deiner These widerspräche, dass Suzie eine mögliche Mordverdächtige wäre und sie selbst Lilian erschossen hat.«

Marie ging nachdenklich auf und ab. »Klar«, gab sie zu, »und dennoch war es vielleicht ein Fehler anzunehmen, der Mörder sei ein Mann. Mal abgesehen von der Frage, wie der Brief ins Archiv kam – viel entscheidender ist doch, dass ich Lilians Kette besitze. Und das bedeutet, dass Lilian sie Suzie gegeben hat. Nur als großzügiges Geschenk? Oder steckte vielleicht Erpressung dahinter? Es ist doch gut möglich, dass Suzie kurz vor Lilians Tod

377

auf die Insel gekommen ist und kein reiner Freundschaftsbesuch dahintersteckte. Ich meine, sie hatte ihre einstige Gefährtin doch in der Hand. Richard de Clairmont wusste wahrscheinlich nichts von Lilians krimineller Vergangenheit. Und dieser Maxim hatte womöglich auch ein großes Interesse, Lilian zu finden. Suzie hatte also ein gutes Druckmittel, um Lilian einiges abzuverlangen, Schmuck, Geld ...«

»Aber das Cottage?«, fragte Thomas skeptisch. »Wie ist es in den Besitz deiner Familie übergegangen? Warum sollte Richard de Clairmont lange nach Lilians Tod ein Interesse daran gehabt haben, Suzie dieses Haus zu überlassen?«

Marie zuckte die Schultern. »Seit wann genau das Cottage meiner Familie gehört, wissen wir nicht. In jedem Fall wäre es auch für Richard peinlich gewesen, wenn Lilians Vergangenheit an die Öffentlichkeit gekommen wäre. Er hätte einen guten Grund gehabt, auf Suzies Forderungen einzugehen – vorausgesetzt, dass sie auch ihn erpresst hat.«

»Aber was ich nicht verstehe: Warum hätte Suzie Lilian töten sollen? Wenn diese auf die Erpressung einging, ihr den Schmuck gab und was weiß ich noch, was sonst, dann hätte Suzie doch einfach wieder abreisen und gegebenenfalls wiederkommen können, nachdem sie alles zu Geld gemacht hat. Eine lebende Lilian wäre für sie eine stete Geldquelle gewesen ... eine tote nutzte ihr nichts.«

»Vielleicht haben sie gestritten, vielleicht ging der Konflikt viel tiefer, als wir ahnen, vielleicht war es auch ein Unfall ...«

»Und außerdem: Warum hatte Lilian diese alte Axt in der Hand?«

»Um sich zu wehren?«

»Spricht das nicht gegen die Unfallthese? Das würde doch einen Kampf voraussetzen!«

Marie seufzte. »Ganz genau werden wir das wohl nie klären können ... alles wird irgendwie eine Hypothese bleiben ...«

Thomas lächelte leicht und hob die Schultern, als wollte er sagen:

Willkommen in meiner Welt. »Das ist der Nachteil von seriösen Wissenschaftlern. Sie können meist nur Mutmaßungen anstellen. Enttäuscht dich das?«

Marie war sich nicht sicher. Lilians Schicksal ans Licht zu bringen fühlte sich ein wenig so an wie das Großreinemachen im Cottage. Und auch wenn es in keinem Zusammenhang stand: Sie wurde das Gefühl nicht los, dass sie erst dann eine Zukunft hätte – ob als Frau oder als Malerin –, wenn sie die Vergangenheit restlos geklärt hatte.

»Ich glaube …«, setzte sie an. Sie kam nicht weiter.

»Marie!«, schrie jemand.

Es war Florence, und ihre Stimme klang aufgebracht. Marie warf einen Blick auf die Uhr und wurde sofort vom schlechten Gewissen gepackt. Es war fast zwei, obwohl sie angekündigt hatte, die Kinder spätestens um eins abzuholen. Doch warum lag so viel Panik in Florences Stimme?

Sie stürzte nach draußen. Florence trug Hannah auf dem Arm, den Buggy musste sie beim Café zurückgelassen haben. Im Laufschritt eilte sie auf Marie zu, und ihr verschwitztes Gesicht bewies, dass sie die ganze Strecke in diesem Tempo hinter sich gebracht haben musste.

»Marie, es tut mir so leid«, keuchte sie.

Marie zuckte zusammen. »Jonathan?«, fragte sie tonlos. »Wo ist Jonathan?«

Florence schien regelrecht zusammenzusacken, als Thomas ihr Hannah hastig abnahm. Schwindel stieg in Marie hoch.

»Er … er ist also nicht hier«, stammelte Florence. »Das war meine letzte Hoffnung.«

»Wo … wie …« Marie brachte keinen ganzen Satz mehr hervor.

»Eben noch haben wir am Strand gespielt, doch dann habe ich Hannah gewickelt, und plötzlich war er weg.«

379

Eine Stunde später fehlte immer noch jede Spur von Jonathan. Florence war noch einmal zurück zum Café gegangen, um den Fermain Bay abzusuchen, Marie hatte im Garten und am Küstenwanderweg nach ihm gerufen, und Thomas war mit dem Auto aufgebrochen, um die umliegenden Straßen abzufahren. Um drei waren sie wieder im Cottage verabredet, und Marie hatte sich bis zuletzt an die Hoffnung geklammert, dass sich alles zum Guten wenden würde. Als sie in die betroffenen Gesichter sah, wäre sie fast in Tränen ausgebrochen.

»Es muss etwas Schreckliches passiert sein!«, schrie sie.

Thomas umfasste ihre Schultern und drückte sie an sich. »Beruhige dich, wahrscheinlich ist nur die Abenteuerlust mit ihm durchgegangen ...«

»Aber Jonathan ist immer so vernünftig. Er läuft nicht einfach weg.«

»Kannst du dich nicht erinnern? Damals bei unserem Ausflug wollte er unbedingt einen deutschen Bunker sehen oder die unterirdischen Gänge. Wenn er auf die Idee gekommen ist ...«

»Aber die Bunker sind über die ganze Insel verteilt, und zum Occupation Museum findet er sicher nicht allein. Er kann überall sein!«

»Was bedeutet, dass wir die Suche ausdehnen müssen ...«

Florence war bleich und so schuldbewusst, dass sie Marie kaum in die Augen schauen konnte. »Und deswegen habe ich Hilfe geholt ...«

Wie aufs Wort bog Vinces Auto um die Ecke. Die Steine knirschten, als er anhielt. Er sprang – einmal mehr nur mit Jeans und einem ärmellosen T-Shirt bekleidet – hinaus und eilte auf sie zu.

»Es macht dir doch nichts aus, dass ich ihn angerufen habe?«, wandte sich Florence an Marie.

»Natürlich nicht!«

So selbstverständlich ihr diese Worte gegenüber Florence über die Lippen kamen, so feindselig verhielt sie sich gegenüber Vince.

Als er sie zu umarmen versuchte, versteifte sie sich, doch er tat, als würde er das gar nicht bemerken. »Ich habe schon die Gegend um meinen Bungalow abgesucht, falls er in diese Richtung aufgebrochen ist«, erstattete er ihr Bericht, »leider keine Spur.«

Er strich ihr tröstend über die Schultern, und hastig trat sie einen Schritt zurück. »Ich will dich aber nicht von der Arbeit abhalten«, erklärte sie barsch.

Er sah sie verwundert an, schien aber ihre Reserviertheit auf ihre Sorge zu schieben. »Je mehr Menschen nach Jonathan Ausschau halten, desto besser. Also …«

Er wandte sich an die anderen und machte Vorschläge, wer wo zu suchen hatte. »In einer halben Stunde sollten wir uns wieder treffen, und wenn dann immer noch jede Spur von ihm fehlt, schalten wir die Polizei ein.«

»Warum nicht jetzt gleich?«, sagte Thomas. »Ich kenne einige Beamten, ich könnte sie um Hilfe bitten.«

Die Männer musterten sich, und Marie nahm die übliche Spannung zwischen ihnen wahr. Ehe Vince etwas sagen konnte, nickte sie. »Ja, tu das, wir sollten keine Zeit verlieren. Aber während du dich mit der Polizei in Verbindung setzt, können wir ja trotzdem weitersuchen.«

Wenig später waren alle bis auf Florence aufgebrochen. Sie würde bei Hannah bleiben, die – mittlerweile völlig übermüdet – von der Aufregung nichts bemerkt hatte und eingeschlafen war.

Thomas war Richtung Saint Peter Port aufgebrochen und würde auf dem Weg seinen Bekannten bei der Polizei anrufen, Vince fuhr Richtung Westen zur Lihou Island, und Marie begann noch einmal, die unmittelbare Umgebung vom Cottage abzusuchen, für den Fall, dass Jonathan den Weg nach Hause suchte, sich aber verirrt hatte.

Kaum allein, konnte sie ihre Tränen nicht mehr zurückhalten. Mit erstickter Stimme rief sie immer wieder Jonathans Name.

Wo steckte er nur?

Nach einer halben Stunde kehrte sie zurück zum Cottage. An Florences Miene las sie ab, dass sie auch von den anderen keine erlösende Nachricht erhalten hatte.

»Es tut mir so leid«, stammelte Florence und schien selber den Tränen nahe, »du hast mir die Kinder anvertraut, und ich habe Jonathan aus den Augen gelassen …«

Marie war ganz schlecht vor Sorge, und in diesem Zustand wäre es ein Leichtes gewesen, alle negativen Gefühle auf Florence zu entladen. Aber eine vernünftige Stimme in ihr sagte ihr, dass es keinen Zweck hatte, sie mit Vorwürfen zu überschütten. »Es ist unmöglich, beide Kinder ständig im Auge zu behalten. Wenn ich mich um Hannah kümmere, verlasse ich mich auch darauf, dass Jonathan nicht einfach abhaut. Ich weiß nicht, was in ihn gefahren ist!«

»Wir haben so viel Spaß am Strand gehabt, und es dauerte nur ein paar Minuten, um Hannahs Windel zu wechseln.«

»Es war doch niemand in der Nähe, oder?«

Die Möglichkeit, dass Jonathan nicht freiwillig abgehauen, sondern entführt worden war, war Maries größte Angst.

Florence schüttelte den Kopf. »Der Strand war menschenleer, und Bridget ist im Café auch nichts Ungewöhnliches aufgefallen.«

Schweigend saßen sie beisammen.

Marie musste plötzlich an die nächtliche Stimme denken, die sie vor Unheil gewarnt hatte. Auch wenn das nur ein mieser Trick gewesen war, um sie zu verjagen, fragte sie sich plötzlich, ob das Cottage nicht tatsächlich verflucht war … von niemand anderem als Lilian, die hier viel zu jung hatte sterben müssen.

»Ich hätte nicht mit Thomas nach Saint Peter Port fahren sollen«, klagte sie. »Und dann habe ich über all unseren Nachforschungen und Vermutungen auch noch die Zeit vergessen … wie konnte ich nur!«

Florence legte behutsam die Hand auf ihre Schulter. »Es ist dein gutes Recht, auch mal für kurze Zeit an dich zu denken. Wenn, dann habe ich versagt, nicht du!«

»Ich bin Jonathans Mutter!«

»Aber du bist auch Marie mit deinen ganz eigenen Bedürfnissen.«

»Aber ich darf diesen nicht einfach nachgehen!«, brach es aus ihr heraus. »Die beiden haben doch schon so viel durchgemacht … wegen Jost.«

»Ich habe das Gefühl, dass sie den Tod ihres Vaters gut verkraftet haben.«

»Das allein ist es nicht … aber … aber als er so krank war, habe ich mich fast nur um ihn gekümmert, die Kinder liefen so nebenbei mit. Ich habe Hannah nur ganz kurz gestillt, weil es einfach zu zeitaufwendig war.«

»Und jetzt denkst du, du musst das wiedergutmachen, indem du dir jede egoistische Regung verkneifst?«

Marie verschränkte die Hände so fest ineinander, dass die Knöchel weiß hervortraten.

»Dass du nicht malst«, fuhr Florence fort, »hat gar nicht mit Jost zu tun, oder? Ich dachte zunächst, dein Selbstbewusstsein hätte darunter gelitten, weil er der große Meister und du nur seine Schülerin warst. Und dass du nicht zum Pinsel greifen kannst, solange du in seinem Schatten zu stehen vermeinst. Aber das ist es nicht, oder?«

Marie schwieg beharrlich.

»Du hast ja gar nicht ihm gegenüber Schuldgefühle, sondern gegenüber den Kindern. Und jetzt glaubst du, dass du nur als Mutter weiterleben darfst, nicht als Frau und Malerin. Deswegen fällt es dir so schwer, dich mit Vince zu amüsieren. Und was Thomas anbelangt ... wenn du mit ihm zusammen bist, kannst du es auf die Recherchen über Lilian schieben, nicht auf Interesse an ihm.«

Marie schüttelte den Kopf. Tief im Inneren wusste sie, dass Florence nicht ganz unrecht hatte, aber dennoch wollte sie ihr Urteil nicht einfach hinnehmen. Ehe sie die richtigen Worte fand, knirschte wieder der Kies unter Autoreifen. Die Tür wurde geöffnet, wieder zugeschlagen, hektische Schritte folgten.

»Das ist Vince!«, rief Florence.

Marie stürzte nach draußen, doch die Hoffnung, dass er Jonathan mitgebracht hatte, zerschlug sich.

»Komm!«, schrie Vince. »Komm schnell! Das musst du dir ansehen!«

Marie wurde eisig kalt vor Schreck.

24

1923

»Mein Gott, Suzie, du hast mich zu Tode erschreckt!«

Suzie warf den Kopf zurück und lachte. Beides wirkte befremdlich, weil es eine viel zu heftige Regung für eine Frau war, die Lilian als sanft und zurückhaltend in Erinnerung hatte. Auch als Suzie endlich zu lachen aufhörte, blickte sie nicht die Vertraute von einst an, sondern ein Gesicht mit Falten um Augen und Mund, die tiefer waren, als es ihr Alter erwarten ließ. Sie verliehen ihr einen sorgenvollen, verhärmten Zug, und auch das verkniffene Lächeln vermochte diesen Eindruck nicht zu lindern.

Lilian wusste nicht, was sie mehr verwirrte: dass Suzie hier plötzlich aufgetaucht war oder dass sie sich so sehr verändert hatte. Sie war mit Mann und Kindern doch glücklich in London, oder nicht? Und warum platzte sie selbst nicht vor Wiedersehensfreude, nun, da sie endlich wieder vereint waren?

Doch ob es nun der Schreck war, den die andere ihr eingejagt hatte, oder die Veränderung, die sie beide in den Jahren durchgemacht hatten – anstatt ihr um den Hals zu fallen, blieb Lilian steif stehen, und auch Suzie machte keine Anstalten, sie zu umarmen.

Immer noch hielt Lilian die Axt umklammert, legte sie nun aber schnell zur Seite. »Wie … wie kommst du hierher?«

»Nun, mit dem Schiff von Portsmouth, oder denkst du, ich wäre geschwommen?« Es klang nicht humorvoll, sondern schnippisch.

»Ich meine nach Clairmont Manor …«

»Du musst keine Angst haben, dass mich jemand gesehen hat«, kam es nahezu gereizt, »ich habe den Küstenweg genommen.«

»Ich habe doch keine Angst. Vor wem auch? Und natürlich hätte ich dich im Herrenhaus empfangen!«

Suzie ging nicht darauf ein. »Ich habe etwas mit dir zu besprechen.«

Lilian wurde es plötzlich eiskalt vor Furcht.

»Maxim!«, entfuhr es ihr. »Mein Gott, du weißt, dass Maxim auf der Insel ist ... Hast du ... hast du ihm gesagt, dass ich hier lebe? Bist du hier, um mich zu warnen?«

Suzie presste die Lippen aufeinander und schüttelte den Kopf. »Lilian, wie sie leibt und lebt. Sie denkt nun mal nur an sich ...«

»Aber ...«

»Ich habe keine Ahnung, dass Maxim hier ist, wie denn auch? Ich weiß doch noch nicht mal, wie er aussieht. Du hast dich damals auf ihn eingelassen, und wenn er dich immer noch bedroht, ist es deine Sache, mit ihm fertig zu werden.«

Sie machte eine wegwerfende Handbewegung, als wäre die Angst, die Lilian deutlich ins Gesicht geschrieben stand, nur ein Versuch, sich wichtig zu machen.

Lilians Verwirrung wuchs. »Aber warum ... wie ... seit wann ... ausgerechnet jetzt ...«, stammelte sie.

»Warum ich hier bin?«, fragte Suzie kalt.

Nein, dachte Lilian, das meinte ich nicht. Sondern warum dein Blick so hart ist, so abschätzend, beinahe hasserfüllt.

Sie sagte es nicht laut.

»Was willst du?«, fragte sie nur.

Suzie antwortete nicht. »Nun, dass Maxim hier ist, macht die Sache leichter«, sagte sie lediglich.

»Welche ... Sache?«

Suzie schwieg vielsagend.

Erst jetzt konnte Lilian sich aus der Starre lösen. Sie ging auf

386

Suzie zu und packte sie an den Schultern. Wie spitz ihre Knochen hervorstachen!

»O Suzie, ich habe dich so sehr vermisst! All die Jahre habe ich gehofft, dass wir uns eines Tages wiedersehen. Warum bist du denn …«

Suzie riss sich unwirsch los. »Aber auf die Idee, mich zu dir zu holen, bist du nicht gekommen«, unterbrach sie sie verächtlich.

»Aber doch nur, weil ich wusste, dass du eine Familie hast. Deinem Mann, Lucie, Nick, wie geht es ihnen? Wie groß sind sie mittlerweile?«

»Ihretwegen bin ich hier.« Suzie trat einen Schritt zurück, damit Lilian sie nicht noch einmal umarmen konnte. »Du musst … du wirst mir helfen.«

Es klang nicht flehentlich, sondern drohend.

Lilian hatte Suzie in den Wohnraum gebeten und ihr Platz angeboten. Doch auch wenn diese ihr bereitwillig gefolgt war und sich auf dem Kanapee niedergelassen hatte, wuchs Lilians Beklemmung. Wo war das Mädchen geblieben, dessen Blick auf die Welt nie so berechnend und hart gewesen war wie ihrer, sondern voller Träume und Ideale? Wo war das sanfte Geschöpf, liebevoll und bescheiden, das sich während so vieler Nächte an sie gekuschelt hatte, auf dass sie sich gegenseitig wärmten? Wo war die melodische Stimme, die so viele Lieder gesungen hatte, während sie nähte?

Während Suzie nun erzählte, was passiert war, klang es stattdessen, als würden zwei Blechnäpfe aneinanderreiben.

»Sag, hörst du mir überhaupt zu?«, fauchte sie schließlich.

»Gewiss«, gab Lilian betroffen zurück, »ich habe alles verstanden. Dein Mann ist unerwartet gestorben. Oh, es tut mir von ganzem Herzen leid! Ich würde dich so gerne trösten, ich würde …«

Suzie hob abwehrend die Hand. »Spar's dir! Ich brauche deinen Trost nicht!«

387

Lilian zuckte zusammen. So groß die Enttäuschung auch war, die von der Einsicht rührte, dass sie die alte Suzie für immer verloren hatte, war ihr Verstand doch zu scharf, um die Lage nicht auch ganz nüchtern zu betrachten.

Suzie war nicht gekommen, um sie wiederzusehen, so viel stand fest, sondern um sie zu erpressen. »Ich weiß«, sagte sie leise, »du brauchst nicht meinen Trost, sondern mein Geld.«

»Ich will ein kleines Hotel eröffnen, und dafür brauche ich Kapital.«

»Aber natürlich …«

»Und wenn du nicht bereit bist, es mir zu geben«, fiel ihr Suzie ins Wort, »nun, dann, fürchte ich, wird dein Mann die Wahrheit über deine Herkunft erfahren. Und ich denke, wenn Maxim wirklich hier auf der Insel ist, ist er gewiss sehr dankbar für den Hinweis, wo du dich all die Jahre über versteckt hast.«

Lilian erbleichte – weniger der Drohung wegen, sondern dass Suzie sie so kaltherzig aussprach. Eben noch war sie bereit gewesen, den Schmuck, den sie bei sich trug, aus den Manteltaschen zu ziehen und ihr vor die Füße zu werfen, doch nun erwachte, inmitten von Pein und Enttäuschung, tiefer Ärger.

Ich habe dir doch nichts getan, dachte sie, ich habe nur um mein Überleben gekämpft …

»Ich habe verstanden«, erklärte sie nicht minder kühl, »du musst keine Worte mehr darüber verlieren. Ich werde dir Geld geben, aber da ich keines im Cottage habe, muss ich zurück ins Herrenhaus. Du wartest hier.«

Suzie erhob sich und trat ganz dicht vor sie. »Wag es nicht, mich zu betrügen! Ich kenne alle deine miesen Tricks.«

Lilian presste die Lippen aufeinander, und ihr Blick wurde so hart wie der von Suzie. Mit einer abrupten Bewegung packte sie die andere an den Handgelenken, stieß sie quer durch den Raum und presste sie gegen die Wand.

»Hör mir gut zu!«, zischte sie. »Du hättest mir nicht drohen müssen, um das Geld zu bekommen, sondern mich nur darum bitten. Alles, alles hätte ich dir gegeben, und zwar nicht aus Angst, sondern aus Liebe. Vielleicht wirst du reich, wenn du alle Welt als deine Feinde betrachtest, aber glaub mir, glücklich wirst du nicht. Ich gebe dir, was du forderst. Aber danach ... danach will ich dich nie wiedersehen.«

So wütend sie begonnen hatte, so erstickt klang ihre Stimme bei den letzten Worten.

In Suzies Miene las sie Betroffenheit, und erstmals glaube Lilian, etwas von der alten Suzie in ihr zu erkennen. Nicht länger war ihr Blick stechend, nur ... traurig.

»Ach, Lily«, murmelte sie. »Wenn es nur um mich ginge, dann wäre ich bereit, im Staub zu hocken und zu betteln. Aber meine Kinder ... sie sind doch erst vier und zwei Jahre alt ... für sie ... nur für sie tue ich das ...«

Sie brach ab.

Lilians Ärger verflog, aber dennoch wusste sie, dass sie Suzie nie würde verzeihen können.

»Ich verstehe, dass du alles tust, um sie zu beschützen. Für wie hartherzig aber hältst du mich, dass du denkst, das Schicksal zweier kleiner Kinder würde mich nicht rühren?«

»Tut es denn das?«

Sie starrten sich an.

Lilian musste an Thibaud denken, und ihr schlechtes Gewissen regte sich wieder. Schließlich war sie so mitleidlos, ihn einfach zu verlassen. Allerdings war er viel größer als Suzies Kinder, vor allem aber gut versorgt und kein Waise.

Sie seufzte und wollte nicht länger in die Abgründe blicken – weder in die ihrer Seele noch in die von Suzie. Sie wollte einfach nur weg von hier, Francis wiedersehen, ein neues Leben beginnen, glücklich werden.

»Wie auch immer, ich hole das Geld. Ich bin so bald wie möglich wieder zurück.«

Wenig später verließ Lilian erneut Clairmont Manor. Ihre Furcht, ertappt zu werden, war noch größer als zuvor, schnürte ihr den Hals zu und ließ ihr das Herz zu einem vermeintlich riesigen Klumpen anschwellen. Aber irgendwie schaffte sie es, zu den Wirtschaftsräumen zu schleichen und alles Bargeld an sich zu nehmen, was sie dort fand.

Sie hoffte, dass es ausreichte, um Suzie zufriedenzustellen. Doch selbst wenn nicht, sagte sie sich, waren ihre Drohungen wirkungslos.

Ehe sie Richard von ihrer wahren Identität erzählen oder Maxim alarmieren könnte, wäre sie mit Francis längst über alle Berge. Ja, es war einzig Mitleid, das sie das Geld holen ließ – nicht Suzies Erpressung.

Auf dem Rückweg zum Cottage versuchte sie an die Wiedervereinigung mit Francis zu denken, um sämtliche trüben Gedanken zu verjagen, doch es gelang ihr nicht wirklich. Schneidender Wind zog auf, braute sich zum Sturm zusammen, und die Wolken, die eben noch über den Himmel gejagt worden waren, als wären sie fein und leicht wie Zuckerwatte, ballten sich zu dunklen Türmen, unverrückbar und bedrohlich. Was, wenn ein Unwetter aufzog und das Schiff heute nicht mehr ablegen würde?

Nun, dann würde sie eben bei Francis in Saint Peter Port schlafen, wo niemand sie vermuten würde, und spätestens morgen wäre sie über alle Berge.

Schon konnte sie das Cottage sehen, als sie plötzlich einen spitzen, langgezogenen Schrei hörte. Sie erstarrte. Das Herz, eben noch so riesengroß, als füllte es den ganzen Brustraum aus, schien zu schrumpfen und keine Kraft mehr zu haben, Blut durch ihren Körper zu pumpen. Ebenso plötzlich, wie er erklungen war, war der Schrei wieder abgerissen, aber das war kein Grund zu hoffen, dass sich irgendwo nicht doch ein gequältes Geschöpf im Zustand höchster Not befände.

Dieser Schrei kündete von Schmerzen, Todesangst, Panik. Anstatt auf das Cottage zuzugehen, folgte sie dem schrecklichen Laut, und tatsächlich, jetzt ertönte er wieder, klang noch schriller, riss wieder ab. Und wenn ihn nicht nur *ein* Wesen ausgestoßen hatte, sondern viele? Wenn nicht eines um sein Leben bangte, sondern eine ganze Horde?

Nichts Menschliches verhieß dieser Laut, aber auch, wenn es kein Mensch war, der so schrie, so doch ein Geschöpf, das leben wollte und zu leben verdiente.

Drohendes Grollen ließ sich vom Himmel vernehmen, als würde der eine wütende Tirade über jenen erlassen, der die Geschöpfe Gottes quälte, doch die Wolken konnten nur das letzte Tageslicht verschlucken, den Übeltäter jedoch nicht bestrafen.

Lilian hingegen hatte genau das im Sinn. Auch wenn sie nichts sah, weder Schritte noch neuerliche Schreie, hätte sie schwören können, dass hier irgendwo jemand Tiere tötete – ob nun als Warnung an sie oder schlichtweg Lust –, und das machte sie noch zorniger als Suzies Erpressung.

Es ist genug!, dachte sie. Lieber finde ich hier und heute den Tod, als dass dieser Feigling sich verstecken und noch länger sein Unwesen treiben kann!

Sie beschleunigte ihren Schritt, entfernte sich immer weiter vom Cottage und kämpfte sich durch den Wald. Das Meer hatte längst die Farbe des grauen Himmels angenommen, Wellen peitschten an die Klippen, und vom hellen Sandstrand war nichts zu sehen. Das Tosen des Sturms wurde lauter, übertönte ihre hektischen Schritte jedoch genauso wenig wie die schleichenden eines anderen.

Lilian sah nur einen Schatten. »Wer bist du?«, schrie sie wütend ins Dunkel der Bäume.

In ihrer Stimme schien eine besondere Befehlsgewalt zu liegen, denn der Schatten blieb stehen.

Sie trat näher, sah, wer dort stand. Sein Anblick erschreckte sie weit weniger als das, was in der Grube vor ihm lag.

Tiere, so viele tote Tiere.

Alle Arten von Vögeln mit aufgeschlitzten Bäuchen, einige sogar geköpft, außerdem Eichhörnchen, ein Hase und ein Katzenjunges …

Der ältliche Mann, der neben der Grube stand, hatte eine Schaufel in der Hand und wollte offenbar gerade daran schreiten, sie zuzugraben. Mit seinen eingefallenen Wangen, verfilzten, stinkenden Haaren und dem grauen Mantel, der nicht nur über und über mit Erde, sondern auch mit Blut befleckt war, bot er einen abstoßenden Anblick, doch seine Augen blickten unschuldig und verstört wie die eines kleinen Kindes.

Drei Dinge standen für Lilian fest.

Das hier war der Landstreicher Saul.

Er hatte die Tiere nicht getötet, sondern wollte sie nur begraben, um sein Entsetzen zu mindern – nicht zum ersten Mal im Übrigen, weswegen über all die Jahre das Gerücht aufgekommen war, er wäre der Tierquäler.

Und wer immer diese Tiere getötet hatte, tat es nicht, um ihr eine Botschaft zu senden, sondern weil er Spaß daran hatte: Hätte er Ersteres erreichen wollen, hätte es genügt, ein einziges zu meucheln.

Saul hob den Kopf und sah sie verzweifelt an. »Bitte«, flehte er, »bitte nichts tun … nichts tun … nichts tun … ich war's nicht.«

Er sprach lallend wie ein Betrunkener, obwohl Lilian keine Schnapsfahne an ihm roch. Wahrscheinlich hatte er keine Zähne mehr.

Anstatt weiterzugraben, hob er abwehrend die Hände. »Bitte, bitte … nichts tun!«

Er ist ein armer Narr, dachte Lilian. Er könnte die Schaufel gegen mich erheben, aber er ist viel zu gutmütig, um es zu tun.

»Still, still«, tröstete sie ihn. »Ich weiß doch, dass es nicht deine Schuld ist.«

Obwohl er abscheulich stank, trat sie zu ihm und legte ihre Hand auf seinen verklebten Mantel.

»Die Tiere ... meine einzigen Freunde ...«, stammelte er.

»Und deswegen willst du ihnen die letzte Ehre erweisen, ich verstehe dich doch!«

»Unrecht, so großes Unrecht ... allen gesagt ... niemand glaubt mir.«

Der Sturm hatte etwas nachgelassen, oder zumindest wurde der Wind von den Bäumen abgehalten, doch Lilians Rücken überlief ein Frösteln.

»Was hast du allen gesagt? Wer diese Tiere getötet hat? Weißt du es denn?«

Er schluchzte auf und nickte schließlich. Lilian wich instinktiv zurück.

»Er ... er ist ein Scheusal.«

»Wer?«, fragte sie atemlos.

Da sagte er es ihr.

25

Die beiden kamen die Straße zum Cottage entlang und waren so in ihr Gespräch vertieft, dass sie Marie und Vince, die aus der Tür getreten waren, gar nicht bemerkten. Jonathan sah keineswegs mitgenommen aus; sein Gesicht glühte vielmehr vor Aufregung.

Marie stürzte auf ihn zu, riss ihn an sich und versenkte ihr Gesicht in seinem braunen Haar. Tränen der Erleichterung stiegen in ihre Augen, und am liebsten hätte sie ihn gar nicht mehr losgelassen, doch nach wenigen Sekunden wehrte er sich gegen die Umarmung.

»Wusstest du, dass etliche der Deutschen im Krieg auf Clairmont Manor lebten?«

Marie verstand kein Wort. Ihr war ganz flau im Magen, seit Vince ihr erklärt hatte, dass Jonathan wieder aufgetaucht war.

»Ja«, bestätigte Bartholomé de Clairmont eben, »einer der Offiziere hat es besetzt. Meinem Vater Thibaud gelang gerade noch rechtzeitig die Flucht – er hat den Krieg in England verbracht.«

»Und es gibt noch Berge von alten Akten!«, rief Jonathan aufgeregt. »Sie sind alle mit Hakenkreuzen bedruckt. Und Waffen gibt es auch noch … Bartholomés Gewehr stammt aus der Zeit. Er hat es mir gezeigt.«

Marie wurde bei der Vorstellung, wie ihr Sohn mit einer Waffe hantiérte, noch schlechter.

»Er ist noch nicht mal sechs!«, wandte sie sich vorwurfsvoll an Bartholomé.

»Eben«, sagte der missbilligend, »in diesem Alter sollte er nicht allein unterwegs sein. Ich fand ihn an der Bushaltestelle und musste mir was einfallen lassen, dass er mit mir kommt.«

»Und warum haben Sie ihn nicht gleich …«

»Wir haben übers Plaudern ein wenig die Zeit vergessen, nicht wahr?«

Marie konnte es kaum fassen, als er Jonathan einen verschwörerischen Blick zuwarf und der ihn mit einem verschmitzten Lächeln erwiderte, als wären sie die besten Freunde. Überhaupt wirkte Bartholomé viel agiler als bei ihrer letzten Begegnung. Die Gesellschaft von Jonathan hatte ihm sichtlich gutgetan.

»Wie konntest du dich einfach allein auf den Weg machen?«, schimpfte sie. »Und das, ohne Florence ein Wort zu sagen!«

»Ich wollte doch nur nach Lihou Island.«

»Aber das ist viel zu gefährlich, und …«

»Ihr Sohn ist ein kleiner Draufgänger«, schaltete sich Bartholomé ein, »seien Sie nicht so streng mit ihm. In diesem Alter ist das Leben nun mal noch ein großes Abenteuer …«

Sein Blick wurde plötzlich wehmütig.

»Danke«, brachte Marie hervor, »danke, dass Sie ihn aufgelesen und wieder heimgebracht haben.«

»Keine Ursache.« Seine Stimme klang erstickt. »Ich habe mir immer selber einen Sohn gewünscht … aber … aber ich habe mich nicht getraut, Kinder in die Welt zu setzen.«

Nicht getraut? Was für eine merkwürdige Formulierung!

Ehe sie etwas sagen konnte, hatte sich Bartholomé schon von Jonathan verabschiedet, sich umgedreht, und nun humpelte er die Straße zurück nach Clairmont Manor.

Eigentlich drängte alles in Marie, Jonathan erneut an sich zu ziehen, zurück ins Cottage zu gehen und ihm dort eine gründliche Standpauke zu verpassen. Doch als sie Bartholomé nachblickte, sah sie, dass seine Schultern zitterten. Wenn sie ihn morgen auf diesen

395

letzten Satz ansprechen würde, würde er sich wieder verschlossen, gar feindselig geben – jetzt hingegen bot sich die einmalige Möglichkeit, mehr zu erfahren. Außerdem waren Florence und Vince ja da, und Jonathan selbst schien ziemlich erleichtert, weiteren Vorwürfen seiner Mutter vorerst zu entgehen.

Marie eilte Bartholomé nach und holte ihn auf dem Kiesweg, der zum Herrenhaus führte, ein. Als er ihre Schritte hörte, fuhr er abrupt herum.

»Warum?«, fragte sie, »warum haben Sie sich nicht getraut, Kinder in die Welt zu setzen?«

Kurz wirkte er verwirrt, dann plötzlich verächtlich. Ein freudloses Lachen entwich seinem Mund. »Von wem hätte ich schon gelernt, ein guter Vater zu sein?«, gab er zurück.

»Elternschaft ist doch nichts, was man lernt«, erwiderte Marie, »das entsteht einfach … ganz natürlich … mit Jonathan sind Sie doch auch sehr nett umgegangen.«

Sein neuerliches Lachen klang wie ein Schluchzen. »Nein, nein«, sagte er erstickt. »Die Gefahr war zu groß … die Gefahr, dass ich wie mein Vater werde.«

»Thibaud?«

Er starrte auf den Boden, und die Verzweiflung in seiner Miene verriet, dass Bilder aus der Vergangenheit in ihm hochstiegen.

»Mein Bein …«, stammelte er, »Sie haben doch gesehen, dass ich … dass ich …«

»… dass Sie hinken«, beendete sie sanft seinen Satz.

Er seufzte schwer. In seinen Augen stand immer noch Schmerz. »Und das, seit ich denken kann«, murmelte er. »Ich war noch so klein, als er mir das angetan hat. Bezweckt hat er es natürlich nicht. Er hat aller Welt stets erklärt, dass es ein Unfall war. Aber ich bin doch nur die Treppe heruntergefallen, weil er mir eine Ohrfeige versetzte. Was sage ich, Ohrfeige! Er hat zugedroschen, als gelte es, einen erwachsenen Mann zu verprügeln!«

396

Langsam glaubte Marie zu begreifen, warum Bartholomé Lilian mit so viel Hass verfolgte. »Und Sie geben Lilian daran die Schuld?«, fragte sie. »Obwohl sie zu diesem Zeitpunkt längst tot war?«

»Sie war es doch, die meinen Vater zu diesem Monster gemacht hat! Er war körperlich unversehrt, aber seine Seele war so verkrüppelt wie mein Bein. Ich muss zeitlebens mit den Folgen seiner Ohrfeige leben – und glauben Sie mir, es war nicht die einzige, die ich abbekommen habe – und er mit ihrer Entscheidung, einfach zu gehen. Das wollte sie nämlich. Sie hat die Ehe mit Richard mit allen Mitteln ertrotzt, aber nach ein paar Jahren ist der werten Lady schlichtweg langweilig geworden. Und dann hat sie diesen … diesen Archäologen kennengelernt.«

»Francis Lyndon.«

Er schnaubte unwillig, als wäre der Mann es nicht wert, dass man seinen Namen aussprach.

»Wie auch immer. Mein Vater war ein einsames Kind. Er hatte keine Freunde, hat seine Mutter früh verloren, sein Vater war unnahbar. Lilian, so heißt es, war die Einzige, vor der er Respekt hatte. Er hat sie bewundert, verehrt, vielleicht sogar geliebt. Ich weiß nicht, ob sie eine gute Stiefmutter war, aber ich weiß, dass er sie gebraucht hätte, dringend gebraucht. Doch sie ist einfach gegangen.«

»Sie wurde ermordet!«

»Ja, aber wenn nicht, wäre sie trotzdem verschwunden. An dem Tag, als sie aufbrechen wollte, hat sie sich nicht einmal von meinem Vater verabschiedet. Welche Frau tut so etwas? Laure hat mir erzählt, dass er sich danach lange Zeit in seinem Zimmer verkrochen hat. Er ist sogar krank geworden, hat hohes Fieber bekommen, wahrscheinlich, weil er sich so aufgeregt hat. Er hat Monate, Jahre gebraucht, bis er endlich damit fertig wurde. Oder eigentlich ist er nie darüber hinweggekommen. Wann immer er von ihr sprach, war er voller Hass.«

»Einen Hass, den Sie teilen«, sagte Marie.

Und einen Hass, dachte sie, den er lieber auf Lilian richtete als auf seinen Vater.

Sie war eine fremde Frau, der man alles Schlechte der Welt nachsagen konnte. Sein Vater hingegen der Mann, der ihn hätte lieben und beschützen sollen. Es wäre viel schwerer, vor allem aber schmerzlicher gewesen, ihn anzuklagen und ihm allein die Verantwortung für sein Verhalten anzulasten.

»Wenn sie geblieben wäre, wäre alles besser gewesen«, murmelte er leise.

Marie war sich nicht sicher, ob er recht hatte, aber in einem musste sie ihm zustimmen: Lilians plötzliches Verschwinden hatte Thibaud sicher traumatisiert. Über die Jahre war sie gewiss eine wichtige Bezugsperson geworden, und auch wenn Thibaud nicht ihr leibliches Kind war, konnte Marie insgeheim nur den Kopf über so viel Egoismus und Rücksichtslosigkeit schütteln.

Lilian war wohl eine Frau, die nur um sich selbst kreiste. Und sie wiederum war so von Lilians Schicksal besessen gewesen, dass sie ihre eigenen Kinder vernachlässigt hatte. Ganz gleich, was Florence gesagt hatte und wie nachvollziehbar ihre Worte gewesen waren – Marie fühlte sich plötzlich schäbig.

»Es tut mir leid …«, murmelte sie.

»Besser, Sie gehen zurück zu Ihrem Sohn«, sagte Bartholomé erstickt. Er verabschiedete sich nicht von ihr, sondern humpelte ohne ein weiteres Wort davon.

Als Marie zurück ins Cottage kam, schmiegte sich Jonathan zerknirscht an sie und entschuldigte sich immer wieder für sein Verschwinden. Trotz allem war Marie gerührt und strich ihm über den Kopf.

»Du darfst das nie wieder machen!«, sagte sie. »Und du solltest nicht nur mich um Verzeihung bitten, sondern vor allem Florence. Du hast auch ihr einen Riesenschreck eingejagt.«

»Er hat sich doch schon längst entschuldigt!«, rief Florence schnell. »Und jetzt wollen wir diese Sache vergessen. Soll ich uns etwas zu essen kochen?«

Marie zögerte. Nach den letzten Stunden fühlte sie sich erschöpft und ausgelaugt und wollte eigentlich am liebsten alleine sein.

»Vielleicht komme ich einfach später wieder«, sagte Florence, die das zu ahnen schien, ehe Marie ihren Vorschlag ablehnen konnte.

Auch Thomas verstand den Wink sofort und folgte Florence wenig später, Vince jedoch blieb einfach im Cottage. Marie ignorierte ihn, kochte für die Kinder Spaghetti und sah eine Weile zu, wie Hannah die Nudeln zum faszinierenden Spielzeug umwidmete, indem sie sie einzeln wie ein Armband um ihr Handgelenk wickelte. Jonathan aß wie ein Scheunendrescher und gähnte hinterher mehrmals, obwohl es noch nicht mal sechs war. Marie entschied, beide Kinder in die Badewanne zu setzen, doch sie wollte nicht, dass Vince alleine im Wohnzimmer zurückblieb.

»Sag, worauf wartest du eigentlich?«, fuhr sie ihn ziemlich schroff an.

»Darauf, dass du mich nicht mehr so finster anschaust, als hätte ich ein Verbrechen begangen. Ich kann doch nichts dafür, dass Jonathan …«

»Dafür mache ich dich auch nicht verantwortlich!«

»Wofür denn dann?«

Sie zögerte, und es lag ihr schon auf den Lippen, das Hotelprojekt anzusprechen. »Mach doch, was du willst«, knurrte sie jedoch nur, ging mit den Kindern erst ins Bad und brachte sie später ins Bett.

Eins musste man Vince lassen – er war beharrlich. Als sie wieder nach unten ging, hatte er bereits zwei Weingläser eingeschenkt.

»Wir reden aber schon noch miteinander?«, fragte er, als sie ihm lediglich einen vernichtenden Blick zuwarf.

399

Sie unterdrückte ein Seufzen, kramte wortlos den Brief mit dem Kaufangebot aus ihrer Tasche und reichte ihm das Schreiben. Er überflog es. »Ja, und?«

Er spielte doch tatsächlich das Unschuldslamm!

Sie konnte sich nicht länger beherrschen und warf ihm direkt an den Kopf, dass sie nicht nur bei ihm Pläne für das Hotel gefunden hatte, sondern in ihrem Gartenhäuschen den Kassettenrecorder.

»Wenn du gedacht hast, du könntest mich verängstigen – nun, es ist dir nicht gelungen. So blöd bin ich nicht, dass ich auf so etwas hereinfalle.« Sie verschwieg ihm wohlweislich, wie sehr sie in der einen Nacht vor Angst geschlottert hatte. »Dass du auch Bartholomé mit ähnlichen Mitteln aus seinem Zuhause ekeln wolltest, ist die eigentliche Unverschämtheit, ja, eine Herzlosigkeit sondergleichen! Der Mann ist alt und hat eine Menge durchgemacht, und du hast nichts Besseres zu tun, als ihn mit irgendwelchen Geistern zu quälen!«

Vince hatte schweigend gelauscht und starrte sie nun fassungslos an. »Du glaubst aber nicht ernsthaft, dass ich wirklich hinter all dem stecke?«

Seine Empörung wirkte echt, und ihre Selbstgerechtigkeit bekam Sprünge.

»Wer hat denn sonst ein Interesse daran, mich und Bartholomé zu vertreiben?«

»Was weiß denn ich? Das hätten wir gemeinsam überlegen können, wenn du mit mir darüber gesprochen hättest.«

»Aber ...«, begann sie kleinlaut.

Er sprang vom Sofa auf und begann unruhig auf- und abzugehen. »Ja, ich habe von diesem Hotelprojekt gehört, aber ich war ganz sicher nicht der Architekt, der es entworfen hat. Die Pläne habe ich von einem Kollegen bekommen, damit ich mal einen Blick darauf werfe, aber ich habe ihm gleich gesagt, dass mir eine Realisierung unwahrscheinlich erscheint – eben weil nicht damit zu rechnen ist, dass Bartholomé Clairmont Manor aufgibt und du das Cottage. Er hat mich gebeten zu prüfen, ob es Alternativen gibt, das ist alles. Ich werde das zwar versuchen, aber wenn ich ehrlich bin, glaube ich an ein Scheitern des Projekts. Mein Gott, Marie!« Er hob beide Hände. »Hast du nichts Besseres zu tun, als irgendwelche kruden Theorien auszuhecken?«

Obwohl diese Frage auf das Hotelprojekt gemünzt war, musste sie an Lilian denken und ihre Bemühungen, die Vergangenheit ans Licht zu bringen. Wie viele Hypothesen, die man teilweise auch krude nennen konnte, sie schon aufgestellt und wieder verworfen hatte!

»Es tut mir leid, wenn ich dich zu Unrecht beschuldigt habe ...«, gestand sie widerstrebend ein.

»Ich habe während meiner Pubertät Jahre der Zurückweisung erlebt, da halte ich das auch noch aus«, murmelte er immer noch sichtbar gekränkt. »Aber du solltest dich fragen, ob es dir nicht ganz gelegen gekommen ist, als du bei mir die Pläne gefunden hast.«

»Was meinst du?«

»Wenn ich der Bad Guy bin, musst du dir nicht länger den Kopf zerbrechen, was unser Beinahekuss zu bedeuten hatte.«

»Ich denke nicht, dass das eine mit dem anderen ...«

»Doch! Du suchst ständig nach Argumenten, um mich auf Distanz zu halten, dabei könntest du das viel leichter erreichen. Sag doch einfach, dass ich gehen soll, und dann verschwinde ich.«

Sie senkte ihren Blick. Die Stille lastete auf ihnen.

»Es war ein langer Tag«, sagte sie schließlich, »und ich bin hundemüde ...«

Er rang sich ein schmerzliches Grinsen ab. »Siehst du, du bringst es einfach nicht zustande, mir zu sagen, dass ich dir lästig bin. Mit viel gutem Willen könnte man das für ein Zeichen halten, dass ich dir nicht ganz egal bin.«

Ehe sie etwas einwenden konnte, beugte er sich vor, hauchte einen Kuss auf ihre Wange und ging.

Bis spät in die Nacht hinein kam Marie nicht zur Ruhe. Ihre Gedanken schienen Karussell zu fahren.

Oder nein, dachte sie zynisch, nicht Karussell, sondern Geisterbahn – ein Trip in völliger Dunkelheit, bei dem man ständig damit rechnen musste, dass ein böser Clown, ein Massenmörder oder ein Vampir hinter der Ecke hervorspringen würde. Doch sie konnte die Fahrt einfach nicht stoppen, sich nicht einmal entscheiden, ob sie Vince wieder restlos vertraute oder nicht.

Und wenn seine Kränkung doch nur gespielt war? Wenn er vielleicht bezüglich des Hotelprojekts die Wahrheit sagte, ihr die Gefühle für sie aber nur vormachte? Und hatte sie denn Gefühle für ihn? Oder für Thomas?

Ganz klar, in seiner Gegenwart fühlte sie sich entspannter als in Vinces Gesellschaft. Aber sie suchte ja nicht gerade einen Mitspieler für einen Skatabend.

Als ob ich jemals Skat gespielt hätte, dachte sie und wälzte sich zur Seite.

Eigentlich sollte sie weder an Thomas noch an Vincent denken, sondern dankbar sein, dass Jonathan wieder wohlbehalten nach Hause gekommen und es ihm gelungen war, einen einsamen, alten Mann für wenige Augenblicke aus seiner Isolation zu holen. Schon an dem Tag, als sie mit dem Kassettenrecorder bei ihm gewesen war und ihm Tee gemacht hatte, hatte sie vor allem Mitleid mit ihm gehabt, aber heute hatte sie noch deutlicher den Schatten fühlen können, der über seinem Leben lag, seine Trauer, aber auch seinen Trotz.

War wirklich Lilian an allem schuld? Die Frau, die am Ende zwar selbst zum Opfer geworden war, zunächst aber nur an sich gedacht und ihren Mann und Stiefsohn einfach verlassen hatte?

Vorhin noch hatte sie begonnen, an ihren immer gewagteren Thesen zu zweifeln – nun war es einmal mehr eine Erleichterung, an Lilian zu denken, nicht an sich selbst.

Wer konnte sie getötet haben?

Richard blieb ein Tatverdächtiger. Er hatte eindeutig das beste Motiv gehabt, sie zu töten. Allerdings schied in jedem Krimi der offensichtliche Unhold schon mal aus. Und auch wenn das kein Krimi war, der einer ausgefeilten Dramaturgie zu entsprechen hatte, sondern das richtige Leben, hätte sie schwören können, dass Richard de Clairmont seine Frau nicht auf dem Gewissen hatte.

Also blieben Suzie, die Freundin aus Londoner Tagen, die sie womöglich zu erpressen versuchte, dieser Maxim, der noch eine Rechnung mit ihr offen hatte, und natürlich noch Saul Ricketts, der Landstreicher und womöglich auch der Tierquäler.

Ihre Gedanken kreisten weiter, aber plötzlich setzte sie sich mit einem Ruck auf. Bei dieser Geisterbahnfahrt bog kein böser Clown, Massenmörder oder Vampir um die Ecke, sondern …

»Mein Gott!«

Wieder und wieder echoten Bartholomés Worte in ihr.

Sie sprang auf, lief im Dunkeln nach unten und griff zu ihrem iPhone, um Thomas' Nummer zu wählen.

»Ich glaube, ich weiß, was damals passiert ist«, rief sie, sobald er sich meldete.

26

1923

Lilian beschleunigte ihren Schritt. Sie hatte Saul bei den toten Tieren zurückgelassen, und doch fühlte sie ganz deutlich, dass jemand sie beobachtete. Noch war er hinter einem Gebüsch verborgen, doch je fahler das Licht wurde und je näher der Sturm kam, desto größer wurde sein Mut. Bald würde er sein Versteck verlassen, hinter einem der hohen Bäume hervortreten, die hier so zahlreich und kräftig wuchsen, bald würde er beginnen, hinter ihr herzuschleichen, und wenn sie beginnen würde zu rennen, würde er es ihr gleichtun.

Der Wind blähte ihre Kleider, riss ihr Haar in sämtliche Himmelsrichtungen, kündete mit klagendem Pfeifen von Unheil.

Beeil dich ... lauf so schnell du kannst ... bring dich in Sicherheit!

Am liebsten wäre sie geradewegs nach Saint Peter Port in Francis' schützende Arme gelaufen, aber das konnte sie nicht, durfte sie nicht ... Suzie wartete doch im Cottage auf sie. Suzie, die sie schon einmal im Stich gelassen hatte, als sie vor einem Mörder floh!

Die Möwen flogen flacher; einige von ihnen ließen sich auf den Wellen nieder und harrten schaukelnd des kommenden Unwetters. Wie schön es wäre, einfach die Flügel auszubreiten, wegzufliegen, alles hinter sich zu lassen – das Elend, die Not ... und vor allem das Rascheln im Gebüsch. Sie aber konnte nicht fliegen, stolperte nur über eine dornige Ranke, fiel zu Boden, spürte, wie spitze Steine und raue Wurzeln sich in ihre Handfläche gruben. Sie schnaufte laut, viel zu laut, um etwas anderes zu hören. Obwohl sie zu ersticken glaubte, hielt sie den Atem an, und ja, da war es wieder, dieses schleifende Geräusch, als würde jemand seinen Fuß hinter sich herziehen.

Wer immer dieses Wesen war … es kam näher … immer näher.

Sie sprang auf. Wald, Meer, Klippen … nichts bot Zuflucht … aber jetzt sah sie inmitten von Grau und dunklem Grün und Braun das rötliche Dach aufblitzen.

Ihr Stiefel scheuerte schmerzhaft an ihrer Ferse, als sie wieder zu rennen begann, der Druck auf der Brust, der nicht nur von der ungewohnten Anstrengung, sondern von Beklommenheit, ja Panik rührte, nahm zu. Trotz des kühlen Windes brach ihr der Schweiß aus. Aber sie stolperte kein weiteres Mal, lief schneller und erreichte endlich das Haus.

Zum Glück stand die Tür weit offen. Sie fiel beinahe über die Schwelle, als sie hineinstürzte, sank, kaum dass sie im Inneren war, auf die dunklen Eichendielen, gönnte sich jedoch nur eine kurze Pause, ehe sie wieder aufsprang. Als sie sich umdrehte, hätte sie plötzlich schwören können, dass da schon jemand stand und sie nicht mehr rechtzeitig die Tür zuschlagen könnte. Doch nichts. Nur der Wind hatte sie die letzten Schritte über begleitet. Er zerrte an den Blumen, riss ihre Blätter ebenso ab wie die schon welken Blüten und ließ sie nackt zurück.

Lilian packte entschlossen die Klinke, zog die Tür zu und schob den Riegel vor. Nicht länger kümmerte sich der Wind um die Blumen. Er schien ärgerlich aufzuheulen, als er durchs Gebälk fuhr, weil ihr die Flucht gelungen war, doch er konnte ihr nichts mehr anhaben. Der Schweiß erkaltete, das Haar hing ihr zerzaust ins Gesicht.

»Suzie!«, schrie sie. »Suzie, wo bist du?«

Keine Antwort.

Nun, zumindest war sie hier sicher. Das dachte sie jedenfalls fünf Atemzüge lang. Dann vernahm sie ein Knarren. Es kam nicht vom Dachstuhl, sondern von der Treppe, wurde nicht vom röhrenden Wind verursacht, sondern von einem Gewicht, das sich langsam verlagerte – dem Gewicht von Schritten, die langsam die Treppe herunterkamen.

Sie hatte ihm noch den Rücken zugewandt, aber sie wusste: Wenn sie sich jetzt umdrehte ... würde sie ihn sehen ... ihren Verfolger ... oder nein: Er hatte sie ja gar nicht verfolgt, er hatte einfach hier gewartet. Die unsichtbaren Augen, die sie auf sich ruhen wähnte, hatten sie nicht von den Büschen aus belauert, sondern vom Haus aus.

Sie wusste, wer dort stand, aber als sie sich ihm zuwandte, war sie dennoch erschüttert, ihn hier zu sehen.

»Thibaud ...«, hauchte sie.

Sein Gesicht war bleich wie immer, die Augen regelrecht in dunklen Höhlen versunken, die Schultern schmächtig wie die eines Kindes. Aber er war kein Kind. Er war ein ... Monster. Langsam kam er die Treppe herunter und blieb vor ihr stehen, und obwohl er so viel kleiner war als sie, wich sie zurück. Was nutzten ihre körperlichen Kräfte, wenn er doch eine Pistole in seiner Hand hielt, die er, obgleich seine Finger so klein und zart waren, geübt umschloss. Sie wusste sofort: Er konnte mit ihr umgehen. Und sie wusste auch: Er war bereit, sie zu töten.

Wieder sagte sie seinen Namen, aber sie erreichte ihn nicht. Zwischen ihnen stand eine Wand, und alles, was sie ihm entgegenbrachte, wurde einem Echo gleich zurückgeschleudert. Nie hatte sie sich so einsam gefühlt wie in diesem Moment, nie so hilflos, ohnmächtig und fassungslos.

Christine ... seine Mutter ... sie hatte sich seinetwegen umgebracht ... nachdem sie gesehen hatte, wozu ihr Sohn fähig war ...

406

Aus Neugierde, Lust, Wunsch nach Macht oder was auch immer hatte er den Hund Gradlon getötet … so wie hier auf Guernsey alle anderen Tiere … und spätestens zu diesem Zeitpunkt war Christines bange Ahnung zur peinigenden Gewissheit geworden: Seine Seele war krank.

Sie musste sich Berthe anvertraut haben, weswegen diese Jahre später Lilian gewarnt hatte – vor Thibaud, nicht etwa vor Richard.

Er ist gefährlich.

Obwohl er weiterhin nichts sagte, glaubte sie doch seine Stimme zu hören. Aus den Tiefen ihres Gedächtnisses stiegen Sätze hervor, die er einst zu ihr gesagt hatte und die verrieten, wie eiskalt seine Seele war, wie unfähig des Mitleids, aber auch, wie sehr es ihn im Innersten verstört hatte, anders als der Rest zu sein.

Die toten Schmetterlinge …

Es macht doch keinen Spaß, sie zu betrachten, wenn sie tot sind und wenn sie nichts mehr fühlen … Ich möchte so gerne wissen, ob sie Schmerzen haben … Der Schmerz ist ein stärkeres Gefühl als Freude.

Oder später auf dem Schiff nach Saint-Malo.

Wenn man ganz alleine ist, kann man doch nichts Böses tun. Es gibt schlichtweg keinen Nächsten, gegen den man sich versündigt.

Jetzt war er nicht länger verstört, jetzt lächelte er spöttisch.

»Warum?«, fragte sie heiser. »Warum die vielen Tiere?«

Er zuckte die Schultern, als wäre sie zu töten ein Versehen gewesen. »Ich wollte doch nur wissen, wie es sich anfühlt zu töten … was es heißt, Schmerz zuzufügen … Ich habe nie Schmerz gefühlt, nicht einmal, als meine Mutter starb. Ich … ich habe zugesehen.«

Lilian weitete entsetzt die Augen. »Wie … wie konntest du … warum …«

Er schnalzte verächtlich mit der Zunge. »Sie war so schwach, sie hat ständig nur geheult, es war nicht schade um sie.«

»Sie war deine Mutter!«

»Nachdem ich ihr erzählt hatte, was ich mit Gradlon getan habe, hat sie ein Messer genommen und es sich in ihre Brust gerammt.«

Dann kann sie nicht so schwach gewesen sein, wie du sagst, ging es Lilian durch den Kopf. Laut fragte sie nur fassungslos: »Und du hast ihr nicht geholfen?«

Seine Augen nahmen einen eigentümlichen Glanz an. »Sie ist ganz langsam gestorben. Mit jedem Tropfen Blut, der aus ihrem Leib sickerte, wurde sie noch bleicher. Bis zum Schluss hat sie mich angestarrt. Aber sie war so unfähig, sie … sie konnte mich nicht einmal hassen. Auch mein Vater konnte es nicht. Ich habe ihm erzählt, wie Mutter starb, doch das Einzige, was er fühlte, war Angst.« Er kicherte. »Angst vor mir.«

»Aber Berthe!«, rief Lilian. »Berthe hat dich gehasst!«

»Nun ja«, Thibaud zuckte mit den Schultern. »Wer hört denn auf so eine alte, hässliche Vettel?«

Lilian schüttelte den Kopf. Plötzlich war sie sich sicher: Wenn sie ihm noch länger zuhörte, musste er gar nicht erst auf sie schießen. Das Gift, das von seinen Worten ausging, würde sie zerfressen. Und doch, sie konnte ihres Grauens nicht anders Herr werden, als dass sie Fragen stellte – und ihn weiterreden ließ.

»Aber warum hast du die tote Katze vor das Cottage gelegt? Und die tote Möwe durch das Fenster geworfen? Das waren doch Zeichen für mich!«

Er nickte langsam. »Ich wollte mit dir darüber reden, aber ich wagte nicht, es offen zu tun. Ich dachte, wenn du die Katze siehst, würdest du endlich begreifen, wer ich bin.«

Sein Blick wurde verächtlich, weil sie erst jetzt die Wahrheit erkannt hatte.

Maman war ganz anders als du. Ich will nicht, dass du so wirst wie sie …

»Lieber Himmel!«, stieß Lilian heiser aus. »Warum war dir denn so wichtig, dass ausgerechnet ich von deinen … von deinen Neigungen weiß?«

»Nun, weil du die Einzige bist, die mich verstehen kann. Weil du so bist wie ich.«

Lilian starrte ihn an. Jene Wand zwischen ihnen schien plötzlich nicht mehr hart zu sein, sondern legte sich über sie wie ein klebriges Tuch. Sie konnte ihm ihr Entsetzen nicht einfach ins Gesicht schleudern, musste vielmehr erdulden, wie es ihr Innerstes zerfraß.

»Du hast meinen Vater geheiratet, obwohl du ihn nicht liebst«, erklärte er kühl. »Du hast dich um mich gekümmert, aber für Francis hättest du mich sofort im Stich gelassen. Du denkst nur an dich, du tust, was dir Spaß macht, du fühlst dich niemals schuldig. Es interessiert dich nicht, ob du andere verletzt.« Er klang nicht vorwurfsvoll, sondern anerkennend. »Ich habe noch nie einen Menschen gesehen, der so skrupellos ist wie du«, fuhr er fort, und erstmals leuchtete etwas in seinem kalten Blick auf. »Dass du nicht lesen konntest, war ein Beweis, dass du von einfacher Herkunft bist und meinen Vater angelogen hast. Spätestens als ich von diesem Geheimnis erfuhr, wusste ich, dass du lügst und betrügst, wie es dir gefällt. Ich habe kein Gewissen … und du auch nicht.«

Das Märchen der untergegangenen Stadt Ys …

Jetzt verstand sie, warum es ihn stets so fasziniert hatte! König Gradlon wusste um die Verderbtheit seiner Tochter, aber als sie sich an ihn klammerte, wäre er lieber ertrunken, als sie in die Fluten zu schleudern. Der heilige Guénolé selbst musste einschreiten, um den Vater von der Tochter zu befreien.

Doch auf Château Clairmont hatte es keinen Heiligen geben. Christine war lieber gestorben, als der Welt zu verraten, wer ihr Sohn war. Und Richard …

Richard wusste es natürlich auch. Dies war der Grund, warum er nie ein freundliches Wort zu Thibaud gesagt, sondern den Sohn geflissentlich ignoriert hatte und schließlich, von Lethargie und Melancholie übermannt, ins Bett geflohen war. Vielleicht hatte er sogar geahnt, wer Lilian in Wahrheit war, und das zu seinen Gunsten ausgenutzt: Schließlich hätte er eine Frau von Stand doch nie heiraten und ihr einen Stiefsohn wie diesen zumuten können.

Du darfst meinem Vater nicht vertrauen, hatte Thibaud ihr eingebläut, und jetzt verstand Lilian, dass er sie nicht vor ihm hatte warnen, sondern lediglich vermeiden wollen, dass Richard einen Keil zwischen sie trieb.

»Ich … ich bin nicht so wie du!«, schrie sie.

Seine Augen wurden schmal. »Tatsächlich nicht?«, fragte er gedehnt.

»Ich kann durchaus etwas … fühlen! Ich kann lieben!«

»Pah!«, er schnaubte, als wäre das ein Wort, das sie beide schmutzig machte. »Für kurze Zeit vielleicht, aber am Ende geht es dir nur um dich. Wen hast du denn wirklich geliebt?«

Suzie, dachte sie, Francis, ein wenig sogar dich.

Aber plötzlich war sie sich dessen nicht mehr so sicher. Suzie hatte sie seinerzeit vor Maxim gewarnt, aber sie hatte nicht auf sie gehört und aus Wagemut ihre Gefährtin verloren, die daraufhin verbittert und hart geworden war. Thibaud hatte sie im Stich lassen wollen. Und Francis … natürlich liebte sie Francis, aber sie liebte vor allem auch das Leben an seiner Seite. Was, wenn die Archäologie sie irgendwann langweilen würde? Wenn sie des einfachen, entbehrungsreichen Lebens überdrüssig war?

Er schien ihre Gedanken lesen zu können. »Wenn es dir nützen würde, würdest du genauso kaltherzig töten wie ich«, sagte er. »Du bist der einzige Mensch, der mich hätte verstehen können, dem ich alles hätte sagen können …«

»Deine Mutter hat Berthe eingetrichtert, dich nicht zu verraten …«, murmelte sie.

»Das musste sie gar nicht. Alle haben geschwiegen. Meine Mutter, mein Vater, Laure.«

»Was weiß Laure?«

»Wahrscheinlich eine Menge … Als die toten Tiere auftauchten, hat sie geschickt den Verdacht auf Saul gelenkt.«

»Der zumindest hat dich durchschaut!«

»Aber er ist ein armer Trottel. Kein Mensch würde ihm glauben, wenn er die Wahrheit sagt.«

»Nun, aber mir wird man glauben. Und ich bin nicht wie du. Ich denke nicht daran zu schweigen.«

Er wiegte bedauernd den Kopf. »Ich habe es befürchtet …« Er deutete mit dem Kinn auf seine Pistole.

»Die Tiere sind dir nicht mehr genug«, flüsterte sie, »du wolltest seit langem wissen, wie es sich anfühlt, einem Menschen beim Sterben nicht nur zuzusehen, sondern ihn eigenhändig zu töten.«

»Ich habe mir bereits überlegt, Saul zu erschießen, aber der ist kaum was Besseres als ein Tier, es würde keinen rechten Unterschied machen.«

Sie unterdrückte ein Schaudern. »Doch an mir willst du dich nun rächen! Weil ich dir nicht die erhoffte Vertraute wurde. Und weil ich bereit war, dich zu verlassen.«

»Ach, Rache würde ich es nicht nennen, nur eine Gelegenheit, die ich mir nicht entgehen lassen will. Du trägst deinen gesamten Schmuck bei dir … mein Vater wird wissen, dass du ihn hast verlassen wollen … und vielleicht ist es ihm sogar lieber, du bist tot als bei Francis … er wird in jedem Fall weiter schweigen und Laure auch … sie hat dich immer verachtet …«

Er hob die Pistole ein wenig, doch die machte ihre keine Angst.

»Still!«, schrie sie. Sie ertrug den Gedanken nicht, womöglich so kalt wie er zu sein, sie ertrug auch den Anblick seiner schwarzen Augen nicht, seiner dürren Gestalt, seiner kleinen Hände. Und sie ertrug nicht, dass sie so dumm gewesen war, so blind … sie, die doch Menschen einst mühelos durchschauen konnte!

Trotz seiner Waffe ging sie auf ihn los, wollte ihn packen, ihn schütteln … ihm weh tun, ihn zum Schreien bringen, dazu, Angst zu zeigen oder irgendein anderes Gefühl, wollte, dass er sie nicht länger peinigte, indem er benannte, was sie einte, sondern stattdessen erlöste, indem er die Unterschiede aufzählte.

Mitten in der Bewegung hielt sie inne. Nicht seine Pistole hatte sie aufgehalten, sondern etwas anderes. Es lag nicht weit von ihm entfernt auf dem Boden, und bis jetzt hatte sie es nicht gemerkt, doch nun wurde sie von noch größerem Entsetzen erfüllt, als sein bloßes Bekenntnis hatte erwecken können.

»Großer Gott, was hast du nur getan?«, stieß sie aus.

27

Gleich nach dem Frühstück brach Marie mit den beiden Kindern nach Clairmont Manor auf. In einem Korb hatte sie frisch gebackenen Kuchen eingepackt und außerdem eine Thermoskanne mit Kaffee. Der Kuchen war zwar nur aus einer fertigen Backmischung gemacht, duftete aber köstlich.

Bartholomé war heute in einem besseren Zustand als sonst. Anstelle des roten Morgenmantels trug er Hose und Hemd, seine Wangen waren ein wenig gerötet, seine Schritte leichter. Als sein Blick auf Jonathan fiel, lächelte er erfreut, und auch wenn er gleich wieder eine ausdruckslose Miene aufsetzte, fühlte sich Marie darin bekräftigt, dass es ihm gutgetan hatte, Zeit mit dem Jungen zu verbringen. Und vielleicht hatte dieser Energieschub auch damit zu tun, dass er mit ihr über die Traumata seiner Kindheit hatte reden können.

Als sie ihm den Kuchen überreichen wollte, runzelte er die Stirn: »Das wäre doch nicht nötig gewesen.«

Er wirkte nahezu misstrauisch, als wäre es unmöglich, dass ihm irgendjemand ohne Hintergedanken etwas Gutes tun wollte.

»Nun nehmen Sie schon! Das ist mein Dank dafür, dass Sie sich um meinen Sohn gekümmert haben.«

»Aber ich will nicht …«

Er schien ebenso verunsichert wie störrisch. Doch während Marie noch nach Worten rang, trat Jonathan vor und erklärte selbstbewusst: »Ich hätte so gerne ein Stück gehabt, aber Mama hat es nicht erlaubt. Von Ihnen kriege ich doch eins, oder?«

Bartholomé konnte gar nicht anders, als zu lächeln. »Na, dann komm mit.«

Sie folgten ihm in die Küche, wo Marie schnell ein paar Teller und ein Messer abspülte und den Kuchen aufschnitt. Jonathan und Hannah stürmten in der Zwischenzeit ins Wohnzimmer, wo Hannah erfreut auf die ausgestopften Vögel deutete, die sie wiedererkannt hatte.

»Warum sind die eigentlich nicht echt?«, fragte Jonathan.

»Es war damals üblich, keine echten Vögel zu halten«, murmelte Bartholomé. »Und vielleicht war das auch besser so ... mein Vater ging nicht gerade liebevoll mit Tieren um ... unsere Pferde hat er regelrecht gequält.«

Marie betrat das Wohnzimmer. »Sehen Sie, darüber wollte ich mit Ihnen reden.«

Nachdem Jonathan seinen Kuchen verteilt und Hannah ihr Stück völlig zerkrümelt hatte, stürzten sich die Kinder aufs Klavier. Die schiefen Töne hallten von den Wänden, während Marie Bartholomé von ihrem Verdacht berichtete.

»Haben Sie jemals darüber nachgedacht, dass Thibaud Lilian getötet haben könnte? Und dass nicht Saul, der Landstreicher, sondern er selbst für die vielen toten Tiere verantwortlich war?«

Ihre Worte schienen ihn nicht zu erreichen, der Blick seiner hellblauen Augen wirkte wie weggetreten.

»Haben Sie mir zugehört? Es passt alles zusammen ... auch, was Sie mir gestern erzählt haben ...«

Endlich ging ein Ruck durch Bartholomés Gestalt. »Er ... er hat immer gesagt, ich sei ein so schlimmes Kind ... man müsse mich Mores lehren ... aus mir würde nie ein anständiger Mann ...«

»Aber womöglich war er doch selbst kein anständiger Mann! Und das ist weder Ihre Schuld noch die von Lilian. Thibaud war vielleicht das, was man heute als Psychopathen bezeichnen würde, empathielos, zu keinen Gefühlen fähig, sadistisch veranlagt. Wahrscheinlich ist er schon mit diesen Anlagen geboren worden, und seine Erziehung und das isolierte Leben taten ihr Übriges. Möglicherweise wäre Lilian dazu fähig gewesen, ihn auf den rechten Weg zu führen, aber – und zumindest das kann man ihr zum Vorwurf machen – sie hat sich letztlich zu wenig für ihn interessiert. Am Ende war ihr die eigene Freiheit wichtiger, und er hat sich dafür gerächt. Wobei es vielleicht nicht mal Rache war. Er hat schlicht und einfach nur die Möglichkeit gewittert, nach Tieren auch mal einen Menschen zu töten ...«

»Aber ... aber ...«, setzte Bartholomé an. Sie konnte fühlen, wie sein Weltbild wankte und dass er keinen Augenblick an ihrer Theorie zweifelte.

»Er war krank!«, rief sie. »Und auch wenn Sie das mustergültigste Kind der Welt gewesen wären, hätte er Sie nicht geliebt und trotzdem misshandelt.«

Ein Zittern überlief seinen Körper, und er stieß mehrere trockene Schluchzer aus. »Ich habe Lilian so sehr gehasst«, presste er hervor, »auch meine Mutter, weil sie nie eingegriffen hat ... mich selbst ... aber doch niemals ihn.«

Er schlug die Hände vors Gesicht, der ganze Körper wurde nun von Schluchzern geschüttelt. Marie erhob sich, setzte sich neben ihn und legte ihre Hand auf seine Schultern. Das Zittern ging auf sie über, und kurz vermeinte sie all die Pein, die Ohnmacht und das Elend von Jahrzehnten zu fühlen.

»Ich ... ich hatte immer Angst, ich wäre wie er ... nur darum habe ich nie geheiratet ... keine Kinder in die Welt gesetzt ... Insgeheim wusste ich, dass er ein Monster war, und ich dachte, ich wäre das auch.«

Das Schluchzen ebbte ab. Als er hochblickte, waren seine Wangen gerötet, und neben seiner Verzweiflung witterte sie etwas anderes in seinen Zügen: Erleichterung.

»Sie sind nicht wie er!«, rief Marie überzeugt. »Als Sie Jonathan gefunden haben, haben Sie sich um ihn gekümmert und sind auf ihn eingegangen. Ihr Vater hätte das nie getan! Er hätte seine Lage kaltherzig ausgenutzt, um ihn zu erschrecken … oder ihm noch Schlimmeres anzutun.«

Bartholomé blickte zu Boden, und einige Minuten lang hörte man nur die schiefen Töne des Klaviers.

»Es ist ein so schöner Tag«, murmelte er schließlich. »Gehen Sie mit den Kindern lieber ins Freie. Hier ist es immer so finster.«

»Auch Ihnen würde ein Spaziergang guttun!«

Und wenn er ein wenig ausmistete, ging ihr durch den Kopf, würde es hier nicht mehr so modrig und dunkel wirken. Allerdings musste er erst mit der neuen Erkenntnis fertig werden, ehe sie ihn freundlich, aber bestimmt dazu drängen konnte.

Er starrte auf den Käfig mit den ausgestopften Vögeln. »Ich habe mir immer ein echtes Tier gewünscht …«, murmelte er.

»Schaffen Sie sich doch eins an! Am besten einen Hund! Der würde Ihnen sicher guttun.«

Er musterte sie so perplex, als hätte sie ihm einen absurden Vorschlag unterbreitet, aber als Jonathan vom Klavier hochsprang, auf sie zulief und begeistert rief, dass er auch gerne einen Hund hätte, lächelte er wieder.

Als Marie nach Hause kam, ging Thomas vor dem Cottage auf und ab. Und obwohl er bis jetzt immer Gegenteiliges beteuert hatte, war sie sich sicher, dass er seine Arbeit ziemlich vernachlässigen musste, angesichts der vielen Zeit, die er hier verbrachte.

Er deutete auf den leeren Korb. »Du warst bei Bartholomé?«

Sie nickte. Gestern Abend hatte sie noch lang und breit mit Thomas über ihren Verdacht diskutiert. Auch wenn er immer wieder betonte, dass sie keine Beweise für ihre Vermutung hatte, schien er im Innersten so überzeugt zu sein wie sie.

»Ich habe ihn mit meinem Verdacht konfrontiert, und er hat

nicht im Mindesten daran gezweifelt, im Gegenteil. Er schien regelrecht erleichtert zu hören, dass Thibaud womöglich von Geburt an gestört war – und nicht er und sein vermeintlich schlimmes Verhalten die strengen Strafen provozierten.«

Thomas seufzte. »Was für eine Tragödie!« Anstatt in das Cottage zu gehen, blieben sie beide davor stehen und musterten das Haus … den Ort, wo ein junges Leben ein viel zu frühes Ende gefunden hatte und wo ein psychisch kranker Mensch zum Äußersten gegangen und nie dafür zur Verantwortung gezogen worden war. Nicht nur Lilians Leben hatte er zerstört, sondern auch das seiner Frau und seines Sohnes, wenn auch auf andere Weise.

Aus dem vermeintlich gemütlichen Heim wurde – im Bewusstsein der Vergangenheit – ein Hort des Schreckens, der Qualen, der Trauer, und kurz hätte sich Marie am liebsten einfach ins Auto gesetzt, wäre fortgefahren und nie wiedergekommen. Sollte sich Millie um das Haus kümmern oder es verkaufen! Keinen Schritt wollte sie mehr über die Schwelle setzen!

Aber dann ging ihr auf, dass Lilian hier nicht nur gestorben war, sondern auch gelebt hatte, dass sie sicher glückliche Stunden hier verbracht hatte, und dass man ihrer Persönlichkeit nicht gerecht wurde, wenn man in ihr nur das Mordopfer sah. Und wie konnte man Thibauds dunklen Schatten besser vertreiben als mit Kinderlachen? Noch im Grabe würde er vor Neid vergehen, wenn er zuschauen müsste, wie Jonathan durch den Garten tollte und Hannah ihm folgte, wie die beiden versuchten, Schmetterlinge zu jagen, aber sie nicht erwischten. Und selbst wenn … sie würden ihnen nichts tun, weil sie Tiere liebten.

Thomas schienen ähnliche Gedanken durch den Kopf zu gehen, denn unwillkürlich legte er seinen Arm um ihre Schultern, und sie ließ ihn gewähren. Es fühlte sich gut an, verhieß Schutz, Geborgenheit, und … ja, was eigentlich noch? Jetzt, wo das Rätsel um Lilians Tod geklärt schien, musste sie sich fragen, was da genau zwischen

417

ihr und Thomas war, ob sie künftig nur auf Freundschaft setzen
sollte, die Verbundenheit wegen eines ähnlichen Schicksals, oder
auf mehr …

»Ich hoffe, ich störe nicht.«

Als sie herumfuhr, kam Vince auf sie zu. Er und Thomas musterten sich mit dem üblichen Misstrauen, doch anders als Vince, der
dem Nebenbuhler in dieser Situation gerne die Besitzverhältnisse
klarmachte, zog Thomas, ganz der Gentleman, seinen Arm zurück.
»Ich schau mal nach den Kindern …«

Ehe sie ihm ein trotziges »Bleib doch!« nachrufen konnte, war sie
schon mit Vince allein.

»Ich wollte nur mal nachfragen, ob mit der Wasserleitung weiterhin alles in Ordnung ist …«

Marie hätte am liebsten aufgelacht, weil die Ausrede so augenscheinlich war.

»Du musst keinen Vorwand suchen, um hierherzukommen«,
sagte sie lächelnd, »wenn du vorbeikommen willst, dann …«

»Und du brauchst keinen Vorwand, um mich aus deinem Leben
zu werfen!«, unterbrach er sie zornig.

Verständnislos starrte sie ihn an. »Wie bitte?«

»Offenbar läuft etwas zwischen dir und diesem … diesem …«

»Thomas.«

Er schnaubte. »Warum hast du mir das nicht einfach gesagt?
Warum hast du mich zappeln lassen? Dieser absurde Vorwurf, dass
ich dich vertreiben würde, damit diese Hotelanlage gebaut werden
könnte … es wäre doch nicht nötig gewesen, so was zu erfinden!
Mit der Wahrheit lebt es sich immer noch am besten, und die ist
nun mal, dass du nicht an mir interessiert bist, was soll's?«

Seine Unterlippe bebte vor Eifersucht, unterdrücktem Zorn und
verletztem Stolz.

Anstatt abzuwarten, was sie zu entgegnen hatte, machte er kehrt
und ging davon. Sie hätte schwören können, dass seine Miene dem

schmollenden Jungen von damals glich, wenn sie und ihre Freundinnen ihn wieder mal nicht mitspielen ließen.

Als sie zu Thomas und den Kindern in den Garten trat, überlegte sie, wie sie Vinces plötzliches Auftauchen und sein ebenso schnelles Verschwinden erklären sollte, doch Jonathan hatte ihn scheinbar gar nicht bemerkt, und Thomas war zu höflich, um nachzubohren.

Dennoch war es unmöglich, an die Vertrautheit von eben anzuknüpfen. Er machte keine Anstalten, erneut den Arm um sie zu legen, und sie selber wahrte etwas verlegen Abstand.

»Eine Sache begreife ich nicht«, kam es ihr plötzlich in den Sinn, »wie hat Thibaud es nur geschafft, Lilian zu begraben? Ich meine, er konnte sie erschießen, ja. Aber auch eine Grube graben und den Körper hineinlegen? So stark war er doch nie und nimmer!«

»Hm«, machte Thomas, »vielleicht hatte er einen Helfershelfer. Womöglich hat ihn sein eigener Vater dabei unterstützt.«

Ja, Richard de Clairmont hatte einen Grund gehabt, den Mord zu vertuschen, zumal seine untreue Frau ihn hatte verlassen wollen.

Doch auch wenn sie zunächst nicht wusste, warum – die Erklärung stellte Marie nicht zufrieden. Irgendetwas passte nicht zusammen …

»Suzie!«, rief sie plötzlich.

»Was ist mit ihr?«

»Wenn sie nicht für Lilians Tod verantwortlich ist, stimmt womöglich auch die Erpressungsthese nicht. Warum ist die Lilienkette dann aber in ihren Besitz geraten?«

»Nur weil sie sie nicht getötet hat, hat sie sie vielleicht trotzdem erpresst. Suzie hat den Schmuck bekommen und ist abgereist, während Lilian zurückgeblieben und von Thibaud erschossen wurde.«

»Aber selbst wenn es so war, stellt sich immer noch die Frage:

Wie ist Suzie in den Besitz des Cottage gekommen? Warum sollten Richard oder Thibaud es ausgerechnet der Gefährtin jener Frau überlassen haben, die sie zuletzt beide gehasst haben?«

Thomas dachte eine Weile nach. »Suzie könnte auch Thibaud erpresst haben. Vielleicht wusste sie, was er getan hat, und vielleicht war sie es auch, die ihm geholfen hat, Lilian zu begraben.«

»Und warum hat er sie dann nicht auch getötet? Wenn er bewaffnet war, war sie ihm doch hilflos ausgeliefert. Nein, irgendetwas stimmt hier nicht …«

Ein entscheidendes Mosaiksteinchen fehlte, um das gesamte Bild zu sehen.

»Millie …«, murmelte sie.

»Denkst du, deine Halbschwester weiß mehr?«

»Nein, aber sie hat erwähnt, dass es auf dem Dachboden des Londoner Stadthauses irgendwelche Hinterlassenschaften unserer Urgroßmutter und Großmutter gibt. Leider hat sie sich geweigert, sie mir zu schicken … mein Verhältnis zu ihr ist etwas schwierig.«

Das war die Untertreibung des Jahres, aber Thomas entging ihr spöttischer Unterton. Kaum merklich war er ihr wieder näher getreten. »Wie wär's, wenn wir einen Tagesausflug nach London machen? Ich würde dich gerne zum Haus deiner Schwester begleiten.«

Marie schwieg. Ihre erste Regung war, seinen Vorschlag sofort zurückzuweisen. Unmöglich konnte sie die Kinder so lange alleine lassen! Aber dann musste sie an Florences Worte denken … dass sie mehr als nur eine Mutter war … und den Kindern nicht schuldig, alle eigenen Bedürfnisse zu leugnen.

Wenn sie sich tatsächlich Zeit freischaufeln konnte, sollte sie sie eigentlich nutzen, um zu malen, aber sie ahnte, dass sie dazu immer noch nicht imstande war. Doch Lilians Schicksal ans Licht bringen – das konnte sie vielleicht.

»Na?«, fragte Thomas.

»Ich rede mit Florence, ob sie in den nächsten Tagen auf die Kinder aufpassen kann. Du kannst ja schon mal schauen, ob es einen günstigen Flug gibt.«

Der Flieger nach London ging drei Tage später um 7.10 Uhr morgens. Heftige Schauer gingen gerade herab, und Maries Haare waren nass, als sie in der Check-in-Halle ankamen. Während sie in der Warteschlange stand, gingen ihre Gedanken immer wieder zu den Kindern. Noch schliefen sie unter Florences Aufsicht, aber wenn sie erwachten und sie nicht da war …

Am liebsten hätte sie sofort angerufen, um nachzufragen, ob alles in Ordnung war, aber dann sagte sie sich, dass sie die beiden mit dem Telefonklingeln nur wecken würde. Bis zu ihrer Ankunft musste sie sich beherrschen und sich mit Florences Worten trösten.

»Fahr doch nur«, hatte diese sie ermuntert. »Ein Tag London wird dir guttun, und hier werde ich schon alles unter Kontrolle haben. Glaub mir, das passiert mir nicht noch mal, dass Jonathan einfach verschwindet, zumal er mir hoch und heilig versprochen hat, nie wieder Unsinn zu machen.«

Marie wusste, dass sie sich auf Florence ebenso verlassen konnte wie auf ihren Sohn, und dennoch …

Auch Thomas schien in Gedanken versunken, denn eine steile Falte war auf seiner Stirn erschienen. Mit seinem dunklen Anzug glich er den vielen Geschäftsleuten, dennoch strahlte er nicht diese hektische Geschäftigkeit aus, die aller Welt bekunden sollte, wie unglaublich wichtig ihre Arbeit war, sondern wirkte bedrückt, mehr noch: tieftraurig.

»Was ist los?«, fragte sie leise.

»Nichts …« Seine Stimme klang gepresst, er räusperte sich. »Ich musste nur daran denken …«

Er brach ab.

»Du bist mit Sally auch öfter nach London geflogen, nicht wahr?«, fragte sie behutsam.

Er lächelte schmerzlich. »Sie hat alle paar Wochen so etwas wie einen Inselkoller bekommen ... sie stammte ja nicht von hier. Zwar begann sie Guernsey genauso zu lieben wie ich, aber im Grunde ihres Herzens blieb sie eine Stadtpflanze. Sie brauchte immer mal wieder ein paar Tage London, manchmal sind wir auch nach Frankreich gefahren ...«

Seine Stimme klang immer gepresster, und Marie war nicht sicher, ob sie nachfragen sollte oder nicht. Schließlich legte sie einfach den Arm um seine Schulter, und prompt schien er etwas freier atmen zu können.

»Ich bin so froh, dass wir das hier gemeinsam machen ...«

Sie erwiderte sein Lächeln, und erstmals erfasste sie etwas Aufregung, und ihre Gedanken kreisten für einige Minuten nicht um die Kinder.

Nach dem Check-in frühstückten sie im Café in der Duty-free-Zone. »Hothothothot« stand in großen Leuchtbuchstaben über der Theke, vor der sich eine lange Schlange gebildet hatte. Als Maries Blick auf das »English Breakfast« fiel, kam sie fast ins Würgen.

»Wer isst denn so früh am Morgen krossen Speck und weiße Bohnen?«, sagte sie kopfschüttelnd. Sie begnügte sich mit einer großen Tasse Milchkaffee und einer Banane, während Thomas an einem Croissant kaute.

Beim Anblick eines kleinen Mädchens, das zwischen den Sitzreihen herumsprang und dessen Mutter den leeren Buggy hinterherschob, musste sie wieder an Hannah denken ... und auch an Jost.

»Das letzte Mal war ich mit meinem Mann in London«, murmelte sie. »Es war, bevor ich mit Hannah schwanger wurde, und Jonathan blieb bei meiner Mutter.«

Thomas nickte wissend. »Du vermisst ihn sicher genauso wie ich Sally.«

Marie nickte, aber sie war überzeugt, dass Thomas an seinem Verlust noch viel schwerer trug.

Als sie sich später in den Wartebereich vor dem Gate setzten, nahm er vorsichtig ihre Hand und drückte sie. Es war nicht unangenehm, und dennoch kam sie sich wie eine Betrügerin vor, weil er vermeinte, ihr Trost spenden zu müssen.

Ungewollt stieg Vince' gekränktes Gesicht vor ihr auf. Auch Florence hatte später noch mal erwähnt, wie tief verletzt er gewesen war. »Ich will mich wirklich nicht einmischen, aber es ist nun mal so: Er kann damit leben, dass du seine Gefühle nicht erwiderst, aber dass du ihm zutraust, dass er dich so schäbig hintergeht, hat ihn sehr getroffen.«

Marie packte das schlechte Gewissen, und sie war erleichtert, als ihr Flug aufgerufen wurde. Der Regen hatte nachgelassen, und als die Maschine abhob, schienen nicht nur die Insel immer kleiner zu werden und die Häuser Vinces Modellbauten zu gleichen, sondern auch ihre Sorgen und zermürbende Gedanken an Macht zu verlieren. Sie durchbrachen die Wolkendecke, und tief durchatmend entschied Marie, diesen einen Tag Pause von ihrem Leben zu genießen.

Als Millie ihnen die Tür öffnete, war ihr Gesichtsausdruck schwer beleidigt, damit Marie gar nicht erst auf die Idee käme, ihr Besuch wäre etwas anderes als eine riesige Zumutung. Doch anstatt eine schnippische Bemerkung zu machen, trat plötzlich ein Ausdruck von Überraschung in ihr Gesicht.

Ihr Blick glitt verwundert über Thomas, und Marie konnte nicht verhindern, dass so etwas wie Besitzerstolz in ihr aufstieg.

Offenbar entsprach ein gut situierter Mann mit grauen Schläfen und schwarzem Anzug Millies Attraktivitätskriterien.

»Kommt doch rein!«

Irrte sie sich, oder klang ihre Stimme gar säuselnd?

Auf jeden Fall war Millie sogar bereit, ihnen Kaffee anzubieten.

Marie trank hastig ihre Tasse aus, um die bleierne Müdigkeit zu vertreiben, und genauso lange dauerte es auch, bis Millie aufging, dass es im Grunde ein neues Ärgernis war, einen so attraktiven Mann an der Seite ihrer Schwester zu wissen. Marie konnte ihre abschätzenden Gedanken förmlich hören. Wie war sie nur als Witwe mit zwei Kindern zu diesem Begleiter gekommen? Das Leben war einfach nicht fair!

»Ich muss nun zur Arbeit. Ihr bringt unterdessen nichts in Unordnung, ja? Und wehe, ihr schleppt mir den Dreck vom Dachboden in die Wohnräume. Wenn ihr fertig seid, geht ihr wieder, ich muss heute lange arbeiten, da sehen wir uns nicht mehr.«

Marie konnte sich nicht verkneifen zu überlegen, welchen kindischen Streich sie Millie in der Zwischenzeit spielen könnte: Ihre Lieblingsvariante war es, einen feuchten Waschlappen zwischen die Bettlaken zu legen. Aber sie ahnte, dass Thomas sie dabei wohl nicht unterstützen würde … ganz anders als Jonathan … oder Vince.

Als sie an ihn dachte, musste sie plötzlich grinsen, aber sie verdrängte den Gedanken an ihn, verabschiedete sich von Millie und stellte die Kaffeetassen in den Geschirrspüler.

Der Dachboden war im Grunde ein weiteres Zimmer, das allerdings wegen der hohen Dachschräge nur als Abstellkammer verwendet wurde. Es gab kaum einen Platz, wo man aufrecht stehen konnte, und die beiden kleinen Fenster waren grau. Marie war nicht sicher, ob das Glas einfach nur von minderer Qualität oder seit Jahren nicht geputzt worden war. Eine Lampe gab es nicht, nur eine Glühbirne, die von der Decke baumelte und deren Licht kaum stärker als das einer Kerze war.

Marie stellte sich auf ein paar ungemütliche Stunden ein, zumal sie die Umzugskisten, die sie hier fanden, nicht in die Wohnräume tragen durften, doch Thomas ging mit Kennerblick auf einen alten

Koffer zu. Er war grün-rot kariert; an den Ecken begann sich das Leder aufzulösen, und einige Fäden des gelblichen Futters kamen darunter zum Vorschein. Marie blickte auf das kleine Schildchen am Verschluss. Lucinda Clark.

»Das ist meine Großmutter!«, rief Marie aufgeregt.

Es dauerte eine Weile, bis sie den Koffer ganz öffnen konnten, denn der Reißverschluss klemmte. Eine Unmenge an Zetteln sowie Fotos und Büchern ergossen sich auf dem Boden, auf dem ein hässliches graues Linoleum verlegt worden war.

»Du meine Güte!«, entfuhr es Marie. »Das dauert ja Stunden, bis wir das alles durchgesehen haben.«

Während diese mühselige Arbeit sie eher abschreckte, sah sie ein Glimmen in Thomas' Augen. Ein Wissenschaftler, der dafür lebte, die Vergangenheit zu durchforschen, sah darin wohl keine lästige Pflicht, sondern eine Sternstunde.

»Das kann in der Tat dauern. Denkst du, Millie wird sich an dir rächen, wenn wir es wagen, uns noch einen Kaffee zu machen?«

»Ich werde die Strafe der Verbannung notfalls auf mich nehmen«, erwiderte Marie und war insgeheim ganz froh, den Dachboden zu verlassen und ein wenig Tageslicht abzubekommen. Das trübe Licht verstärkte ihre Müdigkeit nur.

Als sie fünfzehn Minuten später mit zwei Tassen zurückkehrte, hatte Thomas den Inhalt des Koffers schon sortiert: Alte Briefe lagen auf einem Stapel, ebenso diverse Unterlagen wie Sterbe- und Geburtsurkunden, Bücher und Fotografien. Außerdem war eine alte Stoffpuppe zum Vorschein gekommen, die keine Augen mehr hatte.

»Na, hast du als Kind mal mit ihr gespielt?«, neckte er sie.

Sie schüttelte den Kopf und rümpfte die Nase. »Riecht so, als hätten sich Mäuse hier ein Nachtlager aufgeschlagen.«

»Na ja, die Unterlagen sind in einem ziemlich guten Zustand.«

Marie studierte ein Foto: Es zeigte ein Mädchen von etwa zehn

Jahren mit schwarzen Strümpfen, Lackschuhen und einem weißen Kleid mit großem Kragen. Die Haare waren aus der Stirn gekämmt und mit einer riesigen Schleife, die einem Propeller glich, gebändigt worden.

»Das ist wohl deine Großmutter Lucinda als Kind.«

Der Gesichtsausdruck war ziemlich ernst, aber der war für damalige Fotos nichts Ungewöhnliches.

»Und schau, was ich da gefunden habe! Der Totenschein von Suzies Mann. Er ist 1923 gestorben.«

Das Jahr, in dem auch Lilian ermordet wurde …

Marie wollte danach greifen und ging so hastig auf Thomas zu, dass sie gegen den Stapel Bücher stieß und diesen zu Fall brachte. Als sie sich bückte und ihr Blick auf einen der Einbände fiel, erstarrte sie.

»Was ist?«

Thomas hatte sich offenbar darauf konzentriert, die Fotos und die Unterlagen zu sichten, und sich nicht weiter mit den Büchern beschäftigt.

»Ein Märchenbuch«, stellte er fest, als er ihrem Blick folgte. »Wahrscheinlich hat es den Kindern gehört und …«

»Aber das ist nicht irgendein Märchenbuch!«, stammelte Marie. Sie war so aufgeregt, dass sie keine ganzen Sätze hervorbrachte. »Gradlon! Dahut! Der heilige Guénolé!«

Thomas runzelte verständnislos die Stirn.

Marie hielt das Buch direkt unter die Glühbirne. »Es sind bretonische Märchen. Dieses Buch ist das gleiche, wie wir es im Cottage gefunden haben.«

»Das ist aber ein merkwürdiger Zufall«, murmelte Thomas.

»Was sollte Suzie mit bretonischen Märchen anfangen?«, rief Marie. »Ich kann mir nicht vorstellen, dass Suzie Französisch konnte.«

»Vielleicht haben es die Kinder in der Schule gelernt.«

Marie schüttelte vehement den Kopf. Ihr war ein ganz anderer Verdacht gekommen, und tatsächlich: Als sie das Buch öffnete, fiel ihr Blick sofort auf die krakelige Kinderschrift, mit der die Besitzerin des Buches ihren Namen auf die erste Seite geschrieben hatte.

28

1923

Der Anblick, der Lilian so erschütterte, war ein Fuß. Er steckte in einem Stiefel, dessen Schnürbänder sich gelöst hatten, und wirkte unnatürlich verrenkt. Der restliche Körper lag hinter der Türschwelle des Wohnraums, doch noch brachte Lilian es nicht über sich, einen Schritt dorthin zu machen. Starr blieb ihr Blick auf den Stiefel gerichtet, der voller Erde und dessen kleiner Absatz abgenutzt war. In der letzten Stunde des Lebens war der Mensch, dem der Stiefel gehörte, gerannt – sehr schnell, zwischen Bäumen, über erdige Wege, Moos und dorniges Gestrüpp.

Thibaud hielt seine Pistole immer noch mit kaltem, leerem Blick auf sie gerichtet, doch sie war blind für ihn. Da war kein Raum mehr für Entsetzen, wer er war und was er angerichtet hatte, nur Trauer.

Endlich löste sie sich aus der Starre, machte einen Schritt, sah um die Ecke. Das dunkle Kleid hatte sich im Fallen bis zu den Knien hochgeschoben, und die Unterschenkel waren wächsern weiß wie die Hände der Toten. Obwohl kein Leben mehr in ihnen war, kündeten sie von großer Kraft: Die Rechte hielt etwas umklammert – die prähistorische Axt, die Lilian von Francis hatte mitgehen und hier im Cottage gelassen hatte, und die die einzige brauchbare Waffe gewesen war, um sich zu verteidigen – oder es zumindest zu versuchen. Genützt hatte sie ihr nichts. Suzie hatte gerade noch die Hand mit der Axt heben können, als die Kugel der Pistole sie traf. Angesichts der Wucht war sie wohl getaumelt, schließlich auf den

Boden gefallen und mit dem Hinterkopf aufgeprallt – etwas, was ihr keine Schmerzen mehr bereitet hatte, denn da war sie schon tot gewesen. Um ihren Körper hatte sich eine Blutlache ausgebreitet, die Augen waren weit aufgerissen, doch zumindest stand keine Panik darin, nur … Bedauern, dass sie sterben musste.

»Ich habe gedacht, dass du das wärst …«

Lilian drehte sich wieder um. Er musste sie seit Stunden beobachtet und gewusst haben, dass sie noch einmal zum Cottage zurückkehren würde, hatte dort gewartet wie eine Spinne, bereit zu töten und dadurch endlich einmal etwas zu fühlen.

Dass er sich geirrt hatte und nicht sie erschossen hatte, sondern Suzie, die offenbar zu einem kurzen Spaziergang aufgebrochen war – wahrscheinlich von Neugierde auf Clairmont Manor dazu getrieben –, hatte er zu spät begriffen. Er hatte wohl gar nicht gewusst, dass Suzie überhaupt hier war, dass ihre Statur stets der von Lilian geähnelt hatte, dass ihr helleres, glatteres Haar sie zwar von ihr unterschied, aber sie über dieses ein dunkles Tuch gezogen hatte. In dem Augenblick, da sie ihn gehört und sich zu ihm umgedreht hatte, hatte er schon abgefeuert.

Dieser Irrtum setzte ihm nicht wirklich zu. Vielleicht gefiel es ihm sogar, dass er zweimal die Gelegenheit hatte zu töten. Suzie zu erschießen hatte seine Mordlust zumindest nicht gestillt, im Gegenteil. Fiebriger Glanz stand in den dunklen Augen, und er leckte sich über die Lippen, als koste er von dem vergossenen Blut.

Lilian war völlig machtlos … genauso wie damals … als sie Maxim ausgeliefert war … Maxim, der nur zufällig hier war, nichts von ihrer Existenz wusste …

Egal jetzt! Sie musste sich konzentrieren, sie musste Mut fassen! Damals war ihre Lage noch auswegloser gewesen, sie war nicht nur einem mordlüsternen Knaben ausgeliefert gewesen, sondern drei schwer bewaffneten Männern, und das obendrein gefesselt, und doch war es ihr gelungen zu fliehen!

Er will mich nicht nur töten, dachte sie, er will darüber reden …
Suzie ist viel zu schnell gestorben, um diesen Mord auszukosten …
und was ihm am besten schmeckt, weil er es selbst nicht kennt,
sind Furcht und Verzweiflung.

»Tu es nicht!«, flehte sie mit hoher Stimme, »ich bitte dich, tu
es nicht!«

Während sie sprach, sank sie auf ihre Knie – eine Bewegung, die
ihn sichtlich überraschte. Der Lauf der Pistole folgte ihr etwas ver-
zögert, doch noch hielt er die Waffe fest in der Hand.

»Lass mich am Leben! Ich sage … sage auch niemandem …«

»Halt mich nicht für dumm!«

»Gewiss, das warst du nie …«

Sie ließ sich auf ihre Fersenballen fallen und tastete nach ihren
Füßen. Auch sie trug Stiefel wie Suzie, und auch diese waren voller
Erde. Hastig nestelte sie an einem Band, bis es sich löste.

»Nein, du warst nicht dumm. Du hast immer verstanden, deine
Spuren zu verwischen«, fuhr sie fort, »du hast alle Welt glauben
machen, dass du die Sonne meidest und dich am liebsten auf dein
Zimmer zurückziehst, doch in Wahrheit hast du das Herrenhaus
ständig verlassen, bist mir nachgeschlichen, hast mich beobachtet …«

Ein sanftes Lächeln umspielte seine Lippen. »Warum hast du
dich denn nie nach mir umgedreht?«

Ein Band des Stiefels war nun offen, Millimeter für Millimeter
zog sie ihn vom Fuß.

»Vielleicht hat Laure dich des Öfteren gesehen, aber sie war
immer stolz darauf, den Clairmonts zu dienen, und es hätte auch
ihr Schande eingebracht, hätte alle Welt erkannt, welch verdorbene
Seele du hast!«

Dass Laure sich berechnend und eigennützig verhielt, gefiel ihm
offenbar. Kurz wurde er unaufmerksam, und da hatte sie ihren Stiefel schon vom Fuß gezogen.

»Das macht dir Spaß«, stellte sie fest, »nicht wahr? Nicht zu töten, sondern Macht über Menschen wie Laure und deinen Vater auszuüben, indem du sie zum Schweigen zwingst.«

»Ich zwinge sie doch nicht. Sie sind selbst daran schuld, weil sie nur an sich denken, so wie du.«

Sie hielt den Stiefel fest in der Hand. Kurz lag es ihr auf den Lippen zu widersprechen und wie vorhin zu beteuern, dass sie ihm gewiss nicht gliche, dass sie nicht ohne Herz war, nicht verrückt, nicht eiskalt, nicht krank, doch stattdessen trotzte sie seinem Blick.

»Das stimmt«, sagte sie, »ich denke nur an mich. Ich habe es immer getan. Es war der einzige Weg zu überleben, und leben will ich immer noch. Glaub mir, ich bin eine Katze, so schnell kommt man mir nicht bei.«

Er grinste nur, umklammerte die Pistole, richtete sie auf ihr Gesicht. Sie wusste, dass das der beste Zeitpunkt war, ihren Plan umzusetzen, aber noch zögerte sie.

»Und im Übrigen«, sagte sie, »vielleicht bin ich in vielem wie du. Aber du bist nicht wie ich. Du bist ein verwöhnter Bengel, und deine Grausamkeit allein hat dich nicht gelehrt, was mir die Gosse beigebracht hat.«

Er runzelte die Stirn. »Und was ist das?«, fragte er.

»Solange man lebt, macht man weiter«, stieß sie aus. »Aber das verstehst du nicht. Weil es dir nie ums Leben ging. Weil du innerlich schon tot warst, als du auf die Welt gekommen bist.«

Und mit diesen Worten schleuderte sie ihm den Stiefel ins Gesicht. Es ging so blitzschnell, dass er nicht rechtzeitig abfeuerte, doch obwohl ihn der Stiefel schmerzhaft trat, hielt er die Pistole immer noch fest umklammert. Schon wollte er sie wieder auf Lilian richten, doch sie war aufgesprungen, hatte ihren Rock gerafft und trat mit dem unbeschuhte Fuß gegen seine Hand. Noch während die Pistole zu Boden ging, hatte sie ihn schon gepackt, seine Ellbogen auf den Rücken gezerrt und auf die Knie gedrückt.

Er ächzte vor Schmerz.

»Glaub nicht, dass du jemals meiner Herr werden kannst.«

Trotz seiner Schmerzen klangen auch Anerkennung, Spott und Genugtuung durch seine Stimme, als er schrie: »Töte mich! So töte mich doch!«

Sie tötete ihn nicht. Liebend gerne hätte sie es getan, liebend gerne auf ihn eingeschlagen, bis Blut floss. Aber dann sah sie die dunkle Lache um Suzie und wusste, dass genug Blut geflossen war.

Mit dem Strick, der das Feuerholz zusammenhielt, fesselte sie ihn an einen Stuhl. Dieser war fast zu groß für den schmächtigen Knaben. Ohnehin dünn und mickrig, schien er nun regelrecht zu schrumpfen. Nur sein Lächeln war das eines Siegers.

»Was wirst du jetzt tun?«, fragte er.

Sie wusste es nicht, fühlte sich nur unendlich erschöpft. Auch wenn sie keine Kugel abbekommen hatte, vermeinte sie, dass sie im Innersten zerrissen wäre und nie wieder gesunden könnte.

Selbstsüchtig mochte sie ihr Leben lang gewesen sein, auf ihren Vorteil bedacht und manchmal abfällig zu anderen Menschen … aber nie böse. Und das Grauen, in die Augen des Bösen zu schauen, würde sie fortan wie ein Schatten begleiten. Thibauds Körper zu überwältigen war ein Leichtes gewesen, doch sein Lächeln klebte an ihr wie Gift. Was, wenn am Ende nichts von ihr übrig blieb als das verzagte, kleine Mädchen, das sich einst an Suzie geklammert hatte, wenn die Nonnen wieder einmal streng waren? Doch Suzie war tot, und sie war allein auf der Welt … allein mit Thibaud.

Sie sank vor der Toten in die Knie, unterdrückte ein Aufschluchzen und überlegte kurz, die kalte Hand zu nehmen. Doch diese hielt immer noch die Axt … Francis' Axt … Wahrscheinlich wartete er schon ungeduldig auf sie, fragte sich, wo sie denn bliebe …

»Was wirst du jetzt tun?«, fragte Thibaud wieder. »Und warum tötest du mich nicht?«

432

Lilian sah, dass Suzie eine Kette trug, keine kostbare aus Silber oder Gold, wie sie sie früher für sie ergaunert hatte, sondern ein schlichtes Lederband, an dem ein Anhänger hing. Sie öffnete ihn und sah, dass zwei Haarsträhnen darin aufbewahrt wurden, die eine rötlich-blond, die andere etwas dunkler. Die Locken von Nick und Lucie – den beiden Kindern, die kürzlich erst ihren Vater verloren hatten und nun auch mutterlos waren, obwohl sie es noch nicht wussten. Alles hätte Suzie für sie getan. Nur ihretwegen war sie nach Guernsey gekommen, war bereit gewesen, die einstige Gefährtin zu erpressen, war Thibaud in die Arme gelaufen.

Tränen brannten in Lilians Augen, aber sie schluckte sie. Wenn ich zu weinen beginne, ergießt sich eine endlose Flut, die mir am Ende alle Kräfte raubt. Doch ich muss stark sein, ich muss nachdenken …

Nein, eigentlich musste sie nicht darüber nachdenken. Eigentlich wusste sie, was sie tun würde.

Nicht zu Francis eilen. Nicht die Insel mit ihm verlassen und ein neues Leben beginnen. Ihn nicht wieder küssen, umarmen, lieben …

Das Waisenhaus war ein dunkler, kalter Ort gewesen, und das einzige Licht, das ihr geschenkt wurde, hatte Suzie gespendet. Und ganz gleich, wie sehr sie sich entfremdet hatten und wie unverzeihlich ihr Erpressungsversuch war: Lilian war es ihr und auch sich selber schuldig, dieses Licht ihren beiden Kindern zu bringen.

Nun lief doch eine Träne über ihre Wangen. Lily, hatte Suzie sie stets genannt – einer ihrer vielen Namen nebst Lilian, Liliane, Anouk. Ab heute würde sie einen neuen Namen tragen: Suzie. Und nicht nur Suzie würde sie heißen. Auch … Mummy.

»Was wirst du tun?«, fragte Thibaud erneut.

Sie hob ihren Blick.

»Eine andere sein«, erklärte sie schlicht.

Die Nacht war schwarz, aber nicht still. Der Sturm von vorher hatte nachgelassen, und es regnete nicht wie erwartet, doch man hörte das Meer brausen, Tiere durch den Wald streichen, Wind durchs Geäst heulen … und man hörte den Spaten, mit dem Lilian ein Loch grub. Bei jedem Stich dachte sie an Francis und an die gemeinsamen Wochen an der Grabungsstätte, rief sich jedes Lächeln in Erinnerung, jedes vertrauliche Wort, jeden Triumph über ihre Funde. Noch einmal wollte sie ihre Liebe auskosten, ehe sie sie begrub … genauso wie Suzie. An Francis' Seite hatte sie Erdschicht um Erdschicht behutsam freigelegt, nun galt es, so tief und so schnell wie möglich zu graben.

Lilian war schweißnass, als sie endlich eine Grube ausgehoben hatte, und fühlte ihre Hände kaum mehr. Dennoch war sie entschlossen, ihr Werk zu Ende zu bringen. Sie ging zurück ins Cottage, bückte sich und packte den Leichnam an den Füßen. Der Kopf rumpelte auf den Dielen und hinterließ eine breite Blutspur. Hinterher würde sie die Flecken wegputzen müssen, aber das war die geringste Mühe.

Viel anstrengender war es, den Leichnam bis zum Loch zu wuchten und hineinzustoßen. Erst als das vollbracht war, sah sie, dass Suzie immer noch die Axt umkrallt hielt.

Was soll's, dachte sie, ich brauche sie nicht …

Die Erinnerungen an Francis würde sie ohnehin in ihrem Herzen aufbewahren, und überdies hatte sie noch die Lilienkette, die er ihr geschenkt hatte.

Als sie daran dachte, kam ihr ein Einfall, und anstatt zu beginnen, das Grab zuzuschaufeln, ging sie zur Lilienwiese. Die Blumen waren längst verblüht, aber glänzten im Mondschein silbrig – ein ebenso schöner wie schauderhafter Anblick.

Sie leben gar nicht, sie sind tot … so wie Thibaud immer schon tot war … und ich habe es nicht erkannt, weil ich nie in sein Herz sah, sondern ihn immer nur als Mittel zum Zweck benutzte.

Sie pflückte ein paar Lilien und warf sie in Suzies Grab, wo sie alsbald als Erstes verrotten würden, gefolgt von den Kleidern, dem Körper …

Am Ende würden nur Knochen von ihr bleiben … oder nein, noch etwas anderes, etwas viel Wertvolleres: Lucie und Nick.

Lilian stand eine Weile am offenen Grab, dachte nicht an die Frau, die sie erpresst hatte, sondern an das Mädchen, das während ihrer Kindheit und Jugend mit ihr durch dick und dünn gegangen war, und schwor sich, sie genauso in Erinnerung zu behalten.

Der Morgen graute, als sie das Grab endlich zugeschaufelt, den Boden glattgeklopft und Herbstlaub darüber verstreut hatte. Auch wenn sich diese Fläche vom übrigen Boden abhob – sie konnte gewiss drauf zählen, dass weder Richard noch Laure sie umgraben lassen würden. Wenn sie auf etwas setzen konnte, war es ihr Schweigen.

Als sie das Blut vom Boden wischte, spürte sie Thibauds Blick deutlich auf sich ruhen, doch sie missachtete ihn, und er blieb stumm.

Als sie fertig war, suchte sie ein Messer.

»Tötest du mich jetzt endlich?«

Sie spielte mit dem Knauf, zögerte eine Weile, sah dann aber, dass ihm der Gedanke keine Angst machte.

»Nein«, sagte sie, »du denkst, du bist böse, aber du bist einfach nur krank. Und du denkst, du hast Macht über mich, aber im Grunde bist du ein armseliger Wurm, den es sich nicht einmal zu zertreten lohnt.«

Sie schleuderte das Messer vor seine Füße.

»Wenn ich fort bin, kannst du versuchen, dich selbst zu befreien. Doch da du nur ein schwächlicher Knabe bist und nicht geschickt wie ich, wirst du ewig dafür brauchen. Bis dahin habe ich Guernsey längst verlassen.«

Seine Miene wirkte ausdruckslos. »Was soll ich Vater sagen?«

»Dass du mich an den Klippen gesehen hast, dass ich wohl heruntergestürzt bin und dass mein Leichnam vom Meer verschluckt wurde.«

Thibaud hob anerkennend die Brauen. »Er soll also denken, dass du tot bist ...«

»Ich bin doch auch tot«, sagte sie, »Lilian Talbot ... oder Liliane de Clairmont ... oder Anouk, wie Francis mich nannte ... es gibt sie nicht mehr. Aber glaub nicht, dass du es warst, der mich getötet hat. Ich bin so viel stärker als du.«

Sie wusste nicht, ob sie recht hatte, aber daran, dass Thibaud zusammenzuckte, erkannte sie, dass er ihr glaubte.

29

»Sie hat einfach ihre Identität angenommen!«, rief Marie.

Thomas sah sie verwirrt an.

»Aber ja doch! Dieses bretonische Märchenbuch ist das gleiche wie im Cottage ... und das da ist Lilians Handschrift ... Nicht sie ist von Thibaud ermordet worden, sondern Suzie! Er muss die beiden verwechselt haben, und statt Suzie ist Lilian nach London zurückgekehrt und hat die Kinder zu sich genommen ...«

»Aber ...« Thomas konnte ihrem Gedankensprung nicht ganz folgen, doch anstatt etwas zu sagen, ergriff er den Stapel mit den Fotografien und sah die einzelnen Aufnahmen durch. Bei einem Bild blieb sein Blick hängen. »Tatsächlich ...«, murmelte er.

Marie nahm ihm das Foto aus der Hand. Das Mädchen war darauf zu sehen, das sie schon vorhin gesehen hatten – mit Matrosenkleid und Schleife –, nur dass es ein paar Jahre älter sein musste. Daneben stand ein Knabe mit streng gescheiteltem Haar und dunklem Anzug, der ein etwas grimmiges Gesicht macht – wahrscheinlich ihr Großonkel Nick, den sie nie kennengelernt hatte. Und die Frau auf dem Bild war ... Lilian.

Sie sah anders aus als auf dem Foto, das sie im Cottage gefunden hatte. Ihre Haare waren kunstvoll aufgesteckt, die Wangen etwas fülliger, die Kleidung schlichter. Aber der Blick ihrer dunklen Augen wirkte ebenso fordernd wie lebendig. Sie lächelte nicht, strahlte auch nicht diese offenkundige Fröhlichkeit aus, und dennoch stand ein Ausdruck von tiefer Zufriedenheit in ihrer Miene. Und sie trug die Lilienkette.

»Darum befindet sich die Kette in meinem Besitz«, murmelte Marie. »Aber wie konnte sie nur aller Welt vormachen, sie sei Suzie?«

»Damals war es nicht gerade üblich, dass jeder einen Personalausweis besaß«, meinte Thomas, »und die beiden Frauen sahen sich durchaus ähnlich. Die Kinder waren am Anfang sicher davon überfordert, dass da plötzlich eine Fremde auftauchte, aber zu klein, sich ihrer Fürsorge zu entziehen, und nach einer Weile werden sie sich an sie gewöhnt und sie als Mutter akzeptiert haben. Suzie war verwitwet und hatte auch sonst keine Verwandten. Vielleicht hat sie die Kinder einer Nachbarin anvertraut, als sie nach Guernsey gereist war, und die war heilfroh, dass man die beiden Blagen wieder abholte, ohne weiter zu hinterfragen, warum Suzie nicht persönlich kam. Du darfst nicht vergessen – Lilian hatte eine kriminelle Vergangenheit. Sie war gewiss gewieft und skrupellos genug, aller Welt Lügen aufzutischen und dadurch ihre wahre Identität zu verbergen.«

»Aber wovon hat sie gelebt?«

»Scheinbar davon …«

Thomas hob weitere Schwarzweißfotos hoch, die eine kleine Bed&Breakfast-Pension zeigten. »Nicht unbedingt ein Geschäft, um reich zu werden, aber um ein anständiges Leben zu führen.«

»… und den Kindern eine ordentliche Ausbildung zu ermöglichen. Schau mal, diese Urkunde hier! Nick ist Anwalt geworden. Und diese Fotos hier zeigen, dass Lucinda vor ihrer Ehe als Schneiderin gearbeitet und später mit meinem Großvater eine kleine Firma geführt hat.«

Marie schüttelte den Kopf. Sie konnte es immer noch nicht ganz fassen, was sie herausgefunden hatten. »Meine Großmutter hat offenbar nie ein Wort über das Geheimnis ihrer Mutter verloren, sonst hätte es mein Vater zumindest mal erwähnt.«

»Gut möglich, dass sie sich dessen gar nicht bewusst war. Sie war

438

noch ein Kleinkind, als Lilian in ihr Leben trat. Wahrscheinlich hat sie ihre echte Mutter vergessen.«

»Was wiederum ein Beweis ist, dass Lilian eine ganz gute Mutter gewesen sein muss.«

»Für die beiden wohl eine bessere als für Thibaud.«

»Wobei ich mich frage, ob man Thibaud überhaupt hätte retten können …«

Schweigend verstauten sie die Sachen im Koffer. Marie überlegte kurz, ihn mitzunehmen, aber entschied sich dagegen. Lilian hatte mit ihrem Leben auf Guernsey völlig gebrochen und sich hier in London ein neues aufgebaut. Besser, sie beließ ihr Vermächtnis in dieser Stadt, wo sie zwar die Lilienkette von Francis Lyndon, aber nicht länger ihren Namen getragen hatte, sondern … Suzie … Lucies und Nicks Mum gewesen war.

Immer noch schweigend verließen sie wenig später das Haus und gingen die Straße entlang. An deren Ende blieb Thomas stehen und warf einen Blick auf die Uhr. »Und jetzt? Ein wenig Sightseeing? Ein kleiner Imbiss? Shoppen? Bis zu unserem Rückflug haben wir noch ein paar Stunden.«

All diese Möglichkeiten wirkten auf Marie nicht sonderlich attraktiv. Sie fühlte sich benommen, schien noch in einem anderen Leben festzustecken … das einer Mutter, die für zwei Kinder gesorgt hatte, obwohl es nicht die eigenen waren. Ob sie je bereut hatte, Francis verlassen zu haben? Oder ob es für sie auch eine Chance war, Sühne zu leisten, weil sie sich für Suzies Tod verantwortlich fühlte?

»Wie wär's, wenn wir einfach ein paar Schritte im Hyde Park gehen?«, fragte sie.

Thomas nickte bereitwillig. Auch er schien sehr nachdenklich und gab sich weiterhin schweigsam, doch als Marie ihn von der Seite musterte, hätte sie schwören können, dass seine Gedanken

439

nicht um Lilian und ihre Stiefkinder kreisten. Er hatte sich zwar bereitwillig an den Recherchen beteiligt, weil er von der Vergangenheit fasziniert war, aber letztlich hatte er das vor allem auch getan, um Zeit mit ihr zu verbringen.

Vorsichtig nahm er ihre Hand. Sein Händedruck war warm und fest, und sie fühlte sich in seiner Nähe durchaus wohl ... aber mehr auch nicht.

Marie unterdrückte ein Seufzen. Bis jetzt hatte sie die Frage, was sie mit ihm verband, immer ein wenig vor sich herschieben können, aber nun wusste sie plötzlich: Dieser Londontrip war die Weggabelung. Hinterher konnte sie nicht einfach so tun, als wäre er ein flüchtiger Bekannter, mit dem sie das Interesse an der Vergangenheit teilt. Sie musste sich entscheiden, wie sie zu ihm stand, oder vielmehr – und das wurde ihr nun klar –, sie musste zu der Entscheidung, die sie längst getroffen hatte, stehen.

Sie rang vergebens nach den richtigen Worten, doch ehe sie etwas sagte, murmelte er: »Du musst dich nicht dafür rechtfertigen.«

Sie war so verdutzt, dass sie seine Hand losließ. »Was meinst du?«

»Du überlegst gerade, wie du mir schonend beibringen sollst, dass wir in Zukunft bestenfalls Freunde sein können ... und nicht mehr.«

Auf seiner Stirn grub sich wieder jene steile Falte ein, die sie so oft an ihm wahrgenommen hatte und die so deutlich seine Trauer bekundete. Doch sie war sich plötzlich sicher, dass nicht sie diesen Kummer verursachte.

»Ich glaube, du bist noch nicht so weit«, sagte sie vorsichtig.

Die Erinnerungen an Sally schienen übermächtig zu werden. Seine Lippen erzitterten, seine Augen wurden feucht, und als würde jede Kraft aus dem Körper weichen, ließ er sich auf eine der Parkbänke fallen und vergrub sein Gesicht in den Händen.

»Ich ... ich warte ständig darauf ...«, stammelte er. »Darauf, dass die Zeit alle Wunden heilt ... das sagt man doch so schön ... alle redeten mir ein, dass das erste Jahr am schwersten sei … doch obwohl das nun vorbei ist, wird es einfach nicht besser.« Er stockte. »Es tut immer noch so weh, als wäre sie erst gestern von mir gegangen.«

»Wahrscheinlich wird das noch lange Zeit so bleiben«, sagte sie leise. Sie legte ihre Hand auf seine Schultern und streichelte ihn. »Und das ist auch völlig in Ordnung. All diese Phrasen – von wegen, das Leben geht weiter und so. Nein, es geht nicht weiter, es bleibt stehen! Nur du selbst gehst weiter, weil dir gar nichts anderes übrigbleibt, und du kannst nur darauf hoffen, dass dich das Leben irgendwann mal wieder einholt.«

Er blickte hoch. »Bei dir ist das so, oder?«

»Ich weiß es nicht … meine Situation war eine ganz andere … Meine Ehe war in den letzten Jahren nicht mehr sonderlich glücklich, ich habe es mir nur nicht eingestanden. Außerdem war Jost so lange krank … ich habe die Kinder …«

»Und du hast Vince!«

Sie machte eine wegwerfende Bewegung. »Ach, der …«

Thomas lächelte. »In meinem Gesicht siehst du deine Trauer gespiegelt. In seinem … deine Lebendigkeit.«

Sie wollte es leugnen, aber konnte es nicht. Allein bei der Erwähnung seines Namens hatte ihr Herz plötzlich schneller geklopft.

»Mit dir zusammen zu sein … und auch mit den Kindern … das hat mir gutgetan«, bekannte er.

Sie umarmte ihn. »Und daran muss sich nichts ändern. Du kannst uns besuchen, wann immer du willst.«

Er lächelte wehmütig. »Ich bin mir nicht sicher, ob das möglich ist …«

»Warum denn nicht? Ich denke, ich werde noch ein Weile auf Guernsey bleiben, vielleicht sogar längerfristig, und dann …«

»Aber ich«, unterbrach er sie entschlossen, »ich werde die Insel verlassen.«

Er löste sich aus ihrer Umarmung, stand auf und begann, auf-

und abzugehen. »Mein Großvater ist immer wieder nach Guernsey zurückgekehrt. Hier hat er auch die letzten Jahre seines Lebens verbracht, vielleicht, weil ihn die Erinnerungen an Lilian nicht losgelassen haben und er ihr nahe sein wollte. Doch auf diese Weise hat er sich wohl nie wirklich von ihr lösen können. Mag sein, dass es ganz anders war und er keinen Gedanken mehr an sie verschwendet hat. Und dennoch: Falls es wirklich so gewesen ist, will ich nicht den gleichen Fehler machen. Lilian hat radikal mit ihrem bisherigen Leben gebrochen und sich einer ganz neuen Aufgabe gewidmet, und ich glaube, das sollte ich auch tun … nämlich an einem Ort leben und arbeiten, wo ich noch nicht mit Sally gewesen bin.«

Er hatte etwas zögerlich zu reden begonnen, fuhr dann aber immer entschlossener fort.

Marie dachte an ihre eigene Flucht aus Berlin. »Das ist eine gute Idee. Und du musst ja nicht gleich sämtliche Brücken abreißen so wie Lilian und eine neue Identität annehmen. Bei uns im Cottage bist du auf jeden Fall immer ein gern gesehener Gast.«

Auch sie erhob sich nun und umarmte ihn erneut.

Das Flugzeug startete pünktlich, und obwohl sie auch am Flughafen von Guernsey eine gewisse Hektik erwartete, schien sich der Lebenstakt im Vergleich zum lauten London doch spürbar zu verlangsamen. Während des Flugs hatten sie kaum mehr miteinander gesprochen, und als Thomas sie zum Cottage brachte, stieg er nicht mehr aus, sondern fuhr gleich wieder weiter.

Marie atmete tief durch, als sie durch die Bäume hindurch das Meer blau schimmern sah – ein Anblick, der belebender wirkte als eine Tasse Kaffee. Sie warf einen Blick auf ihre Uhr. Noch nicht mal vier. Sie könnte noch einen Spaziergang mit den Kindern machen, sobald sie die abgeholt hatte.

Schnell legte sie zu Fuß die steile Straße Richtung Fermain Bay zurück. Die Bäume spiegelten sich im Wasser, das nicht länger blau, sondern grünlich wirkte. Einige Minuten später hatte sie das Café erreicht, wo Bridget gerade dabei war abzuschließen. »Wir schließen«, erklärte sie schroff wie immer.

»Aber ich bin mit Florence verabredet, sie wollte mit den Kindern hierherkommen ...«

»Sie sehen doch selbst, dass sie noch nicht da ist!«

Wahrscheinlich hatte sie mit den beiden einen längeren Ausflug gemacht. »Ich kann aber doch hier warten, oder?«

Bridget wurde immer missmutiger, nickte aber schließlich und ließ die Tür offen. Als Marie alleine war, setzte sie sich an einen der Tische und beobachtete ein paar Wanderer und einige Sonnenhungrige am Strand, doch nach einer Weile packte sie Unruhe.

Sie erhob sich, überlegte, Florence anzurufen, stellte aber fest, dass ihr iPhone keinen Empfang hatte.

»Was für ein Mist!«

Sie blickte sich um. Irgendwo musste doch ein Festnetztelefon sein, um Florence anzurufen.

In der Küche wurde sie ebenso wenig fündig wie in der Gaststube, aber dann erinnerte sie sich an den kleinen Raum, in dem Florence offenbar die Buchhaltung erledigte. Jede Menge Papiere lagen kreuz und quer durcheinander, und Marie musste sie erst zur Seite schieben, um zum Telefon zu gelangen. Dabei rollte ein Bleistift über den Tisch und fiel zu Boden.

Als Marie sich bückte, um ihn aufzuheben, sah sie ihn: Einen alten Kassettenrecorder – fast exakt der gleiche wie der, den sie in ihrem Gartenhaus gefunden hatte.

Ihr Herz begann panisch zu pochen. Sie ging auf die Knie, zog ihn hervor und drückte auf die Play-Taste. Zuerst war nur ein Rauschen zu vernehmen, dann eine Frauenstimme.

»Unheil ...«

Erschrocken drückte sie auf Stopp. Ihre Hände waren schweißnass.

Auch wenn Vince mit dem Hotelprojekt nichts zu tun hatte – sie hatte bislang nicht bedacht, dass auch Florence an dessen Realisierung interessiert sein könnte. Ein weiteres Hotel ganz in der Nähe würde ihr viele neue Gäste verschaffen.

Wie weit würde eine Frau, die sie mit solch unlauteren Mitteln zu vertreiben versucht hatte, gehen? Die Frau, der sie ihre Kinder anvertraut hatte?

30

1948

Die Insel war nicht mehr dieselbe. Vielleicht hatte sie sich selbst in den letzten fünfundzwanzig Jahren stark verändert, so dass ihr Blick auf die einstige Heimat anders ausfiel, vielleicht hatte Guernsey unter der deutschen Besatzung zu sehr gelitten, um länger der liebliche Ort zu sein, der Touristen anzog. So oder so waren ihr die Erinnerungen vergällt.

Als Lilian Saint Peter Port hinter sich ließ und den Küstenweg nahm, mochte sich trotz des warmen Wetters keine echte Freude regen. Stattdessen ging ihr immer wieder durch den Kopf, dass sie langsam alt wurde.

Nicht einmal während der Bombennächte, denen auch die kleine Pension, die sie seit Jahren mit Erfolg geführt hatte, zum Opfer gefallen war, hatte sie sich so kraft- und mutlos gefühlt, und nicht einmal die Angst um Nick und um Lucies Verlobten, die beide im Krieg kämpften, hatte sie so melancholisch gestimmt. Beide waren wieder heimgekommen, körperlich unversehrt, aber mit grauen Gesichtern und ausdruckslosen Augen, die keine Farben mehr wahrzunehmen schienen – ähnlich, wie Lilian heute Mühe hatte, sich von der üppigen Blumenpracht aufmuntern zu lassen.

Verlogen schien ihr diese Pracht, währte ihre Lebenszeit doch kaum länger als einen flüchtigen Augenblick. Ewig hingegen waren nur die schroffen Steine.

In ihrem Hotel in Saint Peter Port hatte sie erfahren, was die

445

Bevölkerung zu durchleiden gehabt hatte: Die Hälfte war vor dem Einmarsch der Deutschen evakuiert worden, ein großer Teil ins Deutsche Reich deportiert worden. Einige waren zurückgekehrt – mit Ehegatten und Kindern, die die Insel nicht kannten –, die meisten aber hatten sich lieber in England ein neues Leben aufgebaut. Nicht länger war die Bevölkerung eine verschworene Gemeinschaft, und anstelle des üblichen Patois wurde von vielen nun Englisch gesprochen. Nicht nur die manchmal ausdruckslosen, manchmal gequälten Gesichter kündeten vom zurückliegenden Leiden, sondern auch die grässlich anzusehenden Bunker der Deutschen, die man an jeder Ecke fand.

Das Guernsey, auf dem Lilian seinerzeit Zuflucht gefunden hatte, gab es nicht mehr, und obwohl sie sich all die Jahre gezwungen hatte, nach vorne zu schauen und weder an ihre Vergangenheit noch an Francis zu denken, wurde ihr das Herz doch bleischwer. Nicht nur, dass sie sich heute endgültig von der einstigen Heimat verabschiedete – auch ihrer Jugend, als sie sich stark und unbesiegbar gefühlt hatte, sagte sie Lebewohl.

Nun gut, immerhin musste sie nicht länger wie eine Löwin um ihre Familie kämpfen. Sie hatte für die beiden Kinder gesorgt wie eine leibliche Mutter – jetzt war es Nicks Aufgabe, sein Jurastudium abzuschließen, und die von Lucie, gemeinsam mit ihrem künftigen Mann ihren kleinen Betrieb zu führen.

Der Weg nach Clairmont Manor kam ihr länger vor als früher. Zwar war sie immer noch sehnig, aber ihre Knochen steifer, und sie blieb immer wieder stehen, um durchzuschnaufen. Als sie endlich ankam, mied sie den Anblick des Herrenhauses und des Cottage, sondern richtete den Blick stur auf den Weg. Sie lief weiter bis zum Fermain Bay und verließ erst dort den Küstenweg, um die steile Straße hochzusteigen, bis sie eine kleine Kirche samt Friedhof erreichte.

Sie ging an mehreren Grabsteinen aus rötlichem Sandstein

vorbei, von denen manche von Moos überzogen waren und etliche sehr schief standen. Vor einigen hatte man das Gras sorgsam beschnitten, vor anderen wucherte Unkraut.

»En mémoire de …«, stand meistens in Französisch über den Namen, »In Erinnerung an …«

Währenddessen wurden die Verwandtschaftsverhältnisse meist auf Englisch erklärt: »Son of the above«, »Husband of the above«, »Father of the above«.

Auf einem Grabstein stand nur ein Name.

Richard Horace Guillaume de Clairmont.

Merkwürdig, dachte Lilian, ich habe ja gar nicht gewusst, wie sein zweiter und dritter Name lautete.

Noch merkwürdiger erschien ihr, dass der Mann, den sie stets als leidend und schwächlich erlebt hatte und der sich am liebsten in sein Bett zurückgezogen hatte, so alt geworden war – an die achtzig Jahre nämlich.

Wie er wohl die letzten fünfundzwanzig Jahre verbracht hatte? Hatte er gelitten, nachdem sie plötzlich verschwunden war? War er vielmehr erleichtert, dass sie das Geheimnis um Thibaud nicht länger enthüllen konnte? Hatte es ihm genügt, sich leblos zu stellen, um eine gewisse Zufriedenheit aus dem stets gleichen Alltag zu ziehen, oder hatte ihn die Angst verfolgt, Thibaud könnte das Dunkle, Böse von ihm geerbt haben?

Lilian hatte es nur einmal zu spüren bekommen, als er sie beinahe erwürgt hatte, doch vielleicht hatte er schon zuvor einmal die Kontrolle verloren, und das Entsetzen darüber war ein Grund, dass er wie ein Gefangener gelebt, sich jede überstürzte Entscheidung und jede zu hektische Bewegung verboten hatte.

Zum ersten Mal bedauerte sie, dass sie ihm nie geschrieben hatte, nie erklärt, dass sie noch lebte, dass sie trotz des großen Opfers, das sie gebracht hatte, doch glücklich geworden war, dass sie sich – als sie die Verantwortung für die Kinder übernommen hatte – zwar gegen die Liebe entschieden hatte, aber nicht gegen das Leben.

Eben noch war ihre Stimmung so düster gewesen, doch jetzt musste sie plötzlich lächeln. So schwer sie es in der Anfangszeit auch gehabt hatte, so inniglich war später ihre Beziehung zu den beiden geworden. Irgendwann schienen Lucie und Nick vergessen zu haben, dass sie nicht ihre leibliche Mutter war, genau wie sie kaum mehr daran dachte, dass ihr wahrer Name nicht Suzie lautete.

All die Jahre über hatte keiner ihren Namen Lilian ausgesprochen, und sie öffnete die Lippen, um es hier und heute zu tun, stand sie doch letztlich nicht nur vor Richards Grab, sondern auch vor ihrem. Doch jemand kam ihr zuvor. Ein Schatten fiel auf sie, und sie vernahm eine Stimme, die sie in ihren Träumen verfolgt hat, verächtlich, spöttisch, kalt.

»Lilian.«

Wie die Insel hatte auch er sich verändert. Er war kein Knabe mehr, sondern ging auf die vierzig zu, und war elegant gekleidet, wenn auch ein wenig altmodisch, als wäre auf Clairmont Manor die Zeit stehengeblieben: Schwarz war sein Zylinder, der Frack, die Hosen, und schwarz glänzte auch sein Haar, das noch keine einzige graue Strähne aufwies. Der Stoff war ebenso edel wie dick, und Lilian war sich sicher, dass er darunter schwitzen musste, doch seine Stirn, bleich wie eh und je, glänzte mitnichten. Er hatte einen Spazierstock bei sich, ebenfalls dunkel und mit silbernem Griff in Form eines Löwenkopfes, und er stützte sich darauf, als wären seine Glieder zu kraftlos, ihn aufrecht zu halten. Als Lilian schon dachte, dass er womöglich krank wäre, hob er ihn jedoch und deutete mit der Spitze drohend auf sie. »Was hast du hier verloren?«

Nein, er ist nicht krank, dachte Lilian, nur immer noch böse …

Und sie selbst war auch nicht krank, zwar etwas melancholisch und zögerlicher in ihren Bewegungen, aber im Innersten immer noch aus Stahl. So alt kann ich gar nicht werden, um mit diesem Bengel nicht fertig zu werden, dachte sie verächtlich.

Sie war vor dem Grab in die Knie gesunken, doch jetzt erhob sie sich, ließ sich nicht anmerken, dass ihr die Glieder etwas weh taten, und erwiderte seinen Blick.

»Thibaud«, sagte sie leise.

»Also«, fragte er forsch, »was hast du hier verloren?«

»Das geht dich nichts an.«

»Das ist das Grab meines Vaters, und du gehörst nicht mehr zur Familie.«

»Und ich kann dir gar nicht sagen, wie dankbar ich dafür bin!«

Sie machte einen Schritt auf ihn zu und stellte befriedigt fest, dass sie immer noch größer war als er. »Doch wenn man es genau betrachtet, stimmt es ja gar nicht«, fuhr sie fort. »Ich bin Richards Witwe, und deswegen steht mir ein Teil des Erbes zu. Vor allem das Cottage, das letztlich immer mir gehört hat.«

Eigentlich hatte sie nicht geplant, dieses Erbe einzufordern, als sie hierhergekommen war. Und auch jetzt war sie sich nicht sicher, ob sie das Cottage überhaupt jemals wieder betreten wollte. Allerdings: Nach dem Verlust ihrer Pension war ihre finanzielle Lage prekär, und auch wenn sie sich selbst durchbringen konnte – sie wollte etwas haben, was sie an Nick und Lucie vererben konnte.

Thibaud stieß ein schrilles Gelächter aus. »Und warum denkst du, sollte ich es dir überlassen? Wer würde dir nach all den Jahren glauben, dass du Liliane de Clairmont und keine Betrügerin bist?«

»Ich habe einen Mord vertuscht, den du begangen hast.«

»Ach ja? Niemand kann mich heute noch dessen anklagen.«

Lilian senkte ihren Kopf, als würde sie klein beigeben, woraufhin er noch lauter lachte, doch im nächsten Augenblick blieb ihm der Laut in der Kehle stecken. Blitzschnell war sie auf ihn zugesprungen, hatte ihm den Spazierstock entwendet, ihn gegen die Statue eines Engels gedrückt und die Spitze des Stocks gegen seine Kehle

449

gerichtet. Sie mochte schwächer sein als früher – muskulöser als er war sie in jedem Fall. Er ächzte und lief rot an, als sich die Spitze in seine Haut drückte.

»Wenn ich wollte, könnte ich dich hier und heute töten, so wie man lästiges Gewürm zerquetscht«, zischte sie. »Aber ich will mir nicht die Hände an dir schmutzig machen.«

Sie trat zurück, zog den Spazierstock zurück, schwang ihn jedoch drohend in der Luft. Er griff sich an den Hals und keuchte schwer.

»Der Leichnam liegt direkt neben dem Haus begraben«, fügte sie hinzu. »Gewiss, großteils wird er verrottet sein, aber womöglich wird man Knochen finden, wenn man danach gräbt. Ich kann mir nicht vorstellen, dass der Herr von Clairmont gerne in einen Skandal verstrickt wird, oder? Wenn du mir nicht gibst, was ich will, bin ich bereit, den Beweis für dein Verbrechen eigenhändig auszugraben.«

Erstmals blitzte Angst in seinen Zügen auf, doch er gab ihr nicht nach, sondern fasste sich rasch wieder, griff nach dem Stock und stützte sich wieder schwer darauf.

»Du kannst gerne diese Hütte haben!«, zischte er. »Sie ist ohnehin halb verfallen, und ich werde nie wieder einen Fuß hineinsetzen.«

Sprach's, wandte sich ab und ging davon. Sie sah, wie seine Schultern bebten, und wusste nicht, ob vor Zorn, vor Angst oder schlechtem Gewissen.

Lilian blieb wie erstarrt stehen und fühlte, wie die Kraft, die eben noch in ihr pulsierte, aus ihren Gliedern schwand. Zurück blieb nichts als Reue.

Ich hätte ihn damals töten sollen, dachte sie. Oder spätestens hier und heute …

Das Bedauern, es nicht getan zu haben, wuchs, als sie in der Ferne sah, wie eine Frau, die einen kleinen Jungen an der Hand führte, auf Thibaud zutrat. Sie war klein und zart, und der Junge hatte das rote Haar von Richard. Sie hörte nicht, was sie zu Thibaud sagten, las nur die Angst in der Miene der Frau, und auch der Junge schien schreckerfüllt und klammerte sich an seine Mutter. Es schützte ihn nicht davor, dass Thibaud jäh seinen Stock nahm und vermeintlich grundlos auf ihn einschlug, doch anstatt aufzuschreien, biss er sich auf die Lippen, ein Beweis, dass er an die Schmerzen gewöhnt war, desgleichen wie die Frau nicht entsetzt, sondern eher erleichtert wirkte, dass nicht sie Thibauds Wut abbekommen hatte.

Er genießt es immer noch zu quälen, dachte Lilian bestürzt. Nicht nur Tiere, sondern auch seine Frau und seinen Sohn.

Warum hatte sie ihm den Spazierstock nicht in die Kehle gerammt? Wäre sie es den beiden nicht schuldig gewesen, diesen Teufel vom Erdboden zu jagen?

Allerdings, für Lucie und Nick war sie mehr verantwortlich als für diese beiden. Und auch wenn sie erwachsen waren und sie nicht mehr so dringend brauchten, sollte sie doch Hass und Rachsucht abschwören und ihre Gedanken auf die Rückkehr nach London richten.

Lilian löste sich aus ihrer Starre, ging davon und beschleunigte ihr Tempo mit jedem Schritt. Sie hatte sich zwar eben ein Haus auf der Insel ertrotzt, aber plötzlich konnte es ihr gar nicht mehr schnell genug gehen, von hier fortzukommen.

Ursprünglich hatte sie vorgehabt, die verbleibende Zeit bis zum Ablegen ihres Schiffes zu nutzen, um durch die kleinen Gassen Saint Peter Ports zu flanieren, doch schon nach wenigen Schritten waren die Erinnerungen zu schmerzhaft, und sie begnügte sich, beim Old Government House vorbeizuschauen, nach Polly zu fragen und zu erfahren, dass diese nach den Jahren auf Clairmont Manor wieder eine Zeitlang im Hotel gearbeitet und später geheiratet hatte. Mehr konnte man ihr nicht sagen.

Lilian hoffte, dass sie noch lebte und es ihr gutging, bemühte sich aber nicht, mehr herauszufinden, und kehrte zum Hafen zurück.

Als sie den Victoria-Pier entlangging, sah sie Francis.

In den ersten Jahren hatte sie versucht, so viele archäologische Fachzeitschriften wie möglich zu lesen, um zu verfolgen, wie sich seine Karriere entwickelte, doch sie hatte nicht mehr herausgefunden, als dass seine Zusammenarbeit mit Mortimer Wheeler nur kurz gewährt hatte, desgleichen, wie er einen Lehrstuhl in Cambridge nur für einige Jahre besetzte. Niemals hätte sie damit gerechnet, dass er auf die Insel zurückgekehrt war, doch als er den Pier entlangschritt, trug er kein Gepäck mit sich – ein Zeichen, dass er weder eben erst angekommen war, noch bald wieder abzureisen gedachte. Er war zu sehr in einem Gespräch mit einem anderen Herrn versunken, um sie zu bemerken, und ehe sein Blick zufällig doch noch auf sie fiel, duckte Lilian sich unwillkürlich und versteckte sich hinter einem Kran.

Mit klopfendem Herzen musterte sie ihn. Francis trug mittlerweile Vollbart, und sein Haar war weiß geworden, doch es war immer noch füllig, sein Schritt war voller Elan und seine Rede gestenreich und leidenschaftlich.

Vielleicht habe ich ihm großen Schmerz zugefügt, als ich ihn damals vergebens auf mich warten ließ, aber gebrochen hat es ihn nicht, dachte sie. Schließlich hatte er auch ohne mich etwas, an das er sein Herz hängen konnte … die Archäologie.

Und auch sie hatte etwas gehabt, um die Leere zu füllen – die Kinder und ihre Pension.

Lilian richtete sich etwas auf, zog ihren Hut allerdings tiefer ins Gesicht. All die Jahre hatte sie sich schmerzlich nach ihm gesehnt und manchmal davon geträumt, gemeinsam mit ihm Ausgrabungen durchzuführen, aber als sie ihn jetzt beobachtete, stellte sie erleichtert fest, dass zumindest der Kummer, keine Archäologin geworden zu sein, nicht sonderlich tief ging.

Ich habe es geliebt, weil er es liebte. An seiner Seite habe ich gelernt, meinen Verstand noch mehr zu nutzen als zuvor, und die Liebe zu Büchern habe ich mir immer bewahrt. Aber letztlich hat es mich mit noch mehr Kraft und Genugtuung erfüllt, für mich und die Kinder allein verantwortlich zu sein und etwas aufzubauen.

Aus dem nagenden Schmerz, der sie niemals ganz losgelassen hatte, wurde eine süße Melancholie. Kurz überlegte sie, zu ihm zu eilen, sich ihm zu erkennen zu geben und ihn zu umarmen, doch während sie zögerte, sah sie, wie eine Frau auf ihn zutrat und sich bei ihm einhakte. Sie war jünger und graziler als sie, hatte jedoch ähnliche rotbraune Locken und ein helles Lachen.

Es musste seine Ehefrau sein, dachte sie, und bildhübsch und lebendig wie sie ist, erinnert sie ihn an mich.

Zugleich hätte sie schwören können, dass sie keine Archäologin war wie er. Nicht dass sie einen Beweis dafür hätte antreten können, aber sie war sich sicher, dass er seine größte Leidenschaft am Ende ganz alleine auslebte, und zwar eine Gefährtin beim alltäglichen Leben hatte, jedoch nicht bei seiner Arbeit.

Lilian warf ihm eine Kusshand zu, ohne dass er es merkte, umschloss kurz die Lilienkette, ließ sie aber wieder los, als sie unauffällig von dannen schritt.

Ich habe dich geliebt, dachte sie, von ganzem Herzen und mit ganzer Seele. Aber das ändert nichts daran, dass ich eine Katze bin, ausdauernd, geschmeidig und listig. Ich komme immer wieder auf die Beine, ich habe sieben Leben. Und auch wenn Katzen sich gerne von Katern umwerben lassen und hingebungsvoll ihre Jungen aufziehen – sie sind auch glücklich, wenn sie allein sind ... und frei.

31

Marie stürmte aus dem Strandcafé und blickte sich panisch um, doch weit und breit war nichts von den Kindern oder Florence zu sehen, weder am Strand noch am Küstenweg. Zweimal hatte sie versucht, Florence anzurufen, doch die hatte nicht abgehoben – was auch kein Wunder war, falls ihr Verdacht stimmte und Florence vorhatte, Marie in Angst und Schrecken zu versetzen.

Was sollte sie tun? Wo zuerst suchen? Und vor allem: Sollte sie das wirklich alleine tun?

Sie könnte sich an Vince wenden, doch der würde sie wahrscheinlich für verrückt erklären, wenn sie seine Mutter verdächtigte. Thomas würde sofort helfen, aber gerade ihn wollte sie nach ihrem Londontrip nicht um Hilfe bitten.

Zu ihrer Panik gesellte sich Erschöpfung. Sie war den Tränen nahe, als sie auf ein Pärchen zustürmte, das den Strand fotografierte.

»Entschuldigung, haben Sie irgendwo zwei Kinder gesehen?«

Der Mann starrte sie verwirrt an. »Ich meine, eine ältere Frau mit zwei Kindern ...«

Sie schilderte die drei, doch der Mann schüttelte verständnislos den Kopf, und ehe er etwas sagen konnte, eilte sie schon weiter zu einer Gruppe Pensionisten, die sich sichtlich schwertat, auf dem steinigen Strand zu gehen.

»Entschuldigen Sie ...«

Ehe sie fortfahren konnte, erreichte sie eine Stimme. »Marie! Was machst du denn da?«

454

Sie fuhr herum, und trotz der Tränen konnte sie vage Konturen erkennen: Florence hielt Hannah auf dem Arm, während Jonathan auf sie zugestürzt kam und einen Eimer schwenkte. »Wir waren am Petit Bôt Bay und haben Muscheln gesammelt.«

Marie umarmte ihren Sohn und wollte ihn am liebsten gar nicht mehr loslassen.

»Mama, du zerquetscht mich!«, rief Jonathan empört.

Sie konnte sich auch dann nicht von ihm lösen, als Florence lächelnd zu ihr trat. »Ich habe den Kindern von Herm erzählt, du weißt schon, vom berühmten Shell Beach, und am liebsten wären sie sofort mit dem Boot dorthin gefahren, um Muscheln zu sammeln. Dafür war natürlich keine Zeit, aber auch der Petit Bôt Bay ist wunderschön, vor allem jetzt am Abend, bei Ebbe ... Sag, wie siehst du denn aus? Hast du geweint?«

Endlich brachte Marie es über sich, sich von Jonathan zu lösen und sich zu erheben. Florence war völlig arglos, und als Marie ihr in die Augen sah, kam sie sich plötzlich nur unendlich dumm vor. »Ich habe ... etwas gefunden ...«, stammelte sie wirr.

»Hast du die Kinder so sehr vermisst?«, fragte Florence lächelnd. Sie übergab ihr Hannah, und die schmiegte ihr Köpfchen an ihre Halsbeuge. »Mama! Mama!«, juchzte sie.

Marie räusperte sich und wischte unauffällig die Tränen weg. »Einen Kassettenrecorder ... wegen des geplanten Hotels ...«

Wieder brachte sie kaum mehr heraus als ein Stammeln.

»Was?«, fragte Florence verwirrt.

Marie war es schrecklich peinlich, sie mit ihrem Verdacht zu konfrontieren, aber sie wusste, dass kein Weg daran vorbeiführte, um ihr Verhalten zu erklären und das eigene Misstrauen zu zerstreuen.

Während sie zum Café zurückging, erzählte sie alles – von der unheimlichen Stimme, die sie nächtelang wach gehalten hatte, vom Kassettenrecorder, den sie gefunden hatte, von ihrem Besuch bei

455

Bartholomé, der Vince verdächtigt hatte, und von ihrem eigenen Misstrauen, nachdem sie die Pläne für das Hotelprojekt bei ihm gesehen hatte.

»Und einen ähnlichen Kassettenrecorder hast du hier bei mir gefunden?«

Marie nickte, betrat das Café als Erste und ging zum kleinen Hinterzimmer, wo sie auf das Corpus delicti deutete.

»Als ich ihn vorhin hier gesehen habe, da ,.. da …«

»… da dachtest du, ich hätte die Kinder entführt, um dich zu erpressen?«, vollendete Florence ihren Satz und lachte so laut, als wäre das das Absurdeste, was sie je gehört hatte.

Marie konnte unmöglich eingestehen, dass ihre Gedanken tatsächlich in diese Richtung gegangen waren.

»Ich … ich …«, setzte sie an. Sie atmete tief durch. »Nun, ich würde schon verstehen, wenn du Vince zu einem Auftrag verhelfen willst. Natürlich würdest du niemals … genau betrachtet ist es Blödsinn … ach, ich weiß auch nicht, wie ich auf die Idee kam, aber …« Sie atmete tief durch. »Es … es tut mir unendlich leid, wenn ich dich zu Unrecht verdächtigt habe.«

Florence lachte nicht länger, sondern runzelte die Stirn. »Na ja, so abstrus ist es auch wieder nicht, mich zu verdächtigen, nachdem du dieses Ding hier gefunden hast. Ich kann dir nur versichern, mir gehört er nicht. Was zur Frage führt: Wem dann? Und eigentlich kommt da nur eine in Frage.«

Marie schlug sich auf die Stirn. Warum nur hatte sie Florence verdächtigt, wenn eine andere Erklärung doch viel näherliegend war.

»Bridget!«, riefen sie wie aus einem Mund.

Eine Viertelstunde später kam Bridget ins Café zurück, nachdem Florence sie dorthin bestellt hatte. Das »Verhör« dauerte nicht lange – die Beweislast war zu offenkundig. Florence setzte ein ungewohnt strenges Gesicht auf, stellte den Kassettenrecorder auf den Tisch und starrte Bridget schweigend an, woraufhin die in Tränen ausbrach.

Marie hatte sich mit den Kindern diskret in eine Ecke zurückgezogen, aber Jonathan war sehr fasziniert, zumal Bridget nicht aufhörte zu weinen.

»Die kriegt jetzt Schwierigkeiten!«, erklärte er flüsternd und nicht ohne Sensationsgier. »Denkst du, sie wird verhauen?«

»Das kann ich mir nicht vorstellen ...«

Eben noch hatte sie die Aussicht, Bridget würde eine gerechte Strafe bekommen, zutiefst befriedigt, doch je länger Bridget heulte, desto größer wurde ihr Mitleid.

»Ich wollte ... wollte doch nichts Böses ... aber mein Verlobter ... Marc ... du weißt doch, er hat seinen Job verloren ... und arbeitet am Bau ...«

»Und du denkst, dass das Hotelprojekt für ihn eine Chance gewesen wäre, neue Arbeit zu finden?«

Obwohl Florence weiterhin eine strenge Miene aufsetzte, war sie immerhin bereit, Bridget eine Packung Taschentücher zuzuschieben. Die schnäuzte sich geräuschvoll.

»Ich dachte, es wäre schon alles in trockenen Tüchern ... dann hörte ich, dass Bartholomé nicht verkaufen will. Und das, obwohl er doch ohnehin nicht alleine klarkommt. Im Altersheim wäre er viel besser aufgehoben ... und als dann plötzlich auch noch ... *sie* auftauchte ...«, sie deutete auf Marie ..., »ich ... ich wollte doch nur ...«

Florence seufzte. »Und dann hast du von all diesen Geschichten um Lilian gehört und dir überlegt, wie sie dir nützlich sein könnten?«

Bridget nickte. So verzagt, wie sie da hockte, waren ihr weder diese verbrecherische Energie noch der Erfindungsreichtum zuzutrauen.

457

»Marc hat doch Schulden, ohne Arbeit kommt er nie wieder auf die Beine. Und wir wollten doch endlich heiraten. Ich weiß ja, dass es ein Fehler war, und mittlerweile hat er auch einen Job in Aussicht, aber damit konnte ich doch nicht rechnen. Ich sah einfach keine andere Möglichkeit. Bitte …«, flehentlich wandte sich Bridget an Florence. »Bitte, entlass mich nicht! Ich werde es gutmachen! Ich werde so viele Überstunden machen, wie du willst! Ich werde …«

»Genug jetzt!«, unterbrach Florence sie schroff. Sie musterte Bridget missbilligend, aber Marie entging nicht, dass ihre Mundwinkel zuckten. Auch Jonathan war ihr Stimmungswechsel nicht entgangen.

»Die kriegt doch keine Haue«, stellte er nicht ohne Enttäuschung fest.

»Puh!«, seufzte Florence wenig später, »was für ein Tag! Du musst nach all dieser Aufregung hundemüde sein.«

»Im Gegenteil«, Marie schüttelte den Kopf, »eigentlich fühle ich mich so, als hätte ich literweise Koffein im Blut.«

»Dann biete ich dir besser keinen Kaffee, sondern Kräutertee an.«

Bridget war Gott sei Dank mittlerweile wieder abgezogen, total verheult und nicht, ohne noch einmal zu beteuern, dass sie nichts Böses im Sinn hatte.

»Was wirst du tun?«, fragte Marie, als Florence die dampfenden Teetassen vor ihnen abstellte.

»Ich denke, ich werde sie ein paar Tage zappeln lassen. Aber eigentlich habe ich nicht vor, sie zu entlassen.«

Marie starrte zerknirscht auf die Tischplatte. »Es tut mir so unendlich leid, dass ich ausgerechnet dich verdächtigt habe. Als ob ich nicht genug Schaden angerichtet habe, als ich Vince zu Unrecht …«

458

»Genug davon!«, unterbrach Florence sie energisch. »Ich will von dieser unsäglichen Geschichte nichts mehr hören. Erzähl mir lieber, was ihr in London herausgefunden habt.«

Marie berichtete rasch, dass Lilian Suzies Existenz angenommen und an ihrer statt die beiden Kinder großgezogen hatte. Obwohl Jonathan damit beschäftigt war, eine Pyramide aus alten Papptellern zu bauen, hatte er auch zugehört. »Dann ist sie gar kein Gespenst?«, fragte er enttäuscht.

»Nein, und selbst wenn, dann spukt sie jetzt bei Millie.«

Und die, dachte Marie im Stillen, hätte es verdient, nachts von unheimlichen Stimmen aufgeschreckt zu werden. Allerdings: Als Lilian starb, war sie mit sich und ihrem Leben gewiss versöhnt gewesen.

»Am Ende hat sie also doch noch Verantwortung übernommen«, murmelte Florence nachdenklich.

»Ja, ich habe geglaubt, sie sei eine gnadenlose Egoistin, die ihre Ehe auf Lügen aufgebaut, ihren Mann betrogen und ihren Stiefsohn im Stich gelassen hat. Doch das war nicht die ganze Wahrheit.«

»Nun, vielleicht kannst du etwas von ihr lernen.«

Marie blickte sie fragend an. »Was meinst du?«

»Lilian hat sich von der Egoistin zur liebevollen Stiefmutter zweier kleiner Kinder gemausert. Dir würde ich den umgekehrten Weg raten.«

»Soll ich also künftig Hannah mit vollen Windeln rumlaufen und Jonathan hungern lassen?«, fragte Marie und zog die Augenbrauen hoch.

»Nein, natürlich nicht! Es würde schon genügen, zwischendurch die Verantwortung auch mal abzugeben. Deine panische Reaktion, als du vorhin den Kassettenrecorder gefunden hast und ich mit den Kindern weg war, zeigt doch nur, dass du dich im Innersten immer noch schuldig fühlst, wenn du die Kinder nicht rund um die Uhr selbst betreust. Du kannst gar nicht mehr klar denken, sondern stellst dir das Schlimmste vor.«

»Es tut mir wirklich leid, dass ich …«

»Du musst dich nicht entschuldigen. Du musst nur endlich darauf vertrauen, dass sich die beiden prächtig entwickeln. Ja, sie haben keinen Vater mehr, und ja, das ist traurig, aber deswegen musst du dich nicht für sie aufopfern. Sie haben mehr von dir, wenn du du selbst bist. Mal doch endlich wieder! Und bring die Stimme in dir, die dir das verbieten will, zum Schweigen!«

Marie nickte betreten. »Aber nicht mehr heute«, sagte sie schnell.

»Das stimmt«, Florence lächelte. »So wie du ausschaust, solltest du dich erst mal gründlich ausschlafen.«

Langsam entfaltete der Kräutertee seine beruhigende Wirkung. Hannah kam auf ihren Schoß gekrabbelt und legte ihr Köpfchen auf Maries Brust, und Jonathan triumphierte, weil die Pyramide aus Papptellern halbwegs stabil war. Als Marie glücklich ihre beiden Kinder betrachtete, musste sie an Lilian denken und an den Frieden, den sie mit Nick und Lucie gefunden hatte.

Obwohl sie schrecklich müde war und sofort einschlief, schreckte sie kurz vor Mitternacht wieder hoch. Sie wusste nicht, was sie geweckt hatte, nur dass sie so bald keinen Schlaf mehr finden würde. Sie schlich nach unten, machte sich eine neue Tasse Tee und blickte hinaus in den Garten. Das Mondlicht war so hell, als würde ein silbriges Tuch die Hecken und Blumen bedecken, und unwillkürlich ging ihre Hand zur Lilienkette.

Francis Lyndons Geschenk an Lilian …

Der Anhänger wog plötzlich schwer in ihrer Hand. Sie stellte die Teetasse ab, nahm die Kette ab und betrachtete sie.

Lilien waren auch Symbole des Todes, und dass Lilian diese Kette zeitlebens getragen hatte, war wohl ein sichtbares Zeichen, dass sie diesen Tod ständig vor Augen hatte – wenn auch nicht ihren eigenen, sondern den von Suzie … und vor allem den Tod ihrer Liebe.

Sie selbst aber würde sie nicht mehr tragen, entschied Marie. Besser, sie gab sie Thomas zurück – zum einen, weil sie seiner Familie gehört hatte, zum anderen aber auch, weil er noch Zeit brauchte, sich endgültig von Sally zu verabschieden und sein Herz neu zu öffnen.

Sie fühlte sich nun ruhiger und war sich sicher, Schlaf zu finden, doch als sie den Tee austrinken wollte, ließ sie ein leises Klopfen innehalten. Erstaunt öffnete sie die Tür.

»Ich habe es einfach nicht mehr ausgehalten«, platze es aus Vince heraus, »wir … wir müssen reden.«

Marie nickte, ließ ihn hinein und bot ihm an, noch mehr Tee zu machen. Während sie frisches Wasser aufsetzte, blickte er sich ebenso misstrauisch wie angespannt um.

»Was ist?«, fragte sie neckisch. »Hast du erwartet, dass du Thomas hier antriffst?«

»Wenn er hier ist, gehe ich sofort wieder.«

»Dann wirst du wohl bleiben müssen.« Sie trat auf ihn zu. »Thomas ist ein Freund … mehr nicht … Das habe ihm erst heute erklärt.«

Dieses Bekenntnis nahm ihm sichtbar den Wind aus den Segeln. Er konnte sich ein Lächeln nicht verkneifen, wurde allerdings bald wieder ernst.

»Und wir?«, fragte er. »Was sind wir? Auch Freunde?«

»Warum nicht?«, fragte sie. »Und falls wir doch mehr sind, wird sich das den Sommer über zeigen.« Sie überreichte ihm die Teetasse und wurde ernst. »Vince, es tut mir ehrlich leid, dass ich dir misstraut habe … ich meine dieses Hotelprojekt … ich konnte mir nicht vorstellen, dass du wirklich an mir interessiert bist. Und als ich die Pläne fand, passte alles so gut zusammen.«

»Und jetzt?«

461

»Nun, ich glaube dir natürlich, dass du mich nicht aus dem Cottage jagen wolltest, sondern ...«

»Und glaubst du mir auch, dass ich dich ernsthaft liebe?«

Er war ganz nahe an sie herangetreten, stellte seine Teetasse neben ihrer ab und hob ganz vorsichtig seine Hand, um über ihre Schultern zu streicheln, ihren Nacken. Ihr wurde heiß und kalt, und in der Magengegend fühlte sie ein Kribbeln.

»Vie... vielleicht«, stammelte sie.

»Vielleicht ... was? Glaubst du es mir vielleicht? Oder erwiderst du vielleicht meine Gefühle? Sind wir vielleicht mehr als Freunde?«

Sie wusste nicht, was sie sagen sollte. Die Kehle wurde ihr ganz trocken. Doch auch wenn sie keine passenden Worte fand, war es plötzlich ganz selbstverständlich, sich vorzubeugen und einen Kuss auf seine Stirn, seine Nasenspitze, seine Wange zu hauchen. Sie fühlte, wie heiß seine Haut wurde.

»Sind wir vielleicht mehr als Freunde?«, wiederholte er.

Auch seine Stimme klang nun belegt. Sie küsste ihn auf die Lippen, jedoch nur flüchtig, entzog sich ihm danach sofort und blickte ihn prüfend an.

Er schien seine Frage zum dritten Mal stellen zu wollen, doch so wie sie vorhin, rang er vergebens nach Worten. Sehnsucht stand in seinem Blick, als er abrupt ihre Hand ergriff und sie stürmisch an sich zog. Sie schmiegte sich eng an ihn, und als er ihren Kopf zwischen seine Hände nahm und sie küsste, spürte sie, wie sämtliche Zweifel von ihr abfielen.

Sie küssten sich, bis Marie der Atem knapp wurde.

»Ja«, flüsterte sie irgendwann, »vielleicht sind wir mehr als Freunde.«

Epilog

Das Rauschen der Brandung hörte sich an wie ein klangvolles Lied, die Gischt, die gegen die Klippen spritzte, wie fröhliches Gelächter, und die Schreie der Möwen wie ein Juchzen. Sie frohlockten über die strahlende Sonne und den tiefblauen Himmel, auf dem sich nur einzelne Wolkenfäden kräuselten und der von Weite und Freiheit kündete.

Marie beschleunigte ihren Schritt. Eben noch hatte sie zu einem längeren Spaziergang aufbrechen wollen, doch nach wenigen Schritten war sie umgedreht. Plötzlich konnte es ihr gar nicht mehr schnell genug gehen, zurück zum Cottage zu kommen. Das, was sie vorhatte, konnte nicht warten. Kastanien, Buchen und Pinien warfen Schatten auf den Weg vor ihr, als sie zu rennen begann, der Wind blähte ihre Kleider und riss an ihrem Haar.

Beeilen ... sie musste sich beeilen ...

Die Möwen flogen etwas flacher, und einige ließen sich auf den schaukelnden Wellen nieder. Bei ihrem Anblick dachte Marie plötzlich, wie schön es wäre, einfach die Flügel auszubreiten und zu fliegen – doch genau betrachtet gab es etwas, wonach sie sich noch mehr sehnte als zu fliegen.

Sie verhakte sich an einer dornigen Ranke, fiel hin und spürte, wie sich spitze Steine in ihre Handinnenfläche gruben. Wie ungeschickt! Sie musste über sich selber lachen, sprang auf und lief weiter. Inmitten von Wald, Meer und Klippen wurde dort hinten das Dach vom Cottage sichtbar.

Endlich.

Sie beschleunigte ihren Schritt, erreichte das Haus und fiel beinahe über die Schwelle. Auch davon ließ sie sich nicht bremsen, sondern hastete hinauf in den ersten Stock und öffnete das Fenster weit. Das Sonnenlicht fiel direkt auf die Staffelei, wo sich immer noch das letzte Bild befand – das Frauengesicht, von dem nicht sicher war, ob es lächelte oder nicht. Sie griff zum Kohlestift.

Bald gab es keinen Zweifel mehr daran: Die Frau lächelte nicht nur, sondern lachte aus voller Kehle. Marie zeichnete die Sonne, die sie beschien, den Blumenstrauß, den sie in Händen hielt, die Lilienwiese, in der sie stand. Auch wenn sie lachte, fröhlich und entspannt wirkte – der Ausdruck ihres Gesichts blieb ein wenig rätselhaft. Das war kein Mädchen, das sich noch Illusionen vom Leben machte, sondern eine gestandene Frau, die wusste, wer sie war und was sie wollte, die Trauer gefühlt hatte, aber auch Glück, die verzweifeln konnte, aber auch lieben, die neugierig auf das Morgen war, aber die Vergangenheit nicht vergaß, die von manchen Ängsten geplagt wurde, der es jedoch nicht an Zuversicht fehlte, sich ihnen zu stellen.

Marie zeichnete wie im Traum. Erst als sie fertig war und das Bild betrachtete, war sie ganz sicher: Sie hatte nicht Lilian gezeichnet, sondern sich selbst.